El emperador destronado

El emperador destronado

David Barbaree

Traducción de Ana Herrera

Rocaeditorial

Título original: *The Deposed*

© 2017, David Barbaree

Publicada en lengua original inglesa como *The Deposed* por Zaffre,
un sello de Bonnier Zaffre, Londres.

© de los mapas: 2017, Rachel Lawston

Primera edición: septiembre de 2017

© de la traducción: 2017, Ana Herrera
© de esta edición: 2017, Roca Editorial de Libros, S. L.
Av. Marquès de l'Argentera 17, pral.
08003 Barcelona
actualidad@rocaeditorial.com
www.rocalibros.com

Impreso por EGEDSA
Roís de Corella 12-16, nave 1
Sabadell (Barcelona)

ISBN: 978-84-16867-38-7
Depósito legal: B. 16387-2017
Código IBIC: FV

RE67387

Para Anna

EL IMPERIO ROMANO

BRITANIA

GERMANIA

GERMANIA INFERIOR

GERMANIA SUPERIOR

RECIA

NÓRICO

GALIA LUGDUNENSE

AQUITANIA

GALIA NARBONENSE

GALIA CISALPINA

LUSITANIA

TARRACONENSE HISPANIA

HISPANIA ULTERIOR

CORSICA

SARDINIA

islas Baleares

ITALIA

Roma• Nápoles•

PANONIA

ILÍRICO

mar Adriático

DACIA

ESCITIA

MESIA

MACEDONIA

TRACIA

AQUEA

Esparta•

Atenas•

mar Negro

CRIMEA

Constantinopla

Troya•

PONTO Y BITINIA

GALACIA

ASIA

LICIA

RODAS

CILICIA

SIRIA

JUDEA

CHIPRE

CRETA

mar Mediterráneo

Cirene•

CIRENAICA

EGIPTO

ARABIA

PARTIA

SICILIA

NUMIDIA

Sabrata•

MAURITANIA

ÁFRICA

(Mapa de detalle)

PANONIA

ILÍRICO

mar Adriático

Bononia•

Luca•

Rávena•

Ariminio•

Perusia•

Trebia•

Mevania•

Nursia•

PICENO

Corfinium•

Roma•

Ostia•

Cosa•

ELBA

LACIO

CAPRI

Canusio•

monte Vesubio

Nápoles•

Baiae

Miseno•

Herculano

Pompeya

Brundisio•

Nerulo•

Turios•

Locri•

Regio•

Naulóco•

Milas

Mesina•

monte Etna

SICILIA

monte Erice

mar Tirreno

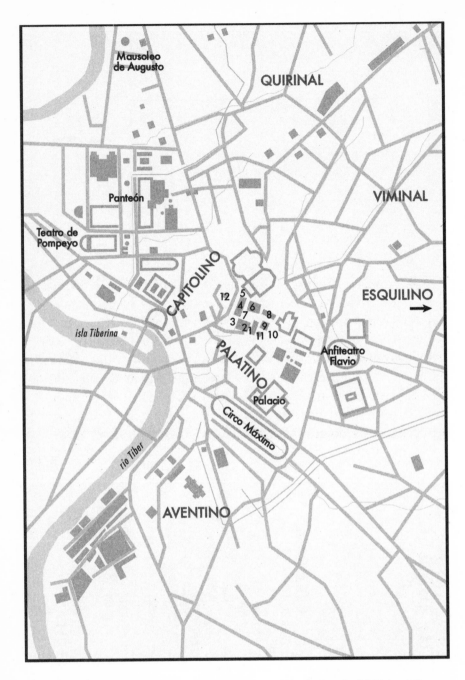

1. Templo de Cástor y Pólux
2. Basílica Julia
3. Templo de Saturno
4. Templo de la Concordia

5. Carcer
6. Senado
7. Rostra
8. Basílica Emilia

9. Templo del Divino Julio
10. Regia
11. Templo de Vesta
12. Templo de Júpiter
    Óptimo Máximo

Nota del autor

*L*os romanos dividían sus días en veinticuatro horas, doce de luz solar y doce de oscuridad. El mediodía era la sexta hora del día, y la medianoche, la sexta hora de la noche. También se referían a sus días con uno de estos once periodos sucesivos: después de medianoche, cantar del gallo, hora tranquila (cuando los gallos ya no cacarean, pero el mundo sigue todavía dormido), amanecer, mañana, tarde, anochecer, vísperas (por la estrella vespertina), primera antorcha, hora de lecho y noche profunda. He usado ambos sistemas a lo largo de toda esta obra.

He venido a enterrar al césar, no a alabarlo.
El mal que los hombres hacen pervive después de ellos.
El bien a menudo queda enterrado con sus huesos.
Que lo mismo ocurra con César.

WILLIAM SHAKESPEARE, *Julio César*

I

Introducción

68 d. C.

Nerón

8 de junio, noche profunda. **Campo pretoriano, Roma**

*M*i interrogatorio se reanuda con una salpicadura de agua. Me la echan por la cabeza con lentitud y malicia; una cascada de agua sucia y helada me empapa el pelo y se desliza por mi cara, por mi nuca. Un escalofrío me recorre la columna. Echo la cabeza atrás y jadeo con fuerza, presa del pánico. Intento moverme, pero la cuerda sigue sujetándome a la silla, formando círculos concéntricos que envuelven mi pecho hasta el vientre.

Abro los ojos. Frente a mí hay un soldado sujetando un cubo vacío. Es uno de mis pretorianos.

—¡Arriba! —dice—. Arriba, arriba.

De mala gana recupero la conciencia. Tengo cortes y hematomas por todo el cuerpo; con cada respiración, un dolor agudo se cuela entre mis costillas como una flecha.

El soldado arroja a un lado el cubo. Su coraza plateada refleja la luz del fuego y brilla con el color del oro hispano.

Da un paso adelante, pone las manos en los brazos de mi asiento y se inclina hacia mí. Las puntas de nuestras narices casi se tocan. Sin querer, aspiro el hedor a vino agrio y barato. Él sigue mirándome a los ojos… Miedo. Eso es lo que busca, cualquier rastro de miedo que pueda aprovechar. Pero no voy a consentir que lo encuentre. Me niego a sentir miedo de un simple soldado. Es poco digno. Es algo que está muy por debajo de mí; tampoco debería estar a su altura.

Sin embargo…, quiere hacerme daño.

Antes de que perdiera la conciencia, todavía atado a la silla, me ha preguntado si lo recordaba. Creía de verdad que podía reconocerle entre los cientos de miles de soldados que están a mis órdenes. Me habló de una noche de hace muchos años, cuando le hice servir una cena vestido de Venus. Siguiendo mis órdenes llevó una estola de seda, peluca y maquillaje, y le hice pasar entre las mesas de los invitados. Ahora le conocen como Venus…, o eso me ha dicho. Ni los soldados, ni los oficiales, ni siquiera los prefectos… Nadie recuerda su nombre real. Tenía la cara roja cuando me lo dijo; había un temblor femenino en cada palabra. ¿Quién habría podido decir que un soldado romano fuera tan sensible? ¿Qué es un poco de maquillaje de ojos comparado con una horda germana?

Por supuesto, no me acordaba de nada de eso. Después se lo dije, que no me acordaba de él ni de aquella noche, pero que parecía que había sido una buena fiesta; me pegó salvajemente. No estoy seguro de que se hubiera llegado a detener nunca de no ser porque el centurión se lo ordenó. Lo último que recuerdo antes de perder la conciencia es al soldado, mi antiguo Venus, jadeando como un perro después del ataque.

Afortunadamente, antes de que pueda ponerme encima de nuevo sus manos crueles, el centurión le llama. Me hace un guiño significativo y luego se une a su superior junto al fuego.

Estamos en una habitación oscura y grande, solo los dioses saben dónde. La única luz procede de un fuego que arde a mi izquierda. La mampostería que se ve más allá (piedras intercaladas de roca volcánica negra) parecen moverse con el parpadeo de las llamas.

Cuento tres soldados, los mismos que me sacaron a rastras de mi cama hace horas. Los he visto pasarse un odre de vino. Cada hombre ha echado un trago largo, profundo. A mí también me vendría bien un trago. Cuando se lo digo, uno de los soldados se ríe; los otros dos, Venus y el centurión, me ignoran.

El centurión se ha quitado el casco y deja ver una sudada mata de pelo pelirrojo. Dudo de que proceda de Roma. Probablemente venga de la Galia, junto al Rin, donde tal aspecto es común. De alguna manera, es un consuelo. Es más fácil de entender su traición. No se puede confiar en nadie que no sea romano. Sus corazones no son del todo fieles, nunca.

Los soldados siguen hablando. Contemplo las llamas del fuego para pasar el rato.

Sus voces resuenan cada vez más altas a medida que van bebiendo. Están compartiendo las teorías que tienen sobre mí, debatiendo cómo capitalizar mejor mi valor. Uno de ellos se refiere a un tesoro escondido en las costas de Cartago. «Él sabe dónde está —dice—. Él lo sabe.» (¿Por qué piensa siempre la plebe que el césar entierra sus tesoros, en lugar de gastarlos?) El otro cree que el oro corre por mis venas, motitas de oro que flotan en mi sangre, como las hojas en un estanque. Quiere hacerme un corte, sangrarme como a un cerdo y hervir el resultado, para dejar solo el oro. «Los griegos se lo hicieron a Príamo. Y este es más rico que Príamo», dice.

Respiro hondo. Espero. Ya llegará el momento. Muchos siguen siendo leales: soldados, cortesanos, senadores, los pobres de las calles… A pesar de la reciente inquietud en las provincias, a pesar de que una o dos legiones han actuado como niños malcriados, la mayoría todavía me quiere. Vendrá alguien. Alguien parará todo esto. Y cuando ocurra… estos tres recibirán su castigo. Su ejecución tendrá que ser pública… y bastante truculenta. No soy ningún monstruo, pero habrá que establecer un precedente. Algo así no puede volver a pasar nunca más. Ya lo sé: prometeré a uno de ellos, solo a uno, una muerte rápida a cambio de los nombres de los hombres que me han traicionado. Pero es un coste menor, que valdrá la pena. Cuando todo termine, después de que acaben crucificados y desangrados, y sus cuerpos grises y tiesos queden a merced de los cuervos, se restablecerá el equilibrio. Entonces beberé, follaré e iré a las carreras. Los verdes tienen que ganar, después de todo… Los verdes y yo.

Los soldados acaban su discusión. Sea cual sea el acuerdo al que han llegado, lo cierran con un apretón de manos y más vino. Se pasan el odre de mano en mano una última vez. Venus bebe hasta hartarse y luego se seca la boca con la mano. Me mira al hacerlo y se pasa la mano por la cara.

Yo respiro hondo, deseando que el latido de mi corazón se tranquilice.

Venus se acerca al fuego y saca de las llamas una daga larga y fina. La hoja reluce con un color amarillo anaranjado

19

y transparente, en la oscuridad. Volutas de humo salen del acero. Sujeta el arma por encima de su cabeza y la vuelve a un lado y a otro, inspeccionando la hoja. Todos mis esfuerzos por permanecer impasible desaparecen. El miedo me abruma. Lo noto en la boca del estómago, un hueco vacío que va creciendo y que me presiona la vejiga hasta que la orina caliente me corre por la pierna.

Venus viene hacia mí. Sonríe de nuevo, con sus dientes podridos iluminados por la hoja resplandeciente. Me pongo frenético, me retuerzo inútilmente contra mis ligaduras. Llamo al centurión del pelo rojo. Le ofrezco monedas, títulos, incluso la mano de una sobrina lejana. Le ofrezco Chipre, lo digo de verdad. El centurión simplemente se queda allí mirando. Como única respuesta se encoge de hombros.

Marco

10 de junio, tarde. Prisión IV de la ciudad, Roma

Subo las escaleras sin pararme ni una sola vez. El sonido de los pies deslizándose sobre los ladrillos polvorientos (ras, ras, ras) llena todo el hueco de la escalera. Cuando ocurría esto, otras veces, siempre me preocupaba que viniera alguien siguiéndome. Cada pocos pasos me paraba y miraba detrás de mí, pero entonces el sonido se detenía de nuevo y allí no había nadie. Me costaba muchísimo llegar arriba. El último invierno se lo dije a Elsie. Ella contestó que era un fantasma, pero que había maneras de asegurarse de que no me molestara. Hirvió trocitos de serpiente pitón en vino, las tripas, la piel e incluso los ojos, durante un día y dos noches. Luego, cuando se había formado una pasta negra y pegajosa, me la frotaba en el pecho cada mañana hasta que se terminó. Escocía mucho y el olor hacía que me picara la nariz. Pero funcionó. Sigo oyendo al fantasma cuando subo las escaleras, pero nunca me molesta. Así que ahora puedo subir seguido, sin pararme.

Cuando llego a la parte superior de la escalera me apoyo en la puerta grande y pesada hasta que se abre lentamente con un *creeeeec*. En el interior de su celda, el prisionero está acurrucado y hecho un ovillo, roncando. Me muevo despacio, esperando que el liberto no se despierte hasta que me haya ido. Sin embargo, cuando cierro la puerta y el cerrojo hace clic, se despierta.

—Buenos días, cachorro —dice. Tiene la voz pastosa por el sueño. Se despereza y luego se incorpora apoyándose en un codo—. ¿Qué me traes hoy?

Me acerco a su celda, me arrodillo y saco de mi cesta una rebanada de pan.

—Pan —dice él—. Oh, qué sorpresa. —Se sienta. La paja cruje—. Estás intentando envenenarme, ¿verdad? Alimentándome con esa mierda reseca.

Señala con la barbilla el techo y se rasca el cuello. Antes no tenía barba, pero ahora ya sí. Luce una cicatriz en una mejilla, en la que no le crece la barba. Parece una sanguijuela gorda y rosa.

Meto la rebanada entre los barrotes y la dejo sujeta.

Él se pone de rodillas, luego de pie. Es bajo, casi como yo. Pero es ancho como un buey y se mueve como si lo fuera, con grandes pasos bamboleantes. Avanza pesadamente.

—¿Has hecho lo que te pedí?

No debería hablar con los prisioneros. Nunca le he contestado, pero cada día él habla, habla y habla, pidiéndome que transmita mensajes en su nombre. Me pone muy nervioso. Elsie dice que le ignore y que siga con mis tareas, de modo que eso es lo que hago.

—¿Y bien? —Me mira con sus ojillos verdes.

Yo clavo los míos en la mampostería.

Cuando ve que no pienso mirarle a los ojos, suelta:

—Mocoso…

Lo dice tranquilamente, pero también enfadado. Coge el pan. Luego, con la mano libre, señala mi brazo desnudo, que está morado por los hematomas:

—La lealtad a un amo que te hace eso es un mal negocio, chico.

Fuera, resuena el cencerro de una vaca. Clonc, clonc, clonc.

Él se vuelve a su lecho de heno, se sienta y se apoya contra la pared.

—Vamos, chico. Ten un poco de espíritu, un poco de iniciativa. —Desgarra un bocado de pan con los dientes y empieza a masticar. Pequeñas migas blancas caen de su boca mientras habla—. Ya sé que eres un cachorro joven que tiene miedo de su amo. Se te encogen las pelotillas al pensar en él. Pero nunca cambiarás tu suerte en esta vida si sigues las reglas. Yo también era esclavo en tiempos, ¿sabes? ¿Te he dicho quién soy, no? Soy el liberto de Galba, Icelo. —Apunta con la barbilla hacia el techo: un bulto cambia de lugar en su garganta. Muerde otro bocado—. Ese Icelo. La ciudad entera debe de estar hablando de mí justo ahora.

Todos los días dice lo mismo, todos los días me dice su nombre, esperando que sepa quién es. Yo he oído hablar de Galba, toda la ciudad habla del jorobado que creó un ejército en Hispania, pero nunca he oído hablar de ese tal «Icelo». Y, de todos modos, aunque hubiese oído hablar de él, no puedo hacer nada.

—No soy ningún ladrón, ningún asesino, ¿sabes? —dice—. Al menos no estoy aquí por eso. Soy un preso político. Un partidario. ¿Sabes lo que significa eso?

Lleno una copa de agua del cubo que está en la pared más alejada y se lo llevo a su celda.

—Significa que hice una apuesta. Aposté por un hombre, aposté a que las cosas irían de una manera determinada. Si pierdo...

Se levanta con un gruñido y anda hasta el otro lado de su celda.

—Si pierdo, estoy muerto. O voy directo a las minas. Pero ¿y si acierto? Bueno, coños y oro, es lo que solía decir yo, esa es mi ambición en la vida... —hace un guiño—, hasta que el señor Galba me enseñó a hablar con más clase...

Coge la copa y la pasa entre los barrotes.

—Creo que llevo aquí veintidós días. Me ves encerrado, miserable y solo. Probablemente pensarás que estoy jodido. Pero el simple hecho de que esté vivo ya significa algo. Mi partido no puede hacerlo tan mal. Ahora, digamos que el hombre al que he respaldado pierde y me dejan aquí para que me pudra o, los dioses no lo quieran, me matan. ¿Sabes lo que te ocurrirá si envías un pequeño e insignificante mensaje mío? Nada. Nadie lo sabrá nunca. Por otra parte, si me sueltan..., si me sueltan, entonces quién sabe lo que yo podría hacer por ti. Puedes venir a trabajar para mí, si te apetece. Y quizás, al cabo de unos años de fieles servicios, te liberaría. Mírame a mí...

Se señala a sí mismo con la mano que sujeta la copa; el agua salpica por encima del borde.

—En tiempos fui esclavo. Pero ahora soy un liberto. De Sulpicio, nada menos. Y créeme: no he llegado aquí por ser leal.

23

¿Crees que Galba fue mi primer patrono? Qué va... Me moví mucho cuando se presentó la oportunidad. —Se acaba la copa de un rápido trago—. Tienes que pensar en esto, chico. Tu vida puede cambiar si eres un poco despierto.

Se me queda mirando, esperando. ¿Qué más querrá decirme?

Espero un momento y luego señalo su orinal. Icelo se vuelve y ve lo que estoy señalando. Suspira y sus hombros caen.

—Está vacío —dice—. Ahí no hay nada que hacer. Pero...

Le interrumpe el sonido de caballos fuera.

—¿Esperas a alguien? —pregunta.

Niego con la cabeza. No.

Voy a la ventana y me agarro a dos barrotes oxidados; poniéndome de puntillas, miro hacia fuera por encima del antepecho. Al otro lado del valle veo la ciudad, las colinas de piedra blanca, los tejados de tejas rojas y el mármol blanco que reluce. Desde aquí parece todo muy tranquilo, pero yo sé que nunca está tranquilo.

—¿Qué ves, chico? —pregunta Icelo.

Bajo la vista y veo dos caballos negros atados a un poste. No veo quién los monta.

Y entonces oigo que la puerta de abajo se abre con un fuerte golpe, seguido por el entrechocar de metal y el roce de pies al caminar. El ruido se acerca cada vez más y se hace cada vez más intenso, pero luego se detiene: lo único que oigo es su respiración, largos resuellos una y otra vez, al otro lado de la puerta.

Icelo se aparta de los barrotes.

—Hazme un favor, cachorro —susurra—. Olvídate de mi nombre, ¿vale?

La puerta tiembla cuando alguien la golpea con fuerza tres veces desde el otro lado. Pam, pam, pam. Quiero esconderme, pero no tengo adónde ir. Así que me quedo allí mismo, temblando como la puerta.

¿Por qué no llama con los nudillos quien quiera que sea? ¿Por qué no grita «abrid» en lugar de romper la puerta?

El cuarto «pam» es el más fuerte. La madera se astilla y la puerta se abre de golpe. Entran corriendo unos soldados con petos brillantes y cascos que oscilan, con las espadas colgando en la cadera y arrastrando a un hombre por los brazos. Lo meten en una de las celdas vacías y lo dejan caer allí. No dicen nada, solo lo tiran al duero suelo, de ladrillos.

—Chico...

Entra un tercer soldado. Tiene que agachar la cabeza para que la parte superior de su casco, el penacho peludo, que parece el culo de un pavo real, no pegue con el arco de la puerta.

—Chico... —vuelve a decir.

Yo no me muevo. Noto las piernas muy pesadas y estoy temblando.

El soldado que está junto a la puerta se quita el casco y se lo apoya en la cadera. Tiene el pelo naranja y pegoteado de sudor; los ojos, pequeños y negros. Parece un zorro.

—¿Tú trabajas aquí? —me pregunta.

Asiento sin decir nada.

—¿Y la llave, dónde está? Dame la llave. Ahora.

Me voy rápidamente, contento de poder alejarme. Paso junto a los otros dos soldados, que todavía están de pie en la celda, inclinados sobre el hombre al que han arrastrado dentro. Uno de ellos tiene hipo. La misma expresión en su mirada que cuando el amo Creón bebe demasiado: ojos perezosos, ojos que no te ven aunque te pongas justo delante.

Cojo el aro con las llaves que cuelga de un clavo, en la pared. Se lo llevo al Zorro. Él coge las llaves y les dice a los soldados que salgan de la celda. Cierra la puerta detrás de ellos. El nuevo prisionero está boca abajo en el suelo. No se ha movido. Su túnica, púrpura y con el borde dorado, está muy sucia y rota. El Zorro empieza a probar las llaves en la cerradura y acierta a la segunda.

—¿Cuáles son tus obligaciones aquí? —me pregunta.

Intento responder, pero tengo el pecho como si estuviera lleno de nudos pequeños: la voz no me sale de la garganta. Me da mucha vergüenza y aún me resulta más difícil responder. Solo puedo soltar una palabra cada vez. Así que digo:

—Pan. Agua.

—¿Algo más?

Señalo entonces el orinal de Icelo.

—Orinal.

—¿Y tu amo? ¿Sube aquí?

Niego con la cabeza. No.

—Bien. Muy bien —dice el Zorro—. Está bien, chico, escúchame atentamente. ¿Ves a ese hombre? —Señala al prisionero—. Ese hombre es un enemigo del Estado, un enemigo de Roma. Es muy peligroso. Mientras esté prisionero aquí, debes tener mucho cuidado con él. Intentará llenarte la cabeza de historias. Te dirá que es rico y poderoso, que puede recompensar a aquellos que le ayuden. Incluso puede que te diga que es el césar. Todo mentiras. No es más que un criminal normal y corriente. Mientras esté aquí no recibirá ningún trato especial. Nada. ¿Comprendido?

No sé qué decir. Hoy es un día muy raro; lo único que quiero es que acabe.

—¿Comprendido? —pregunta de nuevo el Zorro.

Intento decir algo, pero no me salen las palabras. Me cierro en banda, como hago siempre. Tardo demasiado; el Zorro se enfada. Da un paso hacia mí. Intento retroceder, pero tropiezo con mis propios pies y me caigo al suelo. Mi culo golpea con fuerza los ladrillos: un relámpago de dolor me sube por la espalda.

Los soldados se ríen. Uno de ellos vuelve a hipar.

—Qué valiente es este, ¿eh? —dice el Zorro a los soldados—. Un joven Aquiles.

Me incorporo.

El Zorro está serio otra vez.

—¿Me has entendido, chico? El preso recibirá el mismo trato que cualquier otro. No tengo que decirte lo que te ocurrirá si me desobedeces, ¿verdad?

Niego con la cabeza. No.

—Bien —dice el Zorro.

Y entonces, por primera vez, se vuelve a mirar hacia la otra celda. Dentro, Icelo está acurrucado contra la pared de atrás, con la cabeza enterrada entre los brazos y las rodillas.

El Zorro dice:

—¿Tú eres el liberto del jorobado?

Icelo asoma la cabeza. Mira al Zorro y luego a los otros dos soldados.

—Sí..., soy yo.

—Tu amo ya no es ningún usurpador. Tengo un mensaje que quiero que le entregues.

—¿Y si me niego?

—Te cortaré el cuello.

Icelo mira al techo como si estuviera pensando. Luego se pone de pie y se sacude el polvo de los muslos. Sonríe.

—Bueno, entonces supongo que debo aceptar.

El Zorro agita la mano y uno de los soldados abre la celda de Icelo. Las bisagras oxidadas gimen al abrirse la puerta. Icelo sale y le dice al Zorro:

—¿Adónde debo ir?

El Zorro le ignora. Le dice a un soldado:

—Quédate en la puerta junto al camino hasta que yo te releve. Excepto el chico —me señala a mí—, nadie más entrará sin mi aprobación. —Luego se vuelve a Icelo y añade—: Te enviaremos a ver a tu patrón. Pero antes el prefecto quiere decirte algo.

Se dirigen a la puerta. Icelo sonríe. Me guiña el ojo al pasar a mi lado.

El Zorro es el último en salir. Hace una pausa en la puerta, se vuelve y dice:

—Nerón, te volveré a ver muy pronto. Que los dioses se apiaden de ti por todos tus crímenes.

Y con eso el Zorro sale, dejándome solo con el nuevo prisionero.

Me quedo mirándolo durante horas. Está en el mismo sitio donde lo han dejado caer los soldados, boca abajo, con los brazos extendidos. No creo que se haya movido. ¿Estará muerto?

No me lo pregunto en voz alta, pero él, de todos modos, me responde: gime.

Entonces empieza a moverse, retorciéndose despacio, como un gusano. Levanta la cabeza, me deja ver su cara. Un trapo empapado y manchado de un color marrón amoratado le cubre los ojos; una huella gruesa de color rojo oscuro le mancha ambas mejillas. Parece que haya llorado lágrimas de sangre.

Me doblo por la mitad y vomito el desayuno. Un charco de vómito se acumula en el suelo.

—Agua —dice el preso. Se da la vuelta y se pone de espaldas—. Agua.

Después de vomitar me encuentro mejor. Todavía estoy asustado, pero el hombre me da pena. Nunca había visto a nadie tan mal. Los presos siempre vienen con cortes y golpes, pero nada parecido a esto. ¿Podré darle agua? El Zorro ha dicho que no le dé ningún trato especial, pero el agua no es especial. Todo el mundo recibe agua.

Voy a la puerta de la celda y meto dos dedos en el agujero de la cerradura. Toco el pestillo que ando buscando y lo levanto. Clic. Luego, de un tirón, la puerta se abre. Las bisagras oxidadas rechinan. En cuanto la puerta está abierta, lleno un vaso de agua y se lo llevo a la celda. Me arrodillo junto al prisionero y estoy a punto de hablar cuando me doy cuenta de que no sé cómo llamarle. El Zorro ha dicho que es un mentiroso y un criminal. Pero luego le ha llamado…, le ha llamado con el nombre más famoso del mundo. Pero, claro, no puede ser él. No puede ser el hombre a quien el amo y el ama rezan cada noche, al que adoran como a un dios. No estaría aquí. No tendría este aspecto, ¿verdad?

—Yo… tengo agua.

La cabeza del preso se vuelve a un lado y otro, intentando captar quién habla. Le pongo la mano en el hombro, haciéndole saber así que todo va bien. Con una mano le sujeto la cabeza por la nuca. Con la otra le acerco el vaso a los labios. Incorporándose apoyado en el codo, lleva la mano libre al vaso. Juntos lo inclinamos y el agua le llega a la boca. Se la bebe toda, hasta la última gota. Cuando acaba, está sin aliento.

—Gracias —dice.

Le ayudo a arrastrarse hasta el lecho, que es solo una pila de heno en la esquina. Se sienta, con la espalda apoyada en la pared. Hace un gesto pidiendo más agua. Le lleno el vaso y me siento junto a él. El hombre rodea el vaso con la mano y se lo lleva a los labios. Da un sorbo.

Miro su rostro. Por debajo del trapo ensangrentado tiene moratones, grandes y oscuros, y la barba pegajosa con sangre espesa, tan roja que casi es negra. Pienso de nuevo en el nombre que le ha dado el Zorro. ¿Será él de verdad? Al otro lado del circo hay un lago. El lago del César. Junto a este, hay una estatua tan alta como un gigante. Se supone que es el dios Sol, pero todo el mundo dice que se parece al emperador. A Nerón. Miro de cerca la cara maltratada del prisionero y su barba cobriza. Intento ver si su cara se parece a la estatua. Pero no puedo. Hay demasiada sangre, demasiadas heridas.

—¿Cómo te llamas? —me pregunta.

—Marco.

—¿Eres esclavo?

—Sí.

Asiente con la cabeza.

—¿Y tú eres… el césar?

—Sí.

El preso intenta echarse, pero no puede hacerlo solo, así que le cojo por los hombros y le ayudo a reclinarse en el heno.

—Gracias, Marco. Eres un chico muy amable —dice.

No añade una palabra más. Se enrosca en su nueva cama de heno y se duerme.

Once años más tarde…

II

UNA MANO EN EL FORO

79 d.C.

Tito

9 de enero, cantar del gallo. Palacio Imperial, Roma

$\mathcal{P}$tolomeo susurra a mi oído:

—Tito…

Abro los ojos.

Es demasiado temprano para el sol, de modo que el chico lleva una lámpara en la mano. Una luz ambarina se refleja parpadeante en las columnas de mármol; los cortinajes de un oscuro morado tirio parecen una negrura vacía y sin fondo. Siempre me olvido de que el invierno hace eso: paraliza la noche hasta que se desangra en el día.

En cuanto aparto la sábana y me siento, la habitación cobra vida. Los esclavos se materializan como salidos de la nada, apartando las cortinas, quitando el polvo de la alfombra de piel; los braseros están encendidos. Una ya está de pie, con mi cinturón. Otro sujeta el manto de lana que llevo muchas mañanas en mi despacho, mientras leo y atiendo los asuntos de Estado.

En campaña tenía dos esclavos, tres quizás, que atendían a todas mis necesidades. Me acostumbré a esa modestia. He intentado aplicar tales valores a mi vida aquí, en la capital, entre toda esta extravagancia. No ha funcionado. A menudo envío a algunos esclavos a otras partes del palacio, a mis hermanas o mi hermano, a mi padre o incluso a mi hija, que los dioses saben que tiene suficientes manos ocupándose de ella. Sin embargo, siempre vuelven…, ellos u otros como ellos. La que sostiene ahora mi cinturón es nueva. Es joven, con el pelo castaño y anchas cejas que se unen encima de la nariz.

Tomo el desayuno en mi estudio, mientras reviso las cartas y los despachos oficiales que han llegado durante la noche. El gobernador de Mauritania dice que la provincia es un lugar atrasado. Le gustaría volver a Roma antes de que acabe su mandato. ¿Debería contárselo al emperador? (No, mejor no.) En Asia se han tomado medidas para suprimir un culto, una de esas nuevas supersticiones de Oriente. El procónsul cree que los seguidores de ese Cristus son especialmente sediciosos. (¿No lo son todos acaso?) Cerialis me escribe desde Tracia. La carta es de hace más de dos semanas, cosa que significa, o bien que los vientos eran escasos, o bien que nuestro servicio imperial continúa en declive. Mañana, Cerialis finalmente se moverá contra el último Falso Nerón y su ejército. (Mi padre se sentirá muy complacido. Hemos dejado que esa herida se encone demasiado tiempo.) El eunuco Haloto escribe de nuevo para pedir una entrevista. Asegura que yo le mandé llamar a Roma y querría saber por qué. No recuerdo haber hecho semejante petición, pero tampoco tengo el tiempo ni las ganas de explicárselo. Se me ocurren mejores formas de pasar los días que con el envenenador general de Nerón. Escribo en la propia carta un «no» y doy instrucciones a Ptolomeo de que la entregue personalmente al eunuco. El astrólogo Balbilo escribe para decirme que posiblemente se observó un cometa anteanoche. Es el tercer informe de mal augurio de Balbilo en un mes. Él y yo tenemos que hablar.

—¿Eso es todo? —le pregunto a Ptolomeo.

—Una cosa más, señor —dice el chico. Camina hacia mí, mientras desenrolla la carta—. Acaba de llegar.

—¿De quién?

Lee.

—Lucio Plautio. Está aquí.

Qué extraño. No sabía que Plautio estuviera en Roma. Mi padre le había concedido un puesto respetable en Siria, un favor a su exigente tía. ¿Ha acabado ya su mandato? Tiendo la mano. Todavía dispongo de tiempo antes de que empiece la ceremonia.

5 de enero (de Baiae)

Querido Tito Flavio Vespasiano (prefecto de la Guardia Pretoriana):

Debería empezar con las buenas noticias: estoy en Roma. Me gustaría que fuese un secreto. Después de tantos años lejos, trabajando duramente en Oriente, sudando bajo el sol del desierto, codeándome con los bárbaros (unos bárbaros amaestrados, pero bárbaros a fin cuentas), me habría encantado volver a escondidas a la capital, sin ser anunciado, y sorprender a aquellos a los que más quiero. Esperaba ver la cara de alegría surgir espontáneamente al acercarme a tal o cual atrio, una noche. Pero también tengo malas noticias, información que concierne al emperador, así que he tenido que estropear la sorpresa. Te lo explicaré todo dentro de muy poco. Primero, sin embargo, espero que me permitas unas pocas palabras de catarsis sobre el estado del Imperio.

Esperaba haber notado un cambio al volver a casa; una cierta sensación de moralidad, algo tangible, que notase creciendo en la tierra o flotando en el aire. Añoraba mucho más eso que el vino romano, o su sol templado, o sus limones ácidos, que hacen la boca agua. La civilización era lo que me hacía sentir auténtica añoranza. Sin embargo, desde que mis pies tocaron el muelle de argamasa de Misceno, he sido testigo de una depravación y un vicio tal que me parece haber entrado a un puerto griego, rebosante de marineros revoltosos, piratas y putas, en lugar de la joya del Imperio, a solo un día a caballo de la capital.

¿Cómo han permitido los romanos que la bahía de Nápoles se rebaje hasta convertirse en un infinito burdel y una copa de vino sin fondo? ¿Qué dirían nuestros nobles antepasados si pudieran visitar Baiea hoy? ¿Qué diría el noble Bruto, el hombre que desterró a reyes y estableció una república…, qué diría él a la vista de un senador en brazos de una cortesana alejandrina, con los ojos negros y unos encantos artificiales, mientras su esposa y la madre de sus hijos se encuentran a millas de distancia, en Roma? ¿Qué diría el querido Cincinato, el hombre que declinó asumir el poder de la dictadura porque prefería la vida campestre, trabajar con su arado y labrar su oscura tierra, que tanto amaba…? ¿Qué diría a la vista de sus descendientes apostando el hogar ancestral al lanzamiento de un solo dado, y luego encoger los hombros ante una tirada poco afortunada, porque siempre puede conseguir más crédito?

Y, sin embargo, ya sé que el extremo no marca el conjunto. Estoy deseando volver a Roma. Sé que hay hombres buenos y de elevada moral en la capital; hombres que ayudarán a guiar al Imperio de nuevo hacia los valores nobles y sanos que convirtieron Roma en la dueña del mundo. Tú, mi querido Tito, eres uno de esos de quienes hablo. A menudo he oído hablar del bien que haces cada día en nombre del césar. Si ocasionalmente aplicas mano dura, sé que las circunstancias lo requieren. Roma no puede caer de nuevo en otra guerra civil. Los meses que siguieron al suicidio de Nerón fueron oscuros y destructivos. Dieciocho meses de guerra civil, un hombre tras otro intentando asumir el poder, haciéndose con el mando a la fuerza, hasta que al fin salió victorioso tu padre y trajo la paz a nuestras fronteras. Debemos permanecer vigilantes, para asegurar que tales males no vuelven a suceder...

Pero estoy divagando.

Sin duda te preguntarás por qué he venido primero a la bahía, en lugar de acudir a Roma. La respuesta es muy sencilla. Voy a la caza de una casa de verano, una necesidad obvia si voy a convertirme de nuevo en residente de Roma. Envié a mi liberto Jecundo semanas antes para que me consiguiera una residencia adecuada. Pero su elección ha sido terrible. Es demasiado pequeña, está diseñada de una manera muy fría y muy pasada de moda: frescos al viejo estilo, mosaicos de dos tonos, etcétera. Sencillamente, una calamidad. Al final, sin embargo, no sufrí daño alguno. Ayer mismo vendí esa abominación anticuada y me compré un hogar más de mi gusto. En una palabra, la casa es perfecta. Tiene todas las comodidades modernas, incluidos un estanque de lampreas y unos mosaicos espectaculares. La ubicación también es exquisita: la brisa del mar es agradable, la temperatura de cálida a moderada, y la vista del azul Tirreno es magnífica. Está a buena distancia de las orgías de Baiae y de los barracones de Miseno. El retiro perfecto, a solo un día a caballo al sur de Roma. Estoy deseando que vengas a visitarme.

Pero basta de mí mismo, basta de las preocupaciones triviales de un ciudadano privado. Ahora te voy a contar una historia que, si es cierta, podría afectar la seguridad del emperador.

Aquí hay una mujer, que me presentó mi liberto Jecundo, una puta en realidad, a quien Jecundo conoció después de pasar varias semanas en el mar, que asegura que tiene información sobre un complot contra tu padre. Hace dos semanas le contó esa historia a Jecundo (no voy a mancillar mi carta contándote «por qué» ni «cómo»). Antes de que pudiera verla y de que me explicara a mí el relato con más detalle, desapareció. Durante días, Jecundo y yo la buscamos. Pero al final dimos con ella por casualidad, precisamente en el mercado. La mujer estaba muy asustada cuando me enfrenté a ella, pero resultó bastante comunicativa.

Se hace llamar «Roja». Sin duda te imaginarás una melena de un rojo intenso cubriéndole la cabeza; sin embargo, te aseguro que su nombre está mal aplicado (tiene el cabello de un marrón muy corriente). Se ha puesto ese título por la pasión a la cual, según dice, sucumbe todo hombre que se acuesta con ella. Parece un método efectivo de comercio. Muchos oirán su nombre y pensarán: tengo que probar a ver por qué todo ese alboroto (tal y como puede atestiguar Jecundo). De hecho, a pesar de su bajo nacimiento y ocupación, no carece de interés. Además de su *cognomen* tan característico, se porta con bastante dignidad durante el día, como si hubiera nacido patricia, no prostituta, sin el menor asomo de ironía. Tendrías que haberla visto en el mercado cuando me encontré con ella, Tito. Era como si un esclavo hubiera molestado a una reina.

Tuvimos una larga charla, ella y yo. Es difícil distinguir hechos de ficciones, dado el estado de agitación en que se encuentra. Está muy asustada y recuerda el incidente con una sensación creciente de irracionalidad. Al menos eso es lo que dice…

Hace siete días acudió al hogar de un caballero pompeyano, de nombre Vetio. Era tarde cuando llegó, mucho después de anochecer. Él la llevó al atrio. Después de beber vino sin mezclar, hizo que se desnudara. Supongo que él estaba a punto de empezar cuando llamaron a la puerta. Preocupado de que fuera su mujer, o al menos eso fue lo que dijo (porque, ¿qué mujer llamaría a la puerta de su propia casa?), le dijo a la prostituta que se escondiera detrás de una cortina. La tela era tal que, con los ojos pegados a aquella cortina, ella veía a su través, mientras que los que se encontraban en el atrio, mal iluminado, no podían verla a ella. De modo que, escondida tras las cortinas, desnuda y tiritando, vio que en la habitación irrumpían cuatro hombres. Su caballero intentó huir, pero dos de los intrusos lo cogieron y lo sujetaron a una silla, sacaron una hoja y la apretaron contra la garganta del caballero.

En este momento, la historia empieza a resultar más difícil de seguir. Supongo que al caballero se le hicieron una serie de preguntas. Él negaba con la cabeza una y otra vez, hasta que empezó a llorar. Uno de los cuatro, a quien al parecer no le gustaban las respuestas, dio una señal a los otros y amordazaron al caballero y lo envolvieron en una alfombra. Dos de los hombres se echaron la alfombra al hombro y se fueron.

Por supuesto, hay más. No haría perder el tiempo al prefecto con la desaparición de un simple caballero pompeyano. La puta jura por su vida que entre las preguntas que le hicieron al hombre oyó las palabras «veneno» y «césar». Es lo que le contó a Jecundo hace unos días, y es lo que me ha repetido. Le pedí más detalles, pero no supo decirme nada más.

Resulta frustrante no tener todas las respuestas, pero nos estamos moviendo en la dirección correcta. Después de discutir un poco por el precio, estuvo de acuerdo en ir con Jecundo y conmigo mañana a casa de la víctima. Está muy asustada por lo que sabe, o por lo que cree que sabe, pero no puede resistirse a la promesa de una compensación. Al fin y al cabo, es una puta...

Con toda probabilidad será una falsa alarma. No puedo imaginar que alguien sea tan idiota como para contrariar al emperador, después de los duros actos que llevaste a cabo hace menos de un mes. En cualquier caso, investigaré y determinaré con exactitud qué está pasando. Me propongo volver a Roma dentro de tres días, antes de la Agonalia. Ya te contaré en persona lo que he averiguado. Déjame esto a mí. Os debo mucho a ti y a tu padre. No te decepcionaré.

Tuyo,

LUCIO PLAUTIO

Leo la carta dos veces y luego grito para llamar a Ptolomeo. Llega sin aliento.

—Esta carta está fechada el 5 de enero. ¿Por qué la recibo ahora? Campania está solo a un día de distancia.

Ptolomeo se encoge de hombros.

—Llegó anoche.

—¿Ha venido a verme Plautio?

Ptolomeo niega con la cabeza.

—¿Ha habido más cartas de él? —pregunto.

—No —dice Ptolomeo.

—¿Estás seguro?

—Sí. Esta —señala la carta que tengo en la mano— es la única carta que hemos recibido de Plautio desde hace meses. ¿Por qué? ¿Qué problema hay?

Y

La serpiente procesional está pasando por el foro, en doble fila. Las togas de color rojo sangre marcan la ocasión. Yo destaco con mi coraza de acero pulido con incrustaciones de halcones dorados, con las alas desplegadas. Edificios de mampostería de color crema y mármol reluciente se alzan a cada lado. El sol parece que sale por fin, pero lo esconde la neblina gris y fría de enero.

Llevamos un tiempo sin movernos. Cada hombre libra su propia batalla para permanecer caliente: cambiar el peso de atrás adelante, frotarse las manos, meter la barbilla entre los pliegues de la toga... Algunos cometen un pequeño sacrilegio invitando a un esclavo a entrar en la procesión para que frote o abrace a su patrón hasta que la fila vuelve a moverse de nuevo.

Delante de mí, a la cabeza de la procesión, un sacerdote tira del ramal de un carnero, intentando hacerlo subir por las escaleras del templo. Su colega empuja las ancas del animal. Ambos tiran y empujan, pero el carnero no se quiere mover. La victoria del animal es completa cuando ambos hombres tienen que hacer una pausa para recuperar el aliento, doblados por la cintura como dos corredores tras cruzar la línea de meta. Recuerdo un chiste que cuentan mis hombres después de beber demasiado vino: ¿cuántos sacerdotes hacen falta para...? Pero no recuerdo cómo acaba.

—Primo —digo—, ¿no tienes una forma mejor de llevar al animal al altar?

—Por supuesto, Tito, claro —dice Sabino, sin ofrecer alternativa alguna.

Él, como los demás sacerdotes, lleva los largos pliegues de su toga color granate envolviéndole la cabeza como una capucha, la reverencia requerida para los dioses que están arriba. A pesar del frío, su frente y sus redondas y rosadas mejillas están cubiertas de un brillo nervioso.

Fue un error nombrarle pontífice. Durante años me negué a darle ningún cargo, y menos uno de los más prestigiosos de la ciudad. Sin embargo, después de Baiae, mi padre insistió.

—Necesitamos cerrar filas —dijo—. Solo hombres en los que podamos confiar.

39

Este año ha llenado los colegios y los puestos imperiales exclusivamente con aquellos que demostraron lealtad a su causa, particularmente nuestros parientes, sin contemplar sus capacidades. Ha elegido la lealtad por encima de la competencia, cosa que en teoría va bien, pero en la práctica no tiene sentido. ¿De qué sirve la lealtad si un régimen es el hazmerreír de todo el mundo?

Los dos sacerdotes empiezan de nuevo, empujando y tirando, gruñendo como si se estuvieran aliviando en los escalones del templo.

El carnero no se inmuta.

Noto que el vigor con el que empecé el día poco a poco empieza a desprenderse de mis huesos. Séneca nos enseña que la ira es la más peligrosa de todas las pasiones, porque le roba a un hombre su razón y hace daño al hombre que la sufre, tanto como a su objetivo. Al final, después de estos últimos años confinado en la capital, me he preguntado si no estaría equivocado, porque es la frustración, y no la ira, lo más dañino de todo. Al menos, como dice Aristóteles, la ira puede ayudarnos a centrar la mente, para trabajar hacia un resultado. La frustración, por otra parte, absorbe toda tu fuerza vital, día a día.

Los sacerdotes hacen una pausa para recuperar el aliento. El carnero mordisquea sus togas. Detrás de mí alguien reprime una risita. Yo cojo aliento con fuerza.

—Permíteme, primo —le digo a Sabino.

Camino hacia el carnero, desenvainando la espada que llevo al costado. Con una inclinación de cabeza, hago una seña al segundo sacerdote, el que empujaba el culo del carnero, indicándole que se aparte. Levanto la espada y la dejo caer. Con el lado ancho de la hoja golpeo al animal firmemente en la grupa. Sobresaltado, sube al trote las escaleras del templo. Los papeles se han invertido: el carnero arrastra al sacerdote que lleva la correa sujeta escaleras arriba, y lo conduce hasta el pórtico.

Vuelvo a mi lugar junto a mi primo Sabino y la procesión reemprende su marcha.

Subimos los escalones del templo, unos treinta, y paso entre dos columnas de mármol con acanaladuras, dos de las doce que forman el espectacular pórtico del templo de la Concordia. Está más oscuro a la sombra de los pedimentos, un gris de anochecer, roto solo por el resplandor intenso del fuego. Docenas de esclavos del templo se arremolinan, desnudos de cintura para arriba. Las volutas de incienso flotan en el aire: romero, incienso, otros aromas que no reconozco. Las puertas del templo están ligeramente abiertas.

El pórtico se sigue llenando. Las conversaciones, ninguna más alta que un susurro, se apoderan del silencio.

El primo Sabino se aleja y se dirige al altar.

Las llamas crepitan y escupen. Detrás de mí, un senador deja escapar una risita sacrílega.

Me vuelvo y examino la multitud, buscando a Plautio. Su carta estaba fechada hace cuatro días, un tiempo más que suficiente para recorrer el camino desde Baiae a Roma. Plautio siempre ha tenido cierto gusto por el dramatismo, pero su carta ha despertado mi interés. Me gustaría saber con qué dio allá en el sur. Sin embargo, detrás de mí, entre un mar de sacerdotes con sus capuchas granates y sus asistentes con la cabeza descubierta salpicando el pórtico, los escalones del templo y en el propio interior del recinto, veo a muchos de la élite de la ciudad, pero no a Plautio.

—Buenos días, mi príncipe —dice una voz por encima de mi hombro.

Me vuelvo y veo al senador Eprio Marcelo. A la luz grisácea de la mañana, el viejo Marcelo es todo bultos y curvas: espalda curvada, mejillas huecas, frente prominente. Con su piel desgastada y escamosa y los ojos entrecerrados parece más una serpiente que un hombre.

—Marcelo —digo.

Un joven esclavo del templo pasa con pies acolchados.

—¿Crees que pasará mucho rato antes de que podamos continuar?

Marcelo hace un gesto con la cabeza hacia el fuego. El primo Sabino y otro sacerdote están discutiendo en susurros. El primero señala al carnero; el último, al hogar. No oigo lo que dicen, pero es obvio que están discutiendo qué hacer a continuación. La pausa entre la procesión y el sacrificio está pasando poco a poco de lo aceptable a lo ligeramente molesto.

—Si continuamos, significará que la ceremonia se ha detenido —digo—. Y no ha sido así.

41

Noto que me miran los demás hombres en el pórtico. Es una sensación familiar en Roma: una habitación llena de ojos que te miran y que te sopesan, notando cada gesto, registrando cada pequeño tic. Si pudiera mantener igual de bien la atención de mis soldados en campaña, Jerusalén habría caído en un día.

—Parece irónico, ¿verdad? —dice Marcelo.

—¿El qué?

—Hacer que el dios de los principios espere a que se realicen sus ritos.

La mayoría de los hombres que están en esta sala me tienen verdadero terror. Con motivo o sin él, me ven como el perro de presa del emperador. Muy pocos se atreverían a hablarme como lo hace Marcelo, o a gastar una broma a costa del régimen. Marcelo, sin embargo, es muy rico y muy patricio. Sencillamente, no está en su naturaleza inclinarse y rozarse con un provinciano como yo, alguien cuyos orígenes no pueden remontarse a alguna de las familias patricias fundadoras de Roma, sea cual sea el cargo que ostenta mi padre ahora mismo. En tiempos fue gran amigo de nuestra familia. Mi padre confiaba en él, especialmente durante los primeros años del régimen, después del suicidio de Nerón y la guerra civil que siguió. Pero la relación se ha vuelto tensa. Su primo Iulo estuvo implicado en lo de Baiae, pero el declive empezó antes. Es difícil señalar cuándo o por qué.

—Dudo de que a Jano le importe cuándo se mate al carnero —digo.

—Bueno —responde Marcelo—, supongo que deberíamos aceptar la palabra de un príncipe en temas de teología, por encima de la de un simple senador. —El comentario pretende molestar, así que lo ignoro. Marcelo me presiona—. ¿Tu padre no va a asistir este año? Recuerdo que el año pasado sí lo hizo. Y el anterior.

—Se encuentra indispuesto.

—Bien, espero que no sea que se ha hecho demasiado mayor para la Agonalia. Tiene una larga tradición en Roma. Su decisión de no asistir se podría ver por parte de algunos como algo… de mal gusto.

—¿Algunos? —Un estremecimiento de frustración me

sube por la columna—. Confío en que no transmitas tal idea. Mi presencia, como hijo mayor del emperador y prefecto de la Guardia Pretoriana, debería ser honor suficiente para la Agonalia. ¿No estás de acuerdo?

Quería parecer ingenioso, una réplica vivaz, pero no he calculado bien. Ha sonado mezquino, como una pareja de esposos que discuten en público.

—Por supuesto, Tito —dice Marcelo, con una expresión que es fría e imposible de descifrar—. Si me perdonas...

Hace un leve gesto con la cabeza y luego se aleja entre la multitud.

Ha sido un error..., aunque no un error fatal. Marcelo lo superará. Es demasiado pronto para hablar con esa víbora.

Vuelvo mi atención hacia el altar. Afortunadamente, los esclavos del templo han ocupado el lugar de los inexpertos sacerdotes, incluido mi inútil primo. Uno de los esclavos está atendiendo el fuego, otros dos tienen sujeto al carnero.

—Buenos días, Tito.

Otra voz a mi espalda. Me vuelvo y veo a Coceyo Nerva. El senador es bajo, casi un palmo más bajo que yo, y con una nariz grande como una montaña, que hoy sobresale bajo su capucha sacerdotal.

—Nerva —digo.

—¿Marcelo te estaba haciendo pasar un mal rato? —La voz de Nerva, como siempre, es tranquila, controlada, quizá demasiado. Es una forma ingeniosa de contrarrestar la desventaja que le proporciona su estatura: requiere que sus interlocutores, como hago yo ahora, se inclinen un poco hacia delante o incluso se agachen para oír lo que dice.

—¿No lo hace siempre?

—Tengo que reconocerlo: debe de tener mucha confianza en sí mismo para molestarte a ti, el gran general.

—La política es algo curioso. En Roma, él es un veterano muy curtido.

—Aun así —afirma Nerva—. Después de Baiae, pensaba que procedería con más cautela.

No respondo. No quiero comentar lo que ocurrió en Baiae. Pero Nerva, que ha sobrevivido al auge y la caída de seis emperadores, es experto a la hora de asegurarse no perder el favor con el régimen que esté en ese momento en el poder. Nota mi incomodidad y cambia de tema con delicadeza.

—¿Hay noticias de Tracia?

—Nada importante.

—¿Cerialis no debería tener encadenado ya al falso Nerón, a estas alturas?

Sonrío.

—Siempre me sorprende la impaciencia de los senadores. Las guerras toman su tiempo, incluso las más pequeñas. Cerialis es una fuerza de la naturaleza. No dudo de que oiremos hablar de su victoria en cualquier momento.

Nerva hace una reverencia exagerada para mostrar su derrota.

—¿Conoces a Lucio Plautio? —pregunto.

—No muy bien —dice Nerva—. Solo nos hemos visto unas pocas veces. ¿Dónde está destacado? ¿En Siria?

—Estaba —digo yo—. Su mandato acabó hace unos meses.

—Debes de conocerle bien de la guerra.

—Pues sí. He recibido una carta suya esta mañana. Estaba en Baiae, pero la carta está fechada hace varios días.

—El correo no es del todo fiable en estos tiempos, ¿verdad?

Examino a Nerva, sopeso su tono. ¿Me está pidiendo otro nombramiento? Mi padre ya ha sido bastante generoso, aunque, como Marcelo, Nerva ya no está tan unido a mi padre como en tiempos. Roma me ha cambiado mucho. Me preocupa que el mal aceche detrás de cada comentario. Si un hombre dice: «mañana lloverá», creo que está tramando un asesinato. Si dice que hará sol y calor, creo que el asesinato ya se ha cometido y que han limpiado perfectamente la hoja.

Al final suena una campana y el primo Sabino empieza a cantar en voz baja y constante. Dos sacerdotes se ocupan del carnero, los mismos que habían intentado llevarlo al interior, pero habían fracasado. Uno le echa vino en la cabeza. A continuación el otro le echa una torta de espelta que se deshace entre sus manos. Las migas blancas caen como copos de nieve antes de empaparse de vino en el pellejo del carnero. El sacerdote retrocede un paso y los esclavos se adelantan. Uno coge al animal por el pecho; otro, por las patas traseras. Un esclavo más viejo, con barba blanca y con las costillas sobresaliendo en su pecho, se encuentra justo detrás del animal. Coge la barbilla del carnero y la levanta, exponiendo así su cuello. Blande un cuchillo con la mano libre y, con un rápido movimiento, rebana la garganta del animal. La sangre, espesa y oscura, brota del cuello de la bestia y cae sobre el suelo del templo. Se va formando un charco a los pies del carnero. El primo Sabino vacila y suspende su cántico por un momento.

Dioses, por favor, no permitáis que nadie vea desmayarse al nuevo pontífice al ver la sangre.

El cuerpo del carnero se relaja, a medida que los últimos restos de vida abandonan sus miembros. El esclavo viejo con el cuchillo pasa la hoja por el pecho y el vientre del animal. La piel se separa silenciosamente, revelando su carne rosada; cintas de vapor se elevan en el aire frío. El esclavo corta un trozo de carne y se lo tiende a uno de los sacerdotes, que la arroja sobre los carbones encendidos del hogar.

El primo Sabino reemprende su cántico, pero con una voz más baja que antes, tan baja que resulta difícil distinguir las palabras. Al menos ahora nadie lo oirá, si comete algún error.

Con el cuchillo, el viejo esclavo empieza a sacar las vísceras del cadáver y las coloca en una bandeja de plata. El sonido húmedo y chasqueante se impone al cántico del primo Sabino. Un arúspice se acerca al altar y empieza a inspeccionar las entrañas del animal. Su colega toma notas, presionando con el estilo una tablilla de cera. Los esclavos del templo empiezan a descuartizar el cuerpo del carnero, que se entregará a los pobres en el foro más tarde.

Cuando el arúspice ha concluido, suena de nuevo una campana que marca el final de la ceremonia. La multitud tarda en salir del templo. Muchos renuncian a una salida rápida y vuelven a reemprender las discusiones entre ellos. Nerva se retira. Yo me quedo donde estoy, esperando evitar la conversación con algún otro senador. Ya he tenido bastante por hoy.

De pronto hay una conmoción entre la multitud; un murmullo alterado viaja de un hombre a otro. Miro: la multitud, primero en el foro, después en los escalones del templo, se aparta lentamente, dejando paso a un viajero invisible. Los ojos apuntan hacia abajo. Unos pocos parecen indignados; otros, di-

45

vertidos. Al final, materializándose en un hueco entre la multitud, veo un perro, con las costillas prominentes, el pellejo marrón con manchas negras, que sube despreocupadamente al trote las escaleras del templo y se dirige al pórtico. El animal llega al altar sin que nadie lo moleste y se detiene.

Sujeta algo en la boca. La saliva gotea de sus dientes desnudos.

El perro gruñe.

—Un perro callejero —dice alguien.

Hago una seña a un esclavo de que se lleve al perro. Sin embargo, antes de que pueda llegar hasta él, el animal se vuelve, se enfrenta a la multitud y abre la boca. Lo que llevaba cae en el suelo del templo. El esclavo se inclina a recogerlo. Se detiene. Sus ojos se abren mucho, llenos de terror. Camino hacia el perro. Antes de llegar hasta él, me doy cuenta de qué era lo que ha dejado caer; lo mismo ocurre con la multitud. Los hombres hablan entre sí conmocionados. Uno incluso grita, otros se ríen. Oigo la palabra «augurio».

En cuanto llego hasta el perro me agacho y echo un vistazo más de cerca.

Tirada en el pórtico se encuentra la mano de un hombre adulto, cortada por la muñeca, con la palma hacia arriba y los dedos curvados hacia los dioses. Mis ojos se fijan en el anillo de sello, grueso, de oro, perteneciente a un senador o caballero, que brilla, embadurnado con la saliva del perro.

El anillo da vueltas en mi escritorio: un borrón hipnótico de oro. Las revoluciones van menguando y empieza a vacilar, como un borracho al final de la noche, y acaba por caer a un lado. Recojo el anillo y lo acerco a la llama de la lámpara. La inscripción se ha rascado con una serie de muescas frenéticas, lo que hace imposible su lectura; cualquier pista de su antiguo propietario está enterrada y perdida. Eso ya lo sabía, claro está. Pero la frustración y la falta de una idea mejor me impulsan a comprobarlo de nuevo. En cuanto he acabado, coloco de nuevo el anillo en el escritorio y lo hago girar otra vez.

La perra interrumpe mis pensamientos con un gemido. Bajo la vista hacia la piel de jabalí extendida en el suelo. Está enroscada encima, profundamente dormida. Los músculos de su pata se sacuden en sueños. Está en algún otro sitio, persiguiendo a algún animal. Una liebre, quizá. Afortunada ella. No tiene ni idea de los problemas que ha causado. Pronto, toda la ciudad hablará de ella…, si no lo están haciendo ya.

Quizás he cometido un error al coger el anillo, pero tenía que pensar con rapidez. Cuando me he dado cuenta de que era el anillo de un senador o de un caballero lo que llevaba la mano, allí caída en el suelo del templo, se lo he quitado antes de que nadie lo viese. Pensaba que sería capaz de determinar quién era el propietario. No quería que fuese el inicio del rumor del asesinato de un senador…, si es que es eso lo que ha ocurrido. En cuanto a la perra, no estoy seguro de por qué me la he traído de vuelta a palacio. Pero me parece relevante. Quién sabe, quizá saque de ella algo útil.

—Amo…

Ptolomeo está de pie en el otro lado de la habitación, con una lámpara. Su rostro palpita en una sombra amarilla.

—Sí.

—Siento molestarte. Régulo está aquí. Dice que le estás esperando.

—Hazle pasar.

Momentos más tarde, Ptolomeo vuelve con Régulo. El joven parece inmaculado, incluso a esta hora: recién afeitado, con una capa roja impoluta, la coraza bien bruñida, un toque de lavanda… El patricio de sangre azul del que he tenido celos toda mi vida. Nunca ha estado en un campo de batalla; sin embargo, gracias a sus conexiones, aquí está, como tribuno militar en la Guardia Pretoriana.

—Tito —dice Régulo. Se pone firmes cuando se dirige a mí, como es su obligación, pero carece del rigor que solo se puede aprender en la milicia. Esa boca fruncida y pretenciosa suya no duraría en los barracones.

—¿Qué tienes para mí?

—Exactamente lo que me has pedido —dice—. Una lista de todos los senadores y otra de todos los nombramientos en el extranjero.

—Bien. Mañana debes estar aquí a primera hora, dispuesto. Vamos a ir puerta a puerta.

Régulo me mira incrédulo.

—¿Eso no está… por debajo de nuestras atribuciones?

Ignoro la pregunta. Levanto la mano y Régulo me tiende los dos rollos de papiro.

—¿Puedo? —dice, señalando el asiento que tengo enfrente, al otro lado del escritorio.

Miro al joven tribuno, esperando a ver si tiene la desfachatez de sentarse sin mi permiso. No lo hace, pero sigue hablando, todavía lleno de confianza.

—¿Puedo hablar con libertad, señor?

Toma mi silencio como permiso.

—Me parece que la partida está llegando a un momento de crisis. Hay gente que está menospreciando a tu padre. ¡Menospreciar al césar! No sé qué has planeado hacer mañana yendo puerta por puerta, pero no estoy seguro de que sea tan efectivo como otros recursos. Me han dicho que hay algunos que estarían dispuestos a hablar. Ciudadanos bienintencionados que podrían proporcionarnos información sobre nuestros enemigos.

—Creo, Régulo, que la palabra que estás buscando es «informador». Tienes informadores que esperan para proporcionarnos información. No estarás sugiriendo que use informadores, ¿verdad? ¿O tengo que darte una lección de historia?

Régulo piensa que mis preguntas son retóricas. Se queda ahí sin más, con la boca ligeramente fruncida.

—¿Qué edad tienes? —le pregunto.

—Veintidós.

—Veintidós. Así que ¿qué edad tenías cuando se produjo la última gran purga de Nerón, después de que Pisón y sus cómplices fueran descubiertos? ¿Ocho años?

—Más o menos —dice—. Siete, a lo mejor.

—¿Y perdiste a alguien durante esa purga?

—A mi tío.

—A tu tío. ¿De qué parte? ¿Era de los Régulos?

—No. Era el hermano de mi madre. Un Sulpicio —dice Régulo—. No estoy seguro de adónde quieres ir a parar. Mi tío era un traidor. Estaba conchabado con Pisón, Escevino y los demás. Les proporcionó dinero, información y quién sabe cuántas cosas más. Nerón tenía perfecto derecho a hacer que lo mataran. —La voz de Régulo se está elevando. No había planeado que todo esto se volviera personal—. Me sorprende que seas tan ingenuo. Los emperadores, de vez en cuando, tienen que adoptar medidas drásticas. De otro modo, están listos. Así de sencillo. Nerón lo hizo con Pisón y se mantuvo en el poder; su imposibilidad de hacerlo con Galba fue lo que propició su caída. Si hubiera hecho lo que era necesario, si hubiera encontrado a todos y cada uno de los partidarios de Galba y los hubiera matado, como era su derecho imperial, todavía estaría vivo y en el poder.

Qué cara más dura la de ese malcriado. Habla como si fuera mi primera semana en el trabajo, como si no hubiera estado luchando para mantener a mi padre en el poder durante casi una década, ahogando complots, aplastándolos antes de que pudieran aflorar. Habla como si, en caso de un golpe de Estado, fueran a rebanarle la garganta a él, y no a mi padre o a mí.

Me levanto de mi escritorio y me acerco al vino. Está aireándose en un cuenco, en una mesa auxiliar. Tengo que pasar por encima de la perra para llegar hasta allí. Todavía está profundamente dormida, pero ha dejado de gemir. Quizás haya cogido a esa liebre. Sumerjo dos vasos en el cuenco; luego vierto un poco de agua marina de una jarra de terracota en los vasos, para diluir la mezcla. Solo añado un chorrito. Esta noche, ambos necesitamos algo fuerte. Le tiendo uno a Régulo y luego le hago señas de que se siente. Me siento frente al joven tribuno.

Ahora que me he calmado un poco, puedo proceder con más precisión. Empiezo de nuevo.

—Me pregunto —digo— si viste alguna de las transgresiones de tu tío. ¿Le viste entregar monedas de oro a Pisón o a Escevino? ¿Le viste en alguna de las reuniones clandestinas de los conspiradores? ¿Le viste levantar la mano para ofrecer información?

—Yo tenía siete años. Claro que no.

—Pero estás seguro de que hizo todas esas cosas. Solo que no estás seguro de por qué estás seguro.

Hago una pausa para beber un poco de vino. Me arde en la

garganta cuando baja por ella. Es de la variedad áspera, de ese que solo beben las legiones: una mezcla espesa, agria, que es tan inmune al tiempo y la temperatura como cualquier soldado. Después de todos mis años en campaña, es lo único que puedo beber. Ahora, las cosechas de mejor calidad de Hispania o Roma me parecen agua.

—¿Puedo preguntarte qué ocurrió con sus propiedades?

—La mayoría las confiscó Nerón. A mi otro tío, su hermano menor, se le permitió quedarse con sus propiedades en Roma —dice Régulo. Levanta el vaso, lo olisquea y su cara se contrae como la de un niño al que han pedido que coma verdura. Deja el vaso sin beber un solo sorbo—. Pero es una práctica habitual —añade.

—Claro —digo—, ahí está la madre del cordero. —Doy otro sorbo. Esta vez me quema menos—. Los informadores a menudo se benefician de sus informes. Está implícito en el acto. ¿Por qué informar, si no?

—Por el bien del Imperio —dice Régulo—. Por el bien de Roma.

—Pensaba que me habías echado en cara mi ingenuidad.

—¿Crees que mi tío fue traicionado por su propio hermano? —pregunta Régulo, incrédulo.

—Eso no lo sé. Lo que sí sé es que los informadores, como todo el mundo en esta ciudad, miran solo para sí mismos. A menudo se puede rastrear la fuente de la ruina de un hombre hasta el lugar donde se encuentra su botín. Quizás otros se aprovecharon del fallecimiento de tu tío. Tal vez ellos fueran, precisamente, el motivo de su ruina. No lo sé. Pero me sorprendería que él, el tío acusado de conspirar, estuviera implicado. Nunca he oído hablar de tu tío. No imagino que fuera parte fundamental de un complot contra Nerón.

Régulo se queda callado un momento. Cuando habla, su voz tiene una nueva amargura.

—Especula todo lo que quieras —dice—. Pero seleccionar a los ciudadanos desleales asegura la estabilidad. Garantiza que el poder permanezca intacto. Tiberio gobernó durante dieciocho años usando a los informadores para localizar y purgar a sus enemigos. La incapacidad de Nerón para hacerlo fue su perdición.

—Tiberio era el heredero de Augusto —digo—. Podría haber gobernado otros dieciocho años más, si hubiera terminado con esas prácticas. —Nunca se probó, pero yo creo cierto el rumor de que Tiberio fue asfixiado con una almohada por su personal descontento—. Los informadores y las purgas no impidieron su caída, sino que la causaron. Y ninguna purga habría podido evitar lo que le ocurrió a Nerón. Las legiones en la Galia y en Hispania se rebelaron; los pretorianos se volvieron contra él. Así que, con la ayuda de su liberto, se quitó la vida. Ninguna purga en los rangos senatoriales podría haber impedido tal cosa.

Doy otro sorbo de vino antes de continuar. Ahora voy más despacio. Disfruto mirando el aire de arrepentimiento que invade la cara de este chico patricio tan guapo.

—Es muy desafortunado que no hayas podido pasar más tiempo en campaña —le digo—. Lo único que conoces es Roma, así que para ti es difícil distinguirla por lo que es realmente.

Régulo se encrespa.

—He estado en las provincias, en Grecia y en Egipto.

—Eso no son más que recreaciones de Roma, a menor escala —replico—. Romas en miniatura, con un clima distinto y sistemas de carreteras que tienen lógica. Las provincias son solo copias de la capital. El sistema de Gobierno, las leyes y las regulaciones… Todo es lo mismo. La gente es también la misma, aunque, de nuevo, a menor escala. Menos ricos, menos ambiciosos…, pero romanos, sin embargo. —Me arrellano en mi silla, esperando demostrar así que me encuentro a gusto—. No. No puedes aprender nada de Roma visitando Romas en miniatura. Pero en campaña, al cabo de solo unos pocos días viviendo como soldado, sabrías más de Roma que en diez años viviendo aquí.

Régulo no parece impresionado. A lo mejor ha puesto los ojos en blanco, pero no podría asegurarlo a la débil luz de la lámpara.

—Es cierto —continúo—. El egoísmo de esta ciudad, su codicia descontrolada y la obsesión por el estatus, todo ello es obvio para el soldado. Es obvio porque la vida del soldado es diferente. Por necesidad, es justamente lo contrario. El egoísmo

51

de un individuo es la muerte para todo el grupo. El ejército debe funcionar como una unidad no solo para conquistar, sino para sobrevivir. En Roma, un hombre egoísta se ve recompensado con la granja y la viuda de su hermano muerto. En campaña, sin embargo, un hombre egoísta se ve recompensado con la muerte. Si hubieras vivido como soldado, aunque fuera por un tiempo breve, lo habrías visto. Habrías visto a esos ciudadanos tan «serviciales», deseosos de informar de sus compañeros romanos, con mucho escepticismo. Sus motivaciones pueden resultar obvias. —Inclino la cabeza hacia atrás y me bebo el último resto de vino de mi vaso—. Los informadores, como todos en esta ciudad, solo miran por sí mismos. Harías bien en recordarlo.

—¿Y ha sido muy diferente en Baiae? —me pregunta Régulo—. Tú mataste a dos hombres sin juicio…

El chico me coge desprevenido. Dejo que mi mezquindad me distraiga.

—En Baiae no había informadores. No hubo ninguna purga —digo, sin mucha convicción. Ahora me toca a mí dejar que la emoción tiña mi voz—. Aquellos hombres conspiraban abiertamente contra el emperador. Vi su traición con mis propios ojos. No hubo oportunidad de celebrar un juicio, ni tampoco hubo necesidad.

Régulo está desconcertado. Vuelve a fruncir los labios. No le ha gustado mi respuesta. A mí tampoco.

—Es tarde —digo—. Vete a casa con tu bella esposa. Mañana ven antes de que salga el sol.

Régulo se levanta para irse. Deja el vaso de vino en el escritorio. Está lleno.

—Trae mala suerte dejarlo —digo, señalando el vino.

Régulo de mala gana coge el vaso. Lo mira como Julia mira la verdura. Pero diré una cosa a favor del chico: tiene buenos modales. Echa la cabeza atrás y vacía el vaso de un trago. Tose violentamente, tanto que tiene que apoyar las manos en mi escritorio para sostenerse. La perra se despierta y levanta la cabeza de la alfombra; se queda mirando la conmoción.

—No sé cómo puedes beber esa bazofia —dice.

—Soy soldado —digo—. Recuerda: mañana por la mañana, a primera hora.

Régulo me saluda, se da la vuelta y se va.

Ausente, vuelvo a mi correspondencia y desenrollo una carta del gobernador de Galia. Pero antes de poder leer más de dos palabras, oigo que alguien se aclara la garganta. Levanto la vista y veo a Virgilio de pie, en posición de firmes. Asiento con la cabeza y el centurión se relaja. Hago un gesto, señalando el asiento al otro lado del escritorio.

—General —dice, antes de tomar asiento.

La presencia de mi viejo amigo me relaja de inmediato. Es delgado, con la melena blanca y la barba espesa y veteada de gris. Viejo y endurecido por la batalla, es exactamente todo lo que Régulo no es.

—¿Qué has oído?

—Solo lo último —dice—. Si me pides mi opinión, creo que su tío era culpable.

Le dedico la sonrisa que estaba esperando.

—¿Has encontrado a Plautio? —le pregunto.

—No. Pero su mujer está aquí.

—¿Has hablado con ella?

Niega con la cabeza.

—Solo con el personal. Dicen que se esperaba a Plautio en Roma hace dos semanas. Pero han ido llegando cartas de la bahía diciendo que tenía asuntos que atender. —Virgilio mira hacia donde está la perra—. ¿Crees que esa mano era suya?

Me echo atrás en mi silla. La carta de Plautio está en mi escritorio. «Ella oyó las palabras "veneno" y "césar"», había escrito. «Lo investigaré. Déjamelo a mí».

—No estoy seguro —digo—. Si no es así, me gustaría hablar con él.

—¿Debo ir a buscarle? —pregunta Virgilio—. O al menos intentarlo…

—No. Todavía no. Mañana te necesito aquí conmigo. Domiciano está allí ahora.

—¿Tu hermano está en Baiae?

Asiento.

—Lleva allí casi una semana, haciendo lo que sea que hacen los jóvenes en Baiae. Le escribiré. Le pediré que encuentre a Plautio. Estaría bien que me resultara útil.

Virgilio asiente.

53

—Si la mano no era de Plautio, ¿qué harás? —me pregunta.

—Sea por accidente o no, esto nos traerá problemas. Ya sabes cómo gustan los augurios a esta ciudad.

No tengo que decir más. Virgilio me conoce lo suficientemente bien para ver de qué hablo. Se pone de pie y dice:

—Entonces nos vemos mañana.

Se va.

Miro de nuevo las cartas que tengo desparramadas por el escritorio. La perra, ahora despierta, viene trotando y me pone la cabeza en el regazo. Sus ojos grandes y oscuros me miran con adoración.

—Si pudieras hablar… —le digo.

Cojo el anillo de sello de oro y lo levanto para mirarlo a la luz de la lámpara. Tras inspeccionar los familiares arañazos, dejo el anillo en el escritorio y lo hago girar, perdiéndome en el borrón dorado y absorbente.

III

TRABAJAR JUNTOS

68 d. C.

Nerón

14 de junio, cantar del gallo. Prisión IV de la ciudad, Roma

Decido suicidarme la segunda vez que estoy lúcido. Durante días me he visto consumido por espantosos dolores y sueños febriles, sueños más vívidos de lo que este mundo volverá a ser jamás; pesadillas de hojas al rojo vivo que me perforan los ojos y la sangre, de un color morado oscuro, que se derrama por mis mejillas, latiendo con un ritmo constante e interminable. Hasta ahora, solo una vez me ha bajado la fiebre y el dolor ha cedido lo bastante para poder pensar con claridad. Despilfarré esas horas gritando lleno de ira, maldiciendo a los hombres que me han hecho esto y a los dioses que se lo han permitido. Ahora estoy lúcido por segunda vez y no quiero desperdiciar el tiempo. Me niego a ser una ficha de cambio o tener la consideración que se da a títulos o monedas…, o lo que sea que planean hacer conmigo. Quiero una muerte buena y limpia, a la romana, una muerte digna de un césar.

La pregunta es: ¿cómo?

Todo está negro. El mundo se ha reducido a tacto, olor y sonido. Queda muy poco de mi ser imperial, nada salvo unas costillas rotas y una carne hundida, magulladuras sobre magulladuras; tengo la barba empapada con mi propia sangre, una pasta coagulada que apesta a tajo de carnicero; me duelen todos y cada uno de los huesos. Pero todo eso palidece en comparación con el dolor que procede de lo que queda de mis ojos, que de vez en cuando cede un poco, pero que siempre es insoportable.

Estoy echado de espaldas en lo que supongo que es la celda de una prisión. Mil pinchazos de heno me irritan la espalda y el cuello. Todo está tranquilo, excepto el repiqueteo del cencerro de una vaca, un sonido repetitivo que se desvanece en la distancia. Seguramente me han sacado fuera de los muros de la ciudad. Espero que devuelvan mis restos a la ciudad propiamente dicha, a la cripta de nuestra familia. Espero que al menos me concedan eso.

Palpo a mi alrededor, pasando las manos en todas direcciones por encima de los polvorientos ladrillos, buscando algo que poder usar. Mi mano derecha roza la pared y resulta que hay un ladrillo algo suelto. Me pongo de rodillas, poco a poco, con muchas dificultades; muevo el ladrillo con una sacudida feroz, hasta que se suelta de la pared. Sujeto el ladrillo por encima de mi cabeza y lo golpeo contra el suelo, una y otra vez. Se rompe al sexto intento. Paso la mano por encima de cada trozo hasta que encuentro uno que tiene forma de punta de lanza, un fragmento afilado, que disminuye hasta formar un pico agudo. Me servirá.

Todavía de rodillas, levanto el fragmento de terracota hasta el cuello y lo aprieto donde creo que está la vena. Aplico la presión suficiente para romper la piel; un hilo de sangre se desliza por mi cuello...

Dudo.

Mi mente divaga. Imagino a mis súbditos no llorando a su perdido emperador, ni siquiera regocijándose con su caída, sino indiferentes, dedicados a sus ocupaciones diarias como en cualquier otro momento. Pienso en mi madre. Me imagino su mirada de satisfacción si pudiera ver a su hijo en este preciso momento, destronado, de rodillas, como un mendigo, a punto de abrirse las venas. Pienso en los hombres que me hicieron esto, vivitos y coleando. No solo los soldados que me quitaron los ojos, sino los hombres en posición de favor que seguramente estuvieron implicados: senadores, generales, mi desagradecido personal imperial... Los hombres que realmente ganaban algo con mi caída. En este preciso momento, probablemente están disfrutando de una copa y de unas risas al ver que todo el asunto ha salido bien y sin problema alguno, que el hombre al que adoraban como a un dios ahora está sentado en una celda, ciego e indefenso.

Grito, lanzo un espumoso torrente de ira sin palabras, mi cuerpo se agita, lleno de rabia. Chillo por segunda vez, luego una tercera.

Exhausto, caigo al suelo.

Pasa el tiempo. Respiro. Largo. Profundo. Respiro.

Algo ha cambiado.

Dejo a un lado el fragmento de ladrillo. Lo usaré, sí, pero todavía no.

Marco

15 de junio, tarde. Batán de Próculo Creón, Roma

—¿Cuántas veces tengo que decirlo? —pregunta el amo—. Cuanto más despacio vayas, menos dinero hago yo. ¿Tan difícil es entenderlo? Así pues, ¿por qué, en nombre de Júpiter, tus chicos tardan tanto? No estás componiendo poesía, solo recoges orina. Amarilla, blanca, verde o roja, no me importa en absoluto. Simplemente tráemela al batán, para poder convertirla en «dinero». ¿Te parece muy difícil?

El amo sujeta un orinal y una gruesa ánfora de terracota, de esas que vamos llevando de edificio en edificio. Pretende verter el contenido del orinal en el ánfora. Las dos cosas están vacías, pero el sonido de las mujeres que están detrás de él, chapoteando en las tinas, limpiando y frotando ropa, hace que parezca que están llenas.

—¿Lo has visto? ¿Cuánto cuesta? He visto estornudos que duran más rato.

El amo arroja el ánfora y el orinal a Sócrates; este intenta cogerlos, pero se le caen.

—¿Quieres tener una vida dura? ¿Quieres que venda tu cuerpo a los degenerados de esta ciudad, lo prefieres así? Entonces, en lugar de remolonear de cenácula en cenácula con el sol a la espalda, notarías el aliento apestoso de algún caballero solitario en el oído.

Los otros chicos y yo empezamos a sacudir la cabeza, protestando.

El amo apoya las manos en su grueso vientre.

—¿No? Pues venga, daos prisa. Recoged la orina y andando. Llevadla al batán para que las mujeres puedan limpiar.

El amo se detiene; las mujeres siguen chapoteando en las tinas.

—¿Qué? ¿A qué estáis esperando? —exclama—. ¡Id!

Los niños se desperdigan, pero el amo me llama antes de que me vaya. Habla mientras inspecciona las ropas.

—Me ha visitado un soldado.

Al oír la palabra «soldado», mi corazón late muy deprisa.

—Ha dicho que el liberto se ha ido, pero que han traído a un nuevo prisionero. ¿Es eso cierto?

Asiento con la cabeza, demasiado asustado para decir algo del nuevo prisionero.

—Bueno, pues haz por este lo mismo que hacías por el otro. ¿De acuerdo? Llevar esa prisión es un contrato muy lucrativo. No pienso perderlo por tu culpa. Agua y pan, recoges la orina y andando. ¿Comprendido?

El amo chasquea los dedos.

—¿Comprendido?

Asiento con la cabeza.

—Bien. —El amo sigue inspeccionando las ropas—. Ve. Vete ya.

Uso la puerta llamada del Cerdo. He olvidado su nombre real, pero está junto a una cantina con un cerdo pintado en la pared, largo y gordo, con el rabo retorcido, así que yo la llamo la del Cerdo. Después de pasar por la puerta, sigo hacia la carretera del norte.

Se encuentra casi vacía, solo pasa por ella un carro tirado por un buey y un viejo que agita las riendas despacio. El sol está muy alto en el cielo; hace tanto calor como en un horno. Se me pega la túnica a la espalda sudorosa. Camino por la carretera hasta que llego a un camino de tierra; luego voy hacia el este. Pronto veo la cárcel, de ladrillos de un rojo anaranjado, sola en medio de un campo verde.

Antes me gustaba este paseo. Era tranquilo, lejos del amo y el ama, de Gitón y de todos los demás. Iba andando al lado del camino, a través de la hierba alta. A veces estaba resbaladiza y fría: notaba cómo crujía bajo mis pies. Algunos días veía una liebre o una vaca. Y, en primavera, había muchísimas amapolas por el camino.

Ahora ya no me gusta el paseo, no desde que vinieron los soldados. Ahora, cada día el corazón me salta en el pecho, más y más rápido cuanto más me acerco. Y no puedo respirar bien porque parece que se me sale del cuerpo. Pero tengo que ir, como dice Elsie.

Ella es la única a la que le conté lo que ocurrió. Aquella noche, después de que trajeran al nuevo prisionero a la cárcel, volví más tarde a ver al amo. Entré por la cocina desde el callejón. Elsie estaba allí, amasando la masa para el pan del día siguiente. Ella me vio e, inmediatamente, supe que algo iba mal. Se secó las manos en el delantal y se inclinó mucho para mirarme a los ojos.

—Cuéntame, niño. Cuéntaselo a Elsie —dijo.

Solo eso.

Se lo conté todo. Empecé y luego no pude parar. Yo lloraba; ella me apretaba la cabeza contra el pecho huesudo. Llevaba el pelo gris recogido, pero unos cuantos mechones picajosos colgaban y me hacían cosquillas en el cuello. Ella no se enfadó conmigo; no me dijo que hubiera hecho nada malo… Me sentí mejor, pero, no sé por qué motivo, lloré más fuerte todavía.

—Todo va bien, niño. ¿Vale? —dijo—. Escucha a Elsie. Todo va bien.

A la mañana siguiente, antes de que nadie más en la casa se despertara, Elsie me llevó a toda prisa a Subura. Era tan temprano que sus estrechas calles estaban casi vacías. Me metió en un callejón oscuro. Al final había un hombre, sentado con las piernas cruzadas en el suelo. Estaba desnudo, creo, y solo llevaba una pintura roja que le cubría la mitad del cuerpo. Estaba tan gordo que su vientre redondo le cubría los muslos y el paquete. Elsie se arrodilló ante él y me hizo señas de que hiciera lo mismo. Entonces se lo contó todo al mago. Cuando acabó, él agitó la mano y dijo que el remedio era sencillo:

—Grasa de león con aceite de rosa entre las cejas. Concede popularidad entre los reyes —dijo—. Funcionará con los emperadores. Hasta con sus fantasmas. —Elsie le pagó y él me untó la frente con la grasa.

Elsie dijo que era mejor no contarle a nadie lo del prisionero, al menos hasta que la magia surtiera su efecto.

—Sigue haciendo lo que se espera de ti —dijo.

Así que yo cada día seguía yendo a la cárcel, haciendo lo que se suponía que tenía que hacer. Y no le había hablado a nadie salvo a Elsie de lo del prisionero.

Toda la ciudad hablaba de Nerón. Algunas personas decían que estaba muerto; otras, que se había ido al norte a reunir un ejército, o al este, o al oeste. Ni siquiera el amo y el ama se ponían de acuerdo. La última noche, oí que el ama le decía al amo que pensaba que Nerón estaba de camino a Partia para comprar un ejército a su rey. El amo dijo: «No seas idiota, cariño. Nerón se ha ido. Está tan muerto como nuestra cena». Y levantó un muslo de pollo a medio comer.

Hay un nuevo emperador. Se llama Galba, pero la gente le llama el Jorobado. Elsie dice que es viejo, más viejo que ella incluso, con la espalda torcida y la cabeza calva. Fue gobernador de Hispania antes de ser nombrado emperador, de modo que todavía no está en Roma. El amo dice que probablemente llegará a finales del verano. A algunas personas no les gusta mucho que sea emperador. Ayer incluso hubo peleas por las calles. Oí que el amo decía al ama que la cosa empezó en el Senado. Los senadores hicieron discursos en contra de Nerón. (Uno de sus nombres suena como Nerón. Nera, Nevi o Nerva.) Más tarde, en el foro, los amigos de Nerón pusieron flores en el *rostrum* e hicieron discursos sobre él. Otra gente empezó a abuchearlos y a gritar. Ambos bandos comenzaron a chillarse entre sí y a tirarse piedras. Entonces empezó la pelea. Oí que el amo decía al ama que habían matado a algunas personas.

—Desgarradas —decía—, como las patas de un pollo guisado.

—¿Estamos a salvo en Roma? —preguntó ella.

Todos los que estábamos en la habitación, Elsie, yo y los demás esclavos que los atendíamos, miramos al amo esperando a ver qué decía. Él se encogió de hombros.

—Roma no ha sufrido una guerra civil desde hace ochenta años. Desde que acabó la república. Roma es segura. No os preocupéis.

Todo el mundo había estado conteniendo el aliento, esperando lo que le diría el amo: cuando ha dicho que estaríamos bien, todos han vuelto a respirar tranquilos…, todos excepto Elsie y yo. Nosotros sabíamos que estaba equivocado. Él no sabía si Roma estaba a salvo o no, igual que no sabía que Nerón estaba vivo todavía.

Delante de la cárcel hay un soldado. Está sentado en el suelo, con la espalda apoyada en la pared. Cuando me acerco, veo que está dormido. O borracho. Tiene la boca abierta y sujeta una jarra inclinada a un lado. Veo círculos oscuros en el suelo, en los sitios donde ha goteado el vino. Normalmente es él quien está delante, o su amigo; los mismos que vinieron con el Zorro, aquel primer día. El soldado no se despierta cuando paso a su lado.

Entro, subo los escalones, abro la puerta rota y ahí en su celda encuentro al prisionero echado en su montón de heno. Enseguida veo que ya no tiembla. Desde el primer día ha tenido fiebre. A veces su cuerpo ardía de calor y estaba húmedo de sudor. Otras veces estaba aterido de frío. Y casi todos los días murmuraba o incluso gritaba en sueños. Una vez abrió los ojos y me miró directamente: «¡Mis tebanos, mis tebanos!», gritó.

Le hablé a Elsie de la fiebre del preso. Ella dijo que lo dejara en paz, como me había ordenado el Zorro. Pero yo dije: «¿Y si se muere y me echan la culpa a mí?». Elsie entonces estuvo de acuerdo en que eso no estaría bien. De modo que me dijo cómo limpiarle las heridas con un trapo y que me asegurase de que bebía muchísima agua. También le cogió al ama dos mantas del armario, para que estuviera caliente.

Hoy empiezo a hacer lo mismo que he hecho todos los días hasta el momento. Entro en su celda, me arrodillo delante de él y susurro: «Señor, tengo agua». He de entrar en la celda porque está demasiado débil para acercarse y coger el agua entre los barrotes. Ni una vez ha dicho una sola palabra, aparte de esos murmullos extraños y febriles. Pero hoy, después de murmurar y removerse en el heno, dice algo:

—¿Qué noticias hay de la ciudad?

No le digo nada. Elsie me ha dicho que no tendría que haberle hablado aquel primer día y que no debo hacerlo de nuevo. Así pues, cierro la boca. Ayudo al prisionero a incorporarse y me siento a su lado. No sé si tiene mejor aspecto. Todavía tiene el trapo envuelto en torno a la cabeza, tapándole los ojos, o el lugar donde los tenía. Aún tiene cortes y moratones.

—Por favor —me dice.

Es gracioso oírle decir «por favor». Yo le dije que era un esclavo, pero sin duda se ha olvidado. Meneo la cabeza para hacerle saber que no puedo decirle nada, pero me doy cuenta de que no puede verme. De modo que digo:

—No puedo. No me lo permiten.

Empiezo a cortar el pan en trocitos pequeños en mi regazo y luego se lo pongo en las manos. Él las levanta y se lleva el pan a la boca. Mastica con cuidado.

Se traga el pan.

—¿Quién lo ha dicho? ¿Quién ha dicho que no te lo permiten? —pregunta.

Me doy cuenta de que ha sido un error abrir la boca, porque ahora estoy hablando con él. Supongo que es mejor decir lo justo para responder sus preguntas: quizá así acabe pronto.

—El soldado —digo—. El que te trajo aquí.

—Ah, ya lo entiendo. Bueno, ¿sabes quién era ese soldado?

—No —digo.

—Yo tampoco. Y eso nos dice algo. Nos dice que no es importante. Que quizá lo sean los hombres para los que trabaja. Pero él no es nadie.

No sé qué decir. A mí sí que me parecía alguien. Ha encerrado al emperador en la cárcel. No digo nada más; el prisionero tampoco. Le pongo en la mano otro trozo de pan. Él mastica y sigue masticando. Se queda callado un rato. Luego dice:

—Hablas latín bastante bien. Para ser esclavo, quiero decir. ¿Eres de las provincias?

Me encojo de hombros.

—No estoy seguro.

—Bueno, supongo que no importa de dónde vienes, ¿verdad? Ahora eres romano.

Supongo que es gracioso que diga eso, porque los esclavos no son romanos. Al menos, no son ciudadanos. Solo son esclavos.

65

—Tu amo, ¿quién es? —me pregunta.

—Maese Creón.

—¿Y quién es maese Creón?

—Pues mi amo.

—Vamos en círculos, chico.

No estoy seguro de lo que quiere decir, así que no digo nada. Me levanto y voy a por el agua. Vuelvo con un vaso lleno y me siento a su lado. Entonces le ayudo a coger el vaso entre las manos. Derrama agua cuando hacemos el cambio de manos.

—Nunca he oído hablar de tu amo —dice el prisionero—. ¿Es senador?

—Es un liberto.

—Ah —dice el preso. Bebe un sorbo de agua—. ¿Y cómo se gana la vida maese Creón?

—Es propietario de un batán. Y de edificios.

—Así que recoge césares y orines, ¿verdad? Bueno, supongo que yo le gustaba. A los libertos les ha ido bien bajo mi mando.

El amo hablaba bien del césar. Pero ayer dijo que hay que saber de dónde sopla el viento y le ordenó a Sócrates que quitase todas las figurillas de Nerón que tenía: «Pulverízalas. Que no quede ni rastro».

Le cuento al preso la primera parte, pero no la segunda. Él asiente con la cabeza, como si esperase algo así.

—¿Y dices que se combate en la ciudad? —pregunta.

—Sí. Yo…

Me doy cuenta de que no le he dicho nada de que se combatiera en la ciudad. Me ha engañado. Me ha hecho hablar; luego me ha preguntado otra vez por la ciudad. No sé cómo se ha imaginado lo de los combates, pero lo ha hecho. Se lo cuento al prisionero porque me imagino que es demasiado tarde: ya me ha engañado.

Nerón

15 de junio, tarde. Prisión IV de la ciudad, Roma

El chico me cuenta que unos discursos en el Senado han inspirado traiciones en el foro. Es asombroso que los posos se puedan beber como si fueran puro vino perfumado con miel. Lo presiono para que me cuente más cosas. No comprende los acontecimientos, es todo confusión y embrollo; sin embargo, removiendo el barro, encuentro las pepitas que necesito para ir componiendo la historia. El Senado ha nombrado emperador al Jorobado. ¡Qué locura! Galba tiene un temperamento peor que Hera, y la inteligencia de una mula. Y lo peor de todo: medio mundo cree que estoy muerto. He desaparecido hace pocos días, pero ya hay hombres que quieren mearse en mi tumba.

Si es verdad lo que cuenta el chico, la duplicidad de Nerva es asombrosa. Yo lo saqué de la nada. Viene de un oscuro origen plebeyo. ¿Cuántos consulados tenían los Coceyos antes de mí? ¿Uno? Sin mi favor, el pequeño Nerva, con su nariz montañosa, no habría pasado de edil. Sin embargo, ahora que me he ido, ¡está menospreciando al césar! Esto no funcionará. No puedo tolerarlo. Apolo, dame paciencia…

Y luego me invade la duda. ¿Y si Nerva, un hombre en el que confiaba plenamente, hubiera estado implicado en el golpe? La duda es como un veneno: una gota puede extenderse e infectarlo todo. Me resisto a señalar con el dedo a los que tenía más próximos, a pensar con seriedad en quién me traicionó, pero alguien de mi círculo más íntimo tuvo que estar implicado. Cuatro hombres tenían la llave de mi cámara: Espí-

culo, exgladiador y mi guardaespaldas personal; mis ayudantes, Epafrodito y Faón; y Tigelino, uno de los dos prefectos pretorianos. Y quien quiera que fuese no habría actuado solo. Ninguno podía esperar apoderarse del trono para sí. Al menos un
senador orquestó seguro todo el asunto, un hombre que supiera que, si yo desaparecía, podría ser aceptado como césar. La
cuestión es: ¿quién? ¿Quiénes se consideraban iguales al césar? Galba es la respuesta más obvia, dado su rápido ascenso al
principado. Pero él estaba en Hispania..., un lugar desde el cual
resultaba difícil tramar un golpe. ¿Quién más podía haberse
visto implicado en tal tarea? ¿Quién era lo suficientemente
ambicioso y codicioso para atreverse a derrocarme?

No lo pospondré mucho tiempo más. Habrá que adoptar
medidas para arreglar lo que se ha hecho. Ordeno al chico que
me consiga un carnero para hacer el sacrificio adecuado a
Apolo. Él me pone excusas y me dice que no es posible. Le digo
que eso es inaceptable; sin embargo, cuando me ofrece una cucaracha que corre por el suelo de la cárcel, me sorprendo a mí
mismo y acepto. Esto es nuevo para mí. Llegar a un acuerdo.

Me tiende el insecto, lo coloca panza arriba en mi mano.
Sus diminutas patas hieren furiosamente el aire. No lo veo,
claro, pero noto una diminuta brisa que me corre por la palma
y la experiencia completa los huecos que la ceguera ha dejado.

Digo las palabras adecuadas en etrusco, invocando el nombre de Apolo, pidiéndole que me guíe en los días venideros y en
lo que tengo que hacer. Entonces parto la cucaracha en dos.

Marco

15 de junio, tarde. Prisión IV de la ciudad, Roma

El «crac» es el ruido más fuerte que he oído en mi vida. Nerón dice que está haciendo un sacrificio a los dioses, para que le ayuden en la larga ruta que tiene por delante, pero el extraño lenguaje que usa me hace pensar que se trata de un hechizo.

Él me tiende el bicho muerto y dice:

—Elimínalo de la manera adecuada.

No sé qué quiere decir con eso de «la manera adecuada», pero mejor no preguntar. Ya está frustrado conmigo porque no he sabido cómo proporcionarle un carnero. Así que me pongo de pie y tiro el bicho por la ventana: primero la cabeza y luego el rabo. Veo pasar los trozos entre los barrotes oxidados y caer lejos.

Él sigue hablando. Ahora parece más contento, después de haber lanzado su hechizo. Me dice que me aparte de las peleas en la ciudad todo lo que pueda.

—A menudo las masas necesitan resolver estas cosas físicamente —dice—, con violencia.

No me hace más preguntas. Imaginaba que querría que llevase mensajes a la ciudad, como había hecho Icelo, pero no. Se acaba el pan sin decir nada más. Cuando ha terminado, le dejo con la espalda apoyada en la pared y con un vaso de agua en las manos. Cierro la puerta de la celda.

Estoy de camino hacia la puerta cuando me dice:

—Marco, tráeme vino la próxima vez... ¿De acuerdo? Y

salsa de pescado. No puedo comerme este pan tan rancio sin salsa de pescado.

Empiezo a decirle que no puedo traerle vino. Él agita la mano, frustrado.

—Si vamos a trabajar juntos... No quiero seguir oyendo excusas. Ahora vete.

Asiento y me doy la vuelta para irme. Cuando estoy fuera y voy andando por el camino de tierra, me pregunto qué querrá decir con eso de trabajar juntos.

IV

LOS FALSOS NERONES

79 d. C.

Caleno

10 de enero, cantar del gallo. Al otro lado del río, Roma

*E*chado de espaldas, con los brazos cruzados, mirando el vacío negro, les oigo susurrar; realmente no tengo elección. Insisten sin parar, cada vez más rápido, hasta que acaban riendo…, lanzando risitas como si no estuviéramos ocho personas hacinadas en una estancia a seis pisos de altura. ¿Qué hora es, a todo esto? Supongo que todavía es temprano, porque el vino que tengo en el estómago no se ha convertido en veneno (al menos, todavía no) y el agujero que el propietario llama ventana tiene un bonito resplandor plateado.

Es un hábito inútil aquí, en la Teta del Imperio, despertarse antes de que salga el sol. En los barracones, cuando eres un recluta reciente, te lo inculcan. «¡Arriba, granujas! ¡Arriba!», grita el centurión cada mañana. Y te tienes que levantar. En un momento dado, estás soñando con la hermosa muchacha que dejaste cien millas al sur; al siguiente, estás saliendo de debajo de la manta de un salto, en la oscuridad, más fría que el pecho de una tracia. Y piensas entonces que la voz que acabas de oír es la de un hombre feo y monstruoso, con más pelo en la espalda que un caballo: la chica con la que estabas soñando está muy lejos, y te duele el corazón.

Sin embargo, con el tiempo se impone la experiencia y la costumbre. Un día, cuando el centurión chilla «¡Arriba!», tú ya estás despierto, echado de espaldas, con los brazos cruzados, y esperas que el momento que tienes antes de toda la instrucción, las marchas y el cavar trincheras en el suelo helado se prolongue un poquito más. Y no saltas cuando oyes la voz del centurión, que ahora ya es más familiar para ti que la de aquella muchacha hermosa. Por el contrario, lanzas un suspiro hondo y poco a poco te vas poniendo de pie, como el buen soldado que eres.

Había un hombre en mi cohorte que se llamaba Publio. Decía que lo de despertarse no se aprende por costumbre. Lo que hacen los jóvenes es dormir hasta tarde, decía. Si te despiertas antes de que llegue el centurión, eso significa que te estás haciendo viejo: «Caleno, eres viejo —decía—. Casi un anciano ya... Tienes que aceptarlo». Y yo, entonces, le decía adónde se podía ir.

De vez en cuando, echo de menos aquellos tiempos. No los gritos del centurión, porque nadie añora eso. Pero sí a Publio y el resto de mi cohorte. La mayoría, buenos chicos.

Más risitas en la oscuridad. Es el sirio, apostaría lo que fuera. Nunca ha tenido problemas para mantener su lecho caliente. Los demás siempre se meten con él por llevarse a la cama chicas y chicos. Yo no puedo culparle, la verdad. Es nuestro sino: si has nacido en una choza, no puedes dormir en un palacio.

Me vuelvo de lado e intento aprovechar unas horas más. Pienso en mi mujer para calmar los nervios. Pienso en sus rizos, tan negros; pienso en cómo me tocaba el brazo, justo por encima del hombro, cuando me susurraba algo dulce al oído. Algo bueno en que pensar, en una oscura mañana.

Oigo el foro antes de verlo: risas, regateos, tratos, maldiciones, silbidos, un gallo que cacarea y dos cerdos furiosos que chillan como niños recién nacidos. Mientras voy aminorando el paso, empieza a dolerme la rodilla. La tengo fatal, las mañanas como esta. Hace frío..., demasiado frío para la Teta. Todo el mundo se queja, no solo los lisiados como yo. Ha sido el invierno más frío en Roma desde hace doscientos años, dicen (no muchos romanos han viajado más allá del Rin, con la nieve hasta la cintura, donde el único calor que tienes durante meses es el vapor que sale de tu propia orina). Sé que llevo demasiado tiempo viviendo en Roma porque empiezo a estar de acuerdo. Me estoy ablandando y convirtiendo en un sureño, algo que he despreciado toda mi vida. Pero el cuerpo se olvida, la sangre se aclara, como el vino aguado.

Doblo la esquina saliendo del callejón y me reúno con un ejército de ciudadanos flanqueado por unas paredes altísimas de mármol y piedra blanca. Atajo por el centro de la plaza, de una esquina a la siguiente, arrastrando la pierna mala al avanzar.

Me abro camino entre túnicas desvaídas. Rojo cresta de gallo, verde oliva y azul carámbano. A mi derecha se encuentra un senador, con su toga blanca impoluta. Hay una legión de esclavos tras él. A mi izquierda, en los escalones de los tribunales, unos niños juegan a piratas y soldados; me acerco lo suficiente para oír el crujido como de canicas de las fichas que entrechocan. Una mujer, gorda, con las mejillas más rosadas que una puesta de sol, me mira de arriba abajo cuando nos cruzamos, como si estuviera valorando un trozo de carne. Escondida en algún lugar de la multitud sisea una serpiente. Frente al templo de Saturno, dos soldados están haciendo pasar un mal rato a un liberto. Uno sujeta la cesta del hombre boca abajo, el otro le va tocando los costados, en busca de una moneda o dos.

75

Llego al otro lado de la plaza y me detengo junto a una fuente. El agua surge de la boca de un pez y cae formando un charco. Meto la cabeza bajo el chorro, esperando que el agua fría elimine lo que se está convirtiendo en una resaca. El agua me va bien, pero el lanzazo de agudo dolor entre mis sienes sigue intacto.

—¡Caleno!

Las manos de un gigante me atraen a un abrazo. Cuando finalmente esas manos gigantescas me sueltan, me seco el agua de los ojos.

—Buenos días, Fabio —digo—. Hace mucho tiempo.

Fabio levanta la vista al sol.

—¿Días? Pues casi ya no, diría yo. Estás muy lejos de los barracones, si consideras que la hora tercia es de día.

Levanto la vista hacia el mismo sol.

—No, no podemos liberarnos de la segunda hora. De todos modos, ambos estamos muy lejos de los barracones.

Fabio parece más viejo de lo que recordaba, más gordo y canoso, especialmente la barba. Pero sigue siendo recio como una lápida.

—¿No tendrás tiempo para tomar un baño? —me pregunta.

—Hoy no —digo—. Me esperan.

—Bueno, al menos tómate una copa conmigo.

Fabio ve que me lo estoy pensando. Sonríe y dice:

—Sea quien sea, tendrá que esperar para hablar con el gran Julio Caleno.

—Una copa —digo.

—Estoy haciendo buen dinero, trabajando para Montano —dice Fabio—. Deberías pensar en unirte a mí.

El camarero nos pone una copa doble. Rojo, el más barato que tiene, agrio como el limón. Fabio y yo estamos de pie, inclinados hacia la barra, mirando a la cantina, de espaldas a la calle ajetreada. Dentro, dos mujeres descaman pescado. Detrás de ellas, borbotea el aceite.

—No creo —digo—. Nunca me ha gustado Montano. Ese hombre antes no sabía cumplir órdenes. No me imagino cómo será ahora que las está dando él mismo.

Fabio y yo servimos en la I Germánica, una legión de seis mil buenos hombres estacionada cerca del Rin, que tuvo la mala suerte de luchar contra Vespasiano en la guerra civil. Cuando ganó, Vespasiano, con toda su sabiduría, envió a todos y cada uno de los hombres a hacer el equipaje, como si hubiera sido decisión nuestra oponernos a él, en lugar del capricho de unos pocos legados codiciosos. Sin embargo, antes de eso, yo ya había tenido bastante. Deserté cuando cayó Cremona, después de contemplar el saqueo de una ciudad durante cuatro días y haber visto los suficientes crímenes y violaciones y todo lo demás. Me dije: «Que se jodan las legiones y que se joda el Imperio». Y me fui. Desde luego fue un acto cobarde, que me atormentará el resto de mis días. Y lo hace peor aún que si me hubiera quedado solo unos meses más, como Fabio; de todos modos, me habrían echado y estaría exactamente donde estoy ahora. Diez años después de la guerra, Fabio y yo estamos aquí, en la capital, haciendo lo que podemos para ganarnos la vida.

Ahora Fabio trabaja con Montano, otro soldado con el que servimos. Un hombre gigantesco, dos veces más alto que nadie que haya conocido en mi vida, y tres veces más malo. Solo tengo una ligera idea de cómo se gana la vida en Roma; no quiero formar parte de ello.

—No es el mejor modo de ganarse la vida —dice Fabio—, pero es mucho mejor que marcar el paso, la verdad. Montano nos tiene para hacer sus trabajos sucios, desde luego. Pero no matamos a nadie. No llevo espada ni lanza. Lo único que llevo es un palo.

—¿Un palo?

Fabio asiente.

—Del tamaño de mi brazo. Todo el mundo en esta ciudad parece muy duro, pero si agitas un palo delante de su cara, la mayoría se deshacen como papiros. —Cierra el puño, deshaciendo un papiro imaginario. Se ríe de su propia broma.

Media docena de esclavos avanzan llevando una litera por encima de su cabeza; el drapeado de seda azul se agita en la brisa. La multitud se aparta y se pone de puntillas, intentando atisbar a quien va dentro. Cerca, una mula relincha con toda su alma.

Junto a nosotros, dos libertos están hablando de un lobo en el Foro. Fabio ve que los miro.

—¿No te has enterado de lo que ocurrió ayer?

Niego con la cabeza.

—¡Por la teta azul de Diana! ¿Cómo es posible? Habrás bebido mucho…

—¿Y qué? —digo—. Venga, cuéntamelo. ¿Qué ha ocurrido?

—Un lobo se coló en la Agonalia. Se presentó en medio de la ceremonia. Increíble, joder.

—¿Un lobo?

—Ajá… Grande como un caballo. Pero eso no es lo peor. ¿Sabes lo que llevaba el animal?

—¿Qué?

—La mano de un pobre desgraciado. —Fabio niega con la cabeza—. Ni Virgilio se podría haber inventado algo igual.

77

Me acabo el vino.

—Habría pagado por verlo —dice Fabio—. Un montón de senadores por ahí, dándose palmaditas en la espalda unos a otros, agradeciendo a los dioses todas sus tierras y sus monedas. Y, de repente, entra un lobo. Esta ciudad está hecha unos zorros.

—Unos lobos, más bien.

Fabio se ríe.

—Y volvemos adonde empezamos.

Me acabo el vino y busco mi bolsa, pero Fabio me coge el brazo.

—Yo pago esta, amigo mío. Tú puedes pagar la siguiente.

Cuando ya me alejo, Fabio dice:

—Si cambias de opinión, puedes encontrarnos cerca de la puerta Capena. El Cerdo Pintado. ¿Conoces el sitio?

—No —digo—. Pero no cambiaré de opinión.

El pórtico está lleno de hombres y mujeres que viven un mal momento, esperando para mendigar algo de dinero o una invitación a comer. Los veo y muevo la cabeza. Me digo a mí mismo que lo que yo hago es distinto. Yo me lo gano con mi sudor.

Me meto por el pasaje y entro a través de la puerta principal, saltándome la cola. Unos pocos me miran, pero nadie dice una palabra. No soy un hombre robusto, pero la gente parece que se da cuenta siempre de que soy un veterano. No creo que sea la cojera ni las cicatrices. Mi mujer pensaba que era por los hombros. Siempre los mantengo muy erguidos, según decía ella, ante cualquier cosa que pueda esperarme, incluso doblar una esquina. Sé que solo bromeaba, pero quizás haya algo de eso.

Dentro, entre otra multitud, veo al hombre que vengo buscando.

—Buenos días, Apio —digo.

Apio es el jefe de los esclavos del senador Nerva. Es bajo, robusto; tiene el pelo tan negro como la tinta del calamar, aunque veteado de gris. En el brazo lleva sujeta una tablilla de cera. Estaba hablando con un hombre viejo, con una túnica de un azul desvaído. El viejo parece preocupado por la interrupción, pero enseguida inclina la cabeza y se queda esperando.

—¿Es de día? A duras penas, diría yo —suelta Apio—. Si todo el mundo viniera a la misma hora que tú, Caleno, él nunca podría salir de su casa.

Malditos esclavos domésticos. Todas las mañanas, actúa como si fuera el rey del atrio, incluso ante hombres que han nacido libres, como yo. Pero no se puede hacer nada..., nada salvo abandonar los confines de su reino lo más pronto posible.

—Hazle saber que estoy aquí, ¿quieres? —digo.

—No hace falta —responde Apio, de mala gana—. Te está esperando. Sígueme.

Sigo a Apio por el vestíbulo. El viejo con la túnica de un azul desvaído sigue con la cabeza gacha, mientras nos alejamos.

Encontramos a Nerva en la columnata. Veo su pequeña silueta y su enorme nariz desde una milla de distancia. Detrás de él, en el jardín, hay mucho verde, sobre todo árboles: olivos e higueras, creo. Entre los árboles hay senderos de piedras pulidas, blancas, serpenteando a través del jardín. Nerva está sentado en una silla, con las piernas tocando apenas el suelo, por encima de la mujer que está frente a él, de rodillas y besando su anillo de oro. Detrás de Nerva, un esclavo sostiene una jarra en alto; otro está de pie haciendo guardia junto a un baúl de madera; un tercero sujeta unos rollos de papiro.

—Gracias, Nerva —dice la chica.

Parece joven, aunque tiene arrugas en torno a los ojos azules.

—Claro, niña —responde Nerva. Su voz es apenas más elevada que un susurro; siempre me tengo que inclinar hacia él para oírlo—. Pero, si no te importa, ahora tengo que atender a mi siguiente huésped.

Cuando la chica se aleja, Nerva dice:

—Dos hijos, el marido muerto y apenas tiene dieciocho años. Qué triste, ¿verdad?

—La vida es dura —dice Apio, encogiéndose de hombros—. No pierdas demasiado tiempo con este —añade, señalando hacia mí—. Todavía tenemos muchas cosas que resolver, y el día ya está medio consumido.

—Bien, bien —responde Nerva, despachando a Apio con un gesto de la mano.

Cuando Apio se ha ido, Nerva me dice:

—¿Y bien?

—Cecina no ha salido de su casa en toda la semana después de anochecer.

—¿No? ¿Ni una sola vez? Me parece sorprendente. Había oído otra cosa. ¿Es posible que se haya escabullido? ¿Disfrazado?

Niego con la cabeza.

—No. Después de ponerse el sol, no ha salido ni entrado nadie.

—Bien, sigue vigilando al Chaquetero. Está planeando algo. Quiero saber el qué.

Nerva lleva semanas haciéndome seguir al senador Cecina. Nunca me ha dicho exactamente qué era lo que buscaba. Insinúa que Cecina está tramando algo, pero yo creo que él «espera» que esté tramando algo. Los senadores son como niños: esperan el momento en que pueden delatarse los unos a los otros. Es un método de probada eficacia para ir subiendo. Y Nerva ha demostrado que se le da muy bien. Si el Chaquetero le da un palmo, él lo convertirá en una milla…, especialmente dada la reputación de Cecina.

—Vale —digo.

Nerva no saca el monedero, así que cambio de tema.

—¿Es cierto lo que dicen por ahí? ¿Lo que ocurrió ayer en la Agonalia?

Nerva sonríe.

—¿Ya se habla de eso en la ciudad? ¿Qué dicen exactamente?

Le cuento a Nerva lo que me dijo Fabio.

—¿Estabas allí? —pregunto.

—Claro.

—¿Es cierto?

—No era un lobo —dice Nerva—. Era solo un perro callejero.

—¿Y lo de la mano?

—Sí, esa parte es cierta.

—Es un mal presagio.

—¿Malo? Es más bien un incordio —dice Nerva—. Hace nueve años, después de la guerra civil, Vespasiano llegó a Roma con un ejército y una historia…, bueno, tenía varias historias, pero la que más le gustaba a la gente, y ha sido la que ha perdurado, es la de la mano. Aseguraba que llegó un perro mientras estaba cenando, una noche, con una mano de hombre. Un presagio divino, procedente de los dioses, dijo, una señal de que el poder cambiaría de manos. Una absoluta tontería, pero al pueblo le gustó. Después de más de un año de guerra civil les habría gustado cualquier cuento. Pero ahora, nueve años más tarde, ocurre de verdad, y mientras él es emperador… —Nerva niega con la cabeza—. Es un engorro, desde luego.

—Algo así —digo yo—, no puede ser un accidente. ¿Verdad?

—¿Quién sabe? —me responde Nerva—. Pero te diré una cosa: nuestra estupenda ciudad nunca deja de sorprenderme.

Es raro que a Nerva se le oiga hablar mal del césar Vespasiano. En tiempos estuvo muy unido a él. Bueno, eso es lo que yo pensaba. Nerva fue nombrado cónsul hace unos años: ese es el mayor honor al que puede aspirar un senador. Para un antiguo miembro de la plebe como yo, es impensable meterse en política. Es como contemplar las carreras desde fuera del estadio: lo único que tienes para averiguar quién gana es el rugido de la multitud.

Nerva chasquea los dedos y un esclavo corre hacia él con una bolsa de monedas.

—Toma —dice—. Esto debería cubrir tus servicios hasta la fecha. —Me arroja la bolsa. La cojo por encima del hombro. Pesa bastante—. Antes de que te vayas —dice—, hay algo más. Mañana vienen dos hombres de provincias, desde Hispania. Llegarán a Ostia. Quiero que los recibas allí y los traigas a la ciudad.

—¿Quiénes son?

—Un hombre llamado Ulpio y su sobrino.

—¿Un senador?

Nerva bufa.

—Con este emperador, cualquiera puede comprarse un puesto.

81

DAVID BARBAREE

—Ah, así que son ricos —digo—. ¿Estás planeando exprimir un poco de jugo de ese limón?

Nerva sonríe. Cree que le he hecho un cumplido. No sería la primera vez que se aprovechase de un provinciano; le he visto hacerlo antes. Las familias ricas vienen a Roma esperando hacerse un nombre, entonces Nerva les ofrece su ayuda. Hace las presentaciones adecuadas, organiza una reunión o dos con algún senador influyente o un secretario imperial. Y pronto están en deuda con él y dispuestos a prestar a Nerva monedas, favores, votos… Todo lo que necesite. Nerva debe de tener espías en las provincias que le hacen saber cuándo algún pez gordo llega a Roma.

—Que se sientan bienvenidos —dice Nerva—. Son mis huéspedes honrados, etcétera. Tráelos a Roma a salvo. Cuando lleguen, me lo haces saber. Me han dicho que el mayor es un lisiado. Al menos tendréis algo en común. Abre bien los ojos y los oídos. Quiero información útil.

Cuando salgo, paso a través de la multitud de hombres y mujeres que vienen a pedir dinero a Nerva. Me digo a mí mismo que lo que hago es muy distinto. Quizá ya no sea soldado, pero al menos trabajo, al menos me gano las monedas, en lugar de pedir limosna.

Tito

10 de enero, mañana. Hogar de Lucio Plautio, Roma

*E*stamos en el *tablinum*. Viene brisa desde el jardín. Otro frío día de enero. Antonia lleva una estola azul con los bordes dorados y una piel envolviéndole los hombros. Está sentada en el borde de la silla, apoyada en el brazo. Sus ojos enormes me miran directamente.

Recuerdo por qué estoy aquí. Plautio. Estoy buscando a Plautio.

—Tienes que comer algo —me dice ella—. De verdad, no es ningún problema.

—Gracias, Antonia —digo—, pero la verdad es que no puedo quedarme mucho rato.

Ella parece un poco mayor de lo que recuerdo. Su cabello espeso y castaño es menos abundante menos lustroso, y sus ojos… todavía tiene los ojos de un buey, pero ahora están más tranquilos, son más distinguidos. Pero sigue siendo guapa. Siempre ha sido muy guapa.

Un esclavo me sirve vino en la copa. Otro vierte un poco de agua marina caliente. Se levanta vapor; la canela y el clavo perfuman el aire.

—No puedo creer que estés aquí —dice ella—. ¿Cuánto tiempo ha pasado? ¿Cinco años?

—No estoy seguro.

—Bueno, ha sido demasiado.

Mira su vino.

Al final le pregunto:

—¿Has sabido algo de Plautio?

El nombre de su marido rompe el hechizo. Se arrellana en su silla.

—No, desde hace unos días —dice—. Quizás una semana.

—¿Cuándo esperas que vuelva a Roma?

—Pensaba que tú lo sabrías mejor que yo. Decía que se quedaba allí porque tenía que acabar algo para ti…

La piel que lleva Antonia se desliza de su hombro, dejando a la vista una clavícula suave y blanca.

Recuerdos, solo fragmentos, vienen a mí por primera vez desde hace años. Una habitación iluminada por una lámpara, el incienso que arde, una espalda arqueada. Ella tenía un olor particular, si mi memoria no me traiciona; al entregarse olía agria, ligeramente amarga.

Se sube la piel tapándose el hombro.

Intento concentrarme en la tarea que tengo entre manos.

—¿Y no te dijo nada más?

—No. Aparte de lo que llamaba su «misión», que no sé lo que significará. Me imaginaba que estaba comprando algunos vinos caros para ti. Nunca ha comprendido que tú prefieres mezclas más baratas. —Me dirige una mirada sutil que dice que ella en cambio siempre lo ha entendido—. ¿Por qué? ¿No sabes lo que está haciendo?

Plautio decía en su carta que a estas alturas ya estaría en Roma. No augura nada bueno que ni siquiera su propia mujer sepa nada de él.

—Me temo que no —digo, intentando ocultar como puedo mi inquietud—. Solo he recibido una carta suya. Decía que ya habría vuelto a Roma, pero, por lo visto, sus planes han cambiado.

—Ya veo —dice Antonia. Bebe un poco de vino—. Ya sabrás que, por mi parte, llevo varias semanas en Roma. No me has visitado.

—Un descuido —digo. La palabra es errónea, parece demasiado formal—. Mis deberes me han tenido demasiado ocupado.

Ella vuelve a mirar su vino.

Me siento obligado a añadir:

—Me habría gustado.

—Bueno —dice ella—, estoy segura de que tienes que atender más negocios hoy. No quiero entretenerte.

—Sí —digo, y tiendo mi vino a uno de los esclavos que esperan a mi lado—. Debería irme ya.

—¿Prometes volver? —me pregunta ella.

—Sí, lo prometo —digo, y luego me pongo en pie, dispuesto para irme.

Fuera, en la calle, me esperan seis pretorianos. Los cuatro soldados rasos están de pie, con las espaldas rectas como flechas. Virgilio, mientras tanto, se apoya contra el edificio, con los pulgares metidos bajo la coraza. Lleva a la perra sujeta con una correa, sentada tranquilamente a su lado. Ella mira la casa: cuando me ve, empieza a menear el rabo y todo su cuerpo se agita de un lado a otro, como si se estuviera produciendo un terremoto.

Esta mañana, Régulo y yo nos hemos partido la lista de senadores por la mitad. Hemos ido puerta a puerta intentando confirmar el paradero de cada uno de los senadores que se supone que deben estar en Roma. El objetivo es determinar por deducción quién es el propietario de la mano del foro y su anillo dorado…, si es que en realidad pertenece a un senador. Régulo puede ser insufrible, pero tiene razón: la tarea es enorme. Pensaba que darme un respiro para visitar a Antonia podía resultar más provechoso.

La perra salta cuando me acerco. Le acaricio la cabeza y digo (con un tono dulce que raramente suelo usar):

—Sí, sí, ya te veo.

Virgilio sonríe. Nunca me ha visto así, con animal u hombre alguno.

—¿Ha habido suerte? —me pregunta.

—No, cree que Plautio está sano y salvo en la bahía.

—¿Entonces está oficialmente perdido?

—Esperemos a ver qué dice Domiciano. ¿Preparado para salir?

Virgilio niega con la cabeza.

—Ha habido cambio de planes.

—¿Ah, sí?

—Hemos recibido un mensaje de palacio. Tu padre pide tu consejo.

La mañana casi ha terminado y no tenemos nada que enseñarle. Y ahora las horas útiles se evaporarán en palacio. Pero el césar me reclama.

—Bien, bien —digo—. Tú delante.

Unas colgaduras largas y anchas de color morado oscuro, que tapan el sol, encogen la habitación. Es mediodía; sin embargo, el parpadeo débil de la lámpara es la única fuente de luz. El aire está viciado. Mi padre está sentado ante un escritorio que tiene incrustada una lámina de mármol verde. Febo, el secretario imperial, está de pie tras el hombro izquierdo de mi padre, con una carta en sus manos infantiles. Epafrodito, el tesorero, se encuentra sentado frente a mi padre. Ambos son libertos, hombres que empezaron como esclavos en palacio, pero que han llegado lejos desde entonces. Se han ganado su libertad. Sobre todo, Epafrodito. Era ayudante en tiempos, encargado de limpiarle el culo a Nerón. Ahora lleva el tesoro imperial.

El senador Secundo está aquí también, sentado enfrente de mi padre, apoyando ambas manos en su enorme barriga. Respira pesadamente, como siempre, lanzando chorros de aire caliente a través de su barba enmarañada y blanca como la leche. Secundo tiene actualmente a su cargo el mando de la flota en Misceno, pero mi padre se fía tanto de su consejo que pasa en Roma mucho más tiempo que con su flota. Y, finalmente, está el primo Sabino, nuestro recién nombrado e inútil pontífice, apoyado contra la pared.

—General Tito —dice Febo, sonriendo—. Habíamos abandonado la esperanza.

Para ser un liberto, Febo es demasiado impertinente, con creces. Me llama «general» fingiendo respeto, pero lo que quiere es molestar. De general no derrotado a prefecto de la Guardia Pretoriana, de una gloria conseguida arduamente a un puesto tradicionalmente ostentado por borrachos, mujeriegos y hasta algún hijo de granjero. No es un cambio que se pueda envidiar. Pero mi padre me lo pidió y yo le obedecí, por el bien de la familia y del partido.

A mi padre le digo:

—Tengo que hablar contigo.

—Bien, bien —responde. Se inclina sobre el escritorio como si su pecho estuviera adherido al mármol. Con esta luz, su piel tiene una palidez amoratada poco saludable—. Ya hablaremos —dice—. Más tarde.

Me hace señas de que me siente. Cruzo los brazos, haciéndole saber así que prefiero permanecer de pie.

—Como iba diciendo —continúa el secretario Febo—, ha llegado la noticia esta mañana desde Tracia. Cerialis ha atacado por fin al falso Nerón y ha saqueado la ciudad de Maronea, que albergaba a conocidos simpatizantes.

—Bien —dice mi padre.

—Pero —continúa Febo— parece que el impostor y un puñado de seguidores suyos han escapado.

Al anuncio de Febo le sigue el silencio.

No son buenas noticias. Mi padre quería manejar todo esto con rapidez y discreción. Un Nerón en Tracia, ya sea genuino o no, mina nuestra posición. El daño crece a cada día que pasa.

Cerialis me enviaba las novedades directamente a mí. ¿Escribió a Febo, en esta ocasión? ¿O es que Febo tiene a un hombre en el campo de Cerialis? Un problema para otro día, quizá.

—¿Así que el impostor ha huido? —pregunta mi padre, sacudiendo la cabeza.

—Una locura —dice el primo Sabino, esperando contribuir.

Yo pregunto:

—¿Y cómo saben que no está? Una ciudad saqueada es algo caótico, por decir lo mínimo.

—No es una ciudad grande —dice Febo—. Lo sabrían, si el falso tirano siguiera dentro de sus muros. Cerialis está torturando a algunos de los supervivientes para averiguar más.

Mi padre suspira. Es el suspiro de un anciano. Pregunta:

—¿Cuánto tiempo lleva muerto el tirano? Más de diez años, ¿no? Y, sin embargo, todavía seguimos perseguidos por su fantasma.

—Es interesante, ¿verdad? —pregunta Secundo, retóricamente—. Nerón era un monstruo. La plebe lo recuerda, cierta-

87

mente. Sin embargo, la fascinación persiste. A menudo me he preguntado si fue la forma de morir, eso de huir en plena noche como lo hizo, y que no se le volviera a ver nunca más.

Todos los ojos de los presentes miraron a Epafrodito, antiguo favorito de Nerón, que supuestamente estuvo con el tirano sus últimas horas, antes de que este se quitara la vida. Pero la expresión de Epafrodito (con su perilla y sus ojos negros) es impasible. Es como si estuviéramos discutiendo sobre las carreras, no del fin de la dinastía que él presenció de primera mano. No me extraña que haya sobrevivido al auge y la caída de tantos emperadores. Ese hombre es tan expresivo como una piedra.

Mi padre, siempre pragmático, murmura:

—La opinión jamás es universal. Estoy seguro de que algunos echan de menos al tirano. La extravagancia, la pompa, etcétera. Deberíamos hablar a la plebe de las deudas que ha dejado. Ese fue su peor crimen, me parece a mí, el déficit imperial.

Secundo continúa como si nadie hubiese hablado:

—Creo que un segundo factor es el caos que siguió: las tres guerras civiles, una tras otra. ¿Quién no creería que Nerón sencillamente huyó hacia el este para formar un ejército?

—Lo pasado pasado está —digo yo—. Concentrémonos en lo que podemos hacer ahora. ¿De acuerdo?

Mi padre asiente.

—Por favor.

—Es importante que no dejemos que el rastro se enfríe —dice Febo—. Debemos pedir a Cerialis que persiga a este falso Nerón hasta el fin de la Tierra.

Mi padre y todos los presentes me miran.

—No son dos chicos que se persiguen uno al otro en el jardín —digo—. Cerialis acaba de saquear una ciudad.

Febo hace una mueca. Aprieta la carta de Tracia entre sus manitas.

—Debemos movernos con rapidez —dice.

—Obviamente —respondo yo—, pero no con precipitación. Cerialis debe asegurar la ciudad y erradicar a todos los seguidores que le quedan al falso Nerón. Debería enviar jinetes en todas direcciones para ver si encuentran al impostor. Pero

Cerialis es un general experimentado. Estoy seguro de que ya ha dado esos pasos. Sospecho que el problema es que obtenéis vuestra información de otra persona que el propio general. ¿No sería más prudente esperar y sacar la información directamente del propio interesado?

La mueca de Febo se endurece y sé que he dado en el clavo. Hubo un tiempo en que mis victorias eran sobre ejércitos, no sobre libertos de palacio. Aun así disfruto de la victoria, por ligera que sea. En una ciudad llena de víboras, o bien usas los colmillos, o bien notas el mordisco de otro.

—Una locura —dice de nuevo el primo Sabino, a nadie en particular—. Una locura.

Cuando nos quedamos a solas los dos, padre e hijo, corro una de las cortinas, dejando que la luz natural ilumine la habitación. No es la luz del sol directa, solo un resplandor gris, pero es bienvenido. La palidez lívida de mi padre se convierte en un blanco más tradicional y añejo. Tomo asiento frente a su escritorio.

—Antes de que empieces, quiero hablarte de tu hermana —dice. Está jugueteando con una daga del tamaño de su mano, apretando la punta embotada contra su dedo índice izquierdo y retorciéndola como un tornillo. Tiene la mirada clavada en la hoja. No me mira a los ojos, cosa que me preocupa—. Estamos perdiendo números poco a poco, gente que podamos contar como amigos. ¿No lo ves? Senadores que antes eran amigos ahora quizá sean enemigos…

Asiento ligeramente como respuesta.

—Y sabes que algunos tienen más influencia que otros. ¿Sabes que algunos son pastores, más que ovejas?

—Sí.

—Y estarás de acuerdo conmigo en que Marcelo es uno de esos pastores…

El viejo y correoso Marcelo, más serpiente que hombre. No sé adónde quiere ir a parar.

—Estoy de acuerdo con la premisa, pero no necesariamente con su aplicación.

El césar suspira. Sus ojos siguen clavados en la hoja.

89

—Quiero que le insinúes a Marcelo que me mostraría favorable a que se casara con Domitila.

—¿Ah, sí? —aprieto la mandíbula—. ¿Pretendes seguir con eso esta vez? ¿Es tu hija de nuevo la zanahoria..., mientras que tu hijo mayor hace el papel constante de palo?

—¿Qué preferirías hacer, Tito?

Me mira desafiante. Vuelve a dejar la daga en el escritorio. Veo el mango, hecho con el colmillo de un jabalí. Es el cuchillo que le entregó el gobernador de Britania cuando detuvo el saqueo de Calidunum. Un regalo de agradecimiento. Recuerdo la hoguera en el campamento aquella noche, mientras el gobernador tendía a mi padre el cuchillo, entre vítores. Yo solo tenía diecisiete años. Recuerdo oír aquellos hurras y pensar que mi padre era un dios. ¿Adónde ha ido a parar aquel hombre? Me lo pregunto. ¿Será el peso del cargo? ¿O bien la gota que aflige sus piernas? ¿El dolor constante hace que la tarea de dirigir un imperio sea demasiado dura y no se pueda soportar?

El césar me pregunta de nuevo:

—¿Qué preferirías? ¿Preferirías que renunciara o la casara lejos?

—Ninguna de las dos cosas. No preferiría ninguna porque las dos son una locura. Ya has hecho esto antes, usar la perspectiva de casar a Domitila para buscar el apoyo de los senadores insatisfechos. Pero ellos se han dado cuenta. Marcelo no es tonto. Entenderá de qué se trata. Es una argucia. Llevas diez años negándote a casar a Domitila. Sabes cómo la llaman, ¿no?

—Lo sé.

—«La viuda» —digo, a pesar de todo—. Dicen que está maldita. —El marido de mi pobre hermana murió en su noche de bodas. Ella solo tenía quince años. Mi padre la casó con un hombre que tenía tres veces su edad: murió horas después—. No la casarás porque no quieres perder esa baza. Pero la gente dice que nadie la quiere. Dicen que está maldita y que casarse con ella significa la muerte.

—Ya lo sé, ya lo sé.

Mi padre agita la mano hacia mí. Se arrellana en su silla, pero su espalda sigue encorvada; los hombros, caídos.

—Los hombres ambiciosos se están poniendo inquietos, Tito. Lo noto.

Ahora me toca a mí decir: «Ya lo sé». Pero me quedo callado. Él sabe que yo lo sé.

—Tenemos que hacer algo —dice mi padre—. Lo que hiciste en Baiae estuvo bien. Nos libró de algunos enemigos y dejó las cosas claras. Pero ¿ahora qué? Este asunto de la mano… La sangre se huele en el aire. Las mentes con aspiraciones están salivando.

El silencio se nos come durante un momento. Nuestra ansiedad respira.

—¿Y qué vas a hacer con lo de la mano? —pregunto—. No lo hemos hablado todavía.

Mi padre lanza un gruñido sarcástico.

—Ah, estaba planeado, sin duda. Algún senador tan cobarde que solo se le ocurre falsificar una profecía. Encuentra a un senador con una polla así de grande —mi padre muestra una breve distancia entre sus dedos pulgar e índice— y tendremos a nuestro hombre.

—Pero ¿cómo se podría planear una cosa así?

Mi padre se encoge de hombros.

—¿Y cómo quieres que lo sepa? Nuestros enemigos son industriosos… —Suspira, se sobrepone y luego dice—: ¿De qué querías hablar conmigo?

Saco lo que necesito de entre el cuero y el acero de mi coraza. Extiendo la mano, la abro y el anillo de oro cae en el escritorio. Mi padre entrecierra los ojos, escrutando el círculo de oro con sus ojos opacos. Su labio superior se frunce ligeramente.

—¿Qué es… esto?

—Un anillo. Un anillo de oro. Estaba en la mano.

—¿Y?

—Significa que la mano probablemente pertenecía a un senador o un caballero. No a un plebeyo borracho en un callejón. Y hay algo más.

Saco la carta de Plautio y la dejo en el escritorio de mi padre. Él la recoge y la lee. Levanta los ojos al cielo tres veces y luego su expresión cambia.

—Ah. ¿Y crees que esa mano pertenecía a este caballero desaparecido, Vetio? ¿O bien al mismo Plautio?

—No estoy seguro. Al principio no me fijé mucho en la

91

carta. Ya sabes cómo es Plautio. Pero decía que estaría en Roma ahora. He ido a ver a Antonia hoy y ella no le ha visto desde hace semanas.

Mi padre mena la cabeza.

—Nadie sería tan idiota como para matar a un Plautio. Están demasiado unidos a nosotros. Hemos sido aliados desde hace más de cuarenta años. Son casi de nuestra familia. Pero estoy de acuerdo: nada de esto es bueno.

—Estoy haciendo que Domiciano busque a Plautio.

—¿Domiciano? —Niega con la cabeza, haciéndome saber lo que piensa de las oportunidades de Domiciano—. ¿No podrías haber encontrado a alguien más capacitado? —Lee de nuevo la carta—. Nada de todo esto es bueno, Tito. Nada.

Llegamos al foro cuando el sol está empezando a ponerse. Los vendedores están cerrando sus puestos; un abogado sale de los tribunales con un séquito de esclavos que le llevan los rollos de papiro; media docena de vírgenes vestales se van a casa de puntillas, todas de blanco, con una nube de incienso tras ellas.

Entramos en el Clivo Capitolino, que serpentea bajando la empinada cuesta de la colina Capitolina, entre el *tabularium* y el templo de Saturno. Mientras descendemos, veo a un chico de espaldas a nosotros, escribiendo en la pared de la casa del Senado. Desde nuestro punto elevado, veo lo que está escribiendo. Una pintada en un edificio público no debería preocupar al prefecto, pero a menudo encuentro que es indicativo del humor del pueblo, una veleta que indica los sentimientos públicos. Hago señas a mi escolta de que se detenga y me dirijo yo solo hacia el chico.

Va vestido como un plebeyo corriente: una túnica gastada, los pies descalzos y el pelo largo de un rubio rojizo. Hace una pausa y mira cuidadosamente a derecha e izquierda, pero no me ve, porque estoy justo detrás de él.

Cuando llego detrás del chico, veo lo que ha estado escribiendo en la pared:

NERÓN VIVE

Las preguntas me invaden la mente, algo que nunca le ocurriría a un general confiado, pero que le sucede a menudo al hijo del césar. ¿Sabrá algo del falso Nerón en Tracia? ¿Le han contratado para que escriba esto? ¿Forma parte de una campaña más amplia para socavar la autoridad de mi padre? A pesar de las inseguridades de la política romana, sé que lo más probable es que este chico no sea más de lo que es: un chaval al que probablemente no se le ha ocurrido nada más inteligente que escribir. Cerca hay una chica, escondida, vigilando, tal y como se le ha pedido, sin saber si el atrevimiento del muchacho la impresiona o no.

Oigo un perro que jadea detrás de mí. Al volverme veo a Virgilio y la perra callejera. Virgilio mira al chico, luego a mí. Levanta la ceja izquierda con sorna.

¿Órdenes?

Le hago un guiño y silenciosamente recorro los cinco metros que me separan del muchacho. Cuando estoy justo detrás de él, le digo:

—Nos ayudaría mucho si pudieras darnos más detalles. Como, por ejemplo, dónde.

El chico se queda helado. Se vuelve despacio. Ve mi armadura y se echa a temblar. (¿Sabe que soy el hijo del césar?) Deja caer el pincel y sale corriendo.

Virgilio ve desaparecer al chico en un callejón.

—Has conseguido que añore a Nerón más aún.

—El miedo es bueno. Hace más obediente a la gente.

Virgilio me dedica una reverencia burlona de fingida derrota. Cuando se inclina, uno de sus guantes, que lleva metidos en el cinturón, se le cae al suelo. Se arrodilla a recogerlo. Pero antes de que pueda cogerlo, la perra lo ha agarrado con la boca. Intenta salir corriendo, pero se lo impide la traílla. Virgilio tiene que usar las dos manos para evitar que se vaya a toda prisa.

—Qué raro —dice Virgilio—. Se ha portado muy bien todo el día.

La perra dirige su hocico hacia el templo de la Concordia. La correa está tirante. Quiere salir corriendo.

—Suéltala —le digo.

Virgilio, que es un buen soldado, suelta la traílla sin decir

93

una sola palabra. La perra, todavía con el guante de Virgilio en la boca, se va trotando hacia el templo. La seguimos.

La seguimos a través del foro, subiendo las escaleras del templo y hasta su pórtico. La perra ya está cerca de las puertas del templo. Baja el ritmo y se vuelve a mirarnos. Abre las fauces y suelta el guante.

Cuando este cae en el pórtico, Virgilio y yo nos paramos en seco. Durante un momento nos quedamos allí de pie, frente a la perra y el guante, atónitos.

—¿Por qué habrá hecho eso... otra vez? —pregunta Virgilio.

La perra jadea y saca la lengua por un lado de la boca. Está contenta, ahora que ha completado su trabajo.

—La han entrenado —digo.

—¿Por qué?

—La cuestión es «quién», Virgilio. La cuestión es quién.

V

MAGNIFICENCIA DE MENTE, PARTE I

68 d. C.

Marco

21 de julio, tarde. Hogar de Próculo Creón, Roma

—¿ *N*o sabes quién es Héctor? ¿O Aquiles? —Gitón se ríe—. Pero ¿tú qué sabes?

Estamos fuera, bajo la columnata. El amo y el ama están dentro, durmiendo la siesta. Su hijo, Gitón, está sentado en los escalones que llevan al jardín. Arroja un trocito de pescado al cachorro, que da vueltas a sus pies. En algún lugar de la ciudad, la gente se está peleando, como llevan haciendo cada día desde que Galba fue nombrado emperador. Los oímos, pero están tan lejos que solo parecen gigantes susurrando.

—Yo sé algunas cosas —digo. Sujeto un abanico de palma, pero he dejado de moverlo cuando Gitón ha empezado a burlarse de mí.

Dice:

—Yo sé algunas cosas, «señor». —Gitón quiere que le llame «señor», aunque es más joven y menudo que yo. Asegura que debería demostrarle el debido respeto, porque él es mi amo, igual que su madre y su padre—. Bueno —añade—, ¿y qué sabes? Dime algo. No sabes nada, ¿verdad? Yo era dos veces más listo que tú cuando tenía tu edad.

—Yo sé… cómo conseguir el favor de los reyes.

Gitón enarca las cejas.

—¿Cómo?

—Sé cómo conseguir el favor de un rey. O de un emperador. —No tendría que haber dicho nada: Elsie me llevó al mago en secreto. Pero es que no soporto que Gitón se burle

de mí. Cuando empieza, no para nunca—. Tengo una poción.
Y funciona.

Él frunce el ceño.

—¿Ah, sí? Cuéntamelo.

—Grasa de león, mezclada con agua de rosas —digo. Señalo
el punto entre los ojos donde el mago me frotó la grasa—. Tienes que untarla justo aquí.

—¿Y cómo sabes si funciona?

Abro la boca, pero no digo nada. Gitón se echa a reír.

—¿Lo ves? No sabes nada. Eres un idiota. Le diré a mi padre que te azote por hablar así, por inventarte cosas.

Gitón tira el plato al suelo y se rompe en mil pedazos.

—Le diré a mi madre que lo has hecho tú —dice. A veces
lo hace, rompe cosas sin motivo alguno y me obliga a decir
que he sido yo. Se levanta—. Yo soy Aquiles. Tú eres Héctor.
Yo siempre gano. Es lo único que tienes que saber de Homero.

Va andando por la columnata, con el pequeño cachorro
mordiéndole los tobillos.

Elsie está en la cocina. Está muy atareada troceando unos
puerros. Le pregunto quién es Héctor. Sin levantar la vista,
dice:

—¿Cuentos? No tengo tiempo para cuentos.

Yo digo:

—Gitón dice que no sé nada.

Elsie levanta la vista y le cambia la cara. Viene a mi lado, se
inclina hacia mí y me mira a los ojos. Dice:

—Te puedo contar una historia mejor. La historia de cómo
te encontré. ¿Quieres oírla?

Elsie me lleva al callejón. Hace calor y hay mucho polvo; el
sol se asoma por encima del tejado de los vecinos. Nos sentamos en un ánfora puesta de lado, como un tronco. El pelo de
Elsie es gris y reseco. Lo lleva atado en un moño grande, pero
algunos mechones sueltos cuelgan sobre sus hombros. Se los
aparta y se los mete detrás de la oreja. Entonces coge un puñado de pistachos y se los coloca en el delantal. Yo me meto
uno en la boca; está tan salado que tengo sed de inmediato. Ella

me cuenta una historia. Ya la he oído antes, pero me gusta volver a escucharla.

—Veamos... Quizá sea mejor empezar por el principio, ¿no?

Asiento.

—Yo nací libre, un orgullo para tu Elsie, ¿verdad? Al otro lado del Mediterráneo. Nuestro pueblo era pequeño, demasiado pequeño para tener nombre; estaba rodeado por árboles tan altos como el Palatino. —Mira hacia unos árboles que no existen—. Un día, cuando era solo una niña, estaba jugando con mis hermanas en el bosque. Nos reíamos, cantábamos, nos escondíamos, haciendo lo mismo de siempre, cuando de repente aparecieron unos hombres, una docena, llenos de pieles y de forúnculos, con las barbas tan largas como tu brazo.

Dentro, el ama grita pidiendo agua hervida.

Un reguero grande de sudor me baja por la espalda.

—Los hombres me cogieron y me vendieron a unos soldados. Los soldados me trajeron a Roma y un caballero llamado Quinto Próculo me compró. Fue en casa de maese Próculo donde conocí a mi Silva. Silva era mucho más viejo que yo. Tenía el pelo gris, como el mío ahora, y la piel le colgaba —se coge la piel suelta del cuello—, como ahora la mía. Pero, a su manera, fue amable conmigo.

Se mete un pistacho en la boca. Con los dedos se saca la cáscara.

—El amo Próculo hizo que Silva me enseñara latín y algo de griego. Pasábamos horas y horas juntos. Silva me declaró su amor muy pronto. —Elsie sonríe—. Demasiado pronto. Empezó la primera lección diciendo «esta es la letra A» y acabó con «te amo con todo mi corazón». A mí no me interesaba. Era viejo, como ya he dicho. Pero mi Silva fue persistente. Me venció. Meses después, cuando dijo «y esta es la letra Z», yo dije: «te amo con todo mi corazón». —Elsie achica los ojos, pensativa—. El corazón es extraño, ¿verdad? No estoy segura de qué cambió. Quizá, después de tantas penalidades, la amabilidad de Silva era lo único que me interesaba. No nos permitieron casarnos, pero el amo Próculo nos dejó compartir una habitación. Vivimos así muchos años, hasta que, al final, me quedé embarazada. Pero entonces, de repente, mu-

99

rió maese Próculo. Silva y yo habíamos esperado que nos diese la libertad en su testamento, pero otros tuvieron ese privilegio. Por el contrario, él... ¿cómo es la palabra? ¿Legar? Sí, nos legó a su antiguo esclavo, un liberto llamado Creón. —Puso una cara rara, como si hubiera olido leche agria—. Ya sabes a quién me refiero...

Un carro tirado por una mula cruza lentamente la entrada hacia la carretera; sus ruedas pían como pajarillos.

—El vientre me empezaba a abultar y la señora me dijo que podría criar a mi hijo en su casa. Pero como yo era de su propiedad, el niño también sería suyo, según la ley. La ley, la ley, la ley. —Lanza un suspiro enorme y pesado—. Nuestro bebé nació en marzo. Era una niña. Silva y yo la criamos durante cinco años. Tendrías que haberla visto, Marco. Era tan guapa como una emperatriz; tan lista como un banquero. Era mi orgullo y mi alegría. Pero un día, el amo decidió que ya no la querían. Dijo que no tenía «valor». Así que el amo vendió a mi niñita. No sé a quién. El día que vinieron los comerciantes a llevársela, Silva, viendo mis lágrimas, luchó para conservarla, poniendo sus viejos brazos en torno a ella como si fuera un muchacho de veinte. Pero los comerciantes eran jóvenes y fuertes. Uno de ellos dio un golpe tan fuerte en la cabeza a mi pobre Silva que se volvió lento de pensamiento para siempre. Confundía las palabras como un borracho, estuvo así un año y luego murió.

Por un momento, creo que Elsie va a llorar, pero no llora.

—Durante dos años lloré y recé a Diana para que me diera algún consuelo. Quería morirme. —Se mete otro pistacho en la boca—. Por las mañanas, antes de que el amo y el ama se despertaran, yo iba andando hasta el Tíber, mirando el agua oscura y verde que hace remolinos. Entonces pensaba en mi pobre niñita. Cada mañana pensaba en saltar. Cada mañana me decía: mañana me tiro. Mañana. Pero un día iba caminando por la orilla cuando oí un llanto potente. Pensaba que soñaba de nuevo, que soñaba con mi niñita que lloraba, cuando los esclavistas se la llevaban a rastras. Sin embargo, el sonido no paraba. Así que me metí en el agua hasta la cintura y encontré entre los juncos a un niño, rosado y que no paraba de llorar, envuelto en telas y metido entre los juncos.

—¿Y era yo? —pregunto, aunque sé que era así.

—Sí, eras tú, que aullabas como un lobo.

—¿Y por qué estaba entre los juncos? —le pregunto cada vez—. ¿Es que mi madre no me quería?

—Oh, no —dice Elsie—. Diana te dejó allí para mí. Recé durante meses y meses. Así fue como respondió. —Asiente—. Te llevé a un sacerdote caldeo, el mejor de Subura. Dijo que los cielos pronosticaban cosas grandes para ti. Y yo pensé: ¡este chico podría ser alguien! Quizás algún día tenga una panadería o aprenda un oficio, como pintar. ¡Quizás hasta tenga esclavos él mismo! ¡Imagínate!

Elsie sonríe otra vez.

—Sabía que el amo Creón no te vendería. ¿Cómo iba a hacerlo, después de lo que dijo el caldeo? Así que te traje a casa. El amo y el ama me dejaron cuidarte, aunque por ley tendrías que ser su esclavo. Te puse Silva. Sin embargo, a medida que te fuiste haciendo mayor, el amo Creón nunca se acordaba de tu nombre. Te veía en el atrio o debajo de la columnata y me preguntaba: «¿Quién es este?». Y yo le decía «Silva». «Pero Silva está muerto», me contestaba. Y entonces un día le dijo al ama que necesitabas un nombre nuevo, para no volver a confundirse. Y el amo dijo: «Le llamaremos como a un cónsul. Nunca olvidaremos el nombre de un cónsul». Era septiembre y los cónsules eran Marco Arruntio Aquila y Marco Vetio Bolano. De modo que te pusieron Marco. Y desde entonces has sido Marco.

La historia de Elsie hace que me sienta mejor (ella siempre consigue que me sienta mejor). Pero sigo sin saber quién es Héctor. Antes ella era la única persona a la que podía hacer preguntas, porque era la única persona que sabía que no se reiría ni me chillaría. Y si no sabía la respuesta, entonces yo nunca la averiguaba. Pero ahora..., ahora hay alguien más.

101

Nerón

22 de julio, tarde. Prisión IV de la ciudad, Roma

Ahora, el chico y yo tenemos una rutina. Él me visita por la tarde y, mientras me tomo el pan y el agua, hablamos. Discutimos... o con mayor precisión, yo le enseño y él escucha... infinidad de cosas. Le cuento historias de mi abuelo, de mi tatarabuelo o del divino Julio. O le explico qué vino va bien con el jabalí, con el pato o con el venado. Hablo, hablo y hablo, a veces con sentido, pero muchas veces solo para llenar las horas. Él me escucha callado, haciendo preguntas a veces. Raramente hablamos de política y no le presiono para que me dé información. Sigue nervioso por su relación conmigo. No quiero que se asuste y me deje. Disfruto de su compañía; por el momento, es lo único que tengo.

Además, en lo que respecta a la política, el chico solo entiende la mitad de lo que oye. Cuando me proporciona información por decisión propia, a menudo requiere considerable análisis. Por lo que comprendo, el estado de cosas actual es este: el Jorobado, recién nombrado emperador, está viniendo de Hispania a Roma. La ciudad espera en suspenso. Ha habido violencia ocasionalmente, pero no ha enraizado. La ciudad está inclinada al borde de un precipicio. Sin embargo, Galba está entretenido en la Galia, asegurando ciudades y administrando castigos a aquellos que han tardado demasiado en unirse a su causa. No está previsto que llegue a Roma durante algún tiempo. Me pregunto si el Imperio durará mientras tanto.

No sé por qué estoy vivo todavía. Podría haber múltiples razones. Estoy en la oscuridad, literal y figuradamente. Por fortuna, el dolor va disminuyendo. Nunca seré autosuficiente, mis ojos nunca volverán a crecer milagrosamente. Pero a medida que desaparece la niebla del dolor, recupero mi inteligencia. Y con la mente intacta, siempre tendré formas de actuar... y podré encontrar a los hombres que me han hecho esto.

Tal y como lo entiendo, tengo dos problemas inmediatos. Escapar de esta celda es el primero; el otro es el dinero. Ahora mismo el Jorobado o quizás el Senado se habrán apropiado del tesoro imperial. Existe la posibilidad de tener otra fortuna a mi disposición. Pero África está muy lejos. Y no lo sabré con seguridad hasta que ponga las manos en ella. Pero tengo tiempo. Me contento con descansar y recuperar las fuerzas. Me conformo con planear y pensar en los días y meses que tengo por delante. Si Apolo lo desea, me habré ido antes de que Galba llegue a Roma.

El chico se queda esta tarde más rato de lo habitual. Me pregunta quién es Héctor. ¡Héctor! Su ignorancia absoluta es irritante, aun teniendo en cuenta su situación. Como no sabe casi nada de Homero, tengo que empezar desde el principio. Hijo de Príamo, marido de Andrómaca, hermano de Paris, salvador de Troya hasta que falla, hasta que cae víctima de los griegos, ante el terrible Aquiles. Le digo que después de una lucha valiente, Aquiles mató a Héctor y arrastró su cuerpo en torno a las murallas de Troya, atado a su carro, mientras las aves carroñeras daban vueltas por encima y la mujer de Héctor, en las murallas de Troya, lloraba. Esto agobia mucho al chico; lo noto en su voz. Le digo que no hay motivo para preocuparse. Héctor luchó con dignidad y su nombre pervive. No importa lo mucho o poco que viviera. Defiendo el argumento de memoria, sin convicción, mientras froto mi trocito de ladrillo.

Marco

*27 de julio, anochecer. **Hogar de Próculo Creón, Roma***

*L*os invitados llegan antes de que se ponga el sol. Hay siete, cada uno de ellos con sus propios esclavos. Un invitado llamado Otón aparece con diez de ellos. ¡Diez! Esta mañana he oído que el amo hablaba de él con el ama. Ha dicho que Otón es un senador, «muy importante, muy importante». Es amigo íntimo del Jorobado. El amo le ha invitado, pero no puede creer que haya aceptado.

Sé que es una cena importante porque el amo ha gastado dinero en ostras, muy buenas, de un sitio llamado Lucrea. Son el primer plato. Pasamos toda la mañana limpiándolas y abriéndolas, y colocándolas encima de hielo de los Alpes. A continuación habrá pavo real, asado con sus plumas y todo. (Elsie dice que hay que conservar las plumas, porque si no el sabor no es el adecuado.) También hay un jabalí más grande que yo. Elsie y Sócrates han tenido que levantarlo encima del mostrador entre los dos. Lo han despellejado, atravesado con un espetón grande, y asado durante todo el día.

Otón es el último en llegar. Sus diez esclavos llegan antes. El que va delante anuncia a su amo por el nombre, y entonces aparece Otón. Lleva el pelo con tupé, rubio, muy rizado y espeso, con pequeños tirabuzones que le caen ante los ojos; su sonrisa es tan ancha como la puerta de entrada. Me ve en el vestíbulo al entrar y dice: «¿Y este quién es?», se inclina y, con la mano, me levanta la barbilla hasta que nuestros ojos se encuentran. Lo hace con suavidad. No me gusta nada. Le dice a mi amo:

—¿Es tuyo, Creón? ¿Cómo se llama?

El amo sonríe de oreja a oreja.

—Marco. Se llama Marco.

—Maravilloso.

Es lo único que dice Otón antes de presentarse al ama.

Sirven la cena en el triclinio. Se encienden lámparas cuando desaparece el sol. Los invitados tienen su propio reclinatorio cada uno. El amo se asegura de colocarse justo al lado de Otón. Me dice que atienda a Otón personalmente, así que tengo que quedarme de pie justo detrás de él, sujetando una jarra con vino y dispuesto a rellenarle la copa cuando lo pida. Todos los demás invitados quieren decirle a Otón lo grande que es y lo grande que es Galba (nadie llama Jorobado a Galba delante de Otón). Dicen que Galba adoptará a Otón, así que será el próximo en la línea sucesoria del trono. Otón mira su copa, con una enorme sonrisa en el rostro, y dice:

—Es impertinente hablar de tales cosas. —Hasta yo me doy cuenta de que en realidad no cree lo que dice.

Traen el jabalí y todo el mundo aplaude.

Otón dice:

—Tan grandioso como cualquier banquete de palacio. —Parece que el amo se va a desmayar.

El amo y Otón empiezan a hablar entre ellos.

—Supongo que te habrás preguntado por qué he aceptado tu invitación…

—Me siento muy honrado, senador. Increíblemente honrado.

—No tengo por costumbre visitar los hogares de los libertos, Creón. Puede entorpecer la reputación de un hombre de mi categoría. Pero debo hacerlo estratégicamente, en determinadas ocasiones.

—Sí. Claro. Claro.

El amo Creón habla distinto con Otón. Asiente con la cabeza, en lugar de agitarla, y no chilla ni una sola vez.

—Mi presencia aquí esta noche significa que tú eres especial. Te diré por qué. Eres rico, Creón, pero en Roma hay muchos libertos ricos. Me han dicho que hay algo que te separa de los «nuevos ricos» contemporáneos, que eres un hombre con visión. ¿Es cierto eso?

—Has oído bien —dice el amo—. He construido un pequeño imperio de la nada. Cuando empecé, tenía solo una insulae. Ahora cuento con seis, una cárcel y un batán muy activo.

—Sí. Eso he oído. Te ha ido bien en los negocios. Sin embargo, los negocios no son la arena en la cual se define a sí mismo un romano, un auténtico romano. Estarás de acuerdo conmigo, ¿no?

—No… Quiero decir que sí, que estoy de acuerdo.

—La política, Creón, ahí es donde un hombre consigue que su nombre perviva, realmente. No en esas enormes tumbas que construyen tus compañeros libertos. Ponen todo su dinero en cuatro paredes de piedra, grabando «aquí yace tal y cual, que hizo fortuna haciendo esto y lo otro», como si el mundo no fuera a olvidar a un panadero en cuanto se enfrían sus cenizas. Espero que tengas planes más ambiciosos.

Otón mira su vaso y bufa. El amo chasquea los dedos, cosa que significa que vaya a llenar la copa del hombre. Otón me sonríe cuando se la lleno. Me da escalofríos.

El amo dice:

—Pero soy un liberto. No es muy probable que consiga entrar en el Senado.

Otón abre mucho los ojos, se echa a reír. Todos en la sala sonríen, aunque no hayan oído lo que le ha hecho reír.

—¡Oh, Creón! Me has entendido mal. Tú mismo no tienes lugar en la política. Claro que no. Pero puedes alinearte con algún político…, así es como te puedes mover en el reino político. Después de todo, es tu deber cívico.

El amo mira el vaso.

—Necesitas dinero.

—Sí, obviamente —dice Otón—. Pero yo quiero «tu» dinero. La fortuna te está dando una oportunidad, Creón… La oportunidad de convertirte en amigo —su voz baja hasta convertirse en un susurro— del siguiente emperador. ¿Acaso te sorprende? No dejes que mi falsa modestia te engañe. El Jorobado es viejo y no tiene hijos. Pero el senado y el pueblo quieren certezas. Quieren estabilidad. Galba lo sabe muy bien. Debe estar en Roma antes de que termine el año. Por entonces no tengo dudas de que me nombrará su heredero. He consultado con sus representantes, y los augurios han sido propicios. Es inevitable.

Pero necesitaré dinero, Creón. El poder no es barato. Quiero tu dinero. Llámalo préstamo, que el tesoro imperial te devolverá enseguida, con intereses… cuando sea emperador.

El amo asiente con la cabeza.

—Me siento muy honrado, senador. Muy honrado.

Después de cenar, Otón me señala y le pregunta al amo:

—¿Está a la venta el chico?

El amo dice que sí, que de buena gana le venderá a Otón lo que necesite. Empieza a citar un precio, pero Otón agita la mano.

—No pienso tratar esto con un liberto. Enviaré a alguien a que venga a regatear en otro momento.

Cuando la fiesta ha terminado y estoy limpiando con Elsie, le digo lo que Otón ha dicho, eso de que quiere comprarme. Ella menea la cabeza.

—Pobrecillo —dice—, aunque habías tenido suerte hasta ahora…

Le pregunto qué quiere decir, pero no me contesta.

107

Nerón

28 de julio, tarde. Prisión IV de la ciudad, Roma

*H*oy el chico me cuenta la cena que tuvieron anoche, como si fuera el no va más de los festines, y no una cena cualquiera ofrecida por un liberto sin importancia. Dice algo de que lo van a vender. Me siento obligado a hacerle preguntas, como si me importara.

—¿Un caballero, dices?

—Un senador.

—Bien, dada tu edad y la forma en que habló ese hombre… —Meneo la cabeza—. Al copero del hombre probablemente se le pedirá que haga algo más que llenarle la copa…, ya me entiendes. Un mal resultado para ti, ciertamente, pero es mejor que las minas o que la bodega de un barco.

El chico se echa a llorar, una reacción razonable, aunque dudo de que tenga más que una vaga idea del futuro que le espera.

—No llores —le digo—. Es indigno que un chico de tu edad se eche a llorar.

—¿Y cómo puedo pararlo? ¿Cómo puedo evitar que ese hombre me compre?

—No puedes. Eres un esclavo. Tienes que ir y aguantar.

—Entonces… ¿no sabes cómo?

Su impertinencia resulta irritante. Sin ojos, encerrado como un criminal, la jerarquía ha quedado hecha añicos. Un esclavo se siente con poder para increparme. La bilis me sube a la lengua…, pero le hago preguntas, a pesar de mí mismo.

—¿Quién es? —pregunto—. ¿Qué senador quiere comprarte?

—Se llama Otón.

Me echo a reír por primera vez desde hace siglos. Quizás habría llorado, si todavía tuviera ojos. Conque ese libidinoso calvo ha regresado a Roma, ¿eh? Le dejé bien claro que, si volvía a verle por allí con sus manejos, le arrojaría desde la roca Tarpeya. Ahora que ya no estoy, supongo que ese cobarde ha pensado que podía volver tranquilamente a la capital.

—Tienes suerte, chico. Me complacerá mucho mortificar a Otón. Dime todo lo que sepas de ese hombre y lo que le dijo a tu amo.

VI

LOS PROVINCIANOS

79 d. C.

Caleno

113

11 de enero, mañana. Muelle XIV, Ostia

—*B*usco a alguien —digo—. Un hombre que se llama Ulpio.

El escribiente está sentado detrás de un escritorio cubierto de papiros, rollos y más rollos, como si fuera un bibliotecario o alguien así de aburrido. Un toldo verde que tiene por encima le tapa el sol. A mi izquierda hay barcos, cientos de ellos, balanceándose en la bahía con las olas del Tirreno. Algunos están amarrados al muelle, con las velas arrizadas, los remos quietos; los demás van recorriendo el mar. El aire es frío; me duele la rodilla mala, pero ha salido el sol por primera vez desde hace días.

El escribiente levanta la vista de sus rollos.

—¿Ulpio? —pregunta—. Un nombre raro. ¿Es un deudor?

—No —digo—. Ha venido de Hispania.

—Es que pareces un acreedor. Un hombre que ha venido a cobrar…

—No es ningún deudor.

—¿De Hispania, dices?

El escribiente mira sus documentos. Su piel es un amasijo de callosidades, quemaduras solares y arrugas. Parece viejo, pero con los libertos, después de una vida de servidumbre, es difícil decirlo. Lo más probable es que esté ligado a uno de los barones del puerto, y no puede hacer con su recién conquistada libertad nada mejor que trabajar para su antiguo amo, llevando a cabo el mismo trabajo que se veía obligado a hacer cuando no era libre, pero esta vez por un pequeño estipendio y algo más de orgullo.

—Un viaje peligroso en esta época del año, ¿no? —pregunta, con la nariz enterrada en los papiros—. De Hispania a Ostia.

He viajado gran parte de la noche hasta Ostia, el puerto de mar de Roma. Llevo toda la mañana buscando al rico lisiado de Nerva, recorriendo el muelle de arriba abajo. Se me está agotando la paciencia.

—Cuidado, amigo —digo, antes de darme la vuelta para irme—. Podrías acabar haciendo perder el tiempo al hombre equivocado.

Solo me he alejado un paso o dos cuando noto que una mano suave me tira del brazo. Le dejo que me detenga.

—No quería ofenderte —dice. Ahora que está de pie veo que tiene la espalda encorvada y que echa la cabeza hacia atrás para poder mirarme a los ojos—. Es que pareces un acreedor. Veo a muchos acreedores aquí, intentando encontrar a sus deudores antes de que se embarquen. Son una gente interesante, los acreedores, ¿no te parece? Vienen aquí con monedas en la mano, dispuestos a gastar unos cuantos denarios para soltar lenguas o contratar músculos extra. A veces gastan más dinero de lo que la deuda vale en realidad.

Así que es eso. Llevo ya casi diez años viviendo en Roma, pero siempre me olvido de lo corrupta que es. Hasta un sencillo liberto que trabaja en los muelles espera algo de plata por sus desvelos.

Busco en mi bolsa y saco una moneda, de plata y con las gruesas mejillas de Vespasiano grabadas.

—¿Y bien?

La cara del liberto se ilumina con una sonrisa sin dientes.

—Los acreedores sois muy inconstantes. Justo antes de que te fueras estaba a punto de decirte —y coge la moneda de mi mano— que teníamos un barco que ha venido de Hispania esta mañana. Ahora mismo no tengo los nombres. Pero si tu hombre es de Hispania, estará en él.

Señala en dirección al muelle este. Cuando se vuelve para irse, le cojo del brazo.

—Puedes quedarte esa moneda si quieres. Pero es mía hasta que encuentre a Ulpio. ¿Entendido?

Sus ojos me miran imperturbables, pero su sonrisa sin dientes no abandona su rostro.

—Claro, claro. No hay problema, amigo.

Encontramos el barco hispano en el muelle del sur, con la borda de babor paralela a la costa. Los hombres están bajando unas cajas por la pasarela y apilándolas en dos carros. Todos son marineros, por lo que parece: el pecho expuesto del color del cuero viejo; el pelo hasta los hombros, atado o trenzado.

Entonces veo junto a los carros a dos hombres que no parecen marineros. Uno es bajo y rechoncho, vestido como un parto: pantalones y chaqueta moradas, bordados en oro, con cadenas de oro a juego y maquillaje, unas líneas negras en torno a los ojos, como las mujeres. El otro está doblado encima de un baúl. Tiene la piel oscura, la túnica verde y la cabeza tan carente de pelo como la de un recién nacido. Le echo un vistazo y me doy cuenta de que es un asesino. No lo sé con seguridad, claro, otras veces me he equivocado, pero hay algo en la forma que tiene de moverse; todo en él es cuidado y suave. No estoy seguro de si fue legionario; no creo que encajase en la coraza normal. Tiene el pecho de un toro joven, muy bravucón en primavera.

El Toro está probando el cierre de un baúl, dándole un fuerte meneo. Cuando levanta la cabeza, veo que un parche le cubre el ojo izquierdo y que tiene una gruesa cicatriz que le atraviesa la mejilla.

Él me ve y nos miramos un momento. Se baja del carro de un salto. Es un poco entrado en años, pero mueve las piernas con gran seguridad. Un asesino, con toda certeza.

—¿Puedo ayudarte, amigo? —dice viniendo hacia mí.

—Quizá —digo.

Está ante mí, mucho más cerca de lo que me habría gustado.

—Busco a alguien —digo—. A un hombre que se llama Ulpio.

—Pues tienes suerte —dice.

Su tono es casual. Resulta difícil decir si está buscando pelea o bien si en realidad he encontrado a Ulpio.

El escribiente aprovecha la oportunidad para escabullirse, con mi moneda en la mano.

—Creo que lo que está intentando decir mi amigo —afirma una voz a mi derecha— es que ya no tienes que buscar más. Has encontrado a tu hombre.

Veo a un tipo que baja al muelle. Su pelo y su barba tienen el color del cobre, con algunas manchas blancas; lleva un trapo que le envuelve la cabeza, cubriéndole los ojos. Lleva la mano izquierda apoyada en el hombro de un chico que le va guiando; en la otra mano, sujeta un palo con el que va tentando, mientras camina. Tap, tap, tap.

O sea, que el lisiado de Nerva es ciego como un topo.

—Ya sabes mi nombre —dice el lisiado—, ¿puedo saber ahora yo el tuyo?

—Caleno —digo—. Julio Caleno.

El inválido no tiene acento. Nunca había conocido antes a un hispano. Esperaba que tuviera algún acento. Y también pensaba que sería rico. Hay que serlo para que Nerva se interese por ti. Pero este no va bien vestido. Su manto de un marrón claro es casi tan sencillo como mi túnica.

No me gusta el aspecto del chico. Parece un patricio muy mimado. Con el pelo muy corto, una túnica de seda muy cara, bien afeitado, a pesar de llevar días en un barco. Apuesto a que esas manos suyas blancas como la leche no tienen ni un solo callo.

—Me envía Coceyo Nerva —digo—. Me ha pedido que os escolte a Roma.

—Ah —dice el lisiado—. No quería que el ciego fuera a tientas por el Tíber.

Me encojo de hombros. No me importa que sus sentimientos hayan quedado heridos. Probablemente es mejor que piense que estoy aquí porque es ciego, no porque Nerva esté planeando desplumarle algo de su oro (si es que tiene).

—Bueno —dice entonces el ciego—, me pregunto si harás falta. Solo hay que seguir el Tíber hacia el este y un poco hacia el norte, ¿verdad? ¿Eres capaz de ofrecer algo más que indicaciones?

—¿Ya has estado aquí antes?

—Roma está por todas partes, amigo mío —dice el lisiado—. Sería difícil no haber estado aquí.

Nunca antes había hablado con un ciego. Me pregunto si todos ellos hablan así, mirando hacia la luna.

—Quería decir la ciudad en sí —digo.

De repente, dos marineros dejan caer un baúl y uno de sus extremos golpea el muelle. La madera se raja y la parte superior se abre. Casi me cago al ver lo que contiene: monedas de oro y de plata y joyas, piedras verdes, rojas y turquesa, más de las que he visto juntas en mi vida. Unas pocas monedas se desparraman por el muelle. Miro los baúles amontonados en el carro y me pregunto cuántos de ellos estarán llenos de monedas.

Los dos marineros que, sin querer, han dejado caer el baúl parece que se han cagado encima de verdad. Tienen la boca muy abierta.

No es el Toro el primero en reaccionar; es el chico, cosa que me sorprende mucho, en realidad. Se dirige al baúl y lo cierra de una patada. Después de asegurarse de que ninguno de los otros marineros del barco ha visto las monedas escondidas en los baúles, se inclina, recoge las monedas caídas y se las pone en las manos a ambos marineros.

—Este será nuestro secreto —dice, en voz baja. Probablemente sean dos años de paga para ellos. Entonces el chico añade, en voz más alta—: Nos gustaría estar en Roma antes de que se ponga el sol.

Los dos soldados intercambian una mirada rápida y se embolsan el dinero. Empiezan a cargar de nuevo los carros, como si nada hubiera pasado.

Un movimiento muy hábil, tengo que admitirlo, aunque sea un patricio de mierda.

—Marco —dice el lisiado al chico—, ven a presentarte a Caleno. Deberíamos ponernos en marcha lo antes posible.

117

Estamos en el camino de Ostia a media tarde. Tenemos que llegar al interior de las puertas de la ciudad antes de que caiga la noche.

El chico y el lisiado van en el primer carro; el Toro y el esclavo parto en el segundo. Yo voy a caballo, entre el Tíber y la carretera. Es un grupo muy silencioso, excepto el parto. Va haciéndome una pregunta tras otra. ¿Qué me parece el emperador? ¿Es Nerva mi patrón? ¿Consulta con el emperador? Preguntas cuya respuesta no es asunto de nadie salvo mío. O quizá de Nerva. Me pregunta: «¿Qué tal están los ánimos en Roma?», como si la Teta fuera mi mujer y estuviéramos en un cascarón, no en una ciudad que tiene más de un millón de habitantes.

No para nunca, de modo que le doy un golpecito con el talón a mi caballo y me aparto. Cuando estoy junto al lisiado, disminuyo la marcha hasta ir al paso. Decido ver si puedo recoger más información de Ulpio que luego le pueda vender a Nerva.

Pero antes de que pueda decir nada, él me dice:

—¿En qué legión has servido?

Mira hacia delante cuando me pregunta, como si vigilara la carretera. La pregunta me pone nervioso. Yo no he dicho ni una palabra de que fuera soldado.

—¿Cómo lo sabes? —pregunto.

—¿Saber? —Sigue con la cara apuntando al frente—. ¿Saber qué?

—Que antes era soldado.

Se queda pensando la pregunta. Lleva algo en la mano que va sobando, creo que es un trocito de ladrillo, redondeado y suave.

—Pues no lo sabía…, al menos, no estaba seguro —dice—. Simplemente lo he supuesto. He hecho la segunda pregunta, con quién serviste, para ahorrarnos tiempo a los dos. No he tenido mucho éxito en eso, por lo que parece, pero lo he intentado.

—Pero ¿qué es lo que te lo ha revelado? —pregunto.

—Ah, muchas cosas. Por ejemplo, tu forma de andar. Derecha, izquierda, derecha, izquierda. Como si fueras en una marcha triunfal. Mmm… ¿Qué más? Que no te has echado atrás ante Teseo. Eso me ha dado otra pista. El orgullo prevalece sobre el sentido común, lo que a menudo es producto del entrenamiento. Y tu patrón: hombres como ese siempre tienen músculos extra a mano. —El lisiado se encoge de hombros, satisfecho—. Y más que nada, tu olor. Apestas a vino rancio, te sale por los poros. Y nadie bebe ese brebaje más que los soldados rasos o los generales que quieren visitar los barrios bajos.

No vale la pena hablar con este gilipollas por la información que pueda venderle a Nerva, así que tiro de las riendas y mi caballo baja el ritmo, dejando que el lisiado se adelante.

Llevamos menos de una hora en la carretera cuando vemos a cuatro hombres a caballo que vienen en sentido opuesto. Uno de ellos es un legionario. Los otros tres no son soldados, son mercenarios contratados, por lo que parece. Uno es alto; los otros dos, robustos. Llevan arrastrando tras ellos a una mujer. Tiene las manos atadas. El soldado sujeta otra cuerda también atada a sus manos, como si llevase un perro a dar un paseo. La mujer ha visto mejores días: lleva la estola rota, tiene el labio superior hinchado y sangrante, y el pelo, que quizá antes llevaba recogido arriba, ahora está despeinado y caído en todas direcciones. Todo aquello no tiene muy buen aspecto, pero uno de ellos es un soldado, así que no es asunto mío.

A medida que se acercan, nadie dice una palabra. Pero el chico se vuelve hacia atrás en su asiento e intercambia una mirada con el Toro.

Cuando nuestro grupo se cruza con el suyo, el chico tira de las riendas y detiene el carro. El soldado también para.

—Buenas tardes —dice el chico.

El soldado hace un gesto al oír eso.

Ya veo por qué llevan a la mujer amordazada. Ella nos mira con los ojos muy abiertos.

—Parece una prisionera peligrosa la que lleváis ahí —dice el chico, señalando con la cabeza a la mujer—. Parta o germana.

El legionario está muy confiado. Es difícil no estarlo cuando llevas armadura, cuando la fuerza de las legiones te respalda. Recuerdo la sensación tan buena que daba la armadura, la confianza que sentías con ella.

—Despejad la carretera —dice el soldado.

Ellos van a caballo y fácilmente podrían pasar al lado de los carros. Ignorar la pregunta del chico y dar una orden es su manera de poner al chico en su sitio. Espero que a este se le encojan las pelotas, al ver que el soldado le habla así, pero no. Por el contrario, el chico pregunta de nuevo:

119

—¿Parta o germana?

El plumero del casco del soldado, en paralelo con sus hombros, le señala como oficial. Cuando se dé cuenta de que un mierdecilla le está hablando de esa manera, las cosas se van a poner feas al momento. Miro al Toro para ver qué hace, si está tan nervioso como yo, pero apenas presta atención. Mira hacia los árboles, a algún pájaro. Y lo peor de todo: el lisiado tararea como si fuera el hombre más feliz del Imperio.

El chico sigue preguntando:

—¿O es celta?

Parece alguien a quien no le gustan las alturas, pero que, de todos modos, sube una pared rocosa. No estoy seguro de si es valiente, está loco o si representa un papel.

—¿Está en venta? Siempre he querido poseer una celta. Te la compro.

Entonces el chico saca una moneda y se la arroja al legionario. Va volando, dando vueltas, y golpea de lleno en la coraza del soldado. ¡DING! El chico sonríe forzadamente, una sonrisa loca y absurda.

El legionario ya ha tenido bastante. Dice a sus compañeros:

—Diez azotes al chico.

Dos de ellos desmontan y se dirigen hacia nosotros a pie. Sacan unas porras de madera del interior de sus túnicas. Caminan hacia el chico, pero este no se contenta con esperar. Salta del carro y corre hacia ellos. Esto les coge tan desprevenidos que el chico puede lanzar un primer puñetazo por sorpresa a la barbilla de uno de los dos más robustos. El chico coge al que está atontado por la túnica y se lo echa encima al alto. Los tres caen en la hierba.

—Marco, no te entretengas —dice el lisiado—. Tenemos que llegar a la ciudad antes de que se haga de noche.

Están todos más locos que un sacerdote tracio.

El centurión mira al tercer matón y le dice:

—Dale una lección a ese chico. Veinte azotes. —El oficial me señala a mí y al Toro—. Vosotros dos, quedaos donde estáis.

El tercer matón se baja del caballo y se dirige hacia los tres cuerpos que ruedan por el suelo.

Miro al Toro. Todavía no se ha movido. Ni lo más mínimo. O bien confía en que el chico pueda manejar solo a tres hombres, o bien espera que el chico exhale su último suspiro, en el futuro no muy distante.

Nerva se quedaría lívido si dejara que su rico provinciano muriera en el viaje a Ostia. Nunca me volvería a dar trabajo. Pero meterme en esto significa muy probablemente llegar a las manos con un legionario. Normalmente es una idea mala, muy mala. La mejor manera de salir de esto es dejar que el chico reciba los veinte azotes y esperar que ese sea el final del asunto.

En cuanto el tercer matón llega al amasijo de cuerpos en el suelo, el Toro por fin se mueve. Como decía, es un poco entrado en años, pero se mueve condenadamente bien. Se ha bajado del carro en un abrir y cerrar de su único ojo bueno; cubre la distancia hasta la melé con la misma rapidez. No va armado, pero coge por sorpresa al tercer matón y le atiza un puñetazo directamente en la barbilla. El pobre hombre se derrumba; me pregunto si se volverá a levantar.

Cuando el hombre cae, el Toro se inmiscuye en el trío que rueda por el suelo, intentando ayudar al chico.

El oficial ya ha visto bastante. Saca la espada y espolea a su caballo hacia delante. Deja caer la cuerda y la chica queda suelta. Se dirige hacia los árboles, dando unas zancadas tan grandes como le permite su larga túnica.

La situación se ha complicado, como me temía. Si el oficial reduce al Toro y al chico, le facilitará mucho las cosas matarnos a mí y al lisiado. Mi difícil decisión ya no plantea duda alguna. Ahora estoy ligado a este grupo, hasta que se resuelva todo esto. A pesar de mis reservas en sentido contrario, a pesar de no tener armadura ni espada, de contar solo con una pequeña daga metida en la bota, espoleo a mi caballo hacia el oficial. Chillo uno de mis antiguos gritos de combate, preguntándome si será el último.

121

Tito

11 de enero, tarde. Palacio Imperial, Roma

*F*inalmente, Domiciano envía noticias desde Campania, no en una, sino en dos cartas.

Ptolomeo me encuentra después del baño, envuelto en una toalla, dirigiéndome hacia mi estudio. Agita las dos cartas en el aire, explicando que Domiciano las envió con un día de diferencia, pero que han llegado las dos al mismo tiempo y con el mismo mensajero. Eso significa que el servicio imperial tiene más problemas de lo que yo creía, o bien que Domiciano, a pesar de mi orden explícita de moverse con rapidez, no lo ha podido hacer.

En el vestíbulo, todavía goteante por el baño, digo:

—Dámelas por orden.

Ptolomeo me tiende la primera carta.

10 de enero (desde Baiae)

Hermano:

Qué tarea más agotadora me asignas. Buscar el paradero de un Plautio, dices, como un mastín al que han soltado la correa. ¿Así es como crees que me vas a implicar en los asuntos de estado? Realmente, preferiría pasar mis días aquí relajándome, cosa que, te recuerdo, es el motivo para el que he venido a la bahía. Y que conste, debo hacerte saber, que no me he sumido en tanta disipación como alegan los moralistas. He estado leyendo y asistiendo a fiestas elegantes, donde la conversación es bastante buena, y con eso quiero decir que hay cierta sustancia en ella, pero no es tan griega como para que uno se sienta afeminado.

En cualquier caso, no he podido encontrar ni a Plautio ni a ningún otro de los Plautios. La bahía está desprovista de narices chatas y ojos verdes. (Gracias a los dioses. Nunca entendí el afecto de nuestro padre por tal familia.)

En cuanto a tus preguntas sobre Vespasia, no estoy seguro de querer hacerle una visita. Capri me parece muy lejos (aunque está solo a una breve distancia en barco). De todos modos, dudo de que sea bienvenido. Me parezco demasiado al hermano que ella desprecia ahora mismo, aunque con más pelo y unas mejillas más pequeñas (solo estoy bromeando, hermano. No te pongas nervioso, por favor).

Volveré cuando el tiempo en la capital sea mejor o, supongo, si un acontecimiento social vence a mi necesidad de sangre que no esté congelada y pies calientes. ¿Debo seguir buscando a Plautio entre tanto? Por favor, di que no.

Tu hermano,

T. FLAVIO DOMICIANO

—Ahora la otra —digo a Ptolomeo, que me tiende la segunda carta a cambio de la primera.

11 de enero (desde Baiae)

Tito:

Me precipité al hablar. Anoche, después de haberte escrito con ausencia de éxito, asistí a una fiesta nocturna en las colinas neblinosas por encima de Baiae. El sobrino de Secundo, el sabelotodo de Cayo Cecilio, también asistía. Después de atraparme en la conversación, se refirió de pasada a una discusión que había tenido con Plautio la semana anterior. En cuanto recogí mi mandíbula del suelo, le pregunté dónde había sido exactamente y en qué circunstancias. Resultó que tiene un amigo en común con Plautio, un comerciante llamado Cinio, con quien se alojaba Plautio mientras estaba en la bahía. Según el sabelotodo, una semana antes,

Plautio desapareció, no se sabe por qué, sin ninguna explicación. Rogué a Cinio aquella misma noche que me confirmara esa historia, o al menos que me explicara una versión más precisa, aunque menos interesante. Pero Cinio no solo confirmó esa historia, sino que me enseñó el baúl de Plautio con su ropa, ánforas de vino y media docena de esclavos apiñados en su pórtico. Según Cinio, Plautio llegó en barco a finales de diciembre. Estuvo con Cinio casi dos semanas, y luego desapareció. Al parecer, la noche anterior Plautio había alardeado de que estaba llevando a cabo una importante tarea clandestina para el emperador. Al día siguiente, Plautio y uno de sus libertos salieron temprano, antes de que saliera el sol, y ya no volvieron.

Después de mi entrevista con Cinio corrí a casa, dicté esta carta y ordené al mensajero que no se detuviera hasta entregártela personalmente.

¿Ha dado por fin tu obsesión con algo de sustancia? Envía instrucciones a tu hermano, su interés está en su punto máximo.

—Busca a mi padre —digo a Ptolomeo—. Tengo que verle de inmediato.

César Vespasiano

11 de enero, tarde. Jardines Servilios, Roma

Soy el nuevo. Así es como me han llamado siempre. Soy un general retirado, con servicio distinguido en Britania y Judea. Me he ganado el derecho a una ovación y un triunfo, y he ostentado el consulado once veces. Soy césar, emperador de Roma. Y además soy y siempre seré el hombre nuevo. El «provinciano». Romano, sí, pero no de Roma. Por muy cruel, sabio o estúpido que sea, por muchos años de paz que consiga o por mucho que llene las arcas del Estado, simplemente soy el emperador cuyo padre y abuelo no procedían de Roma, que empezaron sus carreras como centuriones, antes de prestar dinero o recaudar deudas respectivamente. En un momento dado corrió incluso el rumor de que mi abuelo, Petro, ni siquiera era romano, sino galo. El rumor arruinó mi primer intento de ser edil, hace más de cuarenta años.

Después de que se contaran los votos y perdiera el edilato, y una vez que hubo disminuido un poco el aguijón del fracaso, volví a la propiedad de nuestra familia junto a Reate, en las colinas Sabinas, para enfrentarme a mi padre. Fue a finales de enero, un día fresco y limpio. Lo encontré en los campos, viendo a los esclavos reparar un arnés. La bestia de carga, que era un buey de color marrón caca, masticaba pausadamente junto al puñado de hombres atareados en su trabajo. Mi padre sufría de una herida de sus días en la legión, que le había dejado un brazo inútil. Lo llevaba en un cabestrillo, apretado contra el vientre. Era de la mitad del tamaño de su brazo bueno, por falta de uso; era el brazo de un muchacho, pero marchito y arrugado. Mi padre era viejo entonces, calvo y con la espalda encorvada. Masticaba un junco, como hacía siempre.

—¡Hola! ¡El político! —dijo al acercarme, haciendo pasar mi caballo a través de la hierba alta—. ¿Qué tal te ha ido? ¿Has ganado otra vez?

No perdí el tiempo malgastando palabras.

—He perdido. ¿Era galo el abuelo?

Se encogió de hombros.

—¿Oficialmente? No. Desde luego que no.

Se me puso la cara roja.

—¿Y extraoficialmente?

Los esclavos se escabulleron saliendo del granero; preferían no conocer más secretos familiares que los estrictamente necesarios.

Mi padre se encogió de hombros por segunda vez.

—¿Quién sabe? Los dioses, quizá. Yo no, desde luego.

Le hablé con tono venenoso.

—¿Cómo que no lo sabes?

—Como tú, he oído los rumores. Pero tú recuerdas a tu abuelo. Era republicano…, al estilo antiguo, rabioso, de Catón. Era un veterano, el *dominus*. Esperaba una comida caliente por las noches y un hijo obediente. No hablaba apenas. Nunca le pregunté nada, y él nunca me lo dijo. Así de sencillo.

—¿No te preocupa que nuestra sangre esté contaminada? —le pregunté.

Mi padre, siempre paciente, se quedó pensativo. Se cogió el codo de su brazo lisiado.

—No, no especialmente —masticó su junco—. Mi opinión es que cualquier cosa concentrada es mala. Vino, inversiones, sangre. Es mejor diluir, diversificar. Tú no pondrías todo tu dinero en una insulae en Roma, ¿verdad? En una sola noche tu fortuna podría desaparecer como una nubecilla de humo. Te quedarías en la calle. Y mira a Tiberio, nuestro emperador. ¿Tiene mejor pedigrí un hombre? Sangre Claudia adoptada, del linaje de los Julios. No se puede mejorar semejante linaje. Pero ¿dónde está ahora mismo? En Capri, violando y bebiendo, mientras las arcas del tesoro público pagan las facturas. —Escupió.

Por primera vez pensé que escupía como un galo.

—Pero ¿y mi carrera? Ha terminado antes de empezar.

—Pensaba que querías ser político. ¿Y vas a dejar que unos pocos rumores te derroten? —Pasó el brazo bueno alrededor de mis hombros. Me sacudió con calidez—. Escucha, Petro quizá fuese galo, o quizá no. No lo sé, ni tú tampoco. Nadie, excepto quizá tu abuela. Pero ella no dirá una sola palabra si es mala para nosotros. Si hay secretos familiares, se los llevará a la tumba con ella. La verdad es para los filósofos y los ingenieros, no para los políticos. Alguien ha usado un rumor para derrotarte. Usa tú un rumor mejor para ganar. Mejor aún: falsifica unos documentos.

Al año siguiente hice lo que me sugería mi padre. Fueron «halladas» entonces unas cartas de mi tatarabuelo, un hombre de ascendencia romana, y circularon unas copias. El dinero llegó a las manos de las personas adecuadas. Gané el edilato con facilidad.

Eso fue hace cuarenta años. Por aquel entonces, el asunto me parecía de vida o muerte. Pero el mundo está cambiando. Hoy en día, si un hombre tiene un abuelo galo, su avance no se ve bloqueado, no necesariamente. Ahora, todos los días tenemos a provincianos que vienen a Roma y se hacen famosos. Un día quizás incluso puede que haya un emperador que proceda de la Galia. Tal vez. Puede llegar un momento en que tal emperador sea conocido como un hombre «nuevo» y sea simplemente un hombre. Pero, claro, sin esas distinciones, ¿cómo sabría un romano quién está por debajo y quién por encima? La jerarquía es el material mismo de la vida. Soy lo bastante romano para saber eso.

Grecina, matriarca de los Plautios, me visita durante la octava hora, como hace cada semana. Tomamos un vino; una mezcla suave, del norte, diluida con agua, hervida con un puñado de clavos y savia, con miel añadida. Es la bebida de los ancianos, los que tienen los dientes débiles, vientres más débiles aún y energía mortecina.

Nos reunimos en los jardines Servilios, bajo una higuera. Nos sentamos y los huesos nos crujen. Maniobramos, retorciéndonos lentamente en nuestros asientos como un tornillo, en busca de una relativa comodidad.

—Una semana fría —digo—, hasta ahora.

—Las ha habido más frías —dice Grecina.

—Para Roma, quiero decir.

Ella considera la distinción, ha visto inviernos en otros lugares de la península, en el norte.

—Sí, es cierto. Una semana fría para Roma.

Un cuenco de pistachos se encuentra entre nosotros. Grecina abre una cáscara con la boca, como una ardilla que se da un festín con una bellota.

—¿Has oído eso de la mano? —le pregunto.

—No vivo debajo de una piedra.

—¿Y qué opinas?

Grecina se saca una cáscara de la boca y la tira al suelo.

—Creo que es muy violento para el principado, para el Imperio…, para ti. ¿Quién es el responsable?

—Estamos investigando.

Las cejas grises se fruncen.

—Querrás decir que Tito está investigando.

Asiento.

—Hay algo más —digo—. Falta uno de tus parientes.

—¿Quién? —Un asomo de preocupación arruga su piel ya de por sí arrugada; sus ojos lechosos adquieren un brillo repentino—. ¿Tiberio?

—No —digo yo—. Lucio Plautio.

—Ah —responde Grecina, aliviada—. Plautio no vale para nada. No pierdas recursos buscando a ese.

—Los Flavios y los Plautios tienen una larga historia —digo—. Nuestra familia te debe mucho. No sería emperador de no ser por los Plautios.

—Le debes mucho a mi difunto marido, que los dioses hagan reposar sus huesos, no a los Plautios. Y has hecho más que suficiente para devolverle el favor. Ahora, tú y yo somos amigos…, amigos viejos, que se quejan juntos por gusto.

Serví a las órdenes del marido de Grecina. Fue el mejor general que vi en toda mi vida. Temo que sea uno de esos grandes generales que apenas se recuerden. Conquistó Britania, pero Claudio César (que no había levantado siquiera uno de sus gordezuelos dedos) fue quien se atribuyó el triunfo, mientras Eliano recibía una simple ovación.

—Y hay más —digo—. Plautio escribió a Tito desde Baiae, hace semanas. Antes de desaparecer.

Le tiendo la carta. Ella lee. Escapan algunos bufidos burlones de vez en cuando de sus labios secos y agrietados.

Me mira de soslayo.

—Protesta con demasiado ardor, ¿no? Parece un hombre que se queja de que cada vez hay menos moralidad, pero no para él. Siempre ha sido un hipócrita. Búscale en un burdel.

—La parte importante viene detrás de la moral —digo.

Ella acaba de leer la carta.

—Tito ha hecho que Domiciano investigue por la bahía —digo—, pero hasta ahora no ha encontrado ni rastro de Plautio. Supongo que nunca te ha escrito explicándote lo que hacía en la bahía, ¿verdad?

—No. No lo ha hecho.

Grecina bebe un poco de vino endulzado.

Se lo explico todo. Le explico lo de la mano, el anillo de oro, el último descubrimiento de Tito, que la perra estaba entrenada para llevar la mano al foro. No hay necesidad de ocultar nada…, no a Grecina.

—El anillo era de oro macizo —digo yo—. Por ley pertenecía a un senador, o al menos a un caballero.

—Y tú crees que esa mano del foro pertenece a alguno de mis parientes, ¿verdad?

—No lo sé. Pero no estoy seguro de que importe. Si tu sobrino ha desaparecido, me tomaré el asunto muy en serio. ¿Un viejo amigo de nuestra familia, un Plautio nada menos, sabe de una conspiración para envenenar al césar, y luego desaparece?

Meneo la cabeza, frustrado. Los primeros días, cuando todavía muchos sufrían por Nerón, las historias como esta, los rumores de conspiraciones en mi vida, me ponían furioso. Me enfadaba mucho y pedía sangre. Pero después de una década en el poder se han vuelto familiares, una tarea que atender, simplemente, como morderme las uñas o cagar por las mañanas. Y ahora, en lugar de empujarme a la acción, absorben mi energía, como una sanguijuela que no me puedo arrancar. Pero estos últimos acontecimientos me inspiran algo distinto, como si unos hombres ambiciosos estuvieran convergiendo en el principado, como si estuvieran viniendo hacia mí desde todas direcciones. Nadie se ha atrevido a moverse en contra de uno de los Plautios, una familia tan entremezclada con la nuestra que somos también familia prácticamente.

Le digo a Grecina:

—¿Y qué te parece todo esto?

Ella le echa un último vistazo a la carta; luego la deja caer junto al cuenco de pistachos.

—Creo que es una mente débil la que busca coincidencias. Creo que probablemente tengas razón y que haya un senador o un caballero asesinado, y que debes averiguar quién es. Pero no estoy segura de que todo esto tenga que ver con mi inútil pariente, que estará perdido en algún burdel por el sur.

Grecina no se queda mucho rato. Ambos apreciamos las discusiones breves, eficientes. En cuanto se ha terminado el vino, chasquea los dedos y dos esclavos se ponen a su lado, ayudándola a levantarse.

—César —dice, con un gesto de la cabeza.

Grecina, con un esclavo a cada lado, se va por el jardín. Pasa junto a Tito, que viene en dirección contraria. Su expresión es torva, lleva un rollo de papiros estrujados en su mano de hierro.

Nunca habría que sentir temor si tu hijo viene a verte sin anunciarse. Pero tal es la vida del hombre nuevo en Roma, supongo…, al menos del que ostenta el título de césar.

VII

MAGNIFICENCIA DE MENTE, PARTE II

68 d. C.

Marco

28 de julio, primera antorcha
Al sur del Palacio Imperial, Roma

La entrada al palacio no parece una entrada en absoluto. Solo es un hueco oscuro entre ladrillos, escondida detrás de un árbol enorme y cubierta de hiedra. Nerón me dijo cómo encontrarla. «Sigue el acueducto hasta el palacio, dirigiéndote al sudeste. Cuando te acerques, quizás una docena de pasos o así, verás un lobo pintado en la pared. El pasadizo secreto está justo debajo, detrás de un roble antiguo».

Nerón tenía razón: podía verlo a duras penas a la luz de la luna.

«No te preocupes por los guardias —me dijo—. Solo los emperadores conocen ese pasadizo. Augusto lo construyó hace años. Métete por el hueco y encontrarás unas escaleras en el otro lado. Conducen a los niveles superiores del palacio, a mis habitaciones personales…, las habitaciones personales del emperador. En la parte de arriba de la escalera está mi dormitorio. La puerta te llevará a mi estudio. Lo que necesitas está ahí.»

El pasadizo es estrecho, apenas más ancho que mi mano; está oscuro como boca de lobo. No quiero entrar…, aunque Nerón me dijera que el palacio estaría vacío. Pero entonces pienso en Otón, en cómo me cogió la barbilla, en cómo me miró. Me empieza a picar toda la piel y pienso que iré a cualquier sitio con tal de que Otón no sea mi amo. Respiro hondo y me introduzco bien apretado por la grieta.

Dentro, como me había dicho Nerón, hay un tramo de escaleras de caracol. Las subo en la oscuridad total, pegándome a la pared para asegurarme de no caerme. Pronto noto la luz de la luna; cuando trepo más aún, puedo ver un tragaluz por encima de mi cabeza.

En la parte superior de las escaleras han tallado un agujero en la piedra del tamaño de una rueda de carreta. En el otro lado del agujero hay una tela. Nerón me había dicho que estaría ahí. «Desde tu perspectiva, parecerá un círculo de tela. Por el otro lado es un bonito tapiz.» Empujo la tela, apartando el tapiz del muro, y entro en la habitación.

La habitación es tan grande como el atrio de maese Creón, mucho más grande todavía. Por encima veo otro tragaluz y la luna, que lo ilumina todo, plateada y brillante. La cama es lo bastante grande para que quepa un cíclope. Toda la habitación está revuelta: las sillas del revés, las sábanas medio arrancadas de la cama.

Atravieso la habitación y abro la puerta. Afortunadamente hay otro tragaluz. En un extremo de esa habitación hay un escritorio cubierto de rollos de papiros y una balanza de bronce, con una silla de madera grande colocada contra esta. Frente al escritorio hay tres triclinios. Detrás del escritorio hay un mosaico en la pared, hecho de piedrecillas pequeñas, de un hombre joven que lleva a cuestas a un hombre más viejo. Detrás de ellos, arde una ciudad. Las piedras son de color morado, negro y blanco, a la luz de la luna.

Nerón me ha dicho que solo habría una carta en el cajón. Sin embargo, cuando abro ese cajón, hay más de una. No sé leer, de modo que no sé cuál debo coger. No sé qué hacer. Mi corazón empieza a latir deprisa, y no puedo contener el aliento. No debería coger todas las cartas, porque eso sería robar. Una vez más, cuando le dije a Nerón que no quería coger nada de palacio, él me dijo: «Esas cartas son mías, chico. No lo olvides. Todo lo que hay en ese palacio es mío por derecho. Piensa que estás haciendo un recado para el césar».

Todavía estoy intentando decidir qué hacer cuando oigo unas voces. El corazón me late mucho más deprisa aún…, tan fuerte que no puedo ni pensar. Las voces no vienen del dor-

134

mitorio, sino de abajo, del salón que conduce al resto del palacio. Me meto todas las cartas en la túnica y corro hacia el dormitorio. Las voces suenan más fuertes todavía, y más aún, y luego el vestíbulo se ilumina con la luz de una lámpara.

Están a punto de entrar…

Me tiro al suelo. Afortunadamente, no sé cómo, me encuentro detrás de uno de los reclinatorios. Veo las botas cuando entran ellos, pero ellos no me ven a mí. Despacio, me voy deslizando poco a poco por el mármol hasta que me encuentro debajo del reclinatorio. Tengo que moverme muy despacio, para que el papiro no cruja entre mi pecho y el suelo. Levanto las piernas para que mi piel sudorosa no se pegue a las baldosas y chasquee.

—¿Has dejado la puerta abierta?

—¿Cuál?

—La del dormitorio… Ve a mirar.

Hay cuatro pies. Dos van al dormitorio. Vuelven un momento más tarde.

—Vacío.

Los otros pies desaparecen detrás del escritorio.

—¿Qué pasa, Terencio? —pregunta el hombre que está detrás del escritorio—. ¿Crees que registrar un dormitorio es algo demasiado bajo para ti?

—No he dicho eso.

—No has tenido que hacerlo. Es tu actitud, esa expresión abatida que tienes. ¿Se te ha subido a la cabeza lo de sacarle los ojos al emperador? No te olvides de que solo eres un centurión, y que lo hiciste siguiendo mis órdenes.

—Sí, y tú lo hiciste siguiendo las órdenes de otro.

—No se me ordenó que hiciera nada. Soy el prefecto de la Guardia Pretoriana. Se me pidió que participara. Me lo pidieron mis colegas, no mis superiores.

—Por supuesto, son tus «colegas». ¿Y dónde están esos colegas tuyos, ahora que el plan se ha ido a la mierda?

Oigo al hombre que está en el escritorio echarse atrás en su silla. Dice:

—Ha habido un tropiezo o dos, eso lo reconozco. Pero hemos protegido nuestras apuestas.

—Si tú lo dices.

135

—Nerón está vivo. Eso vale algo. El Jorobado pagará por Nerón, y nos recompensará por nuestros desvelos.

—¿Y no te preocupa enfrentarte a tus colegas?

—Nos ocuparemos de eso cuando surja. Mientras tanto, enviaré otra carta a Galba.

—¿Otra? ¿Qué sentido tiene? O bien tus cartas no le llegan, o bien se contenta con esperar hasta llegar a Roma. Has puesto demasiada fe en ese liberto suyo, Icelo. Está bloqueando tus cartas, a la espera de ver cómo puede aprovecharse de lo que sabe.

—Esta vez voy a enviar un mensajero. Alguien en quien puedo confiar para que entregue el mensaje... ¿Qué es eso que estás toqueteando? ¿No será otra vez esa figurita?

—¿Y si lo fuera, qué? Es mi pequeña recompensa por hacerte el trabajo sucio. El amuleto de la suerte del césar... ¡Mierda!

Algo cae al suelo y repiquetea. Veo que resbala por el mármol, una cosa pequeña, hecha de piedra negra. Una estatuilla, creo.

El hombre que está de pie se agacha a recogerla. Yo me quedo quieto como un muerto. Afortunadamente está de cara al escritorio, lejos de mí, de modo que no me ve debajo del triclinio. Me quedo tan quieto que ni siquiera respiro. Cuando él se arrodilla y estira la mano buscando la figurilla, su cabeza baja hasta el nivel del suelo, de modo que veo un lado de su rostro. Es el Zorro. No sé por qué, pero, aunque no pensaba que pudiera pasar, mi corazón late más rápido aún, un martilleo intenso, tan fuerte que creo que se me va a salir del pecho y a reventar por las orejas.

—Por los dioses, Terencio. Deja eso.

El Zorro se levanta sin verme. Mi corazón no deja de martillear.

Oigo que se abre el cajón del escritorio.

—¿Dónde están mis cartas? Han desaparecido.

—No puede ser —dice el Zorro.

—Pensabas que lo de la puerta era una manía mía —dice el hombre que está detrás del escritorio—, ¡por la orina de Júpiter! —Cierra de golpe el cajón—. El ladrón no habrá ido muy lejos.

illa rechinan por el suelo.

. Tenemos que encontrarlas.

:l escritorio sale corriendo de la habitación. veo que las otras piernas, las del Zorro, le siguen. Cuando se han ido los dos, me levanto y corro.

Nerón

*29 de julio, amanecer. **Prisión IV de la ciudad, Roma***

*D*ebe de ser por la mañana cuando vuelve el chico. Me había preguntado si un poco de aventura haría que se agobiase menos, pero rápidamente abandono tal esperanza. Llega temblando incontroladamente y murmurando algo de unos zorros, como si hubiera ido a dar un paseo por los bosques.

Cuando examinamos las cartas, se presenta un extraño problema: tiene tres rollos de papiro, en lugar del único rollo que le había mandado a buscar. Yo dejé una sola carta en ese cajón en particular. Estoy seguro de ello. Por lo que averiguo del confuso relato de la conversación que oyó el chico, parece que los soldados que me han hecho esto están usando mi despacho para su uso personal. Es fastidioso, pero no más fastidioso que el hecho de que unos soldados le saquen los ojos al césar.

De todos modos, esa no es nuestra principal preocupación ahora. El problema es que ninguno de los dos es capaz de leer las cartas para determinar cuál es la que necesitamos. Yo estoy ciego, y el chico es tan ignorante como una mula.

Añoro aquellos días en que cuando se presentaba un problema, yo podía limitarme a agitar la mano y decirles a mis subalternos que lo arreglasen. Confiar solo en uno mismo es tedioso y pesado.

El chico y yo discutimos sobre el problema. Él añade poca cosa, pero al final entre los dos damos con la siguiente solución: si yo no puedo ver y él no sabe leer, debemos combinar esas capacidades. Desarrollamos un sistema. El chico pasa mi dedo índice por encima de cada letra, como si estuviera pintando encima de las palabras. Lo hace despacio al principio, con una buena pausa entre cada letra en particular, para que yo pueda determinar cuál es. Primero establecemos cuál es la letra, luego la palabra, luego la frase. Mejoramos a medida que avanzamos; afortunadamente, la tarea es fácil. Solo con una frase o dos determinamos que las dos primeras cartas son interesantes, pero desde luego no son lo que andamos buscando. La tercera es la que necesitamos.

A pesar de nuestro éxito, el chico se resiste a irse. Teme continuar. He concluido que necesita un tipo de guía particular, una saludable mezcla de estímulo, inspiración y un empujón suave en la dirección adecuada. El miedo, sin embargo, le afecta mucho…, tanto que podría hundirnos a los dos. Es el elefante en la habitación del que tenemos que hablar.

—Todavía eres joven —digo—, así que no diré que eres un cobarde, pero está claro que el miedo te tiene inmovilizado. Si queremos que nuestro plan tenga éxito, debes, al menos, controlar tu miedo.

El chico, como siempre, se queda alelado. Yo sigo.

—No soy de los que da consejos, así que te ofrezco la siguiente anécdota. Había una vez un soldado llamado Córbulo que, durante un tiempo, fue el mayor general de Roma. En asuntos de valor, Córbulo hizo una distinción que creo que es correcta. En lo que respecta al miedo, cuando nos enfrentamos al peligro, ya sea mortal, social o del tipo que sea, decía que hay dos tipos de hombres: aquellos que pueden pensar y tomar decisiones sin entorpecimiento alguno, como si el miedo no los afectara, y los que no pueden hacerlo. Los primeros han sido bendecidos por los dioses, según Córbulo, y tendríamos que envidiarlos. Los griegos lo llaman «magnificencia de mente». Mi abuelo, el gran Germánico, es un ejemplo reciente.

Una historia puede inspirar al chico y sé muy bien qué debo contarle. Pero ¿puedo contarle esa historia, la favorita de mi madre, sin conjurar el fantasma de esa maldita mujer?

Sigo.

—Sin duda, conocerás a mi abuelo por sus victorias germánicas, cómo vengó el desastre del paso de Teutoburgo, la peor derrota de Roma en casi mil años. Pero ya de pequeño actuaba con mucho valor. Cuando tenía once años, no mucho mayor que tú ahora mismo, lo enviaron a conocer a su padre, mi bisabuelo, que estaba de campaña en el este. Lo mandaron en un buque a Dalmacia, donde tenía que seguir por el interior a caballo. Cuatro soldados le acompañaban. Cuando se detuvieron a pasar la noche, unos bandidos dálmatas asaltaron su campamento. Los cuatro soldados fueron asesinados. Los bandidos se llevaron todo lo que había de valor, incluido el estandarte de las legiones, el águila dorada que nosotros los romanos tanto valoramos. Los bandidos debatían si llevarse a mi abuelo para pedir rescate después, pero al final decidieron no hacerlo. (Evidentemente, no sabían cuál era su identidad, y el filón imperial con el que habían dado.) Un bandido sabía la palabra latina que significa mar. Él señaló en la dirección contraria a la que finalmente llevarían y dijo: «Mar». Y allí fueron.

»Mi abuelo se quedó completamente solo. Podía haberse dado la vuelta fácilmente y volver a la costa, y el simple hecho de haber sobrevivido se habría considerado una victoria, un inicio muy recomendable para un chico de su edad. Sin embargo, se negó a permitir que se perdiera un estandarte legionario. Estaba claro que la veta Claudia de tozudez estaba impresa en sus huesos, aun a una edad tan temprana. Decidió seguir a los bandidos por las montañas salvajes de Dalmacia... y allá fue.

»Era un cazador experto, así que siguió a los bárbaros fácilmente. Los bandidos se pararon a pasar la noche cuando se puso el sol. Asaron un conejo encima de una hoguera y se lo comieron, antes de retirarse a dormir. Mi abuelo los vigilaba, escondido en el bosque que los rodeaba. Cuando estuvo seguro de que se habían dormido, porque eran demasiado estúpidos o arrogantes para poner un guarda, entró en el campamento a recuperar el estandarte. El olor del conejo guisado le detuvo. Había viajado todo el día sin comer ni beber nada. La carne goteando grasa le hacía la boca agua...

En aquel momento de la historia, mi madre me preguntaba: «¿Y sabes qué hizo a continuación?», y hacía siempre una pausa para dar más efecto, dejando que su público (normalmente, su hijo menor) lanzase una interjección. Intento pensar en una forma de no hacerlo, pero no se me ocurre nada.

—¿Y sabes lo que hizo a continuación?

Uno. Dos. Tres.

—Se puso a cenar. Se sentó junto al fuego, cruzó las piernas y comió: conejo asado y pan. Y cuando hubo terminado, bebió un sorbo de vino. Luego se puso de pie, se limpió la boca, pasó por encima de los bandidos dormidos, cogió el estandarte y volvió a la costa. Había marcado su camino a medida que iba siguiendo a los bandidos por el bosque, grabando una «X» en los árboles con su cuchillo. Así que siguió el camino de vuelta hasta el mar y llegó a la costa a la noche siguiente. Por la mañana, mi abuelo, de once años, había organizado una nueva caravana y estaba de camino para reunirse con mi bisabuelo, con el estandarte legionario en la mano.

»Ahora bien, Córbulo —continúo— no se encontraba entre los Germánicos del mundo. El miedo le afectaba. Incluso le dejaba incapacitado. Pero, al final, eso no importó. Había averiguado que con previsión y entrenamiento podía superar ese inconveniente. Se entrenó más duro que ningún otro soldado, mientras iba ascendiendo entre las filas de los legionarios. Estudió más y más duramente que ningún otro hombre. Antes de ir a la batalla, establecía un plan detallado, anticipando cualquier posible contingencia, para no tener que pensar cuando tenía el peligro ante él. La lección carece de la mística de los cuentos relatados por otros generales, pero creo que es honrada. En las cenas, a Córbulo le preguntaban: «¿Y cómo, gran general, conseguiste vencer a los partos? ¿Con valor? ¿Con una fuerza física inigualable?». Y él contestaba a todo eso: «Con diligencia y largas noches», y la partida lanzaba un gemido colectivo. Era un tipo de romano muy especial, de esos que hoy en día se ven raramente: un hombre honrado que trabajaba más que sus rivales.

»Yo dudo de que tú seas un Germánico, Marco. Eres joven y nada es imposible, pero me parece poco probable. Al final, sin embargo, no importa. Puedes convertirte en un Córbulo. Yo ensayaré contigo lo que se debe conseguir. Ensayaremos hasta que lo hayamos perfeccionado totalmente. Trabajaremos más que el miedo.

141

Marco

29 de julio, vísperas. El Gallo Feliz, Roma

La cantina tiene cuatro mesas largas de madera. Unos hombretones enormes están sentados en torno a ellas riendo, chillando y bebiendo vino. Las sombras se alzan y caen a la luz de las lámparas. Nadie me ve cuando me deslizo en el interior. Me dirijo hasta la barra, me pongo de pie sobre ella y digo lo más alto que puedo:

—Si Doríforo está aquí y quiere ganarse unas monedas, solo tiene que decirlo.

Lo digo tal y como me lo ha dicho Nerón, como hemos practicado una y otra vez. No me ha dejado salir hasta que lo he hecho a la perfección. A mí me preocupaba que se rieran de mí o que me dijeran que me fuese. Pero Nerón me ha dicho que no lo harían.

—Todos los hombres que viven en esta ciudad desean dos cosas —dijo—. Primero, unas monedas… Menciona la plata e inmediatamente resultas creíble. La segunda es la que tú estás intentando evitar darle a Otón, así que no tiene sentido ofrecerla.

Nerón tiene razón: nadie se ríe ni me dice que me vaya. Todos se han quedado callados para escuchar lo que decía; ahora que he terminado, han vuelto a hacer lo que estaban haciendo antes.

Me siento a la mesa y un hombre se sienta a mi lado. Es bajito y regordete, con los ojos del color del hielo y una barba de un marrón sucio y muy poblada.

—¿Y quién eres tú?

Nerón me había hablado ya de Doríforo.

—Es actor de oficio. Con él no puedes mostrarte triste y callado como de costumbre. Él sigue las instrucciones que le dan para vivir. De modo que le tienes que decir lo que necesitas tú de él, no al revés.

—Tendrás que afeitarte —digo, tal y como me ha dicho Nerón.

El hombre se echa a reír.

—¿Ah, sí?

—¿Qué tal tu acento patricio? —le pregunto—. ¿Y tu griego?

—Vamos, chico, me tienes salivando. ¿Cuál es el plan? ¿Quién te envía?

A la mañana siguiente me reúno con Doríforo en el foro. Se ha afeitado la barba y lleva una toga blanca y limpia.

—Buenos días, esclavo con nombre de cónsul. —Así es como me llama. Tarda en decirlo, pero creo que es parte de la broma. Se ríe cada vez que lo dice.

—Buenos días —digo yo.

Me pregunta:

—¿Qué tal estoy?

—Bien —le digo.

—Mejor que bien, seguro. —Se mira a sí mismo—. Bueno, será mejor que sigamos con el asunto, ¿no? Tú delante.

El magistrado está inclinado sobre su mesa, entrecerrando los ojos ante un libro de contabilidad. Sus ojos son remolinos de un blanco lechoso, como su pelo.

—¿Cómo has dicho que te llamas?

Estamos sentados al otro lado de su escritorio. La habitación es toda de mármol verde esmeralda con remolinos negros. Fuera se oye el sonido del foro, como gruñidos y zumbidos.

—Soy el sobrino del difunto. —La voz de Doríforo suena distinta con el magistrado. Pronuncia cada palabra con mucha exactitud y usa palabras largas, como un auténtico patricio.

—¿Y él? —El magistrado señala con su dedo arrugado hacia mí.

—Mi esclavo.

—¿Y has llegado hoy de Alejandría?

Doríforo responde en un lenguaje distinto. Se echa atrás en la silla, satisfecho consigo mismo.

—La fortuna te sonríe, señor —dice el magistrado—. La propiedad, o al menos tu parte no reclamada, iba a revertir al emperador al final de la semana.

—¿Ah, sí? —dice Doríforo, como si estuviera sorprendido, aunque ya se lo he contado, tal y como Nerón me lo contó a mí—. Salí de Alejandría en cuanto recibí tu carta. Pero el mar estaba fatal. Hemos perdido varias semanas en Sicilia, esperando que se calmara para poder seguir.

—Sí, bueno, eso ya no importa ahora. Estás aquí. En cuanto me proporciones cierta información que confirme que eres quien dices ser, podré entregarte tu herencia.

—Por favor. —Doríforo abre los brazos de par en par, como si esperase un abrazo—. Pregúntame lo que desees.

Nerón tenía razón en todo, hasta el momento. Sabía que el senador Floro había muerto recientemente y que su propiedad todavía no se había distribuido.

—Porque era yo quien tenía las cartas de sus beneficiarios —me dijo Nerón—. Dirigir el Imperio no consiste solo en campañas y banquetes. También se trata de satisfacer las necesidades del Estado, incluido su tesoro. Si un beneficiario no viene a recoger sus cosas, entonces revierte al emperador. Ahora supongo que el dinero de Floro irá a parar al Jorobado. Pero no será así si nosotros lo cogemos primero. Busca a Doríforo —dijo Nerón—. Dile que haga el papel del sobrino del difunto. Pero no le des toda la información. Es de confianza, pero solo hasta cierto punto, como cualquier hombre.

El magistrado hace a Doríforo todo tipo de preguntas, sobre él, sobre su tío muerto. Doríforo se sabe perfectamente todas las respuestas. Entonces le pide:

—¿Y podrías entregarme la carta que te envié?

Doríforo me mira. Saco de mi túnica la carta que he cogido de palacio y se la tiendo al magistrado. Este la lee con atención. Luego dice:

—Excelente. Lo pondré todo en orden.

—Señor —dice Doríforo. Se desliza al borde de la silla. Esta

144

es la parte más difícil—. Si me permites que te moleste..., tu ayuda haría mucho más fáciles mis asuntos aquí, en la capital. Tengo dos deudas que requieren un pago inmediato. En lugar de escribir una carta de crédito para mí, si pudieras hacerme «dos» cartas de crédito... Una a nombre de un hombre llamado Doríforo, y otra a nombre de un liberto llamado Creón...

El magistrado levanta la vista hacia nosotros, con sus ojos lechosos.

El corazón me late deprisa en el pecho: pum, pum, pum.

—Como desees —dice. Y empieza a escribir—. Te felicito, señor, por tu sentido de la responsabilidad. En estos tiempos, muchos habrían vuelto corriendo a Alejandría con la plata en la mano, dejando a sus acreedores al margen.

Aquella misma noche me llaman al atrio antes de cenar. Encuentro al amo sentado con Doríforo.

—¿Es este? —pregunta mi amo.

Doríforo dice:

—Sí, es este, efectivamente.

Y entonces le tiende al amo un rollo de papel pequeño. El amo lo mira. Sin levantar la vista, me dice que he sido seleccionado para trabajar en el Palacio Imperial. Tengo que asistir allí cada día y volver por la noche, cuando ya no necesiten mis servicios.

—Eres solo un préstamo, chico. Así que no me hagas quedar mal.

Este es el plan de Nerón. No quería comprarme directamente porque no sabía dónde podría vivir yo ni cómo darme de comer. Tampoco quería que enviaran a nadie nuevo a la prisión. «Ya me he acostumbrado a tu compañía», me decía.

—¿No te olvidas de algo? —me dice Doríforo.

—Mmm... —El amo levanta la vista de la carta de crédito—. Ah, sí, claro. —Y me dice a mí—: Tienes que llevar dos ánforas a palacio cada semana, una de vino y una de salsa de pescado. No tengo ni idea de por qué en palacio necesitan mi salsa de pescado. Pero, bueno, así es.

—Y ahora, Creón —dice Doríforo—, no se puede golpear ni tocar a un esclavo imperial. ¿Me entiendes?

145

El amo pone una cara como diciendo: ¿quién, yo?

—Veo los moratones, y también he preguntado por ahí. Este chico ahora es propiedad imperial. Quítale las manos de encima. ¿Entendido?

El amo, mirando todavía la carta de crédito, agita la mano.

—Sí, sí.

—He oído que el senador Otón estaba interesado en comprar al chico —dice Doríforo—. No tengo que decirte que ahora es propiedad de Galba, propiedad del emperador.

—Otón iba a comprar al chico, sí. Pero tú le has ganado con limpieza y justicia. Encontraré a un chico distinto para él, hay miles en esta ciudad. Será fácil. Acompaña a nuestro invitado a la salida, Marco.

Sigo a Doríforo hasta la puerta principal. En voz alta, dice:

—Mañana, chico. Tienes que estar en palacio temprano. —Luego, fingiendo que se ata la sandalia, se inclina y me susurra—: Ha sido un placer, Marco. No sé quién habrá tramado este pequeño plan, pero dale las gracias. Y hazle saber que Doríforo es un hombre de palabra. No tenía por qué hacer esto último, lo de engañar a tu amo. Podría haber cogido las dos cartas de crédito y salir corriendo. Pero he hecho lo que prometí.

Doríforo se da la vuelta y se va.

Nerón

30 de julio, tarde. Prisión IV de la ciudad, Roma

*E*l chico me explica toda la historia como un héroe que vuelve de una conquista. La cantina, la oficina del magistrado, la ignorancia de su amo... Es el mejor día de toda su vida. De lo que más disfruta es del engaño que ha sufrido su amo; lo noto en su voz. Ayer estaba muerto de miedo ante la idea de proporcionar información falsa a ese tipo, Creón, como si su amo fuera algo más que un simple liberto, pero ahora está muy contento con su victoria.

Lo ha hecho bien, teniendo en cuenta todos los posibles aspectos. Pensaba que se arrugaría en un momento dado, que se vendría abajo, agobiado por el peso de su propia cobardía. Pero no ha sido así. Incluso hay un deje de confianza en su conducta esta mañana, cierto atisbo de arrogancia.

¿Qué edad tendrá? ¿Nueve, diez años? Es difícil de decir, sin poder verlo. Pero carece de esa voz ronca y el torso apestoso de un adolescente... Yo tenía su edad, más o menos, cuando participé en los juegos de Troya. Entonces era menudo, tan pequeño que no me ajustaba bien el casco. Antes de las maniobras, montado en el patio, se me deslizaba hacia delante, tapándome los ojos. Yo lo levantaba, pero solo se sujetaba un momento y se me volvía a bajar, a cada paso alegre del caballo. El tío Claudio me dijo que desmontara.

—Eres demasiado joven —dijo—. Acabarás haciéndote daño.

Mi madre no lo consintió.

Me besó en ambas mejillas y me dio una de esas charlas que solo ella sabía dar.

—Tú llevas la sangre de dos grandes familias —dijo—. De los Julios has heredado la fortaleza; de los Claudios, el orgullo. Tú y yo compartimos la misma sangre y, por tanto, las mismas cualidades. Si me fallas hoy, me avergonzarás, me herirá muy hondo, porque yo soy una Claudia. Pero también seré capaz de soportarlo, porque soy una Julia.

Los otros chicos eran mayores que yo, todos adolescentes. Fuimos a medio galope por la arena, con el redoble de un tambor. Cuando la multitud me vio, pensaron que mi presencia era precoz. Hubo vítores y silbidos a cada vuelta que daba. Se me cayó el casco, pero mantuve la posición y acabé sin él.

—¡Pequeño Germánico —gritaban—, como su abuelo!

Mi madre, sin embargo, se mostró apática.

—No hiciste nada para señalarte. —Esperé hasta que se hubo ido del patio para echarme a llorar.

Me esfuerzo (quizá por resentimiento, no estoy seguro) y le digo al chico que lo ha hecho muy bien. Se queda asombrado…, otra vez. Quizá sea el primer cumplido que ha recibido jamás.

Más tarde, me pregunta por Héctor. No se ha olvidado de lo que le dije, solo quiere oírlo otra vez, como quien vuelve a una buena botella de vino: recuerdas el sabor, pero quieres sentirlo otra vez en la lengua. Cojo mi pan con salsa de pescado y una copa de vino blanco, mi botín de nuestra pequeña conspiración. Mientras como, le cuento el cuento.

Estoy en medio de la historia cuando oigo el crujido de la puerta.

El chico se queda callado, igual que yo.

Oigo unos pies que rozan los ladrillos polvorientos.

Luego el silencio.

Le susurro a Marco:

—¿Quién es?

—El actor —dice Marco.

Más silencio. Y luego bajito al principio, no más que un susurro:

—César. —La voz se hace más fuerte, más apasionada—. César, ¿eres tú?

Me gusta oír de nuevo ese título, oír que me hablan con reverencia.

—¡Lo sabía! Sabía que estabas vivo. —La voz, la voz de Doríforo, se transforma y pasa de la reverencia a la incredulidad—. ¡Por tres putos higos, césar! Tienes un aspecto horrible.

149

VIII

UNA INVITACIÓN A CENAR

79 d. C.

Caleno

12 de enero, amanecer. Mercado de esclavos, Roma

—¿*Q*ué hiciste con los cuerpos?

Me llevo la mano a la nariz para bloquear el hedor. Los mercados de esclavos tienen un olor particular…, sobre todo a mierda, pero también el olor agusanado de la podredumbre de un campo de batalla dos días después del combate. Nerva se ha rociado entero con perfume y una nube de un no sé qué relamido le sigue adonde quiera que va. Huele mejor que el mercado, pero no mucho mejor. Me sorprende que no esté haciendo arcadas, con la nariz tan enorme que tiene.

—Los dejamos aquí —digo—. Aparte de la carretera, en los caminos del bosque, pero justo donde ocurrió.

Nerva dice:

—¿Y los otros dos salieron huyendo?

—Mmm. El centurión y el otro.

Caminamos uno junto al otro, entre filas de esclavos atados a postes. Todos ellos son hombres, desnudos excepto por un taparrabos y empolvados con cal.

—¿Ese? —Nerva señala a un etíope musculoso.

Me agacho y le digo al esclavo que abra la boca. Lo hace así, mostrándome unos dientes marrones y amarillos. Le abro bien el ojo derecho y lo miro. Tiene una mirada triste y vidriosa, como si estuviera borracho. Pero este chico, apostaría cualquier cosa, no ha bebido desde hace mucho tiempo. Nadie desperdicia una bebida con un hombre que ya no pertenece a este mundo.

Levanto la vista hacia Nerva y niego con la cabeza. Seguimos andando, levantando arena con nuestros pasos.

—¿Podrías identificar al centurión?

—Sí —digo—. Le hice un buen corte, justo debajo del ojo.

Nerva asiente.

—Ven a verme enseguida si encuentras al hombre. ¿De acuerdo? Te pagaré por la información. Como hago siempre.

—Si quieres —digo.

Señalo a un hombre que es todo piel y huesos, que tira de su cadena. Nerva parece dudar.

—Yo buscaba ayuda para defender a mi persona, Caleno. Alguien que intimide.

El esclavo es calvo, delgado y con la piel del color del cuero hervido. Pero es astuto, creo.

—A ver cómo lucha —digo.

Nerva frunce el ceño, pero confía en mi opinión, de modo que no me dice que no. No dice nada, cosa que significa: empieza con las diligencias correspondientes, por favor.

Doy dos pasos hacia delante y el esclavo se arroja hacia mí. La cadena le detiene justo antes de poder ponerme las manos en torno a la garganta. Agarra el aire como un perro salvaje. Es posible que esté loco, simplemente, y que no sea astuto. Levanto un puño por encima de mi cabeza. Mi intención es soltarle un buen puñetazo para ver cómo responde, pero el muy perro se tira al suelo y se acurruca haciéndose un ovillo.

Meneo la cabeza a Nerva. Seguimos avanzando.

—Viajasteis a Roma juntos —me dice él—, ¿cómo los dejaste?

—No hablamos mucho en el viaje de vuelta. Los llevé a su casa en el Aventino, tal y como estaba planeado.

—¿Y cómo estaban después?

—Al ciego no le intimidaba nada. No estoy seguro de que esté demasiado cuerdo. ¿Los demás? Se les había subido la sangre a la cabeza. Se notaba. Por lo demás, bien, dadas las circunstancias.

Nerva piensa un momento.

—¿Crees que hay algo más, aparte de lo que se ve a simple vista?

Me encojo de hombros.

—Yo no soy de Delfos. Lo único que digo es que parecían estar bien, durante todo el follón y después también.

Pasamos junto a un hombre sin pelo que tose hasta echar las tripas. Nerva se levanta la toga al pasar por encima de las piernas del hombre.

—¿Y por qué no vinieron a visitarme? ¿No comprendieron que yo te envié y que les estaba esperando después de que llegaran?

—Lo sabían. Pero… —paso por encima de las piernas de un hombre dormido o muerto—, si yo tuviera tanto dinero como ellos, esperaría que la gente viniera a verme a mí.

Nerva se acaricia la barbilla, pensativo.

—¿Y ese? —pregunta, señalando a un hombre que está sentado en el suelo, apoyado contra la estaca a la que está encadenado, abrazándose las rodillas. Parece alto, alto y fuerte.

—Quizá —digo.

A medida que nos acercamos veo un tatuaje en su brazo, de tinta azul con una cicatriz que corre justo por en medio. Si no hubiera visto ninguno antes, no sabría lo que es, pero estoy seguro de que el tatuaje, antes de que una hoja lo partiera por la mitad, era un escudo de batalla germano al que lamían dos olas azules.

—Creo que tienes suerte.

—Oh —dice Nerva.

Hablo en voz baja para que los comerciantes no me oigan.

—Es un bátavo.

La cara de Nerva no cambia. Sería un buen jugador de dados.

—¿Aquí?

Los esclavos que pueden alcanzar un buen precio normalmente aparecen en las subastas, o bien están en casa de patricios ricos que se sabe que van a gastar. Es raro encontrar un espécimen como este en el mercado.

—No creo que sepan lo que tienen. El tatuaje está estropeado por la cicatriz. Tú querías a alguien que intimidara. No encontrarás para eso a nadie mejor que un bátavo.

—¿Y recibirá órdenes? —susurra Nerva—. He oído que pueden ser difíciles.

155

Me encojo de hombros, para hacerle saber que no tengo la menor idea.

Nerva le dice al esclavo:

—¿Hablas latín?

El esclavo levanta la vista a Nerva. Sus ojos son más azules que el Tirreno.

—No —dice el esclavo.

Lo dice en latín. Vuelve a mirar hacia delante.

—Levántate —dice Nerva.

Los ojos del bátavo lentamente se desplazan hacia arriba para valorar a Nerva; luego vuelven a bajar, imperturbables. No se mueve.

Nerva me lleva a un lado.

—Es salvaje. Podría resultar difícil.

Me encojo de hombros.

—Solo el precio de reventa...

—¿Puedes ayudarme tú?

—Yo no soy entrenador de esclavos. No sabría ni por dónde empezar. —Miro por encima de mi hombro al bátavo. Nerva hace lo mismo—. Es poco probable que pudieras dominarlo a la fuerza. Ni en mil años. Pero tú eres listo, ¿verdad? ¿No podrías ser más listo que él?

Nerva, que siempre es un buen comerciante, dice:

—Consígueme un buen precio.

Los comerciantes acceden cuando se les ofrece una buena cantidad, considerando el rendimiento. Una vez que Nerva paga, me agacho para que mi cara quede al nivel del bátavo. Mi heduo es diferente de su cato, como la noche y el día, realmente, pero también sé un poco de cananefate. Viendo que son vecinos de los bátavos, tendría que poder comprenderme. Así que pregunto al bátavo si vendrá, como un buen chico, o si va a oponer resistencia.

Me responde. Su acento me suena muy espeso, pero entiendo lo fundamental. Dice:

—¿Cómo te toma normalmente tu amo romano —y señala a Nerva—, por el culo o por la cara?

Yo niego con la cabeza hacia Nerva. Él hace señas de que

necesitamos ayuda y cuatro empleados rodean al bátavo. Me imagino que lo cogerán, le darán una paliza hasta dejarlo molido y lo arrastrarán hasta la casa de Nerva. Pero el chico parece que tiene «algo» de sentido común. Ve a los ayudantes y se queda echado en la tierra sin más, con los brazos y las piernas bien abiertos. Al cabo de un momento rascándose el culo, perplejos, los ayudantes sueltan la cadena que le ata al poste, cada uno de ellos le coge por un brazo o una pierna, levantan al bátavo por el aire y lo sacan.

10 de enero (desde Capri)

Querida Domitila (en Roma):

Capri es muy bonito, hermana. Ojalá hubieras venido. Era la evasión que había esperado. Julia y el joven Vip han sido un encanto. (Afortunadamente, Julia no ha heredado el carácter agrio de su padre. Sabe disfrutar de un descanso.) Hemos pasado el tiempo leyendo y dando largos paseos al sol. Uno de los esclavos de palacio nos ha enseñado la isla. Nos llevó al sitio donde Augusto escribió su última voluntad y testamento, y donde Tiberio César realizó aquellos malignos actos que provocaron la eterna vergüenza de su madre. Quizá nos diera demasiados detalles para los oídos de una joven, pero es viejo, y no quería hacer ningún daño. De todos modos, no creo que ellos entendieran ni la mitad de lo que dijo.

Tal como predecías, he tenido tiempo para reflexionar; en realidad, no he hecho nada en estas tres últimas semanas. He pensado a menudo en lo que ha hecho Tito, examinándolo desde todas las perspectivas. Cuando nos separamos, tú estabas segura de que al final le perdonaría. Dijiste que vería su acto como algo necesario, hecho para proteger a la familia. Dale tiempo, dijiste.

Lo siento, hermana, pero no puedo perdonar a Tito. Mi marido no era culpable de otra cosa que de contar una broma que no tenía gracia. No tenía intención alguna de adoptar el título de «césar». Esa era la broma. Era perezoso, egoísta y poco inteligente. No deseaba el principado, ni tampoco le cuadraba. Nuestro hermano mató a mi marido por un chiste que salió mal.

157

Yo no amaba a Asinio. Era mezquino, una cualidad que hace que resulte difícil amar a alguien. Y no creo que le gustaran las mujeres. Me poseyó una sola vez, nuestra noche de bodas, pero fue algo mecánico. Después ni siquiera se dignaba mirarme. Prefería a los jovencitos guapos que le hacían compañía, y no se puso celoso cuando yo busqué el amor fuera de nuestro matrimonio. En realidad, éramos como dos desconocidos.

No amaba a Asinio, es verdad, pero no puedo perdonar a Tito. Ha sido algo vergonzoso, de lo que nunca me recuperaré, en realidad. Mi propio hermano ha matado a mi marido. No le hizo arrestar, no le sometió a juicio. No investigó las acusaciones que había contra él ni interrogó a los que se suponía que estaban implicados. ¿Por qué iba a hacer tal cosa? El único objetivo de nuestro hermano es el poder... o al menos el artificio de este. ¿No resulta lógico que Domiciano haya resultado tal y como es?

He estado pensando en nuestros hermanos. Lo diferentes que son y cómo ha sucedido eso; por qué nuestro padre favorece a uno y rechaza al otro, por qué uno le sucederá como emperador, mientras que el otro ya está olvidado. He concluido que los hermanos, como todo el mundo, deben labrarse su propio lugar en el mundo, pero han de hacerlo de tal manera que no interfiera con el de sus propios hermanos. Tito fue el que llegó primero. Tiene ciertas cualidades propias: confianza, atrevimiento, fuerza. Domiciano llegó diez años más tarde. Tomó lo que tenía disponible: astucia, cinismo, irresponsabilidad.

Pasa lo mismo con las hermanas. ¿No te parece? Tú llegaste primero. Tomaste el decoro, la inteligencia, el coraje. Cuando me llegó el turno a mí, cogí lo único que estaba disponible: la vitalidad, el ingenio, el atractivo.

Prueba de mi teoría son las rivalidades que vemos a menudo entre hermanos. Tú y yo hemos estado en desacuerdo a lo largo de los años, aunque nos amamos la una a la otra. Tito y Domiciano siempre se han peleado también, aunque, dados los diez años que los separan, siempre ha sido menos una pelea que un niño que arremete contra un hombre.

Si hubiera sido Domiciano el que mató a mi marido, yo estaría furiosa, pero lo entendería. El mundo ha dictado sus términos a Domiciano; él creció dentro de un molde. Tito, sin embargo, eligió ser el hombre que es. Eligió ser el perro de presa de nuestro padre. Él quiere que el Imperio tiemble a su paso. Eligió ser como es. No puedo perdonarle.

Me quedaré en Campania hasta que cambie el tiempo. Las chicas pueden quedarse conmigo. Como te he dicho, son una agradable distracción.

Por favor, envíame noticias desde Roma. Echo de menos la ciudad, la política y…, sí, también el cotilleo.

Con todo mi amor,

VESPASIA

Domitila

12 de enero, tarde. Palacio Imperial, Roma

—*N*o era perfecto —dice Lépida—. Yo soy la primera en admitirlo...

Examina un higo con los ojos entrecerrados. A su lado, un esclavo atiza los carbones de un brasero, fatigado.

—Y —continúa— estoy segura de que Tito tenía sus razones. Es prefecto de los pretorianos, después de todo. Ya sé que le corresponde a él mantener vivo al césar y el Imperio a salvo.

—Levanta la vista de su higo—. ¿Puedo preguntarte, Domitila, si estos higos son de los jardines de palacio?

—De algún lugar del sur, seguro —digo yo—. Esta racha fría reciente ha causado estropicios en los jardines de palacio.

Lépida sonríe.

—Qué lástima. He oído unas historias tan fantásticas de los higos de palacio...

Al final da un bocado; no, no es ni siquiera un bocado, es como un mordisquito de ratón.

—... Solo quiero que Tito sepa, y como tú eres su hermana sé que se lo dirás, que sepa que yo no he tenido nada que ver con lo que sea que ha ocurrido en Baiae...

Lépida deja caer el higo mordisqueado en una mesita auxiliar y se arregla el manto. Va vestida de negro: estola y manto negros. De luto. Aun así, bajo el manto, lleva el pelo rubio ahuecado, cardado y arreglado con unos rizos modernos muy sofisticados; una sombra azul oscurece sus párpados y de su cuello y sus muñecas cuelga el oro. Quizás esté de luto, pero eso no es excusa para tener un aspecto soso.

—Quizá mi marido fuera un traidor —dice—. Quizás estuviera conchabado con Asinio. Quizá no fuera necesario un juicio. Pero, por favor, debes comprender que yo no tengo nada que ver con eso.

Como hago siempre, salgo en defensa de Tito.

—La historia es más complicada de lo que creemos —digo—. No sabemos qué información tenía Tito o qué pasos dio para asegurarse de su culpabilidad. Tampoco es asunto nuestro cuestionar sus tácticas.

—Estoy de acuerdo —dice Lépida—. Estoy de acuerdo, de todo corazón. Pero como comprenderás, de eso estoy segura, una esposa no puede controlar a su marido, y no siempre está al corriente de sus asuntos. Tu hermana, obviamente, no estaba implicada. ¿Cómo iba a saber ella nada de todo aquello? Es la hija del césar, después de todo. Espero que tu hermano no me mida de forma distinta.

El mes pasado, Tito hizo ejecutar a dos hombres: Asinio, su cuñado, y el marido de Lépida, Iulo. Según Tito, ambos conspiraban contra nuestro padre. Lépida está aquí para asegurarse de que no la someterá a su escrutinio. Su plan, que debo reconocer que no es malo, es compararse con Vespasia, mi hermana menor, la mujer de Asinio. Pero creo que ha sobrestimado mi influencia con Tito.

Lépida pregunta:

—¿Cuánto tiempo estuvo Vespasia casada con Asinio?

—Creo que diez años.

—Sí, es verdad. Diez años. —Sonríe. Es una sonrisa sin alegría alguna—. No mucho más de lo que yo estuve casada con el joven Iulo. Y creo que Vespasia tenía a su marido en tanta estima como yo tenía al mío.

—Sí, bueno, Asinio era un hombre bastante infeliz.

—Como todos los hombres que no consiguen encontrar el favor del césar —dice Lépida—. Probablemente esperaba más, como yerno del emperador. Pero tendrá que conformarse con eso.

Su sonrisa sin humor, su tono ligero... Lépida está sorprendentemente a gusto, dadas las circunstancias.

161

—Hablando de Vespasia —pregunta Lépida—, ¿dónde está? ¿Sigue todavía en Roma?

—Se ha ido al sur, a nuestra casa de Capri.

—Ah, para huir de las habladurías. Una sabia decisión.

—Para tranquilizarse —digo yo—. Para tranquilizarse y reflexionar. Es un momento difícil, perder a tu marido. Supongo que lo comprenderás.

—Bueno —dice Lépida—, yo también me iría de Roma, pero temo lo que se podría pensar, con mi pasado... Tu hermano podría pensar que estoy huyendo.

Lépida habla de su pasado con tanta ligereza que no se adivinaría nunca que en tiempos fue acusada de traición. Hace muchos años cogieron a su primer marido, Cayo Casio, conspirando para matar a Nerón. Ella también estaba implicada. Yo no estaba en Roma por aquel entonces..., era demasiado joven y mi padre se aseguró de que pasaba casi todo el tiempo del reinado de Nerón fuera de Roma, en nuestro hogar familiar en Reate; así que solo he oído rumores. Pero se dice que Lépida y sus amigos estaban realizando «espantosas prácticas religiosas», que no sé qué significa. El marido de Lépida fue desterrado a Sardinia. Otro hombre fue ejecutado. Lépida escapó milagrosamente sin otro castigo que un mes de arresto domiciliario. Sedujo a Nerón, decía la gente, con sus ojos verdes y sus astucias femeninas. (Ahora es un poco vieja, pero, en su mejor momento, Lépida era una gran belleza.) Otros decían que había hechizado a Nerón. Pero estos son cotilleos muy habituales en Roma: las mujeres son matronas, puras como la nieve recién caída, o bien brujas que envenenan la cena de sus maridos. De niña, estudiando historia, eso me enfurecía. Y todavía me pasa. Si ahora consigo figurar aunque solo sea en una línea de los libros, consideraré que ha valido la pena vivir.

Lépida se adelanta hasta el borde de la silla. Dice, ansiosa:

—Somos amigas, Domitila. ¿Verdad?

Es la primera vez que hablo con Lépida desde hace un año. Solo está aquí porque está preocupada por su seguridad. Solo está aquí para pedirle un favor a la hija del césar. No somos amigas, ni mucho menos.

—Las mejores —digo.

Lépida vuelve a sonreír sin alegría.

—Bien. Entonces sé que harás lo que puedas con tu hermano. Le hablarás de mi inocencia.

—Por supuesto.

Más tarde, cuando Lépida ya se ha ido, Tito viene a visitarme. Un perro, todo tendones y huesos, se acerca con él.

—Llego tarde.

—Tito Flaviano es un hombre muy ocupado —digo, bromeando—. Sus parientes son felices simplemente con verlo. ¿Quieres comer algo?

Los braseros chasquean y despiden un agradable calor.

—No puedo quedarme mucho rato.

Tito se deja caer en una silla a mi lado. Sus hombros bajan, como si de repente hubieran cortado la cuerda que los sujetaba. Se frota el nacimiento del pelo, que va retirándose, como sus antiguos enemigos. Ahora lo hace a menudo, como si esperase volver a atraer el pelo hacia su rostro. ¿Qué le ha pasado a mi hermano mayor? ¿Dónde está aquel joven que recorría Roma a caballo sin ser anunciado, contando historias de tierras lejanas y batallas épicas que dejaban maravillada a su hermana menor? Entonces tenía mucho pelo, del color del serrín, y los hombros recios. Hablaba de peligro y de guerra con un brillo en los ojos que hacía que su familia se hinchara de orgullo. Vespasia y yo pensábamos que era invencible. Pero ¿ahora? Ahora parece cansado y hambriento, con los ojos inyectados en sangre y las mejillas huecas y huesudas. Tiene los ojos solitarios…, aunque su hermana, que le adora, está sentada a su lado. El cargo de prefecto de los pretorianos no le cuadra a Tito; las peleas por cualquier nimiedad, los aduladores, la violencia… Mi padre confía demasiado en él, espera demasiado de él.

—Yocasta —digo—, trae un poco de agua a mi hermano. Quizá también algo de comer.

Yocasta está bajo el arco que conduce al *tablinum*. Hace señas a dos esclavos para que cumplan mis órdenes. Estos probablemente delegarán la tarea por tercera vez, y así irá bajando por todo el escalafón hasta que el esclavo de menor rango de la casa llene una jarra con agua.

163

—Vino —dice Tito—, algo fuerte.

Le miro, desaprobadora.

—Por favor, no me mires así, Domitila.

—¿Cómo?

—Solo una copa.

Agito la mano despreocupadamente, como si me fuera indiferente cuánto vino bebe mi hermano. Lo último que necesita ahora mismo son más críticas.

—¿Y esto qué es? —pregunto, señalando al perro que está enroscado debajo de la mesa.

—Se llama *Cleopatra* —dice Tito.

Lo que no dice, lo que quiere que toda la ciudad, incluida su querida hermana, se siga preguntando, es si este animal es el mismo que llevó una mano humana al foro, en la Agonalia. Esa forma de proceder es muy propia de Tito: usurpar un mal presagio y convertirlo en su animal de compañía.

Una esclava, una nueva a la que no conozco, joven y guapa, trae un cuenco con olivas y almendras. Veo que le dedica a Tito una sonrisa al inclinarse para tenderle el cuenco. Se roza con su rodilla y él le devuelve la sonrisa. Pensaba que mi hermano se estaba haciendo viejo, que sus días de mujeriego habían quedado atrás, pero está claro que aún no ha perdido todo su encanto.

—¿Qué tal la búsqueda? —digo.

Tito mordisquea una oliva.

—¿Qué búsqueda?

—Llevas tres días llamando a las puertas de toda la ciudad. Todo el mundo habla de ello.

—¿Quién es todo el mundo?

—Tito, soy la hija mayor del césar. Te olvidas de que muchos vienen a verme día sí, día no.

Tito frunce el ceño.

—¿Y qué dicen?

Me encojo de hombros.

—Cosas distintas. Algunos creen que estás buscando apoyo contra Cecina.

—¿El Chaquetero? —Parece sorprendido—. A la gente le gustan las rivalidades, ¿verdad?

Es de destacar cómo recuerda el pueblo determinados hechos, cómo crece una historia, cogiendo vida propia, comparado con lo que olvidan de repente. Un año, cuando ambos éramos mucho más jóvenes, en un festival (ni siquiera recuerdo cuál era), Tito y Cecina se pelearon con espadas de madera, como las que usan los gladiadores para entrenarse. Ninguno se echó atrás; ambos eran jóvenes que querían probarse a sí mismos. Estuvieron casi una hora y se dieron una auténtica paliza el uno al otro. La gente no ha olvidado esa historia ni la rivalidad entre ellos. La conducta de Cecina durante las guerras civiles no ha ayudado mucho. Ha cambiado de bando tres veces, traicionando a hombres a los que había hecho juramentos en cada ocasión. Y luego, finalmente, se pasó a la causa de nuestro padre. Desde entonces, la ciudad espera que vuelva a hacerlo de nuevo.

Tito sonríe.

—Supongo que no te habrás dejado convencer por esos rumores. —Su tono afilado empieza a suavizarse. Siempre le cuesta bajar la guardia, recordar que puede dejar a un lado la política de la ciudad cuando está con su hermana.

Le devuelvo la sonrisa, añadiendo un aire de falsa modestia.

—Nunca. De todos modos, la idea me resulta absurda, francamente. La ciudad siempre cree que estás persiguiendo con locura a un senador, pero yo sé que no es así. Y en cuanto a Cecina…, bueno, se le conoce como el Chaquetero, pero creo que sus días de cambio de bando han terminado. No hay bandos a los que cambiar. Ahora solo es un seductor. Sus planes y traiciones ocurren en el dormitorio.

—Parece que hablas por experiencia —dice Tito. Tiene una expresión de dolor en la cara cuando habla. La piel en torno a su boca y sus ojos se tensa. El Chaquetero es el único hombre al que no aprobaría.

—No te preocupes, hermano. No es mi tipo.

Se relaja de nuevo, aliviado.

—Hablando de hombres que vienen a visitarme, ¿no has recibido mi nota sobre el eunuco Haloto?

—Sí.

—Dice que le has hecho venir a Roma, pero que ahora te niegas a recibirle.

—Una media verdad…, aunque supongo que no se puede

esperar otra cosa de un eunuco. Yo no le hice venir a Roma. Pero es cierto que me niego a verle. Tengo asuntos más urgentes que atender que escuchar las quejas de un eunuco.

—Bueno, yo me vi obligada a reunirme con él, dada tu negativa. Fue impertinente, como siempre.

Tito levanta una ceja.

Antes de que empiece, digo:

—No te tienes que preocupar, hermano. Es inofensivo, mientras no nos prepare la cena.

Haloto sirvió a dos emperadores antes de nuestro padre. Con el césar Claudio era sirviente, catador jefe, a decir verdad, que significaba que tenía a su cargo asegurarse de que la comida del emperador no estaba envenenada. Así que cuando Claudio César murió de repente, sanísimo un día, muerto al siguiente, y le sucedió Nerón, que «ascendió» a Haloto, en la ciudad se rumoreaba que detrás de todo aquello estaba el propio Haloto. Decían que en lugar de asegurarse de que la comida del emperador no estuviera envenenada, lo que hizo fue cerciorarse de lo contrario. Pero esas acusaciones nunca fueron más allá de un rumor, susurros a su espalda y a la de Nerón.

Tito asiente y mordisquea una oliva.

—Bueno, ¿vas a contarme entonces a quién estás buscando? —le pregunto—. ¿O quieres que lo adivine?

Tito se queda pensativo y al final me lo cuenta.

—Lucio Plautio —dice, y luego procede a contarme lo de la carta que recibió de Lucio, justo antes de perderse.

—¿«César» y «veneno»? —Niego con la cabeza—. ¿Eso es lo único que escribió?

—En esencia, sí. Suficiente información para picar mi curiosidad, pero no la suficiente para actuar. Y ahora resulta que ha desaparecido.

Pobre Tito. Estas conspiraciones contra nuestro padre se están volviendo cada vez más frecuentes, de eso estoy segura. Lo de Baiae fue el mes pasado, y ya tenemos aquí otra. La presión que debe de sentir Tito… Si no es él quien coge al que está implicado, nadie lo hará.

—Lucio siempre ha sido muy dramático —digo, ofreciendo el poco consuelo que puedo—. Estoy segura de que exagera.

—Esperemos. —Los ojos de Tito se clavan en Yocasta, que, al mencionar el nombre de Plautio, nos ha mirado intensamente—. Tu doncella —dice Tito—, recuerdo que, en tiempos, a Plautio le gustó mucho. ¿Me lo comunicarás, si ella sabe algo de él?

—Ah, sí —digo—. Me había olvidado… Hace años, cuando nuestro padre y parece ser que la mitad del Imperio pasaban parte del invierno en Capri, Plautio invitó y probablemente pagó a Yocasta para que le visitara cada noche. Sí que estaba prendado de ella. Creo que ella todavía le tiene afecto. Por supuesto —añado—, si Yocasta se entera de algo, tú serás el primero en saberlo. —Decido cambiar de tema—. ¿Nuestro padre nombrará cónsul a Domiciano este año? —le pregunto.

—No lo sé.

—Debería. Domiciano necesita experiencia en administración. Podría acabar gobernando algún día.

—Ya lo sé.

La mirada de tensión vuelve a la cara de Tito. Personalmente, se toma a Domiciano como algo superfluo. Pobre Domiciano. Más de diez años menor que Tito, el gran e infatigable Tito: padre se ha olvidado totalmente de él. Tito hace lo que puede, como hermano mayor, para proporcionar la guía y el consejo que requiere Domiciano, pero eso es lo único que puede hacer.

—Yocas…

Antes de que pueda acabar de formular el pensamiento, ella está a mi lado, sirviéndome vino en una copa de cristal azul. Yocasta lleva mucho tiempo conmigo, conoce mis estados de ánimo mejor que yo misma. La frente de Tito se arruga, reconociendo sutilmente su victoria moral. «¿Lo ves? El vino ayuda», dice, sin decir nada.

—¿Sabes algo de Vespasia? —me pregunta.

—Sí. —Mis ojos se clavan en la copa que tengo en el regazo—. El tiempo ha sido bueno, más cálido que en Roma. —Hago un esfuerzo y levanto la vista—. Y disfruta mucho con su sobrina.

—¿Te ha dicho algo más?

Pobre Tito. Es más sentimental de lo que cree la gente.

—Está preocupada, Tito. Cree que su marido era inocente.

No amaba a ese hombre, pero ya conoces a Vespasia. Es muy…
orgullosa. Los dos lo sabemos. Encuentra todo el asunto dolo-
roso y humillante. Solo necesita tiempo.

Tito me examina, intentando leer mi expresión. ¿Esta es
la mirada bajo la cual se encogen tantos senadores? Debería
saber que las hermanas están hechas de un material mucho
más duro.

—Dale tiempo —digo—. No se puede hacer otra cosa.

—Intento cambiar de tema—. ¿Había otro motivo para que
vinieras?

—Sí. —Esta vez le toca el turno a Tito de mirar su copa—.
He venido a advertirte.

—Ah —digo—, eso no presagia nada bueno.

—Padre intenta aproximarse a Marcelo. Para hablar de matrimonio… contigo.

Se me encoge el corazón, pero solo un poquito. Padre ha
emprendido este mismo camino otras veces, pero siempre se
ha echado atrás. Prefiere que sea una viuda solitaria. Mi valor
es mucho más elevado de esta manera.

—¿Ah, sí?

Tito parece comprensivo, pero ¿qué sabe él en realidad? Si
padre sigue adelante, no será él quien tenga que compartir su
lecho con un anciano.

—Le he aconsejado que no lo haga.

—Bueno, esperemos entonces que padre te escuche.

Ha vuelto la tensión. Los ojos de Tito son dos rendijas.

Llaman a Yocasta. Cuando vuelve, dice:

—Señora, hay un hombre ante la puerta que insiste en entregarte un mensaje personalmente.

—¿Se le ha registrado? —pregunta mi paranoico hermano.

Sus pretorianos patrullan el palacio a todas horas. Tito sabe
que todos los solicitantes, conocidos o desconocidos, son cachea-
dos tres veces antes de poner sus ojos en mi persona.

—Lo ha sido —dice Yocasta, asintiendo—. Dice que se
llama Ciro. Un extranjero, creo.

—¿Y qué aspecto tiene? —pregunto.

Yocasta dice:

—Lleva muchas cadenas y brazaletes de oro, y maquillaje
negro en torno a los ojos oscuros, como una mujer. Y viste cal-

zones. —Yocasta levanta las cejas al mencionar esto último, para señalar que a ella eso le parece lo más extraño de todo—. Dice que tiene un regalo para ti, de más allá de la Ruta de la Seda. Sé que te gusta mucho la buena seda. Me ha dejado que la examinara.

—¿Ah, sí?

Sonríe, encantada.

—Es muy buena...

El hombre llamado Ciro entra en la sala con mucho aspaviento que bordea la comicidad. Anda con la cabeza muy alta y el pecho hinchado, con pasos largos y saltarines. Es bajo y regordete, con la piel oscura y la cintura gruesa. Su manto y sus calzones (los que tanto desaprobaba Yocasta) son de un verde oscuro, bordados con puntadas de oro. Lleva muchas cadenas colgadas del cuello y estas van entrechocando y tintineando con cada uno de sus grandilocuentes pasos. Tras él van dos jóvenes esclavos muy bellos, llevando un enorme baúl por encima de las cabezas. Ciro primero me hace una reverencia a mí, y luego a Tito, con esa forma profundamente obsequiosa de la cual los romanos no somos capaces, porque la sangre republicana todavía corre por nuestras venas.

Ciro agita la mano y sus esclavos bajan el baúl hasta el suelo.

—En Partia —dice, escondiendo la mirada—, los hombres hablan en la corte de la belleza sin igual de la hija del emperador. Ese tipo de belleza ante el cual uno cae de rodillas.

—¿Entonces eres parto? —pregunta Tito, intentando tomar el control de la conversación. Es el hijo mayor del césar, después de todo.

—Por nacimiento sí. Pero estoy aquí en nombre de otro, un ciudadano romano.

Ciro da unas palmadas y los dos esclavos abren entonces el baúl. Saca un rollo de seda azul claro y me lo acerca, mostrándolo entre los brazos.

—Mi patrón te envía estos presentes. Ha oído que eres una mujer de un gusto impecable, con buen ojo para las telas de calidad.

—¿Ah, sí? —pregunto yo. El tono hiperbólico del hombre resulta crispante y a la vez agradable—. ¿Y todos son para mí? —señalo el baúl.

—Sí. Solo pide que aceptes una invitación a cenar en su casa. Muchas de las familias nobles de la ciudad asistirán también, pero sin la hija mayor del césar, mi patrón teme que la velada sea un fracaso.

Este hombre es demasiado..., demasiados cumplidos, demasiado maquillaje en torno a los ojos, demasiado de todo.

—¿Y quién es tu patrón, señor? —pregunta Tito. Su incomodidad al ser ignorado se está haciendo obvia para alguien más que su hermana.

—El ilustre senador Lucio Ulpio Trajano, de Hispania.

Tito y yo intercambiamos una mirada.

—¿Quién?

Tito

12 de enero, primera antorcha
Hogar de Eprio Marcelo, Roma

*E*l esclavo de Marcelo abre la puerta. Es casi tan viejo como el propio Marcelo, pero mientras este último es todo huesos y tendones, el esclavo tiene la piel suelta, los brazos largos y los ojos vidriosos. Siguiéndole por el atrio hasta el estudio de Marcelo, me parece que tardamos una eternidad. A mi lado, Secundo pone los ojos en blanco. Para Secundo (siempre académico), el tiempo pasado viajando es un desperdicio, a menos que un esclavo nos lea en voz alta de uno de sus libros.

Marcelo está en su estudio, sentado ante su escritorio. Un débil aroma de incienso cítrico intenta disipar el olor a cerrado y a moho de la habitación, sin acabar de conseguirlo. Dos esclavos, niños apenas, están de pie detrás de su amo, sujetando unos rollos de papiro. En el escritorio, una lámpara solitaria produce un humo negro y aceitoso. Los muros de color bermellón parecen de un marrón oscuro y embarrado; distingo unos cuantos árboles, una ninfa y un sátiro balanceando su descomunal miembro sobre un tocón de árbol. La escena boscosa resulta extrañamente juguetona para este hombre serio, triste.

Marcelo está examinando un rollo de papiro a solo unos centímetros de su cara. Su esclavo anuncia nuestra presencia. Marcelo, sin embargo, termina su lectura, solo una línea o dos, pero el tiempo suficiente para dejar bien claro: «Ahora estáis en mi casa». Dudo que sepa por qué hemos venido. Pero sabe que el hijo del césar le está visitando, cosa que en sí misma ya es una victoria. Si yo estuviera aquí como prefecto de los pretorianos, espada en mano, no esperaría a que su esclavo me condujera a su estudio.

—Ah. —Finalmente, levanta los ojos de la página—. Tito Flaviano y… —guiña los ojos—… Secundo. —Finge ponerse de pie levantando el culo unos centímetros de la silla—. Por favor —señala las dos sillas que están enfrente de su escritorio.

Nos sentamos. La silla de Segundo cruje bajo su enorme peso.

Oímos una tos que procede de una esquina de la habitación.

Mis habilidades se han debido de embotar un poco, aquí en la capital. El general que tomó Jerusalén entraría en una habitación y observaría todos los detalles: el número de personas, su edad, su peso, si eran diestras o zurdas, si llevaban armas o era probable que las llevasen, su disposición hacia el emperador, si el hombre albergaba simpatías republicanas, si su padre lo hacía, si lo hacía también el padre de su padre. Me vuelvo y veo a la chica que no había visto al principio, perdida entre las sombras. Va casi desnuda, excepto una manta de lana que lleva envuelta de cualquier manera en torno a las caderas. Sus ojos son dos páramos, apáticos y blancos, mirando sin ver la pared. Su espalda y sus hombros huesudos están inclinados hacia el suelo. Lleva la mejilla amoratada por un hematoma. Tose de nuevo…, una tos insistente, enferma. Lo que hace cualquier hombre en su hogar es asunto suyo. Pero, aun así…, ¿por qué está esa chica sentada ahí, magullada y medio desnuda? Es una falta al decoro, en el menor de los casos. Me vuelvo hacia Marcelo. Él no presta atención al hecho de que he visto a la pobre chica, ni tampoco al gesto de disgusto que no me molesto en ocultar. Un pesar vacío me remueve el vientre y me apuñala el corazón. Pobre Domitila.

—¿A qué debo este honor? —pregunta Marcelo.

Secundo, viendo mi disgusto, mi deseo de irme de inmediato sin decir una sola palabra, es el primero en hablar.

—Hemos venido a hacerte una propuesta, Marcelo. En nombre del césar.

—Ah —dice Marcelo, amargamente—. Así que el césar se acuerda de mí, ¿eh?

—El césar nunca olvidará el buen trabajo que hiciste para el partido —dice Secundo.

En tiempos, Marcelo fue uno de los consejeros más cercanos a mi padre.

Desempeñó un papel fundamental a la hora de luchar contra la oposición estoica. Aquellos años me abrieron mucho los ojos. Antes yo contemplaba el poder a través de la lente de la guerra. Era una cuestión de fuerza y de logística. Se ganaba una guerra si tenías estrategia, un entrenamiento mejor, armas más avanzadas y más hombres. Si hubiera tenido que responder con total sinceridad a la pregunta de qué fue lo que nos hizo ganar la guerra en Judea, si tenía que remitirme a una sola ventaja, habría dicho que fue la armadura. Nosotros las teníamos, los hebreos no. El poder político en cambio es distinto. En Roma, el poder trata de incrementos y medidas, de ti mismo contra otro; la medida del poder político es simplemente el inverso del de otro. La oposición estoica quería debilitar a mi padre no para conseguir el trono para sí mismos, sino simplemente para debilitarle. Pensaban: socavemos unos centímetros el principado y nosotros subiremos la misma medida. Y por eso estamos aquí esta noche. Mi padre le concede un centímetro a Marcelo, en lugar de arrellanarse en su silla y ver cómo intenta cogerlo. No podemos hacer que todos los hombres del Imperio intenten conseguir su centímetro, o si no acabaremos enterrados.

—¿No se ha olvidado? —Marcelo repite las últimas palabras de Secundo, con inflexión sarcástica—. Dices que nunca me ha olvidado. Llevo apartado muchos años. Sin nombramientos, ni honores ni nada. El césar, o bien me ha olvidado, o bien me desdeña a propósito.

No recuerdo por qué perdió Marcelo el favor de mi padre. Las lealtades ocurren también poco a poco. Él empuja un centímetro, el otro se aleja dos, hasta que estamos en lados opuestos del senado.

Marcelo continúa:

—¿Por qué su propio hijo visita mi hogar y no dice una sola palabra?

Todo es un desprecio para la dignidad de un senador investido. Hasta el silencio. Decido abreviar la visita. A pesar de mi disgusto por Marcelo, necesitamos su apoyo.

173

—Mi padre está dispuesto a ofrecerte a Domitila —digo abruptamente—. Ella se casará contigo, pero a cambio tú tendrás que cesar con tus diatribas en el senado, y deberás combatir todos los problemas con los que ahora nos enfrentamos.

Marcelo se queda callado. No se esperaba esto. Es un cambio de fortuna que le cuesta un momento digerir. Al final pregunta:

—¿Problemas? ¿Quieres decir el asunto ese de la mano?

—Para empezar —digo—. Y está también lo del falso Nerón. Sabes que todavía sigue huyendo.

Marcelo asiente.

—Un senador disidente podría sacar mucho jugo de esa historia —continúo—. Pero el incidente puede volverse a nuestro favor. Cerialis salió victorioso. Nos gustaría tener tu apoyo, en lugar de tu disconformidad. En este asunto y en otros.

Cuando empieza a asimilar la oferta, los labios de serpiente de Marcelo se tensan formando el eco de una sonrisa. Dice:

—Consideraré tu oferta. —Pero yo sé que ya ha aceptado. Me pongo de pie. Secundo hace lo mismo.

—Tienes hasta mañana para decidirte.

Al salir, mantengo los ojos mirando al frente, evitando echar una mirada siquiera a la chica magullada y enferma del rincón.

Secundo y yo avanzamos por las oscuras calles de Roma, bajamos rápidamente la colina Esquilina, escoltados por una docena de pretorianos y otros tantos esclavos. Las antorchas iluminan las calles desiertas. Cuando nos acercamos al pie de la colina, vemos a Virgilio y a un grupo de pretorianos que nos esperan donde la calle se vuelve recta.

—¿Qué hacéis levantados tan tarde, mucho después de la hora de ir a dormir? —pregunto.

Virgilio no responde, el resto serio.

—¿Qué ocurre? —pregunto.

—Te llevaré.

Seguimos a Virgilio hacia el sur, hacia la colina Capitolina. De noche, parece una montaña de sombras negras que se alzan desde el centro de la ciudad. En su cumbre, la cúpula de bronce en el tejado del templo de Júpiter parece de un verde plateado, a la luz de la luna. Damos la vuelta al templo de Cástor, llegamos al foro, a los pies de la Capitolina.

El lado sur de la colina es una pura roca, que va de arriba abajo, como una empalizada. Justo por encima se encuentra la Roca Tarpeya, un saliente diez niveles por encima del foro. Durante la república, aquellos que eran culpables de traición acababan arrojados desde ella y muertos. Bajo el principado, sin embargo, ha quedado en desuso. La pena capital, especialmente bajo los Julio-Claudios, se administraba de maneras mucho más creativas.

Un grupito de pretorianos al pie de la colina se separa al acercarnos, dejando ver una tela en el suelo... No, no es una tela, es un cuerpo.

Secundo y yo levantamos la vista al mismo tiempo, imaginando la caída del hombre. Luego bajamos la vista. El hombre tiene los brazos extendidos, como si lo hubieran crucificado, y su pierna izquierda está doblada y torcida en la dirección equivocada. Parece deshinchado tras su caída, como si le faltara la mitad de lo que le hacía corpóreo, como si fuera una tienda a la que se han quitado los palos. Su cráneo se ha partido por la parte de atrás; una masa de vísceras rojas se ha derramado en la calle. Tiene la cara ensangrentada e hinchada. A pesar de su desfiguramiento, ese hombre me resulta familiar. Lo conozco, aunque no sé muy bien dónde situarlo.

—Observarás que tiene las dos manos —dice Virgilio—. Cosa que podría ser una buena noticia o una mala, en función de cómo se mire.

Virgilio quiere decir que la muerte de este hombre no está relacionada con la mano que *Cleopatra* llevó al foro..., al menos no directamente.

Observo que falta la mitad del índice izquierdo del cadáver. Pero la herida es antigua, el tejido está bien cicatrizado.

Secundo se lleva la mano a la boca. Por un momento pienso que va a vomitar. Pero consigue contener lo que le incomoda y pregunta:

—¿Quién es?

—He tenido un presentimiento. —Virgilio se arrodilla y

175

empieza a levantar la túnica del hombre—. Y creo que ha resultado ser correcto.

Virgilio señala el paquete del hombre, ahora expuesto.

—Una polla. Cero huevos.

—Se le podrían haber aplastado en la caída —dice Secundo.

—Se ve la cicatriz. —Virgilio empuja el miembro del cadáver a un lado—. Es una cicatriz antigua. Este hombre fue castrado hace mucho tiempo.

—Haloto —digo.

—Ah, el eunuco —dice Secundo—. Pensaba que era procurador en algún sitio. En Asia quizá.

—Había vuelto a Roma hace una semana, más o menos —afirmo—. Estuvo intentando que le recibiera, pero no he tenido tiempo. Ni ganas.

Secundo se rasca la barba. Su conmoción ha ido desapareciendo, y ya es de nuevo el académico.

—Es algo muy serio —dice—, matar a un procurador. Todo el mundo despreciaba al eunuco; ni siquiera al césar le gustaba. Pero, aun así, uno no mata a un hombre investido con el poder de césar. Es como atacar al propio emperador.

Virgilio inspecciona el cuerpo, buscando más pruebas de cómo murió, cuando oímos un sonido extraño, como un papiro que se arruga. Virgilio levanta la vista hacia nosotros, con las cejas levantadas. Aprieta el torso del hombre hasta que al apretar la cadera derecha vuelve a oír el sonido. Saca una daga pequeña y abre un agujero en la túnica de Haloto; saca un rollo de papiros. Se pone de pie y lo desenrolla. La página está cubierta con una escritura extraña, unas letras que no he visto nunca. Casi la mitad de la página está manchada con la sangre del eunuco.

—Eso no es latín, ¿verdad? —pregunta Virgilio, burlonamente.

—No —dice Secundo—. Y tampoco es griego. —Señala hacia el papiro—. ¿Puedo?

Virgilio asiente y se lo tiende a Secundo.

—Si tuviera que hacer una suposición —dice Secundo—, diría que es germano. No sé qué dialecto en particular.

—¿Puedes traducirlo? —le pido.

—Posiblemente —dice Secundo.

Miro a nuestro alrededor, confirmando que ningún otro de los pretorianos oye nuestra conversación.

—Secundo tiene razón —digo—. Un ataque al procurador es como un ataque al emperador. Y como Plautio todavía sigue desaparecido...

Llevo demasiado tiempo negándolo. Es hora de admitir cuál es la situación.

—... estamos en guerra. Hay un esfuerzo concertado en marcha que se propone apoderarse del trono. Hasta que sepamos quiénes son los traidores, debemos minimizar los riesgos. —Señalo el cuerpo de Haloto y le digo a Virgilio—: Que limpien esto. Por ahora, el nombre del hombre que ha muerto no debe salir de entre nosotros tres. ¿Comprendido?

Secundo y Virgilio asienten.

—¿Y qué haremos, Tito? —me pregunta Secundo.

—Encontraremos a los hombres que han hecho esto —digo—, y los llevaremos ante la justicia.

IX

LA LISTA

68 d. C.

Marco

2 de septiembre, tarde. Prisión IV de la ciudad, Roma

—*N*o. No, no, no, no.

Está mal. Todo lo que hago está mal.

—Te has dejado la otra pata —dice Doríforo—. Así, es solo una «P».

Doríforo está de pie junto a mi hombro. Con el dedo señala mi «R», la «R» que he escrito mal. Una vez más. Sujeto una tablilla encerada y un palito, al que se ha sacado punta y suavizado. He marcado unas líneas en la cera para hacer mi «R», pero supongo que ahora mismo es solo una «P». Me duele el culo de estar tanto rato sentado. Nunca me había tenido que sentar tanto tiempo.

—Dibuja la otra pata —dice.

De nuevo bufa como un toro. Me asusto mucho cuando hace eso. No puedo pensar bien. Lo único que hago es quedarme callado y esperar a que se le pase.

—Venga —dice de nuevo—. Dibuja la otra pata.

Me coge la mano y me obliga a dibujar la línea lateral desde la mitad de la letra y hacia abajo.

—Ahí está —dice entre bufidos furiosos—. Eso es una «R».

Nerón está sentado con las piernas cruzadas en el suelo de su celda, con la espalda apoyada en la pared. Lleva una venda limpia en torno a los ojos. Su barba de cobre es ahora muy larga.

—A este paso —dice Doríforo, volviéndose hacia Nerón—, no sabrá leer hasta que llegue a mi edad.

Nerón no responde a Doríforo. A mí me dice:

—Marco, ven a sentarte conmigo un momento.

Me siento junto a Nerón, en el exterior de su celda. Solo los barrotes de la cárcel nos separan. Está frotando un trocito de ladrillo rojo con el pulgar. El que tiene forma de punta de flecha y que lleva siempre consigo a todas partes.

—¿Te ha gustado la lección de hoy? —pregunta. No espera a que le responda—. No dejes que el actor ese te engañe. Aprender las letras es difícil. La «P» y la «R» son muy parecidas, casi gemelas. El Cástor y el Pólux de las letras. Te costará mucho tiempo aprender todo esto. Pero el esfuerzo valdrá la pena.

Doríforo está toqueteando la tablilla encerada. El triste sol de la tarde se cuela por la ventana y los tres barrotes oxidados arrojan largas sombras en los ladrillos.

—¿Quieres un consejo? —me pregunta Nerón—. Unos trucos que tuve que aprender de mala manera. Quizá si me escuchas ahora te ahorres futuros dolores de cabeza. He averiguado que el alumno tiene tendencia a formarse una opinión del maestro, a tenerlo en alta estima antes de comprender quién es realmente el maestro…, las partes que forman el todo. Tomemos a Doríforo, por ejemplo…

Doríforo nos mira, frunciendo el ceño.

—Sí, sabe leer y escribir. Pero sigue siendo solo un hombre; tiene vicios y defectos, como cualquier otro. ¿Qué vicios?, me preguntarás. Bueno, pues tiene mal genio. Eso es obvio, ¿verdad? No tengas nunca mal genio, Marco. Créeme. Al final lo único que consigues es que la gente se sienta incómoda. ¿Te imaginas escuchar a un hombre que chilla a un niño que está intentando aprender a leer y escribir? ¿Sabes lo incómodo que pone eso a los que escuchan? Es tan violento como el primer beso. Peor aún. Al menos, con un primer beso siempre existe la esperanza, el débil eco del orgasmo que seguirá.

—¿Has terminado? —pregunta Doríforo. Sigue con el ceño fruncido.

Nerón ignora a Doríforo. A mí me dice:

—Lo que intento decirte, Marco, es esto: procura comprender al hombre que tienes delante, antes de tomarte a pecho lo que te dice. Doríforo sabe leer y escribir. Escúchale. Aprende de él. Pero no te tomes totalmente en serio todo lo que te dice. No hasta que estés preparado. ¿Me comprendes?

—Sí —respondo.

—Bien —dice Nerón—. Ahora, corre. Deberías de estar ya de vuelta con Creón.

Así son mis días ahora. Cada día, Nerón y Doríforo me dan lecciones, por turnos. Por la mañana aprendo historia, literatura y sumas; por la tarde, aprendo a leer y a escribir. Tengo que aprender las letras antes de poder leer. Pero hasta el momento las cosas no están yendo demasiado bien. Probablemente, Doríforo tiene razón: no sé si llegaré a aprendérmelas nunca. Cada una es un misterio. Así que cuando están juntas y mezcladas en una página, o grabadas en un edificio, el misterio me parece imposible. Es como cuando miro todos esos templos del foro y me pregunto cómo los habrán construido... ¿Cómo ha hecho eso la gente?

Mis lecciones empezaron el día después de que nos encontrara Doríforo. Ese día, Nerón me dijo que me fuera, para poder hablar a solas con Doríforo. Al día siguiente, cuando volví a la cárcel, Nerón no tenía puesta la venda y Doríforo estaba sentado en un taburete, con los brazos metidos entre los barrotes, aplicando una extraña pasta verde en los cortes de Nerón y en las cicatrices tiernas del lugar donde antes tenía los ojos.

Mientras Doríforo y Nerón hablaban, yo preparaba el pan de Nerón, deshaciéndolo en trocitos pequeños; le echaba el vino y la salsa de pescado que Nerón había conseguido de maese Creón, engañándole. Hablaban de personas a las que yo no conocía. Nerón nombraba a una persona y Doríforo le decía lo que sabía, dónde estaba ese hombre, qué hacía.

Cuando Nerón acabó de comer, le dijo a Doríforo que estaba cansado y que necesitaba descansar. Hablaban en voz tan baja que yo no podía oírlos. Y cuando Doríforo se puso de pie para irse, oí que Nerón decía:

—Y cuida del chico.

Doríforo me miró. Luego me cogió por la túnica y me sacó

183

a rastras de la habitación, hasta la parte superior de las escaleras. Se arrodilló, de modo que los ojos quedaron a mi nivel, me sacudió por la túnica y dijo:

—¿Qué educación tienes?

Yo no sabía lo que quería decir, así que no dije nada.

Dijo:

—No te cierres conmigo, chico. No tengo tiempo para tus silencios. Quiero sabe qué tipo de trabajo tenemos ante nosotros. Tu educación, ¿qué progresos has hecho? ¿Sabes leer?

Negué con la cabeza.

Y entonces dijo:

—¿Conoces las letras?

Negué otra vez con la cabeza.

—Dioses. ¿No tenías ninguna educación antes de que te hicieran esclavo?

Me encogí de hombros.

—Bien, esclavo con nombre de cónsul —dijo Doríforo—. Nuestro amigo ha decidido que hay que educarte. Es tu recompensa. ¿Es un precio justo por unos pocos sorbos de agua y una rebanada de pan? No me corresponde a mí decirlo. Solo se trata de mi tiempo y mi energía. Las lecciones empezarán mañana. Procura estar aquí bien temprano.

Y, efectivamente, al día siguiente comenzaron mis lecciones.

Nerón

2 de septiembre, tarde. Prisión IV de la ciudad, Roma

$\mathcal{M}$e llevé a Doríforo a la cama cuando cumplió diecisiete años. Era liberto de palacio por aquel entonces, de modo que no pudo elegir. Sin embargo, dados sus toscos intentos de seducirme desde hacía varios meses, es de suponer que estaba más que dispuesto. Desde entonces me ha amado incondicionalmente. Incluso después de mi decisión de prescindir de él, semanas más tarde, en cuanto se instaló la inevitable sensación de aburrimiento.

En mis gustos sexuales, generalmente me inclinaba por las mujeres, rubias sobre todo, y que fueran al menos un palmo más bajas que yo. (El césar no podía sentirse bajito.) En muy raras ocasiones, alguna otra cosa captaba mi atención. En contraste con mis preferencias en mujeres, prefería a los jóvenes con la piel oscura y cuyo tipo corporal fuese similar al mío: esbeltos, musculosos, efervescentes. En aquel tiempo, Doríforo cumplía los requisitos: delgado, bajo pero no demasiado, y con treinta y tres lunares en forma de charco de pies a cabeza (recuerdo vagamente haberlos contado una mañana, pasando mi mano por su piel oscura). Sin ojos, ya no puedo ver si ahora cumple o no mis antiguos requisitos. Ayer, sin embargo, estaba sentado a mi lado y mi codo rozó su estómago. Me quedé conmocionado al notar algo fofo. La edad, supongo, nos cambia a todos, nos arruga la piel y nos engorda el vientre.

Normalmente, yo era generoso con mis amantes descar-

tados. Les proporcionaba estipendios y un lugar donde vivir
una vez que me había aburrido de ellos, si quería que salie-
ran de palacio por respeto a la mujer que en esos momentos
fuera mi esposa. Mis enemigos a menudo trataban de explotar mi amabilidad y la convertían en prueba de una especie
de debilidad por mi parte. Circulaban historias de vez en
cuando. Juré no dejar que eso dictase mi comportamiento.
Sin embargo, Doríforo es un ejemplo raro y desgraciado de
las carencias del césar.

Tomé a Doríforo no mucho después de que se hubiese
destapado la conspiración de Pisón. El senado estaba furioso
e intranquilo después de que se sentenciara a muerte a tantos de los suyos. Doríforo proporcionó a mis enemigos una
oportunidad de crear mi debilidad. Empezaron a correr rumores de que Doríforo era quien me hacía el amor a mí, y no
al revés… Una acusación habitual en la política romana,
pero que, sin embargo, siempre causa daño. De modo que
cuando me aburrí de Doríforo, con esos rumores circulando,
no le proporcioné un estipendio o una residencia, como era
mi práctica habitual. Por el contrario, mostré la varonil vir-
tud de la indiferencia: le eché de palacio sin una sola moneda. También hice que mi personal difundiera un rumor de
que había hecho matar a Doríforo por alguna ofensa trivial.
Era mejor que pensaran que el césar era impredecible y cruel
que sentimental.

Un mes más tarde, me sentía muy culpable. Me ocurrió
de forma súbita e inesperada. Envié a Espículo a buscarlo. El
gladiador volvió al día siguiente. Había encontrado a Doríforo actuando con una *troupe* en una cantina junto al circo.
Según Espículo, estaba vivo y bien. Tal y como le había ordenado, le dio una moneda de oro, sujetándola en alto para
que Doríforo pudiera ver mi cara grabada en el metal brillante, y le dijo que yo lo sentía mucho y que le deseaba lo
mejor. Parece ser que Doríforo se echó a llorar. («Lloriqueó»,
fue la palabra que usó Espículo.) Doríforo dijo que me amaba
y que era feliz de estar donde el césar considerase mejor. Si
era lejos de palacio y actuando en una *troupe*, entonces eso
es lo que haría.

Me encontré con Doríforo una vez más, años más tarde,

186

cuando asistía a una obra de teatro en Subura. Determinadas noches, en Roma, al abrigo de la oscuridad, con un pequeño séquito de amigos y guardias disfrazados con espadas sujetas con correas bajo la toga, escapaba de palacio y me mezclaba con la gente común. Asistíamos a obras, burdeles, cantinas..., adonde quiera que nos llevaba la noche. La noche en cuestión asistimos al Gallo Feliz, una cantina que también era teatro. Aquella noche, habían quitado las largas mesas y las habían sustituido por asientos que miraban todos al escenario, y las luces de los fuegos bailoteaban en las paredes de ladrillo.

Mis compañeros y yo entramos justo antes de que empezara la representación. Se calló todo el mundo, y luego sonaron unos murmullos regocijados... ¡El emperador está aquí! Aquí. Se despejó el espacio que quedaba delante; los plebeyos medio borrachos cedieron sus asientos. Un hombre chilló como una niña. El espectáculo empezó poco después. Pobre Doríforo: no supo que yo me encontraba entre el público hasta que salió a escena. Casi se desmaya al verme.

Cuando el espectáculo terminó, envié recado entre bastidores de que deseaba hablar con él. Y salió, nervioso, enfadado, perplejo, y sin embargo igual de enamorado que cuando nos separamos, aunque intentaba disimularlo. Dijo que llevaba dos años actuando con la misma *troupe*. Era feliz. Cuando nos separamos, le di un beso ligero en la mejilla. Mi culpa, si es que me quedaba alguna, se alivió. No volvería a oír su voz hasta que perdí los ojos y también mi imperio.

El día que nos encontró, Doríforo sobornó a los guardias para conseguir acceso a la cárcel. Después de hablar conmigo y enterarse de que el centurión era el que parecía estar a cargo, sobornó también a los soldados para organizar una reunión con el centurión, el hombre al que Marco llama el Zorro, y que ahora sabemos que se llama Terencio. Entonces sobornó a Terencio para tener el privilegio de visitarme de manera regular. A Doríforo le pareció que el hombre se mostraba completamente tranquilo, incluso flemático.

—¿Por qué? —le pregunté.

—Porque el mundo piensa que estás muerto —dijo Doríforo—. O en el este, en algún lugar, reclutando un ejército. Y,

187

de todos modos, nadie creería a un actor acabado. ¿Por qué no hacer un poco de dinero?

Según Doríforo, ahora la cárcel está custodiada por cuatro soldados en todo momento. Apenas entran en la prisión; prefieren beber y jugar a los dados fuera. Aparte de los que sabemos que están implicados, Doríforo cree que el resto no tiene ni idea de quién está dentro. Están contentos porque les han dado uno de los puestos más cómodos que puede tener un pretoriano.

No sé por qué Doríforo siguió a Marco hasta aquí. Asegura que tenía el presentimiento de que yo estaba vivo. Tengo mis dudas. Me pregunto si cambió de idea y pretendía darle un porrazo al chico, en cuanto supiera cómo aprovecharse. Sin embargo, cuando me vio, todos sus antiguos sentimientos volvieron (o al menos, eso dice). Está entregado a mí (creo). Sea cual sea su motivación, no estoy en situación de rechazar a ningún amigo.

Doríforo cree que yo debería volver a ostentar la púrpura. Dice que el pueblo me seguiría, en cuanto supiera que estoy vivo. Yo tengo mis dudas. Es cierto que el pueblo todavía me ama, ¿cómo podría ser de otra manera? Pero, por el momento, por lo que me cuenta Doríforo, y por lo que he ido deduciendo de los relatos de Marco, Nimfidio, el prefecto de los pretorianos que queda, se ha apoderado de la ciudad en ausencia de Galba. Está atrincherado en palacio ejecutando a todos los que cuestionan su autoridad. Incluso ha matado a un senador. Si fuéramos capaces (ya sé que es una hipótesis muy improbable) de superar en fuerza al grupo de guardias que están delante y escapar, Nimfidio haría que me mataran antes de que hubiera conseguido subir al estrado.

Además, ahora me encuentro físicamente indefenso, soy patético. Un emperador debe ser capaz de conducir sus tropas en el campo de batalla, ha de ser capaz de ver la mirada de contrición en el rostro de un rey extranjero que hinca la rodilla ante él. Yo, sin embargo, casi no puedo ni comer solo. El chico, efectivamente, mastica por mí, al cortarme el pan y mojarlo en salsa de pescado, como una madre ave que atiende a sus polluelos. En cualquier caso, hay algo que deseo mucho más que el principado, más que el título de césar, más que el poder divino que antes ostentaba. La venganza.

188

Doríforo nos ha procurado dos tablillas de cera, de las que usan los escribanos o los escolares cuando aprenden a escribir. La primera la usaremos exclusivamente para las lecciones de Marco. En la otra, Doríforo ha redactado una lista de aquellos que quizás estuvieran implicados en el golpe de Estado. No puedo verla, pero sí pasar los dedos por las marcas de la cera, pasar la mano por cada nombre, línea a línea, y palpar los nombres de los hombres que quizás hayan roto su juramento.

Las conspiraciones contra el césar se extienden como el fuego incontrolado. En cuanto un hombre ve una oportunidad de alzarse, inevitablemente quiere implicarse. Y, dada la naturaleza de Roma y de sus políticos, y las medidas que tuve que implantar para proteger mi persona, cualquier conspiración con éxito requeriría secretarios imperiales, soldados y senadores, todos trabajando juntos para derrocarme. Tengo una lista de doce nombres, hasta el momento, cuatro de los cuales sabemos que estaban implicados.

Culpables

Terencio (centurión)

Venus (soldado raso)

Juno (soldado raso)

Nimfidio (prefecto pretoriano)

Posibles culpables

Epafrodito (secretario)

Faón (ayudante)

Espículo (guardaespaldas)

Tigelino (prefecto pretoriano)

Galba (falso emperador)

Otón (desea el trono)

El Sacerdote Negro (?)

La noche que me apresaron, bebí mucho. Recuerdo la irrupción de los soldados y la cueva de mala muerte a la que me llevaron; pero la noche, aparte de eso, es un confuso borrón. Todas las noches, como mínimo, tenía que haber al menos dos miembros de mi guardia personal (todos ellos exgladiadores) y dos pretorianos en el exterior de mi puerta.

Aquella noche, Espículo y Hércules eran los gladiadores que estaban de guardia. Estoy casi seguro de que los pretorianos eran Venus y Juno (nunca me dieron el nombre del otro soldado, de modo que le he puesto también el nombre de una diosa, como hice con su colega).

Solo cuatro hombres tenían la llave de mi dormitorio: Espículo, Epafrodito, Faón y Tigelino. Uno de ellos tenía que estar implicado, a menos que los sometieran de alguna manera y les quitaran la llave. En cuanto a los senadores, ya no creo que Galba estuviera implicado, no directamente, no después de las cartas que encontró Marco y de la conversación que oyó en palacio. Las cartas demuestran que yo no fui la única persona a la que traicionó Nimfidio aquel día. Doríforo me las ha leído en voz alta tantas veces que puedo recitarlas palabra por palabra.

10 de junio (desde Roma)

Nimfidio:

El tirano está muerto, y, sin embargo, tu tarea ha fracasado, de alguna manera. ¿Cómo es posible?

Después de que se hiciera el hecho, tenías que llevar a nuestro hombre elegido inmediatamente al campo pretoriano, y hacer que lo proclamaran emperador. Pero esperaste mucho tiempo (demasiado tiempo) y el Senado, sin ser molestado, libre de elegir a quien quisieran, porque tus soldados no les estaban echando el aliento en el cogote, nombró emperador a otro hombre. El plan era muy sencillo, tan sencillo que, al fallar, solo podemos sacar una conclusión: tú nos has traicionado.

Teníamos un pacto, jurado ante el dios oscuro, sellado por el Sacerdote Negro y ligado mediante la sangre. Sabes de lo que somos capaces. Que los dioses te ayuden, porque nosotros no lo haremos.

10 de junio (desde Roma)

Servicio Sulpicio Galba (en Hispania):

El mundo está cambiando rápidamente, pero creo que existe

una posibilidad de provecho que deberíamos explorar conjunta-
mente. Tigelino ha desaparecido. Yo soy ahora el único prefecto
de los pretorianos. Hablo por las tres cohortes estacionadas en
Roma. Siguiendo mis órdenes, mis hombres cegaron y apresaron
al tirano. He liberado a tu liberto Icelo y te lo he enviado con esta
carta. Él confirmará lo que cuento. Solo yo y tres de mis asocia-
dos sabemos que Nerón está vivo. El mundo cree que ha muerto.
Te dejo a ti decidir su destino.

Los pretorianos requieren un extra de dos mil sestercios por
hombre. Yo también necesito un millón de sestercios por mi lealtad inquebrantable, y por la lealtad de la guardia. Es un precio pequeño por el Principado. Espero tu orden.

NIMFIDIO SABINO,
prefecto de la Guardia Pretoriana

Las cartas demuestran que Nimfidio solo buscó el favor
del Jorobado después de que el plan original se fuera a la
mierda. Los soldados que me arrancaron de mi lecho, Nimfidio, el centurión Terencio (o el Zorro, como lo llama Marco)
y mis dos diosas, Venus y Juno, trabajaban con otro grupo,
uno que había elegido a un hombre distinto para que tomase
la púrpura. Quién es exactamente el Sacerdote Negro, con
quién trabaja y a quién querían poner en el trono son cues-
tiones para las que todavía no tenemos respuesta.

Esta noche, como cada noche después de irse Marco, Doríforo y yo repasamos la lista. Le oigo ir y venir; su voz viaja
de un lado de la habitación a otro.

—Sabemos seguro que estaban implicados cuatro soldados —digo—. Venus, Juno, Terencio y Nimfidio. La cuestión
es si el otro prefecto, Tigelino, estaba al tanto también.

—¿Seguro que Marco tiene razón? —pregunta Doríforo—. ¿Estás seguro de que oyó lo que piensa que oyó en
palacio?

—No le tienes demasiada confianza al chico —digo—. Yo
creo que su informe es más o menos correcto. Terencio estaba recibiendo órdenes de alguien. Y, en mi opinión, las cartas que robó son condenatorias. Nimfidio trabajaba con otro
grupo, dirigido por ese Sacerdote Negro. Cuando ese plan fa-

lló, por el motivo que fuera, me trajeron aquí, a esta prisión en concreto, porque solo los pretorianos y yo sabemos que existe.

Basándome en descripciones hechas por Doríforo y Marco, he determinado que me tienen en una de las prisiones que está al norte de la ciudad, junto al Tíber. La conozco. Normalmente la usaban los vigiles, para mantener encerrados a los esclavos que huían o a algún deudor que no había pagado sus deudas. Pero los emperadores y la Guardia Pretoriana las han empleaban a menudo, a lo largo de los años, para torturar y matar a quien quiera que les apeteciese, lejos de los ojos inquisitivos. Siempre las ha mantenido un liberto, a cambio de la orina de los prisioneros y la perspectiva de tener contactos con los vigiles y la guardia. (El amo de Marco, Creón, debe de ser el que tiene el contrato.) Qué irónico giro del destino que la prisión secreta del césar ahora tenga prisionero al propio césar...

—Si las cartas son auténticas —dice Doríforo—, suscitan dos preguntas: ¿quién es el Sacerdote Negro? ¿Y quién era su «hombre elegido», el que habían seleccionado para que fuese emperador?

Meneo la cabeza, frustrado. De momento esas preguntas son imposibles de responder.

Digo:

—¿Has oído algo más del personal imperial?

—No —dice Doríforo—. Tus libertos se han escondido todos. Ya no hay seguridad para nadie que fuera uno de tus favoritos.

—Cuando empiecen a resurgir, tendremos una idea mejor de su complicidad.

Doríforo se sienta a mi lado. Oigo que su robusto cuerpo da contra el suelo, así como su suspiro cuando se relaja y se apoya contra la pared. Me pone la mano en la rodilla. Un acto inocente que podría conducir a un resultado menos inocente. ¿Sigo siendo atractivo todavía en mis circunstancias actuales, sin ojos, roto y encarcelado? No lo habría dicho nunca. O quizá los gustos de Doríforo sean un poco desviados. En cualquier caso, no importa. Cojo su mano y la aparto. No me explico nada a mí mismo ni tendría por qué hacerlo.

Ya no soy el hombre que era. Ahora solo tengo un objetivo, y no es llegar al orgasmo.

Doríforo se va sin decir palabra, pero sé que volverá mañana. Mientras espero a que venga el sueño, sujeto las tablillas de cera con la mano izquierda y paso la derecha por encima de los nombres. La lista es una obra en marcha. Pero por el momento no tengo nada, aparte de tiempo.

193

X

EL TESORERO

79 d. C.

Tito

13 de enero, anochecer. Palacio imperial, Roma

*E*ncuentro a mi padre en palacio, sentado en un balcón, mirando hacia el sur. Al borde del valle que está debajo, corriendo de sur a este, lejos de palacio, está el acueducto. Tres niveles de arcos, repetidos de manera infinita. Es como si fuera una oruga gigante de ladrillos que va pisando con agilidad por encima de edificios enteros de insulae, luego campos verdes, y acaba por desaparecer en el horizonte. Justo debajo de nosotros, alzándose desde el fondo del valle, está el anfiteatro de mi padre, una colina de piedra y sombra, rodeada por andamios. Junto a este, más alta que cualquier edificio de Roma, se alza una estatua de bronce del dios Sol. El sonido fantasmal de los martillos golpeando los cinceles flota en el aire: pam, pam, pam.

Mi padre señala el proyecto inacabado.

—Pensaba que habrían avanzado más, a estas alturas.

—¿Sí?

Mi padre se echa atrás en la silla. Tiene una esclava a sus pies masajeándole los pies hinchados, gotosos. Es tan vieja como mi propio padre: con el pelo gris, los hombros marchitos. El bálsamo que le aplica es una pasta gris y pegajosa, una mezcla de lanolina, leche de mujer y plomo blanco. Me quema la nariz, aun desde la distancia.

—Sí —dice—. Esperaba que ya hubiesen acabado. ¿Era demasiado pedir?

—Pues sí.

El césar resopla.

—¿Qué le ha ocurrido a mi hijo el general? Solía decir: «Tito Flavio consigue que se hagan las cosas. Te lo hace en un santiamén».

Mi padre se considera un motivador de hombres. Adopta distintos enfoques, dependiendo del tema. A su hijo mayor le aplica a partes iguales el orgullo y la decepción. Históricamente, ha tenido bastante éxito, sobre todo cuando era un joven soldado que intentaba demostrar su valía. En esta ocasión, sin embargo, no lo conseguirá. El valle que tenemos debajo fue en tiempos el hogar del palacio dorado de Nerón, un complejo de mármol muy extenso que rodeaba un jardín y un lago hecho por el hombre. Después de las guerras civiles, mi padre quiso eliminar todo recuerdo de Nerón y de los ilustres Julio-Claudios, de modo que lo hizo derribar. En su lugar quiso que se construyera el mayor anfiteatro que haya existido jamás. El mensaje: Nerón construyó para sí mismo; Vespasiano construye para el pueblo. Es una tarea monumental y se está llevando a cabo a un ritmo razonable. Le digo todo esto a mi padre. También culpo a los ingenieros, que cambian continuamente los planos y el presupuesto.

Mi padre hace una mueca mientras la esclava le continúa masajeando los pies doloridos. Pregunta:

—¿Estará acabado a final de año? Nunca se sabe si será el último que viva...

—Tonterías —digo—. Te quedan muchos años.

—¿Ah, sí? —Frunce el ceño, irónico—. Si mis procuradores están siendo abatidos en la capital, y miembros de los Plautios, los amigos más íntimos de la familia, están desapareciendo... ¿Cuánto tiempo tardará en caer el propio césar?

Hoy parece que mi padre se propone centrarse más en la decepción que en el orgullo, en su interminable búsqueda de motivación para su hijo mayor. Intento mantener la calma.

—Haloto fue asesinado «ayer». Estarás de acuerdo en que hace falta más tiempo que una sola mañana para encontrar a su asesino. —Mantengo la voz baja, pero con un punto cortante—. No te preocupes, padre. Tú quédate aquí sentado en tu balcón, disfrutando de la vista; yo encontraré a los responsables de la muerte del eunuco. Y encontraré a Plautio.

—¿Ah, sí? Pues muy bien. —El tono de mi padre es sarcástico—. Me preocupaba que no fueras capaz de encontrar a Plautio, viendo que no has tenido el menor éxito hasta el momento.

Así es como gobierna mi padre. Está contigo hasta que…, de repente, sin venir a cuento, está contra ti y quedas enterrado bajo una montaña de amargos reproches.

—Exageras —digo—. Solo hace dos días que me han confirmado que Plautio ha desaparecido.

Mi padre da un manotazo en el aire.

—¡Bah, excusas, excusas! ¿Y lo de esa maldita mano? ¿Qué me respondes a eso? De momento me está causando más problemas que nada. La mano y esta maldita racha fría. La gente cree que los dioses están contra mí.

—¿Desde cuándo te preocupa lo que diga la gente?

La esclava deja suavemente el pie de mi padre en el taburete y empieza con el otro. Mi padre suspira aliviado.

—Sí que importa, Tito. Todo importa. —Su voz suena más calmada ahora que su dolor ha menguado. A menudo ocurre así: su frustración con los momentos altos y bajos del Gobierno coincide con el dolor de sus piernas—. Los presagios importan, ya sean reales o falsos, estén implicados los dioses o no. Si la gente cree que el poder cambiará de manos porque un perro arrastró la mano de algún pobre vagabundo al foro, serán indiferentes a la traición. O bien la esperarán. Y eso envalentonará a los ambiciosos. Lo mismo ocurre con mi procurador asesinado o con Plautio perdido en la bahía.

Yo había planeado contarle a mi padre lo del pergamino de Germánico encontrado en el cuerpo de Haloto, que Secundo está intentando traducir. Pero, de momento, es mejor que me lo guarde. Esperaré hasta tener algo concreto que decirle. No tiene sentido agravar la ansiedad de mi padre.

Mi padre señala su pie izquierdo: tiene la piel hinchada, con un tono de un morado veteado. Medio en broma, dice:

—Supongo que mi salud no ayuda, ¿verdad? No inspiro confianza. Ya no. Antes era temible, pero ahora soy apenas poco más que un tullido. Me apoyo en ti para proteger a nuestra familia y al partido. Estaríamos perdidos sin ti. —Me da palmaditas en la mano. Ahora su tono es conciliador—. Muévete rápido, Tito. Abre todas las cabezas que sea necesario. Pero averigua quién está maquinando contra nosotros. Desenmascáralos y llévalos a la justicia.

—Sí, padre —digo, como si no estuviera ya absolutamente claro.

Mi padre se acomoda un poco; hace una mueca.

—Hablando de inválidos, creo que estás invitado a cenar con Ulpio.

—Pues sí. ¿Por qué?

—¿Piensas asistir? —me pregunta.

—Pensaba que sería prudente, para saber más de ese rico provinciano.

—Prudente, sí —murmura mi padre—, pero pórtate con amabilidad, por favor. Nuestra familia debe mucho a los Ulpios.

—¿Cómo? Nunca había oído hablar de ese hombre. ¿Conoces a su familia? ¿De qué?

—Hay varias familias que hicieron una contribución especial a nuestra causa durante las guerras civiles. Los Ulpios están entre ellos. Y un miembro de la familia de los Ulpios sirvió en Judea, durante la rebelión. Ahora está destinado en las provincias. Deberías intentar recordar a los soldados que dieron su sangre por ti.

—Me había olvidado. Muy bien, pues seré cortés.

Ahora que ya hemos hablado de Haloto, espero que mi padre acabe por preguntarme por Marcelo. Él fue quien me envió, después de todo. Tendría que preguntarme.

Para llenar el vacío, digo:

—Cerialis ha escrito otra vez. Ha confirmado que el falso Nerón ha desaparecido. Cree que ha huido al este.

El césar asiente.

—Ya lo he oído. Una molestia más.

—Hacer que Cerialis persiga al falso Nerón puede tener sentido práctico, pero nos perjudicará políticamente. Le da más crédito a ese hombre.

—¿Y qué sugieres entonces?

—Pienso que podríamos hacer volver a Cerialis con los rebeldes que sí ha capturado. Dedícale honores, un desfile. Una exhibición de fuerza que recuerde al pueblo el poder del césar.

—Un triunfo no, supongo.

—No, no —digo—. Algo más pequeño. Pero los juegos serán importantes, y eso es lo que le preocupa al pueblo, después de todo.

Aunque odie admitirlo, cuando mi padre asiente y dice: «Sí, es buena idea», noto un burbujeo de orgullo filial en mi interior, un eco de mis días de niño, en los que buscaba constantemente la aprobación del general

La esclava que tenía a sus pies se levanta, recoge el bálsamo y la toalla, hace una reverencia y se va.

Mi padre vuelve a Plautio, un tema que ya habíamos tratado. Evita hablar de Marcelo.

—¿Y qué hay de Plautio, pues?

—Sigue desaparecido —le informo yo.

—Sí, claro. ¿Has recibido más informes? ¿Qué planes tienes?

—Pues no estoy seguro.

Por una vez, en lugar de quejarse simplemente, mi padre me ofrece un consejo.

—¿Y el caballero al que mencionaba Plautio en su carta? ¿Sabes algo de él?

—¿Vetio? Pues no —digo—. Todavía no. Lo único que tengo es el nombre. Es difícil hacer averiguaciones sin más información.

Mi padre se queda pensativo y dice:

—Pregúntale al tesorero. Que meta a su gente en esto.

Asiento.

—Sí, buena idea.

—Y ve a visitar otra vez a la mujer de Plautio. Lee las cartas que haya enviado. Debe de haber algo en ellas... ¿Y a quién tienes en el sur ahora, haciendo averiguaciones?

—Domiciano continúa investigando.

Mi padre hace una mueca, como si hubiera mordido un higo pocho.

—No sé por qué le has encargado ese trabajo. Está por encima de sus capacidades.

—Subestimas a tu hijo menor —digo—. Es muy competente. Lo único que necesita es experiencia. Y por eso deberías nombrarle cónsul sustituto este año.

201

Mi padre se echa a reír. Una vez más un tono sarcástico tiñe su voz.

—¿Cómo? No lo dirás en serio...

—Sí. Necesita experiencia en la administración. Necesita aprender a dirigir.

—¿Por qué? ¿Qué importa la experiencia que tenga el chico? Tú lo dirigirás todo cuando yo no esté. Y tendrás un hijo.

—De eso no puedes estar seguro.

Nuestras voces se han alzado de nuevo. Ya hemos tenido esta discusión antes, pero cada vez la emoción nos puede.

Mi padre dice:

—Estoy seguro de que Domiciano sería un emperador desastroso.

—No, con el entrenamiento adecuado.

—Pues lo pensaré —dice mi padre para poner fin a la discusión.

Nos quedamos en silencio un momento. Al final mi padre pregunta por Marcelo.

—¿Y cómo ha ido? La propuesta...

—Bien.

—¿Ha aceptado?

—Sí, aunque no quiera admitirlo. Se propone hacernos esperar. Le he dado hasta esta noche para que nos responda.

Mi padre asiente.

—Bien. Lo has hecho bien. —Mi padre me mira y ve algo. Asco, quizá. Me da palmaditas en la mano—. No será un marido tan malo —dice—. Los ha habido peores.

Pienso en la chiquilla del estudio de Marcelo, desnuda, magullada, relegada a un rincón. Pienso en los labios finos del hombre, como de serpiente.

—Quizá.

Visito a Antonia, la mujer de Lucio Plautio, por la tarde. Le pido que me lleve a la biblioteca y me enseñe sus cartas.

En lugar de dejarme a solas para que las lea, Antonia se sienta en el brazo de mi butaca, con su brazo suave y cálido apoyado en el mío. De vez en cuando se inclina a leer por encima de mi hombro, inclinando el torso, de modo que su pecho toca mi hombro. Los esclavos se retiran poco a poco de la sala, notando que su presencia no es deseada. Veo que me estoy saltando palabras al leer.

Fue Antonia la que me sedujo, hace muchos años. Los dos estábamos alojados con el gobernador de Siria. Yo estaba allí para reclutar más tropas para la guerra. Plautio se había ido al sur por un motivo que no recuerdo. La tercera noche, después de días de lo que me había parecido un coqueteo inofensivo, volví a mi habitación después de cenar y me la encontré metida en mi cama, desnuda como el día que nació. No la había tocado nadie desde hacía meses, me dijo después, mientras saboreábamos una copa de vino a la luz de la lámpara. Era muy infeliz, se sentía muy sola, y nada llenaba el vacío mejor que un general recién llegado de la guerra. Pasamos todas las noches juntos durante el mes siguiente. Luego yo volví a la guerra y nunca volvimos a hablar de aquello. ¿Esperará ella retomar las cosas donde las dejamos? Robarle la mujer a un hombre es poco ético, y más aún cuando el hombre está desaparecido y posiblemente muerto.

Me levanto de repente. Al moverme tan rápido, Antonia casi se cae. Se pone de pie de un salto.

Empiezo a guardar las cartas.

—Haré que mi personal revise todo esto.

Violenta, Antonia mira al suelo. .

—Muy bien. Llamo a alguien para que te acompañe a la salida.

203

Un esclavo anuncia mi presencia.

—Amo, el prefecto Tito ha venido a verte.

El tesorero, Epafrodito, levanta la vista desde su escritorio repleto de cosas.

Una cinta de incienso se alza en medio de la oscuridad.

El liberto se pone en pie. Es como una lanza: alto, delgado, sin curva alguna. Como siempre, está inmerso en lo negro: ojos negros, pelo negro, túnica negra; su perilla como una daga es lo único que destaca: aunque es negra, está espolvoreada de blanco. Dice:

—Prefecto Tito... Señor. —Se limpia las manos en los

muslos y agita la derecha señalando la silla que está frente a su escritorio—. Por favor.

Me muevo despacio, examinando la habitación. Observo los rollos de papiro, los libros de contabilidad y los escribientes que trabajan en la pared más alejada y que deslizan sus sillas hacia atrás y se van, silenciosamente. Veo también el mosaico que hay detrás del escritorio del tesorero, que representa a Ulises atado al mástil de su embarcación, sonriendo.

Epafrodito ve que miro por encima de su hombro. Se vuelve a mirar también él. Dice:

—He pasado casi diez años en esta sala. A menudo me olvido de que está ahí.

—Parece feliz —digo.

—¿Sí? —Epafrodito frunce el ceño—. A mí me parecía que estaba loco. Al menos, temporalmente. Si no lo hubieran atado al mástil, la llamada de las sirenas habría enviado a su barco hacia las rocas.

—Supongo que eso es verdad —digo—. Pero ¿no se disfruta mucho más de la vida cuando es otra persona la que lleva el timón del barco?

El liberto se sonroja ligeramente, molesto al ver que yo he traído la filosofía a su sala llena de números.

Cambio de tema.

—Tú eres el hombre que sabe dónde está el dinero.

No es una pregunta, pero él asiente.

—Hay un hombre del que me gustaría saber más —digo—. Un caballero pompeyano llamado Vetio.

—¿Tienes más información? ¿Otro nombre, quizá?

—No.

—Suponiendo que pudiera encontrar a ese hombre —dice el tesorero—, ¿qué quieres saber de él?

—Todo lo que me puedas decir. Cuándo se hizo caballero, qué hace. Cualquier cosa que me puedas proporcionar.

Los labios de Epafrodito se mueven, como si estuviera susurrando sumas.

—Bueno, no sé nada de ese hombre, nada que se me ocurra en este momento.

—Bien. Infórmame después de haber hecho las investigaciones necesarias.

—Por supuesto, Tito.

Hay un momento de silencio y mi mente divaga. Pienso en el hombre de Tracia que asegura que es Nerón, y los seguidores que ha reunido. Como me encuentro sentado ante uno de los antiguos favoritos de Nerón, se me ocurren de repente algunas preguntas. Le digo:

—¿Qué opinas del último hombre que asegura que es el tirano?

—Creo que es un impostor —dice Epafrodito, abruptamente.

Sopeso sus palabras un momento y luego digo:

—Tienes una curiosa biografía. Ningún hombre, al menos que yo sepa, ha cortado la garganta del jefe del Estado y luego ha continuado trabajando para él, de un día para otro, como si nada hubiese ocurrido.

Sus ojos parecen inquietos.

—¿Me vas a despedir? ¿He hecho algo que pudiera ofender a tu padre?

Niego con la cabeza.

—No, no he dicho eso. Simplemente, siento curiosidad. Otro Nerón dando vueltas por Tracia ha hecho que divague un poco.

Veo que hay vino en una mesa auxiliar. Voy a buscarlo y sirvo dos copas, a partes iguales vino y agua de mar. Él me mira intranquilo. Le tiendo una copa y vuelvo a sentarme. No se me da bien que la gente esté a gusto conmigo. Pero el vino funciona bien... ¿Por qué probar algo distinto?

—Estuve en Judea después de las guerras civiles —digo—, cuando mi padre volvió a Roma y le nombraron césar. Por aquel entonces me llamaron a la capital, y los que habían sido perdonados ya habían vuelto al trabajo. Compláceme y explícame un poco cómo ocurrió todo.

Él bebe un poco de vino y se relaja ligeramente.

—Ocurrió en junio —dice—. La muerte de Nerón..., quiero decir, la muerte del tirano. Su suicidio. —Da otro sorbo. El vino le da confianza y su voz se hace más firme—. No mucho después, el Senado declaró emperador a Galba. Por aquel entonces, estaba en Hispania.

Asiento. Todo esto está bien documentado, pero hay que ir poniendo los cimientos.

205

—A Galba le costó mucho tiempo llegar a Roma —dice—. Conquistaba ciudades a medida que avanzaba y... —pensó bien sus palabras— daba ejemplo con aquellos que tardaban en declararle su apoyo...

Lo que quiere decir es que el Jorobado, con cualquier pretexto que se le ocurría, mataba a una enorme cantidad de hombres cuya lealtad era sospechosa. Cuando el poder cambia de manos, siempre se derrama una cierta cantidad de sangre. Galba, sin embargo, fue indiscriminado.

—Galba no llegó a Roma hasta octubre, después de los Idus. Los meses anteriores resultaron peligrosos. El prefecto del pretorio, Nimfidio Sabino, tomó el control de la ciudad. Sitió el palacio e intimidó al pueblo. El Senado envió emisarios para que se reunieran con Galba en Narbona, rogándole que se apresurase. El otro prefecto, Tigelino, se ocultó. Yo hice lo mismo. Pensaba que solo era cuestión de tiempo que me mandaran ejecutar. Así que me fui a mi villa, al sur de la ciudad. Me quedé allí varias semanas. Nimfidio estaba como loco... Recordarás lo que le ocurrió.

—Sí —digo—. No se olvida una cosa como esa.

—Cuando Galba finalmente llegó a Roma, puso precio a mi cabeza, cincuenta mil sestercios. Pero tenían que capturarme vivo. Los soldados me encontraron y me arrastraron a palacio. —El tesorero se ríe un poco, una risa incrédula—. Pensaba que estaba listo. Pero no, él quería felicitarme por matar a Nerón..., aunque fuera a petición del tirano. Me convirtió en su huésped de honor en la cena de aquella noche... y durante semanas después. Cada noche tenía que contar la historia, cómo ocurrió, lo que dijo Nerón.

Hacer que Epafrodito repitiera, una y otra vez, la historia del suicidio de Nerón, que necesitó la ayuda de su liberto, porque él no tenía el coraje suficiente, resultó útil políticamente. Pero aquellas primeras semanas después de la muerte de Nerón fueron cruciales. Estaba claro que Galba no hizo lo suficiente. Si lo hubiera hecho, quizá no habría tantos falsos Nerones en el Imperio.

—La época de Galba como emperador fue... —Epafrodito elige de nuevo sus palabras con cuidado— desafortunada. El diezmo, los tumultos, su elección de heredero... No duró ni hasta enero del año siguiente. Pero por entonces, de nuevo, ya me había instalado a mí en palacio, aunque me pasó de secretario de peticiones a tesorero: un ascenso por haber matado al tirano. Los emperadores que siguieron a Galba me dejaron donde estaba.

—Qué telas teje la fortuna... —digo.

—Sí, tuve suerte —responde—, no lo niego.

Me inclino hacia él, conspirativo.

—¿Cómo fue, lo de cortar el cuello del emperador?

La espalda de Epafrodito se tensa; sus ojos se apartan, nerviosamente.

—Traicionero —dice, fríamente.

Su respuesta está ensayada, es la que ha venido dando durante años. Ahora que la he oído, no estoy seguro de que pudiera haber dado otra. (Está hablando con el hijo del césar, después de todo.) No me gusta hacer preguntas que solo tienen una posible respuesta. Me hacen quedar como un retrasado.

Me pongo de pie para irme.

—Averigua lo que puedas de Vetio. Y hazlo lo antes posible.

Antes de volverme, me fijo en la sonrisa de Ulises por última vez. Pienso: yo no estoy sonriendo, eso es obvio. Lo bueno es que soy yo el que pilota el barco. Pero la verdad es que este barco (el Imperio) es tan vasto y amorfo que a menudo se pilota a sí mismo.

XI

RUMORES, COMO GORRIONES

68 a 69 d. C.

Marco

24 de septiembre, atardecer. Hogar de Próculo Creón, Roma

*E*l amo y el ama están cenando. El amo dice:

—Te lo aseguro —bebe vino y luego se seca la boca—, está llegando a un punto en que afecta al negocio.

—¿Ah, sí? —pregunta el ama.

El amo me hace señas para que me acerque. Doy tres pasos rápidos hacia adelante y le echo vino en su copa vacía. Él levanta la mano y paro. Sócrates sigue con el agua.

El amo dice:

—No sé por qué tienen que hacerlo en el foro. ¿Te lo imaginas? Estoy ahí intentando negociar un trato…, y oigo esos cánticos asesinos.

—¿Cómo lo hicieron? —pregunta el ama.

—Había docenas. Sacaron al pobre desgraciado de su litera dándole patadas y chillando. No sé cómo consiguieron verle con las cortinas echadas, pero lo vieron. Lo sacaron al centro de la plaza y empezaron a arañarlo y desgarrarlo…, hasta que se convirtió en un montón de carne sanguinolenta. Eso me pareció, al menos. Yo salí corriendo. No quería verlo.

El ama menea la cabeza.

—Terrible. Aunque era un desgraciado, según he oído decir.

El amo se encoge de hombros.

—Yo nunca había tenido problemas con Faón. Entre los libertos de Nerón los había mucho peores. Créeme.

Intento recordar lo que dice el amo. Nerón querrá saberlo. Faón. El foro. Un montón de carne sanguinolenta.

Nerón

25 de septiembre, tarde. Prisión IV de la ciudad, Roma

*T*achemos a Faón de la lista. Es posible que, a pesar de su crimen, nunca estuviera implicado en el golpe. Es posible, pero no lo creo. Lo más probable es que ocurriera lo que cree el propietario del chico: había que saldar viejas cuentas y la vida de Faón era el único pago que podía hacerlo. De cualquier modo, ahora ya no está, así que lo tachamos de la lista.

Culpables
Terencio (centurión)
Venus (soldado)
Juno (soldado)
Nimfidio (prefecto pretoriano)

Posibles culpables
Epafrodito (secretario)
~~Faón (ayudante)~~
Espículo (guardaespaldas)
Tigelino (prefecto pretoriano)
Galba (falso emperador)
Otón (codicia el trono)
El Sacerdote Negro (¿?)

Por desgracia, no puedo evitar que aquellos que estaban cerca de mí ahora se encuentren en peligro. Pero ¿dónde estaban cuando le sacaron los ojos al emperador? Dormidos en sus camas, gordos y enriquecidos con los despojos del Imperio... Ahí es donde estaban. Faón selló su propio destino. Recibió sobornos, extorsionó, malversó. Yo hacía la vista gorda porque él hacía todo lo que yo le pedía. Y era muy competente. Si hay hombres que han buscado venganza ahora que ya no estoy, no es culpa mía.

Esos brotes asesinos al azar tienen muy asustado a Marco. Faón no es el único hombre asesinado desde mi caída, ni será el último. Mientras el Jorobado sigue ausente de la ciudad, y con Nimfidio persiguiendo sus propios objetivos ambiciosos, el caos reemplazará al gobierno de la ley. Será lo mismo que cuando se saquea una ciudad: nadie vigila, así que puedes hacer lo que quieras. Pero no puedo decirle nada al chico, aparte de que mantenga la cabeza baja y lo evite en lo posible.

La última noticia es que el Jorobado ahora está en la Galia, matando a quien le da la gana y consolidando su posición. Mientras tanto, mi dolor mengua y mi fuerza crece. Espero estar dispuesto cuando Galba llegue a Roma.

Marco

3 de octubre, primera antorcha
Hogar de Próculo Creón, Roma

Vientre y Verruga están visitando al amo. Están sentados con él bajo la columnata. Vientre ha traído hidromiel. Llevan horas bebiendo. Normalmente, a estas alturas ya estarían borrachos, pero hoy no. Hoy parecen más tranquilos.

Vientre y Verruga no son sus verdaderos nombres. No sé cuáles son sus verdaderos nombres. A Vientre lo llamo así porque está tan gordo que el vientre le cuelga entre las rodillas. Y a Verruga lo llamo así porque tiene una verruga marrón en la mejilla del tamaño de mi pulgar. Es redonda como una bola, pero tiene tres pelos muy recios que sobresalen y se balancean cuando se mueve. Vientre y Verruga son mercaderes libertos, como maese Creón.

—Más loco que un tracio —dice Verruga—. Siempre lo he sabido.

—No, no tenías ni idea —dice Vientre.

—¡Sí que lo sabía! —dice Verruga—. Te lo dije hace más de un mes: Nimfidio piensa que es el césar.

—¡No me lo dijiste! —insiste Vientre.

El amo dice:

—Vamos, vamos. A lo mejor lo dijiste, pero no sabías que ocurriría «esto». ¿Verdad?

Verruga dice:

—Lo sospechaba.

—¡Y un cuerno! —grita Vientre.

El amo mira por encima de mí y de Sócrates, los dos de pie con las jarras de hidromiel.

—Marco, ve a por más olivas. Y dile a Elsie que nos prepare algo de comer, joder.

Voy a la cocina, le digo a Elsie lo que ha dicho el amo, lleno un cuenco con olivas y vuelvo.

—¿Crees que era verdad? —pregunta Verruga—. ¿Crees que Calígula era su padre? Su madre era una esclava de palacio…

El amo dice:

—No importa si es cierto o no. ¿Con cuántas esclavas crees que Tiberio o Claudio tuvieron hijos? Se podría llenar el circo con ellos. Incluso Augusto, que era muy mojigato en todo, tenía algunos pequeños Octavios corriendo por la ciudad. Pero ninguno de ellos podría ser emperador jamás. ¡Por el amor de Júpiter, nacieron de esclavas!

Verruga menea la cabeza.

—Más loco que un tracio.

—Pero, aun así —dice Vientre—, sus hombres se volvieron contra él muy rápido. Le cortaron el cuello en un abrir y cerrar de ojos.

—Esos pretorianos tienen mucha sangre fría —dice el amo—. He oído que fue su centurión quien le traicionó. Robó las cartas de Nimfidio y le dijo a todo el campamento lo que planeaba. Un hombre que se llama Terencio…

El corazón se me sube a la garganta cuando oigo el nombre del Zorro.

—Se ha nombrado a sí mismo prefecto, en el lugar de Nimfidio. El otro prefecto, Tigelino, sigue desaparecido.

Verruga dice:

—No estoy seguro de poder echarles la culpa. El Jorobado ha estado cortando el cuello a los desobedientes en provincias. ¿Qué hará cuando llegue a Roma y vea al jefe de los pretorianos asegurando que es hijo ilegítimo de Calígula y que el emperador debería ser él? Galba habría matado a Nimfidio y a cualquiera que pensara que estaba con él. No, no les echo la culpa, la verdad. Yo habría hecho lo mismo.

215

Aquella misma noche, cuando cenaban solos, el amo dijo al ama:

—Otón será adoptado por Galba en cuanto llegue a Roma. Y Otón será el siguiente en la línea sucesoria para la púrpura. Entonces el principado me deberá a mí (¡a mí!) un millón de sestercios nada menos. Estaremos bien situados para siempre, querida mía. Cualquier nombramiento o negocio, lo que queramos, será nuestro.

El ama duda un poco, como siempre.

—¿Y cómo sabes que Galba adoptará a Otón? ¿Cómo lo sabes? He oído que hay otros candidatos.

El amo se ríe.

—¿Quién? ¿A quién se puede considerar?

—He oído que será uno de los Pisones.

El amo se echa a reír. De su boca salen volando las migas.

—¿Uno de los Pisones? ¡Por favor, cariño! —Levanta las manos como si le fueran a atacar—. Por favor, deja de meter las narices en el mundo de los hombres. No tienes ni idea de política, de Roma en sus ochocientos años de historia ni... de este mismo año. Las viejas familias son solo eso: «viejas». Son reliquias antiguas, polvorientas y moribundas. El Senado quedará rejuvenecido con hombres como Otón, con familias de Benevento, Ferento... Familias de las colinas sabinas. Y cuando esos hombres se trasladen al Senado, ¿quién llenará los huecos de las clases de abajo? —Se señala a sí mismo—. Emprendedores. Hombres de Minerva, como tu querido esposo.

Intento recordar todos esos nombres: Otón, Pisón, Galba el Jorobado. Sigo diciendo los nombres, para poderlos recordar mañana. Otón, Pisón, Galba.

Otón, Pisón, Galba.

Otón, Pisón, Galba.

216

Nerón

4 de octubre, tarde. Prisión IV de la ciudad, Roma

𝓗oy Marco me ha traído más nombres. Se está convirtiendo en un pequeño espía. Y la precoz participación de su amo en política ha resultado muy útil.

Nimfidio está muerto. Estaba implicado en mi caída, desde luego. Pero ahora se ha ido; por tanto, no puede responder por su crimen. Así que lo tacho de la lista.

Culpables
Terencio (centurión)
Venus (soldado)
Juno (soldado)
~~Nimfidio (prefecto pretoriano)~~

Posibles culpables
Epafrodito (secretario)
~~Faón (ayudante)~~
Espículo (guardaespaldas)
Tigelino (prefecto pretoriano)
Galba (falso emperador)
Otón (codicia el trono)
El Sacerdote Negro (?)

Ese hombre, Terencio, a quien Marco llama el Zorro, es mucho más traicionero de lo que imaginaba. Debemos ser precavidos. Está claro que cree que vale la pena mantenerme con vida. Sin embargo, en cuanto su opinión cambie, actuará con rapidez.

Doríforo tiene noticias también: se ha enterado de dónde se encuentra oculto Tigelino. En tiempos fue el hombre más odiado de Roma, de modo que el simple hecho de que esté vivo prueba su complicidad en el golpe. Pero no puedo estar seguro. Debo hablar con él. Quiero mirarle a los ojos… Bueno, es un decir.

Obtendré respuestas. Mientras tanto, esperamos.

Marco

7 de octubre, tarde. Prisión IV de la ciudad, Roma

Estábamos en medio de una lección cuando llega «él»: el Zorro.

No le había visto desde que entré a escondidas en palacio. Entra despacio. Lleva el casco sujeto junto a la cadera; a cada paso, su armadura resuena con un tintineo metálico.

Doríforo susurra en voz baja:

—Terencio. —Habla así para que Nerón pueda oírle.

El Zorro sonríe, pero es una sonrisa extraña, sin felicidad alguna. Otro soldado, aquel a quien Nerón llama Venus, espera junto a la puerta. El Zorro se detiene en el exterior de la celda. La puerta está abierta de par en par. Yo estoy sentado en el suelo, con las piernas cruzadas. Nerón y Doríforo están en el banco.

El Zorro me ve y resopla desdeñosamente.

—Te encanta mezclarte con la chusma, ¿verdad, Nerón? —Pone la mano en la puerta de la celda y la mueve adelante y atrás. Las bisagras oxidadas chillan. Ve el ánfora de salsa de pescado y de vino.

—Incluso sin ojos, industrioso: eso hay que reconocerlo. Pero has llevado un poco demasiado lejos la libertad que te he concedido, ¿no te parece? ¿Qué será lo siguiente? ¿Aporrear a los guardias de fuera y recuperar el trono?

—Bah, yo no me preocuparía —dice Nerón—. Mi ambición ha desaparecido junto con mis ojos. ¿Quizá la has heredado tú?

El Zorro, despectivo, mira a Doríforo.

—Sigues manteniéndote informado aquí, ¿verdad? Supongo que te habrás enterado de que ahora soy prefecto. ¿Y qué? No fui yo quien aceleró el fallecimiento de Nimfidio. Se encargó de eso él mismo. Yo no tuve nada que ver con su decisión de asegurar que era hijo ilegítimo de Calígula. No hice que deseara la púrpura.

El Zorro observa la tablilla de cera que tengo en la mano.

—¿Lecciones? —pregunta—. ¿Qué puede haberte hecho desear enseñar a un niño esclavo asustado?

Nerón dice:

—¿Esclavo? No veo ningún esclavo.

El Zorro frunce el ceño.

—A pesar de tu falta de vista, un esclavo es un esclavo. Enséñale lo que quieras. Seguirá siendo un esclavo o, en el mejor de los casos, un liberto. Tus esfuerzos no cambiarán eso.

—No estoy de acuerdo —dice Nerón—. Tengo un alumno llamado Marco. Tiene aptitudes. Absorbe la información como una esponja. No conozco a ningún esclavo.

Eso no es cierto. Me está costando una eternidad aprender. Y soy esclavo. Eso es obvio. No sé por qué Nerón ha dicho que no lo era.

—Es una pertenencia —dice el Zorro—. Y puedo cortarle el cuello solo para demostrarlo. Estaría amparado por la ley, mientras pague una compensación a su amo por la pérdida.

Durante un momento nadie habla.

El Zorro sonríe.

—Sí, quizá lo haga. Quizá le corte el cuello al chico. No hoy, pero sí, lo mataré… Y no será ningún crimen, porque es una pertenencia, después de todo. Será solo estropear la propiedad de un hombre. Y con eso lo demostraré. ¿Verdad?

Ahora el corazón me late muy deprisa, cada vez más rápido, tanto que creo que podría explotar… y noto las piernas flojas.

Nerón no responde al Zorro, sino que me habla a mí.

—Marco, ¿hemos hablado ya de lo que es una muerte honorable? ¿De sus partes constitutivas? —Su voz suena tranquila, como si estuviera dando una lección—. Cada soldado te dará una versión ligeramente distinta, pero la distinción más importante es la siguiente: las heridas en la espalda demuestran cobardía; las heridas en la parte frontal, valentía. El motivo es sencillo: un corte en la espalda demuestra si estabas huyendo de tu enemigo o no. Y hablo de esto ahora, Marco, porque cuando llegue el momento espero que tu cuchillo se clave en la espalda de este hombre y revele así lo cobarde que es.

Nadie habla. Mi aliento vacila y se detiene. Creo que el Zorro me va a matar ahora mismo, aquí mismo.

Pero se echa a reír, agita la mano.

—Veo que has perdido la cabeza, igual que los ojos. Qué bajo han caído los poderosos. —Luego se vuelve hacia mí—. Chico, parece que hay un pacto entre tú y yo. —Todavía sonríe, pero su voz suena dura—. Buena suerte.

Quiero gritar. No he dicho nada. No he amenazado con apuñalarle. No le he llamado cobarde. Pero me quedo callado, como hago siempre. La piel de mi cara empieza a arder.

—Te hemos pagado un buen dinero, Terencio —dice Doríforo.

—Sí…, sí, lo habéis hecho. Y os he dado generosas prestaciones…, unas prestaciones que puedo retirar a mi capricho. Recordadlo —dice el Zorro—. Pero no he venido aquí a asustar a un esclavo. He venido a buscar información.

El Zorro mira por la habitación y ve el taburete. Lo coge y lo coloca en el exterior de la celda. Se sienta.

—Tus propiedades, personales y del tesoro imperial, que supongo que son una misma cosa, pronto estarán en manos del Jorobado, si no lo están ya. Los pretorianos esperan que Galba les dé una bonificación por derrocarte, la bonificación que prometió Nimfidio. Yo soy escéptico. Por lo que he oído, el Jorobado es un hombre difícil, de esos que siempre preguntan «qué has hecho por mí últimamente». Conocí a un hombre que sirvió a sus órdenes en la Galia. Decía que la iniciativa se castigaba como si fuera darse aires de superioridad, mientras que la lealtad y el trabajo duro no eran recompensados, sino que se consideraban simplemente el cumplimiento del deber. No tengo interés alguno en recibir órdenes de semejante hombre, y dudo mucho de que proporcione ninguna bonificación, y mucho menos la cifra prometida por Nimfidio.

221

El Zorro se muerde los labios.

—Como he dicho, Galba se va a apoderar de las propiedades imperiales. Yo no podré beneficiarme. Pero se habla... del
tesoro de Dido.

—Son solo rumores —dice Doríforo.

—Más que rumores —asegura el Zorro—. Enviaste una
expedición a Cartago para hallarlo. Iban con mala información,
un error a la hora de descifrar el código. Pero tú descubriste el
error. Descifraste el mensaje codificado.

—Es un cuento —apunta Nerón.

—No tiene sentido que lo niegues —dice el Zorro—. La
noche que te interrogamos te mostrabas reacio a divulgar lo
que sabías, aun después de sacarte los ojos. Desde entonces he
ido buscando a antiguos cortesanos, torturándolos o sobornán-
dolos, y poco a poco he llegado a saber la verdad. El mundo
pensaba que tu búsqueda de la fortuna de Dido era simple va-
nidad y un fracaso. Pero conseguiste descifrar el código.

Nerón menea la cabeza.

—Siento decepcionarte.

—Te voy a hacer una oferta, Nerón —dice el Zorro—. Te
he sacado los ojos, sí, ¿y qué? Sigues vivo, ¿no? Te he dejado en
una situación mucho mejor de la que te habrían dejado otros.
Nos pagaron para matarte, pero nosotros protegimos nuestra
inversión. Te mantuvimos con vida y queremos sacar provecho
de ello. No tiene sentido que te resistas. Hagamos un trato.
Nosotros reunimos el dinero suficiente para partir de Roma e
ir a buscar tu tesoro. Nos lo repartimos a medias. Tú puedes
pasar los días que te quedan en Grecia. No tendrás un trato
mejor por parte de Galba, cuando el viejo llegue por fin a
Roma. Demonios, si somos socios, incluso te daré los nombres
de los hombres que te traicionaron. Estoy seguro de que te
mueres por saberlo.

Nerón hace una larga pausa.

—No hay tesoro —dice al final—. O si lo hay, no sé dónde
está. Todo el mundo sabe que mandé a algunos a buscarlo. Pero
no encontraron nada. La gente habla y piensa lo que quiere
pensar. Pero siento decirlo, no hay ningún antiguo tesoro car-
taginés que yo guarde oculto.

El Zorro se encoge de hombros.

—No hay prisa. Ahora soy el único que sabe que estás vivo —dice—. Soy tu única opción. Ya entrarás en razón pronto.

Y con eso, el Zorro y el otro soldado se van.

Cuando estamos solos de nuevo, Doríforo le dice a Nerón:

—Tiene razón, ¿sabes? Su oferta... es la única opción que tienes.

Nerón no responde. Por el contrario, se lleva un trocito de pan a la boca y empieza a masticar.

Nerón

8 de octubre, lo más profundo de la noche
Prisión IV de la ciudad, Roma

*H*ará un frío tremendo en el Eliseo el día que yo le de al hombre que me sacó los ojos la mitad del tesoro de Dido. No me pasé años obsesionado por la clave, consumido por el misterio, noche tras noche, para que otro hombre se aprovechara de ello al final. Y, de todos modos, ni siquiera estoy seguro de haber averiguado el código. La epifanía me llegó solo unas semanas antes del golpe, de modo que no tuve tiempo de confirmar si mis conclusiones eran correctas. Y no estoy seguro de cómo se ha corrido la voz. Supongo que yo mismo presumí de ello cuando estaba medio borracho, y ahora Terencio cree que es un hecho incontrovertible. Afortunadamente, semanas antes de mi caída, atacado por el delirio, consigné los detalles a mi memoria y quemé el cifrado y todo el trabajo que hice para descodificarlo. Así que Terencio me necesita. Doríforo cree que él es nuestra única posibilidad de escapar de esta prisión y de Roma. Pero yo no estoy de acuerdo. No tenemos por qué rendirnos a él. Todavía no. Y, de todos modos, una muerte dolorosa sería preferible a convertir a ese hijo de puta en un hombre rico.

Las historias continúan dando vueltas, como los gorriones. Un rumor nuevo y particularmente dañino está empezando a arraigar. Ahora algunos aseguran que la noche que me apresaron hui de la ciudad y me refugié en la villa de Faón con un puñado de amigos. (Qué conveniente que el dueño de la mencionada villa esté muerto.) Allí, tras decidir que todo estaba perdido, pero

224

sin ser capaz de reunir el coraje suficiente para empuñar la espada, hice que un amigo me cortara el cuello. Epafrodito.

Mi antiguo liberto, desde entonces, ha pasado a encabezar las listas de popularidad. Ningún amigo mío permitiría que su nombre se usara de semejante manera. Ningún amigo mío permitiría que circularan esas mentiras sin ser contestadas.

Doríforo dice que el hombre está escondido. Teme las represalias, como las que ha sufrido Faón, por el daño que hizo cuando yo gobernaba.

Cuando me lo dijo, me puse furioso. Sé que las mentiras son parte esencial de la política romana. No pueden sorprendernos este tipo de rumores. Así que ¿por qué entonces entré en erupción, como el monte Etna, cuando oí estas cosas en particular? ¿Será porque la historia tiene, en el fondo, algún viso de verdad? Es cierto que me llevé una hoja afilada al cuello y pensé en la muerte, pero al final la retiré. ¿Soy acaso, como el Nerón de la villa de Faón, un cobarde?

He pensado en esta cuestión toda la noche y he llegado a la conclusión siguiente: no, yo no soy un cobarde; sencillamente, lo que pasa es que no soy tan romano como sería de desear. Mi temperamento ha sido siempre más griego que romano. Para mí la muerte no lo es todo; creo que es estúpido renunciar a la vida innecesariamente. No se me pone dura cuando oigo las historias de valentía romana que cuentan a todos los niños. Historias como la del soldado que viajó a Cartago para morir torturado solo porque lo había prometido. Siempre he pensado: vete, idiota.

No tengo miedo a la muerte. Es que mis prioridades son distintas. Primero busco venganza. Eso, al menos, sí que es muy romano por mi parte.

Galba está a una semana de distancia. Doríforo y yo hemos urdido un plan, una forma de escapar, pero es demasiado pronto para llevarlo a cabo. Y todavía estoy demasiado débil para viajar. ¿Podremos esperar hasta que Galba llegue a Roma? Terencio quiere el tesoro de Dido, así que me mantendrá con vida, por el momento. ¿O estoy equivocado y los ejecutores de Galba llegarán pronto a mi puerta?

El tiempo lo dirá.

225

Marco

8 de enero, 69 d. C., anochecer. Colina del Quirinal, Roma

Galba llegó a Roma hace tres meses y la ciudad ya le odia. Es viejo y malo. Diezmó a los marineros cuando le pidieron las monedas que Nimfidio les había prometido. Yo no sabía qué era eso de diezmar hasta que Nerón me lo contó. Se hace un sorteo entre toda la legión y se mata a uno de cada diez hombres. No salí de casa de maese Creón durante dos días, porque tenía miedo de que ocurriera algo, como después de la caída de Nerón, cuando la gente luchaba por las calles. Pero no ha pasado nada…, al menos no todavía. Nerón cree que es solo cuestión de tiempo que los senadores del ejército se muevan contra Galba.

—Me echan de menos —dice Nerón—, y nadie podría culparlos.

Nada ha cambiado desde que vino Galba. Sigo yendo a ver a Nerón cada día, tomando la lección. Me preocupaba que el amo me preguntase por qué Galba, que cree que fue quien me compró, no me ha mandado a buscar para que viva en palacio. Sin embargo, a mi amo, en realidad, no le importa nada más que el vino y las monedas.

Esta mañana el amo me ha dicho: «Vas a venir conmigo a cenar». Pero hasta que hemos ido caminando por las calles frías y polvorientas y se ha puesto el sol, y hemos tenido que envolvernos en nuestros mantos con dos vueltas, no he sabido que íbamos a ver a Otón.

—Estoy en un aprieto, Marco —dice mientras caminamos—. Ahora eres propiedad imperial. Nadie te puede tocar. Lo oíste de su propia boca, como yo. Pero vamos a casa de uno de los hombres más poderosos de Roma. Y Otón ha mostrado interés por ti. Es un hombre acostumbrado a tener lo que quiere.

Dice el nombre de Otón y recuerdo cómo me cogió la barbilla; se me pone la piel de gallina.

Mi amo sigue hablando.

—Vamos a hablar de negocios, él y yo, pero nunca se sabe. Quizá te vea y recuerde lo que le ha robado Galba. Puede que piense: ¿quién lo va a saber? Y Marco, ya sabes que tengo debilidad por ese argumento. Si quiere probar lo que se le ha arrebatado... Bueno, la única forma de que alguien lo sepa es que tú se lo cuentes. Otón probablemente será emperador, algún día. Es una buena oportunidad para nosotros, para los dos.

El amo deja de caminar. Se inclina hacia mí y me mira a los ojos.

—¿Quién sabe lo que puede ocurrir esta noche? —dice mientras me agarra el hombro con fuerza, clavándome los dedos y las uñas—. Pero si jodes esto y me la juegas, te machacaré los huesos hasta hacerlos papilla y los serviré para la cena. ¿Entendido? —Sonríe, pero no con alegría. No dice nada el resto del camino.

En la cena, mi amo se sienta al lado de Otón. Yo estoy de pie cerca y les oigo hablar.

—Tus fondos han sido de lo más útiles, Creón —dice Otón—. Muy útiles, en realidad.

—Los soldados no se mostraron reacios, señor —responde el amo—. Necesitaron poco aliento para seguirte.

—Sí —dice Otón—, no me sorprende nada. El Jorobado ha resultado ser bastante inepto. No solo cruel (no tengo que hacerte una lista de sus muertes innecesarias), sino también a la hora de elegir heredero. El Imperio sabe que el joven Pisón es una elección desastrosa. Si me hubiera elegido a mí, si hubiera aceptado mi guía estos últimos meses en Roma... —Agita la mano—.

227

No importa. Eso ya ha pasado. Nuestro camino está marcado.

—Sí, claro —dice mi amo—. La ciudad está detrás de ti. Pero… ¿puedo preguntarte? Quizá tú…

Otón suspira.

—Dilo ya, Creón. ¿Qué es lo que te preocupa?

—¿Qué pasa con las legiones del norte?

Otón hace un ruidito con la lengua, chasqueando.

—¿Te refieres a las legiones del norte que se han negado a jurar fidelidad a Galba y por el contrario han dicho que están a disposición del pueblo de Roma? Está claro que lo acatarán en cuanto se haya ido Galba. Su negativa a hacer el juramento es prueba de que hemos hecho el movimiento correcto contra Galba. El comandante en el norte de Germania es un gran amigo mío. Y el comandante de la baja Germania, el chico de Vitelio, está mucho más interesado en banquetes y orgías que en suponer un problema para Roma. ¿Sabes que le costó dos meses viajar hasta el norte a su puesto, después de que le nombraran, en noviembre? Supongo que cuando celebras cuatro banquetes al día y desfloras vírgenes al menos una vez al día, te mueves a paso de caracol.

Mi amo agita la mano y yo acudo con una jarra de vino. Cuando lo estoy sirviendo, Otón me ve por primera vez esta noche.

—Ah —dice—. Me has traído al joven Marco. —Me mira aunque sigue hablando con mi amo. Se me pone carne de gallina—. Eres muy astuto, Creón. Muy astuto. No puedo recordar que ocurrió y por qué no lo compré antes, pero no importa. Déjamelo esta noche, ¿de acuerdo? Podemos regatear el precio en otro momento. Seré generoso.

El amo asiente y yo tengo ganas de vomitar.

La voz de Otón baja de nuevo.

—Procederemos dentro de tres días. Va a tener lugar un sacrificio en el templo de Apolo, en el Palatino. Tengo que asistir, pero buscaré una excusa para irme. Entonces irrumpiré en el campo pretoriano, donde, si tú has hecho tu trabajo y el dinero que hemos recogido ha conseguido hacer su labor, me van a proclamar emperador. Los marinos que Galba diezmó en octubre me escoltarán de puerta en puerta. Y por fin encontraremos a Galba, donde quiera que esté, y lo mataremos.

—¿Y el joven Pisón? —pregunta el amo Creón—. Es el heredero de Galba.

—Ah, pues tendrá que morir también. Ese zopenco.

Me siento enfermo cuando se aproxima el fin de la cena. Cada vez que Otón se ríe me tiemblan las piernas y la cabeza me da vueltas. Recuerdo lo que me dijo Nerón cuando Otón casi me compró a mi amo: «Más gastado que la vía Apia», dijo.

Maese Creón va hacia la puerta. Yo le sigo con las piernas flojas.

Otón dice:

—Mándame la factura por el chico mañana. ¿De acuerdo?

—Sería negligente no decirlo en el Palacio Imperial. Creo que Galba tiene el chico en préstamo.

—¿Cómo? —pregunta Otón.

—Ya le expliqué esto a tu liberto en agosto. —La voz del amo suena como si estuviera diciéndole a unos inquilinos que les sube el alquiler—. Es que verás: Galba, o uno de los hombres de Galba, me ha pagado para que el chico visite el palacio cada día. Estoy obligado contractualmente a no prestarlo a nadie ni dejar que nadie más le ponga las manos encima. —Hace una pausa y luego dice—: Aunque los contratos, claro está, se pueden romper, con un precio adecuado.

—Has nacido para los negocios, ¿verdad, Creón? —dice Otón—. Si el chico pertenece a Galba ahora mismo, no quiero hacer olas, por así decirlo, hasta que se haya ido y la púrpura sea mía. —Me mira y dice—: Reclamaré mi premio cuando sea emperador.

Mi amo refunfuña todo el camino de vuelta a casa. Estoy seguro de que no me ve sonreír.

Al día siguiente, les cuento a Nerón y Doríforo todo lo que he oído en casa de Otón. Hablan de eso toda la mañana.

—Esta es nuestra oportunidad —le dice Doríforo a Nerón, una y otra vez—. Cuando se lleve a cabo el atentado contra la vida de Galba, la ciudad se convertirá en un caos.

229

Pero Nerón dice que no está seguro de si el momento es el adecuado…, que no sé lo que significa.

Después, por la tarde, cuando han acabado mis lecciones y me voy apartando de las celdas, se abre la puerta y entra Icelo.

Casi no lo reconozco. Tiene mucho mejor aspecto que la última vez que lo vi. Cuando era prisionero, su túnica estaba desgarrada y llevaba la barba sarnosa. Pero ahora luce una túnica roja nueva, creo que de seda, con bordados de oro, así como unos calzones a juego, como lleva la gente del norte; tiene la cara afeitada y suave. Pero sigue estando tan gordo como lo recordaba, como un buey con su paso bamboleante.

Me ve y sonríe.

—Buenas tardes, cachorro. ¿Qué me has traído hoy?

Estoy demasiado sorprendido para decir nada. No pensaba volver a verle nunca.

Icelo camina hacia mí. Dice:

—Tan hablador como siempre, ya veo.

Me da una palmada en el hombro.

—Bueno, sea como sea, me alegro de verte.

—¿Y tú quién eres? —pregunta Doríforo.

—Icelo.

—¿El liberto de Galba? —Doríforo mira a Nerón—. Así que Galba sabe…

—Bueno, ¿por qué iba a contárselo? —Icelo coge el taburete y lo coloca en el exterior de la celda. Se sienta—. No puedes ir agobiando al principado con información. O, si no, se ahogarán con hechos. —Icelo saca una manzana y empieza a frotarla contra su túnica. Da un bocado como el de un caballo. Empieza a masticar y, con la boca llena, dice—: Creo que el prefecto, Nimfidio, planeaba atraer la atención de Galba hacia Nerón, aquí presente. Pensaba que podía aprovecharse de ello. Vete tú a saber. Galba no es realmente de los que negocian. Pero yo he decidido «no» contárselo a Galba, ahora que la cosa es discutible. Nimfidio ya no está.

Icelo traga.

—Me ha costado siglos volver a encontrar este sitio —dice Icelo—. Me trajeron con una venda en los ojos, me volvieron a sacar igual. Pero tengo mis recursos.

Da otro bocado a su manzana. Me mira de repente. Dice:

—Es como en los viejos tiempos, ¿verdad, cachorro? Tú y yo. Aquí.

Me guiña un ojo. El sonido húmedo de su masticar llena la habitación.

Dice a Nerón:

—Galba será emperador, pero la ciudad no está contenta que digamos. Yo mismo me siento un poco inquieto. No he decidido aún lo que voy a hacer con... —y agita la mano hacia Nerón y su celda— todo esto, si se lo voy a contar a mi quisquilloso amo o no. Bueno, antes de que empecéis a hacer sugerencias, yo mismo tengo una. Algo que hará mi decisión más fácil.

Icelo da otro gran bocado a su manzana. Después de tres bocados más, ya solo queda el rodrigón.

—El tesoro de Dido —dice—. Lo tienes. Y yo lo quiero. Podemos hacer un trato, creo. —Se vuelve a mirarme y me guiña el ojo—. Coños y monedas, ¿eh, chico?

Doríforo empieza a decir algo, pero Icelo lo corta.

—Ahora vas tú y protestas como una virgen que en realidad sí que quiere. «¡A mí no! ¡A mí no!» Y entonces yo ruego y suplico, y consuelo, y hago que te sientas bien, a gusto. Yo te cuidaré, etcétera. Y al final cedes, como si no hubieras cedido ya desde el principio, de haber podido elegir. Así que nos saltaremos todo eso. Yo sé que tú sabes dónde está el tesoro de Dido. Y lo quiero. Hagamos un trato.

Icelo se pone de pie.

—No necesito una respuesta hoy. Tú eres mi contingencia. Mi plan alternativo, si las cosas con Galba no acaban de ir bien. Tienes tiempo para pensarlo. Pero no toda una vida.

Y diciendo esto, Icelo sale.

A la mañana siguiente, Doríforo visita el hogar de maese Creón antes del desayuno. Me espera en el atrio. Elsie me lleva a él. Se pone de pie y me mira, con los brazos cruzados.

—Nos vamos mañana —dice Doríforo. Su voz es lo bastante baja para que Elsie no pueda oírlo. Pero, de todos modos, frunce el ceño—. Nerón pide que nos acompañes.

—¿Ir? ¿Adónde? —pregunto.

231

—No tienes que preocuparte por eso, chico. Si decides venir, reúnete con nosotros en el río, en los muelles de Escipio. Iremos en barcaza hasta el mar. Si no estás allí, nos iremos sin ti. No tenemos suficiente dinero por el momento para comprarte a Creón. Así que tendrás que escaparte tú solito.

Si me cogen huyendo, me crucificarán. He visto que lo hacen con los esclavos. Te clavan a un poste y te dejan ahí para que te pudras, o te dan una cuchillada en el vientre. Doríforo adivina lo que estoy pensando.

—Si eres cobarde, bien. Quédate aquí con tu amo el abusón. A mí me da lo mismo. Nuestra barcaza sale al ponerse el sol. Estés allí o no estés. Todo depende de ti.

Doríforo se va y Elsie se acerca a mí. Dice:

—¿Qué te ha dicho?

Le cuento lo que ha dicho Doríforo. Elsie me abraza y me aprieta muy fuerte.

—Te voy a echar de menos, chico.

—Pero no puedo irme, Elsie. No puedo...

—Debes hacerlo —dice ella—. Aquí no hay nada para ti. Tienes que hacerlo.

Me echo a llorar.

XII

CENA EN CASA DE ULPIO, PARTE I

79 d. C.

Tito

15 de enero, anochecer. El Aventino, Roma

*U*lpio ha ocupado la antigua casa de Pisón en el Aventino, un edificio gigante de piedra blanca de los días de la República. Cuando mataron a Pisón, otro hombre… (¿cómo se llamaba? ¿Galario?) la ocupó durante unos años, luego quedó en bancarrota y se suicidó. Ahora se considera que esta propiedad da mala suerte, pero supongo que un hombre nuevo, venido de Hispania, no podía saberlo antes de invertir en ella su dinero.

Ulpio ha creado bastante revuelo desde su llegada. Domitila no fue la única en recibir una sofisticada invitación a cenar. Se enviaron regalos caros a muchas de las grandes matronas de la capital. Desde entonces las lenguas no han dejado de agitarse, opinando sobre su origen, estimando el tamaño de sus arcas. Ya hemos tenido inmigrantes de Hispania antes, pero ninguno había captado la atención de la capital como este.

—¿Debo ir a comprobar las cosas por delante, señor?

Ptolomeo está a mi lado. Los pretorianos nos flanquean, tres a cada lado, iluminando con una antorcha la oscuridad de la noche. Ptolomeo quiere ir por delante y asegurarse de que no voy demasiado temprano: el hijo mayor del césar no puede ser el primero en llegar. Está bien tener un esclavo que sea tan esnob. Te permite fingir que tales cosas no te preocupan.

—No, no. Es igual. Sigamos.

La calle está llena de esclavos conversando: literas vacías se encuentran una junto a la otra, como barcos en un muelle. Hago una señal a cuatro pretorianos de que nos esperen delante. Los otros dos nos seguirán a Ptolomeo y a mí por el camino.

La puerta delantera es de madera de olmo, de una anchura de cuatro hombres, con un león de bronce con un aro en la boca. Antes de subir los escalones, se abre la puerta y aparece en ella el parto rechoncho y bajito, Ciro. Me pregunto cuándo se aplica esa porquería negra en torno a los ojos. ¿Se lo quitará por la noche? ¿O lo llevará permanentemente, como un tatuaje?

Dentro, el atrio está envuelto en sedas y lana canusia, de color verde salvia, rojo granada y azul Egeo; los brazaletes de oro tintinean cuando la flor y nata de Roma hace gestos y señala; se entablan conversaciones entre amistosas bromas y risas guasonas; las lámparas de aceite parpadean y sisean, y el olor a jabalí asado, romero y piel de limón genera un gruñido hambriento de mi estómago.

236

—Tito Flavio Vespasiano. —Ciro hace girar el brazo—. Permíteme que te presente a nuestro anfitrión, el senador Lucio Ulpio Trajano.

Sigo la indicación del brazo de Ciro hasta un hombre que está inclinado sobre un bastón, con la barba espesa, a partes iguales gris y rojiza, y un trapo atado sobre los ojos. Al parecer, los rumores son ciertos: Ulpio es ciego. Su edad es difícil de situar. Podría tener entre cuarenta y sesenta años. Parece viejo, o bien ha llevado una vida dura.

—También quiero presentarte al sobrino del senador, Marco Ulpio.

Ciro señala a un joven de unos diecisiete años, que está de pie junto al anciano Ulpio.

Los ojos que tengo al lado miran atentamente mientras saludo a nuestro misterioso anfitrión.

—Estamos muy contentos de poder reunirnos contigo, Tito —dice Ulpio.

Asiento para agradecer el comentario.

—Senador, ¿verdad? Pensaba que ya conocía a todos los senadores.

—Quizá ahora sí.

—¿Y has venido de Hispania?

—Sí, de Hispania.

El chico examina a la multitud. ¿Estará aburrido? Le están presentando al hijo del emperador y prefecto de la Guardia Pretoriana, pero, por lo que parece no se siente impresionado, como si hubiera pasado años en la casa del césar. ¿Es solo la adolescencia o es algo más siniestro? Pero ¿acaso existe algo más siniestro que la adolescencia?

—De Hispania a Roma —digo—, un viaje muy peligroso, en invierno.

—Solo cuando se compara con las demás estaciones —replica Ulpio.

Ptolomeo se aclara la garganta. Cree que la respuesta es impertinente. Ciertamente, ha sido un poco extraña, pero no estoy seguro de que me ofenda. Empiezan a acumularse interrogantes delicados en mi mente. ¿Cómo perdió este hombre los ojos? ¿De dónde viene su fortuna? Es asunto mío conocer las respuestas, pero ahora no es momento.

El parto salta a la puerta para abrirla a otro invitado. Después de que Ptolomeo me ayuda a cambiarme y a ponerme las sandalias para la cena, me retiro para que mi anfitrión pueda seguir con las presentaciones.

Doy con Nerva y Secundo, que están conversando en el otro extremo del atrio.

Nerva me pregunta:

—¿Qué opina nuestro gran general del más reciente de nuestros senadores?

Las sedosas notas de una lira flotan en el jardín.

—Me reservo mi juicio, por ahora —digo.

Las manos de un esclavo me tienden una copa de vino con especias.

—Qué excéntrico, ¿verdad? —dice Secundo.

Me encojo de hombros con vaguedad. En el jardín que tenemos al lado veo los rizos almendrados de Domitila. Por encima de las notas de la lira, oigo la risa revoltosa de Cecina y no puedo evitar fruncir el ceño.

—No entiendo qué interés tiene en las relaciones —dice Nerva—. Un inválido.

237

—Y, sin embargo, aquí estamos —digo. Señalo con la cabeza al hombre alto, con los ojos azules, que está de pie a unos pocos pasos de distancia—. ¿Es nuevo ese?

—Un bátavo. —Nerva sonríe—. No creerías el precio que he pagado.

—¿Un bátavo? —Secundo está impresionado—. Espero que lo pongas a trabajar en la caza, o en combates de gladiadores. Sería una lástima perder un talento semejante.

—Una raza peligrosa —digo—. Y muy obstinada. Te costará mucho que se adapte a ti.

—Tengo mis medios —responde Nerva. Luego pregunta—: ¿Es cierto que tu padre quiere casar a tu hermana con Marcelo?

—¿Dónde lo has oído? —pregunto, intentando no parecer afectado.

Nerva inclina la cabeza a un lado, como un halcón que vigila desde una rama.

—Ah, yo me entero de muchas cosas. Pero esto lo he encontrado de lo más desagradable. Me preocupa con quién se junta el césar. Me preocupa que no sepa quiénes son sus verdaderos amigos.

—No te preocupes tanto, Nerva —digo—. Mi padre sabe perfectamente quiénes son amigos y quiénes enemigos.

Secundo interviene, cambiando de tema astutamente. Me cuenta una extraña historia que ha ocurrido antes de mi llegada. Al parecer, ha llegado un comerciante con su mujer y su hijo, pensando que estaban invitados.

—Iba lleno de orgullo —dice Secundo— por estar invitado a la misma mesa que el hijo del emperador. Al pobre desgraciado se lo veía feliz, con su sonrisa desdentada. Creo que se llamaba Creón, si lo he oído bien. Él y Ciro, el parto, se han peleado en cuanto ha llegado. El pobre hombre levantaba la voz y llevaba un rollo pequeño de papiro, asegurando que aquello era su invitación. El parto ha estado de acuerdo en que la invitación llevaba el sello de su patrón, pero decía que debía de haber habido un error, porque era imposible que él (el comerciante) estuviera invitado a cenar. Ha llegado el joven Ulpio y ha inspeccionado la invitación. Ha dicho: «Creo que le han estafado, señor», y ha rascado una esquina, hasta que ha sacado otra hoja de papel. «Alguien le ha engañado. Simplemente encargamos ropa blanca de su batán. Por eso aparece aquí el sello de nuestra familia.» Alguien pegó una invitación encima del encargo para el batán, una invitación falsa. Tendríais que haber visto la cara de aquel hombre, Creón, cuando se ha dado cuenta de que había quedado como un idiota. Patético. Se ha ido sin decir una palabra más, sin poder mirar a los ojos a nadie, ni siquiera al parto.

—Qué episodio más extraño —dice Nerva—. Pero sospecho que no será el único...

Domitila

15 de enero, después del anochecer
Casa de Lucio Ulpio Trajano, Roma

—¿ Y cómo está tu hermana?

Calpurnia, la joven esposa de Cecina, me pone la mano en el brazo. Los brazaletes de oro tintinean en su muñeca.

—Está bien —digo—. Hace mucho más calor en Capri que aquí.

—Sí, pero… —Calpurnia baja la voz hasta que solo es un susurro— ¿cómo está de verdad?

Se inclina hacia mí, esperando que revele nuestros secretos familiares.

El músico que toca la lira vuelve a empezar tras un breve descanso. Dos bailarinas dan vueltas en el pórtico.

—Calpurnia. —Antonia, la mujer de Plautio, se materializa entre la multitud. Me dirige una mirada: «vengo a rescatarte». Antes éramos buenas amigas, Antonia y yo, de más jóvenes. Pero perdimos el contacto cuando se trasladó al este con Plautio. Está bien que haya vuelto a la capital.

Antonia dice:

—¿Cuál es la historia, entonces?

—Oh, Antonia —dice Calpurnia, enderezándose—. No te había visto…

—Ven, ven —suelta Antonia. Mira por encima de su hombro para asegurarse de que nadie la oye—. Cuéntanos cómo perdió los ojos. ¿Qué has oído decir? Siempre estás en todo.

Calpurnia observa el suelo un momento, fingiendo modestia.

—Ah, no sé lo que quieres decir...

—No hace falta que seas modesta —dice Antonia—. Aquí todas somos amigas.

—Bueno... —Calpurnia baja la voz hasta que solo es un susurro—. He oído decir que se lo ganó él mismo en realidad. —Levanta una ceja, mostrando su desaprobación por lo que está a punto de divulgar—. En la pequeña ciudad de Hispania de donde viene, Híspalis o como se llame, no tenía rival. Era el más listo, el más rico y el más guapo..., cosa no muy difícil, estoy segura, porque es el culo del mundo, pero aun así... Todas las chicas de la ciudad, naturalmente, querían casarse con él. Y todos los padres hacían lo imposible por intentar emparejarlo. Pero Ulpio era un donjuán. No quería tomar mujer. Por el contrario, usando la promesa del matrimonio, secretamente iba seduciendo a una chica tras otra, hasta que hubo poseído a todas las chicas de la ciudad. Bueno, cuando lo averiguaron sus padres... —Calpurnia hace una pausa para beberse el vino, esperando crear más suspense—. Pues le arrancaron los ojos como castigo; una multitud asaltó su casa. Todas esas tribus de Hispania a lo mejor están en el Imperio ahora, pero actúan como bárbaros, cuando les das una excusa. El gobernador intentó implantar el orden después. Hizo que cada hombre pagara una compensación a Ulpio. Por eso ahora es tan rico. He oído que Ulpio dice que valió la pena acostarse con todas esas mujeres, a cambio de sus ojos. ¿Te lo imaginas? ¿Tanta depravación?

Dioses, ¿qué rumores propagará de mí esta mujer, cuando no esté cerca?

—¿Y tu fuente es fiable? —pregunta Antonia. Se está burlando, pero Calpurnia no lo nota.

—Mucho. Se lo he oído decir a la mujer de Cluvio. Su marido conoce bien a los comerciantes hispanos.

—Pues aparte de la depravación —dice Antonia—, parece que Ulpio tiene mucha experiencia, ¿verdad?

Calpurnia levanta las dos cejas a la vez.

—¡Antonia!

241

Yo me llevo la mano a la boca para amortiguar una risita. Viendo mi reacción, la reacción de la hija del césar, Calpurnia se obliga a reír. Dice:

—Es un inválido, Antonia. No seas mala.

Cecina me arrincona antes de que sirvan la cena. Lleva esos calzones bárbaros de siempre y tiene las mejillas enrojecidas por el vino. Pero aun con su extraño atuendo, destinado a causar controversia, y su decisión de beber demasiado a una hora tan temprana de la noche, sigue siendo tan encantador y carismático como siempre. No me extraña que la gente crea que Tito y él son rivales constantes. Ambos están al principio de la cuarentena, son guapos y soldados expertos. La diferencia principal es que Cecina todavía tiene el pelo que tenía a los veinte, cuando era solo un chico, unos rizos espesos que se curvan en la nuca. Eso y que su padre no es el amo de todo.

—¿Cómo está tu hermana? —me pregunta sonriendo como siempre, con los ojos más que con los labios.

Me toca el brazo, justo por encima del codo. Es un gesto cálido y un poco coqueto. ¿Lo está haciendo con la esperanza de que Tito esté mirando? Siempre ha tenido una habilidad especial para molestarlo.

—Vespasia está bien —digo—. ¿Por qué lo preguntas?

—¿Que por qué lo pregunto? —dice—. Porque ha perdido a su marido. Sin duda, Tito ha tenido sus razones, pero eso no hace que sea menos duro.

—Supongo que no —digo—. Pero le va muy bien. Gracias por tu preocupación.

—¿Entonces está disfrutando de Capri?

—Las noticias viajan rápido, ¿eh? No sabía que su paradero actual era del dominio público. Sí, está disfrutando mucho en la bahía de Nápoles. El tiempo ha sido mucho más amable que aquí. Igual me reúno con ella.

—Pensaba en dirigirme hacia el sur, yo también. —Cecina sonríe travieso—. Podríamos viajar juntos. Ya sabes lo que se dice: cuanto más fuertes en número…

Ahora estoy segura de que cree que Tito está mirando.

242

—¿Y nos acompañaría tu mujer? —le pregunto—. He tenido el placer de hablar con Calpurnia antes, esta noche.

Cecina se echa a reír. Está un poco borracho y nuestras pullas le resultan inmensamente divertidas. Levanta la copa en el aire y la hace sonar.

—Me estoy quedando sin provisiones, Augusta. Si me perdonas...

Caleno

15 de enero, después de anochecer
En el exterior de la casa de Lucio Ulpio Trajano, Roma

*H*asta ahora la noche ha sido más aburrida que una obra griega. Pero, en lugar de escuchar a un actor llorar por su destino en la vida, he pasado la mayor parte de la noche fuera, con frío, custodiando la litera de Nerva, mientras esclavos y libertos de la vecindad alababan las diversas virtudes de sus amos. Junto a mí se encuentran los esclavos de un secretario imperial que se llama Epafrodito. (¡Vaya nombrecito! Hay que coger aliento a la mitad.) Hablan del hombre como si hubiera conquistado el mundo entero, desde Hispania a la India, y de vuelta. Pero es solo un liberto cuyo único trabajo consiste en cuadrar libros de contabilidad. Ni uno de ellos tiene orgullo propio, aparte del que sienten por su amo. Esa es la diferencia entre ellos y yo. Yo fui un hombre autónomo una vez, antes de que las circunstancias me empujaran hacia abajo.

Me preocupaba venir hoy, que quizás alguno de los amigos del césar me viera y supiera quién soy. Pero Nerva me ha dicho que me daba demasiada importancia. «Los únicos soldados que asistirán son Tito y Cecina, y ninguno de los dos tiene ni idea de quién es Julio Caleno.» Para él es fácil decirlo. No es un desertor.

Durante la guerra civil, una vez que cayó Cremona y no quedó de ella salvo ruinas humeantes y cuerpos ensangrentados llenando las calles, las fuerzas de Vespasiano rodearon a todos los hombres que se oponían a ellos, los que resistían aún.

Eligieron a algunos hombres para llevar mensajes a los ejércitos de Hispania y Galia, a decir que Vespasiano había ganado e intentar disuadirlos de que se opusieran a él. La mayoría de los oficiales había muerto, de modo que eligieron al azar. Un comandante Flavio me señaló y dijo: «Tú vas a ir a Hispania. Si alguien te pregunta, dirás que eres un tribuno». Pero no fui a Hispania ni entregué ningún mensaje. Hui.

Volví a mi atrasado pueblecito de la Galia con mi mujer, que, después de meses de guerra civil, no sabía si yo estaba vivo o muerto. Me vio entrar en el pueblo y lo único que dijo fue: «Bien, estaba empezando a echarte de menos». Un mes o dos después empezó a toser; al cabo de seis semanas, la había perdido para siempre.

Desde entonces me ha preocupado que alguien me reconozca, especialmente uno de los hombres de Vespasiano que me enviaron a cumplir una tarea que nunca terminé, que me llamaran desertor y me clavaran en una cruz. Nerva no sabe lo que ocurrió, pero es lo bastante listo para saber que hice algo de lo que no estoy orgulloso. Dice: «Caleno, tu anonimato es lo que te hace más valioso para mí. Puedo asegurarte que tu nombre no pasará a los libros de historia. No puedo insistir lo suficiente en lo poco importante que eres».

Supongo que tiene razón. Y de eso hace casi diez años. Pero mi estómago siempre se encoge cuando veo a un Flavio. Quizá no sea suficiente castigo para un desertor, pero es un castigo.

Más tarde, una docena de esclavos salen de la casa de Ulpio. Reconozco a uno desde el otro lado de la calle, es imposible no verlo. Es el liberto tuerto y gordo de Ulpio. El Toro.

Se separan: van de un grupo de sirvientes a otro. Veo que el Toro va primero al esclavo de Epafrodito. Le tiende un odre de vino, que van pasando de un hombre al siguiente. El Toro recupera el odre y se lo entrega a un niño pequeño, que corre al interior de la casa.

Cuando ha terminado, el Toro se dirige a mí.

—Caleno —dice—. Ya pensaba que podía encontrarte aquí.

El niño pequeño vuelve con un odre nuevo lleno de vino. Se lo tiende al Toro.

—¿Vino? —me pregunta.

—Nunca había dicho que no antes —respondo. Doy un largo trago y luego se lo devuelvo—. Tu amo es un buen hombre. La mayoría de los patricios ni siquiera piensan en el servicio que dejan fuera.

—Ulpio es muy generoso —dice—. Pero esto ha sido idea mía. Toma otro trago.

Me tiende el odre y yo doy otro sorbo largo. La mezcla es blanca, creo; bueno y fresco, no demasiado dulce. Este Ulpio realmente tiene medios. Hasta el vino que da a los esclavos es de primera calidad. Le devuelvo el odre y digo:

—No recuerdo cuál es tu nombre.

—Teseo —dice.

Por encima de su hombro veo al chico patricio, Marco, que camina hacia nosotros. Marco me ve y sonríe.

—Buenas noches, Caleno. ¿Tienes todo lo que necesitas? ¿El vino es agradable?

—Sí —digo—. De primera.

Los tres conversamos educadamente. Cualquiera que nos vea jamás sospecharía de que matamos a dos hombres en el camino de Ostia, hace un par de días.

—Pronto se servirá la cena —dice el chico—. Podríamos llevarte dentro y comerías con Teseo.

—No, estoy bien aquí —digo—. A Nerva no le haría gracia.

Mira hacia los esclavos de Epafrodito un momento. Luego observa al Toro y dice:

—¿Cómo va ahí fuera?

—Ya hemos terminado.

—Bien —dice el chico.

Se vuelven adentro y me dejan fuera, en la fría noche, aburrido y hambriento.

Tito

15 de enero, anochecer. Casa de Lucio Ulpio Trajano, Roma

Cuando, poco a poco, los asistentes se dirigen desde el atrio y el jardín a la mesa de la cena, Epafrodito me lleva a un lado. A pesar de la ocasión, va vestido como siempre, sombrío, todo de negro. Su perilla negra cuelga como una daga de su barbilla.

—He seguido la pista de tu hombre.

—¿Vetio? —pregunto—. ¿El caballero pompeyano? Lo has encontrado...

—No exactamente. —Epafrodito chasquea los dedos: un esclavo corre hacia él y empieza a susurrar a su oído.

Miro a un lado: Ptolomeo está ahí, con el estilo en la mano derecha y la tablilla de cera en la izquierda, listo para registrarlo todo. No sé de dónde ha sacado esos artículos. Pero el chico lleva conmigo el tiempo suficiente para saber que puedo necesitar que quede registrada una conversación, aunque sea en una cena en el Aventino.

Con su esclavo todavía susurrando a su oído, Epafrodito dice:

—Su nombre es Cayo Vetio. Caballero de Pompeya. Jardinero de oficio, especialista en árboles. Sobre todo higueras y perales. —El tesorero agita la mano—. Sí, sí —chasquea los dedos a su esclavo—, ya conozco el último trozo. —El esclavo retrocede y Epafrodito dice—: Parce que ese personaje, Vetio, desapareció en diciembre. Tres días antes de los Idus.

—¿Desaparecido? —digo yo—. ¿Y cómo lo sabes?

—Uno de mis escribanos conoce a un edil local. Este conocía a Vetio y nos señaló en la dirección del «antiguo socio de negocios» de Vetio —dice el tesorero—. Es lo único que han podido averiguar mis hombres. Confío en que te ayude.

¿Qué voy a hacer yo con esta información? Un jardinero local pompeyano ha desaparecido. ¿Y qué tiene eso que ver con Plautio? Cada día acumulo más preguntas y ninguna respuesta.

—Sigue buscando —digo—. Si tus hombres se enteran de algo más, dímelo inmediatamente.

Domitila

15 de enero, después de ponerse el sol
Hogar de Lucio Ulpio Trajano, Roma

*E*l triclinio se abre al jardín. Es una sala grande, amplia, con tres mesas cuadradas rodeadas de reclinatorios. En una pared hay la representación de un hombre con una armadura negra de pie en un carro, que arrastra a otro hombre, desnudo y ensangrentado, con los brazos extendidos por encima de la cabeza. Aquiles y Héctor. El orgulloso Aquiles mira hacia delante, con la cabeza bien alta. Sus caballos, igual de orgullosos, son tan negros como su armadura. Al fondo, encima de las murallas de Troya, una mujer gime. Es la viuda de Héctor, Andrómaca. La escena me parece muy romana: la guerra y los hombres que combaten en ella están delante de todo; la mujer, deshecha por el dolor, queda relegada al fondo. Imagino al senador dando instrucciones al pintor, sujetándole la mano, marcando un trocito de aire entre el pulgar y el índice: «que la mujer no sea más grande que esto, por favor».

Estoy sentada a la mesa de Ulpio. Ha concedido a Tito el honor de sentarse a su lado, y yo estoy sentada al lado de Tito. Secundo, Epafrodito, el joven Ulpio (creo que se llama Marco) y la vieja Grecina comparten nuestra mesa. También la recién enviudada Lépida. Ella sigue escondiendo su rubio cabello bajo un manto negro de luto, que contrasta mucho con su sonrisa traviesa y su coqueteo constante. Las dos mesas que quedan están llenas de senadores, sus esposas y personal imperial. Solo hay un asiento vacío, que guardan, según me han dicho, para el senador Marcelo. Parece que mi futuro marido ha decidido rechazar la invitación de Ulpio.

El esclavo más reciente de Nerva es un bárbaro muy guapo, con los ojos azules. Está de pie detrás de su amo, durante la cena. Desde el momento en que nos sentamos noto sus ojos clavados en mí. Al principio su atención me hace gracia, porque a veces me preocupa haberme hecho demasiado vieja para que se vuelvan a mirarme, haberme convertido en «la Viuda», como algunos me llaman a mis espaldas. Pero él persiste hasta un punto en que resulta incómodo. Cuando mi mirada se encuentra con la suya, sus ojos no bajan al suelo, como deberían. Por el contrario, me sonríe. Violenta, aparto la vista de inmediato, esperando que nadie haya presenciado la interacción ni haya visto mis mejillas enrojecidas.

El primer plato consiste en puerros de Ferento empapados en menta y huevos duros, coronado todo con una guarnición de erizos de mar del Danubio. Se sirve con vino de Falerno, una cosecha de hace treinta años, según Ulpio.

La cena, los ornamentos, la casa en sí misma, todo es de muy buen gusto. Yo había esperado que este hombre, nuevo rico, diese una fiesta zafia, pero la verdad es que es lo contrario.

—Dinos, Tito —pregunta Lépida—, ¿qué es lo último de la Galia?

En la mesa de al lado, Cecina se ríe escandalosamente.

Tito muerde un huevo y se come la mitad de un bocado. No le había visto sin armadura, relajado y disfrutando de una comida desde hace una eternidad. Dice:

—Nada, aparte de lo que ya se ha anunciado en el foro hoy. Sabino, el rebelde lingonio que el mundo entero creía muerto, ha estado viviendo en secreto en la Galia.

—¿Y qué le ocurrirá? —pregunta Antonia.

—Pues que será ejecutado —responde Tito.

Ciro está de pie detrás de Ulpio. Constantemente se inclina hacia abajo y susurra al oído de su amo. Me pregunto si describirá la conversación a Ulpio, contándole quién habla en cada momento.

Antonia dice:

—He oído decir que su mujer le escondió en una cámara

subterránea y le protegió. Ahora, una vez que le han descubierto y arrestado, se queda sentada junto a la prisión de la ciudad donde lo tienen encerrado, noche y día.

Yo también había oído contar lo mismo. No puedo evitar representarme la imagen: una desgraciada mujer de mediana edad acurrucada en la nieve, vestida de negro, gimiendo por su marido. Una Andrómaca bárbara.

Aunque yo lo encuentro conmovedor, Lépida se ríe. No puede imaginar semejante devoción. ¿Cuánto tiempo esperó para seducir a Nerón después de que su marido, Cayo Casio, fuera desterrado? ¿Unos pocos días? ¿Una semana?

Secundo mete la cuchara.

—Rumores, querida mía, simples rumores. Sabemos poco, aparte de lo que ha dicho Tito. Estoy seguro de que esa mujer, Eponina, ya ha encontrado otro lecho que la mantenga caliente por la noche.

—Pues a mí me parece romántico —digo.

Noto que Tito se pone tenso, como un gato cuando entra un perro en una habitación. No quiere que la hija del césar simpatice con un rebelde.

—Ha sido un acto de traición —dice.

Ulpio habla por primera vez.

—¿Y no puede ser las dos cosas a la vez? ¿Traicionero… y romántico?

Nuestro misterioso anfitrión ha cautivado a toda la sala; las demás conversaciones se apagan.

La respuesta de Tito es breve, tanto en contenido como en tono.

—No —dice—, no puede ser las dos cosas.

Todos en la sala miran a Ulpio atentamente, pero él no hace caso de esa atención. Dice:

—El césar ha hablado. —Bebe un sorbo de su copa con calma. Luego pregunta—: Dime, Tito, ¿hay más noticias de Tracia… o del falso Nerón?

—Nada reciente —dice Tito.

Me empieza a picar el brazo izquierdo. Cambio el peso de un codo al otro; con mi recién liberado pero cosquilleante brazo, voy a coger una oliva.

Ulpio dice:

—Es fascinante, ¿verdad?, lo de esos hombres que aseguran que son Nerón...

Epafrodito se muestra dispuesto a implicarse en la conversación. Dice:

—Las clases bajas están locas, no son mejores que animales. No me sorprende que añoren al tirano.

Ulpio sonríe.

—Vamos, debe de haber algo más... No hubo impostores después de Claudio o de Calígula. Tampoco los hubo después de Augusto. Y, sin embargo, ya ha habido... ¿Cuántos, tres? Tres hombres que aseguran que son Nerón. Y cada vez sus seguidores, inspirados, se han ido congregando en torno a su nombre. —Da otro sorbo de vino pausado, como si estuviera en las carreras—. Seguro que la explicación no es tan sencilla como que las clases bajas están locas.

Las mejillas de Epafrodito, normalmente de un gris enfermizo, se tiñen de un violento rosa. Cree que la respuesta de Ulpio es poco respetuosa. Como uno de los consejeros más cercanos del césar, no está acostumbrado a que le cuestione nadie más que el emperador, y mucho menos un provinciano recién llegado.

—¿Dices que esos hombres se sentían inspirados? —pregunta—. Esa forma de hablar es traición, diría yo, especialmente para alguien recién llegado a Roma.

No tengo deseo alguno de que mi anfitrión acabe encadenado por un comentario estúpido. Así que cojo aliento. Cuando estoy a punto de intervenir, Tito me pone la mano en el brazo. Le miro, pero él tiene la atención puesta en Ulpio, esperando a ver cómo se las arregla el hombre en este súbito aprieto. Nuestro anfitrión, sin embargo, permanece indiferente al peligroso giro que ha dado la noche.

—No, estás equivocado —dice Ulpio—. Inspirado significa simplemente que ha recibido una influencia determinada. El hecho de que hayas dado más sentido a la palabra de la que permite el latín es peculiar. —Mordisquea un puerro—. Muy peculiar.

A mi lado, Tito bufa: se divierte. La tensión en la sala ha disminuido ligeramente. Pero Epafrodito no ha terminado. Dice:

—Ese hombre era un villano.

Ulpio se encoge de hombros.

—¿No lo somos todos nosotros?

Le ha llegado el momento a Tito de implicarse.

—¿Acaso apruebas los crímenes del tirano?

—No —dice Ulpio—. Cuestiono la lista de sus crímenes. Su veracidad.

La sala entera espera la respuesta de Tito.

—No entiendo qué quieres decir —apunta Tito—. Los hechos son los hechos.

Durante un momento, a través de las paredes de mármol, el sonido de dos esclavos discutiendo, ahogado, apenas audible, es lo único que altera aquel incómodo silencio.

Y entonces, quizás alertado por el olor, Ulpio dice:

—¡Ah, el jabalí! —Todos los invitados se vuelven y ven tres bandejas de jabalí salvaje que entran en desfile en la habitación. Las bandejas son tan pesadas que se requiere un esclavo a cada extremo para llevarlas—. O debería decir los jabalíes —añade Ulpio.

Alegremente, la sala da la bienvenida a la distracción. No se le pide a Ulpio que explique su extraño comentario.

No mucho después de que se sirva la comida, el soldado de pelo blanco que mi hermano lleva consigo a todas partes entra en la habitación con discreción. Se acerca a Tito y le susurra algo al oído. Mi hermano frunce el ceño y se pone en pie, dispuesto para irse. Ausente, da las gracias a Ulpio, olvidando la extraña naturaleza de su conversación anterior, y se va.

A mi izquierda, Lépida dice:

—¿Adónde irá a semejante hora?

La litera se balancea con los pasos de los esclavos de palacio. A través de las cortinas de seda, la luz de una docena de antorchas se une para iluminar el camino. Yocasta yace a mi lado. Mi cabeza, algo mareada por el vino, descansa en su brazo. Su pelo rojo y reseco me cosquillea la mejilla. Huele a pétalos de rosa y a pan rancio. El ritmo constante de los pasos de los esclavos y los pretorianos que marchan junto a nuestra litera resuena como si fuera lluvia.

253

—¿Adónde crees que ha ido tu hermano? —pregunta Yocasta.

—Está celoso de Ulpio desde que llegó a Roma —digo yo—. Quizás haya preparado toda esa escena para recuperar la fascinación del pueblo.

Yocasta me pregunta:

—¿Crees que tenía algo que ver con Plautio?

Su voz es seria. Es posible que llegase a coger cariño a Plautio durante el tiempo que pasó en Capri, cuando Plautio la visitaba en su habitación cada noche. Siempre he encontrado a Plautio insoportablemente ostentoso, pero creo que Yocasta pensaba que era amable.

—Estoy segura de que Plautio está vivo y bien.

Nuestra procesión se detiene y, con suavidad, bajan la litera al suelo. Un esclavo retira la cortina. Me coge de la mano y me ayuda a bajar a la calle. En la oscuridad, el mármol blanco del palacio brilla como la luna. De pie ante la puerta principal están el soldado de pelo blanco de mi hermano y dos pretorianos más.

—Señora —dice, adelantándose hacia la litera—. Tito ha preguntado por tu doncella. —Señala a Yocasta.

—¿Por qué?

—Por favor, señora —dice Virgilio—. Le gustaría que fuera de inmediato.

Yocasta sigue la conversación y su cabeza se vuelve a un lado y a otro, nerviosa.

Yo digo:

—Yo también iré.

El soldado abre la boca para decir que no es posible, pero cuando ve mi resolución, se encoge.

—Muy bien.

Yocasta y yo volvemos a la litera. Esta vez el viaje resulta mucho más agitado, porque los esclavos corren para mantener el paso de Virgilio. Yocasta mira por entre las cortinas para ver adónde vamos. Pasamos junto al anfiteatro, todavía en construcción, el foro, y luego por el mercado de ganado. El aire es distinto aquí, tan cerca del Tíber: más frío, más limpio. Cruzamos la plaza hasta una fila de edificios. Veo a Tito entre docenas de pretorianos, con las manos en las caderas, contemplando cómo nos acercamos. Se ha vuelto a poner la armadura; lleva la espada sujeta a un costado.

Tito me señala una sola vez, cuando salgo de la litera.

—No tenías que haber venido.

—¿Qué significa todo esto? —pregunto.

Tito ignora la pregunta. Virgilio le susurra algo al oído.

Al otro lado de la plaza, los mástiles de los buques al pairo se agitan en la corriente del río. Detrás de Tito, frente a un almacén, dos pretorianos están de pie uno a cada lado de una entrada. Veo por primera vez a un soldado a pocos pasos de Tito, con un cubo de agua. Se frota las manos entre sí, furiosamente. Siguen manchadas de un rojo oscuro.

—¿Está bien? —pregunta Yocasta.

—Sí —dice Tito—, es que ha resbalado.

—¿Con qué?

Él no lo dice.

—Tito, ¿qué ocurre? —le pregunto—. ¿Por qué nos has traído aquí?

—Necesito a Yocasta —dice—. Necesito que me diga si el hombre que hemos encontrado es Plautio.

255

—¿Y por qué no se lo preguntas a él? —dice Yocasta—. Al hombre que has encontrado.

—No. —Su voz suena monocorde. Es el general que no se enfrenta a los hechos.

Yocasta tiene la cara gris.

—Tú conoces a Plautio —digo—. ¿Para qué necesitas a Yocasta?

—Necesito a alguien que conozca a Plautio íntimamente. No quiero preocupar a su mujer de forma innecesaria.

Yocasta se echa a temblar. La rodeo con los brazos.

—¿Dónde? —pregunto.

Tito mira por encima de su hombro a la entrada flanqueada por dos soldados.

—Allí —responde.

Tito se lleva a Yocasta al edificio, pero insiste en que yo me quede donde estoy. Los veo desaparecer, bajar en la oscuridad.

Desaparecen durante lo que parece una eternidad. Cuando regresan, Tito lleva cogida a Yocasta del brazo con suavidad.

Una vez en la calle, Tito la suelta y ella cae de rodillas. Vomita un líquido amarillo. Las plantas de sus pies desnudos están manchadas con algo color escarlata, algo pegajoso. Me arrodillo a su lado.

Jadeando y todavía sin poder recuperar el aliento, dice:

—No es él.

Tito está de pie por encima de nosotras. Me dice:

—Ese hombre de ahí tiene una marca de nacimiento; un manchurrón morado desde la entrepierna al ombligo. Yocasta dice que Plautio no tenía esa marca.

Ella intenta respirar con normalidad.

—Gracias, Yocasta —dice Tito—. Lo has hecho muy bien. Las dos os habéis portado muy bien. Id a casa y descansad.

Yo quiero respuestas. Quiero saber qué es esa habitación subterránea tan extraña y qué ha ocurrido en ella. Pero ahora no es el momento. Tito está tan alterado como nosotras, más agitado de lo que le he visto en mi vida. Me dirá algo cuando pueda. Ahora necesita trabajar, y yo tengo que llevarme de aquí a Yocasta.

Volvemos a palacio en silencio. Ella está hecha un ovillo a mi lado. Le froto la espalda, ofreciéndole todo el consuelo que puedo.

Por segunda vez esta noche colocan nuestra litera a los pies de los escalones de palacio. Yocasta y yo nos bajamos de la litera y empezamos a subir. Una vez dentro, caminando por las salas amplias y abiertas, noto que los acontecimientos de la noche están alterando mi paz mental. Los salones que durante años he recorrido con total seguridad ahora me parecen amenazadores, como si un peligro se agazapara detrás de cada esquina.

En mi habitación, encontramos braseros ardiendo y lámparas encendidas, esperando mi llegada. La sala está vacía, cosa extraña a esta hora. Normalmente, allí se encuentran dos esclavas por lo menos que ayudan a Yocasta.

Algo no va bien.

—Señora.

Yocasta también lo nota.

—Quizá deberíamos pedir unos guardias que velen junto a la puerta esta noche…

Entonces veo que detrás de la cama asoman dos piernas completamente quietas, el cuerpo oculto a la vista.

Yocasta me coge el brazo y chilla.

No mira las piernas que hay detrás de la cama.

Me vuelvo y veo a un hombre con la barba larga y el pelo negro y revuelto. Su sonrisa amenazadora muestra unos dientes amarillos y unas encías sangrientas.

Da un paso hacia delante, con la daga en la mano; la sangre gotea de la hoja.

Caleno

15 de enero, primera antorcha
Exterior de la casa de Lucio Ulpio Trajano, Roma

El vino de Teseo ha sido lo mejor de la noche para mí. Después de que él y Marco se fueran, me he quedado en la calle, esperando tranquilamente a que terminase el aburrimiento. Pero no ha habido alivio alguno cuando la cena ha acabado por fin. Nerva me ha dicho que me quede.

—¿Qué quieres que vigile? —pregunto.

—Pues no lo sé —ha respondido—. Simplemente, vigila. Mañana me lo cuentas todo.

Y aquí me he quedado..., sentado fuera, con el frío que hace, durante lo que me han parecido horas, sin nada de lo que informar. De pronto, Apio, el esclavo rechoncho y pretencioso de Nerva, ha venido corriendo por la carretera. Me llamaba por mi nombre, gritando y susurrando a la vez, de esa manera que suele hacer la gente cuando quiere ser discreto y llamar la atención al mismo tiempo. No me ve hasta que me asomo al callejón.

—¿Qué quieres?

—Nerva te necesita. —Coge aire con grandes sorbos, uno tras otro. Nunca le había visto correr antes. Sea lo que sea lo que le ha traído aquí, debe de ser importante.

—¿Dónde?

—En palacio.

Le digo que vaya delante.

Cuando veo a Nerva esperando en la escalinata de palacio con un puñado de pretorianos, me aterroriza que me pida entrar dentro. Nunca he estado dentro de palacio, ni a menos de cien metros de él. El hogar de Nerva es lo más cerca que he estado del turbio mundo patricio. Y el palacio es harina de otro costal. Sin mencionar que está lleno de Flavios, hombres contra los que luché en Cremona antes de desertar y huir al norte. Un miembro de la plebe hedua y desertor deshonrado no debería entrar en palacio.

Nerva no me dice hola ni me da las gracias por venir. Dice:

—Ven. —Se da la vuelta y entra en el palacio. Yo hago una pausa en el umbral, con los ojos de media docena de pretorianos clavados en mi persona.

Nerva se vuelve, molesto.

—Date prisa. —Sigue andando.

Y yo, que los dioses me ayuden, le sigo.

Dentro el aire es distinto. Copos de oro bailotean en el aire, entrando a remolinos en mis pulmones con cada aliento. Es tan espeso que creo que me voy a atragantar, toser y asfixiarme hasta morir. Entonces veo el techo. En mi alojamiento, tengo que agacharme cuando voy andando por el interior. Aquí, en cambio, es…, no sé qué altura tiene. He estado en baños y templos con techos así antes, pero esto es distinto. Hace que me sienta diminuto, infinitamente pequeño, como si fuera la persona más pequeña que jamás ha entrado entre los muros del palacio y el emperador tuviera que crucificarme para purificar su hogar de mármol. Solo entonces, cuando esté bien arriba en la cruz, podrá quitarme, rascándome, todo el oro que se me ha metido en los pulmones.

—Alto —dice Nerva—. No hagas eso. Es una impertinencia. Deja quietos las manos y los ojos. Y no te quedes atrás.

Subimos unas escaleras. Arriba, Nerva se detiene. Susurra para que no puedan oírle los guardias:

—Traduce de una manera que me favorezca. ¿Comprendido?

Empieza a caminar de nuevo, sin esperar a oír que no he entendido lo que quiere decir.

Entramos en una sala con media docena de pretorianos, dos mujeres acurrucadas en un reclinatorio y un cuerpo

259

muerto y sin vida junto a la puerta. Hay otro detrás de una cama… ¡Una cama! Eso significa que estoy en el dormitorio de algún miembro de la familia imperial. Si los rayos de Júpiter pudieran freírme en el acto, les daría la bienvenida con los brazos abiertos.

—¿Es él?

Tito, el hijo mayor del emperador, prefecto de la Guardia Pretoriana, saqueador de ciudades, azote de Jerusalén…, me está mirando.

—Sí —dice Nerva—. Se han comunicado antes.

—Bien. Haz que me cuente lo que ha ocurrido. —Tito señala detrás de mí.

Me vuelvo y veo al bátavo sentado en el suelo, con la espalda apoyada en la pared. Justo delante de él hay un cuerpo muerto, boca abajo, con la sangre encharcada bajo su pecho y su vientre. Es curioso, pero el bátavo parece relajado, como si acabara de sentarse a cenar.

Un pretoriano le da una patada al bátavo. El esclavo mira al soldado, tomándole las medidas, como si estuviera a punto de cortarle el cuello. Pero luego se limita a fruncir el ceño y se pone de pie, despacio.

Tito llama a las dos mujeres. Cuando se acercan, veo que una de ellas es Domitila, la hija del césar, a la que he visto en el circo, desde lejos. Reconozco ese pelo como la almendra, su porte.

—Pregúntale —me dice Nerva—. Pregúntale qué le ha ocurrido a ese hombre.

Pregunto al bátavo.

Responde en forzado cananefate:

—Yo matar.

Traduzco, diciéndolo lo bastante fuerte para que todo el mundo lo oiga.

—Dice que le ha matado él.

La hija del césar dice:

—Me ha salvado la vida.

—Pregúntale por qué está aquí —dice Tito. Parece cansado y muy enfadado y dispuesto a echar la culpa en cualquier sitio, excepto a los pies del muerto que yace boca abajo en el mármol.

Le pregunto al bátavo. Él señala con la cabeza a Domitila.

—Bella. Mucho. —Se señala a sí mismo—. Yo quiere.

La multitud se calla, esperando mi traducción. Nerva adopta una actitud como si yo estuviera sujetando a su madre encima de un precipicio. Mientras, el bátavo mira a Domitila como un cachorrillo triste. Noto por primera vez que la estola verde de ella está desgarrada, en el hombro y en el dobladillo; su manto a juego está hecho trizas encima del hombre muerto.

—Dice que ha oído un grito.

Nerva exhala.

—¿Y qué ha pasado? ¿Ha venido corriendo desde casa de Nerva? —Tito no se cree una palabra—. ¿Desde el Quirinal hasta el Palatino?

—Se ha escabullido —digo—. Ha salido a dar un paseo. Nunca había visto el palacio antes. Es un esclavo nuevo en la ciudad.

Tito me mira con suspicacia.

—¿Y todo esto te lo ha dicho con cuatro palabras?

Está claro que nada se escapa al hijo del césar.

Tres sonoros golpes resuenan entre las paredes; la habitación se queda en silencio. Entran diez lictores vestidos con togas, blancas como la nieve germana, llevando unas varillas de madera en los hombros. Sé quién viene justo detrás de ellos, de modo que caigo de rodillas e inclino la cabeza hasta el suelo decorado con mosaico. Cuando veo las botas del emperador, cierro los ojos esperando que todo pase.

—Alto. Por favor, levantaos. Es demasiado tarde para tanta reverencia.

Oigo el roce de la gente que se levanta, pero yo me quedo pegado al mármol: no pienso levantarme sin que me lo digan en persona.

La gente empieza a hablar.

—Querida, ¿estás bien?

—Sí, padre. Estoy bien.

—¿Qué ha ocurrido?

—Yocasta y yo hemos vuelto al palacio; había un hombre aquí, ese hombre. Creemos que mató a las dos esclavas y a un soldado, y luego esperaba a que volviéramos nosotras. Cuando hemos llegado, ha golpeado a Yocasta, tirándola al suelo, y luego me ha cogido por el pelo, me ha desgarrado el vestido y estaba a punto de matarme… o algo peor. Pero entonces ha aparecido este hombre. Este esclavo. Me ha salvado la vida.

Sigo con los ojos bien cerrados.

—Y tú, mi amigo alto y de ojos azules… ¿Quién es tu dueño?

—Soy yo, césar.

—Bien, Nerva, te debo un gran favor. Recibirás un generoso presente.

—Padre, la historia no es tan sencilla. Este esclavo no ha aparecido sin más y…

—Tito, déjalo ya. Tu escepticismo suele ser muy apreciado; sin embargo, cuando los dioses mandan a un hombre a salvar a la hija del emperador, no nos corresponde examinar los detalles.

—Sí, padre.

—¿Y qué es esto? ¿Otro cadáver?

Al cabo de un momento de silencio, noto el aliento cálido de Nerva en mi oído.

—Levántate, Caleno. Me estás poniendo en evidencia.

Me pongo de pie. El césar, el hijo del césar y la hija del césar me miran. Él me mira como si hubiera estornudado en su desayuno. Dice:

—Te han salido los dientes hace mucho tiempo ya, para no saber lo que significa «levantarse», ¿no te parece?

Miro a mi alrededor para ver a quién habla. Cuando me doy cuenta de que soy yo, no es que me mee encima exactamente, pero noto que el miedo me encoge la polla.

El césar le dice a Nerva:

—¿Este también es tuyo?

—Sí, césar.

—Bueno, espero que no lo necesites para hablar. Si no, habrás desperdiciado tu dinero. Sea cual sea el precio que le pagas.

De vuelta a casa de Nerva, las calles están vacías, excepto por unos cuantos carros que hacen sus entregas. Voy junto a Nerva. El bátavo camina detrás de nosotros con Apio.

—Bueno —dice Nerva—, ¿qué ha dicho en realidad?

—No querrás saberlo.

—Puedo suponerlo. Ayer vi cómo la miraba.

Me vuelvo a mirar al bátavo. Veo un trocito de tela verde en su mano. Dioses, este hombre está más loco que un saco de anguilas. Ha cogido un trocito del manto de Domitila como trofeo.

A mi lado, Nerva se acaricia una barba que no tiene.

—Si va a resultar tan difícil, también podría sacar dinero de él en la caza, o incluso en los juegos de gladiadores.

—¿Dejarás que alguien tan caro como él muera en la arena?

—¿Por qué no? El precio que pagué fue bueno. Estoy seguro de que me daría buenos ingresos, antes de perder.

—¿Y si al césar le ha gustado?

—Ni siquiera puedes mirar al césar, ¿y ahora eres experto en lo que prefiere? —dice Nerva—. Has hecho bastante el idiota, ¿no?

—Nunca había conocido a ningún emperador. Ni había estado en palacio.

—Antes fue general. Y sí que has conocido a algunos generales. O has hecho algo más que temblar en su presencia.

—Sí, pero ahora es emperador, tocado por los dioses.

Nerva me mira un momento. Luego se echa a reír.

—Las clases bajas son fascinantes, ¿verdad?

De repente, Nerva suspira, como si se le acabara de ocurrir algo. Se para y se vuelve a mirarme.

—Aprecio tu ayuda de hoy, Caleno —dice—. De verdad. Pero no estoy seguro de si tendré mucho trabajo para ti en el futuro.

—¿Cómo? —digo, desconcertado—. ¿Por qué?

—Ya te lo he dicho antes, Caleno. Tu valor para mí está en tu anonimato. Pero acabas de entrar en palacio y conocer a la familia del césar. Esa fea cara tuya ahora ya es conocida.

El corazón se me sube a la garganta: Nerva es mi única fuente de ingresos. Si ya no me quiere, no estoy seguro de cómo me voy a ganar la vida.

Él vuelve a suspirar. Finge que está a punto de tomar una decisión dura, pero sé que en lugar de corazón tiene un trozo de hielo.

—Aprecio todo lo que has hecho, Caleno. De verdad. Pero ¿qué quieres que haga? Te contraté para acechar entre las sombras y recoger información. No puedes acechar entre las sombras si eres famoso. Pero no te preocupes, que no te echaré a la calle de inmediato. Habrá una transición. Necesito ayuda para dominar a este. —Señala al bátavo.

Niego con la cabeza. No puedo creerlo. La mala suerte me persigue siempre, no sé cómo.

Nerva vuelve a echar a andar. Como un esclavo, porque necesito sus monedas mientras me las ofrezca, me apresuro a seguirle.

Tito

15 de enero, lo más profundo de la noche
Palacio Imperial, Roma

Virgilio y yo nos tomamos tres vasos de vino sin mezclar antes de poder hablar de lo que hemos visto. Una lámpara de aceite arde en mi escritorio; otra, en la mesita auxiliar. Ptolomeo está en un rincón, dormido en un taburete.

—Nunca había visto nada semejante —dice Virgilio.

—Ni yo —respondo.

Y hemos visto bastantes batallas los dos. Pero lo de esta noche…

—Dicen que algo parecido les ocurrió a los que capturaron en el paso de Teutoburgo —digo, refiriéndome a la peor derrota de Roma, hace setenta años, en los bosques de Germania—. La boca cosida, la garganta rebanada.

—¿Por qué? —pregunta Virgilio—. ¿Para qué puede servir semejante mutilación?

Me encojo de hombros. La pregunta es sencilla; la respuesta es elusiva.

—Para obtener el favor de los dioses, para dar la vuelta a la fortuna, porque la vida es precaria y todos estamos a merced de la divinidad.

No discutimos el intento de asesinato de Domitila. No tenemos información de si está relacionada o no con los dos hombres que han encontrado mutilados en el Tíber. Las palabras de mi padre siguen resonando en mi cabeza: «Las mentes aspirantes están salivando».

Más tarde, Ptolomeo hace entrar a Secundo en mi estudio, con el pergamino ensangrentado de Haloto en la mano. Está sin aliento y necesita un momento para rehacerse.

—He recibido tu nota de lo que has descubierto junto al Tíber —dice—. Me ha parecido que no debía esperar para contarte lo que he podido traducir del pergamino que Haloto llevaba encima.

—¿Crees que los dos hechos están relacionados? —pregunta Virgilio.

—Eso creo —dice Secundo.

—Bueno —respondo—. ¿Y qué dice?

—Ha sido difícil, porque en gran parte ha quedado manchado de sangre, al morir Haloto. Pero estoy seguro de que contiene instrucciones.

—¿Instrucciones para qué? —pregunta Virgilio.

—Sobre el sacrificio —dice Secundo—. El sacrificio humano a un dios germánico. Uno del que nunca había oído hablar.

—¿Y cuál es el nombre de ese dios?

—Torco —dice Secundo—. El dios de los pantanos.

—¿Y cómo se relaciona esto con lo que hemos encontrado esta noche? —pregunto.

Secundo abre la boca, pero hace una pausa, dudando si continuar o no. Nunca he visto a Secundo reacio a hablar de algo, y mucho menos de alguna anomalía extranjera. Normalmente se siente fascinado por lo diferente. Su duda resulta de mal augurio.

—Venga, suéltalo, Secundo —digo—. ¿Qué dicen las instrucciones?

Traga saliva y luego describe una espantosa mutilación y muerte.

—¿Y esto fue lo que ocurrió junto al Tíber? —pregunta Virgilio.

—Eso creo —dice Secundo—, aunque tendré que inspeccionar la escena.

—¿Qué estás diciendo, Secundo? —le pregunto—. ¿Crees que hay algún culto funcionando aquí en Roma?

—No sería el primero —responde Secundo—. ¿Cómo han encontrado esa cámara?

—Un esclavo de los almacenes vecinos dio con ella por casualidad —dice Virgilio—. Al pasar por allí, vio lo que le parecía una luz que se filtraba por debajo de la puerta…, una puerta en un almacén que nunca antes había visto usar. Era en mitad de la noche. Y la puerta estaba encadenada. Pensó que alguien podía haberse dejado una llama sin vigilar. Fue a buscar a los vigiles y se lo dijo, pensando que quizá le darían una recompensa por evitar un incendio. Los vigiles rompieron la cerradura y entraron para apagar la llama. Encontraron una antorcha, como esperaban, pero también muchas cosas más. Era demasiado para ellos, así que avisaron a los pretorianos.

—¿Cuántos crímenes habrán ocurrido allí que hayan pasado sin que nos diésemos cuenta? —pregunto, retóricamente.

Pensamos en ello en silencio.

Entonces Secundo me pregunta:

—¿Y tu padre? Ese culto, el intento de asesinar a Domitila… Quizá no esté a salvo.

—Le diré que se vaya fuera —digo—. Creo que, en estos momentos, cualquier sitio es más seguro que Roma. Se irá solo con unos pocos elegidos, aquellos en los que sabemos que podemos confiar. Nadie conocerá su destino, aparte del césar.

Secundo asiente.

—Es una buena idea. Un plan diferente, una situación distinta… dificultaría mucho planear nada contra él.

—Y tú —le digo a Virgilio— te irás al sur. Encontrarás a Plautio en mi lugar. Intentaremos saber más de cualquier plan que se esté tramando en el sur.

Secundo y Virgilio se van.

Me quedo solo un tiempo en mi despacho, perdido en mis pensamientos; entonces, sin anunciarse, aparece ella en la oscuridad, saliendo del corredor como un barco. Estamos en medio de la noche. Va sola.

—Antonia —digo—, ¿va todo bien? ¿Qué haces aquí?

Ya no lleva el pelo recogido, como en la cena; cae hasta sus hombros y esconde uno de sus ojos ovalados, como de buey. Avanza hasta mí en silencio. Su manto color turquesa reluce a la luz de la lámpara. Viene a mi lado en el escritorio y se apoya en él.

267

—Te has ido esta noche... ¿Era Plautio? —pregunta.

—No.

Todavía mirando a otro lado, se inclina y recoge el dobladillo de su estola; se la sube justo por encima de las rodillas. Entonces me coge la mano y la pone en el interior de sus muslos y la sube más arriba aún.

Por el rabillo del ojo veo que, silenciosamente, Ptolomeo se levanta de su taburete. Todavía medio dormido, sale de la habitación y se dirige a las oscuridades de palacio.

Ahora ya me muevo con seguridad, confiando en que nadie nos molestará.

XIII

HORA DE IRSE

69 d. C.

Nerón

11 de enero, tarde. Prisión IV de la ciudad, Roma

Con el oído pegado a la ventana y la barbilla apoyada en el alféizar de piedra, oigo a Doríforo abajo. Empieza con su experta precisión de actor.

—Esto no es vino agrio.

—Sí que lo es —dice la voz de un soldado, cargada por la bebida.

—No lo es. —Doríforo también parece borracho, pero sospecho que está muy sobrio.

—¡Sí que lo es! —dice otro soldado distinto, también ebrio.

—¿Qué quieres decir? —dice un tercero, que al parecer solo está medio borracho.

La segunda voz pertenece a Juno. La tercera a Venus, de eso estoy seguro. Nunca olvidaré el acento plebeyo de Venus.

—Esa porquería de vino que bebes es flojo —dice Doríforo—. Es solo para mujeres y para eunucos. Y este... —me lo imagino levantando una jarra de vino—, este es vino agrio. «Esto» es lo que hace que te crezca pelo en la espalda y que te cuelguen las pelotas.

Es maravilloso, ¿verdad? Cómo puede cambiar no solo su voz, sino también su personaje, para adecuarse a la compañía con la que se encuentra. Siempre ha tenido un don especial para esto, pero sus años en escena han cultivado el talento. Ahora es un auténtico camaleón. En un momento dado, puede representar a un afeminado persa, y a un soldado borracho al siguiente. Hoy resulta especialmente útil, porque ha hecho que mis captores se sientan a gusto. Esto hará que nuestros planes resulten mucho más fáciles de llevar a cabo.

Hace meses, Doríforo compró veneno. Nada demasiado sofisticado, no el que se usa para matar en secreto a un emperador, para hacer que un regente vaya empeorando paulatinamente y su muerte final parezca natural. No, es de la variedad barata y obvia. Entonces Doríforo empezó a cultivar la amistad de los soldados que hacen guardia fuera. Les traía vino o compartía el suyo. Bebían juntos. Y cada sesión se hacía más larga y más relajada, hasta que los hombres estaban deseando que llegara. Por la noche, Doríforo desarrolló inmunidad al veneno tomando unas dosis cada vez mayores; así, cuando llegara el momento, si tenía que beber el mismo veneno que los soldados, no experimentaría nada más que un dolor de estómago.

—Bueno —pregunta un soldado—, ¿nos vas a ofrecer una bebida o te vas a quedar ahí todo el día, sujetando esa maldita jarra?

—De acuerdo, vale. Si podéis soportarlo, mujercitas… —dijo Doríforo.

Se oye un chasquido al quitar el corcho de la jarra.

Las bromas se vuelven incomprensibles, pero por el ruido susurrante aseguraría que los hombres se van pasando la jarra por turno.

—¿Y tú, no vas a beber?

—Claro que sí —dice Doríforo.

Un breve sorbo a la jarra.

—No has bebido demasiado. Pensaba que eras…

Y entonces lo único que se oye es el ruido de la asfixia…, el maravilloso y musical sonido de la asfixia. Al principio un hombre; luego, un coro entero que me llena los oídos.

Abajo, se abre la puerta y oigo que un hombre sube las escaleras a saltos. La puerta se abre de golpe.

—Ha funcionado —dice Doríforo.

Corre a la celda y empieza a abrirla usando el truco que le enseñó Marco, metiendo los dedos en la cerradura.

Pero luego cae de rodillas y empieza a hacer arcadas.

Cuando ha acabado y jadea, buscando el aire, le pregunto:

—¿Vivirás?

Escupe.

—Viviré.

—Pues date prisa. Quiero que mi cara sea lo último que vea Venus antes de lanzar su último suspiro.

Por primera vez en meses estoy en marcha. Doríforo nos ha procurado una mula. Voy sentado detrás de él, agarrando sus blandos costados. Nos dirigimos al sur, a Roma. Los sonidos son lo que me pone más nervioso: el roce de un árbol, un perro que ladra, un gruñido en algún lugar detrás de nosotros. En mi celda había pocos estímulos, aparte de las voces de mis diversos visitantes; las paredes eran gruesas y cerradas, cosa que resultaba consoladora de alguna manera. El mundo desconocido, oscuro para siempre, estaba registrado y controlado. Ahora, sin embargo, galopando por el campo, sale a la superficie mi verdadera debilidad. Cada sonido podría ser una amenaza y no enterarme nunca.

Sin embargo, puedo asimilar la incertidumbre, el temor y la humillación, porque finalmente he hecho justicia con uno de los hombres que me traicionaron. Finalmente, Venus ha muerto, envenenado, y ahora yace en la tierra. Un final adecuadamente ignominioso para aquel que rompe sus juramentos.

En cuanto pasamos por la puerta de la ciudad, noto de inmediato la proximidad amenazante de los insulae, tiendas y montones de personas a nuestro alrededor. Nos abrimos camino con dificultad por entre la multitud. Parece que pasa una eternidad hasta que Doríforo dice:

—Ya estamos.

Me ayuda a desmontar.

Por enésima vez hoy, pregunto:

—¿Estás seguro de que es aquí?

Y por enésima vez, Doríforo me dice:

—No, pero es todo lo que sabemos.

De todos los hombres que juraron proteger mi vida por encima de la suya propia, aquellos que tenían acceso a mi dormitorio la noche que me secuestraron, Tigelino y Epafrodito son los dos únicos que no están escondidos. Epafrodito, sin embargo, ha encontrado el favor del Jorobado. Está en palacio y, de momento, fuera de mi alcance. Eso nos deja a Tigelino. Parece que se ha puesto enfermo y quizá no dure mucho en este mundo. Su hogar en el Quirinal fue saqueado y quemado cuando yo desaparecí. Ahora ha sido condenado a vivir en la pobreza, en un tugurio de Subura. Sospecho que la enfermedad es falsa, otro de sus trucos, para evitar la persecución por sus actos sangrientos cuando fue prefecto mío. Pero ya lo veremos.

Doríforo me ayuda a subir las escaleras. Un esclavo contesta a nuestra llamada a la puerta. Su voz suena anciana y débil. Imagino a un hombre muy viejo, con una joroba monstruosa que le empuja hacia el suelo.

—Hemos venido a presentar nuestros respetos —dice Doríforo—. Hemos oído que el prefecto ya no se relaciona con el mundo.

—No hay visitantes —dice el anciano esclavo.

Doríforo hurga en su bolsillo y dice:

—Déjanos que pasemos un rato con él, anciano. —Me imagino la moneda de plata que le está enseñando—. Esto podría ser para ti, cuando él muera.

La puerta se abre.

—Por aquí.

Entramos. Por debajo del truco del incienso barato, la sala apesta a moho y a descomposición. Es el olor de la muerte. Quizá Tigelino esté enfermo de verdad, después de todo. Pasamos por la habitación y noto que las manos de Doríforo me cogen por los hombros y me guían hasta sentarme en un taburete. Una vez sentado, una vez que cesan los crujidos de la madera, los pulmones rasposos de un moribundo me llenan los oídos.

—¿Y tú quién eres?

Esa voz la oí casi cada día durante siete años. La reconocería en cualquier parte.

—¿No me reconoces? —pregunto.

—No conozco a ningún inválido —dice—. Barbudo y asqueroso... —Coge aliento con fuerza—. Pareces un vagabundo.

—Sí que me conoces —replico—. Mírame mejor. Imagina

que los dioses no me hubieran abandonado. Imagínate que en estos momentos unos ojos azules mirasen los tuyos, en lugar de unas vendas y unas cicatrices.

Me inclino hacia él.

Despacio, dice:

—No. —Una larga pausa—. No, no, no. Estás... muerto.

—Te aseguro, Tigelino, que estoy vivo.

—Que las furias vengan a por mí —murmura, su aliento rasposo se acelera.

—Estoy vivo, Tigelino. No hui de Roma. Tres soldados me cogieron por la noche y me sacaron los ojos. Desde entonces estoy en prisión. Estoy vivo, pero tienes razón: ahora soy un inválido y un vagabundo. No busco dinero ni comida gratis. De ti no. Lo que quiero de ti son respuestas: respuestas a preguntas que llevo muchos meses haciéndome a mí mismo.

Él murmura «no», una y otra vez.

—¿Quién me traicionó? —le pregunto.

—Yo no —dice—. Yo no, yo no.

Tose incontrolablemente.

—Entonces... ¿quién?

—No lo sé.

¿Es una farsa? Le conocía bien. Solía ver sus intenciones tras sus elaborados trucos. Pero resulta difícil evaluar la sinceridad de un hombre sin disponer de ojos.

En la habitación de al lado oigo que Doríforo habla en susurros con el esclavo.

—¿Quién custodiaba mi habitación la noche que desaparecí?

—Espículo —dice—. Él y otro gladiador, Hércules.

—¿Y tú dónde estabas?

—Dormido. En mi habitación de palacio. Nunca rompí mi juramento, Nerón. Nunca.

—Dime lo que ocurrió.

Sus pulmones raspan, aspirando codiciosamente el aire estancado.

—Espículo me despertó por la noche. Dijo que no estabas en tu dormitorio. Había estado haciendo guardia en tu puerta, pero luego le llamaron para atender a otro asunto. Cuando volvió, ya no estabas. O eso dice, al menos. Te estuvo buscando con otros miembros de tu cuerpo de guardia. Yo fui al campo pretoriano. Cuando llegué allí, antes de que saliera el sol, me dijeron que habías huido de la ciudad. Pensé que me habías abandonado.

Pide vino. El viejo esclavo viene y le trae una bebida.

Dice:

—Yo había ido al campamento a buscar a Nimfidio, para hablar con él de lo que debíamos hacer a continuación. Pero si tú habías desaparecido, mi vida estaba en peligro. Hui del campamento con mi esclavo Antonio.

—¿Y mis gladiadores? ¿Qué ocurrió con Espículo? ¿Volviste a hablar con él?

—No —dice—. No volví a hablar con nadie. Me escondí. Oí decir que Espículo había huido de la ciudad.

—¿Adónde?

—No lo sé.

—¿Quién tenía la llave de mi dormitorio aquella noche? —pregunto.

Él murmura para sí. ¿Es un hombre viejo y enfermo hilvanando sus recuerdos? ¿O un mentiroso nato que intenta hacerme otra jugarreta?

—Epafrodito. Espículo. Yo mismo. Y… no estoy seguro de quién más. —Respira con fuerza—. Pero mis espías… fueron testigos de algunas reuniones, las semanas anteriores al golpe.

—¿Cómo? Cuéntamelo.

—Vieron al eunuco Haloto reuniéndose con Nimfidio varias veces en los meses anteriores a tu caída. Yo había empezado a investigar, pero ya no supe nada más antes del golpe.

¿Será verdad? Tigelino tenía espías en todo el palacio. Y Nimfidio, ciertamente, estaba implicado en el golpe. Si se reunía con Haloto… La implicación de Haloto no resulta sorprendente. Siempre pensé que era un eunuco gimoteante e inútil, lacayo de mi madre cuando estaba viva. Parece que mi lista se está ampliando, no acortando.

—¿Averiguaron algo más tus espías? —le pregunto.

—Entonces me pareció que no era nada…

—¿El qué? Dímelo.

—En mayo, antes del golpe, mientras estabas en la bahía…

—Hace una pausa para coger aliento—. Se encontró otro cuerpo...

—¿Qué quieres decir? ¿Qué cuerpo?

Una mano, la mano de Tigelino, me agarra del manto y tira de mí hacia abajo, lo suficientemente cerca para que mi oído quede a poca distancia de sus labios. Susurra: su aliento, con el pútrido olor de la descomposición, envuelve mi rostro. Dice una palabra que no pensé volver a oír nunca.

—Torco.

Su presa se afloja y yo me retiro.

—¿Estás seguro? —pregunto.

Describe el cuerpo, con la boca cosida y sin lengua.

—No lo sabíamos con certeza. Y no quería alarmarte innecesariamente, sobre todo con lo que estaba ocurriendo en las provincias. Estábamos investigando..., pero entonces desapareciste.

—¿Interrogasteis a todos los que estaban implicados antes?

—No —dice—. Casio se había ido, desterrado a Sardinia. Y tú estabas enamorado de Lépida... La absolviste de crímenes pasados y ordenaste que no se la molestara en el futuro.

Me echa la culpa de sus fallos. Contengo mi ira.

—¿Y por qué estás vivo? Eras el hombre más odiado en Roma. La familia de aquellos a los que habías matado tendría que haber aprovechado el momento, cuando yo desaparecí. Tendrías que estar muerto. Alguien te protege. ¿Quién?

Niega con la cabeza.

—Nunca rompí mi juramento.

—¿Y por qué estás vivo, Tigelino?

En su voz oigo que se forman lágrimas.

—Cuando la legión de la Galia juró fidelidad a Galba, en mayo..., yo acogí bajo mi protección a la hija de su mano derecha, Lacón. Y también a su liberto, Icelo. A este lo metí en prisión, en vez de matarlo como habías ordenado. Lo dejé en un lugar seguro, fuera de la ciudad.

—¿Por qué?

—Por este motivo, precisamente. Por si tú acababas cayendo del poder y yo quedaba expuesto. Así me cubría. Ya había tomado medidas parecidas antes.

—¿Así que estabas protegiendo a mis enemigos? Estábamos

en guerra, con las legiones rebelándose y jurando fidelidad a Roma... ¿No crees que el liberto de Galba habría sido valioso?

Él no responde.

—Rompiste tu juramento, Tigelino. Eres tan culpable como aquellos que me sacaron los ojos.

—¡No! —Su voz suena con fuerza por primera vez.

—Sí, eres igual de culpable. Quizá no conspiraras abiertamente para derrocarme. Pero retuviste información para salvar tu propio pellejo, sabiendo muy bien que me ponía mucho más en peligro. Es culpa mía. Perdí de vista al hombre que eras. Me contenté con dejarte que aplicaras tu crueldad e indiferencia contra otros, para proteger mis intereses. Me había olvidado de que eras leal solo hasta cierto punto, mientras nuestros intereses coincidieran.

Él murmura:

—No, no, no.

Me levanto para irme. El taburete cae.

Tigelino dice:

—¿Me dejarás vivir?

—Hasta que el veneno siga su curso —digo.

—¿Qué veneno?

Doríforo interviene:

—El que te acabas de beber. Tu esclavo te lo ha dado a cambio de una moneda de plata.

—No —dice Tigelino. Su voz suena derrotada—. No, no, no...

Salimos sin decir una palabra más.

Fuera, en la calle, antes de montar en nuestra mula, Doríforo revisa la tablilla de cera y me la tiende.

—Hoy ha sido un día muy productivo —dice.

Paso las manos por los nombres, complaciéndome especialmente en la línea horizontal que atraviesa los de aquellos que rompieron su juramento.

Culpables

Terencio (centurión)

~~Venus (soldado raso)~~

~~Juno (soldado raso)~~
~~Nimfidio (prefecto pretoriano)~~
~~Tigelino (prefecto pretoriano)~~
Haloto (eunuco)

Posibles culpables
Epafrodito (secretario)
~~Faón (ayudante)~~
Espículo (guardaespaldas)
Galba (falso emperador)
Otón (desea el trono)
El Sacerdote Negro (?)

—Sí —digo—. Tenemos un largo camino por delante y un plan que costará años ejecutar. Pero tienes razón: hoy ha sido un día muy productivo. Esperemos que Marco comparta nuestro éxito.

279

Marco

11 de enero, tarde. Hogar de Próculo Creón, Roma

*E*stoy de pie con Elsie en la cocina; ella tira tres huevos, todos a la vez; se aplastan en el suelo.

—¡Uf! —dice, en voz lo suficientemente alta como para que todo el mundo la oiga en la habitación de al lado—. Marco, tendrás que ir al mercado a comprar más.

Me lleva a una puerta lateral y luego por el callejón. Solo cuando apoya una rodilla en el suelo y me mira a los ojos noto que está llorando. Solo un par de lágrimas, no como cuando lloro yo, pero nunca la había visto derramar ni una sola.

—No quiero irme —digo. Me echo a llorar también.

—¿Por qué? ¿Para poder seguir acarreando cacharros con orines cada día?

—No quiero dejarte...

—Oh, Marco... —Elsie me acerca a su cuerpo y me aprieta mucho, hasta que no puedo respirar. Luego me coge por los hombros y me echa un poco atrás, para poder mirarme a los ojos. Otra lágrima corre por su mejilla. Dice:

—¿Te acuerdas de lo que te ha dicho Elsie? ¿Sí? ¿De que los caldeos dijeron que estabas destinado a grandes cosas?

Asiento.

—Bueno, pues así es como va a ocurrir. ¿Vale? Las grandes cosas vendrán, pero tú no puedes ignorar la suerte. Si te quedas aquí, un día el amo te pegará demasiado, o te venderá a alguien peor. El prisionero, ese hombre que te lleva consigo, ha sido bueno contigo. Te está enseñando cosas que nunca aprenderías de otra manera. Quédate con él todo el tiempo que puedas, aprende todo lo que puedas, y vendrán grandes cosas. ¿Me has entendido?

Asiento.

—Ve con él y no vuelvas nunca. ¿Vale? Recuerda a la vieja Elsie, piensa en mí cada día, si quieres. Pero no vuelvas por mí. ¿Me lo prometes?

Asiento.

—Bien.

Elsie me abraza una última vez y luego me manda fuera, por el callejón. Miro atrás antes de dar la vuelta a la esquina. Ella me dice adiós. Yo me seco las lágrimas y me voy.

Bajo por la colina Caelia hacia el Tíber. Las calles están vacías, ni una sola persona a la vista. Está tan tranquilo que oigo que el agua del acueducto llena cada fuente a medida que paso andando. Nunca he visto así la ciudad: desierta y tranquila como un templo. Antes odiaba el ruido y a la gente; pensaba que me habría gustado ser la única persona en toda la calle. Pero no es así. Es raro, como si alguien me estuviera esperando justo al doblar la esquina.

Mi plan es cortar entre el Aventino y el Circo Máximo. Pero cuando doy la vuelta a una esquina, saliendo de un callejón a una calle más ancha, un grupo de hombres me bloquea el paso. Hay unos veinte o treinta. Hablan despreocupadamente, como si estuvieran esperando algo, pero la mayoría de ellos llevan espadas, lanzas o hachas. Unos pocos se vuelven a mirarme; sin embargo, viendo que solo soy un niño esclavo que va a hacer un recado, vuelven a lo que estuvieran haciendo.

Para evitarlos voy hacia el norte, hacia el Palatino. Quizá pueda abrirme camino entre el palacio y el foro. Voy andando más deprisa, casi corriendo, porque ahora tengo que tomar una ruta más larga. No quiero perderme a Nerón. Doy la vuelta a una esquina y choco contra un hombre. Mi cara golpea la plata dura y me caigo hacia atrás en los adoquines.

Todo son zumbidos y chasquidos.

Levanto la vista y veo al soldado que está delante de mí. El sol brilla a su espalda, de modo que su cara está en las sombras. Me protejo de la luz con una mano para bloquear los rayos. ¿Adónde vas?, me pregunto.

El soldado da un paso hacia mí; a la sombra del edificio finalmente veo su rostro. Es el Zorro.

Me doy la vuelta de cara, me pongo de rodillas y estoy a punto de salir corriendo lo más rápido que puedo cuando noto que una mano me coge del pelo y me tira al suelo. Los pies me quedan colgando y noto el pelo como si estuviera ardiendo.

—Vosotros tres os creéis muy listos, ¿verdad? —me chilla al oído; la saliva salpica toda esa parte de mi cara—. No voy a dejar que todo mi trabajo se pierda. ¿Me oyes, chico? Vas a llevarme con él. ¿Entendido?

Me deja caer y me doy un golpe contra el suelo. Entonces noto que su bota me golpea el estómago y me doblo en dos como una ramita rota. Respiro con dificultad, intentando recuperar el aliento.

Él me coge por la túnica justo por debajo de la barbilla, me tira de nuevo y luego me sujeta contra una pared de ladrillo. Sus ojillos negros parecen furiosos. Noto algo frío debajo del ojo, luego me arde…

Me ha cortado la mejilla con un cuchillo.

—¿Quieres perder los ojos, como él?

Su hoja refleja una luz blanca cegadora.

—¿Dónde está, chico? Dímelo…

Noto que me estoy cerrando en banda, como hago siempre… Mi pecho se pone tenso, la cabeza me da vueltas. Una voz, la voz de Nerón, me dice: «Sigue viviendo».

—Vale —digo.

—Vale ¿qué?

—Que te puedo… llevar con él.

—¿Dónde está?

Piensa, piensa, piensa.

—No lo sé…

¡Piensa!

—Pero han dejado un mensaje para mí. En el foro.

—¿Qué tipo de mensaje?

—Te lo enseñaré.

—Si me mientes, te cortaré el cuello.

Υ

Nos dirigimos hacia el foro e intento pensar en algo, cualquier cosa, para librarme. Pero no puedo. El Zorro me sujeta por la túnica y lleva el cuchillo en la mano, por si intento algo.

Salimos de un callejón y vamos hacia el foro. Está tan vacío y quieto como el resto de la ciudad, excepto que ahora, en la distancia, se oye chillar a la gente.

El Zorro me sacude por el cuello.

—¿Dónde?

—Ahí —digo, señalando el templo de Júpiter, en lo alto de la colina capitolina.

No estoy seguro de dónde he sacado la idea del mensaje. Quiero seguir viviendo, y lo mejor que se me ha ocurrido es que el Zorro piense que vamos hacia Nerón. No quiero llevarle allí directamente, porque entonces ya no me necesitaría. He dicho que había un mensaje para mí en el foro, así que tengo que encontrar un mensaje. Siempre hay pintadas en Roma. Siempre. Por todas partes. Pintura roja garabateada sobre piedras, diciendo lo que se le ocurre a cada persona. Incluso en templos como el de Júpiter. Los ediles envían esclavos a limpiarlo, pero es imposible ponerse al día, siempre aparecen más. Me imagino que una pintada podría ser el mensaje.

Cruzamos el foro hasta el Capitolino y empezamos a subir la empinada pendiente. Cuanto más subimos, la vista de la ciudad se va haciendo más amplia. De algún lugar del Palatino, desde detrás de los muros del palacio, sale un remolino de humo negro que sube en espiral arriba, arriba, hacia el cielo azul.

Llegamos al templo y el Zorro dice:

—¿Dónde está? El mensaje.

No veo ninguna frase.

—Al otro lado.

Damos la vuelta por la parte lateral del templo, siguiendo un sendero de piedra. Al dar la vuelta a la esquina más alejada del edificio veo pintura roja.

—Ahí —digo, señalando.

Nos acercamos. En grandes letras color granate, dice:

NERÓN ES UN CABRÓN

283

El Zorro me coge, me da la vuelta y me estrella contra la pared.

—¿Te estás quedando conmigo, chico? —Sujeta el cuchillo debajo de mi barbilla—. ¿Por qué no cortarte el cuello ahora mismo?

—Está en clave —digo, sorprendido por mi propia idea.

—¿Qué clave?

—Me dice adónde se supone que tengo que ir ahora.

—¿Y qué significa?

—Cabrón significa... la vía Apia.

El Zorro entrecierra los ojos.

—Chulo significa..., habría significado la vía Flaminia.

No quiero mencionar el río, donde «realmente» hemos quedado para irnos.

—¿Y estará ahí? ¿Nerón estará ahí?

Quiere creerme.

—Creo que sí. Sí.

284

Volvemos al foro por el mismo camino. Oímos parloteos enfadados en los callejones de alrededor. Entonces, en la esquina izquierda de la plaza, aparece un grupo de hombres, sobre todo soldados, pero también hombres con sus túnicas que llevan espadas y lanzas, así como seis esclavos que acarrean una litera. Reconozco a uno de los hombres junto a la litera. Icelo. En el otro extremo del foro, saliendo de los callejones, hay soldados (más que el otro grupo) y hombres que llevan petos de cuero y porras de madera. Detrás de aquella multitud va un solo hombre montado en un caballo. Lo conozco también. Es Otón.

Quedamos atrapados en medio. El Zorro mira a un lado y a otro, sin saber qué hacer.

En un extremo, los esclavos bajan la litera y abren las cortinas. Icelo mete la cabeza y luego ayuda a salir a un hombre. Debe de ser el hombre más viejo que he visto en mi vida. Cuando está fuera, veo que su espalda está curvada como una hoz, tiene la cara gris y arrugada; la cabeza calva y cubierta de manchas oscuras.

La multitud del otro lado del foro ve que el hombre viejo

sale de la litera y se ponen muy nerviosos. Algunos de ellos gritan «Galba» y «asesino» y «mentiroso». Empiezan a golpear con sus armas en el suelo y a dirigirse hacia el grupo de Icelo.

El Zorro ve que el grupo de mayor tamaño va hacia nosotros. Me empuja hacia delante, apartándome de ambos grupos; sin embargo, un tercer grupo, más soldados y otros hombres que llevan cosas afiladas, rastrillos, lanzas y hachas, sale del lugar adonde íbamos.

—Maldita sea —dice el Zorro.

Se vuelve hacia la izquierda y nos dirigimos hacia el grupo de menor tamaño, hacia Icelo. Mientras caminamos, noto que el grupo que viene detrás de nosotros se acerca: el sonido de sus armas, acero golpeando contra acero, se vuelve más intenso.

El viejo camina hacia nosotros.

—¡Insolencia! —grita. Apenas oigo su voz entre el estruendo y el golpeteo que suena detrás de mí—. Seréis castigados por esto. ¡Severamente castigados!

El Zorro sigue empujándome. Intenta apartarnos de Icelo, pero el liberto nos acaba viendo. Sus ojos se abren mucho.

—¡Tú! —dice Icelo. Echa a correr hacia nosotros—. ¡Alto!

La multitud que viene detrás de mí chilla mucho más ahora. Siguen gritando: «asesino», «usurpador» o «impostor». Otros chillan: «Otón césar, Otón emperador», una y otra vez.

Icelo corre directo hacia nosotros. El Zorro empieza a sacar su daga, pero no lo consigue antes de que Icelo lo inmovilice... ¡Pum! Y los tres caemos al suelo. Me incorporo y los veo luchando por el cuchillo del Zorro, rodando por el suelo. Detrás de ellos, el caos: hombres y soldados, luchando y apuñalándose los unos a los otros, chillando y gruñendo más fuerte que el entrechocar de las espadas y los escudos y otras armas.

El Tíber está al otro lado de la multitud. También Nerón y el barco que me sacará de Roma están allí. Sé lo que tengo que hacer. Estoy temblando y noto que me fallan las piernas, pero me pongo de pie y corro tan deprisa como puedo hacia la multitud. Me caigo casi al momento, cuando el culo o la cadera de un hombre me golpean y me tiran. De camino al suelo, veo que alguien levanta un hacha. Caigo de rodillas y me agacho, esperando que me corten la cabeza..., pero el hacha no llega nunca.

285

Abro los ojos y veo el relampagueo del metal y las salpicaduras de sangre, así como a los hombres cayendo a mi alrededor.

Me levanto y sigo avanzando de nuevo hacia la multitud. La gente está demasiado ocupada luchando para preocuparse de si un niño esclavo va abriéndose paso entre la batalla.

En medio de la pelea, un grupo de soldados están de pie en círculo con las espaldas juntas, enfrentándose a la multitud. Tras ellos hay otro soldado de rodillas, inclinado sobre algo, cortando con su espada. Sigo avanzando. Por encima del hombro, miro hacia atrás y veo que el soldado que estaba de rodillas se pone de pie, con la espada en una mano y la cabeza del viejo en la otra. El viejo no tenía pelo, así que el soldado sujeta la cabeza cortada por una oreja. La levanta y aúlla como un lobo. Los hombres gritan: «¡Otón césar!».

Sigo con la cabeza baja y abriéndome paso entre la gente. No miro atrás.

Encuentro la barcaza cuando los últimos rayos del sol ya están desapareciendo. Nerón y Doríforo están en el barco. Paso corriendo por la pasarela y caigo en cubierta, exhausto.

—Justo —dice Doríforo—. Muy justo.

—Marco —dice Nerón. Se inclina y busca con las manos por donde le suena mi agitada respiración. Se arrodilla y me pone una mano en el hombro—. Estoy seguro de que no ha sido fácil llegar hasta este barco. Ya me lo contarás más tarde. Primero, te buscaremos un poco de comida y de vino. ¿De acuerdo? Te necesitamos con buena salud. Nos espera un largo viaje.

XIV

LA CAZA CONTINÚA

79 d. C.

Domitila

4 de abril, tarde. Campo de Marte, Roma

*L*a gente corea su nombre antes de que entre en la arena:

—¡Bá-ta-vo! ¡Bá-ta-vo! ¡Bá-ta-vo!

El circo de madera traquetea y oscila.

—Espero que no te decepcione —dice Domiciano, apartándose el pelo negro de los ojos. Ha vuelto recientemente de Campania y todavía no ha visto en acción al bátavo.

Tres leones recorren la superficie del circo. Uno levanta una pata y orina. Un charco de arena oscura y húmeda dobla su tamaño, luego lo triplica. Su pelaje parece metálico bajo el resplandor del sol.

Vespasia resopla, sarcástica:

—No puede perder. Tiene aquí a su amuleto de la buena suerte. —Me mira, esperando que reconozca su ingenio. Pero no le daré esa satisfacción.

La vieja Grecina suspira.

—Vespasia —dice—, no des crédito a los rumores, ni siquiera en broma. La familia del césar tiene que estar por encima de todo reproche.

—Es ella la que se ha vestido de verde hoy —dice Vespasia—. A juego.

Dioses, ¿es que no podré volver a vestir de verde nunca más?

—¿Por qué no está aquí Tito? —pregunta Vespasia, sin quitar los ojos de la arena.

—Tito cree que es demasiado bueno para la caza de animales —dice Domiciano—. No entiende los matices del deporte.

—Tito se reunía con Cerialis hoy —apunto—. Dar la bienvenida a un general victorioso es más importante que las cazas de animales.

El redoble insistente de los tambores supera los cánticos de la multitud.

Las puertas que se encuentran en el extremo más alejado de la arena se abren poco a poco; el estadio se calla.

Domiciano dice bajito:

—Espero que al menos sobreviva a los leones. Hemos preparado unos animales extraordinarios.

Un hombre avanza andando por el estadio: alto, elegante, moviéndose con el paso controlado de un soldado. Sujeta una lanza larga y lleva unos calzones bárbaros, una coraza de plata… y una máscara verde, que le tapa la parte superior de la cabeza.

La multitud se queda callada.

Él levanta la lanza por encima de su cabeza y la multitud estalla.

Han pasado dos meses desde que el bátavo me salvó la vida. Durante los días que siguieron, mi padre envió a Nerva un baúl de oro con esmeraldas incrustadas para darle las gracias. Al bátavo le envió una cortesana egipcia y un chico, castrado y empapado en perfume: mi padre siempre tan previsor. Al bátavo le dijeron que podía quedarse uno, o los dos, y que el césar le daba las gracias por su valentía. El bátavo, sin embargo, rechazó ambos, a la cortesana y al chico. Yo estaba con mi padre cuando se enteró.

—¿Tendría que haberle mandado también una oveja? No perderé más tiempo averiguando qué es lo que le pone la polla dura a un esclavo. Que se contente con la hazaña en sí.

Nerva metió al bátavo en las cazas al mes siguiente. Oí decir que se desenvolvió bien en sus dos primeras partidas y que la multitud empezaba a aficionarse a él. Hasta su tercera partida, en la Quinquatria, no lo volví a ver. La caza se celebraba en el circo, el tercer día del festival. El bátavo llegó al estadio y me quedé sin habla. Llevaba una máscara de seda, de un tono particular de verde que reconocí: mi manto, o al menos parte de él, aquel que quedó desgarrado la noche que me salvó la vida.

El bátavo se hizo famoso aquel día. Había media docena de hombres luchando a la vez. Después de matar a la caza menor, entró en la arena un rinoceronte. El animal corrió hacia un grupo de cazadores y, moviendo el cuerno, empezó a mandar a los cazadores por el aire o a pisotearlos con sus enormes cascos. Flechas y lanzas rebotaban en su pellejo. En un momento dado pareció que todos los hombres que estaban en la arena iban a morir. Entonces el bátavo arrojó su lanza. El rinoceronte estaba quieto después de una carga; el bátavo estaba a unos cuarenta metros de distancia. No estoy a favor de la violencia ni de la caza, pero no se puede negar que el tiro fue magnífico. Dio al rinoceronte directamente en el ojo. Los hombres que quedaban, dándose cuenta de que era su única oportunidad, corrieron hacia el animal, atravesándolo con sus espadas. El bátavo corrió hacia la melé y agarró el mango de su lanza. Yo cerré los ojos…

Cuando todo acabó, los cazadores (aquellos que todavía podían andar) vinieron e hicieron una reverencia ante el palco del emperador. Vespasia (que por fin había vuelto de Capri) estaba conmigo, pero se encontraba en la parte de atrás, echando los dados y riendo con alguno de nuestros cuatro invitados. De modo que, a ojos de la multitud, pareció que los cazadores me hacían una reverencia solo a mí. Me puse de pie y me incliné por encima de la barandilla. Fue entonces cuando el bátavo se quitó la máscara, la besó y la levantó en alto, para que yo la viera. La multitud comprendió: ¿qué otra cosa podía significar? Él llevaba la seda que yo le había dado; yo le había dado mi favor.

Corrieron rumores. Al principio, se decía simplemente que éramos amantes y que yo lo visitaba en su celda cada noche. Ahora la ciudad asegura que estamos enamorados y que nos casamos en secreto, con un ritual bárbaro supervisado por una cabra disfrazada de sacerdote druida. Los patricios encuentran la historia de muy mal gusto. Pero la plebe nos adora…, es decir, adora la idea de que estemos juntos, al menos. Somos su pareja favorita, a pesar de que no hablamos la misma lengua y que solo una vez estuve a menos de cien metros de distancia de él. El único beneficio que ha traído consigo este asunto del bátavo es que ha impedido el compromiso con Marcelo, o al menos lo ha detenido de momento. Marcelo le ha dicho a Tito que no quería una mujer que anda por ahí «tonteando» con un esclavo en público. Tito dice que nuestro padre volverá a hablar con Marcelo en verano.

Cuando la caza termina, la escena es truculenta: cuerpos de tigres, leones y una jirafa yacen desangrados en la arena. Para sorpresa de Domiciano, la jirafa no ha proporcionado la emoción que se esperaba. Era exótica, pero ha caído enseguida.

El bátavo se dirige hacia el palco del emperador. Hace una reverencia; tiene los ojos clavados en mí, directamente. Yo me remuevo en mi asiento, incómoda.

—Deberíamos dejaros solos —susurra Vespasia.

Grecina dice algo de que no debería animarle.

El bátavo se quita la máscara y la besa.

La multitud estalla.

Caleno

4 de abril, tarde. Baños de Nerón, Roma

La mano de un hombre como una zarpa de oso me da en la espalda. Levanto la vista y, a través de la neblina de los baños, veo a Fabio. No le había visto desde que tomamos una copa de vino juntos, unos meses atrás, y me rogó que me uniera a Montano. Va desnudo y sonríe. Los rizos de su barba están cargados de sudor.

—Caleno, perro... —me dice, mientras se sienta a mi lado. Su corpachón golpea contra la piedra.

Las tuberías escupen aire caliente, el edificio entero jadea.

—Fabio —digo—, ¿dónde está tu bastón?

Él resopla.

—No lo necesito para los que son como tú. —Se pasa la mano por la cabeza, pegándose el largo pelo al cráneo—. ¿No vas a la caza?

—Prefiero los baños como este —digo—. Tranquilos.

Normalmente, a esta hora, la sala estaría llena. Hoy, sin embargo, por la caza, no habrá más de una docena de personas.

Él dice:

—Te has perdido al nuevo chico de tu patrón.

Me encojo de hombros.

—Una vez que has visto a un hombre matar un león, ya no necesitas verlo otra vez.

—Quizá —responde—. Pero ¿no te habría gustado ver al rinoceronte? Yo habría pagado para verlo.

—Estuve allí. Fue un buen tiro.

—El chico al que he contratado habla de él todo el tiempo —me dice Fabio—. Cree que ese hombre es el fantasma de Aquiles, que ha vuelto de entre los muertos. Dice que por eso la hija del césar se le ofrece cada noche. No puedes decir que no a un semidiós.

—Si mi madre fuera una diosa —digo—, no pasaría ni una sola noche encadenado.

Fabio se echa a reír.

—Ni yo tampoco, ni yo tampoco. —Se vuelve a mirarme. Su voz suena grave de pronto—. Debe de ser difícil ser el favorito de un hombre como Nerva. Y que luego se deshaga de ti, después de encontrar un tesoro como ese.

—No tiene nada que ver conmigo —digo—. Me va bien.

—Bueno, pues si necesitas ganar algo más, siempre hay trabajo.

Fabio se echa atrás, relajándose, apoyado contra la piedra. Cierra los ojos.

Algo me irrita, como una mosca que camina por mi nuca.

—¿Y tú por qué no estás en la caza, Fabio?

—Ah, yo prefiero también los baños cuando están tranquilos.

—Qué mentira más grande, amigo mío. Cuantas menos pollas cuelgan, menos motivos tienes para venir.

Abre un ojo y me mira. Suspira, cierra otra vez el ojo y se relaja, apoyado contra la piedra. Ha tomado una decisión.

—Pues mira —dice—, es lo que le dije a Montano: si necesitas más hombres, voy a buscar a Caleno. Es rápido de ingenio y de espada.

—¿Y qué necesita Montano? —pregunto—. ¿Ingenio o espada?

—Habrá mucho trabajo próximamente, Caleno. Un trabajo para el que tú y yo estamos preparados.

—¿Qué ha pasado con tu bastón?

—Tendré que afilarlo, supongo... —Fabio se endereza y una vez más se pasa las manos por la cabeza, alisándose el cabello—. Seamos sinceros, ¿de acuerdo? Tú y yo podríamos ganarnos la vida como jornaleros, en los muelles o en un almacén. Pero somos veteranos. No estamos acostumbrados a acarrear cosas arriba y abajo, después de todos aquellos años trabajando para el Imperio. Tenemos demasiado orgullo. No es culpa nuestra haber estado en el lado perdedor de una guerra civil. ¿Verdad? Así que nos ganamos la vida de otra manera.

—¿Qué está ocurriendo? —le pregunto.

—¿Crees que sé algo? Estamos en la Teta del Imperio. Siempre hay algo enconado, como una llaga abierta. Y cuando estalla, los hombres como tú y como yo tenemos trabajo.

Unos cuantos meses atrás, después de que Tito matara a aquellos chicos en Baiae y de todo el asunto del lobo en el foro, y luego con aquel cuerpo en el Tíber, mutilado por algún culto extraño, parecía que la ciudad iba a estallar de repente. Pero las últimas semanas la cosa ha estado tranquila. Se lo digo a Fabio.

Él levanta las manos como para demostrar su inocencia.

—Lo único que sé es que Montano dice que necesitamos a un hombre que sepa usar la espada, por si es necesario. ¡Mierda, Caleno! ¿Crees que yo quiero algo más que eso? Pero, de todos modos, no importa. Esto es Roma: todo extremos, buenos y malos. Tenemos agua fresca todos los días, lugares como este —levanta los brazos, para indicar la enormidad de la sala—, pero siempre hay brutalidad al doblar la esquina. ¿Cómo lo llamaría nuestro antiguo capitán? «La maquinaria del Imperio.» No puedo explicar eso, joder. —Se levanta—. Los hombres como tú y yo lo único que podemos hacer es coger el dinero que nos ofrecen y esperar encontrarnos en el lado bueno, cuando todo haya concluido. Si quieres el trabajo, ya sabes dónde encontrarnos.

Fabio desaparece entre el vapor; sus pies sudorosos chasquean en las losas de piedra con cada paso.

Fuera, después de la oscuridad de los baños, la luz del sol resulta cegadora. Cierro los ojos y espero un momento. Entonces, mientras bajo los escalones, veo una litera en la calle, con la seda blanca ondeando al viento. Cuatro soldados la rodean. Una chica pelirroja, muy pecosa, viene hacia mí. Su rostro me resulta familiar, pero no puedo situarlo. Hasta que dice que a su señora le gustaría hablar conmigo y señala hacia la litera. Entonces me doy cuenta de que es la chica de la emperatriz.

Voy hacia la litera con las piernas temblorosas. Me siento como si un millón de ojos estuvieran fijos en mí, aunque, en realidad, nadie me presta atención.

La chica aparta la cortina. No veo a la hija del césar porque ya estoy arrodillado, con la cabeza inclinada. Solo veo unas piedras negras y gordas.

—¿Me conoces, ciudadano? —me pregunta ella.

—Sí, señora.

—Nos vimos una vez. ¿Lo recuerdas?

—Sí, señora.

—Entonces me pareciste un súbdito leal del césar. ¿Lo sigues siendo?

—Lo soy.

Sigo mirando la carretera.

—¿Cómo te llamas?

—Caleno. Julio Caleno.

—Caleno. Buen nombre...

La hija del césar ha dicho mi nombre.

—Por favor, deja de mirar al suelo, Caleno. Me gustaría ver tu cara mientras hablamos.

Levanto la vista hacia la hija del césar. Está echada de lado, apoyada en un codo. Lleva un manto verde envuelto en torno a la cabeza, como si fuera una capucha. Por debajo, un pelo color almendra, ondulado, los ojos del mismo tono y una piel blanca como el mármol. Oro reluciente cuelga en torno a su cuello como un dogal de fantasía.

—¿Eres un veterano? —me pregunta.

—Sí, señora.

—Eso me imaginaba. Lo pareces. ¿Y cómo es que trabajas para Nerva?

Quiere decir: «¿Por qué eres pobre? ¿Dónde está ese terreno propio que cultiva todo soldado?». ¿Qué le digo? Había una guerra civil. Yo luché contra tu padre. Soy un desertor y un cobarde. Y ahora estoy aquí.

—La fortuna me abandonó, señora.

La hija del césar me mira un momento.

—Bueno —dice—, esperemos que vuelva a ti algún día.

Inclino la cabeza en señal de agradecimiento.

Ella me dice:

—Necesito que entregues un mensaje de mi parte.

—¿A Nerva? Quizá no sea el hombre adecuado. Últimamente ya no gozo de su favor.

—No, no, al bátavo.

—¿Y qué quieres que le diga, señora?

—Dile que deje de llevar esa máscara verde y que pare de saludarme en la caza.

—Es un bruto, señora. No habla mi lengua y…

—Solo te pido que hagas lo que puedas, Caleno. Y sé que lo harás. —Me tiende una moneda de plata—. ¿Puedo confiar en que manejes esto con la mayor discreción?

—Sí, por supuesto, señora. No se lo diré a nadie.

Ella me dedica una última sonrisa; luego hace señas a la chica.

—Ven a decírmelo cuando hayas acabado.

Unas telas de seda blanca como la leche caen entre los dos; una docena de esclavos rodea la litera y la levanta hasta sus hombros. Veo flotar la litera a través del foro y desaparecer al doblar la esquina.

No estoy seguro, no sé qué pensar de esto. Hacer recados para la Augusta. Podría ser un cambio de fortuna, algo que necesito desesperadamente, después de que Nerva me haya despedido. Pero también es posible que nada cambie. El tiempo lo dirá, supongo.

Me dirijo hacia el este, hacia el circo. A estas alturas la caza habrá terminado y podría tener tiempo para visitar al bátavo en su celda y darle el mensaje de la augusta antes de que los hombres de Nerva se lo lleven, por la mañana. Sería bueno acabar el trabajo hoy mismo, si puedo.

Voy hacia una calle sin nombre en Subura, estrecha y repleta de gente. Me abro camino entre la multitud cuando mi hombro choca con una mujer. Soy dos veces más pesado que ella, así que la fuerza la envía hacia atrás un palmo o dos mientras yo permanezco firme. Luego nos quedamos allí, mirándonos el uno al otro. Ella tiene el pelo oscuro, la mitad trenzado y atado en un moño en la parte superior de la cabeza, como una cobra durmiente, mientras que la otra mitad le cae hasta los hombros, con una ligera ondulación en cada mechón. Perfectamente planeado, de la forma que las mujeres planean esas co-

297

sas. No es joven, al menos habrá visto cuatro décadas. Pero tiene algo. Confianza. Seguridad. Podría ser la forma que tiene de permanecer erguida, el modo que tiene de subir la barbilla y cuadrar los hombros. Mira como una reina. Me parece que la conozco de algo, aunque no sé dónde situarla. Creo que ella piensa lo mismo de mí, pero ninguno de los dos dice nada. Y de repente me acuerdo: nos conocimos en la carretera de Ostia, cuando un legionario la llevaba atada al lomo de un caballo.

Ella sonríe al darse cuenta. También se acuerda de mí. Es difícil olvidarse de un hombre que te ha salvado la vida.

Saco una moneda, la única que me queda.

—¿Te invito a beber algo?

Ella me mira de arriba abajo.

—Yo cuesto más que una bebida, soldado. —Sonríe—. ¿Cómo te llamas?

—Caleno —digo—. ¿Y tú?

—Puedes llamarme Roja.

Tito

4 de abril, tarde. Tres millas al norte de Roma

El campamento está en un valle abierto, a dos millas al norte de la ciudad. El sol aparece desnudo y brillante en el cielo de abril, azul y sin nubes. Los cascos azotan y siegan la hierba alta mientras nos acercamos al trote.

Los soldados que clavan las estacas en el suelo dejan su trabajo y se ponen firmes al acercarnos. El oficial dice: «general» mientras vamos menguando el paso, hasta detenernos. Virgilio y el resto de mi escolta esperan con sus camaradas, mientras el oficial me lleva ante Cerialis.

Mientras pasamos entre un laberinto de tiendas, yo me empapo de los sonidos familiares del campamento: acero golpeando el acero, piedras afilando hojas, una tranquilidad que anticipa un estallido de risas. Todo junto produce una sensación de ingravidez, con su última batalla tras ellos y la siguiente a meses de distancia, como mínimo.

Una vez atravesado el faldón de la tienda del general, Cerialis está en su escritorio. Parece un general de los viejos tiempos: mandíbula cuadrada, mirada firme, el pelo bien cortado. Un mechón de pelo blanco, junto a la sien izquierda, que tiene desde que nació, es su único rasgo especial, aquel que lo separa de los bustos de mármol que se alinean en los nichos de palacio.

Levanta la vista de sus pergaminos.

—Ah, Tito. —Se pone de pie y camina en torno a su escritorio. Me sujeta por los hombros—. Me alegra mucho verte.

Ha pasado mucho tiempo. —Señala hacia una silla—. Por favor, siéntate. —A unos oídos que no vemos, les grita—: ¡Vino! ¡Agua de mar!

—Pareces mucho más viejo de lo que recordaba —digo.

Él sonríe.

—Bueno, me enorgullezco de conservar mi pelo, cosa que no se puede decir en tu caso.

Solo con mucha fuerza de voluntad consigo no tocarme las entradas, generosas ya. No puedo evitar echarme a reír. Echaba de menos a Cerialis.

Nos sentamos y recibimos nuestro vino agrio.

—Cuéntamelo todo —digo—. Desde el principio.

—Roma te aburre —responde—. Echas de menos el campo de batalla. No menees la cabeza. Sé que es cierto. Esperas vivir indirectamente a través de mí. Bueno, pues siento decírtelo, pero te vas a decepcionar. Es una historia que no resulta interesante.

—¿Ah, no?

—No. La gloria de Roma no aumentó mucho con nuestro saqueo de Maronea y la captura de unos pocos rebeldes.

—No dejes que la gente te oiga decir eso. Mi padre ha ordenado una ovación. Los juegos ya han empezado.

—¿Eso ha hecho? Me habían dicho que era un poco… menos.

—Digamos que se ajustará a la definición de ovación, pero será más… suave que la mayoría.

En Roma todo tiene su lugar, incluso los desfiles, y no se puede ir más allá de la posición de cada uno. Cerialis no se ha ofendido. Sabe perfectamente cómo funciona todo esto.

—No discuto la decisión —dice—. Me sentiré un poco violento, dadas las circunstancias. —Se encoge de hombros y bebe un poco de vino. Me dice—: ¿Cuándo volvió tu padre a Roma?

—Ayer.

—Fue una buena decisión mandarle fuera.

—Quizá.

—Sí que lo fue —insiste—. Con el césar en movimiento, cualquier intento de acabar con su vida resulta mucho más difícil que en Roma. Y así la ciudad pudo respirar un poco.

—Sí, eso es cierto. No puede haber conspiraciones contra el césar si no hay césar.

—¿Y desde entonces no ha pasado nada? —pregunta Cerialis—. ¿Ningún crimen? ¿No se ha descubierto ninguna conspiración?

Niego con la cabeza.

—No. Epafrodito, el tesorero, estuvo un tiempo desaparecido, un mes o así, después de una cena que dio un nuevo senador que se llama Ulpio. El tesorero volvió con el brazo derecho estropeado y contando que había pasado largas noches de borrachera en el sur.

Cerialis frunce el ceño. Como el resto de nosotros, no sabe si creerse esa historia.

—¿Y Plautio sigue desaparecido?

Asiento.

—He enviado a Virgilio a la bahía, pero no ha servido de nada.

—¿Y qué pasa con el cuerpo del Tíber?

—Establecimos una recompensa para cualquiera que pudiera identificarlo. Decíamos que tenía una marca de nacimiento, pero no dónde estaba ni qué forma tenía. Cientos de personas vinieron a decir que era su hermano, o su hermana, o un colega que les debía cincuenta sestercios. Pero ninguno pudo describir la marca de nacimiento con la suficiente claridad.

—¿Y qué opinas tú? —pregunta Cerialis.

—Bueno, hubo otro crimen, uno que solo mi padre y otros pocos conocen. El eunuco, Haloto.

Cerialis levanta una ceja. Piensa un rato. Si está conmocionado por la muerte de un procurador, lo disimula muy bien.

—¿No era un antiguo favorito de Nerón? —pregunta.

Le explico a Cerialis cómo murió Haloto, el pergamino que llevaba y lo que Secundo pudo traducir de él. Que esos crímenes, o al menos el del Tíber, era probable que estuvieran dedicados a un dios germano.

Cerialis permanece imperturbable. Nunca se deja perturbar demasiado por nada. Por eso es tan buen general.

—Vamos —digo—. He respondido a tus preguntas. Ahora contesta tú las mías. ¿Cómo capturaste al falso Nerón?

—No hay mucho que contar —dice Cerialis—. Yo estaba en Ilírico con una legión, metiendo en vereda a las tribus de las colinas, cuando llegó la noticia de que había un falso Nerón en Tracia. Los informes no eran muy detallados, pero reunía a muchos hombres, eso era obvio. Pensé en escribirte para ver si hacíamos o no algún movimiento. Pero decidí que debía moverme con rapidez, en lugar de esperar a tener instrucciones.

—Tomaste la decisión adecuada —digo.

—Como he dicho, solo tenía una legión, menos de seis mil hombres en total. Envié recado al legado de Asia pidiéndole tres más. Pero partí con los míos de inmediato. Nos faltaban hombres, pero así podíamos movernos con mayor rapidez. Y llegamos a Tracia dentro del mismo mes. El falso Nerón y su ejército fueron vistos por última vez junto a Abdera. «Vistos» no es la palabra adecuada. Saquearon la ciudad, violaron a las mujeres, mataron a sus maridos y se apoderaron de todo lo que tenía valor. Envié exploradores en tres direcciones distintas, norte, este y oeste (al sur estaba el mar, y sabíamos que no tenían barcos). Los exploradores volvieron diciendo que el falso Nerón se había ido hacia el este, dejando un rastro de campos arrasados, edificios quemados y cadáveres. Tendrías que haberlo visto. La destrucción. Era como si el ejército de Jerjes se hubiera dirigido al oeste, que no fuera solo cosa de los veinte mil maleantes que cogimos al final. Los seguimos y los encontramos junto a Maronea.

—¿Por qué no los atacasteis sin más en su campamento? —pregunto—. ¿Por qué les disteis la oportunidad de luchar?

—Se dice que es un antiguo soldado, un antiguo pretoriano. Es decir… —Cerialis sonríe—, mientras no fuera el propio Nerón, que volvió de la muerte. Tenía exploradores. Sabía que llegábamos. Él mismo eligió el terreno, o al menos le dejamos pensar que lo elegía. Y tenía a sus hombres alineados y dispuestos para el combate.

—¿Veinte mil, dices?

—Aproximadamente.

—¿Y caballos?

—No podía tener más de quinientos.

—¿Y tú?

—Por aquel entonces, nos habíamos reunido con las legiones de Asia. Teníamos un poco más de doce mil.

—Sin embargo, fue una derrota aplastante. —Meneo la cabeza—. Eres una gloria para el Imperio.

Cerialis agradece el cumplido con un gesto; bebe un poco de vino.

—¿Y cómo se desarrolló?

En su correspondencia, Cerialis ya me lo había explicado todo, pero quiero oírlo otra vez, con todos los detalles. El hijo del césar quiere la información; el antiguo general echa de menos la batalla. Y este eco es todo lo que tiene.

—Nada dramático. Como he dicho, solo tenían quinientos caballos. Y nuestras armas eran muy superiores. Montamos una línea frente a la suya, pero no era más que una línea falsa, cuando su ejército avanzó. —Con un estilo y unos bloques de madera en su escritorio me lo enseña—. Yo había hecho que la mayoría de los hombres se trasladaran al flanco. Irrumpimos por su costado, los pinchamos como la garra de un cangrejo al principio, hasta que el flanco los superó. —Se echa a reír—. Si el falso Nerón era un antiguo pretoriano, no es ningún mérito para esa unidad. Quizá todos los pretorianos estén demasiado gordos, debido al botín de la capital.

—¿Y a cuántos capturasteis?

—Capturamos a unos dos mil vivos. No teníamos hombres suficientes para coger más. Esperábamos que hubiese rescates, pero no eran hombres ricos, eran matones, granjeros, idiotas… No tenían dinero. A algunos los obligamos a hacer un juramento de lealtad a tu padre. Los demás los vendimos en Ponto.

Meneo la cabeza, incrédulo.

—¿Cómo se les ocurrió seguir a ese hombre? ¿Al menos se parece en algo al tirano?

—No le llegué a ver. Pero interrogamos a sus oficiales y obtuvimos cierto consenso. Basándome en lo que me dijeron, yo diría que ese falso tirano es más bajo y tiene el pelo más rojo que el tono cobrizo ese que tienen todos los Julio-Claudios.

—¿Y cómo le han descrito esos hombres? ¿Era… —busco la palabra correcta— inspirador?

Cerialis niega con la cabeza.

303

—Eran criminales, como te he dicho. Querían violar y saquear. No les importaba a quién seguían.

—¿Y ese falso Nerón podía ser un antiguo pretoriano?

—Es lo que decían sus oficiales. Uno en particular dice que había estado con él cerca de diez años. Tiene mucho que decir, en realidad.

—¿Ah, sí?

—Sí, pero es mejor que lo oigas directamente de él.

Salimos de la tienda de Cerialis y nos dirigimos hacia el centro del campamento. Hay dos guardias de pie ante la tienda de los prisioneros. Dentro está oscuro y apesta a orín. Hay cuatro celdas en las que se amontonan una docena o más de hombres. Mientras tres de ellas son lo bastante grandes para que un hombre pueda estar de pie dentro sin molestia alguna, la tercera no me llega a la cintura. Dentro hay alguien echado de costado, con las rodillas apretadas contra el pecho. Sus cadenas tintinean al ritmo de sus ronquidos. Lleva el pelo largo y moreno completamente sucio y enmarañado. Está vivo pero bastante hecho polvo, como un preso antes de una ovación.

Cerialis da una patada a la celda. Sobresaltado, el prisionero apestoso se despierta. Se agacha hasta que sus ojos quedan al nivel de los del preso.

—¿Ves a ese hombre? —Cerialis me señala—. Es Tito Flavio Vespasiano, prefecto de los pretorianos e hijo mayor del emperador. Si alguien puede mostrarte alguna vez señales de misericordia, es precisamente él. Cuéntale todo lo que me has contado a mí y quizá salve ese asqueroso cuello tuyo.

—Un sorbo de vino ayudaría bastante —dice el preso. Su voz suena hueca y vacía.

Cerialis chasquea los dedos y un soldado se acerca con un odre de vino. Se lo tiende a Cerialis, que a su vez se lo da al preso. Este da un sorbo.

—Bien —dice Cerialis, sacudiendo la celda—. Es hora de hablar. Empieza diciéndonos quién es el falso Nerón.

—Se llama Terencio. Era centurión en la Guardia Pretoriana, aquí, en Roma.

Le digo a Cerialis:

—Un nombre resulta útil. Muy útil.

Cerialis vuelve a sacudir la celda.

—¿Y? ¿Qué te confió ese tal Terencio?

—Nerón está vivo —dice—. No se suicidó. Terencio lo secuestró de palacio y lo encarceló.

—¿Y dónde está ahora? —apunta Cerialis.

—Sigue ahí, creo, en alguna prisión al norte de Roma.

Cerialis me mira y ambos nos echamos a reír.

Cuando nos vamos, digo:

—Es asombroso la de cuentos que pueden contar los hombres para impresionar a sus inferiores.

XV

DE OSTRA A SARDINIA

69 d. C.

Marco

2 de febrero, amanecer
Junto a las costas de Sardinia, mar Tirreno.

Chorros de espuma blanca vuelan por encima de la borda. Cierro bien los ojos antes de que un millón de gotas me golpeen a la vez. La proa sube en el aire y el mar desaparece; luego el barco cae otra vez y mi estómago tiene la misma sensación que cuando alguien quita una silla cuando estás a punto de sentarte. Luego: ¡chof! Otra ola golpea el barco y chorros de espuma blanca vuelan de nuevo sobre la borda.

—¡Halen la escota! —chilla un marinero.

—¡*Toooooooodo*! —grita otro.

Nerón, Doríforo y yo nos sujetamos a una cuerda atada al mástil. Tengo los nudillos blancos. La cara de Doríforo está pálida y le dan arcadas durante un buen rato. Ya ha vomitado el desayuno y la cena de anoche. Ahora lo único que sale son burbujas amarillas debidas al mareo.

Fuimos directos desde Roma a una ciudad cerca del mar llamada Ostra. Cogimos un pequeño alojamiento junto al muelle; cada día, Doríforo iba a buscar un barco que nos llevase fuera de Italia, mientras Nerón y yo nos quedábamos en el alojamiento, esperando.

Doríforo y Nerón discutían mucho. Discutían de dinero y sobre dónde ir a continuación. Doríforo decía que teníamos que ir a Egipto a buscar dinero, pero Nerón quería reunirse con un amigo suyo que vivía en una isla llamada Sardinia. Y también discutían de mí. Doríforo le susurraba cosas a Nerón en griego, creyendo que yo no le entendería, pero aprendo más rápido de lo que él supone. No lo entendía todo, pero sí lo suficiente para deducir que Doríforo pensaba que debían dejarme en Ostra, solo.

Un día, Doríforo volvió del muelle y dijo que había encontrado un barco que iba a zarpar de inmediato. Recogimos nuestras cosas, que no eran muchas, y corrimos al barco.

Me quedé pasmado cuando vi el muelle. Había muchísimos barcos, desde unos muy pequeños, que llevaba un solo hombre a remo, hasta otros tan grandes como el foro, conducidos por un ejército de remeros. Cada barco cargaba y descargaba muchas ánforas. Vi una cabeza de jirafa desde la distancia (pero no el cuerpo) y oí un trompeteo que Nerón dijo que procedía de un elefante.

Nuestro barco no era muy bonito. Parecía viejo, con su vela amarilla, y apestaba a verduras podridas. El capitán solo llevaba unos calzones. Tenía el vientre muy grande y peludo, así como los brazos, los hombros y la espalda. Llevaba el pelo largo y trenzado, castaño, con algo de gris, y recogido en un moño. Me recordó a Elsie. Los miembros de su tripulación parecían versiones más jóvenes de sí mismo.

Solo cuando estuvimos en el barco supe que Nerón había ganado la discusión y que nos dirigíamos a Sardinia. El viento era regular al principio, pero a medida que el día iba pasando se volvió más y más fuerte. Pronto las olas se hicieron muy grandes («gigantes», decía el capitán) y nosotros íbamos cabalgando en ellas. El barco subía y bajaba, subía y bajaba. No pasó mucho tiempo antes de que me empezara a marear.

Cuando llega la tarde, por fin vemos algo: una mancha verde en la distancia, entre el cielo gris y un cielo azul desaliñado.

—¿Qué es eso? —pregunto.

—Sardinia —responde Doríforo.

—¿Y por qué vamos allí?

—Para hacer una pregunta —dice Doríforo—. Nerón nos ha traído a una isla salvaje y anárquica para encontrar a un hombre y hacerle una pregunta…, una pregunta que probablemente responderá con una mentira.

—Yo sabré la verdad de lo que ocurrió —dice Nerón a Doríforo—. Casio estuvo implicado en Torco en una ocasión. Tendrá las respuestas que yo pido. Y, de todos modos, le desterré, cuando tenía perfecto derecho a hacer que le mataran. Está en deuda conmigo. Al menos me debe la verdad.

El barco cae súbitamente hacia abajo y a Doríforo le empiezan a dar arcadas de nuevo. Yo me vuelvo para no tener que ver su lengua gris.

Seguimos navegando hasta que la isla ya no parece una isla, hasta que la mancha es tan larga y ancha y verde y con árboles que parece no tener fin en ninguna dirección. Entonces el capitán grita unas órdenes y el barco se detiene; se baja un pequeño bote de remos al agua, que golpea el mar con una salpicadura.

—Bien —dice el capitán, chillando por encima del viento. Se inclina hacia abajo y desata la cuerda a la que nos hemos estado agarrando—. A partir de aquí vais solos.

Doríforo monta en cólera.

—¿Cómo? Tienes que llevarnos a la costa. Ese era el acuerdo.

—Pues cambio el acuerdo. Hace demasiada mala mar y no quiero naufragar en Sardinia. Además, la isla está maldita y gobiernan los bandidos. Si ordenase a mis hombres ir a la costa, tendría que enfrentarme a un motín. Así que te doy un bote de remos. Me parece un buen trato.

—¿Y cómo vamos a salir? —pregunta Doríforo.

—Me importa una mierda.

Los marineros nos ayudan a bajar por una escala de cuerda. Doríforo va primero. Una ola empuja el pequeño bote hacia el costado del barco justo cuando está bajando el pie. Resbala y cae de cualquier manera en el fondo del bote. Nerón baja a continuación. Da unos pocos pasos en la escala de cuerda, pero luego Doríforo lo coge entre sus brazos. Yo voy el último. Doríforo no me ayuda nada, sino que está preparando los remos. Resbalo por la escala y me caigo. Se me hunden las piernas en el mar y me golpeo el pecho con la borda.

311

—Date prisa, chico —dice Doríforo.

Me agito y pataleo una y otra vez hasta que consigo subir al bote.

Doríforo empieza a remar hacia la costa. Las olas ayudan. Vamos rápido un rato, con una ola, pero luego esta desaparece, y volvemos a ir despacio. A continuación, viene otra ola y aceleramos. Cada vez el bote se balancea de atrás adelante y parece que vamos a volcar.

Nerón está echado en el suelo del bote de remos. Yo voy a su lado hasta que Doríforo me chilla:

—¡Vete a la proa, chico, para nivelar el peso! —Tiene los ojos muy abiertos por el miedo.

Las olas nos siguen enviando hacia la costa.

—Sardinia tiene un olor determinado en esta época del año, ¿verdad? —dice Nerón.

Una ola del doble de tamaño que las demás coge nuestro bote y nos envía precipitadamente hacia la costa. La proa empieza a apartarse de la costa, poco a poco; el bote empieza a ladearse…

Y entonces vuelca y me encuentro entre un chorro de espuma blanca, dando vueltas en todas direcciones. Necesito urgentemente respirar, me arde el pecho; justo cuando estoy a punto de abrir la boca debajo del agua, la ola se detiene y puedo sacar la cabeza del agua y aspirar una larga bocanada de aire.

Agito los brazos, esperando que sea así como se nada…, pero sé que no servirá y que me hundiré como una piedra y que moriré aquí mismo. Pero mis pies tocan algo. Arena. ¡Puedo ponerme de pie! Con el agua solo hasta el ombligo, sonrío y me echo a reír, sin poder creer en mi suerte…, pero entonces noto que el mar me arrastra hacia dentro. Esa ola enorme que me ha traído quiere volverme a llevar. Neptuno no ha terminado conmigo. Sé que si la ola me absorbe de nuevo hacia el mar, me ahogaré. Así que echo a correr hacia la costa. Pero tengo las piernas debajo del agua, de modo que las noto pesadas y lentas; la arena se desliza bajo mis pies con cada paso: no voy a ninguna parte. Corro todo lo que puedo, agitando los brazos hacia delante también, pero no me muevo. La ola de Neptuno sigue queriendo absorberme, pero yo continúo apartándome de ella. Pero entonces Neptuno se cansa, deja de tirar de mí y oigo el rugido de una ola. Miro por encima de mi hombro y veo que otro muro de agua viene en mi dirección, agitando la espuma blanca con la rapidez de un caballo que corre. Como ya ha cesado el tirón, puedo empezar a moverme hacia delante otra vez, hacia la costa, pero la segunda ola me golpea… ¡Bam! Y la espuma blanca está por todas partes; me tira contra el fondo marino arenoso y me hace dar volteretas.

Cuando la segunda ola ha terminado conmigo, creo que me he ahogado. Y ahogarse no está tan mal, porque no duele, pero abro los ojos y veo el sol. Me doy cuenta de que no estoy muerto, sino tirado en la playa. Las olas espumosas me lamen el costado. Miro hacia el mar y veo el barco que se dirige hacia el sur. Parece tranquilo, pacífico.

Quiero gritar para celebrarlo, pero de inmediato empiezo a vomitar agua que debo de haber tragado. Cuando acabo, apoyo la cabeza en la arena.

Me quedo adormilado un rato, sin dormir en realidad, echado allí, recuperando mis energías, hasta que noto algo duro que me pincha el hombro.

Levanto la vista. Detrás del resplandor del sol veo a un puñado de hombres que me rodean, diez, once quizá, con barbas largas y pieles, que llevan largas hachas, porras y lanzas.

Vomito por última vez antes de que me cojan por el pelo.

El paseo por el bosque es largo y lento, todo sombras y fragmentos de luz. Por encima, los pájaros pían y pían. Los bandidos no se han molestado en atarme; uno de ellos me ha echado encima de su hombro, sin decir palabra. Su chaleco húmedo de pellejo de lobo apesta a humo y a pescado salado. Con cada paso, arriba y abajo, arriba y abajo, se me revuelven la cabeza y el vientre; vomitaría si me quedara algo en el estómago. Veo su espada o, si retuerzo un poco la cabeza, la fila de bandidos que caminan detrás de nosotros. Creo que puedo ver otro cuerpo al hombro de otro bandido. Espero que sea Nerón. Él sabrá qué hacer.

313

Pronto suenan voces por delante y entonces oigo el crepitar de un fuego y golpeteo de metal. Salimos a un claro salpicado de luz solar.

—¿Qué es esto?

Una mano me da unas palmadas en el culo.

—Madera de deriva —dice mi captor.

Me llevan a una choza. Dentro, el bandido me deja caer dentro de una jaula hecha con ramas atadas entre sí. El suelo no es suelo, sino arena. Vienen y van más bandidos, que dejan caer dos cuerpos junto a mí: Nerón y Doríforo. Me digo a mí mismo que todo irá bien porque Nerón está aquí. Mi pecho se afloja un poco.

Los bandidos salen.

Nerón dice:

—¿Marco?

—Aquí —digo—. Estoy aquí.

Me pregunta por Doríforo, y este le dice que también está aquí.

—Bien —dice Nerón—, qué buena suerte, ¿no?

Doríforo dice:

—¿Buena suerte? ¿Estás loco? Van a asarnos vivos. —Y a mí me dice—: Crees que nuestro líder ciego es el mismísimo Júpiter, pero, créeme, chico, está loco. Será la muerte de nosotros dos.

Nerón se incorpora en la arena y se sienta con las piernas cruzadas. Se tensa un poco el trapo que lleva envuelto en torno a los ojos. Doríforo se dirige a las ramas y las sacude un poco para ver si se aflojan.

—Tonterías —dice Nerón—. Nos hemos cansado mucho llegando a la costa. Yo apenas podía tenerme en pie. Ha sido muy útil que estos hombres nos llevaran.

—¿Y cómo sabes que aquí era adonde queríamos ir? ¿Cuántos campamentos hay en esta isla dejada de la mano de los dioses? ¿Una docena? ¿Dos docenas? Podría haber centenares...

—Ten fe, Doríforo.

—¿Fe? Tú eres ciego, nos tienen prisioneros y no contamos ni con una sola moneda. ¿Cómo quieres que conserve la fe?

—Apolo me favorece —contesta Nerón—. O quizá sea simplemente la costumbre. No estoy seguro, la verdad.

Doríforo se deja caer en el suelo y se coge la cabeza entre las manos.

—Estás loco...

En el rincón más alejado de la choza, entre las sombras, oímos una voz.

—¿Sabéis la fecha?

Un hombre que había estado echado en la arena se incorpora. Su barba rojiza es muy larga. Susurro a Nerón, diciéndole que hay otro hombre en la celda.

—Sí —dice Nerón—, ya me he dado cuenta.

El hombre vuelve a preguntar:

—La fecha. ¿La sabéis?

Nerón dice:

—2 de febrero.

—¿Y el año?

Nerón dice:

—El año 822 después de la fundación de Roma.

El hombre se queda con la boca abierta.

—¡Por Hércules!

Nerón pregunta:

—¿Cuánto tiempo llevas aquí?

—Dentro de una semana y un día, hará tres años.

—¿Quién eres? —le pregunta Nerón.

—Ulpio —dice el hombre—. Marco Ulpio Trajano.

Nerón y el preso hablan un rato. Nerón le hace todo tipo de preguntas, sobre todo con relación a su vida en el campamento.

Nerón le pregunta:

—¿Quién está al cargo? ¿Cómo se llama?

—Kortos era el que estaba a cargo. El hombre grande, con la barba negra, que arrastró aquí al chico. Pero hace unos meses llegó otro tipo al campamento. Era más grande y más fuerte que Kortos, cosa que no habría creído si no lo hubiera visto con mis propios ojos. Y desplazó a Kortos. Ya sabes lo sedientos de sangre que están estos bandidos: luchan con cuchillos hasta que uno de ellos se rinde. Y ahora él está a cargo.

—¿Cómo se llama?

315

—Espículo.

Nerón se echa a reír, despacio al principio, pero luego tan fuerte que se cae de lado y se agarra las costillas.

—Ya ves, Doríforo —dice—, hay que mantener la fe.

Cuando acaba la tarde y se pone el sol, el preso nos cuenta su historia. Nosotros estamos sentados tranquilamente, escuchando.

—Mi hogar está en Híspalis. Es una bonita ciudad; la mejor de Hispania, con ladrillos del color de la arena, y que se extiende junto a un río azul. Quizá no tenga la grandeza de Roma ni las líneas limpias de Alejandría. No tiene su historia ni su mármol. Pero en Híspalis... —sorbe por la nariz, llenándose el pecho, y luego suelta el aliento— se puede respirar.

»Mi padre elaboraba aceite de oliva. Tenía tres hijos. Yo era el segundo. Nos puso a mi hermano mayor y a mí a trabajar en el negocio familiar, y envió al más joven a servir con el ejército. A mi padre se le daban bien los negocios, era bueno, pero no excepcional. Sacaba un provecho razonable, y nuestra familia vivía con comodidad. Pero cuando mi hermano y yo nos hicimos cargo, expandimos la empresa. Compramos más tierra e hicimos más aceite. Al cabo de dos años habíamos triplicado nuestras ganancias anuales. De modo que compramos más tierra y las triplicamos. Empezamos a viajar por el mar Mediterráneo, vendiendo nuestros productos y buscando más socios. Durante diez años viajamos por todo el Imperio sin incidentes, desde Hispania a Siria y de vuelta. Luego, hace tres años, cuando cruzábamos el Adriático...

Deja escapar un gran suspiro; se enrolla un mechón de la sucia y larga barba en el dedo.

—Piratas. Vimos que se nos echaban encima desde el norte. Cuatro barcos: pequeños y más rápidos que nuestros mercantes, abarrotados. Mi hermano era el mayor, así que yo le obedecía en todas las cosas, incluso en las situaciones de crisis. Cuando vio a los piratas, chilló a nuestros remeros, ordenándoles que remaran más rápido, para salvar la vida. Durante un tiempo nos mantuvieron lejos de nuestros perseguidores. Pero nuestro barco era demasiado grande, iba demasiado cargado con el botín del comercio. El capitán del buque nos rogó que arrojásemos las ánforas por la borda, para aligerar el buque y así disminuir su carga. Mi hermano accedió al fin…, pero era demasiado tarde. Los piratas llegaron a nuestro barco. Tras echar unos ganchos en nuestras bordas, tensaron sus cuerdas y abordaron el buque. La lucha fue rápida. Nuestros remeros, sobre todo esclavos, tenían poca experiencia en el combate. Los piratas, en cambio, eran profesionales.

»Nos encadenaron y nos arrojaron a la bodega de un barco. Mi hermano y yo, ricos caballeros y ciudadanos de Roma, nos encontramos de pronto junto a nuestros propios esclavos. Su destino no había cambiado: eran esclavos antes y lo seguirían siendo. Algunos, estoy convencido de ello, tenían esperanzas, creyendo que sus vidas podrían mejorar cuando los vendieran de nuevo: remar en un barco mercante es una vida dura. Pero, para mí, el cambio de fortuna fue terrible; para mi hermano, fue calamitoso.

»Tenía una pequeña herida de la lucha en el muslo, apenas un arañazo, pero pasamos semanas bajo la cubierta, y vi cómo se le iba infectando. Apestaba a muerte mucho antes del final. Pasaron tres días más antes de que sacaran su cadáver de la bodega y lo arrojaran al mar. Después de oír la salpicadura desde la bodega, susurré su canto fúnebre y le deseé buen viaje.

»Los piratas me tuvieron encerrado meses. Una vez al día, uno de ellos vertía unas gotas de agua en mi boca abierta y me ponía un trozo de pescado crudo en la mano. Los otros cautivos fueron vendidos, uno a uno, hasta que solo quedaba yo. Un día, un hombre muy bruto entró en la bodega. Su barba gris era tan larga que no sabía dónde terminaba y dónde empezaba su chaleco de piel. Se agachó a mi lado y me preguntó mi nombre. Yo respondí a su pregunta y a las que siguieron con la verdad. Aplicar el ingenio en esa ocasión me superaba. Uno de mis captores dijo que conseguiría un buen rescate. El hombre de las pieles dijo que había pasado demasiado tiempo; mis parientes no creerían jamás que estaba vivo. Siguió un regateo, no distinto de cualquier otra venta, excepto que estaban regateando por la vida de un hombre, no por un barril de aceite. Hablaron y hablaron, hasta que al final acabé vendido por diez denarios, el precio de un buey decente.

»Me arrastraron a cubierta al ponerse el sol. Sin embargo, para mí aquella luz era cegadora. El mar azul oscuro y el cielo rojo eran los más bellos que había visto en mi vida. Las lágrimas me corrían por las mejillas. Me pusieron en un buque de remos, con más hombres vestidos con pieles, y me arrojaron a la costa. Tuvieron que llevarme a cuestas por el bosque, porque mis piernas estaban débiles por falta de uso. Desde entonces, he vivido aquí, en esta jaula hecha de ramas, esperando en vano a que se pague mi rescate. Pero con un hermano muerto y el otro en la guerra, los dioses saben cuándo acabaré libre por fin. Sin embargo, a mí me basta. Si hubiera pasado de mi vida anterior a esta celda, habría sido intolerable. Pero comparado con la bodega de un barco, esto es el paraíso. Los hombres me sacan al menos una vez al día, a veces varias horas. Me dejan incluso caminar alrededor del campamento, porque no hay ningún lugar al que huir. No disfrutaréis del tiempo que paséis aquí, pero al menos podréis soportarlo.

318

Noche. La luz de la luna asoma entre las grietas de las ramas de la choza; la habitación es de plata, como una moneda. Podemos oír a los bandidos riendo y cantando. Sus voces se hacen más fuertes. Estalla una pelea, pero luego se vuelven a reír.

La puerta se abre y entran dos de los bandidos.

Uno de ellos dice:

—¿Cuánto crees que sacaríamos por el chico?

El otro le contesta:

—Es difícil decirlo, es difícil. Apostaría que mucho más que por el ciego.

Nos atan las muñecas y nos arrastran fuera. Hay un estrado montado junto a una enorme hoguera. En él, se ve a un hombre sentado en una silla, relajado. Su piel es del color de la arena húmeda y está gordo, especialmente por la parte del cuello; es calvo, y lleva un parche encima del ojo izquierdo. Tiene un aire aburrido. Hay otro bandido de pie junto a él, susurrándole al oído. Parece diminuto comparado con el que está sentado. Lleva una tablilla de cera y un estilo en la mano. Docenas de bandidos están sentados de frente al estrado, en tocones a los que han dado la vuelta o en el mismo suelo, pasándose unos odres de vino. Algunos se ríen, otros nos gritan. Un corazón de manzana da a Doríforo en el hombro y se deshace en trocitos pequeños. Un bandido chilla:

—¡De lleno!

Los demás se echan a reír a carcajadas.

XVI

UNA OVACIÓN

79 d. C.

Domitila

5 de abril, mañana. Mercado de ganado, Roma

*E*l liberto agita la mano a la estatua de Hércules que tiene detrás.

—¿No ves el problema, Augusta?

Dos esclavos están en el podio, flanqueando la estatua; ninguno es más alto que donde quedan los pezones de piedra del semidiós. Sujetan una toga púrpura que cualquier hombre se podría envolver tres veces en torno al cuerpo, pero que a la estatua no le basta.

—¿No le queda bien?

Los cerdos encerrados cerca chillan como si los estuvieran matando. Una vaca, conducida por un chico, pasa a nuestro lado.

El liberto sonríe y asiente violentamente con la cabeza.

—Sí, exactamente, Augusta.

Capto la sonrisa de Vespasia por el rabillo del ojo.

—Por favor, no me llames Augusta.

Vespasia me susurra al oído:

—No le disuadas, hermana. Cree que eres una diosa.

Yo digo:

—¿Y por qué requieres mi ayuda?

La sonrisa del liberto se evapora, su labio inferior sobresale como una herida abierta. Dice:

—Tú ayudaste a organizar el triunfo del césar y del general Tito..., quiero decir del prefecto Tito. Fue una ocasión excelente, recuerdo. Muy bien recibida. —El liberto ve mi impa-

ciencia y se apresura—. Y..., y... habrá que coser una toga
nueva para Hércules. He pensado que querrías emplear a los
mismos sastres que hicieron la que se usó antes.

A petición de mi padre, Vespasia y yo, junto con otras esposas de senadores notables, estamos inspeccionando la ruta de
la parada de mañana. Tiras de lana roja atadas cada cincuenta
metros o así, a estatuas, fuentes y puestos de venta, marcan el
camino. Hemos seguido la ruta desde el campo de Marte, a través de las murallas de la ciudad y hacia el mercado de ganado.
Desde aquí bajará hacia el foro y el circo; luego girará de nuevo
hacia la Capitolina. Esta noche, cuando se ponga el sol, centenares de esclavos barrerán bien el camino y lo dejarán limpio.
Hoy, nuestra tarea principal consiste en comprobar los adornos
y eliminar cualquier posible adefesio. La petición de este liberto, sin embargo, es demasiado concreta. Muchas de las estatuas importantes en la ruta del desfile, como Hércules, irán
adornadas con túnicas, para dar vida a los dioses, pero los detalles no son de mi incumbencia. Me pregunto si este liberto no
ha ido demasiado lejos. ¿Las bravuconadas del bátavo habrán
dado a las clases inferiores una impresión errónea de mí?

Afortunadamente, antes de que pueda responder, Yocasta
se interpone entre el liberto y yo. Dice:

—Señora, yo encontraré una solución. Por favor, continúa.

Vespasia me coge por el brazo.

—Ven, hermana. Todo el mundo nos espera.

Me hace girar hacia el grupo de mujeres y secretarios imperiales que esperan pacientemente.

Hace ocho años, después de que Jerusalén cayera finalmente, mi padre concedió un triunfo a Tito y a sí mismo. Mi
madre había muerto, y mi padre y Tito estaban ocupados con
asuntos de Estado, de modo que me correspondió a mí asegurarme de que el día fuera un éxito. El último triunfo se había
celebrado casi hacía treinta años, cuando reinaba Claudio, después de su invasión de Britania. Dado el tiempo transcurrido,
tuvimos ciertas dificultades para encontrar a los implicados. Al
final dimos con un eunuco de palacio que se llamaba Posides.
Era bastante viejo, estaba casi sordo y, por motivos que nunca
supe, me llamaba rey Juba. Pero conocía los detalles de la procesión, del primero al último.

Aquel día, como ocurrirá mañana, el desfile empezó en el campo de Marte. Por la mañana, antes de que saliera el sol, las tropas se alinearon según su rango. Mi padre y Tito, llevando guirnaldas de laurel y túnicas púrpura con estrellas doradas, surgieron del templo de Isis, donde habían dormido aquella noche. Después de montarse en un carro, dirigieron a las tropas atravesando toda Roma hasta el templo de Júpiter, en la cima de la Capitolina. Por delante de ellos iban carros llenos con el botín de Judea: baúles de oro, bandejas de plata, joyas, hombres, mujeres y niños. A la cabeza de la procesión iba una menorah de oro macizo capturada en su gran templo; sus siete brazos reflejaban la luz del sol y en ellos se veía un resplandor que iba dando la vuelta, a un lado y otro, como una estrella parpadeante, a medida que el carro avanzaba traqueteante por la carretera de adoquines negros. Pétalos de flores, rosa, rojos y blancos, flotaban en el aire. (Parecía bonito, pero la verdad es que esa magia no me impresionaba. Yo sabía los esfuerzos y el dinero que le había costado a mi padre buscar y repartir esos pétalos. Habría sido mucho más fácil tirar las monedas directamente.) Los soldados iban marchando detrás de Tito y del carro de mi padre, a miles, riendo y respondiendo preguntas de la multitud. Vespasia y yo esperábamos a los pies del templo de Júpiter. Mi padre y Tito subieron los escalones del templo, se volvieron hacia la multitud y les llovieron los vítores. Era la primera vez que la ciudad se sentía segura después de las guerras civiles, la primera vez que mi padre se sentía el césar. Fue un buen día.

En esta ocasión, sin embargo, mi padre ha negado un triunfo a Cerialis. «No sería apropiado —ha dicho—. La victoria ha sido contra una banda de criminales, no un ejército.» De modo que, en lugar de un triunfo, Cerialis va a recibir una ovación. Las diferencias son pocas, pero significativas. Cerialis viajará a pie, no en carro; llevará mirto, no laureles; sus oficiales le seguirán, mientras que los soldados rasos se quedarán en el campamento. Y mi padre ha acortado la ruta considerablemente: «No perdamos todo el día celebrando al hijo de otro hombre».

Todo esto me parece divertido y ligeramente patético. Mi padre y Tito suelen confundir la política con el orgullo. Dicen:

325

«No se puede salir del lugar que te corresponde», como si los cielos pudieran enviar lluvia sobre la capital si Cerialis fuera en carro mañana, en lugar de ir a pie. En realidad, ven una jerarquía, con ellos en la parte superior. Y el mundo debe conformarse con el espacio inferior. Eso no es política. No es diferente de un perro que gruñe protegiendo su comida.

Entramos en el foro por la tarde. A los pies de la colina Capitolina hay un estrado no terminado aún. Se sierra frenéticamente; el sonido resuena por toda la plaza, como si unos gigantes roncaran en el interior de los templos circundantes.

Julia señala el par de tronos de marfil que hay en el centro del estrado.

—¿Quién se sentará ahí? ¿El general Cerialis?

Vespasia responde:

—¿Permitirá tu padre que otro tenga precedencia? Jamás. Ni en mil años.

Julia y la joven Vip, hija del primo de Sabino, miran a Vespasia un momento y luego dirigen su atención al estrado. Veo que Vespasia me mira. «Son jóvenes. No envenenes su mente.»

Veo el arrepentimiento en la cara de Vespasia antes de decir:

—Esos asientos son para el emperador y para Tito. Como cabeza del Estado, su responsabilidad es supervisar la ovación.

—Ah, sí, claro —dice Vip, feliz de poder contribuir, aunque no lo entienda.

—Señora —Yocasta está detrás de mí, susurrándome al oído—, Julio Caleno quiere hablar un momento contigo.

—¿Está aquí? ¿Dónde?

Yocasta señala en dirección a los escalones del juzgado, al otro lado de la plaza, donde el canoso exsoldado espera pacientemente.

—¿Otro admirador? —me pregunta Vespasia, sonriendo. Es una broma bátava. Me habría hecho un comentario mucho más mordaz, creo, si no la hubiera reprendido unos momentos antes.

—Perdonadme —digo.

Atravieso el foro. Caleno empieza a arrodillarse cuando me acerco.

—No tenemos que pasar por todo esto otra vez, ¿verdad, Caleno?

Caleno se incorpora.

—Buenas tardes, señora. Sí, lo siento, señora.

Es un tipo interesante. Antiguo soldado, vive de las dádivas de Nerva. Supongo que cayó en desgracia de alguna manera hasta tener que ganarse la vida así. O quizá simplemente estuvo en el lado equivocado, en la guerra civil. Pero hay algo en sus oscuros ojos, aunque tenga esa grotesca cicatriz que le recorre la cara… Confío en él.

—¿Cómo me has encontrado aquí? —pregunto.

—Por casualidad, señora. He reconocido a tu chica. —Hace una señal con la cabeza hacia Yocasta—. Sabía que no estaría muy lejos de ti. He pensado que podría hablar contigo fuera de palacio.

—Te pone nervioso, ¿verdad? El palacio.

—Sí. —Su voz suena sincera.

—¿Y eso por qué? Habrás visto muchas batallas, en tus tiempos.

Él entrecierra los ojos, pensando en la respuesta.

—En combate, sabes quién está contigo y quién está contra ti.

—Una astuta observación. Te aseguro, Caleno, que si mantienes tu lealtad hacia mí, te garantizo que tendrás al menos a una amiga en palacio.

Él asiente.

—Sí, señora.

—Bueno, no me tengas más en ascuas. Me has mandado llamar. Creo que habrás hablado con… —Bajo la voz—. Con él.

—Sí, señora.

—¿Y bien?

—Hice lo que me pediste. Le dije que te estaba poniendo en evidencia y que querías que parase.

—¿Y lo entendió?

—Sí.

Nunca he visto a un hombre con tan pocas palabras. Solo dice una frase cada vez.

327

—¿Y qué?

—Pues que lo dejará.

Eso debería bastar para satisfacerme, pero la verdad es que quiero saber más.

—¿Y te dijo algo más?

Caleno duda. No quiere salirse de su lugar.

—Habla con libertad, Caleno. Por favor. No me enfadaré, me digas lo que me digas.

Caleno se aclara la garganta.

—Dice que lo siente. Él… te ruega que le perdones. Dice… que te ama.

Mis mejillas instantáneamente se ponen a arder, violentas. Detrás de mí, Yocasta da un respingo, conmocionada, lógicamente.

—Gracias, Caleno. Aprecio tu diligencia y... tu tacto. —Agito la mano hacia Yocasta.

Ella se adelanta con una bolsa de monedas. Pone tres monedas en la mano de Caleno. ¿Cuántos tragos de vino se comprará con ellas?, me pregunto.

Digo:

—Eres un buen hombre, Caleno. Quizá te vuelva a llamar, si surge la necesidad.

Caleno me da las gracias tartamudeando mientras me alejo y admira las monedas con la cabeza gacha.

Yocasta y yo le vemos irse. Ella dice:

—Has hecho un amigo para siempre, señora.

—Sí —digo yo—. Eso creo.

Tito

5 de abril, primera antorcha. **Palacio Imperial, Roma**

*E*ncuentro a mi padre en su despacho, envuelto en una túnica púrpura, sentado, con los pies apoyados en un taburete. Hay una esclava masajeándole los pies, hinchados y gotosos.

—¿Qué tal te ha ido el viaje?

—Movido —dice, haciendo una mueca—. Me ha dejado dolorido.

—Ya lo veo.

Me siento junto al césar. Él dice:

—Veo que no han seguido con el anfiteatro desde que me fui.

Diez semanas ausente y las primeras palabras que me dice son de queja.

—Sí que han avanzado. Han avanzado mucho.

La esclava que tiene a sus pies levanta la vista y sonríe. Es guapa, pero solo tiene una ceja gruesa, en lugar de dos. Me resulta familiar, pero no sé dónde situarla, dónde la he visto antes.

—¿Qué tal van los preparativos? —pregunta él.

—¿De la ovación? Se encarga Domitila.

—Bien, bien —responde, ausente—. ¿Y tú, te has reunido con Cerialis? ¿Qué nueva información tenía que ofrecer?

Le cuento a mi padre la historia de la batalla y la batalla junto a Maronea, tal y como me la ha contado Cerialis.

—¿Una ovación por eso? —El césar menea la cabeza.

—A la gente le da igual. Lo único que les preocupa son los juegos.

—Ya me lo imagino —dice mi padre, antes de cambiar de tema—. He dejado que Ulpio se una al Colegio de Augures.

—Eso es ridículo. ¿Cómo va a leer las entrañas de un animal? Es ciego.

—Me ha pagado. Así es como lo ha conseguido… ¡Cuidado! —Mi padre chilla a la joven, haciendo una mueca—. Es gota, no masa para hacer el pan de mañana. ¿Dónde está la chica que hace esto normalmente? ¿Dónde está Lesbia?

La esclava evita su mirada.

—Está enferma, amo.

Mi padre suspira y menea la cabeza.

—Bien, bien. Pero ten cuidado. —Se remueve en su silla, ajustándose la túnica.

La chica empieza de nuevo y mi padre hace una mueca.

—Ulpio también ha pedido el consulado —continúa—. Y pensar que tú dijiste que yo había puesto el precio demasiado alto…

Mi padre tuvo la idea hace unos años de vender consulados sustitutorios para recaudar dinero. Pensaba que las familias emergentes estarían interesadas en añadir prestigio a su linaje.

—Si paga ese precio —le digo—, es más rico de lo que pensaba.

—No seas duro con ese hombre, Ulpio. No comprendes la difícil situación de los provincianos. Cuesta dinero crear el linaje de una familia, retrospectivamente.

Levanto una ceja.

—Hablas como si lo supieras por experiencia propia.

—Tú has tenido un ascenso mucho más fácil que yo. Un provinciano en Roma…, no es fácil.

—Te olvidas —le digo— de que las familias antiguas de Roma me consideran también un provinciano. Mi camino ha sido más fácil que el tuyo, no lo niego, pero también más duro de lo que tú quieres reconocer.

—Tuviste los mejores tutores, los nombramientos que quisiste, una fortuna ilimitada… Tu padre es el emperador, por Júpiter.

—Ya te he dicho que no niego que tuviera ventajas…

—Sí, pero miras con desdén a Ulpio por comprarse títulos y nombramientos. Cuidado, no te conviertas en uno de esos patricios pedantes a los que antes despreciabas. Cuando tu familia viene de un sitio atrasado como Hispania, solo hay dos formas de cambiar tu lugar en el mundo: dinero y tiempo. Este hombre, Ulpio, no se contenta con esperar. Y no lo culpo, la verdad.

Levanto las manos, derrotado.

—Sí, césar, procuraré tener más comprensión.

Mi padre me mira de reojo, sarcástico.

—No me refería a eso. El prefecto de los pretorianos no debe tener comprensión. Simplemente decía que no actuaras como un pedante.

Esboza una mueca de repente, aspirando aire entrecortadamente. Le dice a la esclava con una sola ceja:

—Eres una inútil. Ve a buscar a Lesbia. Y no vuelvas.

La esclava con una sola ceja hace una nerviosa reverencia y sale de la habitación.

Mi padre vuelve su atención hacia mí.

—¿Y qué pasa con Epafrodito? Tus cartas que explicaban su desaparición eran menos que satisfactorias.

—Simplemente repetía lo que él mismo me dijo —digo.

—¿Y cuánto tiempo estuvo desaparecido?

—Casi un mes —digo—. Asistió a la cena de Ulpio en enero. Media docena de invitados los vieron a él y a su séquito abandonar la casa al final de la velada, pero no llegó a palacio. Sus esclavos también desaparecieron, así que supusimos que habían ido con él. Y luego un día, simplemente, Epafrodito reapareció, asegurando que solo había estado en el sur, bebiendo. Que necesitaba un descanso, dijo. Pero estaba pálido como la luna, con una mejilla cortada y magullada que todavía se estaba curando; el brazo derecho inutilizado, en un cabestrillo. Parecía que había estado en el Hades y había vuelto y no disfrutando del sol en el sur. Desde su regreso parece…, no estoy seguro de la palabra adecuada…, quizá nervioso. Sus ojos miran a su alrededor como si hubiera un peligro agazapado en cada sombra. Estoy seguro de que hay algo más de lo que nos ha contado.

—Pues claro que sí —dice el césar—. Siempre hay algo más de lo que cuenta un hombre. Pero ¿acaso eso importa? Lo de la mano en el foro ocurrió hace meses. Haloto está muerto y

Plautio sigue desaparecido. Pero, seamos sinceros, ninguna de esas cosas es una gran pérdida para el Imperio.

—¿Y qué me dices de los hombres ambiciosos por los que te preocupabas? ¿Los hombres que decías que salivaban por tu trono?

Mi padre se encoge de hombros.

—El peligro nunca pasa, pero está claro que disminuye. A diferencia de ti, nunca me he preocupado mucho por el cuerpo del Tíber. Esta ciudad ha visto aparecer y desaparecer incontables cultos. No hay pruebas de que sus maquinaciones estuvieran dirigidas hacia mí. La mano y la muerte de Haloto eran preocupantes, pero han pasado meses y no hay señales de sedición.

Casi se me llevan los demonios. Ahora actúa como un príncipe benévolo, pero si hubiera el menor asomo de sedición, me diría: «Tito, me has fallado. Tito, encuentra a los responsables. Tito, córtales el cuello».

Con los dientes apretados le digo:

—¿No hay nada más?

—Por hoy no, supongo. Te veré mañana, en la ovación. Haz todo lo que puedas para que no haya sorpresas, ¿me oyes? Ya he tenido bastantes en el último año.

Domitila

6 de abril, mañana. El foro, Roma

*L*a ovación empieza en la hora tercia. Esperamos pacientemente al final, en el estrado a los pies de la colina Capitolina. La calle de adoquines negros está vacía; el populacho de la ciudad, vestido con sus mejores galas de colores, se acumula a cada lado. Desde nuestro punto de vista elevado parece como si una serpiente negra se abriera camino a través de un charco de pintura salpicada, verde, roja y azul. La multitud ruge en la distancia. Una jovencita impaciente, al borde de la carretera, arroja sus pétalos al aire; un puñado de copos rosa y blanco baja flotando hasta los adoquines.

Vespasia y Julia están sentadas a mi izquierda; mi padre y Tito, a mi derecha. Julia empieza a hacer una pregunta, pero Vespasia la hace callar. Junto al estrado hay una grada para los senadores más respetados y sus esposas.

El rugido de la multitud se vuelve más intenso. La emoción viaja por proximidad, de una persona a la otra. Colectivamente, notamos que el desfile se aproxima.

Y entonces hay movimiento en la calle; la multitud entra en erupción, llueven pétalos de flores.

Cinco carretas tiradas por mulas encabezan el desfile. Los dos primeros carros llevan a los oficiales del falso Nerón, esposados y sentados, con barbas y tatuajes amenazadores que contrastan con su expresión triste. Los dos carros siguientes contienen modestos baúles de madera y armas oxidadas: espadas, lanzas y escudos. Detrás de los carros, a una distancia de unos treinta pasos, viene Cerialis, saludando a la multitud. Sus oficiales mantienen el mismo paso tras él.

Después de que los cuatro carros acaben deteniéndose frente al estrado, Cerialis camina hasta un punto que está directamente enfrente de mi padre y se arrodilla. Dos libertos imperiales (uno al que no conozco y Febo, ese al que Tito no puede soportar) corretean a cada lado del trono de mi padre. Cada uno lo coge de un brazo y ayudan al césar a levantarse. Mi padre los empuja a un lado, agitando los brazos como una gaviota; luego, cautelosamente, baja por los escalones hacia Cerialis. Febo se arrastra detrás con una almohada que tiene encima una corona de mirto. Cerialis (todavía de rodillas) inclina la cabeza. Mi padre coge la corona de ramitas de la almohada y se la pone a Cerialis en la cabeza.

Este se pone de pie, se vuelve hacia la multitud y levanta un brazo por encima de su cabeza. Los vítores del gentío van en aumento; mi padre y Cerialis vuelven al estrado. El césar se vuelve a sentar en su trono y Cerialis se acomoda en un asiento mucho más modesto junto a Tito.

Dos de los oficiales de Félix saltan a la parte trasera de los carros llevando los baúles de madera y las armas oxidadas. Parecen jóvenes, con el ego muy hinchado debido a la atención que reciben. Lo veo en sus amplias sonrisas y en sus ojos brillantes. Uno de ellos coge un hacha vieja y oxidada y la enarbola por encima de su cabeza. La multitud lo vitorea. Entusiasta, el soldado golpea la cerradura de un baúl hasta abrirlo. Entonces él y su colega abren la tapa y empiezan a arrojar las monedas que están dentro a la multitud. A continuación se vuelven al baúl que está al lado. De nuevo, uno de ellos abre la cerradura con un hacha. La tapa se abre de repente…

Y de dentro salta un hombre completamente desnudo, barbudo, desastrado, cubierto de barro y suciedad y los dioses saben qué más.

La mitad de la multitud se queda silenciosa de inmediato, mientras que la otra mitad, demasiado lejos para ver lo que ha ocurrido, sin saber que ha salido un hombre desnudo de la caja, sigue vitoreando.

—¡Por Hércules! —exclama mi padre.

Vespasia se ríe.

Julia suelta una palabrota que no sabía que conociera.

Los dos soldados del carro están asombrados; no se mueven lo más mínimo. El hombre desnudo da un paso fuera del baúl, hacia el carro, y luego se cae. Se levanta otra vez con las piernas temblorosas y salta del carro a la carretera.

En la tribuna de los patricios se levanta una mujer, Antonia. Tiene la cara de color gris.

Tito está de pie al borde del estrado. Gira la cabeza y mira primero a Antonia, luego al hombre.

El hombre desnudo echa a correr, pero tropieza en los adoquines; se mueve como un bebé, que no está acostumbrado a sus piernas.

Yocasta está a mi lado. Se inclina hacia mí y susurra:

—Señora, es él. Es Lucio Plautio.

Tito

6 de abril, anochecer. Palacio Imperial, Roma

*E*l vestíbulo de mármol hace eco cuando me acerco. Virgilio, inclinándose junto a la puerta, me saluda.

—Ya se ha bañado. Acaba de comer.

—¿Y Antonia? —pregunto.

—También está ahí —dice Virgilio—. Pero, aparte de ella y unos pocos esclavos, nadie ha hablado con él, como has ordenado.

—Un día muy raro —digo.

Virgilio asiente.

—¿Ha cancelado la fiesta tu padre?

—No —digo—. La mayor parte de la ciudad no sabe lo que ha sucedido. Los hombres del falso Nerón han sido ejecutados, como se planeaba. Mi padre quiere actuar como si nada hubiese ocurrido... —Al menos por ahora. Solo estábamos empezando a dejar atrás el asunto de la mano, que sucedió en enero—. Las celebraciones de esta noche se llevarán a cabo tal y como se planeó.

Sonriendo, Virgilio dice:

—¿Me voy a perder otra fiesta?

Ignoro la cuestión y abro la puerta.

Plautio, que llevaba meses desaparecido y ahora resulta que está milagrosamente vivo y bien, está de pie con los brazos levantados a la altura del hombro. Unos esclavos le rodean, colocándole la toga en torno al cuerpo antes regordete, ahora esbelto. Antonia está sentada al borde de la cama. A lo largo de los tres últimos meses he llegado a conocer su estado de ánimo. Cuando tiene la mandíbula torcida es que está enfadada; cuando abre mucho los ojos, es feliz; cuando su labio inferior sobresale, está triste. Por primera vez veo los tres gestos mezclados en su cara.

—Tito, viejo amigo —dice Plautio, feliz.

El polvo, la suciedad y las manchas de su propia mierda han desaparecido, así como aquel olor. Tiene la cara recién afeitada y su calva cabeza reluce como si fuera mármol lavado. Apesta a perfume floral.

—Bueno —digo—, has vuelto de entre los muertos.

—Como Orfeo, ¿verdad?

La mandíbula de Antonia se desliza un poco más hacia la derecha.

—Una comparación muy mala, diría yo.

Eurídice no tuvo tanta suerte como Orfeo, su amante. Ella se quedó en el Hades.

—Pareces de buen humor —le digo a Plautio.

—Por fin he vuelto a Roma. Pensaba que no la volvería a ver nunca. Ni a mi mujer.

Los esclavos acaban de vestir a Plautio. Yo los despido. Virgilio entra discretamente. Ocupa un lugar poco visible, pegado a la pared. Tras él, entrando en la habitación antes de que él se dé cuenta, va *Cleopatra*. Tiene la habilidad de vagar por palacio sin que nadie la moleste y encontrarme cuando le apetece. Salta encima de mí y se deja caer. Empieza a jadear, con la lengua colgando a un lado de su boca.

Le pregunto a Plautio:

—¿Qué pasó?

—¿No puede esperar eso, Tito? —Antonia parece molesta—. Acaba de volver del infierno.

—Querida —dice Plautio—, estoy bien. De verdad.

La cabeza de Antonia se agita en desacuerdo. Está muy enfadada. Por primera vez pienso: no quería que volviera su marido. Esta misma semana, una mañana que estábamos en la cama, hablaba del papeleo necesario. ¿Se consideraba acaso la próxima emperatriz de Roma?

337

Le pido a Antonia que me deje con Plautio y su ira se duplica, pero accede de mala gana.

En cuanto Antonia ha salido, digo:

—Empieza por el principio. Cuéntamelo todo.

—Todo lo puedo atribuir a la suerte —dice Plautio—. A mi mala, malísima suerte.

Empieza con lo que ya sé, su llegada a la penínsulaa, su estancia en Baiae, donde buscaba un hogar de verano. Explica cómo él y su liberto Jecundo visitaron un burdel, la Mirada Robada, el mismo día que llegaron a Misceno.

—Me preocupaba haber ido allí —dice—, porque me considero un hombre moral, Tito, un auténtico romano. Pero ahora, después de todo lo que he sufrido, ya no me importa nada. —Lanza un suspiro reparador y luego continúa—: Me reuní con Jecundo en el pórtico a la mañana siguiente, con los martillos del alcohol golpeándome las sienes. Después de preguntarme educadamente por mis aventuras, me habló de que había pasado la noche con esa mujer, la Roja. Parece que estuvieron sentados hablando durante horas. Dijo que la mujer tenía cierto encanto, y Jecundo no está desprovisto de encanto tampoco. Después de emborracharse bien, ella confió en él y le contó la historia del caballero que había sido raptado y del posible intento de envenenar al césar, la historia que te conté en mi carta. Sin embargo, él no creía que fuera verdad. Pensaba que la puta era la típica hembra que exagera algún temor que tiene. Pero yo no podía dejar aquello al azar. Me preocupo demasiado por ti y por tu padre.

Plautio me mira como un cachorro obediente.

Continúa.

—Sabía que teníamos que encontrarla de nuevo y que nos contara todo lo que pudiéramos sacarle. Pero nuestra búsqueda tenía que esperar a después de los baños, porque necesitaba estar sobrio. Sin embargo, cuando volvimos a la Mirada Robada, ella ya no estaba. Nos costó más de dos semanas dar con ella en el mercado. Comprensiblemente, estaba asustada. Pero accedió a reunirse con nosotros al día siguiente y llevarnos al hogar del caballero.

»Ella vivía en Misceno, en el extremo sur. Como yo tenía que atender algunos asuntos aquella mañana y no quería que cambiase de opinión, envié a Jecundo temprano para que se asegurase de que ella cumplía su palabra. Cuando llegué al apartamento, Jecundo estaba muerto, y la puta, desaparecida. Se sabía que Jecundo era un empleado mío. Pensé: si el asesino no tiene reparo alguno en matar al liberto de un senador, ¿qué le puede impedir matar al propio senador? Me refugié en el lugar menos llamativo que se me ocurrió: la Mirada Robada. Me quedé cuatro días en el burdel, viviendo a base de pan rancio y pescado aceitoso. Hasta que un día el propietario, un chulo gordo del tamaño de una carreta de bueyes, de repente me exigió el pago. Por lo visto era el único vendedor de toda Italia que no se contentaba con la palabra de un senador. Envié a uno de sus chicos a la casa en la que me alojaba, para que trajera a uno de mis esclavos y mi dinero. Todavía estaba esperando su vuelta cuando dos matones enormes entraron en mi habitación. —Plautio tiembla—. Después de unos golpes rápidos, me pusieron un saco por encima de la cabeza, me ataron los brazos a la espalda y me arrastraron por la calle y me arrojaron sobre el lomo de un caballo. Viajamos, pero no fuimos muy lejos.

339

»Cambiaron el saco por una venda y me metieron en una jaula de madera. Apestaba a amoniaco y me ardía la nariz hasta que, al segundo día, dejé de notarlo del todo. Creo que estaba en una especie de desván encima de un batán. No fue muy romano por mi parte, pero es que estaba muy asustado. Tiritaba, gritando y pidiendo ayuda. Oía a mis captores. Les oía reír y beber y jugar a los dados. Les oía conspirar. Me tuvieron allí dos días. Al tercer día, me sacaron de la jaula y me desataron. Me sentaron en una silla, todavía con la venda en los ojos. Me dijeron que «el Jefe» deseaba hablar conmigo. Allí me quedé sentado, no sé cuánto rato. No venía nadie. Al final me atreví a echar un vistazo. Me levanté un poco la venda y vi que no había nadie a mi alrededor. Estaba sentado en una silla en una habitación vacía. La puerta estaba abierta. Conté hasta diez y eché a correr.

»La puerta llevaba a un balcón y a unas escaleras, que bajé. Me encontré en el muelle, con los barcos amarrados a la piedra, uno tras otro. A mi derecha, un grupo de hombres se estaban acercando. ¿Eran los que me habían cogido? No estaba seguro.

A mi izquierda, otro grupo de hombres hablaban entre ellos. Yo no sabía quién era mi amigo o mi enemigo, así que corrí hacia delante, atravesé una pasarela y me metí en el primer barco que vi.

»Me escondí en la bodega del barco, entre ánforas de aceite, sentado en medio palmo de agua. Planeaba esperar allí hasta que se hiciera de noche y luego volver a Baiae, pero el barco levó anclas aquella misma tarde. ¿Qué habrías hecho tú, Tito? ¿Habría tenido algún plan el gran general? Yo no lo tenía. No tenía monedas ni pertenencias. Me quedé en la bodega, pensando que podría escabullirme y bajar a tierra cuando parase el barco, donde quiera que fuese. Pero me encontraron al día siguiente. Un marinero bajó a comprobar si las ánforas tenían grietas. Dio un salto enorme cuando me vio. Me llevaron a cubierta y ante el capitán le expliqué quién era yo y que les pagaría una bonita recompensa si me devolvían a Roma..., porque no tenía ningún interés en volver a Miseno y a mis captores. Bueno, pues, ¿sabes lo que me dijo ese villano de capitán como respuesta? «Conque eres un senador, ¿eh? Los polizones siempre son senadores que se han olvidado la bolsa.» Y entonces, Tito..., me encadenó a un remo y me obligó a remar.

»Fueron los días más oscuros de toda mi vida. Solo fueron unos pocos meses, pero me parecieron una eternidad. No creí que pudiera escapar nunca. De sol a sol, iba remando. Me sangraban las manos, se me formaban ampollas y me volvían a sangrar. Me ardía la piel por el resplandor del sol invernal, hasta que se me ponía al rojo vivo. Mi boca era un desierto; notaba la lengua de cuatro veces su tamaño normal. Con la poca agua que me daban no hacía nada. Se me clavaban astillas de madera en el culo y en la parte posterior de los muslos.

»Había dos hombres, uno frente a mí, otro detrás, que cantaban todo el día. Eran todo piel y huesos, de modo que los llamé así, a uno Piel y a otro Huesos. No sé en qué lengua bárbara cantaban, pero era espantoso. No entendía ni una palabra, excepto que, al final del coro, chillaban siempre: «¡otra vez!», en latín. Pasaban los días y yo no hacía caso, pero de repente explotaba con ira y les decía que se callaran. Ellos se reían y el guardián, un hombrecillo gordo con un látigo que iba andando de un lado a otro de la galera todo el día, lo hacía restallar por encima de nuestras cabezas y nos gritaba que nos calláramos. Pensaba que yo me divertía tanto como Piel y Huesos.

»Al principio fuimos hacia el oeste. Nadie me dijo adónde nos dirigíamos. Simplemente, lo sé por que navegamos apartándonos de la salida del sol. Llegamos a un puerto bárbaro y yermo y vaciamos todo el cargamento de ánforas, antes de llenarlo con más. Luego navegamos hacia el este. Estaba seguro de que íbamos navegando a lo largo de la costa oeste de la península. Fue una tortura saber que mi salvación estaba ahí, al alcance de la mano. Pasamos por el estrecho de Mesina, Sicilia a nuestra derecha, tierra firme a nuestra izquierda. Yo lloraba, pensando que sería la última vez que pondría los ojos en la tierra donde nací. Pero dimos la vuelta y seguimos la costa norte.

»Reconocí Brindisi mientras navegábamos hacia el puerto. Yo había viajado hacia ese mismo puerto cinco meses antes. En cuanto llegamos al muelle, descargamos las últimas ánforas que nos quedaban. Vi que el capitán hablaba con unos soldados en el muelle, y cinco de nosotros fuimos desencadenados. Íbamos a ayudar al guardián a cargar ánforas para el campo legionario, que estaba acantonado justo en los límites exteriores de la ciudad. Sabía que aquella era mi única esperanza de escapar de una vida de esclavitud, de modo que esperé a que se presentara la oportunidad. No comprendo por qué los esclavos no huyen siempre cuando tienen ocasión. Pero supongo que los esclavos son esclavos. Y si los cogen, los crucifican. Mientras que yo soy un senador secuestrado ilegalmente. Corría un riesgo, pero si conseguía escapar, no me enfrentaría a ningún castigo.

»Llegamos al campamento después de oscurecer. El guardián, antiguo soldado, nostálgico de los «buenos tiempos», decidió emborracharse. Después de entregar las ánforas, nos enviaron a dormir en las tiendas de los esclavos. Cuando todo el mundo dormía, me escapé. Seguí a mi nariz hasta una tienda con comida. (Llevaba tres meses muriéndome de hambre sin indulgencia alguna.) Me harté de pan y de cerdo asado, y luego me llevé el resto envuelto en un trozo de tela para el viaje a Roma. También encontré un odre con agua. Fui de tienda en tienda intentando encontrar algo de ropa que ponerme para mi camino hasta Roma, para no parecer el típico esclavo fugitivo.

Pero entonces oí la voz del guardián, que gritaba mi nombre (me llamaba Cochinillo, por mi peso cuando me cogieron. Siguió haciéndolo, aunque ya había perdido ese peso). Supongo que fue a comprobar los esclavos y vio que yo faltaba.

»Estaba en una tienda llena de baúles. Oía que registraban las demás tiendas. Habría preferido morir a volver al barco a remar durante el resto de mis días. De modo que vacié uno de los baúles, trasladé el contenido de oro y plata a la tienda, para que no resultase muy visible, me metí en el baúl y cerré la tapa. Desgraciadamente, el cerrojo saltó y me quedé encerrado dentro. Pero tenía agua y comida, así que no me moriría de hambre…, al menos, no durante unos días. Ya viste la caja. Era lo bastante grande y entraba luz por el agujero de la cerradura y por las grietas entre las tablas de madera. Y supongo que lo había pasado tan mal en mi breve vida como galeote que disfruté de aquella tranquilidad.

»Oí que el guardián entraba en la tienda llamándome, maldiciendo al Cochinillo. Pero pronto se fue. A la mañana siguiente noté que levantaban el baúl y lo colocaban en un carro; durante dos días, fue traqueteando y moviéndose, mientras viajábamos. La caja era tan pequeña y el calor tan asfixiante que me quité toda la ropa, como si estuviera en los baños. Después de un día de descanso, el carro se volvió a mover otra vez. Pero esta vez se encontraba rodeado de hombres y mujeres que chillaban. Gritaban tanto que pensé que iban a llevar el baúl a una batalla. Pensaba que me había equivocado en lo de desembarcar en Brindisi y que no habíamos vuelto al oeste de Roma, sino que nos habíamos adentrado en el norte y que las tribus montañesas de los Alpes nos atacaban. Y entonces se abrió la caja y una luz brillante y cegadora me abrumó. Y, bueno, ya viste lo que hice. Eché a correr.

Virgilio tiene una expresión incrédula pintada en el rostro. Cree que la historia es imposible. Yo también lo creo. Pero Plautio tiene la piel quemada y las manos llenas de callos como un esclavo, no como un senador.

Plautio dice:

—Lo siento, Tito. Te he decepcionado. Te escribí y te dije que podías contar conmigo. Pero… —Levanta las manos vacías—. No tengo nada que enseñarte a cambio de mis esfuerzos.

—No importa, Plautio. Menos mal que estás vivo.

Sigue un momento de silencio, mientras nosotros vamos digiriendo su extraña historia. Luego Virgilio pregunta:

—¿Dices que cuando te tuvieron preso en Miseno oíste hablar a tus captores?

—Conspirar —digo—. La palabra que has usado es conspirar.

—Sí —dice Plautio—. Oí que hablaban de todo tipo de cosas. No estoy seguro de si tiene mucho sentido nada de aquello. No recuerdo ningún nombre concreto.

—¿Hay algo —le pregunto—, algo que oyeras que pudiera llevar a identificar a algún hombre?

Plautio piensa.

—Les oí referirse a dos hombres distintos, una y otra vez. Nunca los nombraban, pero sí que los describían. Y era difícil no notarlo, porque hablaban muy a menudo de ellos. A uno lo llamaban el Chaquetero. ¿Te dice algo eso?

Intercambio una mirada con Virgilio. Su mano instintivamente se desplaza a la empuñadura de su espada. Yo digo:

—Sí, Plautio, sí que me dice algo. Es el nombre con el que todo el mundo en la ciudad llama a Cecina. ¿Cómo es que tú no lo sabías?

Plautio dice, incómodo:

—Lo siento, Tito. Pero he pasado muchos años en las provincias...

Virgilio le dice:

—Has mencionado a dos hombres. ¿Quién era el otro?

—No usaban ningún nombre para el otro. —Plautio se relaja un poco—. Se referían a un hombre que no es senador, que yo sepa...

Virgilio y yo nos inclinamos hacia Plautio, expectantes, intentando entender lo que está a punto de sugerir.

—Hablaban de un hombre ciego..., asquerosamente rico, según ellos. Así que entenderéis mi confusión. En Roma no hay ningún senador rico que sea ciego.

—Ahora sí, Plautio —digo—. Ahora sí que hay uno.

343

XVII

TRAÉDMELO

69 d. C.

Nerón

3 de marzo, tarde
Tres millas tierra adentro, costa noroeste de Sardinia

Esta tarde Marco aprende a cazar. Espículo y yo estamos sentados en unos tocones de árbol, junto a su choza. Él me lo describe todo, pacientemente, proporcionando contexto al ruido tumultuoso que se transmite por el campo. Al borde del bosque, los hombres han pintado una diana en un árbol. Cada uno de los hombres tira una lanza por turno. Entonces le dan una oportunidad a Marco, pero después de cada uno de sus tiros, otro de los hombres tiene que probar. Parece un juego de niños, no unos hombres adultos dando una lección.

Los hombres lanzan vítores.

—El chico ha dado en el blanco —dice Espículo—. Justo en el centro.

—Aprende rápido —digo yo.

—Ha sido bueno para los hombres. Les da una razón para comportarse bien, alguien a quien impresionar. —Espículo vierte un poco de vino agrio en unos vasos de madera. Me coge la mano y me pone una en ella—. Entonces, ¿quién es él? No me lo has contado nunca. ¿Un esclavo?

—No, no es esclavo —digo.

—Una mierda que no.

—No lo es.

Espículo suspira.

—Siempre has tenido debilidad por los esclavos, por liberarlos, por educarlos. Pero lo que estás haciendo ahora…, sencillamente, no se hace.

—¿Y qué estoy haciendo? —pregunto.

—No tengo palabras para nombrarlo porque jamás lo he visto. Finges que no ha sido esclavo. Crees que agitando la mano, como si fueras un brujo, borras sus años de servidumbre. Lo veo en la forma que tienes de tratarlo. Es distinta de cómo me tratabas a mí o a tus otros libertos.

—¿Estás celoso?

Espículo lanza un bufido.

—Como te decía, es peligroso. Si alguien lo averigua…, como mínimo, el chico acabaría crucificado.

No respondo.

—No entiendo por qué no te preocupas —insiste Espículo—. Un liberto puede disfrutar de las mismas ventajas que un ciudadano romano de pleno derecho. ¿Tan grandiosos son los planes que tienes para ese muchacho?

—¿Qué importa si ha sido esclavo antes o no? —digo—. Si yo fui emperador un día y preso al siguiente, ¿por qué no podría ese chico ser esclavo un día y libre al siguiente?

—No puedes borrar su historia —dice Espículo—. No funciona así.

—Ya lo veremos.

—Al menos, enséñale a mirar a los hombres a los ojos —dice Espículo—. Eso es lo que le delata. Que mantiene los ojos clavados en el suelo, como un esclavo.

Llevamos ya casi dos meses con Espículo mientras recuperamos las fuerzas y planeamos nuestros siguientes pasos. Estoy ansioso por llegar a Cartago y seguir adelante, pero sería peligroso precipitarse. Y, de todos modos, este tiempo ha ido bien para Marco. Doríforo sigue enseñándole a leer y escribir, y ha empezado a enseñarle griego. Los bandidos le han enseñado a cazar, a seguir pistas, atrapar y alancear a la presa en esta isla perdida de la mano de los dioses. También le han enseñado habilidades en las que yo no habría pensado. Ya es mejor jugador de dados de lo que yo fui nunca.

Nuestra primera noche en el campamento, en cuanto Espículo supo quién era yo, y después de darnos de comer y situarnos en un alojamiento adecuado, me llevó a su propia tienda. Bebimos vino agrio y hablamos hasta el amanecer.

—Defiéndete —dije.

—¿Que me defienda de qué?

—Pruébame que no fuiste uno de los hombres que me traicionaron.

—Si lo hubiera sido —dijo—, ¿por qué no matarte ahora y acabar lo que empecé?

—Por arrepentimiento —dije.

Espículo se echó a reír.

—Entre todas las emociones que sentirá tu asesino no creo que se encuentre el arrepentimiento.

—Estás evitando la pregunta —dije—. Pareces culpable.

—César, por favor —respondió él, poniéndose serio—. Te lo debo todo. Nunca te habría traicionado. Antes de ti, mi amo me tenía encadenado en la calle como un perro. Me metió en las peleas sin entrenarme antes. Me dio un casco oxidado y una espada mellada y me deseó buena suerte. Para él no era más que alimento para las fieras. Pero tú me viste luchar. Me compraste. Hiciste que me entrenaran.

—Tu potencial era innegable —dije, recordando a aquel gigante escurridizo como un pez.

—Me convertiste en una leyenda en la arena. Me diste la libertad. Me concediste el honor de unirme a la guardia personal del césar. Nunca te traicionaría.

Es difícil leer a un hombre sin los ojos, tan difícil como leer una página. Pero tenía razón: yo le rescaté. Le compré, le liberé de la ignorancia de su amo e hice que le entrenaran… no solo en combate, sino también en griego, historia, los poetas, filosofía. Si iba a representar al césar en la arena, debía ser algo más que un simple matón. Le vi pasar de ser una bestia tímida a un hombre que inspiraba timidez. Siempre había confiado en él. La pregunta era: ¿podía continuar haciéndolo? Y en todo caso, ¿tenía elección?

Hablamos del golpe. Me contó todo lo que podía recordar.

—Hace cuatro años, me convertiste en jefe de tu guardia personal. Yo me ocupaba de los egos, día sí, día no. Sin duda, sabías que existía una gran rivalidad entre los pretorianos y tus

349

gladiadores. Pero también había rivalidad entre los pretorianos mismos. Cada prefecto tenía su propia facción. Los hombres de Tigelino buscaban cualquier ventaja que pudieran tener sobre Nimfidio, y viceversa. Y ambos grupos buscaban ventajas sobre mí y mis gladiadores.

—Nunca me contaste nada de todo esto —le dije.

—El césar no debe preocuparse de peleas insignificantes. No estoy poniéndote excusas. Me limito a explicar el contexto de mi fracaso. El golpe ocurrió el 8 de junio. Tú asististe a las carreras y, al final, estabas borracho de sol y de vino. Te ayudé a bajar de tu litera y juntos entramos en palacio: fuimos a tu cámara. Yo tenía la tarde libre; tenía que haberme ido entonces. Pero Crixo estaba enfermo, así que ocupé su lugar. Hércules era el otro gladiador que estaba de guardia.

»Recuerdo lo que ocurrió, el error que cometí... Daría cualquier cosa por volver atrás y recuperar esos momentos. Llegaron dos pretorianos a la décima hora para relevar a sus colegas. Doblaron la esquina y en cuanto me vieron se pararon en seco. Conocían los turnos de pretorianos y gladiadores, de modo que no me esperaban. En aquel momento no pensé nada malo, pero ahora veo que se habían asustado; su plan estaba comprometido. Quizá planeaban someter a Crixo y Hércules, pero no a mí. Yo había luchado diez años en la arena. Nunca perdí. ¿Qué podían esperar los pretorianos?

»Pero al final me sometieron, no con violencia, sino con un truco: un truco sencillo, en el que solo un niño caería. Fue el centurión quien habló conmigo, un pelirrojo llamado Terencio. Me dijo que tu mujer tenía un visitante y se preguntaba qué debíamos hacer nosotros. Tú no habías visto a tu mujer desde hacía meses. Sabía que para ti significaba muy poco. Pero la idea de que tuviera un visitante nocturno era inaceptable: el césar no puede ser un cornudo. Ese centurión desde luego conocía el amor que yo te profesaba y sabía que correría a solucionar cualquier posible situación embarazosa. Así que fui corriendo. Cuando volví, Hércules estaba muerto y tú habías desaparecido. Nunca me lo perdonaré.

No dije nada. No debía perdonarse. Estaba allí para proteger al césar. Fracasó.

—Reuní a los gladiadores y te estuvimos buscando el resto

de la noche, por todo el palacio y luego por la ciudad. Pero, por la mañana, empezaron los rumores. Se decía que habías huido de la ciudad. Luego empezaron las represalias. Tus enemigos empezaron a reunir a tus partidarios; fuimos emboscados en la calle por una docena de soldados. Yo fui el único que consiguió zafarse. Me escondí hasta que cayó la noche y luego me encaminé hacia Ostia. Encontré un lugar en un barco mercante que venía del este, donde no sabían el aspecto que tenía el gladiador favorito del emperador. Lo siento, césar —dijo—. Lo siento mucho.

Después de la lección de caza de Marco y de comer pescado fresco junto al fuego del campamento, como hacemos la mayoría de las noches, nos retiramos a la choza de Espículo. Hablamos por la noche. Oigo soñar a Marco (hemos pasado tanto tiempo juntos que conozco la medida lenta y ondulante de su aliento cuando duerme). Mientras va andando, la voz de Doríforo se traslada de un lado de la tienda a otro. Espículo está detrás de mí. Noto el espacio que ocupa con su volumen. Quizá sea la calidez que irradia, como el sol de verano.

351

Han llegado noticias de Roma. (No sé cómo. Quién sabe cómo viajan las palabras de ladrón en ladrón, de Roma a Sardinia, a través del mar.) Enero se repite. De nuevo hay dos emperadores. Se ha unido a Otón en la púrpura Vitelio, el glotón, libertino, frívolo Vitelio, cuyas tropas en Galia recientemente le han proclamado emperador.

—Vitelio marcha hacia el sur desde la Galia —dice Espículo—. Otón ha tomado un ejército al norte para reunirse con él. Todo el mundo se pregunta cómo será esa guerra.

Espículo conoce a ambos hombres de sus tiempos como mi guardaespaldas. Les veía beber, ir de juerga y de putas, sin preocuparse por el funcionamiento del Imperio. Recuerdo una noche en que Vitelio se desmayó en un charco de su propio vómito. Espículo fue el único que pudo levantar a aquel senador del tamaño de un elefante y llevarlo a casa.

Ahora que yo no estoy, el Imperio está reventando por las costuras. Resulta muy satisfactorio, claro. Pero, aun así, ver que el caos consume lo que en tiempos fue mío..., quizá no me rompa el corazón, pero tampoco puedo decir que sea placentero. Es como ver que una antigua amante se casa con un bruto. Piensas: mira lo que te has perdido, pero en el fondo de tu corazón hay un eco de pesar, una chispa de dolor por la vida que llevará esa mujer.

—La guerra tendrá lugar en el imperio, probablemente —digo—, en el norte. Eso es bueno para nosotros. Es una distracción. Los ojos del Imperio se fijarán en el norte, mientras nosotros nos labramos nuestra fortuna en el sur.

—¿Y quién ganará? —pregunta Doríforo.

—Al final —respondo—, nadie. Ningún hombre tiene la constitución necesaria para el liderazgo. Ambos carecen de lo que requiere un emperador, la inteligencia y la dedicación, la fuerza de la personalidad. Ninguno tiene ese cierto aire especial.

La noche va declinando. Finalmente volvemos a Casio, el hombre al que desterré a Sardinia.

—¿Se puede confiar en tus hombres? —le pregunta Doríforo.

—Sí. Si se les paga —responde Espículo—. Si se les paga, son fiables.

—Quizá no deberíamos preocuparnos de Casio —dice Doríforo—. No puedes tener la seguridad de que estuviera implicado en lo de Torco, así que no existe seguridad de que no sepa nada.

—No correremos riesgos —apunta Espículo—. Mis hombres lo traerán aquí. Y luego lo devolverán. Irá con los ojos vendados.

—Yo he venido aquí por Casio —añado—. No vamos a cambiar el plan ahora. Tráemelo, Espículo. Tráeme al traidor cuya vida perdoné.

Marco

12 de marzo, tarde
Tres millas tierra adentro, costa noroeste de Sardinia

Espículo y cuatro de sus amigos han faltado una semana.
Cuando vuelven, traen a un hombre al hombro, atado y con
los ojos vendados. Llegan al ponerse el sol. La hoguera del
campamento ya está encendida y chasqueando; el aire huele a
cedro y a humo. Algunos de los bandidos, cuando ven a Espículo salir de los bosques, empiezan a gritar y a golpear sus armas de madera.

Cuando está en el centro del campamento, junto a la hoguera, Espículo deja caer al hombre que lleva al hombro en
la arena.

Doríforo dirige a Nerón de la mano desde su choza junto a
la fogata.

Espículo desata la mordaza del hombre.

Espículo dice:

—Di tu nombre.

El cautivo está temblando.

Espículo le da una patada.

—Tu nombre.

—Ca… Cayo Casio —responde el hombre.

Nerón chilla, por encima del estruendo:

—No, aquí no. En un lugar más privado.

Dos de los bandidos agarran a Casio por los brazos y lo
arrastran hasta la choza de Espículo. Nerón y Doríforo los siguen.

Yo corro tras ellos, pero Doríforo me está esperando ante la puerta.

—Vete, esclavo con nombre de cónsul.

—Quiero ver —digo.

—Esto es cosa de hombres, no de chicos. —Se queda en la puerta hasta que yo me alejo.

Una vez que Doríforo ha entrado, doy la vuelta alrededor del campamento hasta llegar a la parte trasera de la choza de Espículo. Allí, de espaldas a mí, se encuentran dos bandidos, mirando hacia el interior de la choza por las grietas de la madera. Oyen que me acerco y se vuelven a mirarme. Son esos dos a los que todo el mundo llama Cástor y Pólux, porque siempre van juntos. Uno es más viejo, con el pelo blanco y la espalda encorvada. El otro tiene el pelo negro y una barba escuálida.

Cástor susurra:

—Calla, chico. —Señala un lugar vacío en la pared—. Tienes sitio ahí.

Pólux me mira mientras yo me acerco al sitio indicado.

—Shhh.

Cierro un ojo y miro con el otro por una grieta de la madera. Dentro de la choza, el hombre llamado Casio está sentado en una silla y dos bandidos lo atan a ella. Espículo va andando de un lado a otro. Nerón y Doríforo están de pie a un lado.

Espículo le quita la venda de los ojos a Casio.

Casio escupe a Espículo.

—¡Basura! ¿Por qué me has traído aquí? ¡Exijo saber por qué!

Con toda calma, Espículo se limpia el salivazo de la mejilla.

Doríforo dice:

—¿Desde cuándo los traidores se permiten exigencias?

Casio empieza a luchar por soltarse de las cuerdas. Chilla, un estruendoso «aaagh».

Nerón se adelanta.

—Casio. Alto.

Casio ignora a Nerón; sigue gruñendo y agitándose, como un loco.

Nerón dice:

—Casio, te perdoné la vida una vez. No hagas que lo lamente.

Casio deja de agitarse. Entrecierra los ojos intentando ver a Nerón a la luz de la antorcha.

—¿Quién eres? —pregunta.

Nerón se adelanta y se inclina hacia él. Se quita la tela que le tapa los ojos.

—Mi barba es más larga…

Casio sigue guiñando los ojos, inclinándose hacia delante.

—Y ahora no tengo ojos…

Casio susurra, tan bajo que casi no se oye:

—No.

—Sí —dice Nerón.

—Pero estás muerto —suelta Casio.

—Con toda seguridad no lo estoy —dice Nerón—. Queda menos de mí, pero aparte de eso, sigo vivito y coleando.

A mi lado, Pólux le dice a Cástor:

—Pero… entonces ¿quién es él?

—¿A quién te refieres? ¿Al ciego o al que hemos traído hasta aquí?

—Bah, es igual.

Nerón se acerca más a Casio. Dice:

—Vamos, Casio, ¿no creerás todo lo que oyes por ahí, verdad?

—¿Cómo? —Casio niega con la cabeza—. ¿Cómo ha podido ocurrir esto?

—De hecho, esperaba que «tú» fueras capaz de ofrecer algo de información sobre los hechos y cómo se desarrollaron.

—¿Yo? —dice Casio—. Nerón, yo… no tuve nada que ver con lo que te ocurrió. He estado desterrado en esta isla perdida durante tres años, mucho antes de tu caída. Paso mis días luchando contra —y mira a Espículo— granujas de otras ciudades.

Cástor y Pólux hablan de nuevo entre ellos. Solo oigo sus voces.

—Espera… ¿El ciego es Nerón? ¿El auténtico Nerón?

—¿Y quién es ese?

—¡Imbécil! El emperador.

—¿El inválido? Estás de broma. Yo pensaba que el emperador era Claudio.

—Claudio era emperador hace casi veinte años. Después vino Nerón. ¿Es que no sabes nada?

355

Me vuelvo y susurró: «¡Shhh!». Y vuelvo a pegar el ojo a la grieta de la choza. Oigo decir a Casio:

—Fue ella. Ella adoraba el culto; ella adoraba al Sacerdote Negro. No yo. Ella intentó matarte una vez y estoy seguro de que lo volvió a intentar.

—¿Lépida? —dice Nerón—. Bobadas. No era una auténtica creyente. No como tú.

—No, lo entendiste mal. Lo entendiste mal entonces y ahora lo vuelves a malinterpretar. Era Lépida la auténtica creyente. Cuando la cogieron, me echó la culpa de todo.

—¿Y quién más? —pregunta Nerón—. Quiero sus nombres.

Espículo saca su daga y da un paso hacia Casio.

—No, no —dice Casio—. Te lo contaré todo. El eunuco. La culpa es del eunuco, Haloto. Él y Lépida tenían algo contra cada uno de ellos, Torcuato, Tulino. Por favor. ¡Por favor! Dile que aparte la daga…

—¿Y quién era el Sacerdote Negro? —pregunta Nerón.

—No estoy seguro. Un senador, creo. Lépida solo mencionó el nombre una o dos veces. Pero nunca dijo quién era. Lo único que sé es que le tenía mucho miedo. Lo único que daba miedo a esa zorra.

Y entonces lo único que puedo oír a continuación es a Cástor y Pólux discutiendo a mi lado. Empiezan a empujarse uno al otro hasta que se ponen a pelearse, en el suelo.

Espículo (que seguramente lo habrá oído y ha salido de la tienda) está pronto encima de ellos. Saca a Pólux de encima de Cástor y los empuja tan fuerte que Pólux corre diez metros antes de caer al suelo. Espículo señala fuera de la choza y dice a Cástor:

—Vete.

Cástor se levanta y echa a correr. Espículo se vuelve y me ve.

—Vete, Marco. —Su voz es más amable que la que ha usado con Cástor y Pólux—. No debes oír estas cosas.

Sigo a los demás hacia los bosques, lejos de la choza. Espículo me ve partir.

Nerón

15 de marzo, amanecer
Tres millas tierra adentro, costa noroeste de Sardinia

Espículo me lleva al cubículo donde me tuvieron la primera noche en la isla, aquel al que los bandidos llaman «Cárcel». Oigo que el comerciante Ulpio va moviéndose a un lado y otro, por la arena.

—¿Bueno? —dice.

—He negociado tu liberación —le digo—. ¿Mantendrás tu parte del trato?

—Te deberé mi vida —dice Ulpio, el comerciante.

—Algunos hombres tienen mala memoria.

—Eso es cierto —admite—. Pero, en mi caso, hay algo más que pagar la deuda, sin más. Soy comerciante, como sabes, y mi objetivo es el beneficio. Soy muy quisquilloso a la hora de elegir socios. Durante veinte años, he señalado a algunos hombres en particular y he dicho: «tú tienes lo que hay que tener. Vas a medrar. Quiero hacer negocios contigo». Y eso es lo que he hecho contigo. He pasado más de tres años en esta celda. Tú has pasado solo unas horas. Dos días en el campamento y ya parece que lo diriges tú. Eres tan listo como Minerva y con los mismos recursos. Me ligo a ti por mi propio bien. No puedo ni imaginar lo que serás capaz de conseguir en Roma.

—¿Y tu hermano? El que todavía vive —pregunta Espículo—. El soldado. ¿Representará su papel?

—Es siete años menor que yo. Hará lo que le diga. Y comprenderá las ventajas.

—¿Y el parecido? —pregunta Espículo—. ¿Se parece a tu hermano? ¿Al que murió?

Noto que clava sus ojos en mí.

—Se aproxima bastante. Sus heridas llenarán los huecos.

Buenas respuestas, todas ellas. Respuestas que me ofrecen consuelo; respuestas con las que puedo seguir avanzando.

Ha sido una auténtica suerte dar con este mercader. De origen provinciano, con un hermano perdido…, hay muchas posibilidades, huecos muy útiles para que los llene un lisiado. Y está bien haber organizado ya mi historia antes de partir para Cartago. Si tengo razón, si vamos a descubrir realmente una fortuna, el mundo querrá conocer mi nombre.

—Que salga.

Cuando Espículo abre la celda del comerciante, una voz hosca grazna:

—¿Y yo qué?

—¿Sí, Casio? —pregunto—. ¿Tú qué?

—¿Cuánto tiempo voy a seguir siendo prisionero? Te he dado las respuestas que querías. Soy inocente.

—Has respondido a mis preguntas —digo—, y te agradezco tu ayuda, Casio. Pero si te liberase, ¿cuánto tiempo pasaría antes de que intentaras sacar provecho de la información de que estoy vivo? Estás desesperado por volver a Roma, y ese sería tu billete de ida.

—¿Así que debo permanecer prisionero? —Casio está muy abatido—. ¿Durante el resto de mi vida?

—Estás vivo, Casio —digo—. Es un don muy generoso. Pero eres demasiado idiota para darte cuenta.

Casio se echa a llorar.

Ulpio, el comerciante, está ahora a mi lado; le oigo quitarse el polvo de la túnica.

—¿Preparado para seguir? —pregunto.

—Tú delante, hermano.

XVIII

DOS PRISIONEROS, DOS HISTORIAS

79 d. C.

Tito

7 de abril, amanecer. La carcer, *Roma*

*B*ajamos las escaleras. El aire está frío y húmedo. Virgilio dirige la marcha con una antorcha. Trajo a Cecina aquí él mismo en persona, en algún momento de la noche pasada. Decidimos dejarlo toda la noche para que se fuera ablandando. Régulo ya habrá arrestado a Ulpio ahora mismo y le habrá llevado a una prisión distinta, fuera de los muros de la ciudad. Hemos pensado que sería mejor mantener a los dos separados. Las grietas en su historia se desvelarán mucho más fácilmente, si no les damos la oportunidad de hablar entre ellos.

La *carcer* es casi tan vieja como la misma Roma; construida por su cuarto rey, es una prisión subterránea excavada a un lado de la Capitolina, junto al templo de la Concordia, donde se deja pudrir a los hombres antes de su muerte. Ahí han estado algunos de los mayores enemigos de Roma, como Yugurta, Vercingetorix o Carataco. Ahora tiene al más reciente.

Llegamos al nivel superior, que es una sala rectangular, oscura y vacía, rodeada por todos lados por fría piedra. En medio de la sala hay un agujero circular, de la anchura de dos hombres, con unos barrotes que sellan a nuestro prisionero, que está debajo. Virgilio y yo vamos hasta el agujero y miramos hacia abajo. Al principio, Cecina está fuera de la vista. Le llamamos y aparece.

Cecina se pone la mano ante los ojos para protegerlos y los guiña. Es la primera luz que ha visto desde hace horas y probablemente le parecerá el sol, más que una solitaria antorcha.

Cuando sus ojos se acostumbran y ve lo que hay por encima de él, sonríe con desdén.

En algún lugar gotea agua.

—Confiesa —digo, sin perder tiempo—. Dame el nombre de todos los conspiradores y permitiremos que te cortes las venas en la privacidad de tu propio hogar.

—¿Confesar? —pregunta Cecina, incrédulo.

—Sí. Confesar.

Cecina se ríe amargamente.

Virgilio dice:

—El prefecto te está ofreciendo misericordia. Pero esto se acabará rápidamente.

—¿Confesar el qué? —pregunta Cecina—. No me habéis informado de los cargos. Y no puedo adivinar qué habéis tramado. Si nos atenemos a lo que he hecho «de verdad», las leyes de Roma acabarán por imponerse.

—Bueno, pues empecemos con lo que has hecho «de verdad». Empecemos con lo que reconoces.

Cecina carraspea.

—¿Por qué representar un papel honrado, si todo el juego es una comedia?

Hace muy bien de víctima. Así es como sobrevivió a las guerras civiles, como engañó a aquellos que le pusieron un cuchillo en la garganta, una y otra vez.

—¿Qué sabes de Torco? —exijo—. El dios de los pantanos.

—No tengo la menor idea de lo que estás hablando —dice Cecina.

Virgilio me mira. «Démosle tiempo para que se vaya ablandando.»

Virgilio tiene razón… Todos los presos se ablandan con el tiempo. Pero yo necesito respuestas rápidas. Sea lo que sea lo que descubrió Plautio, fue planeado hace meses. Solo los dioses saben cuánto tiempo nos queda.

—Tienes hasta mañana —le digo a Cecina—. Entonces empezaremos a torturar a tus esclavos. Su sangre manchará tus manos.

Subo los escalones detrás de Virgilio.

362

Y

El edificio tiene dos niveles y es de ladrillos de terracota rodeado por un mar verde. Régulo, mi tribuno patricio, que tiene derechos militares, y tres soldados, están esperando delante.

Régulo coge las riendas de mi caballo mientras este se va deteniendo.

—Prefecto Tito —dice—. Ulpio está dentro.

—Bien. ¿Ha dicho algo cuando le habéis arrestado?

—No. Se lo ha tomado con bastante parsimonia.

—¿Señal de culpa, quizá?

—Le hemos tratado con delicadeza, como nos has pedido —dice Régulo—. Ya tiene un visitante.

Bajo de mi caballo. Está cansado por la carrera y jadeando pesadamente; sus negros ollares se abren y se contraen con un floreo violento.

—¿Un visitante?

—Sí —dice Régulo—. Normalmente nunca permitiría nada semejante, pero Ulpio es ciego, como sabes. Me ha parecido indecente evitar que tuviera un visitante.

Es culpa mía. Le he dicho que tratara a Ulpio de una forma distinta. Solo quería decir que arrestase a Ulpio de una manera civilizada, no que le permitiera todos los caprichos al ciego.

—¿Quién? —pregunto—. ¿Quién le visita?

—El sobrino del hombre. El joven Ulpio.

363

Oigo risas al llegar a la parte superior de la escalera. Entro en la habitación y encuentro al chico, Marco, sentado en un taburete de tres patas frente a la celda, y a Ulpio sentado (como Cecina, y como supongo que hacen todos los prisioneros) con la espalda apoyada en la pared, con las piernas cruzadas.

Sus risas se disipan cuando ven (en el caso del hombre mayor, cuando oye) que llego. Virgilio me sigue al interior.

La ira no nubla mi juicio, como ocurrió con Cecina. Puedo llevar todo esto con mucho más tacto. Le pregunto a Virgilio:

—¿Sabes lo que me estoy preguntando?

—¿El qué? —pregunta Virgilio.

—¿Quién es más probable que se ría, el culpable o el loco? —digo—. Estoy seguro de que un hombre inocente no se reiría, después de ser arrestado.

El Ulpio mayor salta.

—Simplemente sentimos nostalgia.

—¿Nostalgia? —pregunto—. No lo entiendo. ¿Te han arrestado antes?

—¿Qué importan los delitos pasados? —pregunta Ulpio—. Este parece de la variedad más reciente.

Sacudo la cabeza. Será cansado interrogar a este excéntrico. Habla en círculos.

—¿Dónde estuviste antes de tu llegada a Roma? —pregunta Virgilio.

El chico responde:

—En Hispania, con paradas en Masalia y Liguria.

Señalo a Ulpio.

—Que responda él.

Ulpio dice:

—No, será mejor dejar que Marco te dé las respuestas que estás buscando. Por lo que a mí respecta, podría haber estado en Antioquía. —Señala sus ojos cubiertos con una tela—. No tengo forma de corroborarlo. Si alguien me dice: «estamos en Hispania», ¿quién soy yo para discutírselo?

Intercambio una mirada con Virgilio. ¿Se están burlando de mí estos dos?

Digo:

—Has sido arrestado con la acusación de traición.

Ulpio inclina la cabeza como pensando en el cargo.

—Sí, parece la explicación más probable para haberme traído aquí.

La ausencia de miedo del hombre me enfurece.

—Si no respondes mis preguntas, torturaré a tus esclavos.

Ulpio murmura algo al chico. Yo sé idiomas, pero no conozco esa lengua. El chico bufa, con desdén.

Un espasmo de frustración viaja por todo mi brazo y automáticamente me hace crispar el puño: alguien está planeando envenenar al césar y posiblemente a toda su familia, y sin embargo estos dos se están riendo al pensar en ello.

—¿Qué sabéis de un plan para envenenar al césar? —pregunto.

Ulpio dice:

—Tienes razón, Marco.

Miro al chico.

—¿Razón? ¿Razón en qué?

El chico dice:

—Mi tío y yo hemos estado hablando de historia. De la obsesión del Imperio con el veneno.

Ulpio dice:

—Se han hecho grandes esfuerzos para sofocar los complots contra el emperador: arrestos, interrogatorios, torturas… Marco lo postuló una vez: ¿por qué no hacer una redada sencillamente con los que fabrican el veneno? Hacedles a ellos vuestras preguntas.

Qué absurdo. El hombre habla informalmente de la historia del Imperio, en lugar de suplicar por su vida.

Virgilio capta mi mirada. Dejémosle por ahora. Dejémosle que piense en esto un poquito más.

—¿Quieres un consejo, Tito? —me dice Ulpio—. Estás dejando que las circunstancias dicten tu carácter. Los gobernantes sabios hacen algo más que reaccionar a las circunstancias.

—¿Qué sabes tú de gobernar? —Mi respuesta tiene un ligero tono amenazador. Este inválido me está sacando de quicio.

Ulpio se encoge de hombros.

—Más que la mayoría. Ya sabes que el Imperio tenía grandes esperanzas puestas en ti. Un joven con carácter, decían. Una vez oí contar la historia de un joven Tito Vespasiano que, siendo solo un chiquillo, para proteger a un amigo, se plantó en medio del camino del césar. Me pregunto qué ocurrió con aquel chico.

La fría mano del pasado me toca en los hombros. Veo a Británico, mi amigo, el hijo de Claudio, de unos ocho años, caído en el mármol, sollozando. Veo a su hermanastro mayor, Nerón, un niño mimado, de pie, con el brazo levantado y con una sonrisa retorcida y cruel envenenando sus labios. Tenía una espada de madera en la mano, de esas con las que se entrenan los gladiadores. Yo estoy de pie entre los dos. Tengo los ojos cerrados, esperando que la madera golpee alguna parte de mi cuerpo aún desconocida.

Me quedo callado demasiado rato. Virgilio levanta una ceja nevada. «¿Estás dejando que un inválido pueda contigo?»

Señalo con el dedo a Ulpio, como si este pudiera verme.

—Tienes toda la noche para pensar. Por la mañana, quiero respuestas.

Una vez que estamos fuera, Virgilio mira a su alrededor.

—El chico.

Hemos dejado a Marco con Ulpio. Yo estaba demasiado alterado para darme cuenta.

A Régulo le digo:

—Ve. Saca al chico. Arrástralo, si hace falta.

Régulo y dos soldados entran. Pronto oímos unos gritos ahogados; luego silencio. Momentos después, el chico sale tan tranquilo de la cárcel. Me mira desdeñosamente mientras se dirige a su caballo.

Régulo sale corriendo de la cárcel, sin el casco. Gruñe de rabia. Corre hacia el chico.

Por el rabillo del ojo veo que Virgilio da un paso al frente. Su instinto es detener a Régulo antes de que haga daño al chico de verdad. Pero mi intuición me dice lo contrario. Me he calmado mucho desde los comentarios de Ulpio; ahora tengo la mente clara. Ahora veo al chico con unos ojos distintos y quiero conocerlo mejor. Sujeto a Virgilio por el brazo y le digo con una mirada: «Deja que las cosas sigan su curso».

Régulo corre hacia el chico con la espada en ristre. El chico mantiene el terreno, y en el último segundo da un paso a un lado, despreocupado; la espada de Régulo gira en el aire. El chico se agacha y coge a Régulo por el tobillo. Se pone de pie, llevándose con él el pie de Régulo; entonces Régulo, ya desequilibrado, cae de cara en la hierba. El chico se lanza sobre él. Da dos fuertes golpes en la parte trasera de la cabeza del soldado, le da la vuelta y golpea al tribuno tres veces en la cara.

Suelto el brazo de Virgilio, que rápidamente se acerca para intervenir. Corre hacia el chico y lo coge entre sus brazos, conteniendo sus puños agitados, salvajes.

El chico está chillando. No estoy seguro de cuándo ha empezado, pero sigue y sigue. Lo veo de una forma diferente. No estoy seguro de haber visto a nadie con tanta rabia dentro; mucho menos a un chico de diecisiete años. Parce como si quisiera quemar el mundo entero.

366

Los otros dos soldados acaban por salir de la cárcel, maltrechos, pero vivos. Afortunadamente.

Régulo ya se ha puesto de pie. Tiene la cara ensangrentada y el pelo revuelto, como un niño después de dormir la siesta. Tendrá hematomas. Saca una daga que lleva escondida en la bota.

—Sujeta a ese mierdecilla —dice, secándose la sangre de la boca.

—¡Alto! —grito.

Régulo me mira con incredulidad.

—Pagará por lo que acaba de hacer.

—Tú deberías pagarle a él —digo—. Dale plata y ruégale que no hable nunca más de todo esto. Has dejado que un chico te pueda. Dos veces, por lo que parece.

—No hablarás en serio. Debe ser castigado por esto..., por esta indignidad.

—Te olvidas de quién eres, Régulo. Has dejado que un chico te venciera. No puedes culpar a nadie salvo a ti mismo. Tendré que pensar qué castigo imponerte. Además, por supuesto, de los diez latigazos por contestar a tu oficial superior.

Régulo mira al chico y luego me mira a mí. Gruñe, indignado, pero cierra la boca.

A los dos soldados les digo:

—Llevad a Régulo de vuelta al campamento. Que un centurión le dé unos azotes. Diez. Decidle por qué. Si no veo verdugones ensangrentados en su espalda, os buscaré y os daré tres veces los azotes que reciba él.

Los hombros de Régulo se abaten; sus ojos se cubren de un brillo húmedo, como si estuviera a punto de sollozar. Esto debe de resultar un bochorno difícil de soportar para él. Pero no me queda otra elección. No puedo consentir que nadie me cuestione públicamente, sobre todo uno de mis propios soldados.

Régulo se va derrotado hacia su caballo. Los dos soldados le siguen.

El chico continúa entre los brazos de Virgilio, pero ya no lucha.

¿Cómo voy a manejar todo esto? No quiero darle una paliza, ni creo que tuviera efecto alguno sobre él.

Una vez que Régulo y los soldados han desatado sus caba-

367

llos y galopan hacia el este, hacia el campamento pretoriano, hago señas a Virgilio de que suelte al chico. Una vez libre, el chico se aparta dos pasos de Virgilio. Se recoloca la túnica y el cinturón.

El cencerro de una vaca resuena en el valle.

—¿Dónde has aprendido a luchar así? —le pregunto.

El chico respira con fuerza. Mira a los lados, sopesando sus opciones.

—Es mejor que te preguntes —dice el chico— dónde aprendió a luchar tu hombre. ¿No es un soldado?

Ese chico tendría que pensar que su vida pende de un hilo. Y, sin embargo, no muestra más que desdén hacia mí.

—Yo no lo llamaría soldado.

—¿No? —pregunta el chico.

—No basta con el uniforme —digo—. Siempre buscamos buenos hombres jóvenes en las legiones. —He arrestado a su tío por traición y él acaba de atacar a tres de mis soldados; sin embargo, intento reclutarlo, no sé por qué.

Virgilio sonríe. Piensa que es una imprudencia y que, según dirá luego, es muy poco propio del general Tito.

—¿Quieres que sea soldado? —El chico resopla—. ¿No te has dado cuenta? Yo me como a tus soldados vivos. No sabría muy bien qué hacer siendo uno de ellos.

—Te puedo colocar entre mi personal privado.

Casi estoy suplicando. Virgilio menea la cabeza. No se lo puede creer.

—Antes me corto las venas. —El chico se yergue muy tieso ahora. Desafiante.

Soy más consciente aún de mi intuición; confío en ella. La rabia que llena a este joven podría usarse bien.

—Virgilio y yo necesitamos tu consejo. Vamos a buscar a todas las brujas de Roma que hacen veneno. Ven con nosotros. Puedes ayudar a rehabilitar el nombre de tu tío.

El chico pregunta:

—¿Hablas en serio?

—Sí —digo.

Desde arriba, hacen eco unas extrañas palabras. Los tres levantamos la vista hacia la solitaria ventana de la cárcel. Es pequeña, tiene tres barrotes; está oscurecida por la silueta sombreada de una cabeza. La cabeza de Ulpio. Reconozco esa lengua, es osco, un idioma a punto de extinguirse. Es un dicho antiguo, poco usado. Lo recuerdo vagamente de mi niñez. Si la serpiente está en el umbral de tu puerta, invítala a entrar.

El chico menea la cabeza. Le chilla algo a su tío. Habla en un lenguaje que yo no conozco, que no es osco, ni griego ni latín. Persa quizá. Ulpio le chilla a su vez. En la misma lengua.

¿Quiénes son estos dos?

—La respuesta es no —dice el chico, que, sin una palabra más, camina hacia su caballo, monta y se va galopando por la llanura.

Domitila

7 de abril, tarde. Palacio Imperial, Roma

Antonia y yo estamos en el Atrio de Julia, admirando unas piedras muy curiosas traídas por mi joyero ilirio, Taltibio, cuando Vespasia llega desde el vestíbulo, rabiosa.

—¡No tiene derecho! —dice, ignorando a nuestros invitados.

Dejo la esmeralda que tenía en la mano, miro a Vespasia a los ojos y digo, tranquilamente:

—¿Damos un paseo por el jardín, hermana?

El tono de mi voz hace que se calle. Mira a Antonia, luego al joyero. Sonríe.

—Sí, gracias, hermana.

Me excuso y Vespasia y yo salimos, cogidas del brazo.

Cuando vamos andando por la sombra de la columnata, le digo:

—No puedes actuar así delante de gente que no es de la familia.

—Ya lo sé —responde—. Pero Tito no tiene derecho.

Su ira ha menguado, pero veo desesperación en ella, por debajo del rencor.

—¿Qué ha pasado? —le pregunto—. ¿Qué ha hecho?

—Ha arrestado a Cecina.

Dejo de andar y miro a los ojos a mi hermana pequeña. Ya me había insinuado algo así hace un tiempo, ¿verdad? ¿Qué me dijo en enero? «He perseguido el amor fuera de mi matrimonio.»

—¿Cuánto hace? —le pregunto.

Ella aparta los ojos. Finge sentirse violenta, pero veo su orgullo; considera que Cecina es un premio.

—Desde octubre —dice— del año pasado.

No puedo controlar mis cejas, que se levantan un dedo o dos.

—¡Vespasia! Él está casado. Igual que lo estabas tú.

—Le amo, hermana.

¿A cuántos hombres ha asegurado amar mi hermana? Me pregunto si ha amado alguna vez a alguien más que a sí misma.

—Tito le ha arrestado con acusaciones falsas. Le matará si le apetece. Debes hablar con él. Por favor.

—Ya conoces su historia con Cecina. No me escuchará.

—Sacudo la cabeza, incrédula: no sé cómo, pero me ha convencido—. Tendremos que hablar con el propio césar.

371

Tito

8 de abril, tarde. Palacio Imperial, Roma

$\mathcal{F}$ebo, el odioso secretario y liberto de mi padre, me encuentra en mi estudio.

—General Tito... —dice. Como siempre, lleva muchos rollos de papiro entre sus pequeñas manos—. Me manda el césar.

Levanto la vista de mis papiros.

—Sí, eso me parece probable. No podría imaginar que tú pensaras por tu cuenta.

Ptolomeo, que está en algún lugar de la habitación, escondido a la vista, se ríe por lo bajo.

Febo desnuda sus agudos dientes.

—El césar te ordena que liberes a tus prisioneros, Cecina y Ulpio.

Yo dejo el rollo de papiro que he estado leyendo.

—¿Ah, sí?

—Sí —dice Febo, recreándose en la palabra.

Mi respuesta es firme pero tranquila, como si estuviera reprendiendo a un niño travieso.

—Dile al césar que no.

Busco un rollo de papiro y sigo leyendo. Al cabo de un momento, después de que Febo haya buscado posibles respuestas y que haya determinado que ninguna de ellas valdría, oigo que sus sandalias resuenan a lo largo del suelo de palacio, mientras regresa junto al césar.

Ptolomeo aparece a mi lado, no mucho después.

—Ve a ver a mi padre —digo sin levantar la vista de mi carta—. Quiero saber cuándo está solo.

El césar tiene los ojos cerrados. El vapor gotea por su barbilla. Este viejo cuerpo, en tiempos tan recio como un tronco de árbol, pero tan delgado por la edad, se relaja apoyado en la pared de mármol del baño.

—Padre —digo, al acercarme—, no sabía que estabas aquí.

Mi padre no abre los ojos, pero una sonrisita irónica le curva las comisuras de los labios.

—No —dice—. Qué raro, pensaba que venías corriendo a disculparte. No suele ocurrir a menudo que se le diga que «no» al césar.

Me siento a su lado y me apoyo en el mármol. El vapor caliente penetra en mis pulmones, luego lo dejo escapar. En voz baja, para que los esclavos que están cerca no puedan oírnos, digo:

—Pensaba que ibas a ser tú el que se disculpase. Enviar a tu liberto a darme órdenes... Interferir con mi investigación...

—Mi liberto no te ha dado ninguna orden. He sido yo. Él simplemente te la ha transmitido. ¿Es culpa mía que mi hijo sea tan mezquino que discuta con mi liberto? ¿Qué ha hecho él? Sonreír al darte la orden. Eres un soldado, Tito. Si un hombre sonríe cuando entrega una orden..., ¿qué más da? Hay que aceptarlo.

—Podrías habérmelo pedido tú mismo —digo, dolorosamente consciente de lo infantil que suena.

—¡Por los dioses! —Mi padre se incorpora, agobiado—. Estamos dirigiendo un imperio. He hablado con Plautio. Conozco la excusa con la que has arrestado a ambos hombres. Es demasiado vaga, especialmente para hombres que son amigos del principado. ¿Te has olvidado de que hay gente en esta ciudad que podría ganar mucho solo señalando con un dedo? Nosotros no somos los Julio-Claudios, que se creían todos los rumores que corrían sobre el principado.

Mi frustración no hace más que crecer ante la memoria de mis mojigatas palabras a Régulo, que parecen de hace una vida entera. ¿En qué me estoy convirtiendo si no sigo ni mis propios consejos? Sin embargo, odio ceder, así que sigo presionando.

—¿Y ahora son nuestros amigos? —pregunto.

—Siempre lo han sido. La deserción de Cecina nos aseguró una importante victoria en la guerra civil. Y Ulpio me entregó una enorme suma…, unos fondos sin los cuales no habría podido conseguir el Imperio. Y me preocupa que tus motivos con Cecina sean personales, no políticos.

—Es una historia antigua —digo. Mi padre se refiere a nuestra pelea durante la Neptunalia, con espadas de madera. El mundo cree que no he perdonado nunca a Cecina por su victoria y por cómo se rio luego de mí—. Éramos jóvenes. Ahora ya no me importa.

—No, eso no —dice mi padre—. Otra cosa. —Me mira de cerca, leyendo mi reacción. Sabe algo que yo no sé—. Pero no es nada —dice—. No para un viejo que ha vivido toda una vida. Si no sabes a qué me refiero, es mejor que sigas ignorándolo. Al final, no importa. Suéltalos. Ahora.

Me levanto sin decir una palabra. No sé a qué se refiere mi padre, pero está claro que no piensa contármelo ahora mismo.

Antes de irme, me dice:

—No sé qué es lo que te preocupa. Plautio ha vuelto, sin sufrir daño. El falso Nerón ha sido derrotado y ha huido al este. Pensaba que estarías de acuerdo en que la crisis ha pasado.

—Siempre ha habido algo más que la desaparición de Plautio —respondo—. La mano en el foro sigue sin explicarse; tu procurador también fue asesinado, dentro de los muros de Roma, y en el Tíber apareció un cuerpo de hombre mutilado.

—El mundo es un lugar violento —dice mi padre. Se apoya en el mármol otra vez—. Que haya actos violentos no significa que la vida del césar esté en peligro.

—He leído cosas —digo.

—¿Qué cosas?

Por primera vez le explico con detalle la traducción de Secundo de los pergaminos encontrados en el cadáver de Haloto.

—La muerte de Haloto estaba relacionada de alguna manera con el cuerpo junto al Tíber. No son actos al azar. Hay unas fuerzas que actúan en la ciudad.

374

Mi padre agita la mano.

—Tonterías. Siempre hay cultos extraños en Roma: Isis, Mitra, Cristo... Los romanos son tan promiscuos con sus religiones como con sus esposas. Las religiones vienen y van. Y todas son siniestras a su manera. No dejemos que un pergamino que encontraste en el cuerpo de un eunuco ponzoñoso te asuste. Por lo que más quieras, eres prefecto de los pretorianos. Déjalo ya.

Por la noche, mucho después de que se haya puesto el sol, sentado como estoy sumido en mis pensamientos, mirando sin objetivo los documentos de mi escritorio, Ptolomeo hace entrar al senador Cluvio Rufo, el académico, a mi despacho.

—Buenas noches, Tito —dice Cluvio. Bajo el brazo lleva una caja de madera. De la tapa sobresalen rollos de papiros.

Me pongo de pie.

—Cluvio. —Señalo el asiento que está al otro lado de mi escritorio—. Por favor.

Cluvio se sienta. Ptolomeo empieza a ordenar documentos.

—Espero no molestarte —dice Cluvio—. Ya sé que estás muy ocupado.

—No, en absoluto. De hecho, me vendría muy bien una distracción. ¿Qué tal va la escritura?

Cluvio se muerde el labio, pensando en la pregunta. Es un caso curioso este Cluvio. Delgado, con la barba irregular y las manos delicadas de una mujer. Era uno de los favoritos de Nerón. Bebía con Nerón, se iba de juerga y jugaba con él. Siempre pensé que era tan malo como su patrón. Sin embargo, ahora que Nerón se ha ido y han pasado diez años desde la guerra civil, es un académico. Está escribiendo una historia, desde Augusto hasta el presente, y se ha tomado la tarea muy en serio. Está sentado horas y horas en las bibliotecas, repasando historias, árboles familiares, edictos, despachos, correspondencia. Un hombre puede cambiar, eso es obvio, pero ¿hasta este punto? ¿Fue un cambio de circunstancias, una vez desaparecido su patrón, y con un hombre nuevo en la púrpura, lo que le condujo a esta transformación? ¿O bien le proporcionó la oportunidad de pararse a pensar, tomar aliento y convertirse en el hombre que siempre había sido, el tranquilo intelectual que tengo ahora sentado ante mí?

—La escritura va bien —dice Cluvio—, lenta, pero segura. Sin embargo, a menudo siento que he mordido más de lo que puedo masticar. La historia es un animal difícil de dominar; es como una quimera, con demasiadas cabezas.

¿Una quimera? No estoy seguro de que la analogía sea correcta. Pero, de todos modos, le pregunto:

—¿Ah, sí?

—Sí. Bastante. Hay una plétora de información: documentos, oficiales y no oficiales, relatos de primera mano, relatos de segunda mano, comentarios de esta persona o la otra. La información es interminable. Podría leer día y noche, hasta que fuera viejo y canoso, y aun así no me quedaría sin material para revisar. Por otra parte, el material suele ser contradictorio, y probablemente poco fiable. Y luego está el asunto de la dirección, de mi inclinación literaria. ¿En qué temas debo centrarme? ¿Cómo equilibro unos con otros?

No estoy seguro de que me importe, pero, para ser educado, le pregunto:

—¿De veras?

—La historia es una narración —dice—. No se puede escribir todo; si no, la historia se pierde.

¿Y estas son sus preocupaciones? La vida de un escritor: daría mi brazo izquierdo.

—Aparte de eso —le pregunto—, ¿todo bien?

—Sí, sí. El apoyo que me dais tu padre y tú es muy bienvenido.

Mi padre ha hecho mucho para cultivar a los hombres de letras de Roma. Confía en que la política se manifestará en una forma que favorezca al partido. Dice que el truco para asegurarse un trato favorable es no pedirlo.

—Diles que escriban algo y se enfurecerán. Pero dales dinero y una ciudad segura en la que escribir, y el resto vendrá solo.

—De hecho —continúa Cluvio—, es el apoyo de tu familia lo que me ha… «obligado» a venir aquí esta noche. Para atraer algo a tu atención, algo que descubrí ayer y que puede resultar útil.

—¿Ah, sí?

—¿Recuerdas que tuve acceso a las cartas de Nerón?

—Sí. Pero pensaba que no había gran cosa en ellas. Decías que sobre todo eran cartas de amor, pagarés de juego, cartas furiosas a los arquitectos. Ese tipo de cosas.

—Cuando me lo preguntaste, todavía no las había revisado todas. —Cluvio elige cuidadosamente las palabras—. Ahora, he revisado todo lo que se me entregó. En su mayor parte era así. Casi todas las cartas eran tal y como yo las describía. Sin embargo, hay unas cuantas que él tenía separadas de sus cartas oficiales, cartas que no creo que haya visto nadie más, aparte de los secretarios de palacio quizá, que hicieron las copias antes de enviarlas.

—¿Y por qué me pueden interesar esas cartas?

—Bueno... —Cluvio sigue batallando—, aparte de ser interesantes para un historiador, hay referencias a ciertas... —Está sentado al borde de la silla, buscando cada palabra, con los ojos clavados en el suelo—, a ciertas prácticas religiosas que se llevaban a cabo durante el tiempo de Nerón y que podrían estar relacionadas...

—Dilo de una vez, Cluvio. ¿Relacionadas con qué?

Cluvio finalmente levanta los ojos y los clava en los míos.

—El cuerpo descubierto en el Tíber.

—Explícalo. ¿Qué quieres decir?

Cluvio parece aliviado ahora que ha terminado.

—¿Has oído hablar de Torco, el dios de los pantanos?

—No. ¿Qué es?

—Creo que será mejor, Tito, que leas las cartas tú mismo. —Coloca una serie de rollos en mi escritorio—. Nerón intercambió cartas con un bárbaro, el famoso Carataco. He marcado las cartas más pertinentes para Torco, pero te sugiero que las leas todas, para tener algo de contexto. Avísame cuando hayas terminado, si deseas discutirlo más.

Empuja hacia mí las cartas. Cuando sale, le digo:

—Cluvio...

—¿Sí?

—Sabes que la quimera es ficción, ¿verdad?

—Lo sé. Buenas noches, Tito.

377

XIX

LA CORRESPONDENCIA PERSONAL DE NERÓN CLAUDIO CÉSAR

65 a 69 d. C.

Roma, 3 de enero [65 d. C.]

$\mathcal{Q}$uerido Carataco:

Anoche soñé con un golpe de Estado. El mío, en realidad, así que
estoy de mal humor. Sé que los sueños de un hombre pueden resultar soporíferos para otro, pero ten esta indulgencia conmigo,
viejo rey: todo esto tiene un objetivo.

El sueño empezaba de la siguiente manera. Yo estaba dormido,
enterrado bajo suave seda, con la carne desnuda y satisfecha extendida a mi lado. Luego, sin advertencia, unos soldados irrumpían por la puerta y me arrastraban tirando de los pies. Me llevaban a toda prisa a la cripta familiar y la sellaban dejándome
dentro, vivo. Mis gritos de socorro no recibían respuesta; los in-
sultos de los soldados se filtraban entre las grietas de la piedra. Las
horas se convertían en días, y los días, en semanas. Un hombre
nuevo ostentaba la púrpura, y el Imperio seguía adelante. Pero yo
no. Yo estaba allí, solo en la oscuridad. Olvidado.

El sueño era inquietante. Sin embargo, no era su violencia in-
herente lo que todavía me inquieta, horas después. Era lo corriente
que era todo. Los soldados, quiero decir. Todos ellos tenían la cara
fea y los ojos oscuros y pequeños… Eran hombres de alguna ciudad gala de baja estofa donde hay pocas alternativas para la ali-
mentación; donde las caras vulgares no tienen otro remedio que
conformarse con unos ojillos pequeños y oscuros. Y, sin embargo,
llevaban el uniforme que ha conquistado el mundo: la coraza de
acero, las glebas, la espada a la cadera, el casco emplumado. Lo más

aburrido de la humanidad que se engalana con la grandeza de
Roma. El contraste era enervante. Conducía a una idea en particular que no había tenido nunca. Verás: puede que yo sea un dios,
pero, a diferencia de Júpiter, mi poder es divisible, y se divide en
cada hombre que sirve a mi ocio. La verdadera fuente de mi divinidad tiene una mente propia, si decide usarla.

A mi sueño siguen una serie de sucesos no favorables. Nunca
antes (o eso me han dicho) ha habido tal frecuencia de rayos. En
Placentia, una ternera nació con la cabeza unida a una pata. Y lo
peor de todo, hace tres noches apareció un cometa.

Consulté con el astrólogo Balbilo. Ha consultado sus textos y al
Colegio de Augures. Confía en que los prodigios sean advierten-
cias, más que señales de algo inevitable. Sigue vigilante, me dice, y
gobernarás otros veinte años más.

Mi secretario Epafrodito ha estado de acuerdo con Balbilo. Y
también el prefecto Tigelino. Confía en los dioses, dicen. Balbilo
nunca se ha equivocado, dicen.

Sé que tienen razón. Pero, aun así, en noches frías como esta,
con solo una lámpara, papiro y cálamo para hacerme compañía,
me encuentro pensando en el consejo que diste a mi tío, Claudio
César, hace tantos años. ¿Lo recuerdas? Fue cuando nos conocimos. Claudio y el cortejo imperial hicieron una visita a tu propiedad italiana. Yo no era más que un niño. Era a principios de la primavera.

Recuerdo una carretera de piedra blanca que crujía bajo las ruedas de nuestro carruaje. Había polen en el aire y me picaban los
ojos. El cielo era de un azul vacío. Tu granja tenía dos pisos y era
de terracota, situada en la cima de una colina verde. A decir verdad, me sentí decepcionado. Eras el primer rey al que conocía, y el
primer bárbaro. Esperaba una guarnición con parapetos, trincheras, gritos en una lengua gutural, y banderas extranjeras agitadas
al viento. Sabía que tu derrota a manos de los romanos ya había
pasado, pero era joven, y la vida no me había despojado aún de mi
romanticismo. Anhelaba aventuras. No sospechaba que me iba a
enfrentar a diez empleados, olivares y limoneros, y un anciano
que nos saludaba con la mano mientras subíamos por el camino.

Claudio César no viajaba ligero de equipaje. Íbamos cientos.
Aquellos que no pudieron alojarse en tu hogar establecieron un
campamento junto al olivar. Por la noche, actuaron músicos y bai-

larines. No había sitio en tu jardín, de modo que despejaron un terreno en una colina cercana. Encendieron antorchas. Se sirvió vino.

Mi tío se sentó a tu lado. Los dos hablabais y hablabais. Mi madre insistió en que yo me sentara cerca, para oír cómo conversan reyes y emperadores. Recuerdo que el césar pidió tu consejo sobre Britania, cómo derrotar a una tribu que se estaba rebelando ante el Gobierno romano. Le dijiste que no se podía hacer nada. «Una tribu u otra siempre buscará pelea, ya sea contra otra tribu o contra la propia Roma. Es la naturaleza de la tierra que has conquistado», dijiste.

Mi tío respondió con tópicos sobre el poder sin rival del principado. Nunca olvidaré tu respuesta. Miraste al césar (el amo de todo) y dijiste:

—El poder es un fantasma. Uno que se cansará de perseguirte muy pronto.

Lo que dijiste era traición, pero Claudio no hizo que te arrestaran ni te golpeó con el dorso de la mano. Se tragó tus palabras durante un rato y luego hizo una pequeña señal con la cabeza.

Tu consejo tenía gran importancia para el emperador entonces, y sigue teniendo alguna para el emperador ahora. Verás: me encuentro rodeado por hombres que se maravillan ante mi divinidad y que elogian mi administración del Imperio, una administración que durará, según ellos, cualquier tiempo entre ahora y la eternidad. Pero esta noche, mientras me disponía a irme a dormir, después de una serie de oscuros presagios y malos sueños, me pregunto: ¿qué me diría Carataco? ¿Qué consejo me daría el prisionero más famoso de Roma?

Es un tema interesante: la naturaleza del poder del césar. Desgraciadamente, no puedo debatir tales cosas, al menos no con mis súbditos. Tú has gobernado, así que lo comprenderás. Los hombres espían las debilidades como un halcón que vuela en círculos desde arriba. La consideración a menudo se malinterpreta como vulnerabilidad.

Así que he aplicado tu consejo pasado a mis circunstancias presentes. Y he considerado tus palabras durante media noche. ¿Cuál es mi respuesta? Tu consejo contiene algo de verdad; eso lo admito. Ha habido cuatro emperadores antes que yo. Todos ellos han encontrado su fin. Pero tu consejo es prematuro. Voy con-

383

fiando cada vez más en este hecho a medida que escribo. Vendrá un día en que tendrás razón, viejo amigo, pero hoy en día estás equivocado.

Gracias por dejar que tu emperador escriba lo que no puede decir. El consejo traidor que diste a mi tío, hace muchos años, y que te he adjudicado esta tarde, está perdonado. Significas mucho para mí, igual que significó mi tío. Además, fuiste rey. Se te permiten cosas que no se les permiten a otros.

Envía a tu príncipe algunos limones, para que sepa que estás bien.

Tuyo,

NERÓN CLAUDIO CÉSAR IMPERATOR

* * *

Benevento, 16 de enero [65 d. C.]

Mi querido emperador:

Por supuesto que recuerdo cuándo nos conocimos. Fue una tarde estupenda. La luna estaba llena, cosa que prometía buenos augurios, y el aire era fresco, poco propio de la estación. Me recordaba mi hogar. Me acuerdo de que eras muy tímido, para ser un futuro emperador, de voz suave y deferente, pero también atrevido, a tu manera. Te vi mirar con embelesada atención a los poetas. Recuerdo haber pensado: es un artista, buena cosa para un rey, especialmente un rey romano. Los romanos carecen de arte. El tuyo es un imperio de ingenieros, bebedores y ladrones. El arte romano es simplemente el arte griego, robado y carreteado por vuestras carreteras, tan bien construidas. Un príncipe de Roma que sea artista, pensé, sería un buen cambio.

Nunca confundas las verdades duras con la traición, mi joven rey. Ahí es donde reside la tiranía. Todas las cosas llegan a su fin. Decir eso no equivale a ninguna traición. Es simplemente una observación honrada. Que es algo que tú, igual que tu tío antes que tú, no recibes de tus súbditos, y por eso me llegan cartas con regularidad lunar. Y, por favor, no confundas tampoco la observación honrada con el deseo. Espero que tu reinado dure tanto como predice tu astrólogo. Roma necesita a su príncipe artista.

Me escribes pidiéndome consejo. Pero en la misma carta anticipas y desprecias mi consejo. Es un truco propio de reyes, supongo; lo debí de perder con mi corona.

Mi consejo (si es que lo deseas) es sencillo: bebe, ríe, canta, lee…, lee poesía, historia y filosofía; viaja y ve mundo. Ama. Todavía eres joven…, al menos, a ojos de este viejo. Devora todo lo que te ofrece la vida, mientras puedas.

¿Qué noticias hay de la capital? Mi esclava visitó el mercado ayer y volvió con malas noticias. Me dice que una mujer fue arrestada en Misceno acusada de traición. Será bienvenida una explicación de tu propia boca, si quieres dármela, para llenar los tranquilos días de la granja.

Espero que te gusten los limones.

Tuyo,

CARATACO

* * *

Roma, 18 de febrero [65. d. C.]

Querido Carataco:

Muchas cosas han ocurrido desde que te escribí por última vez. Los detalles completos todavía no son conocidos. Esto es lo que sabemos.

La mujer esclava a la que te referías fue arrestada en Misceno tras pedir a un capitán local que participara en una conspiración para asesinarme a mí, su emperador. (Me cuesta mucho escribir esto aún ahora, semanas después. La rabia hace que me tiemble la mano.) Fue arrestada e interrogada, pero al parecer sabía poco de la conspiración en sí. Las intrigas que bullían a fuego lento no han acabado por desbordarse hasta fechas recientes.

Hace seis noches, Flavio Escevino (un senador perezoso y despreciable) salió de una larga conversación privada con Natalis, un caballero conocido por sus simpatías republicanas. Escevino ordenó a su liberto, un hombre llamado Milico, que afilara una espada. Luego Escevino revisó su testamento, concedió la libertad a sus esclavos favoritos y, lo más descarado de todo, hizo que se prepararan vendas para atender unas heridas que todavía no había sufrido.

Ese hombre, Milico, sumó dos y dos y, dándose cuenta de que ganaba más informando de lo que había presenciado que guardando silencio, corrió a buscarme al jardín Servilio.

Escevino y Natalis fueron arrestados e interrogados bajo amenaza de tortura, hasta que nombraron a los tres conspiradores, dos senadores y un caballero. Esos tres fueron llevados a palacio, separados, interrogados, y cada uno de ellos nombró a dos cómplices más.

Este es un fenómeno que presencié una vez, cuando cruzaba los Alpes. La nieve (un ejército, de millas y millas de ancho) se desliza por la cara de una montaña, aplastando a todo el que queda en su camino, y cogiendo velocidad a medida que cae. Se llama «avalancha». Es la única comparación válida para lo que ocurrió a continuación. A medida que íbamos acumulando más nombres y deteníamos a esas personas para interrogarlas, nos iban dando más nombres. Ese proceso se repitió una y otra vez. Y como una avalancha, el impulso fue devastador. Todavía estamos investigando sin un final previsible.

Muchos se han quitado la vida ellos mismos, antes de ser arrestados; a los patricios más viejos y distinguidos se les ha dado la oportunidad de hacer lo mismo. Las piras funerarias de los culpables, prendidas por sus familiares, llevan dos días ardiendo. La devastación es tan grande que el mismo cielo por encima de la ciudad está negro de humo y un hedor acre a carne quemada me llena los pulmones en este mismo momento. Los muros de mármol blanco de palacio y del foro y los templos de la ciudad están manchados de negro, y el populacho viste de negro (casi todos los ciudadanos), tan amplia y omnipresente ha sido la conspiración.

Empecé a interrogar a los conspiradores esperando conocer el motivo de su traición. Pero tuve que parar. No había ningún hilo racional, ninguna causa común. Algunos buscaban venganza por afrentas, incluso las más leves; otros querían la oportunidad de alzarse con otro; algunos pensaban que yo no era digno del principado porque conduzco carros en el circo y componía poesía y «actuaba como un griego», como si sus vidas no fueran perfectamente satisfactorias, aparte de eso.

¿Te has enfrentado alguna vez a algo semejante? Tú gobernaste durante años, y, además, sobre bárbaros. ¿Te enfrentaste alguna vez a semejante traición?

Tuyo,

NERÓN CLAUDIO CÉSAR IMPERATOR

* * *

Benevento, 1 de marzo [65 d. C.]

Mi querido emperador:

Tengo tu carta del 1 de marzo y la ventaja de disponer de más noticias de Roma. He oído que el hombre que orquestó toda la trama fue el viejo Pisón, y que, para huir al odio de su fracasada traición, se ha abierto las venas.

Conocí a Pisón hace años. Recuerdo que era muy alto, incluso para lo que solemos ser los celtas, con la nariz pequeña y apuntando siempre hacia el cielo. Me informó de su noble nacimiento en el momento en que nos conocimos. Solo después de ti en pedigrí, decía, con lazos con la familia real que se remontaban a los primeros reyes de Roma. No me sorprende que un hombre semejante se viera implicado en un intento de acabar con tu vida, solo que era su líder electo. ¿Cómo no eran capaces de ver su crueldad? ¿Su mezquindad? Así son los golpes de Estado, supongo. Uno ve la oportunidad de alzarse, y poco más.

También me siento sorprendido (conmocionado, a decir verdad) de que tu tutor, el gran Séneca, estuviera implicado. Lo siento, amigo mío. Sé lo mucho que significaba para ti. Estos días son realmente oscuros.

Respondiendo a tu pregunta: no, nunca me enfrenté a semejante traición. Creo que me beneficié de algunos factores que no estaban bajo mi control. En Britania teníamos un enemigo común: Roma. Con nuestras vidas y nuestra libertad en juego, no teníamos tiempo para conspirar unos contra otros. Concentrábamos nuestras energías en otras partes, en Roma, en la supervivencia. Y mi trabajo no era nada deseable. A la mayoría no le interesaba nada semejante tarea. Tus circunstancias son distintas. Roma no tiene enemigos y tus súbditos te ven disfrutando de la vida: en el circo, por las tardes, callejeando de una taberna a otra (he oído lo que se cuenta por ahí),

387

tus bellas esposas y tus apuestos y jóvenes esclavos. La corona no parece pesada, sino más bien atractiva.

Hay un tercer factor, pero no estoy seguro de tener las palabras adecuadas para expresarlo. Concierne al inacabable deseo de tus campesinos de luchar unos contra otros, la necesidad de todo ciudadano de clavar los dientes al otro. La maldición del lobo, así es como me lo explicaba a mí mismo cuando llegué a Roma. Algo que ya te contaré otro día, quizá.

Cuídate,

CARATACO

* * *

Roma, 7 de abril [65. d. C.]

Querido Carataco:

La noticia, tal y como la has oído, es más o menos correcta, excepto en un aspecto: Séneca no estaba aliado con Pisón…, no directamente. Su implicación era más artera. Se le pidió que participara en el golpe y, aunque se negó, decidió no advertirme. Mi antiguo tutor, el hombre que me guio a lo largo de toda mi juventud, sabía que me iban a matar. Y, sin embargo, no me dijo nada. Era un plan ingenioso, debo admitirlo. Él se beneficiaba, tanto si el golpe tenía éxito como si no. Si Pisón tenía éxito, habría recompensado a Séneca por guardar silencio, y habría requerido de su experiencia como estadista. Era el billete de vuelta a Roma de Séneca, después de que yo lo exiliara. Pero si Pisón no tenía éxito, él seguía sin estar implicado. Por supuesto, Séneca no previó el azar improbable de que su reunión con Pisón fuera observada y que las pistas del complot llevaran hasta él.

Un senador en particular fue fundamental a la hora de sacar a la luz la implicación de Séneca. Su nombre es Coceyo Nerva. Aportó dos testigos de la reunión entre Pisón y Séneca. Quizá fueran espías colocados allí por Nerva (no soy totalmente ingenuo), pero el caso es que su información fue comprobada y se consideró correcta.

Estoy intentando superar todo esto. A sugerencia de Nerva, hemos intentado reescribir la narración. Pisón y sus colegas pretendían cometer el acto en el templo del Sol. De modo que haremos sacrificios al dios del sol, carneros y reses, dando gracias al dios por

388

librarme del peligro. En cuanto a la espada que Escevino había afilado, la noche antes de ser descubierto, he hecho grabar en ella: «A Júpiter el Vengador», y ahora se conservará en el templo de Júpiter, en la Capitolina. El mensaje: los dioses están con el césar, y tú debes estar también con él.

¿Qué sabes de la maldición del lobo? Me gustaría oír cuál es la opinión de un rey bárbaro de la oscura y sangrienta historia de Roma, y sobre tus primeros días en Roma.

Atentamente,

CÉSAR

* * *

Benevento, 6 de abril [65 d. C.]

Mi querido emperador:

Si quieres que te cuente la historia, debo empezar por el principio. No recuerdo qué te conté de mis primeros años en la capital. Perdóname si recorro un camino ya hollado previamente.

389

Después de perder la guerra, me llevaron a Roma. Era la primera vez que pisaba la capital del imperio, la primera vez que veía la ciudad de la que habla todo el mundo. «Bienvenido a la civilización», me decían cuando me arrastraron a las puertas de la ciudad, encadenado como un criminal. Entonces ya sabía latín. Lo había aprendido de niño cuando viajé al sur de la Galia. Mi padre había insistido: «Si vas a ser dirigente —decía—, debes aprender la lengua de los hombres que gobiernan el sur, los que vendrán a nosotros algún día, con sus enormes narices, sus piernas pequeñas y sus máquinas de guerra brillantes». Y aprendí mucho…, mucho más que cualquier otro celta, pero nunca comprendí esa palabra: «civilización». Mi tutor solía decirme: «Tú vienes del mundo salvaje, no de la civilización». Pero, en Britania, antes de que vinieran los romanos, teníamos ciudades y carreteras; fundíamos el hierro y trabajábamos el metal; bailábamos, cantábamos, reíamos y hacíamos el amor. Teníamos reyes, ¡demasiados reyes! «¿Por qué mi hogar es "el mundo salvaje"?», le preguntaba a mi tutor, una y otra vez. Nunca recibí una respuesta adecuada.

Hasta que me encontré ante las murallas de Roma, derrotado y

encadenado, esa idea no acabó de definirse para mí, no con palabras, sino en la forma de una ciudad. Y pensé: pues os la podéis
quedar.

Sí, de alguna manera, su ciudad (tu ciudad) era impresionante:
mármol blanco y ladrillos rojos por todas partes, templos tan altos
como árboles, arcadas tan largas como valles y gente…, mucha más
gente de la que yo había visto nunca, todos arremolinados en torno
a una extensión de ladrillos y piedras como si la poseyeran, con esa
fanfarronería particular de los romanos. Todo tipo de gente, de todos los tamaños, formas y siluetas. Pero, ¡dioses!, qué ruidoso era,
ruidoso y sucio, mucho más sucio que cualquier pueblo de Britania. La orina es para el bosque, a los pies de un árbol, penetrando
hasta las raíces. Es una locura que vosotros, los romanos, la recojáis
en jarras, y vayáis por toda la ciudad con ella salpicando y cayendo
por la calle y en cualquier viandante, y la uséis para lavar (¡lavar!)
vuestra ropa. Una locura. Mientras estaba allí encadenado, pensaba: ¿esta confluencia de ruido, suciedad y orina es la «civilización»? ¿Quién elegiría este mar de suciedad y ruido? ¿Civilización? No, yo desde luego no.

Me encerraron en algún lugar debajo de la ciudad, una habitación sin ventanas, solo unos muros de piedra basta y el sonido del
agua goteando, goteando, goteando. Tuve visitantes, muchos más
de los que podrías esperar: hombres ricos y sus amigos, sus esposas, a veces incluso sus hijos, que venían a ver a un rey bárbaro so-
metido bajo el yugo. Hablaban suponiendo que yo no los entendía, discutían de mí como si fuera un animal. «Ah, qué asqueroso
es, ¿verdad, querido». «Lucio, ven a echarle un vistazo. Si no eres
bueno, vendrá a por ti por la noche.» «¡Echémosle un vistazo a su
polla!» Y yo estaba allí sentado, quieto, esperando mantener mi
dignidad, lo que quedaba de ella.

Una noche me visitó una mujer. Locusta. Había oído su nombre
antes, incluso en la «tierra salvaje» de Britania. Era una bruja, fa-
mosa por sus hechizos y sus venenos. Yo creía que iba a encontrarme a una mujer fea, vieja, con verrugas y arrugas. (Así es como
son las brujas en el norte.) Pero ella no era así. Tenía el pelo oscuro
y lustroso, los ojos grandes, color morado, y unos pechos que nunca
olvidaré sobresalían bajo una estola negra y un manto. Un océano
de oscuras ondas que contrastaban con una piel perfecta y de un
blanco lechoso, como la luna contra el cielo nocturno.

«Necesito la sangre y el semen de un rey», me dijo, sujetando un cuchillo y una botellita. «¿Cómo prefieres darlos?»

Queriendo ser galante con la belleza que tenía ante mí y ansioso por cualquier contacto humano, incluso con una bruja romana, dije: «Como prefieras».

Era una amante feroz, me tiraba de la barba, me mordía el cuello, me arañaba la espalda y los muslos, el cuero cabelludo y el vientre. Me metió en su interior, buscó por alrededor, me agarró la bolsa y la retorció, todo ello mientras me tiraba del pelo y chillaba con un placer malévolo, como un búho furioso que expulsa el día. Se quedó conmigo toda la noche. Entre cada asalto, yacía tranquila con la cabeza apoyada en mi pecho, como haría una esposa, como hacía la mía conmigo. Solo una vez me sacó sangre de las venas, guardándola en su botellita para un objetivo que no me preocupé por preguntar. Durante uno de esos interludios me habló de Roma y de su oscura historia.

—No perjudica que tú conozcas la verdad —dijo.

—Porque voy a morir.

—No —dijo ella—. Tú no morirás…, al menos no hasta dentro de muchos años. Pero nunca saldrás del imperio. No hará ningún daño que conozcas los secretos de Roma.

Y entonces me contó la historia del lobo.

—Roma está maldita —dijo—. Algunos creen que la maldición se originó con el fratricidio, cuando Rómulo asesinó a su hermano Remo y atrajo hacia sí el desprecio de los dioses. Pero eso no es correcto. La maldición es anterior al crimen, a la loba que los amamantó cuando eran pequeños. Conoces la historia de los gemelos, ¿no?

Tenía la cabeza apoyada en mi pecho. Cuando me preguntó esto, levantó la mirada hacia mí, con sus ojos morados, clavando la barbilla en mi carne, y noté su aliento caliente en mi piel sudorosa.

—Antes de Roma —dijo—, el mayor poder de la península estaba en Alba Longa. Su rey era Numitor. Un día, el hermano de Numitor, Amulio, se alzó, aprisionó a Numitor, mató a sus hijos y vendió a su hija a los adoradores de Vestal, donde se convirtió en virgen dedicada a los dioses. Aunque había hecho juramento de castidad, ella concibió de todos modos, cuando fue obligada a yacer con un hombre o un dios. Algunos dicen que fue Marte. Otros que fue Hércules. Algunos que fue el porquero que vivía camino abajo. Cuando

Amulio supo que su sobrina había tenido no uno, sino dos aspirantes a su trono, robó a los bebés gemelos, los llevó al Tíber y los dejó para que murieran entre los juncos.

Al llegar este momento, la bruja había doblado los brazos encima de mi pecho y me miraba directamente a los ojos, y yo notaba el latido de su corazón contra mi vientre.

—Los abandonaron para que murieran —continuó—. Pero una loba los rescató, ofreciéndoles su leche. Muchos se olvidan ahora, porque Roma lo ha dominado todo, pero los lobos en tiempos eran los mayores enemigos del hombre, cazaban y mataban a los nuestros. La batalla entre el hombre y el lobo se disputó durante siglos. Ese es el origen de la mancha de Roma. La loba no fue enviada por los dioses. Era maligna, el odio se transformó en algo sólido, y su leche fue la plaga primordial que infectó a los gemelos, que la consumieron. Hizo a los gemelos militantes y fuertes, con más astucia y resistencia que cualquier otro hombre en todo el Lacio, unas habilidades que pasarían a las generaciones sucesivas y conducirían al Imperio, pero también los cambió, retorció sus almas, la codicia y la ambición se fueron enconando. Cuando los gemelos se convirtieron en hombres, antes de reclamar su derecho a la corona, Rómulo mató a su hermano Remo. A causa de la maldición, era simplemente una cuestión de tiempo y un acto que se repetiría una y otra vez. Los hermanos matarían a sus hermanos, los ciudadanos matarían a los ciudadanos, para toda la eternidad, hasta que el tiempo mismo se trague el Imperio y el mundo llegue a su fin.

Hicimos el amor una vez más cuando terminó su historia. Después, cuando ella se estaba vistiendo, envolviéndose la estola en torno a sus curvas perfectas y blancas, le pregunté cómo sabía que yo viviría más de lo que pretendían mis captores.

—Veo muchas cosas —dijo ella.

—Pero ¿cómo puede ser que yo viva?

—Cuando te lleven al Senado, que te llevarán, apela a sus egos, a los suyos y al tuyo. No muestres debilidad, no ante los descendientes de Rómulo. Lo despreciarían.

Y tenía razón. Cuando llegó finalmente el día, me llevaron ante el Senado, varias filas de hombres de pelo blanco y togas igualmente blancas. ¿No te habló tu tío nunca de mi discurso? ¿Ha dependido jamás el futuro de un hombre de tan pocas frases?

«Sois grandes», empecé, y todos los hombres se quedaron mirándome con los ojos muy abiertos, sorprendidos al ver que el bárbaro que tenían delante hablara latín. «Pero yo también fui grande una vez, fui rey y gobernante de muchas naciones. Tendría que haber entrado en esta ciudad como amigo vuestro, no como prisionero. Mi presente situación es tan gloriosa para vosotros como degradante es para mí… Yo tenía hombres, caballos, armas y riquezas. ¿Acaso es de extrañar que me haya separado de todo ello de mala gana? Si vosotros, los romanos, decidís dominar el mundo, ¿se sigue de ello que el mundo tenga que aceptar la esclavitud? Si yo fuera entregado de inmediato como prisionero, ni mi caída ni vuestro triunfo se habrían hecho famosos. Mi castigo vendría seguido por el olvido, mientras que, si respetáis mi vida, seré un testimonio eterno de vuestra clemencia».

Tu tío estaba sentado en una silla como para un gigante, adornada con sedas blancas y púrpura de Tiro. Mientras yo hablaba, me sonrió, y cuando terminé, sus colegas del Senado asintieron con la cabeza, aprobadoramente. Al día siguiente me bañaron, afeitaron y me llevaron ante el césar. «Has apelado al intelecto del césar y a su misericordia —me dijo uno de sus libertos—. Por tanto, te han perdonado. Pero nunca podrás volver a Britania ni abandonar Roma. Sin embargo, eres un rey. Serás tratado conforme a ello. El césar se encargará.»

Y aquí he vivido desde entonces, a ciento cincuenta millas al sur de Roma, en una finca que da grano en primavera, olivas en otoño y limones todo el año. Carataco el rey y asesino de romanos es ahora un granjero. Mi vida como general bárbaro que declaró la guerra a todo un imperio parece ahora otra vida, la de un hombre totalmente distinto, uno mucho más fuerte y más valiente que el que soy hoy en día. Me he ido acostumbrando al calor italiano y a vuestras extrañas maneras y costumbres. Pero echo de menos el aire claro y limpio del norte, los verdes oscuros y profundos de los bosques; echo de menos el pan duro como una piedra, los potajes de raíces y carne de la que haya a mano. Echo de menos a mi sobrina pequeña, que siempre iba cubierta de barro y cantando a unas hadas que los hombres adultos no podían ver; a mi sobrina, que probablemente ahora ya sea madre…, pero estoy contento, a mi manera, a medida que me he ido haciendo viejo, cultivando la tierra de día y por la noche escribiendo al amo de todo.

393

Pero ya basta. Es tarde. Mi lámpara casi está gastada, como yo.
A la cama.

Tuyo,

CARATACO

* * *

Roma, 9 de abril [65 d. C.]

Viejo rey:

No tenía ni idea de que habías conocido a Locusta. Deberías
considerarte afortunado. No solo sobreviviste (que es más de lo
que pueden decir muchos), sino que está claro que a ella le gus-
taste.

No te tomes a pecho la historia del lobo. La gente cuenta tales
historias para sus propósitos personales. Quizá sea cierto o quizá
no. La verdad es irrelevante. Roma capturó al mundo a través del
ingenio y la ingeniería, no por ninguna maldición transmitida de
generación en generación. Construimos carreteras y armaduras,
y esas máquinas de guerra brillantes que tanto temía tu padre. Y
construimos sistemas de leyes, que, la mayor parte del tiempo,
intentamos seguir. Sí, de vez en cuando los romanos matan a
otros romanos, pero esos son brotes… sangrientos y terribles, sí,
pero brotes concretos, no la norma. La bruja pintaba el mundo
con simpleza, como quien quiere demostrar algo. En realidad, el
mundo es un mosaico compuesto de millones de hechos, conside-
raciones y motivaciones.

Tuyo,

NERÓN CLAUDIO CÉSAR

* * *

Benevento, 28 de noviembre [65 d. C.]

Mi querido emperador:

Me acabo de enterar. Confío en que ahora estés a salvo. No puedo
creer que haya habido otro intento de acabar con tu vida. Circulan

los rumores, pero resulta difícil creer lo que estoy oyendo. Envía noticias cuando puedas.

Tuyo,

CARATACO

* * *

Roma, 19 de diciembre [65 d. C.]

Carataco:

Sí, estoy vivo. Una vez más debo mi vida a Nerva y Tigelino. La canción era distinta, pero la melodía era familiar. Hombres y mujeres de familias distinguidas han pensado que era su momento de dirigirlo todo. Hasta el momento tenemos cuatro nombres: Torcuato, Cayo Casio, su mujer Lépida y Tulino (el pariente de Marcelo, a quien seguro que conoces). En este momento, los hechos son confusos. Tulino es el único de todo el grupo que ha confesado lo que sabe, y, o bien está poseído por las furias, o bien exagera para atraer más odio hacia los demás, y por tanto salvar su propia piel. Lo que dice resulta demasiado increíble.

La historia empieza con Tulino y Lépida. Los dos se hicieron amantes recientemente. Una noche, Lépida reveló a Tulino que era adepta a un culto del que él no había oído hablar nunca (ni yo tampoco). Torco. Pensaba que era otro de esos cultos orientales que han conseguido llegar hasta Roma y con los que tienen escarceos los nobles, como Dionisos, Mitra o Cristo. Lépida le pidió a Tulino que siguiera los ritos con ella. Tulino dijo que no le dio demasiada importancia a la invitación. Años antes había asistido a los ritos de Dionisos. Se imaginaba algo similar: un sacrificio animal en lo más oscuro de la noche, vino mezclado con la sangre de un animal, hacer el amor en una cañada boscosa. Confiaba en Lépida. La habría seguido hasta el Hades, dijo. Accedió sin dudar.

Una noche, en casa de Tulino aparecieron dos hombres vestidos de sacerdotes, con túnicas color rojo sangre, con los pliegues por encima de la cabeza como si fueran capuchas, pero además los dos llevaban unas extrañas máscaras de oro. La hora era tardía, mucho después de la medianoche. Vendaron los ojos a Tulino y lo metieron en una litera. Cuando la litera se detuvo, fue escoltado hasta una es-

395

calera que hacía zigzag. Finalmente llegó a un lugar donde le quitaron la venda de los ojos. La habitación era oscura y rústica, como una cueva, iluminada por antorchas que chisporroteaban. (O eso dijo Tulino. No hemos sido capaces de localizarla.). Había allí más figuras sacerdotales, casi una docena, todas ellas con extrañas máscaras, excepto un hombre que llevaba un manto negro. A los pies de Tulino se encontraba un hombre de rodillas, con una venda en los ojos, desnudo, temblando de miedo, con la polla encogida hasta el tamaño de un guisante, y (según Tulino) los labios de aquel hombre estaban cosidos.

El tipo de negro empezó a recitar un cántico en una lengua extraña. Pusieron un cuchillo en manos de Tulino… En este momento, la historia de Tulino llega a lo más extremo. Sin ningunas pruebas que la corroboren, resulta difícil de creer. No puedo imaginar que ningún ciudadano romano se comporte como él describe. Sospecho que su miedo durante todo el asunto ha envenenado sus recuerdos. Por lo que se supo luego, Tulino pasó varias noches muy inquietas y sin sueño antes de ser arrestado.

Resultaba que Nerva había mandado a un hombre a vigilar a Casio, el marido de Lépida, desde hacía semanas. Su espía (una ocupación de la cual ahora parece haber un suministro inacabable) le había informado de que Casio y Lépida tenían planes de colocar a su sobrino Torcuato en el trono. (Torcuato tiene vínculos lejanos con la familia real, que se remontan al propio Augusto.) La noche en cuestión, el hombre de Nerva observó que alguien salía en lo más oscuro de la noche. Afortunadamente, ese hombre decidió seguirlo y vio a Tulino con los ojos vendados unirse a la litera de esa persona. Los siguió, pero pronto perdió al grupo en algún lugar de las calles de la ciudad.

Aunque poca, la información reunida bastaba para que Tigelino arrestase e interrogase a Tulino. Este confesó en cuestión de horas, relatándonos su cuento fantástico. Tulino jura que había más senadores y secretarios imperiales implicados, docenas de hombres de los más poderosos del Imperio. Qué tiene que ver ese nuevo culto con lo de poner a un hombre nuevo en el trono, de eso no estoy totalmente seguro. Tampoco sé si lo sabremos alguna vez.

En cualquier caso, Torcuato se ha suicidado. Lépida está bajo arresto domiciliario hasta que decida qué hacer con ella. Casio ha sido desterrado a Sardinia. Aunque no estaba implicado directamente, tengo mis sospechas. Continuamos buscando a los demás participantes de ese extraño culto, pero hasta ahora no hemos tenido suerte.

CÉSAR

* * *

Roma, 3 de febrero [66 d. C.]

Carataco:

Después de reflexionar más, este culto me parece un escarceo, más que una amenaza auténtica. Hemos llegado a aprender mucho de él en las últimas semanas. El caso es que he tomado a Lépida como amante. Ella vino suplicando por su vida después de que se descubriera la conspiración. Yo había pensado en desterrarla junto con Casio, su marido. Pero es una belleza, una de las mayores de toda Roma. Me ha parecido un desperdicio.

A decir verdad, esa mujer me tiene fascinado, con su pelo rubio, los ojos verdes y la nariz respingona. Pasamos la mayoría de las noches juntos, recorriendo las calles de Roma, bebiendo, de juerga y haciendo el amor. Ha demostrado que está dispuesta a ayudar acerca del supuesto culto, tanto que creo que hasta podría escribir un relato corto sobre él. Su marido fue quien la obligó a ingresar, ¿sabes? Ella nunca fue una verdadera creyente. Y, por lo tanto, puede proporcionar un relato sin sesgar de sus orígenes y su ideología. Lo que sigue es lo que sabe.

La historia empieza en el paso de Teutoburgo, en Germania. Creo que desde que perdiste tu corona has estudiado historia. ¿Estás familiarizado con la peor derrota de Roma desde Carrhae? Ocurrió hace más de setenta años, mientras Augusto todavía era emperador. En aquellos tiempos, antes de la humillante derrota, se creía que era un hecho que Roma conquistaría Germania. Pero la traición no solo interrumpió el avance de Roma, sino que nos envió directamente hacia el otro lado.

El legado local era Varo. Uno de sus comandantes era un hombre llamado Herman, un germano latinizado en quien Varo confiaba y en quien se apoyaba mucho. Un día, Herman le contó a

397

Varo que una tribu del otro lado del Rin estaba planeando rebelarse contra Roma. Varo se movió de inmediato, uniendo a sus tres legiones y siguiendo a Herman a través de los bosques oscuros y los pantanos traicioneros más allá del Rin. Durante cuatro días marcharon bajo la lluvia, abriéndose camino por un barro que les llegaba a las rodillas, agachándose cuando unos pinos enormes les daban manotazos, como gigantes. Herman se fue con una excusa y, cuando ya estaba fuera de su vista, dio un rodeo y se unió a un ejército enorme, una rara amalgama de diversas tribus germanas, que normalmente guerreaban entre sí. Herman había elegido el paso de Teutoburgo para sorprender a Varo. Era el sitio perfecto para una emboscada. Ideal para una masacre.

Según Lépida, Varo tenía a dos chicos a su servicio, gemelos de una rica familia patricia. Eran demasiado jóvenes para ser soldados, pero su padre era un hombre muy duro. Para que sus hijos adquiriesen experiencia militar bien pronto, los colocó como favor con Varo. Los niños tenían solo unos diez años. Estaban allí cuando fueron masacradas las fuerzas de Varo, y contemplaron después cómo los germanos sacrificaban a miles de romanos a sus crueles dioses. Los gemelos fueron hechos esclavos por un grupo de sacerdotes germanos, al norte, más allá del río Elba, junto al mar Báltico, en un páramo pantanoso donde reside el culto a Torco. Lépida asegura que ella no sabe los nombres de los gemelos. Los llama Rómulo y Remo en broma. No la creo, pero no estoy seguro de que importe cuáles son sus nombres.

Lépida dice que distintas tribus de Germania entregan chicos a ese culto, para que sirvan al dios de los pantanos. Se espera que cada tribu entregue a un chico cada año. Muchos entregan a los hijos desfigurados, a los niños que nadie quiere, de modo que el pantano está lleno de hombres con extrañas desfiguraciones.

Durante meses, los chicos vieron cómo torturaban a hombres con los que habían servido, comandantes a quienes amaban y admiraban. Les arrancaban la lengua y les cosían la boca, o bien les quitaban los ojos. A la mayoría les rajaban el cuello y recogían su sangre en copas doradas.

Seis años más tarde, después de que los gemelos hubieran practicado las artes oscuras durante años, después de que hubieran visto el poder que daban a los guerreros germanos, esos chicos viajaban con un ejército germano cuando fueron atacados por el general romano Germánico (mi abuelo), que buscaba venganza por el paso de Teutoburgo. Después de la batalla capturaron a los chicos, los identificaron y los devolvieron a Roma. Nadie conocía sus oscuros actos en el pantano germano. Nadie pensó que fueran responsables cuando su padre, duro y beligerante, desapareció al cabo de un mes de su regreso.

Lépida dice que los gemelos compraron un almacén junto al Tíber, contrataron a hombres que cavaran bien hondo en la tierra, para crear una piscina perpetuamente llena por el Tíber, y que ese era su pantano germano en Roma. Los chicos salían por la noche, aterrorizando a la ciudad, y cogían a hombres y mujeres y los arrastraban a su guarida, les cortaban la lengua y les cosían la boca, y se bebían su sangre. Creían sinceramente que la fuerza de los dioses germanos les daba una fortaleza ilimitada. Esos chicos tuvieron hijos, a los cuales enseñaron las artes oscuras. Y el culto, lentamente, se fue extendiendo por Roma.

A esa cámara subterránea era adonde Casio había arrastrado a Tulino. Lépida jura que ella solo estuvo una vez allí. Le vendaron los ojos y no sabe si podría encontrarla otra vez. Ella cree que el culto es maligno, pero no tuvo más remedio que seguirlo, dadas las creencias de su marido. Dice que Casio, por otra parte, es un firme creyente en Torco. Afortunadamente para él, fue desterrado a Sardinia y ha escapado a mi ira por el momento. Si hubiera conocido antes la verdadera intensidad de su implicación, no le habría adjudicado el leve castigo del destierro.

Le pregunté a Lépida por qué ese culto quería a su primo en el trono. Ella me dijo que el dios del pantano vuelve locos por el poder a sus adeptos. Casio volvió con ella después de un crimen ritual y creía que era un dios. Ellos deseaban el poder como un hombre necesita aire en los pulmones.

«Por eso Roma nunca conquistará Germania —me dijo—. Y por eso las tribus germanas están eternamente en guerra. Sed de sangre, solo viven para eso.»

Cuando me contó todo esto, pensé en Pisón y en las demás conspiraciones que he descubierto contra mi vida. Me pregunto si habrá una esquirla de ese dios germano en el corazón de cada hombre.

CÉSAR

* * *

Benevento, 21 de febrero [66 d. C.]

Mi querido emperador:

Sería un error confiar solamente en lo que dice esa mujer, Lépida. He oído hablar del dios de los pantanos y del culto que lo adora. Es maligno, eso es cierto. Había rumores en Britania, de hombres y mujeres secuestrados por los germanos, que los llevaban a los bosques de Germania y los obligaban a ejercer sus artes oscuras. La secta vuelve locos a los hombres. Si los capturan, los adeptos son quemados, tan perdidas están sus almas. Los hombres son capaces de cosas muy oscuras...

Tuyo,

CARATACO

* * *

Roma, 2 de abril [66 d. C.]

Querido Carataco:

Siempre has tenido un lugar especial en mi corazón y a menudo he buscado tu consejo, pero no te excedas, querido amigo..., especialmente en asuntos del corazón. Recuerda que yo soy tu emperador, tu amo y señor, y tú existes porque yo lo permito.

Odio admitirlo, pero se ha descubierto otro complot para acabar con mi vida. No sé si está relacionado o no con ese culto a Torco. Lépida me asegura que no. He dejado que sean Nerva y Tigelino quienes investiguen, y que sea el Senado el que aplique el castigo correspondiente. Nerva parece saber lo que ocurre en Roma antes de que ocurra.

Estoy muy harto de la capital, los complots y las intrigas. Así que planeo hacer un viaje a Grecia. Asistiré a los grandes juegos de todas las ciudades: olímpicos, délficos, ístmicos. Cantaré y correré con mis caballos contra lo mejor que pueda ofrecer Grecia.

Tuyo,

CÉSAR

* * *

Benevento, 2 de enero [68 d. C.]

Mi querido emperador:

La semana pasada, una delegación de senadores pasó por mi propiedad. Decían que tú habías vuelto de Grecia y que ahora estabas en Neópolis. Espero que esta carta te llegue allí, recuperado y con buen ánimo.

¿Cuántos meses ha estado fuera mi príncipe artista? ¿Quince? ¿Habrás adoptado las costumbres griegas?, me pregunto. Puedo imaginarte ahora, con el pelo largo, la barba del mismo estilo, rollos de papiro desenrollados en el regazo... ¿Por eso visitas Neópolis, la ciudad más griega de toda Italia? ¿Cómo dice el dicho? «La cautiva Grecia capturó a su incivilizado captor.».

¿Qué ocurre con el descontento de la Galia, con las legiones que se han negado a tomar el juramento? Estoy seguro de que ya lo tienes todo controlado. Pero este viejo y depuesto rey está desprovisto de hechos y apreciaría algo más que rumores.

CARATACO

401

* * *

Roma, 12 de mayo [68 d. C.]

Querido Carataco:

Es cierto, ha habido descontento en Galia, y ahora se ha extendido a Hispania. Las últimas noticias son que Vindex, el líder de la legión caprichosa de la Galia, demostrando que no está completamente desprovisto de inteligencia, anunció la candidatura no de sí mismo, sino de Servio Galba, un senador por encima del pedigrí habitual, en un intento de legitimar su traición. No importa. Los dioses son justos. Galba y Vindex aprenderán pronto cuál es el precio de la traición.

Aun así, la incesante perfidia de mis súbditos me cansa. Mis noches son largas e inquietas. Anoche me desperté pasada la medianoche, empapado en sudor, gritando como un niño. Soñaba que estaba en alta mar, en un barco pequeño. Era de noche. El mar estaba muy embravecido. Los truenos resonaban por encima de mí, y cada espectacular relámpago azul revelaba unas olas tan altas como el Panteón. La vela de mi barco estaba intacta, y la costa no se hallaba demasiado lejos. Podía haberme dirigido hacia la seguridad, pero el barco carecía de timón. El barco, obedeciendo a las corrientes y al destino, derivaba hacia la calamidad. Yo no podía hacer nada.

Me acordé entonces de otro sueño que tuve hace años, de que mis propios soldados me sellaban dentro de mi cripta familiar, aún vivo. ¿Te acuerdas? Un oscuro presagio que dominé, igual que dominaré también a este íncubo más reciente.

Tuyo,

NERÓN

XX

EL JARDINERO

79 d. C.

Tito

8 de abril, primera antorcha. Palacio Imperial, Roma

Cuando acabo de leer las cartas de Nerón, estoy cubierto de un sudor frío. Me preocupaba el cuerpo que estaba junto al río, sabía que la amenaza estaba todavía ahí fuera. Pero era solo una sospecha amortiguada. No esperaba… esto. Y leer sobre el lento e inevitable declive del principado de Nerón no hace más que aumentar mi ansiedad. Él estaba alerta, y, sin embargo, no vio el final hasta que se le vino encima. ¿Hemos estado engañados todo este tiempo? ¿Fue el culto germano lo que acabó por derrocarle? ¿Intentaron otra vez hacerse con el trono, pero las circunstancias arruinaron su plan y la púrpura pasó a Galba? ¿O Galba era un adepto?

Tengo que calmarme. Tengo que pensar.

Grito a Ptolomeo:

—¡Busca a Virgilio! Despiértalo, si es necesario.

Virgilio llega a mi estudio, con los ojos cargados de sueño y bostezando, pero no se queja. Su rostro está igual de carente de expresión al leer las cartas de Nerón. Cuando ha terminado, levanta la vista y dice:

—Tenemos trabajo.

Hablamos casi una hora, debatiendo qué sería mejor hacer.

—Tal y como yo lo veo —digo—, tenemos tres hilos de los que podemos tirar: Casio, Lépida y Tulino.

Virgilio se echa atrás en su silla, asintiendo.

—Casio fue desterrado a Sardinia. Podemos enviar a alguien a buscarle, pero eso llevará tiempo. Lépida está aquí, en Roma. ¿La arresto?

Lépida, antigua amante de Nerón y exmujer de Iulo, uno de los dos hombres que hice matar en Baiae el último diciembre. Lépida, que siempre parece andar rondando la tragedia, pero nunca acaba implicada.

—No. Todavía no. Ella, o bien no está implicada o bien, a juzgar por cómo engañó a Nerón, es demasiado lista para decir algo que no debe. Mejor no revelar lo que sabemos. Todavía no. Por ahora, esperaremos.

—Bien, Tulino no nos va a ayudar —dice Virgilio—. Está muerto.

—¿Ah, sí? —Ahora que Virgilio lo menciona, no estoy seguro de saber mucho de Tulino. No era especialmente importante ni influyente. Ni siquiera sé si le llegué a conocer.

—Era el sobrino de Marcelo —dice Virgilio—. Estaba con su tío en Asia cuando murió, hace años.

—¿Y por qué sabes tanto tú de Tulino?

Virgilio se encoge de hombros.

—Su liberto perdió dinero en una partida de dados conmigo. Huyó a Asia con su amo antes de pagarme lo que me debía. Nunca volví a ver a ese tramposo.

Los sacerdotes, aproximadamente unos treinta, con mantos rojo sangre, las cabezas agachadas y encapuchados, salen del templo y van hacia el foro. Me abro camino entre la multitud y casualmente me pongo al nivel de Marcelo.

—Buenos días, Marcelo.

—¿Eh? —Por culpa de su capucha, para poder verme, tiene que volver no solo la cabeza, sino también los hombros—. Ah, Tito. —Mira mi manto sacerdotal—. No te había reconocido sin la armadura. No pareces el príncipe.

Me muerdo la lengua: sabía que tendría que soportar sus comentarios maliciosos para conseguir la información que quiero.

—Quería preguntarte algo de tu sobrino, Tulino.

Marcelo se queda quieto. Se inclina hacia delante, entrecerrando esos ojos reptilianos, como si yo fuera una página que no es capaz de distinguir bien con la pálida luz gris de la mañana.

—¿Qué?

—Tulino, tu sobrino.

—¿Qué pasa?

—Querría saber cómo murió.

El labio inferior de Marcelo sobresale.

—Se ahogó. ¿Por qué lo preguntas?

—¿Y dónde se ahogó? ¿Y cómo?

Marcelo suspira.

—Estaba entre mi personal, cuando fui procónsul de Asia. Cuando estábamos visitando Rodas, se emborrachó mucho. Apareció devuelto por las olas a la mañana siguiente. Y ahora, ¿me dirás por qué quieres saber cómo murió mi insignificante sobrino hace seis años?

—¿Qué sabes de los problemas que tuvo con Nerón? Cuando Casio fue desterrado de Italia.

Marcelo adopta un aire despectivo y agita la mano.

—¿Eso? Fue manipulado por una mujer muy guapa, pero también muy loca: Lépida. Él no me dijo nada más. Supuse el resto. Como podrías hacer tú, si te tomaras el tiempo necesario.

—¿Qué sabes de Torco?

La expresión de Marcelo no cambia. Se encoge de hombros.

—¿Es un lugar o una persona? ¡Espera! —Levanta la mano—. No importa. Nunca lo he oído nombrar. ¿Eso es todo?

Hago una señal y Marcelo sigue andando.

Virgilio se reúne conmigo en mi camino de vuelta a palacio.

—¿Ha habido suerte? —pregunta.

—Tulino se ahogó. Es lo único que me ha contado.

—¿Crees que sabe algo más?

—Sí, pero es que soy desconfiado por naturaleza.

—¿Y Lépida? —pregunta Virgilio.

—Esperaremos.

—Así que ahora mismo estamos en un punto muerto.

—Quizá —digo yo—. Quizá.

Antonia me visita por la tarde. Es la primera vez que compartimos el lecho desde la ovación de Cerialis. Yo era reacio a continuar después del regreso milagroso de Plautio. Pensaba que una cosa era cuando Plautio estaba desaparecido, y probablemente muerto, y otra cuando estaba vivo y dentro de los límites de la ciudad. Me negué a verla durante varios días. Pero hoy le he mandado recado, pidiéndole que me visite discretamente. No estoy seguro de lo que ha cambiado. Tal vez es que realmente me gusta y no quiero tenerla lejos. Quizá simplemente es que necesite una distracción.

Cuando acabamos, Antonia, que está desnuda y no lleva más que las horquillas del pelo y un brazalete de oro en la muñeca, se sirve una copa de vino y va andando hasta mi escritorio. Juguetona, traza la silueta de la madera con el dedo. Luego se sienta y empieza a examinar los documentos que yo había dejado allí extendidos.

A través de la ventana oímos la llamada de un estornino.

—Plautio está sano y salvo —dice—; sin embargo, por lo que veo, tú sigues trabajando duramente, ¿no?

Doy la vuelta de lado y me incorporo, apoyándome en el codo.

—Han ocurrido más cosas de las que sabe la gente. Hay hombres que siguen conspirando para derrocar al césar.

—Sí, pero eso ha pasado siempre.

Resoplo sarcásticamente, como respuesta. Pienso en los diez años que lleva mi padre en el poder, derrotando a hombres ambiciosos. Pienso en las cartas de Nerón y en las conspiraciones a las que se enfrentaba constantemente.

—Cierto. Muy cierto.

Levanta el pergamino manchado de sangre encontrado en el cadáver de Haloto. Inclina la cabeza hacia un lado, intentando descifrar la escritura germana.

—Sinceramente, Tito… Tienes aquí unas cosas…

—Todo es importante.

—Bah… —dice ella, escéptica—. ¿Qué importancia puede tener esta jerigonza?

—Es la prueba de un culto de origen germano, que ha infectado Roma.

Ella deja caer el pergamino como si estuviera ardiendo.

—Ya veo. Bueno, eso parece importante. —Coge otro papel—. Pero ¿esto qué es? ¿Por qué puede ser importante esto?

Está sujetando la nota que Ptolomeo transcribió sobre Vetio, el caballero que se perdió en Pompeya, la nota que puso en papiro después de garabatear la información de Epafrodito aquella noche en la cena de Ulpio. Antonia lo lee en voz alta: «Nombre: Cayo Vetio. Clase: caballero romano. Ocupación: jardinero. Especialidad: árboles frutales, sobre todo higueras y perales. Desaparecido el 12 de diciembre».

Levanta la vista del papiro.

—Sinceramente, Tito, ¿qué te importa a ti un caballero de Pompeya?

Le explico que es el hombre del que me habló su marido, que fue interrogado y después desapareció.

Antonia se ríe.

—Equivocado una vez más. Me lo pensaré dos veces antes de cuestionar los métodos de interrogatorio del prefecto Tito. —Mira de nuevo la nota de Ptolomeo—. Ya sabes cuál dicen que fue el método con el que Livia envenenó a Augusto.

Recojo mi túnica. Ausente, le pregunto:

—Higos. Algunos decían que Livia quería quitar de en medio a Augusto, su marido, para dejar paso a su hijo, Tiberio. Para evitar a los catadores de Augusto, pintó los higos de palacio con veneno. Él cogió el fruto envenenado directamente del árbol. Es una tontería, claro. Augusto murió por causas naturales. Pero eso es lo que cuentan algunos —dice con un suspiro.

De repente, me parece que el suelo cede bajo mis pies y que me estoy cayendo. Se me revuelve el estómago. ¿Cómo he podido pasar eso por alto?

Me pongo la túnica y llamo a gritos a Ptolomeo. Antonia, todavía desnuda, corre al lecho y se esconde entre las sábanas.

—¿Qué pasa, Tito? —pregunta—. ¿Qué problema hay?

Cuando llega Ptolomeo, aparta los ojos de Antonia.

—¿Quién es el jardinero jefe de palacio?

Ptolomeo me mira sin ver.

—No lo sé.

—Averíqualo y tráemelo. Y hazlo discretamente, Ptolomeo. Nadie tiene que saber que me intereso por los jardines. ¿Lo has entendido?

Ptolomeo vuelve una hora y media más tarde; trae ante mí y ante Virgilio a un hombre llamado Lucas, *Un Ojo* (aunque tiene los dos ojos), un liberto judío que supervisa los jardines de palacio.

—¿Cuántos jardines de palacio tienen higueras?

—Cuatro —dice él, confiado. Explica que hay distintos jardineros para cada tipo de árbol, en cada jardín.

—¿Estás a cargo de contratar a esos jardineros?

—A veces —dice él—. A veces me dicen quién hará cada cosa.

—¿Cuándo se recogen los frutos de las higueras?

—La cosecha se perdió por la ola de frío. Esperamos la siguiente este mes.

Suerte. La única razón de que el césar todavía esté vivo es la suerte.

Le digo a Ptolomeo:

—Nadie va a coger, ni mucho menos comerse, ninguno de los frutos. Vete. Busca a cuatro esclavos y que cada uno de ellos custodie uno de los jardines.

Virgilio dice:

—Si corre la voz de que sabes lo de los higos, podemos perder la ventaja que tenemos. Y este palacio tiene más filtraciones que un barco tracio.

Asiento. Le digo a Ptolomeo:

—Haz que los esclavos custodien los árboles durante el día. En cuanto el sol se ponga y el palacio esté dormido, haremos que recojan toda la fruta y la lleven a un lugar separado, lejos de palacio. Elige a cuatro personas en las que confíes. No se lo digas a nadie más.

Cuando estamos solos Virgilio y yo, él me pregunta:

—¿Qué crees que ha ocurrido? ¿Que Vetio fue el elegido para envenenar los árboles y que, como no estuvo dispuesto a hacerlo, fue asesinado y buscaron a otra persona?

—Ya lo veremos.

—¿Y qué planeas hacer? —pregunta Virgilio.

—Encontrar el árbol que ha sido envenenado. Si lo encontramos, encontraremos al hombre que lo envenenó.

—¿Cómo?

—Probándolos todos, supongo.

XXI

EL REGALO DE DIDO

69 d. C.

Marco

2 de abril, tarde. *Costas de Cartago, África*

Cada paso que da la mula pienso que será el último. Es vieja y lenta. Está tan flaca que veo todas y cada una de sus costillas debajo del pellejo. De vez en cuando hace una pausa y las ruedas gimientes de nuestro carro se paran, y pienso que la mula no podrá dar un paso más. Pero entonces Espículo le susurra algo al oído, le da unas palmadas en el anca, y echa a andar de nuevo.

Doríforo, Nerón y yo vamos en el carro. Espículo camina junto a la mula, sujetando las riendas y animándola. Junto a nosotros hay un acantilado. Al fondo, después de una caída larga, muy larga, está el mar, que se estrella contra la costa rocosa. Me arde la nuca bajo el sol africano.

Doríforo levanta la vista de un rollo de papiro. Dice a Espículo:

—Agua.

—No —dice Espículo, volviendo la vista con su único ojo—. Necesitamos asegurarnos de que habrá suficiente también para el viaje de vuelta.

Doríforo jura por lo bajo.

Me alegro de que Espículo esté con nosotros. No sabía que venía hasta que abandonamos Sardinia. Me alegré mucho cuando Nerón me lo dijo, porque Espículo había empezado a enseñarme cosas que Nerón no podía: a dar puñetazos, a seguir las huellas de un jabalí, a cebar un anzuelo, qué nudo usar y por qué, a afilar una espada y a hacer fuego. Y es mucho más amable que Doríforo. No se enfada ni me grita. Su voz es tranquila (aunque es grande como un toro) y no le importa repetirme las cosas dos o tres veces.

El día que partimos de Sardinia, el cielo estaba gris y pensé que vendría una tormenta, pero no fue así. Todos los bandidos nos vieron salir. Mientras remábamos hacia alta mar, observamos que se iniciaba una pelea. Espículo dijo que era para ver quién le reemplazaba como líder. No nos quedamos para comprobar quién ganaba.

Fuimos con un bote de remos hasta un barco que estaba anclado en las aguas más profundas, que pertenecía a unos mercaderes que conocía Espículo. Decía que le debían un favor, de modo que nos llevarían a Cartago gratis. De camino hacia Cartago, Doríforo y Espículo hablaron de dinero. Nos estábamos quedando sin efectivo y se preguntaban de dónde sacaríamos más. Pero Nerón les dijo que no debían preocuparse por eso. Dijo que pronto seríamos ricos.

Cuando llegamos a Cartago, solo teníamos el dinero suficiente para comprar una mula, un carro, un odre de agua y tres rebanadas de pan rancio. Ni siquiera disponíamos de las monedas suficientes para pagar una noche en una posada, de modo que partimos de inmediato, siguiendo las instrucciones de Nerón. Llevamos horas en la carretera. Estoy sudoroso, cansado y hambriento. Y tengo mucha sed. Tengo más sed de la que nunca he tenido en toda mi vida. Quiero más agua, pero Espículo dice que debemos tener cuidado.

—¿Y si nos quedamos sin agua? —pregunto.

Nerón está sentado a mi lado en el carro. Intenta alborotarme el pelo, pero no acierta y por poco me saca un ojo.

—No será así, Marco —dice—. No será así.

Recuerdo lo que dijo Doríforo en Sardinia. Que Nerón estaba loco y que nos llevaría a todos a la muerte.

—¿Y cómo lo sabes? —le pregunto.

—Quizás una historia nos ayude —dice Espículo—. Para que el chico esté distraído.

Nerón asiente.

—Sí, es una idea magnífica. ¿Por qué no te cuento la historia del sitio adonde vamos? —Se rasca la barba cobriza, que ahora lleva ya muy larga—. ¿Por dónde empezar? Creo que ya te he hablado de la reina Dido.

—Sí —digo, asintiendo.

—Que la enterraron con un enorme tesoro, con oro, plata y joyas, todo ello sepultado en las costas de Cartago.

Sigo asintiendo con la cabeza y luego recuerdo que él no me ve, así que digo:

—Sí.

—Bueno, lo que no te he contado es que, cuando yo era emperador, vino a verme un caballero. Dijo que conocía la ubicación del tesoro de Dido. Pero necesitaba los recursos de un emperador para excavarlo. Había sido estudiante en Alejandría, como serás tú, cuando dio con su primera pista. Estaba en la gran biblioteca leyendo una obra teatral de Menandro, *El hombre de Éfeso*. El caballero decía que era su obra favorita y que se la sabía de memoria. Estaba por la mitad cuando se encontró con un texto que no pertenecía a la obra. «Las palabras estaban equivocadas —me dijo—, no era más que un galimatías.» Al principio se puso furioso porque el libro estaba estropeado. Pero luego aquella rareza le empezó a intrigar. Volvía a la biblioteca cada día después del colegio y miraba aquella maldita página, esperando que la respuesta al enigma saltara de ella y lo sacudiera por los hombros. Durante meses leyó y releyó la página. Entonces, un día, se le ocurrió que la respuesta podía estar en la versión correcta del texto. Así que buscó otro ejemplar de la obra y se puso a comparar los dos. En la versión correcta, el coro se preguntaba por el tesoro oculto de Dido. Ese pasaje no estaba en la versión alterada de la obra. El caballero pensó en todo eso, pensó durante años, hasta que se le ocurrió la idea: la página alterada es una clave. Estaba seguro de ello. De modo que empezó a descodificarla. Trabajó años y años en ella, primero por las noches, después de estudiar, y luego, cuando acabó sus estudios, en la oficina del magistrado. Al cabo de cinco años había descodificado la primera línea. Decía lo siguiente: «Sigue estas instrucciones hasta la tumba de Dido, reina de Cartago». Como puedes imaginar, eso no hizo más que espolear al hombre. Descodificar la clave entera significaba encontrar la tumba de Dido y la fortuna que estaba enterrada con ella. El hombre siguió viviendo su vida. Se casó, tuvo cinco hijos y se convirtió en un ciudadano prominente. Pero seguía obsesionado con descodificar aquella clave. Cada noche seguía intentándolo, trabajando una letra tras otra. Y después de veinticinco años, finalmente dio con la solución. O eso pensaba.

»El código cifrado se convertía en unas indicaciones desde Cartago a la costa. Se llevó a tres de sus hijos y juntos visitaron el lugar. Pensaba que la fortuna estaría escondida debajo de una montaña. Echó un vistazo al montículo de tierra y pensó: nunca lo conseguiré solo. Necesitaré la ayuda de un dios. De modo que alquiló un barco y navegó hasta donde me encontraba, lo más cercano a un dios en la Tierra. Me contó su historia y pensé: ¿por qué no? Era un capricho, uno de los caprichos de los que el césar dispone, que son infinitos. Le di todos los hombres y suministros que me pidió. Mes tras mes, fueron vaciando la montaña, palada a palada. Pero cuando el trabajo estuvo hecho del todo, vieron que no había ningún tesoro. No quedaba nada más que un agujero enorme en el suelo. Aquello fue demasiado para el caballero. Había pasado demasiados años incubando su obsesión para darse cuenta al final de que estaba equivocado. Además me debía mucho dinero…, porque la ayuda del césar nunca es gratis. De modo que el día que hice volver a mis hombres desde Cartago, se cortó las venas.

»Me enteré del fracaso del caballero cuando estaba en Grecia. Varios meses más tarde, cuando por fin pude volver a Roma, encontré un baúl con las pertenencias del caballero esperándome en mi dormitorio… No sus efectos personales (supongo que esos fueron a parar a su mujer), sino el baúl que contenía la obra de Menandro alterada y la clave del caballero. Yo tengo cierta habilidad para los enigmas (el césar tiene, en realidad, aptitud para la mayoría de las cosas), así que me senté y probé a descifrar la clave. Durante meses seguí intentándolo, teniendo la sensación de que faltaba algo… Y, efectivamente, faltaba algo. Ahora, Marco, es cierto que la Fortuna es veleidosa, pero esto es especialmente verdadero para los idiotas. El caballero había cometido un pequeño error que había arruinado toda la traducción, un pequeño error (faltaba una letra) y toda la empresa resultó fallida. El hombre se había dejado la «o» de «oeste», y ese pequeño y estúpido error le había enviado en la dirección equivocada desde el principio. No tenía posibilidad alguna de encontrar el tesoro. Pero nosotros sí.

416

»Antes de que me sacaran los ojos, pasé muchos meses aprendiéndome de memoria la clave y descodificando ese aspecto en concreto de la obra alterada, de modo que tengo memorizada toda la información que necesitamos. Sabía adónde ir en el momento en que desembarcamos en Cartago. Y ahí es adonde nos dirigimos.

—¿Así que serás rico? —pregunto.

—Seremos —contesta Nerón. Esta vez sí que encuentra mi pelo y lo alborota—. Seremos ricos.

Espículo tira de las riendas de la mula y nos paramos. Mira el papiro que sujeta y luego echa un vistazo a la costa.

—Debería de ser aquí.

La costa tiene el mismo aspecto que ha tenido todo el día: un gran acantilado que acaba en el agua. No hay ciudad ni nada parecido desde hace millas.

Doríforo empieza a maldecir.

—Vamos a morir pobres y hambrientos —suelta—, junto a la maldita orilla del mar.

—¿Qué pasa? —pregunta Nerón—. ¿Qué problema hay?

Espículo empieza a recorrer la costa, mirando a su alrededor atentamente.

—¿Qué problema hay? —Doríforo está furioso. Salta de la carreta—. Que vamos a morir pobres. O sedientos. Ese es el problema.

Espículo mira por encima del borde del acantilado. Arroja una piedra y un momento después oímos un «chof» cuando cae en el mar.

—Cálmate, Doríforo —dice Nerón—. Cálmate. ¿Podrá explicarme alguien dónde estamos? ¿Dónde está el tesoro?

Doríforo se pone a maldecir y a dar patadas a la arena. Coge una piedra y la tira.

Espículo empieza a quitarse la ropa. Doríforo deja de lanzar tacos y mira a Espículo.

—¿Qué pasa? —pregunta Nerón.

Una vez que Espículo se ha quedado desnudo, se dirige hacia el acantilado, se coloca con los dedos de los pies sobresaliendo del borde y se tira de cabeza. Desaparece de la vista.

417

—¿Qué está ocurriendo, por el amor de Júpiter? —pregunta Nerón.

—Espículo ha saltado —digo.

—Bien —contesta Nerón—. Me encanta que alguien esté intentando algo más que maldecir.

Doríforo y yo nos acercamos al borde; miramos hacia abajo. No vemos a Espículo, solo vemos el mar.

Al cabo de un rato, demasiado para que cualquier hombre haya podido aguantar la respiración, le pregunto a Nerón si estará muerto. Nerón dice:

—Espero que no.

Y entonces oímos una gran salpicadura abajo. Miramos por encima del borde y vemos que Espículo nada hacia la costa y sube por el acantilado con mucho cuidado. Cuando está por encima del borde y vemos que lleva las manos vacías, Doríforo empieza a soltar tacos otra vez.

—¿Así que ha vuelto sin nada? —pregunta Nerón.

Doríforo sigue maldiciendo. Tiene la cara tan roja como la capa de un legionario.

418

De rodillas todavía, Espículo dice:

—No exactamente. —Señala el collar que lleva puesto, un collar que antes no llevaba. Es de oro con unas esmeraldas verdes gordísimas, tres, que cuelgan como peras maduras.

Doríforo abre mucho los ojos y luego chilla:

—¡Eeeh!

Nerón sigue preguntando qué ha pasado.

Cuando Doríforo se calma, Espículo explica que ha encontrado una cueva bajo el agua.

—¿Y qué hay en ella? —pregunta Doríforo—. ¿Hay algo más que el collar?

—Más oro y joyas de los que he visto en toda mi vida.

Doríforo empieza a soltar tacos de nuevo, pero esta vez ríe entre maldición y maldición.

Volvemos a la ciudad riendo todo el camino. Cambiamos una de las tres esmeraldas por monedas a un joyero local. Compramos un bote de remos, muchas cuerdas largas, cuatro caballos y pagamos una semana en una posada. No le contamos a nadie lo que hemos encontrado. Espículo dice que es demasiado peligroso, que, si alguien lo supiera, nos robarían.

Aquella noche, Nerón dice:

—Mañana iremos a por más. Mucho más. Espículo, ¿podrías volver a entrar en la cueva con una soga?

Espículo asiente.

—Bien. Cuando hayas asegurado todos los baúles, haremos que los caballos los saquen tirando.

—Llevará muchos días —dice Espículo.

—Quizá —responde Nerón—. Pero podemos dejar parte del tesoro donde está, si es necesario. Ha permanecido allí mil años. Estoy seguro de que podría quedarse un poco más. De todos modos, seremos los hombres más ricos del Imperio.

XXII

Un experimento con higos

79 d. C.

Caleno

4 de abril, tarde. Subura, Roma

*L*a Roja me tiene media hora esperando. Quizás el cliente anterior se ha quedado demasiado rato. O a lo mejor ella sabe que hacer esperar a un hombre aumenta la expectación, que así la desearé aún más. De cualquier manera, no me importa. Mientras salga por esa puerta y me invite a entrar, soy feliz.

La sala de espera es larga y estrecha, con un banco que corre de un extremo a otro. A mi izquierda hay una puerta que conduce a las habitaciones. Está cerrada, con un tipo muy grande delante. Otros cinco clientes están conmigo en el banco, esperando pacientemente. Si no estuviera esperando a nadie en particular, yo sería el siguiente. Pero estoy aquí para ver a la Roja, a nadie más que a la Roja.

Después de tropezarme con ella en la calle, le pagué una copa y todo lo demás que vendía, y he ido viniendo a verla regularmente desde entonces.

Le he preguntado por el día que nos conocimos y los hombres que la habían secuestrado. Ella no sabía por qué la raptaron. «No eran exactamente del tipo de hombres que suelen responder tus preguntas.» Había oído algo que no debía, dijo, y estúpidamente se lo contó a otro cliente estando borracha, preocupada por lo que había pasado; ese cliente se lo contó a alguien más. «Quizás el culpable sea uno de esos.» Decía que había aprendido la lección y que ya no le contaría nada a nadie, yo incluido.

Cuando empezó la pelea en la calle, ella se escondió en el bosque y luego se dirigió hacia Roma.

—No hay mejor lugar donde esconderse que la ciudad más grande del Imperio —dijo—. Y además, a nadie se le ocurriría buscarme aquí. —Consiguió trabajo en este burdel e intentó seguir haciendo su vida—. No voy a agachar la cabeza —decía—. De ahora en adelante.

Después de lo que me parece una semana entera, finalmente se abre la puerta y la Roja saca la cabeza.

—Caleno —dice—. No habrás esperado mucho rato, ¿no?

La Roja se aparta de mí, se vuelve a poner la estola de cualquier manera y coge una botella de vino agrio.

—Una copa —dice—, y luego tendrás que irte.

Recojo mi túnica del suelo y saco lo que queda del dinero que me dio Domitila.

—Esto —digo, sujetando una moneda de plata— debería pagar el resto de esta hora y la siguiente.

Ella se acerca y examina la moneda.

—Esto, querido amigo, pagará el resto del día.

Me tiende la bebida y se sienta a mi lado.

—Sabrás que lo he visto hoy. Al soldado que me atrapó.

—¿Cómo? —Me enderezo. Mi mano derecha se cierra formando un puño solo con pensar en ese hijo de puta—. ¿Dónde?

—¡Ah, tranquilo, Caleno! Deja de actuar como un marido protector. Puedo cuidarme sola, gracias. De todos modos, fue en el foro. Había miles de personas a nuestro alrededor. Y no me estaba buscando en Roma. Así que, a menos que le dé en la cabeza, nunca me encontrará.

—A nosotros nos pasó —digo, recordando nuestra colisión en Subura.

—Cierto —dice ella, que levanta la mano y me frota la cicatriz de la mejilla (lo hace a menudo; dice que le da buena suerte)—. Pero tú y yo tenemos una afinidad.

—¿Cómo sabes que fue él? —le pregunto.

—Ah, no es probable que olvide a una bestia semejante. Además, tenía ese corte justo debajo del ojo, el que dijiste que le hiciste tú. Te alegrará saber que se le ha curado mal.

—Bien, pues ven a buscarme la próxima vez que le veas.

—¿Por qué? —dice ella, sonriendo—. ¿Cómo me va a proteger un viejo inválido y baqueteado como tú?

—No es por protegerte —digo—. Nerva me dijo que pagaría para saber quién era. Y eso podría ayudar a que me diera más trabajo otra vez.

—Nunca me contaste qué pasó. ¿Por qué te echó tu patrón tan deprisa?

Me encojo de hombros.

—Porque pasé de ser una mosca en la pared al mejor amigo del césar. —Le cuento la historia de que me llevaron a palacio para que tradujera lo que decía el bátavo, después de que este salvara la vida de la Augusta—. Un hombre como yo pierde su valor cuando la gente conoce mi cara... Bueno, al menos eso es lo que dijo Nerva.

La Roja achica los ojos. Piensa que estoy fanfarroneando para impresionarla.

—Con la vida que llevas... —dice ella—. ¿Qué harás para conseguir dinero?

—No estoy seguro —respondo, deprimido ante lo que me espera—. Nerón todavía me debe dinero. Puedo reclamarlo.

La Roja sonríe.

—Pensaba que ahora eras amigo de la familia real. Estoy seguro de que el césar podría usar los servicios de Julio Caleno...

Me río ante la perspectiva.

—¿Te imaginas?

—Bueno —dice ella—, ya se te ocurrirá algo.

—Sí, siempre se me ocurre.

425

Domitila

10 de abril, tarde. Jardines de Diana, Roma

Vespasia y yo encontramos a Tito en el segundo nivel de la columnata, mirando hacia el jardín de Diana. *Cleopatra*, la perrita que ha adoptado, está junto a él, mirando a su amo con ojos llenos de afecto. Las manos de Tito están apoyadas en la barandilla de mármol. Está inclinado hacia delante, contemplándolo todo como un ave de presa. Debajo se encuentran cuatro hombres sentados ante una mesa larga, rectangular. Frente a cada uno de ellos, hay una cesta con higos; una tableta encerada se encuentra delante de cada cesta, numeradas del uno al cuatro. Los hombres están comiendo; de sus bocas rezuma la fruta recién cogida (y posiblemente envenenada). Detrás de los hombres, el soldado canoso de Tito, Virgilio, va caminando a lo largo de la mesa.

Llevábamos toda la mañana buscando a Tito, desde un extremo del palacio al otro, hasta que mi padre insinuó que lo podíamos encontrar aquí, en el jardín de Diana, un jardín imperial poco usado y casi olvidado, a las afueras de la ciudad.

Tito nos permite que observemos su experimento, después de jurar que no le contaremos a nadie lo que hemos presenciado. Sin embargo, luego, sin poder morderme más tiempo la lengua, digo:

—Me parece innoble, Tito. Aunque sean criminales.

Desde la comisura de los labios, sin abandonar su observación de halcón, Tito dice:

—Todos son criminales, Domitila, condenados a muerte. Se les dará mejor uso así que en la arena.

—Es cruel —respondo.

Tito tensa la espalda, luego se vuelve y me mira a los ojos.

—Estos hombres son todos convictos. Se han presentado voluntarios. Saben cuál es el riesgo. He prometido liberar a aquel que sobreviva. La familia del que muera recibirá mil sestercios.

Vespasia deja de morderse las uñas.

—Domitila tiene razón. Es cruel.

—Solo os parece cruel porque es nuevo —dice Tito—. No es más cruel que la arena.

—Eso no es cierto —contesta Vespasia—. En la arena es distinto.

Tito niega con la cabeza.

—Puede ser distinto en la forma, pero no en la sustancia. Cada día ves crueldades y las perdonas. El Imperio se alimenta de ellas…, no podría existir sin ellas, como no existe la civilización. Pero las ves tan a menudo que te has acostumbrado a ellas. Es solo cuando la forma es nueva, entonces sí que lo notas y pones objeciones. —Finalmente levanta la vista hacia nosotros—. La crueldad es solo otra palabra para decir «novedad». En cuanto una práctica se vuelve rutinaria, ya no es ninguna novedad. Y, por lo tanto, ya no es cruel.

—Estás equivocado —digo, con convicción—. Es cruel.

Vespasia dice:

—Estoy de acuerdo con Domitila.

Tito nos ignora a las dos; ha acabado de dar explicaciones. Nos quedamos en silencio, observando.

Echo de menos a mi hermano, el chico que sonreía frente a la adversidad. Encontraba su constante calma como algo sobrenatural. Pero este año ha sido demasiado para él, con todos esos acontecimientos inexplicados que no puede atacar directamente. La mano en el foro, la desaparición de Plautio, el cuerpo en el Tíber. Me pregunto si mi hermano, por primera vez en su vida, se siente indefenso.

Hay cierto aire de tranquilidad durante un momento, casi serenidad. El único sonido que se oye es un lento y monótono masticar, además del arrullar de un pájaro oculto en algún lugar.

Y entonces el sonido de atragantamiento lo llena todo. Un

hombre se levanta de la mesa, agarrándose la garganta. De las comisuras de sus labios brota espuma blanca. Cae hacia atrás y su ataque de tos se ve interrumpido repentinamente por el golpe sordo de su cabeza contra la piedra. Se retuerce un rato en el suelo. Luego se oye solo silencio; su cuerpo se queda quieto.

Dos esclavos imperiales recogen el cadáver y se lo llevan.

Tito llama a su soldado canoso, Virgilio.

—¿Qué número?

Virgilio está de pie junto al montón de higos, ahora sin hombre.

—Tres —responde.

Los criminales hablan muy alterados. Creen que se han ganado el perdón.

—¿Por qué paráis? —les grita Tito desde arriba—. Todavía no habéis terminado. Necesito comprobar cada uno de los jardines. No habréis acabado hasta terminar el montón. Venga, a trabajar de nuevo.

Los tres hombres que quedan se callan; sus caras se ponen blancas. Ninguno se mueve.

Virgilio da unas palmadas.

—¡Venga, moveos!

Abatidos, los convictos se vuelven a sentar a la mesa y de mala gana se meten otro higo apenas maduro en la boca.

Tiro los dados. Cuando veo que me salen tres unos, lanzo una maldición en voz alta. Antonia espera y comprueba que no estoy enfadada antes de echarse a reír. Recoge los dados.

—Tu suerte no es mejor que la mía —dice.

Me muerdo la lengua, conteniendo más exabruptos.

—No —digo yo—. Pero eso nos da una buena excusa para visitarnos, ¿verdad?

—Pues sí. —Antonia sonríe—. ¿Sabes en qué anda metido tu hermano? Le mandé llamar ayer, pero no estaba en el palacio.

Como Tito me obligó a jurar que le guardaría el secreto, estoy obligada a decir:

—No estoy segura. Por ahí, buscando a los que conspiran contra el césar, supongo.

Antonia inclina la cabeza a un lado y se frota una marca

que tiene en el cuello, justo debajo de la oreja; un tendón se tensa y su clavícula sobresale. Inesperadamente, me imagino a mi hermano besando ese saliente en particular. Esbozo una mueca. Una nunca debería imaginarse a su hermano haciendo ese tipo de cosas. Pero corren tantos rumores...

—Bueno —dice Antonia—, sea como sea, Tito siempre elige lo que es mejor.

... Y no puedo evitar creer en los rumores cuando la supuesta amante de repente parece una experta en el supuesto adúltero.

Antonia pronto cambia de tema.

—Dicen que el falso Nerón ha desaparecido. Que el rastro se ha enfriado.

—Sí, pero estoy segura de que acabará saliendo a la superficie. Es raro, ¿verdad? Que la gente arriesgue su vida para seguir a semejante hombre...

—Bah, no estoy segura —responde Antonia—. Siempre he pensado que el tirano era muy guapo.

Sonrío, apreciando el gusto por la controversia que tiene Antonia.

—Para mi gusto era demasiado bajo —digo.

—Ah, sí —dice Antonia, y sonríe—. Me había olvidado de que prefieres a los hombres altos..., como los bátavos.

Me sonrojo, aunque no tanto como habría podido hacerlo antes. El bátavo ha mantenido su promesa, más o menos. Desde que Caleno habló con él, no ha hecho nada que me pudiera abochornar. Es lo que yo quería... Sin embargo, echo de menos la atención. «Su» atención. Mi valor siempre ha estado inextricablemente unido al de mi padre. Cuando un hombre me demostraba interés, nunca estaba segura del motivo: ¿le gustaba yo (mis ojos, mi ingenio, mi amor por la poesía, la forma en que me rizo el pelo) o bien deseaba la riqueza y las conexiones que le aportaría casarse con la hija de Vespasiano? El bátavo era distinto. Había algo muy sencillo en su mirada azul. No estaba contaminada por la política o por las jerarquías sociales de Roma. Pero sé que así es mejor: aparte de elevar ligeramente mi moral, nada bueno podía haber salido de esos insistentes ojos azules del bátavo.

Más tarde, después de perder tres partidas a una, Plautio

viene corriendo al atrio. Lleva un trozo de papiro que agita por encima de su cabeza. Está furioso y visiblemente alterado.

—Esto es demasiado. Sencillamente, ridículo.

Antonia hace una mueca. Parece avergonzada por la falta de compostura de su marido.

—¿Qué pasa, Lucio? —le pregunta.

—Mira esto. —Plautio arroja un trozo de papiro a la cara de Antonia—. Han presentado una demanda contra mí. Ni siquiera puedo decir por qué. Es demasiado, demasiado.

—Una demanda —responde Antonia—. ¿Por qué?

Plautio se sienta y se agarra la cabeza entre las manos; la sacude a un lado y a otro. Finalmente, levanta la vista.

—Alegan que después del tiempo que pasé en el mar, ya no soy un hombre libre. —Sus ojos están llenos de lágrimas.

—No lo entiendo —digo.

—El propietario del barco en el que estaba… dice que fui capturado de acuerdo con la ley. Ha interpuesto una demanda para probar que soy un esclavo. Para demostrar que soy de su propiedad.

—Pero ¿puede hacer tal cosa? —Antonia se muestra incrédula—. ¿Con un senador?

—Es una perversión de la ley —dice Plautio—. Un tribunal puede restaurar sus derechos a un ciudadano nacido libre. Se hace cuando a los niños nacidos libres se les obliga a trabajar como esclavos. Pero esto…, esto es una locura. El capitán del barco está manipulando unas leyes antiguas para secuestrar a un ciudadano romano nacido en libertad.

—¿Por qué iba a hacer tal cosa el comerciante? —pregunta Antonia—. Es absurdo querer que un senador reme en tu barco.

—Debe de tener motivos políticos —digo—. Tiene que haber otro objetivo que no sea simplemente poner las cadenas de nuevo a Lucio.

Plautio se coge otra vez la cabeza entre las manos.

—No volveré a ese barco. No puedo volver.

Antonia se sienta junto a Plautio en el reclinatorio. Por sentido del deber, más que por una empatía auténtica, le da unas palmaditas en la espalda a Plautio.

—Ea, ea.

Plautio se pone a sollozar.

430

XXIII

ALEJANDRÍA

69 d. C.

Nerón

23 de mayo, mañana
Hogar de Lucio Ulpio Trajano, Alejandría, Egipto

*D*oríforo y yo estamos en el balcón cuando entran Espículo y Marco. Sus pies, todavía húmedos tras haber nadado en la Gran Bahía, chasquean en el mármol a cada paso que dan.

—¿Cómo ha ido la lección? —pregunto.

—Se las va arreglando —dice Espículo—. Lo hará mejor que yo dentro de nada.

Un esclavo me coge la mano y coloca una copa en ella. Sabe que debe esperar hasta que yo la he sujetado bien con ambas manos antes de soltarla. Él, como los otros esclavos que he comprado, solo habla arameo; así nos deja libres para conversar en latín o griego, sin oídos curiosos que nos escuchen.

—Te has perdido muchas cosas mientras estabas nadando —digo—. Han nombrado a un nuevo emperador.

—¿Otro? —pregunta Espículo.

—Es cierto —dice Doríforo—. El prefecto de la ciudad que tenía las tropas aquí en Alejandría ha nombrado emperador a otro hombre. Es una desgracia que Otón se haya suicidado. Así habrían tenido tres a la vez.

—¿Quién? —pregunta Espículo.

—Vespasiano —digo.

—¿El legado en Judea? ¿El que tú nombraste?

—Ese mismo —digo—. Hace tres años ese hombre se escondió después de haber echado una siesta inoportuna. Y, sin embargo, ahora es coemperador de Roma.

—No, de Roma no —dice Doríforo—. Solo le han nombrado emperador las tropas que están aquí en Alejandría, y quizás en Judea. Pero si su pedigrí es el que dices que es, un provinciano al que solo separan tres generaciones de un galo, no consigo imaginar que el Senado o los patricios den el visto bueno a semejante hombre.

Meneo la cabeza.

—Los ejércitos son el contraargumento final. Las legiones del este fueron famosas en tiempos por su letargia. Pero, últimamente, están endurecidas por la guerra. A Vespasiano lo respalda un formidable ejército. Y mira al hombre con el que se enfrenta. Vitelio es una criatura humilde. Yo disfrutaba de su compañía tomando unas copas de vino o en un banquete, porque ese hombre tenía apetitos que te dejaban sin aliento, pero nunca le habría confiado la salvaguardia de un ratón siquiera, y no digamos del Imperio. Es solo cuestión de tiempo que Vespasiano gane. Cuando lo haga, el Senado no tendrá otro remedio que reconocerlo como el césar.

—¿Y la guerra llegará hasta aquí? —pregunta Marco, dubitativo.

Le gusta mucho Alejandría. Para él, en Roma hace un calor asfixiante y su gente es brutal. Alejandría es alegre y amable, y aquí es libre, no es esclavo de un bruto. No quiere que la guerra arruine Alejandría.

Doríforo, indiferente a la ansiedad que subyace en la pregunta, dice:

—No podemos estar seguros de nada. Sin embargo, podemos usar esto para dar la vuelta a los acontecimientos en nuestro provecho.

—¿Cómo? —pregunta Espículo.

—Ayuda a Vespasiano —dice Doríforo—. Que nos deba algo.

—¿Y cómo consigue uno que un general nos deba un favor? —pregunta Espículo.

—Los imperios cuestan dinero —respondo—, y ahora el dinero es algo que tenemos en abundancia. Eso también supondrá una oportunidad para ir promoviendo el nombre de Ulpio.

Doríforo resopla.

—¿Por el bien del chico?

—Por el de todos nosotros —salto yo.

—Vamos, Doríforo —ruega Espículo—. Trabajamos para hacer prosperar el nombre de Ulpio ahora mismo. Todos estuvimos de acuerdo.

—Sí —digo—. Será mejor que sigamos con esto.

—Bienvenidos todos. —La voz hace eco en el pórtico—. Es bueno saber que el apoyo a nuestro nuevo emperador va más allá de los hombres de los barracones…

Una brisa perfumada de sal me acaricia la nuca suavemente.

—El prefecto de la ciudad está hablando —me susurra al oído el aliento a ajo de Doríforo—. Vespasiano está de pie junto a él.

Ahora me siento más seguro, pero todavía necesito ayuda, especialmente cuando habla alguien a quien no he oído nunca. Necesito que Doríforo me explique la escena, punto por punto, quién habla, dónde está situado.

—… que los dioses favorezcan a Vespasiano y las furias condenen a los traidores en Roma —continúa la voz, que ahora sé que es del prefecto de la ciudad.

Se llama Tiberio Alejandro, al que yo mismo nombré hace años. Recuerdo que era un hombre bajo y algo calvo, con el vientre abultado y las cejas negras y gruesas, como dos orugas gordezuelas dormidas una encima de cada ojo.

¿Y Vespasiano? Me pregunto si será como lo recuerdo de la última vez que le vi. Yo estaba en Corinto cuando le mandé llamar al palacio real. Nos acabábamos de sentar a cenar cuando Vespasiano irrumpió abriendo las puertas, con su manto de viaje sucio del camino, con el pelo canoso todo alborotado. Sus mejillas gordezuelas se agitaban al jadear y resoplar. Obviamente, estaba todo preparado («Enviaste a llamarme, césar, y no me he detenido hasta tenerte ante mis ojos»), pero lo aprecié de todos modos. Además, la multitud, ciertamente, estaba impresionada. Hicieron algo de espacio en mi mesa y se sentó a mi lado durante el resto de la cena. Tuvo el buen sentido de no sacar el tema de su siesta inoportuna durante una de mis ac-

435

tuaciones, años antes, una cabezada que le mandó fuera de Roma. Agua pasada, porque además se le concedió el sueño de cualquier general: una guerra.

Doríforo me susurra al oído. Dice que el secretario va de un invitado a otro recogiendo el donativo de lo que cada hombre quiera dar.

Cuando llega ante nosotros, le pregunto:

—¿Cuál es el mayor donativo hasta el momento?

Aturullado, el hombre no sabe dar una respuesta inmediata.

—Yo…, bueno…

—El que sea, yo lo doblo. Solo quiero hablar un momento con el emperador. Unas palabras y un favor.

El silencio del secretario me dice que no tiene experiencia en política. Tendrá que aprender rápido si no quiere ser eliminado.

No hay respuesta, solo el sonido de unos pies que rozan el suelo alejándose.

Doríforo susurra a mi oído otra vez:

—Ha ido corriendo a ver a su amo.

—Sí —digo—. Ya me lo imagino.

Vespasiano y Tiberio Alejandro, el prefecto de la ciudad, nos llaman. Percibo el deje nasal en la voz de este último.

—Mi liberto dice que deseas hacer un generoso donativo para la causa del césar Vespasiano.

—Es cierto —digo.

—¿Nos conocemos de algo? —pregunta una voz distinta, la de Vespasiano.

—No —respondo.

El prefecto pregunta:

—¿Y cómo te llamas?

—Lucio Ulpio Trajano.

—Ulpio —dice Vespasiano—. Ese nombre me resulta familiar.

—Mi hermano luchó por ti en Judea.

—Ah, sí, ya me acuerdo —dice Vespasiano—. ¿Y de dónde es tu familia? Lo he olvidado.

—Hispania. Mi sobrino y yo vivimos ahora en Alejandría.

El prefecto de la ciudad dice:

—Nunca te había visto y conozco a todo el mundo en Alejandría.

—¿Ah, sí? Con una población de quinientas mil personas, no concibo una memoria tan prodigiosa.

Vespasiano nos interrumpe. Le preocupa el donativo, no la memoria del prefecto.

—A cambio del donativo, pediste unas palabras y un favor. Ya tienes las palabras, ¿cuál es el favor?

—Entrada al Senado y un nombramiento para mi hermano.

Una carcajada incrédula: creo que procede del prefecto de la ciudad. Vespasiano, sin embargo, es mucho más práctico. Es un hombre nuevo, él también. Sabe que no hace falta pedigrí para trabajar bien.

—Ser miembro del Senado requiere un millón de sestercios. ¿Tienes propiedades que cubran tal requisito?

—Sí. Y más, en realidad.

—¿Y eso además del donativo que ya has prometido? —pregunta Vespasiano.

—Sí.

—¿Y el nombramiento?

—Legado —digo— o procurador, algo de ese nivel.

Risas aún más incrédulas del prefecto.

—No hablarás en serio…

—Eso no será fácil —dice Vespasiano, interrumpiendo al prefecto—. Después de que tome Roma tendré que devolver muchos favores, y solo hay unas cuantas provincias disponibles. Y Galba hizo nombramientos que me resisto a revocar. Esta misma mañana he conocido al hombre a quien Galba nombró procurador de Asia. He jurado mantenerlo donde está.

Está negociando. Yo le he prometido pagarle una bonita suma. Cederá pronto.

—Hay provincias más pequeñas, ¿no? ¿Cilicia, quizá?

—Cilicia…, sí, a esa puedo acceder. —Vespasiano acaba de redondear el tema—. ¿Y cuánto tardarás en entregar el dinero?

Sonrío.

—Puedo dártelo…, a ver, no estoy seguro… Mañana como muy tarde.

Vespasiano se ríe, una risa franca de campesino, no la risa de un emperador.

437

—Mañana será perfecto —dice.

Como nunca dejo de enterarme de algo si puedo, añado:

—¿Puedo preguntar quién es el procurador de Asia?

—Haloto —dice.

Las uñas de Doríforo se me clavan en el brazo.

—¿Y todavía está en Alejandría? —pregunto.

El prefecto levanta la voz. Su incredulidad ha desaparecido; ahora hay un desinterés displicente.

—Se ha ido esta mañana.

Doríforo, demasiado deprisa y con demasiado interés, pregunta:

—¿A Asia?

El prefecto responde su pregunta con otra:

—¿Conocéis a Haloto?

—Por favor, perdona a mi esclavo —digo—. Se acostó con un hombre que estaba al servicio de Haloto. —Le doy unas palmaditas a Doríforo en la cabeza—. Es como un perro que busca constantemente una pierna para follársela. Un completo degenerado. Pero lleva tanto tiempo conmigo… Nadie sabe diluir mi vino como él ni prepararme igual de bien la comida. Dependo de él, por muy degenerado que sea.

El emperador campesino se ríe de nuevo. Me coge por el hombro. Nos estamos haciendo amigos rápidamente.

—Si a un hombre se le tuviera que juzgar por sus libertos —dice—, me habrían enviado a las minas hace años.

—Gracias, césar —digo—, por tu amabilidad. Pero ¿estás seguro de que se trata de Haloto?

Vespasiano dice:

—Ah, sí, muy seguro. El eunuco es difícil de confundir. Ojos como un lobo, pálido y hambriento, pero con los hombros de una mujer, e insolente como el que más.

Le dedico el bufido desdeñoso que espera.

—¿Y con quién trabajará? ¿Quién va a ser el procónsul de Asia?

—He nombrado procónsul a Marcelo.

Hablamos un rato, concretando los detalles finales del acuerdo. Cuando acabamos, uno de ellos (creo que es Vespasiano) me coge la mano y la sacude vigorosamente. Tiene la gracia de un hombre que está vendiendo mulas.

—Tenemos un trato —dice—. Preveo grandes cosas para el clan Ulpio.

—Gracias —digo, y con gran esfuerzo consigo escupir el título que sé que debo usar—, césar.

Después, cuando ya estamos en casa, Doríforo, Espículo y yo nos reunimos en el balcón. Marco está dentro, dormido.

—Así que hemos ayudado a poner a otro hombre en el trono —dice Doríforo con desaprobación.

—No hay ningún problema en ello —respondo—. Vespasiano no tuvo nada que ver con mi caída. Simplemente, está aprovechando la oportunidad que se le presenta. No hay motivo alguno para que no podamos hacerlo, si ese hombre nos debe un favor. Nosotros no le deberemos nada y no existe motivo para que no podamos volvernos contra él más tarde.

—¿Y qué haremos con Haloto? —pregunta Espículo—. Sabemos que allá donde esté, como procurador, será muy poderoso y resultará difícil llegar hasta él.

—Esperaremos —digo.

—¿Dónde? ¿En Éfeso? —pregunta Doríforo.

—No —respondo—. La capital de Asia será su terreno, por así decirlo. Encontraremos algún lugar cercano donde él vaya de visita. Samos, Chipre, Rodas… Algún sitio donde podamos continuar con la educación de Marco. Y esperaremos.

—¿Cómo sabremos que Haloto vendrá al lugar donde estemos?

—No lo sabremos —contesto—. Pero no tenemos prisa. Podemos esperar.

439

XXIV

PRUEBAS Y TRIBULACIONES

79 d. C.

Domitila

18 de abril, tarde. Jardines Servilios, Roma

*H*e encontrado a mi padre y a Grecina, la matrona de cabello canoso de los Plautios, bajo las ramas entrecruzadas de un olmo. El aroma frutal de lo que están bebiendo perfuma el aire.

—¿Cómo va el juicio? —pregunta mi padre—. ¿Has estado allí todo el día?

—Sí —respondo mientras tomo asiento—. Lo he visto todo.

—Di la verdad, niña —me pide Grecina—. ¿Ha abochornado mucho Plautio a nuestra familia?

—Pues él… —la pausa me delata, pero sigo hablando—, no lo ha hecho mal, considerando las circunstancias.

—¿Las circunstancias? —El ceño fruncido de Grecina conseguiría congelar el Tíber—. ¿Quieres decir la circunstancia de que sea un completo idiota? Hoy en día, eso no se puede considerar ningún mérito.

—No —respondo—. Me refiero a la perspectiva, por remota que fuera, de caer en la esclavitud. Dado todo lo que ha pasado, con esa posibilidad amenazándole, la ansiedad se ha apoderado de él. Es perfectamente comprensible.

Grecina lanza uno de sus carraspeos desdeñosos.

Mi padre dice:

—Ese juicio es una farsa. Un truco.

—No estoy en desacuerdo —digo.

—Querida mía —dice Grecina—, ha sido simplemente un intento de avergonzar a los Plautios, manipulando las leyes antiguas de Roma y los pocos y desgraciados meses que ha pasado Plautio en el mar. Si Plautio fuera un hombre mejor, de más valía…, si fuera la mitad de hombre de lo que era mi esposo, habría sido capaz de dar la vuelta a esos acontecimientos para su ventaja. Pero es un desastre. No lo harán esclavo, pero parece ser que dejará que nuestra familia quede pisoteada.

Mi padre niega con la cabeza.

—Esta maniobra también está dirigida a nosotros. En último extremo. Tu madre… —Suspira.

La procedencia de mi madre siempre ha sido una vergüenza para nuestra familia. Nació libre y ciudadana de Roma, es cierto, pero su familia era pobre. Trabajó en la casa de otro hombre durante años, haciendo un trabajo de esclava. Su vida mejoró y consiguió una situación de favor, pero se requirió una demanda judicial para demostrar que había nacido libre. Mi padre se casó con ella poco después. Cuando se presentó al cargo, algunos hombres hablaron del pasado de mi madre, gastaron bromas. Pero desde que mi padre se convirtió en emperador, nadie se ha atrevido. Había pasado tanto tiempo desde que salió el tema del pasado de mi madre que ni se me ocurrió, cuando me enteré de la demanda contra Plautio. No me di cuenta de que la misma ley que restituyó la libertad a mi madre podía usarse para encadenar a un remo a Plautio. Y ahora el juicio de Plautio y la conexión de los Plautios con nuestra familia ha proporcionado la excusa a la ciudad para discutir una vez más el pasado accidentado de mi madre. Mi padre piensa que es un esfuerzo deliberado por socavarle. No tenemos ni idea de quién puede estar detrás de todo esto. El capitán del barco es un mercader de baja categoría que jamás se habría atrevido a insultar así a los Plautios. Alguien le paga por el derecho de emprender la demanda y ha contratado a uno de los mejores abogados de la ciudad, Valeriano.

—¿Ha hecho algún intento Tito de averiguar quién está detrás de esto? —pregunto.

—Todavía no —dice mi padre.

—¿Es que Tito lo tiene que hacer todo? —pregunta Grecina, en ese tono que solo ella puede usar con el césar.

Mi padre no levanta la vista de su copa. Se mueve en su asiento y su rostro se contrae con una mueca de dolor debida a la gota. Dice:

—Tito es el único en el que confío.

Grecina pone los ojos en blanco.

—Sí, eso es obvio.

De repente se me ocurre una idea.

—Conozco a alguien a quien podríamos usar —digo—. Que no se haría notar.

Mi padre lanza una risita desdeñosa.

—¿Ah, sí? ¿Quién es, algún antiguo colega de las legiones?

Grecina me mira como sopesándome. Sin quitar sus lechosos ojos de mí, dice:

—César, no es necesario tener una polla colgando entre las piernas para resultar útil. Di lo que sea, querida. ¿A quién sugieres?

—Se llama Caleno. Un exsoldado. Antes había trabajado para Nerva.

—¿Nerva? —pregunta fríamente Grecina. Nunca le ha gustado Nerva.

—Sí, pero ahora me es leal a mí. Lo sé.

Mi padre pregunta:

—¿Y qué podría hacer ese hombre tuyo?

—Lo que necesitemos.

445

Caleno

22 de abril, mañana. Junto a la casa de Julio Valeriano, Roma

*M*e estoy haciendo viejo, debo admitirlo. La espalda, la rodilla renqueante, el culo huesudo… Me duele todo.

Es el quinto día que voy siguiendo al abogado Valeriano. Le he seguido desde su hogar en el Quirinal a los tribunales y luego de vuelta, esperando enterarme de algo…, algo que pueda ayudar a Domitila. Pero es un buen trabajador, no toma baños, nada de putas ni vino, solo trabajo y dormir. Los días son aburridos, pero las noches son mucho peor. Tengo que hacer guardia en un callejón estrecho, enfrente de su casa, acampado en una caja abandonada, que es tan cómodo como dormir en una cantera. No tengo nada que hacer, excepto beber vino agrio y contar las horas. Llevo más de cuatro días y no he averiguado nada, salvo que mi cuerpo ya es viejo y que el vino ayuda a pasar el tiempo.

El trabajo no podía haberme llegado en mejor momento. Aparte de los cincuenta sestercios que me debe Nerva, casi estaba en la ruina cuando la chica de Domitila, Yocasta, vino a verme y me pidió que hiciera esto.

Un lío algo extraño, la verdad. Y pensar que uno de los Plautios podría acabar como esclavo… Antes me habría alegrado de ver a una de las antiguas familias de la Teta del Imperio, de sangre azul, caer de esa manera. Plautios, Junios, Claudios…, todos me dan lo mismo. Pero ahora mi lealtad está con Domitila. Ella quiere saber quién paga a Valeriano, así que estoy aquí para averiguarlo.

El quinto día empieza como los anteriores. Veo a los vende-dores ambulantes venir temprano, empujando sus carritos por el Quirinal: un panadero, un carnicero, un hombre que vende olivas, otros higos, una mujer con especias, secas y frescas. Pero hoy aparece una cara nueva: una mujer que viaja sola. Hay algo raro en ella: va encapuchada, sola, con las manos vacías. Tengo la mosca detrás de la oreja. Así que cuando se aleja, con un pálpito, la sigo.

Me lleva a dar una vuelta por la ciudad, a través del mercado de ganado, al norte, por el teatro de Pompeyo y los baños de Nerón; luego por calles estrechas y pequeñas junto a la puerta de la colina. Finalmente, se detiene en una cantina. La del Cerdo Manchado. Me suena mucho, pero no consigo identificarla.

Antes de entrar, se vuelve a mirar a su alrededor. Sigo an-dando sin cambiar el ritmo de mi paso. Por el rabillo del ojo veo que ella se echa atrás la capucha y puedo ver bien su cara. Es jo-ven, con el pelo castaño y una sola ceja en lugar de dos, espesa y negra. Entra en la cantina. Yo la sigo.

Aunque la hora es temprana, la cantina está llena. Hom-bres y mujeres ríen y beben, con los ojos rojos como la sangre y las cabezas perezosas inclinándose hacia las mesas. Para la mayoría de ellos es el final de una juerga, no el principio. Exa-mino la habitación, pero la chica ha desaparecido. En la parte trasera hay estancias privadas formadas con grandes trozos de lona. La chica debe de estar detrás de una de esas separaciones, a menos que se haya escurrido por detrás. Decido esperar en la barra. Pido una copa y una mujer con el pelo negro enmara-ñado y la parte derecha de la cara manchada por un sarpullido se me acerca. Mide la mitad que yo y tiene que saltar para su-birse al taburete.

—¿Qué te apetece? —me pregunta.

—Vete —digo—. No quiero nada.

—Vamos, soldado —dice toqueteándome el paquete—, el precio sube por la tarde...

Empujo a la puta quitándomela de encima y le doy una buena patada en el trasero.

—Vete.

No mucho después de volverme hacia la barra, noto que una garra como de oso me golpea el hombro.

447

—Sabía que nos encontrarías.

Me vuelvo y veo a Fabio y su cara ancha y barbuda. De repente, recuerdo dónde he oído antes el nombre de la cantina. Fabio me lo dijo, unos meses atrás. Cree que he venido a unirme a él.

—Ven —dice. Una sonrisa corta en dos su barba marrón como el barro—. Por aquí. Montano nos espera. —Fabio señala las estancias privadas de la parte de atrás.

Intento pensar un plan, una forma de declinar educadamente, pero todo me suena falso. Fabio me dijo dónde encontrarle si necesitaba trabajo. Y aquí estoy.

Me dirige hacia la parte trasera, hacia una de las improvisadas habitaciones privadas. Cuando estamos a media docena de pasos de distancia, se aparta la cortina y detrás de ella sale la chica con una sola ceja. Pasamos uno junto al otro y nuestros ojos se encuentran. ¿Me habrá reconocido? No tengo oportunidad de averiguarlo, porque Fabio me sigue empujando hacia la habitación.

448 Al otro lado de la cortina, Montano está descansando en una silla. Han pasado varios años, pero tiene casi el mismo aspecto. Es grande (suma mi misma altura y la de otro la mitad de alto que yo), las mejillas surcadas por cicatrices, los ojos oscuros y una barbilla que parece una losa de mármol. El pelo, sin embargo, lo lleva distinto. Ahora se lo ha dejado largo hasta los hombros, clarea más y tiene vetas grises. Unas venas gruesas sobresalen de su cuello y sus antebrazos. A cada lado, sus exsoldados, chicos a los que no reconozco, están firmes, con las manos en el pomo de sus espadas.

Montano me reconoce, pero espera un momento antes de hablar. Siempre se enfurecía ante la autoridad; las órdenes eran como veneno que le atragantaba. Ahora que finalmente es él quien manda…, estoy seguro de que disfruta de cada momento, como un leopardo con sus manchas.

—Caleno —dice Montano—, nunca creí que vendrías.

Miro la habitación que nos rodea, a las paredes desnudas, a los soldados y a Montano. Dilato el tiempo lo más que puedo, esperando que se me ocurra algún plan.

—¿Ah, sí?

—Siempre elegiste el camino difícil, nunca el más fácil.

—No estoy seguro de estar de acuerdo con eso.

—Vamos —dice él, regodeándose—. Reconócelo. Eres un hijo de puta miserable. ¿Cuántas ciudades tomamos juntos? ¿Diez? ¿Doce? Tú luchabas siempre en vanguardia, arriesgando el cuello; luego, cuando se acababa y a los hombres les daban la noche para que hicieran lo que quisieran, volvías al campamento —dice con sorna—. ¿Cómo se suele decir? No confíes nunca en un hombre que va a una casa de putas buscando conversación. —Mira a sus lacayos, estimulado por sus sonrisas—. Siempre hacías que la vida fuese más difícil de lo que era necesario. Preferías defender la línea de combate que saquear.

—Demasiados gritos —digo.

—También hay gritos en combate —responde Montano.

—Claro, pero de hombres. Los gritos de las mujeres y los niños son demasiado agudos.

Sonríe: una mueca satisfecha.

—Dime, ¿por qué estás aquí?

Antes de que pueda responder, detrás de mí apartan la cortina y, por instinto, porque el soldado que hay en mí siempre quiere saber qué o a quién tengo detrás, me vuelvo y veo entrar a un hombre.

Le reconozco: la sensación es débil al principio, pero rápidamente crece hasta convertirse en certeza. Han pasado varios meses y ya no lleva la armadura de legionario, sino una sencilla túnica de un azul claro, pero la cicatriz le delata: una línea horizontal solo un poco por debajo de su ojo izquierdo, el corte que yo mismo le hice en la carretera de Ostia el día en que vi por primera vez a la Roja.

Ninguno de los dos se mueve; nos miramos, reconociéndonos gradualmente el uno al otro.

El tiempo se detiene. Me siento como si caminara por el barro.

Este hombre trabaja para Montano. Eso está claro. Y eso quiere decir que yo ayudé a matar a dos hombres de Montano.

Huye. Lo único que puedo pensar es «huye».

—Tú... —El hombre de la cicatriz empieza a hablar e inmediatamente le agarro la túnica y me echo a correr tan rápido como puedo.

Los dos atravesamos la cortina y caemos al suelo. Yo encima de él; ruedo y me pongo de pie; corro hacia la salida, dejando gritos de sorpresa detrás de mí. Estoy a punto de alcanzar la puerta cuando los pies se me levantan del suelo sin querer y caigo con estrépito en el frío suelo de ladrillos. Al caer, por el rabillo del ojo, veo que ha sido la puta del eccema la que ha sacado la pierna y me ha puesto la zancadilla.

Me doy un golpe en el suelo de piedra y el aire huye de mis pulmones. Antes de poder moverme, puños y pies llueven encima de mí. No me queda otra que rendirme. Luego me arrastran de nuevo hacia Montano.

Voces caóticas llenan la taberna. Fabio y otro hombre pisotean las cortinas ennegrecidas; el humo gris se levanta desde unas llamas amortiguadas. La habitación privada ya no es una habitación.

Dos hombres me sujetan los brazos. Luego una mano me coge por el pelo; el cuero cabelludo me arde cuando me retuercen la cara hacia arriba, hacia la cara de Montano. Él se cierne sobre mí como Júpiter. Ahora que está de pie, recuerdo lo enorme que es este hombre. Dice:

—¿Estás loco?

El hombre de la cicatriz se pone de pie, liberándose de las cortinas en las que le he dejado envuelto. Aparta a Montano y se explica, entre susurros. Fabio se inclina hacia la conversación, intentando escuchar. Me mira y menea la cabeza. No podrá hacer nada.

XXV

CARTAS DE UN ESTOICO

73 d. C.

Marco

1 de septiembre, mañana
Escuela de Musonio Rufo, isla de Rodas

—*E*ducar a un niño, formar al chico hasta convertirlo en hombre...

Musonio va y viene por el pórtico. Lleva una mano bajo el sobaco. La otra está metida en las profundidades de su barba blanca y rizada, cogiéndose la barbilla. Los grandes dientes amarillentos del viejo se apiñan en su boca, como si estuviera masticando trozos de mármol manchados de orina. Cuando habla parece que está comiendo algo y que es demasiado maleducado para tragárselo antes de seguir con sus explicaciones.

—... es la obligación y el deber de todo hombre.

Por el jardín, bajo el dosel de un olmo, pasea una chica joven.

—Lo que enseñas a un chico es mucho más importante que legarle una fortuna...

Estiro el cuello para mirarla: unos cuantos compañeros de clase hacen lo mismo. Sus pequeños pechos sobresalen de su quitón verde pálido, su espalda se curva como la de una serpiente y su...

—¡Marco!

Musonio me fulmina con la mirada. Todos los chicos, con las piernas cruzadas y sentados en el suelo, miran en mi dirección. A mi lado, alguien deja escapar un profundo suspiro, agradecido al ver que nuestro tutor no ha pronunciado su nombre.

—Ven aquí, Marco.

Recibir unos azotes de un estoico es lo peor, mucho peor que los que recibía de maese Creón. Un estoico no pega por ira, sino por deber. A menudo dura más y es más preciso. Y lo peor es que Musonio tiene un esclavo específico para la tarea: un tracio musculoso y muy tonto. Aparte del tracio, el otro problema es mi polla, que, gracias a la chica que paseaba por el jardín, está tan dura como una tabla. Mientras estaba sentado con las piernas cruzadas quedaba perdida entre los pliegues sombreados de mi túnica. De pie, sin embargo…, de pie es otro asunto totalmente distinto. El mes pasado Cayo se levantó con la polla tiesa y toda la clase se puso a mirarlo y se rieron. Desde entonces, Peleo y sus amigos le llaman Polla Feliz.

—Marco —dice Musonio otra vez—, ven aquí. Ahora mismo.

El tracio se ha puesto de pie, notando que pronto se le necesitará.

Silencio. Entonces, en el fondo de la clase, se oye una voz de hombre que dice:

—Musonio, tengo una pregunta.

Todos al mismo tiempo se vuelven para ver quién ha hablado. No necesito mirar. Ya conozco la voz. Mis mejillas, que ya estaban rojas, ahora arden de vergüenza. ¿De dónde ha salido? ¿Por qué insiste en entrometerse?

Musonio suspira.

—Ulpio, debo insistir en que dejes de colarte en estas lecciones. A los chicos les haces un flaco favor cuestionando constantemente mis enseñanzas.

—Sí, claro —dice Nerón—. El diálogo no tiene lugar en la filosofía.

Musonio frunce el ceño.

—¿Cuál es tu pregunta?

—Has dicho que lo más importante es instruir a un niño, más que legarle riquezas. Has dicho que lo que un niño aprende es más importante que las riquezas que hereda.

—Sí, supongo que eso sería obvio para un hombre de tu edad. El conocimiento es más importante que la riqueza.

Nerón ríe. Yo sigo mirando al frente, no quiero mirar. Si no lo hago, es que no estoy con él.

—Muy bien dicho, Musonio, muy bien dicho. Me pregunto, sin embargo, si a la hora de elegir tú escogerás el conocimiento por encima de la riqueza. Has sido muy amable invitándome a tu hogar. Lo he experimentado en todo su esplendor. He sido atendido por un ejército de tus esclavos. Hemos cenado en tu mesa. Si te pongo a prueba, si solo pudieras tener una cosa, ¿de verdad elegirías la filosofía, en lugar de esa casa tuya? ¿Y de todos esos esclavos?

—Sí. Por supuesto.

—¡Espléndido! Un auténtico filósofo.

Musonio sigue con el ceño fruncido. Sabe que hay más.

—Sin embargo, me pregunto lo siguiente: ¿es universal esa respuesta? Si fuéramos a hablar con un mendigo de la calle y le ofreciéramos el conocimiento o, no sé, por ejemplo, un millón de sestercios, ¿qué crees que elegiría?

Finalmente miro por encima de mi hombro. Al otro lado de la columnata, enmarcado por la puerta, Nerón está apoyado en su bastón. Parece el mendigo que ha descrito. ¿Cómo es posible que alguien parezca tan viejo y roto…? ¿Cómo puede hacer que su voz suene así? Como un tambor.

—Sí —dice Musonio—, si el hombre actuase en su mejor interés, sin duda elegiría la sabiduría.

Nerón sonríe; se está divirtiendo.

—Eres un verdadero estudioso de la naturaleza humana. Sin embargo, me pregunto si podrías usar tu riqueza para probar ese punto… ¿Podrías donar un millón de sestercios a nuestro mendigo?

Musonio duda. Dice:

—No podemos entregar la sabiduría a un mendigo si la elige. Sería una empresa sin sentido.

—Como la lección misma, diría yo…, aunque admito que ignoro bastante este tema, igual que el mendigo ignorante del que hablamos. Como ves, a mí me parece que parte del problema sería tu poca disposición a separarte del millón de sestercios. Pero, dime, tengo una pregunta más: ¿has educado alguna vez a un niño, Musonio? ¿Eres padre?

—He dedicado mi vida a la filosofía. A enseñar y a formar a los jóvenes del Imperio.

—Pero nunca has tenido un hijo propio. Sin embargo, tus

455

ideas sobre la educación de los niños están claras. ¿Son inflexibles?

Musonio hace una mueca.

—Sí.

—¡Qué lujo! Aseguras ser un experto en un asunto del que no tienes experiencia práctica. Qué suerte tan increíble tenéis vosotros los filósofos. ¡Vaya! Los comerciantes estarán celosísimos. ¿Puedes imaginarte a un pintor que acude a casa de su cliente y dice: «te pintaré un gran mural», y el cliente le pregunta: «¿Qué experiencia tienes?», a lo cual el pintor replica: «ninguna, pero he pensado mucho en la pintura. Sé cómo se tiene que hacer»?

Finalmente llegamos al punto en el cual Musonio le chilla a Nerón, diciéndole que se vaya. La clase se queda en silencio; oímos el bastón de Nerón, que va haciendo tap-tap a lo largo del pórtico. Musonio espera hasta que el ruido ha desaparecido para continuar su lección. Está demasiado alterado para recordar que me debe unos azotes.

456

Cuando la escuela ha terminado, Nerón me espera en la calle. Vamos andando juntos, Nerón me coge del brazo y yo le guío por el camino rocoso. Unas olas turquesa, coronadas por burbujas blancas, lamen la costa llena de rocas. Quiero adelantarme y dejarlo atrás, pero no puedo. Necesita mi ayuda.

—Estás muy callado esta tarde —dice Nerón.

No digo nada.

—Bueno, esto lo demuestra, supongo.

Me doy la vuelta. Él se tambalea, pero no se cae.

—Me pones en evidencia —digo.

—¿Ah, sí?

—Todo el mundo se ha dado cuenta de que has intervenido para ahorrarme unos azotes, como si yo no fuera capaz de soportarlos.

Nerón todavía cree que soy el chiquillo callado que tenía miedo de todo.

—¿Y qué si ha sido así? —dice—. Mis tutores me pegaban regularmente cuando tenía tu edad. Y no me hizo ningún bien, solo mal. ¿Por qué no evitarlo, si puedo?

—Porque me pones en evidencia. Parezco débil, como un niño.

—¿Es que ya no eres un niño? Sigues hablando como si lo fueras, respondiendo a tus mayores con insolencia. De hecho, quizá te estás volviendo más joven. El chico al que conocí mostraba más respeto.

Un ramalazo de furia atraviesa mi cuerpo como un escalofrío y empujo a Nerón, no con mucha fuerza, pero sí la suficiente para que se caiga. Aterriza en el suelo de culo, junto a un arbusto verde.

Parece asombrado. No intenta levantarse.

—Estás demostrando lo que decía —repite. Se sacude el polvo de las manos, una contra otra—. Diría que he ganado la discusión.

Me voy enfurecido, dejando a Nerón en el suelo.

A doscientos pasos, veo a Espículo, que viene andando desde el bosque. Lleva dos liebres colgando del hombro.

—¡Marco! —me llama.

Sigo andando y me vuelve a llamar.

Después de un gruñido enfurecido, me detengo.

Espículo levanta las liebres para que las admire.

—¿Qué te parece? Estoy cansado de pescado.

—Están bien —digo.

Espículo frunce el ceño, decepcionado con mi reacción. Mira a su alrededor.

—¿Dónde está tu tío?

—No es mi tío.

La espalda de Espículo se tensa; me examina con su ojo bueno. Estoy rompiendo las normas. Se supone que jamás debo transgredir la ficción.

En voz más baja, Espículo me pregunta:

—¿Dónde está?

Señalo hacia el camino del que vengo.

—Vuelve a casa. —Me da una palmada en el hombro y sonríe—. Yo iré a buscarlo. ¿Vale?

—Bien.

Vuelvo corriendo a casa, solo.

Nerón

1 de septiembre, tarde. La costa, isla de Rodas

Espículo me ayuda a levantarme del suelo. Me froto la rabadilla.

—Me habría dejado morir. —Me quejo amargamente—. ¿Qué le ha ocurrido a mi Marco?

Espículo ignora el comentario. Sabe que podría haber llegado solo a casa perfectamente, pero que me había quedado sentado como protesta por mis sentimientos heridos.

—Es un chico que quiere ser un hombre —dice—. Es un periodo difícil de la vida: la adolescencia.

—¿Ah, sí? Yo no era mucho mayor de lo que él es ahora cuando me nombraron emperador. Y me las arreglé.

—¿Sí?

Espículo no estaba en Roma cuando me alcé por primera vez con la púrpura, pero ha oído historias, historias de un chico que luchaba con su madre por tener el control no solo de sí mismo, sino de la maquinaria del Imperio.

—Lo único que le pedimos es que asista a clase —digo—. Que aprenda.

—Sois demasiado duros el uno con el otro. Y ambos sois demasiado tozudos —reflexiona—. El problema es que os parecéis demasiado.

El comentario de Espículo está destinado a halagarme, pero yo reacciono como un bárbaro. Le pincho con el dedo una, dos, tres veces en algún lugar del estómago.

—Marco es distinto.

No admitiré esto, ni ante el chico, ni ante Espículo ni ante nadie, pero lo que temo es que yo acabe por educar a Marco para que sea otro Nerón. No el Nerón de los cuentos que circulan ahora mismo, esas historias que relatan los que buscan el favor de Vespasiano, que hablan de un hedonista sediento de sangre que asesinó y destrozó la mitad del Imperio. Sin embargo, después de todos estos años separado de mi puesto, despojado del poder ilimitado que en tiempos ostenté, ciego y físicamente indefenso, he llegado a darme cuenta de algo: hay algo de verdad en todo ello, debajo de la mojigatería, debajo de la hipocresía. Yo era malcriado, injusto, vengativo, perezoso. Era un libertino. Asesiné y violé. (¿Puede haber consentimiento libre si el hombre que te solicita es un dios?) Era egoísta, malo, cerrado de mente, cínico. Era un tirano, un joven déspota sexuado. Marco no será otro Nerón. No dejaré que ocurra semejante cosa.

Espículo, el caballero guerrero, inmediatamente busca la reconciliación.

—Sí, Marco es diferente. —Me da unas palmaditas en el hombro—. Es un buen chico, que lucha en tiempos difíciles. No puedes verlas, pero traigo unas liebres magníficas para la cena.

459

Ya había estado en Grecia antes, cuando todavía era emperador, de joven. Recuerdo bien la belleza del país. Todavía puedo notarla, aunque ahora solo es una sensación apagada, un simple reflejo de lo que sentí entonces. En realidad, he encontrado muy difícil todo esto, no poder verlo una vez más. Me digo a mí mismo que hay muchas cosas que un hombre no puede ver una sola vez, y no digamos una segunda. Al menos yo vi Grecia, aquella vez… Pero es peor, sin lugar a dudas, estar aquí, vivir en la isla, respirar su aire, en lugar de pensar en ella en abstracto, como un recuerdo lejano. Es como tener a tu amante en la habitación de al lado después de una larga separación. Ella te llama, te susurra a través de las grietas de la piedra, su suave carne está fuera de tu alcance. Piensas en sus enormes pestañas aleteando y te duele el cuerpo. Intento concentrarme en las sensaciones que aún me quedan: el olor, el tacto, el sonido. Todo el día aspiro el aire salobre del Egeo y me siento en el pórtico, escuchando cómo las olas lamen la costa, mientras la brisa me recorre los brazos y la nuca.

Y he encontrado otras maneras de conjurar la amargura, de llenar los días, mientras esperamos a Haloto. Musonio es una de ellas. Marco cree que yo me meto con su tutor solo para incomodarle o para salvarle de unos azotes. No se da cuenta de que llevo muchos años despreciando a ese hombre. Cuando era emperador, él representaba un dolor de cabeza constante, usando la filosofía para debilitar el principado. Persistió, año tras año, hasta que acabé por desterrarlo de Roma y acabó aquí, en Rodas, donde abrió su escuela. Mi venganza (y mi entretenimiento diario) es bromear y hacerle una pregunta detrás de otra. Es la tuerca a la que doy vueltas, día tras día, mientras él intenta dar sus lecciones.

El estoicismo, como todas las filosofías, tiene su valor (y por eso envío allí a Marco). Pero Musonio, como la mayoría de los filósofos, es un inútil. Sus ideas tienen valor, pero el hombre, sin lugar a dudas, es un estúpido. Esa es una de las lecciones que intento enseñarle a Marco: ha de tener una visión del mundo a vista de pájaro, mientras que sus tutores le enseñan ideologías estrechas e inflexibles.

Sin embargo, Marco ya no me presta atención. El dulce chiquillo que se sentaba y escuchaba absorto cada palabra que yo pronunciaba ha desaparecido, consumido por la adolescencia. En su lugar, hay un animal más alto que tiene solo un vago parecido con mi dulce Marco, pero con una ligera pelusilla encima del labio (al menos, es lo que yo me imagino), un olor ácido que podría derrotar a una legión entera y unos ojos que raramente se centran en nada, aparte de en un par de tetas (o eso me han dicho); un chico que desaparece durante horas y horas y da explicaciones inadecuadas cuando vuelve. Y ahora hay una ira en él, bajo la superficie, una furia que a menudo se dirige contra mí, a pesar de que me lo debe todo: su posición, su educación, la túnica que lleva puesta.

¿Es normal esto? ¿Es así como los hijos tratan a sus padres en cuanto llegan a cierta edad? No lo sé. Mi padre murió cuando yo era muy joven. Y los hombres con los que se casó mi madre después no cuadraban con la definición de «padre».

Parte del problema es la esclava, Elsie. La madre adoptiva de

Marco antes de conocerme a mí. Él quería que la comprásemos, que la liberásemos y la trajésemos a Rodas. Pero yo le escribí a Creón, su antiguo amo: había vendido a aquella mujer un año antes y el hombre que la compró la vendió un mes más tarde. He mandado cartas por todo el Imperio intentando seguir la cadena de ventas, pero el rastro se ha perdido.

Espículo cree que Marco tiene problemas porque es un esclavo disfrazado de hijo de senador. Doríforo está de acuerdo. Creen que he alterado el orden natural: uno no puede erradicar el pasado, dicen; si lo intentas, hay consecuencias. No lo comprenden. No han pasado por todo lo que yo he pasado. No se dan cuenta de que todo es un truco, un juego al que has invitado al mundo a asistir. Ser esclavo es una arbitrariedad..., igual de arbitrario que ser nombrado emperador. Una vez que uno se ha liberado físicamente de sus cadenas, lo único que importa es lo que piensa el mundo. No hay nada más. ¿Por qué entonces no decidir lo que es Marco, en lugar de dejar que sea el mundo el que decida por él?

Llegamos aquí para esperar a Haloto, pero ahora también espero a que mi dulce Marco vuelva a mí. Pero esperar no importa. Una vez fui el amo del mundo conocido; ahora soy el amo del tiempo. Esperaré lo que sea necesario.

Doríforo ha vuelto de Éfeso una semana antes de tiempo. Está aguardando en el peristilo cuando Espículo y yo llegamos.

—¿Ha habido suerte? —le pregunto, mientras un esclavo me ayuda a tomar asiento.

—Sí —responde Doríforo—. Algo. —Parece cansado del camino. Me lo imagino despeinado, manchado de polvo, posiblemente todavía con su traje oriental.

Espículo se impacienta. Dice:

—Venga, hombre, cuéntalo ya.

—Tenemos que esperar a Marco —digo—. ¿Dónde está?

Un esclavo dice:

—Ha salido con Orestes, amo.

—Ya nos desprecia abiertamente —dice Doríforo—. Habría que castigarlo.

Orestes es el hijo de un granjero que vive bajando por el camino, pobre de solemnidad, sin relaciones interesantes; no es alguien con quien Marco debería pasar el tiempo. Cuando se lo dije, empezó a pasar más tiempo aún con el chico. La respuesta típica de un chaval de trece años, pero igual de frustrante.

—No importa —digo—. ¿Qué pasó en Éfeso?

Doríforo dice:

—Me costó casi dos semanas, pero seduje a un hombre del personal de Marcelo.

Espículo pregunta:

—¿Funcionó tu disfraz?

—Sí, muy bien. Excepcionalmente bien. Disfruté mucho disfrazado de exótico.

—¿Era creíble tu acento parto, entonces? —pregunto.

La voz de Doríforo expresa una fingida tristeza.

—¡Me ofendes, señor, yo soy un actor! No hay papel que no pueda representar ni acento que no domine.

—En cualquier caso —digo—, era una precaución necesaria para asegurar que no te reconocieran. Sigue. ¿A quién sedujiste? ¿De qué te enteraste?

—Encontré la cantina que frecuenta el personal de Marcelo. Allí fue donde inicié una conversación con el secretario. Hicimos el amor esa misma noche.

—¿No está eso por debajo del gran Doríforo? —pregunta Espículo.

Doríforo suspira.

—No era la flor y nata, si es lo que me preguntas. Pero eso era una ventaja para nosotros. Estaba muy agradecido por mis atenciones. Me pagó con información.

Espículo se echa a reír.

—Según el secretario, Haloto trabaja muy estrechamente con Marcelo.

—¿Ah, sí? —pregunto.

—Y hay más —dice Doríforo—. Marcelo se propone visitar Rodas el mes que viene.

—Esa es una buena noticia —dice Espículo—. Haloto probablemente le acompañe.

—¿Dónde demonios está Marco? —pregunto, molesto.

—Lo encontraré —dice Espículo.

Espículo sale. Doríforo sigue contándome su historia.

462

Marco

1 de septiembre, crepúsculo. La costa, isla de Rodas

Orestes y yo nos vamos al agua. Sorteamos las rocas para pasar el tiempo. Unas olas color turquesa lamen la costa.

—¿Qué has aprendido hoy? —me pregunta.

—En realidad, nada.

Orestes es bajo, más bajo que yo, con los ojos negros, el pelo negro y desaliñado; tiene unos pómulos que sobresalen como si fueran pequeñas colinas. No va a la escuela porque su padre no se lo puede permitir y porque tiene que ayudar con el rebaño. Orestes es pobre (Nerón dice que es la plebe de la plebe), pero, aun así, creo que tiene suerte. Su padre no le dice qué debe hacer o pensar ni con qué famoso general se tiene que comparar. Orestes puede hacer lo que quiera en cuanto ha acabado sus tareas. Me lo encontré subiendo las colinas que hay detrás de nuestra casa. Él y su padre (que es exactamente igual que él, pero con más arrugas y unos pómulos dos veces más gruesos) iban reuniendo su rebaño al subir la colina. Fueron amables y me dejaron acariciar a sus ovejas, de modo que empecé a ir todos los días después de la escuela a ayudarlos.

Me gusta pasar el rato con Orestes, porque no es como los chicos ricos y malos de la clase de Musonio, chicos a los que no me parezco nada, porque en realidad yo no soy rico, solo finjo que lo soy. Siempre me ha dado mucho miedo que alguien averigüe que en realidad soy un esclavo y que se rían de mí o que, incluso, quién sabe, me pongan en una cruz y me crucifiquen.

(A veces sueño que maese Creón me encuentra y me arrastra de vuelta a su casa y tengo que acarrear jarras con orina el resto de mi vida.) Pero si Orestes averiguase que soy un esclavo, a mí no me importaría y a él tampoco, porque es el hijo de un pastor y eso no es mucho mejor que ser esclavo.

Cojo una piedra.

—¿Me volverás a contar lo de Alejandro? —me pregunta.

Orestes es de mi edad, pero yo sé más que él, mucho más. A veces le cuento cosas que he aprendido en la escuela. A él sobre todo le gusta oír cosas de Alejandro Magno.

Tiro la piedra, dando un giro con la muñeca; rebota una, dos y tres veces; luego se hunde en el agua. *Plop.* Mientras me inclino para buscar otra piedra, empiezo a contarle lo de Alejandro en Persia.

—¿Y dónde está Persia? —me pregunta.

Busco el sol, que está a punto de ponerse, y señalo en la dirección opuesta.

—Por ahí, al otro lado del mar y de Asia.

Orestes abre la boca. Tiene más preguntas, pero no sabe cuáles hacerme y cuáles no, para no parecer un idiota.

—Bueno, bueno... —hay alguien detrás de nosotros—, mira quién está aquí, Marco y su amante.

Nos volvemos y vemos a tres chicos en la cima de la colina: Peleo y dos chavales más que le siguen a todas partes. Peleo es el más alto de nuestra clase; todo el mundo le tiene miedo.

Peleo baja por la costa rocosa. Sus amigos le siguen. Le dice a Orestes:

—Hola. ¿Te da Marco lo que tú quieres? ¿Te chupa la polla?

Los otros chicos se echan a reír. Peleo coge una piedra y me la tira. Yo me agacho justo a tiempo. Entonces los cuatro chicos, Peleo y sus amigos, se ponen a coger piedras y empiezan a tirármelas. Orestes se pone en medio y una piedra le da en la cara. Se inclina hacia el suelo y veo que cae la sangre a la costa rocosa.

Peleo y sus amigos vienen corriendo y cogen a Orestes. Le sujetan los brazos detrás de la espalda. Peleo le coge por el cuello y, con la otra mano, levanta el puño.

—Venga, Marco —dice Peleo—, ven a salvar a tu amante.

Yo no me muevo. Me quedo inmóvil en la costa.

—¿Qué está pasando aquí?

Espículo está en la cima de la colina. Al ir bajando, Peleo y sus amigos salen corriendo.

Antes de irse, Peleo me sonríe. Una sonrisa enorme, encantada, que dice: «Eres un cobarde».

La vergüenza me quema la piel como el fuego. No puedo mirar a Orestes a los ojos.

Nerón

21 de septiembre, vísperas
Hogar de Lucio Ulpio Trajano, isla de Rodas

$\mathcal{F}$inalmente, tras años de espera, el procónsul viene a Rodas. Pasan seis días antes de que nos inviten a cenar. Los residentes más ricos e importantes (según los estándares de Rodas, no romanos) están invitados. Sobre todo senadores, uno o dos caballeros, la realeza de Comagene (incómodamente depuesta y fugaz) y un embajador parto. La presencia del procónsul tiene alborotados a los habitantes de la isla. Están emocionados, pero con un punto un poco agrio. Rodas, comparada con Roma o Alejandría, es soñolienta y provinciana. Con el procónsul y su séquito, soldados y asistentes, además de su vasto personal, más de un centenar de personas, la isla parece desbordada. La ciudad está llena de gente y los mercados se han abierto para nada, ya que todos los suministros se han desviado a la residencia del procónsul: un complejo de piedra blanca junto a la costa, que está vacío trescientos sesenta días al año.

Marcelo no ha abandonado la residencia desde que llegamos, aunque sus soldados y libertos recorren la ciudad, día y noche, dejando un arrogante rastro de destrucción legitimada por donde van. Me pregunto si mi séquito se portaba tan mal cuando yo iba al extranjero. En realidad sí, sé que era así. Lo que pasa es que no me importaba. ¿Cómo iba a saber que un día «yo» sería un simple ciudadano, temeroso de caer víctima de tal conducta?

Con Haloto detrás de las puertas, hemos esperado una invitación a cenar, una excusa para acercarnos lo suficiente y enterarnos de las respuestas que necesitamos. La llegada del procónsul y su personal coincidieron con la desaparición de un hombre, un pastor o labriego o algo por el estilo. Lleva dos noches desaparecido. No sabemos si es señal de algo siniestro.

La invitación a cenar llegó dos días antes de la propia velada. Ese retraso en la entrega significa probablemente que somos un añadido posterior, cuando les falló algún invitado más interesante.

A medida que se acerca la cena, nos sentimos más nerviosos. La noche pasada soñé que unos hombres con máscaras doradas se bebían la sangre de un pastor. (En mis sueños todavía tengo ojos.) Cuando hubieron acabado y los hombres se desvanecieron en lo más negro de la noche, me acerqué al pastor y di la vuelta a su cadáver, haciéndolo rodar boca arriba en la tierra recién labrada: el cuerpo pertenecía a Marco... o tenía la cara que le he puesto a Marco en mis sueños: el pelo muy negro, los ojos verdes, la barbilla fuerte y una sonrisa amable. Pero el cadáver no sonreía: tenía la boca abierta y la lengua colgando entre los dientes.

467

El sueño está muy fresco en mi mente el día que asistimos a la cena de Marcelo. Marco pide que le ayude a buscar al pastor desaparecido.

—Va casi toda la ciudad —me ha dicho—. Vamos a caminar por los bosques y por la costa, desde aquí hasta la próxima ciudad. Por favor.

—No —le digo—. Ni hablar. Ya sabes todo lo que está en juego esta noche.

—Pero si ni siquiera me dejas ir a la cena...

—No estás invitado. ¿Qué quieres que haga? Pero necesito que estés aquí, por si pasa algo.

—¡Por favor!

Le digo que no y se va, contrariado.

—Déjalo —dice Doríforo—. Todavía está algo alterado por el encuentro junto a la playa. Obedecerá.

Υ

Llegamos a la residencia a la hora octava. El olor a pavo real asado empapado en menta nos saluda en la puerta. El aire, como ha ocurrido toda la semana, es fresco; sin embargo, cuando entramos en la casa, el calor de cien lámparas nos envuelve, como si estuviésemos en presencia del sol.

Esta noche, Doríforo y Espículo son mis ayudantes sin rostro. Doríforo me coge del brazo y me acompaña por la estancia. Espículo (si nos atenemos al plan previsto) tiene que perderse lenta y discretamente por el edificio. Encontrará un lugar donde esconderse y, cuando acabe la fiesta y todos los invitados se hayan ido y la residencia esté tranquila, secuestrará al hombre con el que quiero hablar.

La cena va bastante bien, aunque compruebo que no soy tan importante como pensaba. Me dejan relegado a la segunda mesa, junto con dos caballeros y el embajador parto. La conversación es buena. Intento crear controversia, pero esos hombres son tan sosos que se limitan a aceptar cualquier extravagante idea que intento hacer pasar por hechos auténticos. Doríforo (una vez más con su disfraz persa) aguanta bien cuando el embajador parto le interroga. Ha contado un relato bastante creíble, diciendo que abandonó Partia y se encontró al servicio de un romano. Ha sido entretenido, creíble, breve... Todo lo que tenía que ser.

Marcelo y Haloto se sientan en la mesa principal. Es raro que la fortuna de Haloto haya mejorado tanto. Me pregunto qué tiene con Marcelo. En mi corte, no habría podido ni soñar con sentarse con senadores. Era un liberto imperial, sí, pero un catador, nada más. Intento escuchar su charla, enterarme de algo al respecto de lo que ha sucedido. ¿Es Marcelo algo más que el jefe de Haloto?

Acaba la cena. Nadie nota la ausencia de Espículo cuando nos vamos. Llegamos a casa y esperamos. Marco no está levantado. Doríforo piensa en despertarlo, diciendo que debería estar despierto por si lo necesitamos, pero le digo que lo deje en paz.

—Que descanse.

Nos sentamos en el atrio. Doríforo lee a Homero en voz alta, para pasar el rato. Mi exgladiador vuelve mucho después de medianoche.

—Todo está dispuesto —dice.

—¿No has tenido ningún problema? —le pregunta Doríforo.

—Ninguno —dice Espículo—. He esperado en el dormitorio, escondido detrás de una cortina.

Cuando ha vuelto, lo ha reducido, le ha puesto una mordaza y lo ha sacado por la ventana. La casa estaba tranquila, muy tranquila. Espículo me coge del brazo.

—Ven, te llevaré ante el hombre al que tanto deseas interrogar.

Espículo nos conduce a las afueras de la ciudad, a una choza vieja y abandonada que compramos hace meses, situada en la base de una colina, muy lejos de los ojos curiosos. Las ventanas están tapadas con maderos, como precaución.

Doríforo me lleva a la choza. No oigo nada, cosa que me extraña mucho. Parece que un hombre recién secuestrado tendría que luchar y chillar, pidiendo ayuda. Pero la habitación está tan silenciosa como un templo.

—¿Está despierto? —pregunto.

Doríforo me susurra al oído:

—Está despierto. Parece tranquilo. Quizá sepa que ha llegado el momento.

—Quítale la mordaza —digo.

Se oye un roce y luego:

—¿Eres tú? —La voz es cruel y natural. Me imagino los ojos de un azul claro de Haloto, como de lobo, sus labios finos, su sonrisa despectiva—. No me creerás —dice—, pero durante la cena he tenido mis sospechas.

—¿Qué es lo que me ha delatado?

—Lo de fruncir el ceño cuando te han dicho que no podías sentarte a la mesa principal. Era el enfurruñamiento de un niño mimado. No recuerdo la cantidad de veces que lo vi en el pasado.

—Bien observado —digo—, aunque no te ha servido de mucho la conclusión, ¿no?

—Quizá.

Oigo la sonrisa en la voz de Haloto. Aunque solo era el

469

hombre que probaba mi comida todas las noches, siempre ha poseído una confianza inexplicable.

—Vas a responder a mis preguntas, Haloto.

—No tuve nada que ver con tu caída.

—¿Ah, no? ¿Y qué hay de Torco?

Hay una breve pausa:

—Así que conoces el nombre, ¿eh? No eres un ignorante total, ya veo. No importa. Es un devaneo.

—Es una perversión.

—¿Por qué? ¿Porque matamos a hombres en lugar de animales? ¿Qué diferencia hay con un soldado? ¿O con el emperador?

—¿Eso es lo que te dices a ti mismo? ¿Así es como justificas tus actos?

Suspira como una madre exasperada con su hijo pequeño.

—Torco no tuvo nada que ver en tu caída, ni yo tampoco. Fue un grupo de soldados ambiciosos que querían el favor de Galba. Ellos sobornaron a tu secretario, Epafrodito. Les dejó entrar en tu dormitorio.

Dice medias verdades para convencerme de una mentira mayor. La verdad de todo esto es difícil de analizar.

—Puede que Epafrodito estuviera implicado, pero yo sé que tú también lo estuviste —digo—. Tú trabajabas con Nimfidio y su centurión, Terencio. Pero ellos no se ajustaron al plan. No llevaron a tu hombre al campo pretoriano y le hicieron proclamar emperador. Tengo tu carta furiosa a Nimfidio quejándote y jurando venganza.

Mi farol funciona. El eunuco no niega haber escrito la carta que robamos a Nimfidio. Me causa gran satisfacción que mis sospechas se hayan confirmado finalmente.

Dice:

—Tienes muchísima información, ¿verdad? Sí, habíamos elegido a un hombre para el principado, pero, entonces, Nimfidio, no sé por qué motivo, también nos engañó. Al menos he aprendido algo: no hay que confiar nunca en el hijo de una concubina. Pero ahora todo eso es agua pasada. Nimfidio se ha ido. Y tú también, técnicamente hablando… Así que dime, Nerón: ¿qué se siente al saber que tantos de los hombres en los que confiabas se apresuraron a derrocarte a la menor oportunidad?

Me encojo de hombros, intentando igualar su indiferencia.

—He estado muy ocupado —digo—. ¿Era Marcelo el hombre a quien queríais poner en mi trono?

—Tendrías que preguntárselo a él. No anda muy lejos de aquí.

—¿Eran miembros de Torco, Nimfidio y Terencio?

—¿Esos dos? No, tenían un vicio distinto. Eran soldados. —Se ríe—. ¿Sabes que están practicando esta noche?

—¿Quién?

—Pues los adeptos, claro.

Me quedo callado. ¿Es otra media verdad? ¿O una mentira?

—Encontraron a dos chicos hoy...

Mi corazón, mis pulmones, toda mi carne... Todas las partes de mi cuerpo quedan en suspenso.

—Conoces a uno de ellos. Dices que eres su tío, cosa que dudo mucho, sabiendo que eres hijo único.

Ahora tiene sentido su seguridad. Lo sabía desde que entré por la puerta. Sabía que han cogido a Marco.

—¿Dónde está? —exijo—. ¿Dónde lo han cogido?

—Suéltame —dice Haloto. Oigo la sonrisa en su voz.

Pero enseguida se pone a chillar. Espículo (supongo) habrá aplicado presión para obligarle a hablar. Le ha tirado del pelo hacia atrás y le ha puesto una hoja en el cuello, o a lo mejor le ha roto un dedo. Tengo que controlarme y controlar a Espículo; si no, perderemos nuestra única esperanza de saber dónde está Marco.

—Córtale el dedo —digo—. El meñique.

Haloto vuelve a chillar, esta vez con una fuerza que hiela la sangre; luego lanza quejidos y respira con aliento entrecortado.

—¿Dónde está? —Mi voz, que es lo único que tengo, es cortante como el acero.

Silencio.

—Otro dedo —digo a Espículo.

—No... —jadea Haloto.

—Dime ahora, en este preciso momento, dónde han llevado al chico, o Espículo te cortará todos los dedos, luego la

471

polla y después te sacará los ojos. No habrá una segunda oportunidad.

Haloto habla de un valle que conocemos, más allá del bosque, a una milla o dos al este. Antes de acabar, Espículo ya está saliendo por la puerta. Oigo que la abre y que esta choca contra la pared. Doríforo y yo vamos justo detrás de él. Dejamos a Haloto, con sus nueve dedos, sangrando y respirando con fuerza.

Marco

21 de septiembre, primera antorcha. El bosque, isla de Rodas

Lo único que huelo es a caballo. Me han atado los tobillos y las muñecas a la espalda, y me han echado en el lomo de un caballo gris. Tengo la cara apretada contra la carne peluda y caliente del animal. Huele a heno mohoso y a sudor. Creo que Orestes va a mi lado, pero no estoy seguro. Lo único que veo es la paletilla peluda del caballo, por el rabillo del ojo, así como las antorchas que iluminan la noche.

La gente camina a mi lado, por delante y por detrás de mí. Oigo sus pasos por la hierba alta, pero no hablan. Creo que no estaría tan asustado si hablaran.

Quiero gritar pidiendo ayuda; espero que Espículo o Nerón puedan oírme. Quiero chillar porque tengo miedo y estoy muy enfadado; quiero irme de aquí ahora mismo. Pero una mordaza me tapa la boca y el lomo del caballo me aplasta el estómago, dejándome sin aliento.

Andamos, andamos, andamos y andamos; se me abotarga la cabeza con los pasos agitados del caballo.

No sé por qué me han cogido ni qué es lo que quieren hacer conmigo. Lo único que sé es que no quiero morir… No ahora. Ahora la vida es mucho mejor que antes. Antes cada día me preocupaba que mi amo me pegara, que Gitón pensara alguna humillación que me hiciera sufrir o que el ama se burlara de mí. Sin embargo, desde que conocí a Nerón, la vida ha sido mucho mejor. He aprendido a leer y a escribir, a hablar griego. Ahora estoy aprendiendo persa. He aprendido cosas de los poetas (los buenos y los malos). He aprendido filosofía y matemáticas. He comido ostras y he bebido vino de Falerno. He vivido en Alejandría, la mejor ciudad del mundo. He ido a navegar y a cazar. He jugado a los dados con bandidos y he encontrado un tesoro enterrado.

No quiero morir. Quiero vivir, lo deseo tanto que me echo a llorar. Lloro tan fuerte que empiezo a soltar hipidos, como una niña pequeña. Nerón estaría muy decepcionado conmigo. «Debes ser valiente ante la muerte, así como en la vida. Importa mucho cómo se muere.» Pero no puedo evitarlo…

Cuando por fin se para el caballo, me bajan y me arrastran hasta un claro entre los árboles y me dejan caer en la hierba. En medio del claro hay una piedra muy grande y plana como una losa. Parece un altar. Al lado hay un hombre vestido todo de negro. Los otros hombres o las mujeres, unos diez, van vestidos de rojo oscuro, con mantos y capuchas. Aparte de estas, todos llevan máscara, como si fueran actores, pero hechas de oro.

474 Arrastran a otra persona y la dejan caer a mi lado. Orestes. Intento hablar, pero con la mordaza que me tapa la boca, de modo que lo único que sale es un murmullo agobiado.

Nos arrastran a un sitio junto al altar. El hombre de negro se inclina hacia nosotros. Empieza a hablar en una lengua que nunca había oído. Los sacerdotes con mantos rojos se colocan en semicírculo en torno al altar. Entonces empiezan a salmodiar despacio, en la misma lengua. Parece el silbido de unas serpientes.

Dos sacerdotes cogen a Orestes y le obligan a ponerse de rodillas: uno lo agarra por los hombros; otro, por la cabeza. Las manos de Orestes siguen atadas a su espalda. Tiene los ojos muy abiertos, llenos de terror.

El hombre de negro se adelanta. Lleva un cuchillo en la mano. Uno de los hombres de rojo, el que sujeta la cabeza de Orestes, le coge la mandíbula y le obliga a abrir la boca.

Los susurros de los otros hombres se hacen más fuertes y rápidos.

Orestes se debate, agitando su cuerpo como un pez fuera del agua, pero el hombre del manto rojo lo sujeta con demasiada fuerza. Orestes se queda quieto.

El hombre de negro se inclina hacia delante, mete la hoja en la boca de Orestes y la sangre brota de sus labios.

Cierro los ojos porque no puedo mirar. Con los ojos cerrados, noto que respiro muy rápido y que el corazón me late deprisa. Es como si llevara todo el día corriendo.

Por encima de los cánticos de los hombres de rojo, parece como si Orestes se estuviera ahogando…, ahogándose con su propia sangre. Entierro la cabeza en la hierba. Sigo llorando. No puedo parar.

Entonces una mano me coge el tobillo. Empiezan a arrastrarme hacia el altar.

Dos hombres de rojo sujetan a Orestes encima del altar. El hombre de negro tiene un cuenco dorado debajo del cuello de Orestes. Está lleno de agua negra.

El hombre de negro se levanta y se lleva el cuenco dorado a los labios.

Cierro los ojos.

Noto que me arrastran al altar. Noto dos pares de manos que me ponen de rodillas. Oigo que los cánticos son más rápidos de nuevo, como si las serpientes que silban se estuvieran enfureciendo. Me abren la boca. Empiezo a notar la lengua rara, cosquilleante, mientras espero el cuchillo de acero.

Pienso en Elsie…, no sé muy bien por qué. Recuerdo que solía darme pistachos y contarme historias de fantasmas. Quiero sonreír, pero me obligan a tener la boca abierta.

El susurro llega a un *crescendo* y luego se detiene. Espero la hoja.

Pero entonces oigo chillar a un hombre. Es un chillido salvaje. Un grito de batalla.

La mano que sujeta mi mandíbula se relaja. Abro los ojos.

Los hombres de rojo se están dispersando. Uno o dos han huido. Los demás corren hacia el centro del claro, convergiendo sobre algo o alguien que no veo. Pero entonces empiezan a caer como moscas; en medio de ellos, blandiendo la espada con mandobles furiosos, veo a Espículo, mi amigo.

Uno de los sacerdotes rojos me tiene cogido por el cuello. Se coloca ante mí y noto que la punta de su cuchillo me pincha el cuello y que la sangre caliente me cae por el esternón.

Miro hacia atrás, a Espículo: viene corriendo hacia nosotros.

475

Los cuerpos de los sacerdotes vestidos de rojo están tirados en el suelo, tras él. El hombre que está detrás de mí chilla a Espículo en griego, diciendo que me va a cortar el cuello, pero Espículo sigue corriendo…, corre tan rápido como no le he visto correr nunca; cuando se acerca, en lugar de cortarme el cuello, el hombre que tengo detrás levanta la hoja para defenderse, apuntando a Espículo, que se lanza hacia el hombre y yo me agacho justo a tiempo. El impulso que trae Espículo hace que tanto él como el otro hombre caigan en la hierba. Él acaba encima, sentado en el pecho del hombre: llueven golpes uno tras otro. La hoja del sacerdote de rojo intenta pinchar para defenderse; hace algunos cortes a Espículo aquí y allá, pero al final pierde la hoja y sus brazos quedan flácidos. Espículo coge una piedra dos veces del tamaño de su puño y golpea el cráneo del hombre, aplastándolo hasta convertirlo en pulpa.

Oigo el crujido de una rama a mi derecha. Me vuelvo y veo a tres sacerdotes rojos más, con las espadas en la mano: vienen lentamente hacia mí, gruñendo y buscando la sangre. Pero Doríforo está de pie entre los sacerdotes rojos y yo. No lleva armas. Espículo se pone de pie y corre hacia los tres sacerdotes rojos, con la piedra todavía en la mano. Aplasta un cráneo, luego el siguiente. Detrás de él, otro hombre consigue clavar una espada en el hombro de Espículo. Sin pararse a quitársela, Espículo se vuelve y abraza al hombre. Lo aprieta con fuerza. Oigo chasquear sus costillas y Espículo lo deja caer al suelo. El hombre queda desmadejado como un trapo. Aullando de rabia, Espículo se quita la hoja del hombro y rebana la garganta del hombre.

Me mira: cuando ve que estoy vivo, suspira con alivio. De repente se tensa; se pone de pie. Está viendo algo detrás de mí. Me vuelvo y veo que, en la cima de la colina, los adeptos que quedan se están desperdigando y desaparecen. Uno de ellos se detiene. El hombre con el manto negro, con la cara oculta entre las sombras, se vuelve y me mira un momento. Luego desaparece.

Nerón

21 de septiembre, primera antorcha. El bosque, isla de Rodas

Doríforo vuelve hacia mí cuando la lucha ha concluido. Me ha dejado al borde del claro, colocando mis brazos en torno al tronco de un árbol. Ahí es donde me vuelve a encontrar momentos después.

Hasta que no dice: «está vivo», no puedo respirar. Me coge la mano y me acompaña hasta el claro.

Hay cinco hombres muertos, según Doríforo.

Dejando a un lado los sentimientos, ahogando mis deseos de abrazar a Marco, digo:

—Vamos a ver si podemos identificar alguno de los cuerpos.

Doríforo me conduce hacia los cadáveres. Me suelta el brazo y yo escucho mientras se esfuerza por quitarles las máscaras.

Cuando ha terminado, le pregunto:

—¿Y bien?

—Reconozco a uno.

—¿Quién es?

—El sobrino de Marcelo: Tulino.

—¿El chico al que perdoné? Ya lo ves, Doríforo: no sale a cuenta ser magnánimo.

Volvemos a la choza y descubrimos que está vacía: Haloto ha escapado.

—¿Cómo ha podido ocurrir? —pregunta Doríforo—. Estaba atado a la silla...

Oigo que Espículo se agacha hacia el suelo de tierra. Dice:

—Aquí hay huellas de pasos... que entran. Le han ayudado.

—Nos hemos precipitado —dice Doríforo—. Uno de nosotros tendría que haberse quedado con Haloto.

—Marco está vivo —digo yo—. Eso es lo que importa esta noche.

—¿Y qué haremos ahora? —pregunta Espículo.

—Haloto sigue siendo procurador de Asia —respondo—. Continúa siendo poderoso. Y yo he perdido el elemento sorpresa. En Rodas no estamos a salvo.

—¿Me estás diciendo que vamos a huir? —pregunta Doríforo.

—No. También nosotros nos haremos poderosos. Esperaremos. Nos tomaremos nuestro tiempo. Seremos nosotros quienes decidamos dónde y cuándo nos volveremos a encontrar.

XXVI

CONFÍA EN TU INTUICIÓN

79 d. C.

Caleno

22 de abril, primera antorcha. Las alcantarillas, Roma

$\mathcal{M}$e despierto al oír el sonido del agua que corre y notar la piedra apretada contra el lado izquierdo de mi cara, fría y mojada.

Abro los ojos y el mundo está oscuro; noto la cabeza embotada y gris. Tengo las muñecas atadas a la espalda.

Unas siluetas oscuras discuten a unos pasos de distancia.

—Ya lo sé, ya lo sé.

—Las órdenes son las órdenes.

El aire es húmedo y mohoso; apesta a orina antigua.

—Ya lo sé. Pero, aun así….

Estamos en algún lugar de las alcantarillas, en una de las partes donde un hombre puede ponerse en pie cómodamente. Cerca, una lámpara parpadea con un resplandor enfermizo.

¿Cuánto tiempo he estado inconsciente? Deben de haber sido horas.

Una silueta oscura viene hacia mí. Es Fabio. Se arrodilla a mi lado.

—Lo siento, amigo mío.

Tengo la mente nublada por espesas telarañas. Intento decir algo ingenioso, pero lo único que puedo murmurar es:

—¿Por qué?

—No hables con ese hijo de puta. —Una segunda sombra se acerca. La puta en miniatura. Dice—: No desperdicies palabras con un cadáver.

La tercera y última sombra también se acerca. Es mi viejo

amigo, el de la cicatriz. Lleva un cuchillo oxidado en la mano.

—Lo siento, Caleno —dice Fabio, mientras coge mi pelo y tira de él hacia atrás, de modo que mi barbilla queda levantada y el cuello expuesto; noto la nuez muy desnuda y solitaria, como si tuviera la polla al aire y a la venta en el foro—. Llegaste en mal momento, eso es lo que pasa. No se puede hacer nada. Los planes ya están hechos.

El hombre de la cicatriz se arrodilla y señala hacia su mejilla.

—Pensabas que te ibas a escapar después de esto, ¿verdad?

La puta se echa a reír.

Poco a poco, las ideas se me vuelven a aclarar; es la hora de morir con dignidad. Miro al hombre a los ojos y le digo:

—La verdad es que no he vuelto a pensar en ti ni una sola vez —casi contento con mis últimas palabras, añado—: cabrón.

Y cierro los ojos, esperando el acero que rebane mi cuello.

Tengo tiempo para un último pensamiento: no puedo creer haber vivido tanto. Diez años en las legiones, dos huyendo, ocho viviendo al día en Roma, haciendo recados para senadores y luego para la familia imperial. Tendría que haber encontrado mi fin mucho antes. He tenido mucha suerte al vivir tanto.

Pero la hoja no llega.

Tengo tiempo para un segundo pensamiento: me alegro de haber vivido lo suficiente para conocer a la Roja. Eso también ha sido una suerte, la mejor de todas. Pienso en cómo me habría acariciado ella la cicatriz, para darme suerte. Sonrío.

Sigo esperando, pero la hoja no llega. En lugar de notar que me abren el cuello, oigo un gañido y una serie de golpes secos; luego, la garra de hierro que me cogía del pelo desaparece y noto que mi cabeza rebota hacia atrás, hacia los ladrillos. Abro los ojos.

Detrás de mí, alguien me está desatando las muñecas.

—¿Estás bien?

Delante de mí, el hombre de la cicatriz está en el suelo, con una herida sangrienta, jadeando e intentando respirar. Otro hombre limpia su espada en la túnica del moribundo. La luz incide en el parche que lleva en el ojo: es el Toro, el liberto tuerto de Ulpio. Teseo.

El hombre que tengo detrás me ayuda a sentarme y va hacia Teseo. A la luz de la lámpara veo al chico patricio de Ulpio, Marco.

Un giro extraño de los acontecimientos, diría yo. Muy extraño.

El chico le dice a Teseo:

—La mujer ha huido.

Hay otro cuerpo tirado en el suelo: Fabio. Se está frotando la cabeza y murmurando tonterías.

Teseo se sienta encima de Fabio, en su cintura. Coge a Fabio por la túnica y lo levanta, poniendo su único ojo al nivel de los dos. Dice:

—¿Para quién trabaja Montano?

Fabio tiene la cara tan blanca como una nube. Mira a su alrededor, intentando orientarse. (Seguramente le han dado un golpe fuerte en la cabeza.) Sus ojos se clavan en su colega…, que todavía intenta respirar, aunque ya con un pie en el Elíseo.

Teseo sacude con furia a Fabio.

—¿Quién?

—Míralo —digo.

483

Intento ponerme de pie, pero, cuando estoy a medio levantar, me mareo con una fuerza diez veces mayor: todo me da vueltas y caigo hacia atrás en el suelo. Esperan hasta que estoy listo para hablar. Al cabo de un momento, hago una señal a Fabio con la cabeza y digo:

—Estoy aturdido. Espera un momento.

Ellos me entienden: el chico me ayuda a ponerme de pie mientras Teseo arrastra a Fabio a la pared y lo apoya contra esta. El chico me tiende un odre con vino. Me arrodillo junto a Fabio y le ayudo a dar un sorbo. Cuando ha terminado dice: aaah, y se limpia la boca.

—Siempre has sido decente, Caleno —dice Fabio—. Siempre decente.

—Yo habría dicho lo mismo de ti —digo—. Hasta hoy.

Fabio sonríe. Levanta la vista hacia Teseo y el chico, que se inclinan hacia nosotros.

—¿Y ahora qué?

Teseo dice:

—De entrada, puedes decirnos para quién trabaja Montano.

Fabio frunce el ceño.

—¿O si no…?

Teseo se encoge de hombros.

Fabio frunce el ceño otra vez.

—¿Y cómo sé que no ocurrirá de todos modos? —Me mira a mí—. Ayúdame, viejo amigo, Caleno. Yo compartiré lo que sé, pero no quiero que hoy sea mi último día. Necesito que me lo asegures.

Miro a los otros dos. Es el chico, no Teseo, quien asiente.

—Te dejaremos vivir, pero debes abandonar Roma. Aléjate hasta el verano.

Fabio me mira para corroborarlo. Yo le digo:

—Tienes mi palabra, Fabio. Dinos lo que sabes y puedes irte libremente. Incluso te ayudaré a escapar, si estos chicos cambian de idea.

Fabio se echa a reír y bebe otro sorbo de vino.

—Qué día infernal. —Se limpia la boca—. ¿Por dónde empiezo? Antes que nada, deberías saber que Montano no es un ladrón… Bueno, supongo que sí lo es, pero es algo más. Es un hombre de Minerva, un empresario. Había muchos soldados sin trabajo después de las guerras civiles cuando perdió el hombre al que respaldaban. Yo entre ellos. Montano vio una oportunidad en eso; nos dio una buena ocupación. Trabajamos sobre todo para los comerciantes, para librar a un hombre de su competencia, para encender fuegos, romper brazos, ese tipo de cosas. Pero también trabajamos para senadores y caballeros. Tengo unos cuantos nombres para ti. —Fabio toma otro sorbo de vino—. Pero el que sospecho que buscas es el del senador Marcelo.

—¿Y por qué piensas que vamos detrás del senador Marcelo? —pregunta el chico.

Fabio dice:

—Porque durante meses toda la ciudad ha hablado de un crimen terrible y sangriento junto al Tíber. Me he imaginado que ibais detrás de eso.

—¿Así que tú estuviste implicado en el crimen? —pregunta el chico.

484

Fabio levanta las manos para mostrar su inocencia.

—Ahora no pongas ningún cuchillo en mis manos. Lo único que hice fue entregar al hombre. Montano me dijo: «Consígueme a este y al otro», así que fuimos y cogimos a ese hombre. Ni nos bebimos su sangre, ni nos comimos sus tripas, ni hicimos nada de eso.

Teseo se ajusta un poco el parche.

—Pero ¿a quién entregasteis? ¿Quién fue asesinado?

Fabio dice:

—Se llamaba Vetio, un caballero de la bahía.

—¿Estás seguro? —pregunta el chico—. ¿Estabas allí cuando Marcelo contrató a Montano?

Fabio niega con la cabeza.

—No, claro que no estaba. Pero estoy seguro. Unas pocas semanas antes de que cogiéramos al hombre, en diciembre, fuimos a ver a Marcelo, Montano y yo. Marcelo nos tendió una bolsa de monedas del tamaño de mi culo y dijo: «Dadle esto a Vetio. Él sabrá para qué es». Hicimos lo que nos pidió y no oímos nada más durante semanas. Entonces un día Montano vino al Cerdo Moteado y dijo que teníamos que ir al sur y coger a Vetio. Así que fuimos, atrapamos al hombre y lo llevamos al norte. Lo tuvimos allí casi una semana. Luego se lo entregamos en un almacén junto al Tíber. Era en lo más oscuro de la noche, frío como una teta tracia. Montano llamó a una puerta; salieron tres tipos con mantos rojos y máscaras doradas. Me dio escalofríos. Montano los siguió al interior, arrastrando con él a Vetio; nos dejó a los demás en la entrada. Y eso fue todo. Lo siguiente que oímos es que habían encontrado un cuerpo ensangrentado junto al Tíber, justo en el lugar donde lo habíamos dejado. Montano no nos contó nada más y nosotros no le preguntamos.

—¿Y lo de la mano? —pregunta Marco—. ¿Fue Marcelo también?

Fabio niega con la cabeza.

—No, no. Ahí las cosas se pusieron un poco..., cómo lo diría..., se retorcieron un poco. —Toma otro sorbo de vino—. Unos pocos meses antes, Montano cogió un nuevo cliente. Un senador o algo..., o al menos pensábamos que era un senador; pagaba bastante bien..., pero nunca conocimos al tipo. Envía a gente, en lugar de acudir él mismo, con instrucciones y dinero. A una chica, normalmente.

—¿La chica de hoy? —pregunto—. ¿La que tiene una sola ceja y estaba con Montano?

—Esa misma. —Fabio toma un poco más de vino. Mueve el cuerpo cambiando el peso y hace una mueca—. Hicimos unos cuantos trabajos para ese senador. Robamos una urna, dimos una paliza a un esclavo…, cosas de poca importancia. Ese día, la chica, que se llama Livia, apareció en el Cerdo Moteado con un perro y un anillo de oro macizo. Dijo que el perro estaba entrenado. Lo único que teníamos que hacer era conseguir la mano de un hombre adulto, ponerle el anillo en el dedo y luego la mano en la boca del perro, un día determinado, a una hora determinada. Después, dejarlo ir.

—¿Y de quién era la mano? —pregunta el chico.

—Pues no recuerdo exactamente de quién era —responde Fabio—. De algún desgraciado hijo de puta que no devolvió a Montano el dinero que le había prestado. Lo matamos el día antes, le cortamos la mano y arrojamos el resto del cuerpo al Tíber. Le pusimos bastantes piedras en los bolsillos: llegará a mitad de camino de Ostia antes de salir a la superficie.

Marco dice:

—¿Y para qué más os contrató después ese misterioso senador?

—Pues nos ha tenido muy ocupados. La misma tarde que soltamos al perro en el foro, Livia volvió a venir a ver a Montano y nos pidió que secuestrásemos a dos personas en la bahía: una puta y un senador.

—Plautio —digo yo.

—Pues sí —asiente Fabio.

—¿Solo secuestrarlos? —pregunta Teseo.

Fabio levanta de nuevo las manos para protestar por su inocencia.

—No tenemos nada que ver con eso de que haya tenido que remar en un barco tres meses. Livia quería que lo cogiéramos, lo tuviéramos en nuestro poder un tiempo y le diéramos cierta información. De modo que eso fue lo que hicimos.

—¿Qué quieres decir con eso de «darle información»? —pregunta Teseo.

—Lo encerramos en una habitación y nos pusimos a hablar fuera, al lado de la puerta. Se suponía que teníamos que decir todo el rato «Cecina», «Ulpio», «el chaquetero» y «el ciego». Cosas así todo el rato. Como si fueran esos los que nos dieran órdenes. Luego teníamos que dejarlo escapar... Y eso fue lo que hicimos. Se lo pusimos fácil. Dejamos la puerta abierta de par en par. Pero, en lugar de correr a Roma y contarle a todo el mundo lo que había oído, encontró un trabajo remando en un barco. —Fabio menea la cabeza—. Ese tipo no es de lo más listo que corre por ahí.

—Así que ese colega tuyo... —señalo al hombre, ahora muerto, que lleva la cicatriz que yo mismo le hice—, con el que me encontré, ¿llevaba a una mujer hacia el norte?

Fabio asiente.

—Eso me dijeron. Eso es lo que él le dijo a Montano después de que tú intentaras huir.

—¿Y tú por qué no estabas allí?

—Estaba con Plautio en Misceno.

—¿Y nunca te preguntaste por qué te estaban pidiendo que hicieras todas esas cosas? —pregunta Marco.

Fabio se indigna.

—Tú has heredado mucho dinero, se nota por tu aspecto. No tienes ni idea de lo que es trabajar. Los pobres no podemos elegir... Y pregúntale a él —dice, señalándome a mí—, no se lo preguntes a un hombre como Montano. «¿Por qué estás haciendo tal y cual cosa?»

—¿Y quién intentó matar a la hija del césar? —pregunta Teseo, con los brazos cruzados, frotándose la barbilla—. ¿Marcelo o ese misterioso senador?

Fabio se encoge de hombros.

—No puedo decirlo a ciencia cierta. Montano no me lo cuenta todo. Pero sé que el hombre que lo hizo era uno de los de Montano. Pobre cabrón. La había jodido, perdió los veinte mil de Montano cuando le robaron en el camino, de vuelta de Rávena. Montano dijo: «Mata a la viuda y la deuda está olvidada». Era un trabajo imposible, pero no podía hacer otra cosa. A Montano no se le puede decir que no...

Fabio bebe un poco más de vino.

Yo digo:

487

—Hace unas pocas semanas dijiste que dentro de poco habría mucho trabajo. ¿Te acuerdas? ¿A qué te referías?

—A nada en particular. Simplemente oigo cosas, de segunda mano. Y Montano estaba comprando armas para los chicos, corazas y espadas. Sospeché que las cosas iban a tomar ese cariz. Te he dicho todo lo que sé.

Las preguntas cesan y Fabio dice:

—Si eso es todo, me pondré en camino.

Teseo y Marco asienten. Fabio se pone de pie y dice:

—Adiós, Caleno. Espero que no me guardes rencor…

Niego con la cabeza.

—Págame una copa la próxima vez que nos veamos.

Él sonríe y luego desaparece en el recodo.

Cuando estamos solos, Teseo me pregunta:

—¿Y por qué quiere matarte Montano?

Me encojo de hombros.

—Es difícil saberlo.

Aunque estos chicos han sido muy amables al salvarme la vida, existe la posibilidad de que sus intereses y los de Domitila sean distintos. Tengo que informar de lo que sé a ella; solo a ella. Así que les pagaré una copa. Pero, en cuanto a información, no pienso decirles esta boca es mía.

Teseo frunce el ceño. Sus sentimientos están heridos; pensaba que éramos amigos.

Marco se hace cargo.

—Ahora trabajas para Domitila. En ella reside tu lealtad. Eso está bien. —Me pone la mano en el hombro, como si fuera un amigo a quien no ve desde hace tiempo—. Hay algo en marcha, algo dirigido al césar y su familia. Cuando sepas que estamos en el mismo bando, ven con nosotros. Ambos tenemos información que el otro no tiene.

Y se alejan despreocupadamente.

Salgo de la alcantarilla aturdido, sorprendido de estar vivo todavía. No es seguro ir a mi casa, así que me dirijo a casa de la Roja. Pago al hombre que está en la puerta y él me lleva a su habitación. Doy unos golpecitos en la puerta y me asomo. Está dormida, así que me meto en la habitación y me echo a su lado.

Ella se empieza a remover y digo:

—No busco nada más que un sitio donde descansar. Mi casa no es segura.

Ella no dice nada, pero me echa la pierna por encima del muslo. Cuando aprieta su cara contra mi hombro, sé que le hace feliz que esté aquí. Su aliento me calienta la mejilla, que, como todo lo demás, tengo muy fría, por la alcantarilla.

El pecho me late con tanta fuerza que voy a despertar a todo el mundo.

Ella me besa, solo un toque ligero en los labios. Es distinto del beso que me ha dado antes, más suave, más dulce. Sigue otro. No me muevo, no quiero estropear el momento. Contengo el aliento, casi hasta notar que me desvanezco. Ella me besa por tercera vez, luego una cuarta. Soy como una estatua, tengo miedo de moverme. Y no lo hago, hasta que, como mujer práctica que es, la Roja me levanta la túnica y me agarra el miembro.

Hacemos el amor silenciosamente. Cuando termino, ella me deja en su interior, besándome.

Me duermo pensando: es el mejor día de mi vida, aunque haya tenido un cuchillo en la garganta durante la mayor parte del tiempo.

489

Al día siguiente es casi la hora segunda cuando me dirijo hacia palacio, con una sonrisa radiante en la cara. De camino veo a Garbanzo, un viejo amigo de las legiones: lleva ese nombre por una verruga del tamaño de un garbanzo que tiene en la nariz.

—¡Hola, Caleno! —dice por encima del estruendo del mercado de ganado.

Va a estrecharme la mano, pero yo lo atraigo hacia mí y lo abrazo.

Él me mira de refilón.

—¡Estás loco! ¿Tienes tiempo para tomar una copa?

—Pues sí, claro.

Momentos después estamos bajo el toldo de un puesto del mercado, inclinados encima de la mesa.

Garbanzo me dice:

—Qué tío con suerte, ese Plautio. ¿No?

Me había olvidado: se suponía que el día anterior se tenía que tomar una decisión, mientras yo estaba indispuesto.

—¿Entonces han fallado a su favor?

—Por los pelos —dice—, dos votos a uno.

Eso me anima. Es bueno para Domitila.

—Un resultado justo —digo.

—¿Justo? —Garbanzo niega con la cabeza—. La justicia de los ricos, diría yo. Un hombre pobre se habría quedado encadenado. No importa cómo hubiese llegado allí.

—Otro motivo por el cual es mejor ser rico.

Garbanzo asiente.

Más tarde, cuando nos despedimos, veo al esclavo de Nerva, Apio, el rey del pórtico, abriéndose camino por la calle hacia nosotros.

—¡Hola! —chillo por encima del escándalo de la multitud—. ¡Apio!

Él se acerca, precavido.

—No te había visto desde hacía tiempo. Pensaba que estabas muerto.

—Estos días he estado trabajando para los de palacio.

—¿Ah, sí? —Apio está vagamente impresionado. Mira a Garbanzo, preguntándose si también será de palacio. Me dice—: ¿Me has llamado para presumir, entonces?

—No —digo—. Nerva me debe dinero.

Apio finge sorpresa, levanta las cejas.

—Y quieres que te pague yo, ¿verdad?

—¿Por qué no? —digo—. Tú llevas por ahí siempre la bolsa de tu amo. —Como necesito que esté de mi parte, añado—: Y tú siempre has sido justo, Apio. —Me vuelvo hacia Garbanzo—. ¿No te lo decía acaso? ¿Que ese hombre de Nerva, Apio, es uno de los más justos de Roma?

Garbanzo no duda ni un segundo.

—¿Este es el hombre? No me lo imaginaba tan alto.

No habrán sido muchos los cumplidos que le han dedicado a Apio en toda su vida. Asiente, se inclina hacia mí y dice:

—Escucha, ven esta tarde y habla con Nerva. Siempre

está de buen humor después del baño. Si te lo debe, sin duda te lo pagará.

Doy una palmada en la espalda a Apio.

—¿Lo ves? ¡Uno de los más justos!

Apio desaparece entre la multitud. Doy las gracias a Garbanzo por pensar tan deprisa. Él le quita importancia.

—No ha sido nada.

Ante las puertas de palacio, les digo a los guardias:

—Fénix.

Es la contraseña que me dio Domitila. Uno de ellos dice:

—Espera aquí.

Vuelve con la chica pelirroja de Domitila, Yocasta.

—La señora Domitila ha ido a visitar a una amiga esta mañana.

—Bueno, pues tengo noticias —digo.

Ella dice:

—¿Y?

—Concierne a Valeriano y a ese hispano tan rico del que todo el mundo habla, Ulpio. Es una buena historia.

—Bueno, cuéntamela y yo se la contaré a mi señora.

—Preferiría contársela a ella directamente.

Ella sonríe. La chica es bastante fea, pero tiene una bonita sonrisa.

—Bien —dice—. Vuelve a palacio esta tarde. La señora ya habrá regresado.

—Espera. —Me coge el brazo. Saca un collar fino de oro y una bolsa de terciopelo pequeña—. La señora confía en que no la defraudarás. Me ha pedido que te dé este collar como prenda de su aprecio.

Cojo el collar y paso el pulgar por los intrincados hilos de oro. Parece bordado, pero con metal, en lugar de hilo. He visto antes collares como este, pero siempre de lejos; nunca he tenido uno así entre mis manos.

—Y con esto... —me tiende la bolsita de terciopelo— deberías tener bastante para alquilar un alojamiento propio. La señora no quiere que uno de sus guardaespaldas comparta un apartamento con un montón de gentuza.

No estoy seguro de haberla oído bien.

—¿Guardaespaldas?

—Ah, ¿no te lo ha dicho todavía? Ahora eres el guardaespaldas personal de Domitila. Prefiere a un hombre en el que pueda confiar. No serás un pretoriano… A la señora no le importa lo que ocurrió en tu pasado, pero está claro que no puedes volver a ser soldado. De todos modos, ser guardaespaldas de la hija mayor del césar es algo muy valioso.

No puedo creer este giro de la fortuna. No puedo creerlo. Me tiemblan las manos y abro la boca como un pez. Pienso: «Serénate, Caleno».

Me pongo firme.

—Volveré esta tarde.

Voy directamente a ver a Nerva desde palacio. De repente, estoy bien de dinero, pero todo ayuda, por poco que sea. Y la fortuna está de mi lado hoy. ¿Por qué no aprovecharla?

Apio me saluda en la puerta. El cumplido que le he hecho por la mañana ya ha perdido su eficacia. Parece confuso ante mi presencia.

—Ah, Caleno —dice—. Claro. Ven.

Encontramos a Nerva solo en su estudio, detrás de un gran escritorio. Es tan bajo que sus hombros apenas sobresalen de la madera.

—Vienes a pedirme más dinero, ¿verdad? —pregunta.

Tomo asiento frente a él.

—Solo lo que me debes.

Nerva frunce el ceño.

—Ya veo. ¿Y cuánto es?

—Diez sestercios.

Frunce el ceño de nuevo. Desenrolla un papiro y empieza a leerlo. Quizá me pague, pero primero me hará esperar.

Oigo ruidos detrás de mí: unos pies que andan por el mármol, alguien que se aclara la garganta. Nerva levanta la vista. Su rostro cambia, solo ligeramente, pero incluso el cambio más pequeño en esa cara pétrea es un acontecimiento. Me vuelvo para ver quién es.

Apio está de pie en el atrio, en el umbral del despacho, con la cabeza gacha, leyendo una tablilla de cera. Junto a él hay una chica…, la chica con una sola ceja, aquella a la que seguí al Cerdo Moteado y que se reunió con Montano. Nuestros ojos se encuentran. Si me ha reconocido, no lo demuestra. Disimulo lo mejor que puedo y luego me vuelvo a mirar a Nerva.

Cuando me vuelvo, el cambio en la cara de Nerva ha desaparecido. Vuelve a ser el Nerva impasible de siempre. Con calma, dice:

—Ahora no, Apio.

Lucho contra la necesidad de volverme y ver cómo se aleja la chica.

Nerva dice:

—Está bien, Caleno. Te pagaré lo que te debo.

Se pone de pie, se dirige a un armario pequeño que hay detrás del escritorio y abre un cajón. Está de espaldas a mí y trastea con el cajón un momento. Se vuelve con una bolsa llena de monedas y cuenta diez sestercios encima de su escritorio.

Nerva es rico como Midas, pero siempre se resiste a desprenderse de sus monedas. La chica, esa cara que él ha puesto… Noto que me invade la desconfianza. Debería irme. Ahora mismo. Pero las monedas, mis monedas, están encima del escritorio.

—Aquí lo tienes. Como te prometí.

Coge el montoncito de monedas y da un paso hacia mí, pero dos monedas se le caen de las manos. Deja el resto encima del escritorio y luego hace una señal hacia las monedas caídas.

—Rápido, Caleno. Antes de que las vuelva a coger.

Me inclino a recoger las monedas. Por el rabillo del ojo veo que Nerva da un paso para acercarse a mí. Cuando levanto la cabeza Nerva está ahí, muy cerca de mí.

Y entonces noto un pinchazo en el cuello…

El dolor crece, de una picadura de abeja a un horror. Me llevo la mano al cuello y cuando la retiro, está manchada de rojo.

La habitación se mueve…

Caigo al suelo.

Nerva está delante de mí. Me devuelve la mirada, horrorizada.

—Qué lástima —dice, mientras se limpia la sangre en la túnica; una mancha oscura se extiende en la tela color bermellón, justo por debajo de sus costillas.

Algo líquido me cae de la boca. Sangre. Mi sangre.

—Lo siento, Caleno —dice—, pero no puedo permitir que interfieras y estropees muchos años de cuidadosa planificación. Ahora estoy bien situado. No dejaré que un soldado cualquiera enamorado como un colegial se interponga en mi camino.

Nerva se agacha. Me toca el bolsillo y saca la bolsa de dinero. Estoy demasiado débil para detenerlo. Dentro de la bolsa encuentra el collar de oro. Lo levanta para verlo bien a la luz.

—Mmm.

Se guarda el collar y se levanta.

—Y siento que no estés por aquí para ver cómo lo consigo. Marcelo y su culto pasarán...

Me late el cuello, intento respirar... Lo único que quiero es respirar, pero no puedo, es como si intentara sacar aire de una piedra.

—... pero yo seré una constante en Roma, como la Capitolina, como el Aventino.

Salta por encima de mí y llama, tranquilo:

—¡Apio!

El latido ardiente de mi cuello cede. La habitación se diluye. Cierro los ojos. Me hundo en una ola de calor.

La Roja. Pienso en la Roja.

Oigo decir a Nerva:

—Limpia esto.

El mundo se me escapa entre los dedos...

494

XXVII

Cena en casa de Ulpio, parte II

79 d. C.

Espículo

11 de enero, cantar del gallo
Junto a la casa de Eprio Marcelo, Roma

Marco y yo usamos una carreta y una mula como tapadera. Por la mañana, antes de que salga el sol, aparcamos fuera, frente a la casa de Marcelo. Quito la rueda, rompo uno de los radios y la apoyamos contra la carreta, para que dé la impresión de que se ha roto sola. Vamos vestidos con túnicas sencillas, sin lavar, todos arrugados, con mantos con capucha. Cuando acabamos, digo:

—¿Qué te parece? Solo dos transportistas que van a hacer una entrega intentando arreglar su carreta.

—Por ahora funcionará —dice Marco—. Pero necesitaremos algo distinto si no lo vemos esta noche.

Sale el sol y la calle empieza a llenarse. El día sigue su curso sin que pase nada especial. Por la tarde, un vigil se nos pone algo pesado. Pero Marco le tiende una moneda de oro y le sonríe. Él nos dice que nos tomemos el tiempo que haga falta.

A las seis, más o menos, lo vemos. Es la primera vez desde hace seis años.

Haloto sale del callejón que hay detrás de la casa de Marcelo. Después de todo este tiempo, sigue teniendo el mismo vientre redondo y salido, los brazos delgados, las piernas largas, la cabeza pequeña, los ojos como de lobo. Marco y yo fingimos ocuparnos de la carreta y hablar de la rueda rota, pero tenemos los ojos clavados en Haloto.

Marco suspira.

—Tenía razón. Maldita sea. Siempre tiene razón. No solo la carta ha funcionado, sino que ha venido directamente a Marcelo. Supongo que tendremos que escuchar a Nerón decirnos: «Ya os lo dije». Pero al menos así sabemos dónde se aloja Haloto.

Yo digo:

—El hecho de que Haloto se aloje con Marcelo no significa que sea el Sacerdote Negro ni que esté implicado en la caída de Nerón.

—Nerón no estaría de acuerdo contigo.

—La culpabilidad de Haloto está clara. Con Marcelo, todavía no lo sabemos.

Hace seis meses, Nerón pagó al gobernador de Hispania por una carta que tenía de manos de Tito; luego contrató a un falsificador para que la imitara, y también el sello, y enviara una carta a Haloto en la que convocara al eunuco a Roma. Marcos y yo dudábamos de que semejante plan funcionara. Pero estábamos equivocados.

—Si ha estado aquí antes que nosotros —digo—, debemos tener cuidado. Si ha hablado con Tito, sabrá que se le engañó para que viniera a Roma. Su guardia puede estar alerta.

Haloto vuelve después de oscurecido. Las calles están vacías. Lo llamamos con la excusa de que nos ayude con la rueda. Mientras Marco lo distrae, yo lo rodeo con mis brazos y Marco rápidamente le mete un trapo en la boca y le tapa la cabeza con un saco, lo arrastramos hacia la parte cubierta de la carreta. De vuelta a nuestro hogar en el Aventino.

—Temo que Nerón querrá hacer algo dramático —digo—. Ha esperado mucho tiempo para esto.

—Sí —dice Marco—, sería lo más probable.

Nerón elige la Roca Tarpeya. Dice que es lo más adecuado, porque era desde ahí desde donde se arrojaba a los traidores en la época de la República. Vamos al abrigo de la oscuridad. Llevamos a Haloto en la carreta hasta los pies del Capitolino y luego lo arrastramos por la empinada pendiente de la colina. Nos dirigimos al borde de la Tarpeya.

Sopla un viento muy frío, a diferencia de lo que sucede en el foro.

Nerón dice:

—¿Puede verme?

Marco quita el saco que cubre la cabeza de Haloto. El trapo sigue tapando la boca del eunuco.

—Ahora sí.

—Hola, Haloto —dice Nerón—. Ha pasado mucho tiempo. La última vez que hicimos esto, conseguiste librarte, a base de hablar. Hoy creo que te mantendremos con la boca cerrada. ¿Verdad?

Los ojos pálidos de Haloto son como océanos de terror. Intenta chillar, pero su grito queda perdido en el trapo húmedo.

—Ponedlo de pie —dice Nerón.

Doríforo y yo obligamos a Haloto a levantarse. Detrás de nosotros está el abismo inmenso hasta el foro.

Haloto quiere hablar, el trapo que le tapa la garganta le ahoga la voz. Su voz va aumentando de intensidad gradualmente.

El viento frío continúa soplando.

Marco sitúa a Nerón frente a Haloto. Nerón levanta el brazo y toca la cara de Haloto, confirmando la posición del eunuco.

El chico está chillando detrás del trapo y luchando contra mi sujeción.

Nerón da un rápido puntapié en el estómago a Haloto: el eunuco retrocede, pero no hay nada detrás de él salvo aire. Cae rápidamente, silencioso. Se aplasta abajo en el foro, como un melón.

—Táchalo de la lista —dice Nerón.

Doríforo saca la desgastada tablilla de cera que nos ha seguido por todo el Imperio, con los nombres que llevamos persiguiendo tantos años.

Culpables

Terencio (centurión)

~~Venus (soldado raso)~~

~~Juno (soldado raso)~~

~~Nimfidio (prefecto pretoriano)~~

~~Haloto (sirviente)~~
~~Tigelino (prefecto pretoriano)~~
El Sacerdote Negro

Posibles culpables
Epafrodito (secretario)
~~Faón (ayudante)~~
~~Galba (falso emperador)~~
~~Otón (desea el trono)~~
Lépida (amante)

—¿Y ahora? —pregunta Doríforo.
—El siguiente es Epafrodito —dice Nerón—. Nuestro invitado a la cena.

Nerón

15 de enero, primera antorcha
Hogar de Lucio Ulpio Trajano, Roma

Cuando Tito da su respuesta, una respuesta prolija llena de estoicismos poco imaginativos (o, para ser más específicos, senequismos, así de poco inventivas son las ideas del hombre), Doríforo se inclina hacia mi oído y susurra:

—Epafrodito se ha bebido el veneno.

Lo llama veneno, pero no estoy seguro de que se ajuste a esa definición. El veneno mata. Lo que se ha bebido Epafrodito le hará dormir un breve tiempo, nada más. Por el momento, Espículo está fuera dándole el mismo preparado a los esclavos de Epafrodito.

Lépida está aquí, por primera vez en una década me encuentro en la misma habitación que mi antigua amante. Me he preguntado durante años si me tomó por idiota, si estuvo de alguna manera implicada en mi caída, si sedujo al césar y le convenció de que no era más que una víctima de Torco, no una adepta. Yo había planeado averiguar la verdad, y lo haré. Pero no esta noche. Quizás el viento haya abandonado mis velas después de esperar tanto para llevar a Haloto ante la justicia. O quizá mis sentimientos por esa mujer aún sigan haciendo que me resista a moverme con rapidez. Sea como sea, esta noche ella escapará a mis maquinaciones. Marcelo también estará fuera de mi alcance de momento, pues ha declinado mi invitación a cenar. Espículo, nuestra conciencia colectiva, se niega a moverse contra él sin certeza. No importa.

Esta noche tengo a Epafrodito. Si Apolo lo permite, me dirá todo lo que necesito saber.

Marco ha estado callado y enfurruñado toda la cena. Acabamos de recibir la noticia justo antes de navegar hacia Roma: la mujer esclava, Elsie, puede estar en Sicilia. Es imposible saberlo con total seguridad; creo que Marco finalmente tendrá que ser quien vaya a verlo por sí mismo. Pero le he dicho que no podemos ir hasta que acabemos aquí, hasta que Torco sea desenmascarado y destruido. Marco se ha puesto furioso. No paraba de renegar.

—Hemos esperado seis años, ¿qué importancia puede tener un mes más? —insistía yo, pero creo que quien le ha convencido al final ha sido Espículo.

Marco sospecha a menudo que le manipulo, que no soy honrado. Sin embargo, está claro que Espículo no ha dicho jamás algo que no crea que es cierto. Marco confía en él.

Marco ha accedido a esperar, pero se ha mostrado especialmente combativo desde que llegamos a Roma. El incidente en el camino de Ostia a Roma es un ejemplo, aunque después de nuestras experiencias juntos, todos odiamos a los soldados y su crueldad arbitraria y su tendencia a oprimir a los débiles. Lo más probable es que hubiésemos intervenido en favor de aquella pobre mujer que iba a rastras detrás del caballo de un centurión, aunque Marco no hubiese estado ansioso por luchar.

Espículo sigue echándome la culpa a mí.

—Él intenta cumplir tus expectativas. Piensa que quieres que sea el chico salvaje que lucha contra los legionarios por las calles; de modo que eso es lo que hace, aunque no está en su naturaleza. Tú agitaste la mano y le dijiste que ya no era un esclavo, sino un patricio, valiente y noble. Está confuso y enfadado; intenta impresionarte constantemente.

No estoy de acuerdo, desde luego. (Nada de todo esto es culpa mía. Yo salvé al muchacho de una vida de servidumbre, por Júpiter.) Busco a Doríforo para que me apoye, pero él no me ayuda nada.

—Necesita follar —dice—. Cuando tienes su edad, es el remedio de todos los males, es la forma de soltar la abeja que está en la jarra y de que cese por fin el incesante y furioso zumbido.

502

Y

Después de cenar, cuando los invitados ya se están yendo, me despido. Me voy a mi habitación a descansar los ojos, mientras Espículo y Marco siguen a Epafrodito por las oscuras calles de la ciudad. Si todo va según el plan, los irán vigilando hasta que Epafrodito y su séquito caigan al suelo.

Duermo una hora, más o menos. Entonces Doríforo me sacude suavemente por el hombro y susurra:

—Han vuelto.

Cojo mi bastón con una mano y me apoyo en el brazo de Doríforo con la otra. Juntos vamos andando hasta los establos.

Me saludan unos gritos ahogados. Nuestro huésped, supongo, está amordazado, y el brebaje para dormir ya ha perdido su efecto.

Doríforo me guía. Me quedo de pie frente a Epafrodito. Hemos hecho esto las veces suficientes para que Doríforo sepa cómo proceder.

Le pregunto:

—Si le quitamos el trapo de la boca, ¿accederá a no gritar?

—Ha asentido —susurra Doríforo.

—Quítale la mordaza —digo.

El sonido de una boca y una lengua seca que palpa a su alrededor me dice que ya se la han quitado.

Como he hecho antes, me inclino hacia delante y me quito la venda de los ojos.

—¿Me reconoces? —pregunto.

Silencio.

—Han pasado muchos años. Ahora tengo la barba más larga, con algunas canas. Y no tengo ojos.

Silencio.

—Vamos, debes de saber quién soy.

—No es posible —susurra nuestro prisionero.

—¿No? ¿Por qué? ¿Porque me cortaste el cuello?

Silencio.

—Conspiraste para derrocarme, para que me arrancaran los ojos —le digo— . ¿Por qué? Yo fui bueno contigo.

—¿Nerón? —Hay una larga pausa, una eternidad de silencio. Luego—: Yo...

503

De nuevo, no sabe qué decir.

—Venga, dilo. He esperado más de una década a que me respondieras. Haloto dice que estuvisteis juntos en esto. ¿Acaso lo niegas?

—¿Cómo? ¡No! Haloto está loco. Él y los otros…

—¿Qué otros?

—Nerón, yo…, yo…

A Espículo, le digo:

—Primero el brazo.

Oigo un chasquido sordo, como una ramita que se rompe bajo una manta. Epafrodito chilla de dolor.

Cuando ha dejado de chillar, a través de sus hondos jadeos, dice:

—¡No! Te lo contaré todo. Yo no te traicioné nunca. Nunca rompí mi juramento. Soy leal. Siempre te fui leal. Fue Haloto. No pude hacer nada.

—Habla —digo—. Te estoy escuchando.

—Es porque le cogí…

Respira con fuerza varias veces, intentando tranquilizarse antes de contarme la historia que llevo años esperando oír.

—Era en marzo, antes de que las legiones empezaran a rebelarse. Entré en una habitación de palacio donde no debía. Resultó que en ella estaban Haloto y tu mujer. Estaban haciendo el amor.

Lanzo un resoplido.

—Era un eunuco.

—Sí, lo era, pero hay distintos tipos. Su verga estaba intacta.

Yo le hago señas de que continúe.

—Haloto y tu mujer estaban abrazados, la estola de ella levantada… Haloto me vio. Me vieron los dos. Yo salí corriendo y no dije una palabra. No quería provocar la ira de Haloto. O la de tu mujer. Yo tenía un rango superior al de Haloto, pero ya sabes la reputación que tenía. Se dice que ayudó a envenenar a tu tío, Claudio César. ¿Qué podía hacerme a mí? Pensé que, si no decía nada, me dejaría en paz. Un plan algo infantil, pero no se me ocurrió otro mejor. Él esperó dos semanas antes de venir a verme. Fue después de las carreras, antes de la cena, durante esas horas tranquilas en las cuales medio palacio está dur-

504

miendo la siesta. Me dijo que apreciaba mi tacto. Que quería llevarme a su secta, como muestra de gratitud. Me dijo que me cambiaría la vida. Yo estaba contento de no tener que enfrentarme a él. Y, la verdad, para mí una secta es igual que otra. Así pues, accedí. Haloto me dijo que estuviera preparado la noche de los Idus. Era mayo. Cuando llegó el día, cuatro hombres vinieron a verme en lo más oscuro de la noche. Llevaban unos mantos rojos y unas máscaras doradas. Me vendaron los ojos y me llevaron al Tíber. Sabía que era el Tíber porque oía los barcos que se movían con la marea. Entonces bajamos unos escalones, hasta meternos en el corazón de la tierra. Me quitaron la venda y me vi rodeado por unos sacerdotes fantasmales, con máscaras doradas. Arrastraron a un hombre ante mí. Iba desnudo y tenía la boca cosida. Oí la voz de Haloto en mi oído: «Córtale el cuello o no saldrás de aquí esta noche». No tenía ningún lugar adonde ir, ninguna salida.

Epafrodito se pone a sollozar.

—Hicimos cosas terribles. No fue un simple crimen. Fue un sacrificio humano a un dios demoníaco. Nos bebimos la sangre del hombre y nos comimos su lengua. Que los dioses me ayuden, pero lo hice. Cuando acabó la ceremonia, Haloto me dijo que ahora estaba ligado a él y a su culto. Si le decía a alguien lo que había visto que hacía con tu mujer, presentaría testigos del sacrificio humano que había realizado. Durante tres meses no pude dormir. Estaba fuera de mí. Y luego, una noche, Haloto vino a verme de nuevo. Me dijo que al cabo de dos semanas tenía que dejar la llave de tu habitación en la biblioteca, dentro de un pergamino.

—Ah, ya veo. O sea, ¿que dejaste la llave, la noche que te lo pidió, condenando a tu patrón, tu emperador, tu dios, un hombre que jamás te había causado ningún daño?

—¿Que nunca me habías hecho daño? Hiciste que me apalearan tres veces aquel año, por causas sin importancia. Me quitaste a mi mujer para divertirte. Sí que me hiciste daño, césar. Y a menudo. —Está furioso, aunque sigue llorando. Su voz suena exhausta—. Pero yo nunca rompí mi juramento. No te traicioné.

Doríforo pregunta:

—¿Qué ocurrió a continuación?

—Dejé la llave porque no tenía más remedio. Pero juro que nunca quise hacerte daño. Haloto decía que solo le estaba ayudando a desfalcar dinero. Todo el mundo te robaba, y a ti no te importaba. Tus cofres eran infinitos. Los dioses no se quedan sin dinero. Dijo que necesitaba acceso a determinados libros contables. Yo no tenía ni idea de que dejar la llave conduciría a lo que condujo. De modo que la dejé, como me dijo Haloto. Aquella noche, cuando me desperté, oí el ruido del caos. Miré por los salones y vi a hombres luchando. Incluso vi a un secretario imperial muerto. Corrí y me escondí. Solo después, cuando salí de mi escondite, me enteré de que todo el mundo (o al menos la mitad) pensaba que yo te había ayudado a suicidarte. Pero esa historia me salvó la vida. Galba no solo me mantuvo con vida, sino que me hizo tesorero precisamente por eso. Yo no podía llevarle la contraria. No podía hacer nada.

—Pobre hombre —digo sarcásticamente—. Cuántas cosas que escapaban a tu control.

—Pero, césar, nunca más he tenido relación alguna con Torco desde tu caída. No soy creyente. Ellos lo saben. Me han dejado en paz. Por favor, por favor, perdóname la vida.

Noto varios ojos clavados en mí, no solo los de nuestro prisionero, sino los de Espículo, Doríforo y Marco. Todo el mundo quiere saber si este hombre vivirá o morirá. Sé que Espículo está en contra de matarlo. Y no estoy seguro de cómo le sentaría la misericordia a Marco. Su ira estaba dirigida a Haloto y al Sacerdote Negro; los hombres responsables de la muerte de su amigo Orestes ante sus propios ojos.

Meneo la cabeza, no a nuestro cautivo, sino para mí mismo. Hubo un tiempo, no hace mucho, en que ese traidor habría respirado su último aliento en el mismo momento de acabar su historia. Pero ahora… La venganza sangrienta se había ido quedando agria; los planes cambian, la venganza, en sus partes constitutivas, fluye y refluye.

—Por ahora te tendremos prisionero, viejo amigo, para comprobar la veracidad de tu historia. Pensaré en un buen castigo para ti.

XXVIII

SE CIERRA LA TRAMPA

79 d. C.

Domitila

23 de abril, mediodía. Palacio Imperial, Roma

*E*speramos toda la tarde a Caleno. Ni rastro de él.

—Yo pensaba que tu hombre era fiable —dice Tito.

Lo considera una victoria, aunque nos suponga un perjuicio. Piensa que mi implicación en asuntos de Estado no es pertinente. Es peor que mi padre.

—Caleno es fiable —digo—. Le habrá pasado algo.

—Era un borracho, hermana. Yo mismo olí el vino en su aliento. Tiene buenas intenciones, pero será mejor dejarlo en sus cantinas, ¿no? Los asuntos de Estado tienen preferencia sobre tu pequeño proyecto.

—Vendrá —digo—. Si no, es que le ha pasado algo.

—¿Algo? —Tito levanta una ceja, su voz es condescendiente y petulante. Lo odio cuando adopta ese aire de suficiencia—. Tú continúa vigilando, mientras él se pudre en una cantina. Mencionó a Ulpio cuando habló con Yocasta. Iré a ver a Ulpio yo mismo. Al final, tendrá que contarme su implicación. Conseguiré las respuestas que necesito.

Cleopatra está enroscada a mis pies. Levanta la cabeza, dándose cuenta de que Tito se va. Este le dice que se quede y, como ella aprende rápido, vuelve a echarse y se duerme.

Tito se va y yo voy andando de un lado a otro.

Al cabo de una hora, voy a la puerta principal para preguntar a los guardias si, por algún motivo, le han negado la entrada a Caleno. *Cleopatra*, que me ha cogido bastante cariño estos últimos meses, me sigue. De camino, doy con Nerva y su esclavo Apio.

—Senador Nerva —le digo.

Nerva inclina la cabeza levemente, respetuoso.

—Domitila.

Cleopatra menea el rabo con fuerza y mete su cabeza entre las rodillas de Nerva.

—Me alegro de verte —digo—. Conoces a Julio Caleno, ¿verdad?

Haciendo lo posible por ignorar a *Cleopatra*, Nerva asiente.

—Por supuesto.

—Le esperaba aquí en palacio esta mañana. Pero no ha venido.

—¿Ah, le esperabas? —Nerva parece confundido un momento; luego asiente—. Ah, sí. He oído que hace recados para ti. Esto no es muy propio de Caleno. Es un hombre fiable. Excepto, por supuesto, cuando se entrega a la bebida. —Inclina la cabeza ligeramente; el movimiento es frío, predador—. Ha llevado una vida difícil. De vez en cuando busca consuelo en una copa. Muchos hombres de la guerra civil son así, como bien sabes.

Noto por primera vez una mancha oscura en su túnica color bermellón, apenas visible bajo su manto, un poco por encima de su cadera derecha. Parece una herida.

—¿Estás bien? —le pregunto.

—¿Ah, esto? —dice, inspeccionando su cadera—. El sacrificio de esta mañana. Solo he podido limpiar el cuchillo con mi túnica.

Cleopatra (agitando todavía el rabo) se sienta y emite un ruido. Es un saludo, más que un ladrido.

Yo digo:

—Parece que sois viejos amigos, ¿verdad?

—No estoy seguro de por qué hace eso —responde Nerva—. Nunca la había visto antes.

Asiento, ausente. Mi cabeza vuelve a Caleno.

—Perdóname —digo.

—Buenos días —dice Nerva, y se aleja por el vestíbulo de mármol.

Υ

Tito vuelve por la tarde. Está furioso.

—Tendría que haberle matado.

Va y viene sin parar, mientras yo sigo sentada.

—¿A quién? —pregunto.

—A Ulpio. La impertinencia de ese hombre es asombrosa.

—Cuéntame lo que ha pasado.

—Ese maldito esclavo suyo, el persa, ha sido el que ha hablado sobre todo. Ulpio susurraba al oído del esclavo y luego el esclavo me contaba lo que había dicho Ulpio, como si este no hablase latín o griego. Tendría que haberle hecho que lo arrestaran. Qué arrogante.

—Déjame que lo intente yo —digo.

Tito menea la cabeza.

—¿Qué podrías hacer tú?

—Resulta que le gusto. Por intentarlo no perdemos nada.

Tito se encoge de hombros.

—Bien. Pero si puedes conseguir alguna información de ese excéntrico, es que eres mejor hombre que yo.

El persa me escolta hasta el jardín donde Ulpio está bebiendo vino dulce. No parece que mi visita le sorprenda. Incluso tiene una copa de vino para mí.

Después de un intercambio de cortesías, Ulpio dice:

—Tu hermano es insoportable. La capital ha amargado al gran general.

—Es mi hermano —digo, con amabilidad—. Y necesitamos tu ayuda.

—¿Mi ayuda? ¿Y por qué? ¿Ayuda con qué?

—Dejémonos de fingir, Ulpio. Tengo a un hombre, Caleno, que trabaja para mí. Mencionó tu nombre en relación con Valeriano y la demanda que se presentó contra Plautio.

Se muestra apático.

—¿Y?

—Esa demanda contra Plautio está destinada a socavar la autoridad de mi padre y de la familia imperial. Posiblemente, también a derrocar al emperador.

—¿Y cómo sabes que yo no estoy implicado? —me pregunta. Sonríe con esa sonrisa suya tan extraña y excéntrica—. ¿Cómo sabes que no tengo designios sobre el trono?

Considero su pregunta. No lo había pensado antes.

—Mi padre dice que nos ayudaste durante las guerras civiles.

—Sí, pero un hombre puede cambiar de opinión.

Su tono, en general, continúa siendo indiferente, pero hay cierta corriente subterránea de travesura; disfruta desviando mi atención.

—Sí —digo—, pero tú no deseas el trono. Creo que te aburriría. Quizá no el poder mismo, sino todo lo que va con él, la política y las peleas. Tal vez tengas ambiciones; puede que tengas objetivos personales aquí en la capital, pero el trono no es uno de ellos.

Él lanza un sonido complacido.

—Tienes el doble de encanto que tu hermano. —Piensa un momento y luego dice—: Y supongo que nosotros también estamos en un callejón sin salida… Bien, ayudaré.

—¿Lo harás?

—Sí. Ven esta noche —dice—. Debo hablar con mis colegas. Y lo que tengo que decirte… es más fácil de comprender por la noche, lejos de la luz del día.

—¿Puedo traer a Tito?

Él suspira.

—Si no queda más remedio…

512

Tito

23 de abril, noche. Casa de Lucio Ulpio Trajano, Roma

*U*lpio está en el peristilo de su hogar, sentado bajo un ciprés, con una manta encima del regazo. Está oscuro y el aire se está enfriando rápidamente. Marco está con él, así como el tuerto Teseo y el parto. Virgilio viene conmigo, también Domitila. Ella ha insistido en venir. Debo admitirlo: sabe cómo tratar a este excéntrico.

Conciliadora como siempre, Domitila es la primera en hablar.

—Gracias por acceder a vernos. Agradeceremos mucho enterarnos de lo que sabes.

—Os diré lo que sabemos de la conspiración contra tu padre —dice Ulpio—, pero hay condiciones.

La arrogancia de este hombre es asombrosa. ¿Soy el hijo del césar y me va a dictar condiciones? Se me acelera el pulso y estoy a punto de decirle lo que pienso cuando Domitila me pone la mano en el brazo.

—¿Cuáles son? —me pregunta.

—Te diré todo lo que necesitas saber, te doy mi palabra, pero puede que te preguntes «cómo» sabemos lo que sabemos. Nos gustaría mantenerlo en secreto. Si decido no responder a una pregunta en concreto, pues mala suerte para vosotros. ¿Queda claro?

Domitila sabe que no puedo responder a semejante impertinencia, así que responde por mí.

—Sí. Lo comprendemos.

—Bien —dice Ulpio—. Bueno, ¿por dónde empezar? Se inclina hacia atrás en su silla—. El caballero al que contrató Vetio para pintar con veneno los higos de palacio. Creo que ya lo sabías, Tito. El objetivo era matar a la familia imperial.

Desconcertado, le pregunto:

—¿Y cómo sabías tú eso?

—Ah, aquí me remito a los términos de nuestro acuerdo —dice Ulpio—. No quiero decirlo.

Me muerdo la lengua.

Ulpio dice:

—Le ofrecieron un pago a Vetio, pero luego los que le contrataron pensaron que no era suficiente. Querían algo más, un pacto sellado a la manera de los antiguos.

—Torco —digo.

Ulpio parece sorprendido; aplaude tres veces, muy despacio.

—Bravo, Tito. Bravo. Quizá, al fin y a la postre, no seas todo fuego y espada. Sí, el culto de Torco, de los pantanos de Germania. Los adeptos se han infiltrado en la sociedad romana desde la derrota de Roma en el paso de Teutoburgo.

—El propio mal —digo yo, haciéndome eco de las palabras que leí en la carta de Carataco.

Ulpio hace una pausa, frunce los labios ligeramente.

—Sí, estás muy bien informado, la verdad.

Meneo la cabeza.

—Sé muy poco.

—Bien —dice Ulpio—, ojalá pudiera decir lo mismo. Hemos visto muchas cosas relativas a Torco, estos últimos años. —Ulpio duda, autocensurándose—. Un exliberto de la corte de Nerón, Haloto, el procurador de tu padre en Asia, era un adepto. Hace cinco años, él y el senador Marcelo, otro adepto, intentaron matar a Marco.

Domitila da un respingo al oír el nombre de Marcelo. Intercambiamos una mirada: y tú me habrías casado con un hombre semejante…

El tuerto se aclara la garganta.

Ulpio dice:

—Bueno, a decir verdad, todavía no estamos seguros de lo de Marcelo.

—¿Y tú eres el responsable de la muerte de Haloto? —pregunto.

Ulpio se rasca la barba cobriza y blanca. Es muy astuto. Eso no me gusta nada.

—Creo que cualquiera se mostraría reacio a admitir haber matado a un procurador, porque están investidos con el poder del césar. Pero te aseguro que su muerte no está relacionada con ningún intento de agresión contra tu padre o el principado. Más bien lo contrario, de hecho.

—Lo comprendemos —dice Domitila—. Por favor, continúa.

Ulpio se aclara la garganta.

—¿Por dónde iba? Ah, sí, el cuerpo que descubristeis en el Tíber... Era del caballero Vetio. Los que conspiran para apoderarse de la púrpura no confiaban en que siguiera sus instrucciones. De modo que trajeron a Vetio a Roma. Los adeptos de Torco usan los sacrificios humanos (el crimen) para hacer juramentos y, por tanto, unirse todos en una causa común. Supongo que Vetio era un hombre mejor que la mayoría. Y se negó. De modo que se convirtió en otra víctima.

Domitila pregunta:

—No lo comprendo. ¿Mataron a Vetio antes de que pintara los higos? Sin embargo, cuando Tito los hizo probar, uno de los árboles estaba todo envenenado.

—Creo que tu hermano puede responder a eso —dice Ulpio.

Yo también me había estado reservando esa información, pero parece que Ulpio sabe todo lo que hago y más.

—Hace un mes —digo—, cuando se decidió que nuestro padre volviera a la ciudad después de su ausencia, Febo, el secretario imperial, despidió a uno de los jardineros de palacio y contrató a uno nuevo, el responsable del jardín de Venus. Sospecho que fue ese hombre quien envenenó los higos.

Ulpio asiente.

—Su conspiración original no había sido descubierta, de modo que lo intentaron de nuevo. Esta vez con un jardinero más sumiso.

—¿Y qué hay de la mano, pues? —pregunta Virgilio—. ¿Y de Plautio?

515

—Ahí es donde podríamos decir que la trama se complica. —Ulpio sonríe. El excéntrico está disfrutando—. La mano y la desaparición de Plautio formaban parte de una segunda conspiración.

—¿Una segunda conspiración? —Virgilio frunce el ceño.

—Siempre hay más de una —responde Ulpio—. Hay más de mil senadores, solo unos cuantos de los cuales tienen el favor de tu padre. Y muchos más caballeros. Y están los pretorianos, que quieren elevarse asociándose a algún senador para sacar tajada. Según mis cálculos, Nerón se enfrentaba a tres conspiraciones al año.

—¿Y qué pasa entonces con la segunda conspiración? ¿Quién hay detrás de todo eso? —pregunto, con creciente impaciencia.

—Eso no lo sé —dice Ulpio—. Estamos bastante seguros de que la mano en el foro y la desaparición de Plautio eran intentos más sutiles de perjudicar al césar, pero no necesariamente un complot para asesinarle. Pero quien quiera que esté detrás de ellos es mucho más discreto que los seguidores de Torco. Su técnica, debo admitirlo, es bastante astuta. Contrata a los mismos matones que Torco, cosa que ayuda a evitar su descubrimiento. Para cualquiera que hiciera preguntas, si no reflexionaba lo suficiente, sería fácil concluir que Torco es el responsable de todo.

—¿Y es Cecina? —pregunto yo, convencido ya de su implicación.

—No, no lo creo.

Ulpio cuenta que Marco y Teseo salvaron a Caleno esa misma mañana, en las alcantarillas, antes de que Caleno bebiera hasta caer borracho. Parece que interrogaron a alguien. Ulpio explica todo lo que supieron sobre esa banda y su líder, Montano. Que parece ser que estaban a sueldo de Marcelo y de otra figura misteriosa.

—No creo que Cecina esté implicado —dice Ulpio—. Es un seductor. Se contenta con meterse en la cama con todas las bellezas de Roma. Y esa figura sombría hizo que Montano le diese información falsa a Plautio cuando estaba prisionero, destinada a implicarnos a mí y a Cecina. Pero que Cecina hiciera algo así… Me parece más que improbable.

Domitila pregunta:

—¿Que le diera información? ¿Cómo?

Ulpio dice:

—Plautio le dijo a tu hermano que oyó a sus captores hablar de un «hombre ciego» y del «chaquetero». Dice que ambos hombres se refirieron a esos dos tipos repetidamente y que luego escapó. Plautio es tan bobo que no se dio cuenta de que era un intento de confundirle. Pensó de verdad que había oído una información valiosa antes de huir. El plan era dejarle escapar y que viniera a Roma, para que pudiera decirte, supongo, lo que había oído. Pero le entró el pánico y así se encontró remando en un barco varios meses. Si quieres saber quién es ese misterioso senador, yo primero miraría a los que sabían que Plautio estaba en el sur, alguien que tenía la ventaja suficiente para hacer que lo secuestraran.

Intento recordar a quién se lo dije. A mi padre, desde luego. Antonia, Régulo, Virgilio y Ptolomeo. ¿Había alguien más?

—Es inútil. ¿Y si alguien se lo dijo a otro sin darse cuenta?

Ulpio asiente.

—Sí, ahí tenemos una dificultad.

—¿Y quién intentó matarme? —pregunta Domitila.

—Fue uno de los hombres de Montano, ciertamente —dice Ulpio—. Pero no creemos que fuera Marcelo quien lo preparó. En aquel momento, estaba comprometido contigo. Era un gran golpe de suerte. Y habría legitimado sus aspiraciones al trono. Si el césar y sus hijos morían, el marido de Domitila sería la elección natural para emperador. Sospechamos que era la misma figura sombría que orquestó lo de la mano, alguien que quería asegurar el acceso de Marcelo al trono igual que cualquier otro, acabando con el compromiso de la hija del césar… y acabándolo de la manera más sencilla posible.

Domitila se queda pálida ante la crueldad de la política romana.

Finalmente le pregunto:

—¿Y quiénes son miembros de Torco?

Ulpio va diciendo nombres, contando con los dedos.

—Marcelo, de eso estamos casi seguros. Lépida, creo. Probablemente Febo, dado lo que sabe de las higueras. También habrá implicados algunos pretorianos, pero no sabemos cuáles.

517

—¿Por qué sospechas que están implicados los pretorianos? —pregunta Domitila.

—No es una sospecha, sino algo inevitable —responde Ulpio—. Los días en que el Senado nombraba al emperador han
desaparecido. Ahora la que gobierna Roma es la Guardia Pretoriana. El Senado se encoge de miedo y hace lo que ellos le dicen. Tu padre es lo bastante listo para comprenderlo. Por eso ha
nombrado prefecto a Tito. Pero los que están por debajo de él
podrían verse atraídos por la promesa de dinero o promoción.

Teseo dice:

—Es probable que al menos uno de tus oficiales esté implicado. Los conspiradores necesitarán a un oficial para controlar
la situación. Tú habrías muerto, así que un oficial sería capaz
de llenar el vacío y apresurarse a sacar al hombre elegido del
campamento pretoriano y hacer que lo proclamasen emperador. ¿No tienes algún oficial descontento, orgulloso?

—Por supuesto. La mayoría de los oficiales son orgullosos
y están descontentos. —Pienso en Régulo, aunque esta vez es
la primera que creo que puede ser capaz de una cosa semejante. Nuestra ignorancia colectiva es frustrante. Me deses-
pera—. Así que en realidad tienes más preguntas que respuestas, Ulpio.

—Eso es cierto —concede Ulpio—. Pero también tengo
un plan.

Virgilio habla finalmente:

—¿Un plan? —Hemos pasado de la teoría a unas tareas
factibles, que es lo suyo.

—Sí —dice Ulpio—, tenderemos una trampa.

—¿Una trampa? —pregunta Domitila, escéptica.

—Mis fuentes en el interior de palacio me han contado la
historia de los higos —responde Ulpio—. Sería bueno que el
experimento se mantuviese en secreto.

—No te falta información, ¿verdad, Ulpio?

Este sonríe.

—Estamos en el mismo lado, Tito. No te preocupes por lo
que yo sé. Creo que podemos usar lo de los higos para nuestra
ventaja. Da un festín. Sirve higos. Que los invitados crean que
son de palacio. El que decline comerlos…, bueno, pues ahí tendremos a nuestro traidor.

Virgilio resopla con aprobación; aprecia el atrevimiento.

—¿Y la segunda conspiración? —pregunta Domitila—. ¿Qué pasa con esa figura sombría?

—Una batalla para otro día —dice Ulpio.

—¿Qué interés tienes tú en esto? —le pregunto—. ¿Es porque el culto intentó matar a Marco?

—En parte, sí. Odio perdonar una transgresión. Y tengo que pediros un favor...

Ya estamos. Tendré que coger tablilla y estilo para grabar los nombramientos que pida, así como el baúl de monedas del tamaño de un elefante.

—Me gustaría tener unas palabras —dice Ulpio—, en privado.

519

Domitila

30 de abril, atardecer. **Campo de Marte, Roma**

*L*os invitados empiezan a llegar cuando se pone el sol; treinta senadores y sus esposas, secretarios imperiales, caballeros y un puñado de pretorianos. Tito y yo hemos redactado personalmente la lista de invitados. Marcelo, Lépida, Cecina, Febo y sus adláteres han sido los primeros nombres. Luego siguieron otros. Senadores influyentes, como Nerva, y gente de nuestro círculo interno, como el primo Sabino, Epafrodito, Secundo y Grecina. Y los que estamos casi seguros de que no están implicados, como Vespasia y Domiciano, porque su ausencia sería muy notoria. Tito también ha invitado a varios oficiales pretorianos. Creo que sospecha de uno en particular, aunque no me ha dicho quién. Y, por supuesto, Ulpio y Marco. Ha corrido la voz rápidamente, en cuanto han empezado a salir las invitaciones. Ahora se considera el acontecimiento del año. Mi padre no suele dar lujosos banquetes, de modo que un banquete enorme organizado por el césar ha captado de inmediato la atención de la ciudad.

Hemos despejado un espacio en el campo de Marte, como solía hacer Nerón, drenando el lago y llenándolo de mesas y sofás. Ulpio lo ha sugerido. «Estar lejos del palacio puede envalentonar a los conspiradores —ha dicho—. Además, así la fiesta será mejor.» Hay docenas de asientos colocados a lo largo de cuatro largas mesas, encaradas unas con otras, lo que crea un cuadrado perfecto. Se han encendido grandes antorchas. Centenares de esclavos van de aquí para allá. El aire de abril, fresco pero no frío, se mezcla con el calor de las antorchas, dando al aire una calidez perfecta. «Una noche estupenda para coger a un traidor», dice Tito, mientras nos alejamos de palacio cogidos del brazo.

Mi padre sabe cuál es el plan y le hace muy feliz. «Bien, bien —ha dicho—. Ponedme como cebo. Tito es el mejor anzuelo siempre.» No le hemos dicho nada más, como nos aconsejó Ulpio. «No se sabe en quién podemos confiar», dijo. Ni siquiera se lo hemos contado a Vespasia ni a Domiciano. Es muy probable que mi padre se lo haya contado a Grecina, porque se lo cuenta todo.

Vespasia y yo saludamos a los invitados a medida que van llegando. Vespasia lleva el pelo rizado y retorcido en lo alto de la cabeza. Sus hombros y su cuello sobresalen de un vestido de seda rosa. Como suele suceder, mi estilo es más conservador: menos rizos, menos piel, menos colorete.

Ulpio y Marco, acompañados por el persa y Teseo, están entre los primeros en llegar.

—Querida —dice Ulpio—, vendrá muchísima gente, según parece.

—Esperemos que sí —digo.

—Perdona a mi hermana —dice Vespasia, sin enterarse del sentido oculto de la conversación—. Nunca ha sido demasiado optimista.

—No tiene nada de malo ser un poco precavida, querida —dice Ulpio—. Os veré dentro.

Nerva llega con el bátavo. Desde que se hizo famoso en la caza de fieras salvajes, Nerva lo lleva consigo a todos los acontecimientos públicos. Por fortuna, el bátavo mantiene sus ojos azules clavados en el suelo: Vespasia no tiene material para sus bromas.

Epafrodito viene solo. Se mueve con cautela, como siempre desde después de su inexplicada desaparición, con su brazo inútil colgando de un cabestrillo. Habla con educación, con los ojos bajos. Entra discretamente.

Cecina y su mujer son los siguientes en llegar. Mientras yo hablo con su mujer, los ojos de Cecina y Vespasia se encuentran, solo un momento, pero es inconfundible. ¿Cómo he podido no darme cuenta de que eran amantes antes de

521

que ella me lo confesara? Es tan notorio como un gladiador vestido con toga.

Una vez que han llegado los últimos invitados, Vespasia y yo abrimos el camino hacia las mesas. Pasamos bajo un arco hecho enteramente de rosas y mirtos, dorado a la luz de las antorchas. Vespasia ha estado a cargo de la decoración; creo que se ha superado a sí misma. Cree que es un auténtico banquete; no simplemente una trampa para coger a los traidores.

He arreglado las cosas para sentarme junto a Ulpio. Me he llegado a aficionar a la compañía de ese hombre y quiero oír sus comentarios a medida que progresa la velada.

Habíamos determinado que los higos se sirvieran con el segundo plato, para dejar que los invitados se hayan acomodado ya, pero no demasiado tarde tampoco, para evitar que los conspiradores se hayan emborrachado y no reaccionen adecuadamente.

El primer plato consiste en ostras y pescado fresco de la bahía, que los esclavos de palacio traen en bandejas de plata pulida, con tapaderas a juego; todos destapan los platos al mismo tiempo y con un floreo. Un esclavo anuncia el plato y su origen.

—Tu hermano debería sentarse —dice Ulpio—. Si va andando todo el rato, parece que espere una calamidad.

Por un momento, el hecho de que sepa que mi hermano está andando me pilla por sorpresa, hasta que recuerdo que su persa le va susurrando al oído todo lo que pasa.

—Tito siempre va andando por ahí —digo—. Parecería extraño que no lo hiciera. Si se estuviera riendo toda la fiesta, ellos correrían a casa y se atrincherarían dentro.

Ulpio levanta la mano.

—Me rindo —dice con una sonrisa.

En la mesa que tenemos enfrente, mi padre está sentado junto a Secundo y Grecina. Dos asientos más allá está Marcelo. A su lado, Lépida, la antigua amante de Nerón. Los oficiales pretorianos están sentados a mi derecha; son unos veinte. Esta noche han dejado a un lado su armadura en favor de unas túnicas y chaquetas de gala de vivos colores. Un festín es una de las pocas oportunidades que tienen de demostrar su estilo. La mitad de ellos ya parecen bastante borrachos, riendo, chillando y alborotando. La otra mitad están callados. Uno en particular... ¿cómo se llama? Régulo, creo, mira a Tito con el ceño fruncido.

Vespasia está sentada a la mesa que tengo a mi izquierda. Se levanta y se excusa. Mientras se aparta de la mesa, mira por encima del hombro y sonríe a Cecina. La señal es muy leve; dudo de que la hubiera notado si no supiera lo que sé.

Teseo se lleva a un lado al persa. Ulpio me dice:

—Querida, podríamos decir que no tengo ojos para nada. El segundo plato saldrá enseguida. Querría pedirte que me describieras lo que ves. En particular, al tesorero Epafrodito. Tengo curiosidad por ver lo que hace.

Accedo a hacer lo que me pide Ulpio. Entonces, en el momento justo, un desfile de esclavos aparece con el segundo plato. Colocan las bandejas de plata tapadas en las mesas y a la vez quitan las tapas. Un esclavo anuncia:

—Higos frescos de los jardines de palacio.

Intento mirar a todo el mundo, ver lo que hacen en ese momento justamente. Tito está a mi derecha, detrás de la mesa de su oficial, observando. Su soldado canoso, Virgilio, está a su lado. Marcelo no se mueve, es como una estatua. No intenta coger los higos, sino que se pone a susurrar a Lépida. Al mismo tiempo, Cecina se levanta y se aleja de la mesa. Pero ¿huye de los higos o va a reunirse con mi hermana? Epafrodito coge un higo y, echando la cabeza atrás, se lo lleva a la boca con todo aplomo.

—Epafrodito se ha comido un higo, igual que ha hecho el senador Nerva —le digo a Ulpio—. Marcelo no. Ni tampoco Cecina ni Lépida.

—Dices que Epafrodito se ha comido un higo, ¿no? Bien. Bien. Un hombre de palabra, según parece.

Estoy a punto de preguntarle a Ulpio qué quiere decir cuando Marcelo se pone de pie. Lo mismo hace el oficial Régulo. Marcelo, en un instante, desaparece entre un círculo de esclavos suyos. Régulo intenta apartarse de la mesa, pero Virgilio está allí. Coge a Régulo por el cuello, le hace dar la vuelta...

Y al momento están forcejeando y luchando con dagas que ambos sujetan por encima de la cabeza. Una lucha en medio de un banquete me parece algo irreal. La mayoría de los invitados los miran con horror y estupefacción.

Mientras tanto, Tito se dirige a toda velocidad hacia Cecina. Pronuncia su nombre. Cecina se vuelve. Tito lleva la espada empuñada, que llevaba oculta bajo la túnica. Le suelta un mandoble a Cecina. La hoja le corta el cuello y el hombro. Un chorro de sangre oscura vuela por el aire. Cecina cae.

Sigue el caos. Dos docenas de pretorianos armados rodean el banquete. Tito grita órdenes. Los invitados chillan, horrorizados. Algunos de los oficiales pretorianos intentan huir.

Vespasia vuelve a todo correr a la plaza. Cae junto al cuerpo ensangrentado de Cecina, sollozando y chillando. Está histérica. Tito se queda de pie un momento, confuso, pero enseguida reacciona como general. Habla a sus soldados señalando a Lépida y luego a Marcelo.

Noto movimiento detrás de mí. Me vuelvo y veo al bátavo, de pie unos pasos detrás de mí, contemplando el caos con concentración. Me pregunto qué estará haciendo… Su deber está con Nerva, y Nerva no está cerca de nosotros. Y entonces me doy cuenta de que está ahí protegiéndome en medio de toda esa locura. Me levanto y me aparto de la mesa. El bátavo da un paso frente a mí. Se vuelve y dice:

—Segura.

Ulpio está de pie y me coge el brazo.

—¿Qué ocurre, querida?

Vuelvo a las mesas. Digo:

—Han detenido a Lépida. También al pretoriano Régulo. Marcelo ha escapado con varios oficiales pretorianos. Cecina ha…, creo que está muerto.

—Ya veo —dice Ulpio—. ¿Y el césar vive?

En medio del caos me había olvidado de mi padre. Lo miro. Está de pie junto a su triclinio. Secundo le sujeta el hombro. Una chica esclava le tiende a mi padre una copa de vino. Mi padre se la bebe y se la devuelve a la chica. Cuando la esclava se vuelve, veo su rostro. Su única y gruesa ceja me recuerda a mi abuela.

Tito

1 de mayo, cantar del gallo
El foro, a los pies de la colina Capitolina, Roma.

Esperamos a que salga el sol. El templo de Júpiter está en sombras, en la cima de la Capitolina. Enormes columnas de blanco mármol rodean el edificio; la negrura que está detrás esconde a un ejército de traidores.

—¿Cuántos hay dentro? —pregunto.

Estamos arrodillados. Frente a nosotros, extendida en el suelo, hay una maqueta del foro y la colina que estamos a punto de tomar, hecha de bloques de madera, ramitas y una rebanada de pan rancio, más dura que el casco de un caballo. Detrás de nosotros, un montón de pretorianos están firmes, preparados.

—Doscientos, diría yo —dice Virgilio—. Pero es solo una suposición.

—¿Y cuántos tenemos nosotros?

—Después de las deserciones, diría que más o menos el mismo número.

—¿Y cuántos pretorianos con armadura tienen ellos?

—Sesenta, quizá setenta. Pero muchos de los otros son antiguos soldados, Montano y sus hombres —dice Virgilio—. Y tienen el terreno más alto. Tomar el templo será difícil.

Después de que Marcelo y sus compañeros conspiradores quedaran expuestos, el banquete acabó en un caos. No sé cómo, Marcelo y un puñado de traidores y sus esclavos consiguieron salir libres. Cogí a la mitad de mis hombres y me llevé a mi padre a palacio. Mientras tanto, Virgilio y otros seguían a los traidores hacia la ciudad. Ocurrieron unas pocas escaramuzas en las calles, hasta que Marcelo se encontró con Montano y su banda de criminales. Estaba claro que habían planeado tal posibilidad.

Superado en número, Virgilio tuvo que retroceder. Los conspiradores se unieron y se refugiaron en el templo de Júpiter, que seguramente es el edificio más difícil de tomar por la fuerza de toda Roma. Difícil, pero no imposible.

Detrás de mí, por encima de mi hombro, Marco dice:

—¿Y los hombres de Cerialis?

Él y Teseo se han unido a nosotros, como si yo los hubiese invitado a formar parte de nuestro consejo. Tendría que decirle que se fuera (este no es lugar para un chico), pero no tengo tiempo. De todos modos, hice una promesa a su tío.

—Empezaron a marchar hacia el norte hace tres días —dice Virgilio.

—No podemos esperarlos —digo—. Esto acaba hoy.

—¿Tienes un plan? —pregunta Virgilio.

526

Virgilio y yo hemos combatido juntos en muchas batallas. De vez en cuando, yo maquinaba algún plan ingenioso que salvaba vidas y conseguía una victoria rápida y eficiente. Pero ya no estamos en aquellos tiempos.

—No hay plan que valga. Cuando salga el sol, tomaremos la colina. Cuanto más tiempo les demos, más hondo cavarán. Concentraremos nuestras fuerzas aquí. —Señalo la rebanada de pan, que es el templo de Júpiter en nuestra maqueta.

Virgilio mira a Marco.

—Si va a venir con nosotros, será mejor que lleve una coraza. Y una espada.

El sol sale por encima del Aventino y el mundo queda bañado por una brillante luz matutina. Saco mi espada de su vaina, la elevo en el aire y apunto hacia delante. Más de un centenar de soldados empiezan a avanzar. El sonido que hacemos al ir colina arriba (la armadura entrechocando, la respiración pesada) se apodera de una paz inquietante.

A mitad de camino colina arriba, los veinte hombres que sujetaban el ariete se ponen en cabeza. Un tipo empieza un grito que hiela la sangre; luego, los demás le siguen: un muro de gritos furiosos avanza contra el mayor monumento de Roma.

El ariete se desliza entre dos enormes columnas de mármol y golpea las puertas del templo; momentáneamente, un impacto hueco ahoga los gritos. Tres veces enarbolan el ariete antes de abrir la puerta con un fuerte estrépito.

Retiran el ariete hacia detrás y los soldados irrumpen en el templo. Los dos valientes que van primero no dan más que un paso en el interior antes de caer hacia la columnata, ensangrentados y moribundos. Dos soldados más lo intentan y reciben el mismo destino. Yo voy detrás de los dos siguientes, con Virgilio a mi lado; los cogemos por el cinturón y los empujamos hacia la puerta. Trabajamos con ellos, pero también son solo carnaza, porque las guerras no se pueden ganar sin carnaza. Irrumpimos en el oscuro templo y un pequeño ejército de traidores nos da estocadas y punzadas con espadas y lanzas, mientras entramos. Los dos hombres que tenemos delante Virgilio y yo caen al suelo, y empujamos hacia delante con nuestros escudos a los enemigos que se interponen en nuestro camino, apuñalándolos con nuestras espadas cortas cuando pierden el equilibrio. Músculos y tendones dejan paso al acero, pero el hueso, creo que un omoplato, detiene en seco mi espada. Saco la hoja y el hombre cae al suelo. Por el rabillo del ojo veo una hoja que se dirige hacia mi cabeza; me vuelvo, sabiendo que es demasiado tarde y que pronto estaré muerto, sabiendo que he sido un descuidado al abrirme camino entre esa multitud de traidores sin suficientes hombres para guardarme el flanco, descuidado hasta tal punto que merezco morir por la mano de algún soldado desgraciado. Sin embargo, Virgilio está ahí, con el escudo bien alto; desvía el golpe hacia un lado y luego ataca a mi oponente con tres mandobles muy controlados al cuello: la hoja del hombre cae de su mano y rebota inofensiva en el suelo del templo.

Los gritos de terror, de ira y de agotamiento físico acaban superados por mi voz, que llama a mis soldados para que vengan a mí. Y entonces mis hombres se agrupan a mi alrededor: formamos un círculo, con las espaldas del uno tocando las del otro y protegiéndonos los flancos. La atención de los traidores

527

está centrada en nosotros, el círculo de diez soldados que están en medio del templo, dejando que más hombres entren por las puertas. La batalla es muchísimo más fácil ahora, sabiendo que tengo la espalda a salvo; cualquier pequeña mejora en una batalla lo es todo.

Apuñalo y voy dando tajos mientras intento hacerme cargo de la disposición de la habitación. Por encima del combate veo a un gigante que protege un rincón de la habitación, Montano. Tiene que ser él, si las descripciones de ese hombre son precisas. Está custodiando algo, probablemente a su proveedor de dinero, Marcelo. Por ahora, pueden esperar. Veo al chico Marco y al liberto Teseo trabajando juntos, espalda con espalda, manteniendo su posición. Junto a la puerta hay docenas de hombres míos, muertos e inservibles. Hemos sufrido grandes pérdidas al meternos aquí, pero la batalla está a punto de dar la vuelta. Hay una cadencia de combate, un ritmo musical; este cambia a medida que la lucha se va apagando. Me costó años de entrenamiento oírlo, notar su flujo y su reflujo, pero ahora mismo soy un experto y tengo un oído perfecto para detectarlo. Aun con los ojos cerrados sabría si la batalla es nuestra o no.

A medida que la lucha continúa, el entrecortado choque de acero contra acero se ve roto ocasionalmente por los largos y lúgubres quejidos de los hombres moribundos. Me encuentro de nuevo fuera, en la columnata, luchando entre columnas de mármol. El sol ya ha subido y brilla sin obstáculos en el cielo azul.

A través del estruendo veo a Marco, en el borde de la colina, escudándose los ojos del sol con la mano, observando. Algo parece que encaja, llega a una conclusión y corre colina abajo por la Capitolina.

Marcelo. Está persiguiendo a Marcelo.

La batalla ha dado la vuelta y el día es nuestro, pero no podemos permitir que Marcelo escape. Persigo a Marco colina abajo, a toda velocidad; luego por el foro. Atravieso la plaza a la carrera y entro en una calle. Luego sigo por unas callejuelas serpenteantes, que doblan aquí y allá, a este lado y al otro. Marco está por delante, fuera de mi vista.

No estoy seguro de si le he perdido o no (he dado incontables giros desde la última vez que le he visto), así que modero un poco el paso; por encima de mi jadeo, como de perro, escucho atentamente.

Se oye algo por delante de mí. Me dirijo con sigilo hacia el sonido, con pasos breves y eficientes. Doblo la esquina y la calle se abre ligeramente, del ancho de una lanza a tres. Marco está allí, de espaldas a mí. Por encima de su hombro veo al gigante Montano, con una espada en cada mano. Se enfrenta a Marco como un oso acorralado. Detrás de él, alguien está agachado contra el muro de ladrillo. Marcelo.

Todos jadeamos con pesadez. Nadie dice una sola palabra.

Marco gira su espada tal como lo hacen los gladiadores, para que la vea la gente que está detrás. Tomo nota: si sobrevivimos a este encuentro, tendré que enseñarle cómo lucha un soldado. Nunca se da la vuelta a la espada.

Marco me ha sorprendido antes. Pero creo que este hombre, Montano, será demasiado para él. Tiene tres veces el tamaño del chico y es un soldado entrenado.

El gigante respira con fuerza tres veces: va a atacar en cualquier momento.

529

Cojo por el hombro a Marco y lo echo atrás con toda la fuerza que puedo. Trastabilla y cae al suelo detrás de mí. Al mismo tiempo, Montano chilla y vuela hacia nosotros.

Levanto la espada justo a tiempo…, justo antes de que la primera hoja me corte el cuello. La fuerza de la colisión me echa hacia atrás y me tambaleo, hasta que caigo sobre una rodilla; levanto mi espada para recibir a la de Montano justo a tiempo. Continuamos así, un aluvión de espadas que se abaten sobre mí; me salvo por los pelos. Entonces la fuerza de sus golpes resulta excesiva y caigo hacia atrás. Veo que la otra espada de Montano sube mucho en el aire, mucho más arriba para maximizar el impulso y cortarme en dos, pero entonces una sombra salta encima de mí, antes de que pueda tocar el suelo: la espada de Marco se hunde en la axila desnuda de Montano. Este chilla de dolor y su pie golpea el estómago de Marco. Me pongo de pie de un salto y pongo una mano en el hombro de Montano: empiezo a apuñalar su carne con un frenético ritmo animal. Marco está a mi lado, sumergiendo su hoja profundamente en la carne de Montano.

Este cae al suelo. Sus últimas palabras son un quejido susurrado, sus ojos se quedan sin vida, lánguidos y vacuos.

Me dirijo hacia Marcelo, que está sentado en el suelo, con la espalda apoyada en los ladrillos. Parece abatido. No se resistirá. Ha jugado y ha perdido.

Me pongo de pie ante él.

—¿No habrá juicio entonces? —dice Marcelo. Mira a mi espada, no a mí.

Niego con la cabeza. No.

Marcelo se toquetea el lóbulo de la oreja, como un niño.

Levanto mi espada hasta su barbilla; la inclino con suavidad hacia arriba, para obligarle a mirarme a los ojos. Él clava su mirada en la mía, pero solo un momento. Luego sus ojos se desenfocan y aparta la vista.

Estoy a punto de hundir mi espada en el cuello del traidor cuando noto que una mano me coge del brazo con suavidad.

Me vuelvo hacia Marco.

—Llévalo a juicio —dice.

Me sacudo su mano.

—¿Tú le concederías un juicio? ¿Acaso no mató a tu amigo e intentó matarte a ti?

—Sí, lo hizo.

—Me habría matado a mí y a mi familia. —Levanto la voz, a pesar de los esfuerzos que estoy haciendo—. Y no habría habido juicio.

—Sí —dice el chico—. Pero él es un villano. Y tú eres el hijo del césar.

Por un momento, lo único que se oye son respiraciones intensas: mía, del chico, de Marcelo.

Me duele mucho tener que admitirlo, aceptar el consejo de un chico, pero tiene razón.

Envaino la espada y levanto a Marcelo cogiéndolo por la oreja.

—Pues juicio será —digo.

Nerón

1 de mayo, tarde. El foro, Roma

Busco a Marco después de la batalla. Doríforo me guía a través del caos humeante y sangriento que es el foro. Al principio se negaba a llevarme a ningún sitio. Me había llevado a casa después del banquete para que estuviera a salvo. Pero yo he insistido como solo puede hacerlo un excésar, y al final me ha tenido que complacer.

Estamos cerca de la segunda hora. Doríforo me conduce a pie hasta el Capitolino, pero no es lo bastante cerca.

—Ponlo en mis brazos —digo.

Doríforo me arrastra a través de una multitud de soldados cansados que ríen celebrando su victoria, ríen de esa manera eufórica en que solo lo hacen los hombres que han engañado a la muerte. Empujan un cuerpo entre mis brazos: por la forma que tiene de intentar soltarse, sé que es Marco.

—Hijo mío —digo—. Hijo mío.

—Estoy bien —dice Marco. Relaja su cuerpo y, al final, me devuelve el abrazo—. Marcelo ha sido arrestado. Lo llevarán a juicio.

—Hijo mío —digo de nuevo, dándome cuenta solo entonces de lo muy preocupado que estaba por su seguridad—. Lo has conseguido.

—Todavía queda mucho que hacer. Terencio está en el este. Y el hombre que preparó lo de la mano del foro…

—Sssh —le digo—. Las batallas para otro día. Estoy muy orgulloso de ti.

Marco se aparta de mis brazos.

—¿Orgulloso? No estarás orgulloso cuando sepas lo que he hecho. Podría haber matado a Marcelo. Tuve la oportunidad. Pero convencí a Tito de que lo llevara a juicio.

—¿Y por qué me iba a decepcionar tal cosa?

—Tú has matado a todos los hombres responsables de tu caída del poder. Pero yo he dejado vivir a Marcelo.

Busco la mano de Marco. La cojo entre las mías y la aprieto. Desearía, no por primera vez, poder mirarle a los ojos.

—Sí, lo admito, en tiempos, lo único que quería era dar muerte a aquellos que se lo merecían y luego recuperar el trono. Pero…

Había insinuado esto antes, pero nunca se lo había dicho directamente… Nunca se lo había dicho a ninguno de ellos directamente. Ni a Marco ni a Doríforo ni siquiera a Espículo. Ellos suponían que el objetivo final era la púrpura, ser césar una vez más.

—Pero he llegado a darme cuenta de que no es eso lo que quiero. Esa noche que casi te perdí, en Rodas… Esa noche me di cuenta de que eras más importante para mí que la venganza. De hecho, tú eres mi venganza.

—¿Cómo?

No puedo ver sus ojos. Ojalá pudiera verlos.

—No puedo tomar la púrpura de nuevo, Marco. Ya está perdida para mí. Y ya no soy el mismo que era emperador. Ese hombre está muerto y desaparecido. Lo único que queda es un inválido…, brillante, humorista, pero inválido. Sin embargo, tengo un plan mejor. Tú eres mi venganza porque tú serás quien llegue a la púrpura. Tú serás emperador algún día, el mejor que haya conocido Roma jamás. Y por eso le he pedido a Tito que te acoja entre su personal. Te dará toda la preparación que requieres.

Marco está furioso.

—Eso es una idiotez. Yo no sé dirigir. Llevo la servidumbre en la sangre. Soy un cobarde.

—¿Cómo? —digo, casi riéndome ante tal absurdo. Busco sus hombros, los encuentro y le doy una sacudida—. Tú no eres ningún cobarde.

—He sido un cobarde toda mi vida. Siempre he tenido miedo. Tú mismo me llamaste cobarde.

—No, no es verdad.

—Sí que lo es. Aquí en Roma, cuando todavía eras prisionero.

—Pero ¿qué dices? Eso es mentira.

—Sí que es verdad. Dijiste que yo no era ningún Germánico, ni siquiera un Córbulo.

—¿Cómo?

—Una vez me contaste que los hombres somos, o bien Germánicos, o bien Córbulos. O posees magnificencia de mente o no.

¿De qué habla? No recuerdo semejante conversación.

—¿Estás seguro? —pregunto—. Me parece una distinción estúpida. Explícamelo. No estoy seguro siquiera de comprenderla.

Según el chico, hace años le conté una historia, mientras todavía estaba en prisión; me habían sacado los ojos hacía poco. No lo recuerdo, pero él sí que se acuerda, palabra por palabra. Dioses, debí de decirle todo eso para provocarle, pero creé una dicotomía del mundo de la cual no se ha desprendido. Entonces no era padre. No sabía el poder que tenían mis palabras.

—Pero, hijo mío, te has olvidado de una de las primeras lecciones que te di: conoce al hombre. Puedes escuchar lo que te dice un hombre, pero tienes que comprender al hombre mismo, mirarle críticamente. Entonces, yo estaba destrozado, todavía era frívolo y estaba obsesionado conmigo mismo, hablaba solo para oír mi propia voz. Dioses, aún sigo haciéndolo… Lo que te dije entonces eran tonterías. No conocí a mi abuelo. No tengo ni idea del tipo de hombre que era. Sí que conocí a Córbulo y no le describiría ni como cobarde ni como valiente.

—Dejé que mataran a Orestes —dice Marco, de repente. Su voz se quiebra; está a punto de llorar—. Pude haberlo impedido.

Espículo dijo una vez que Marco y yo nos parecemos demasiado. Pensaba que era verdad cuando lo dijo, pero, ahora, oyendo cómo se mortifica este chico a sí mismo, notando su melancolía, me doy cuenta de que no podríamos ser más distintos. A su edad, yo pensaba que era infalible («mierda de rey», como solían decir mis tutores). Todo lo bueno del mundo era

533

gracias a mí; lo malo era culpa de otros. Marco, sin embargo, se culpa a sí mismo por todo. Se echa demasiadas cosas a hombros, es una maravilla que no se haya derrumbado todavía.

—No, tú no pudiste evitarlo —digo—. Entonces no eras más que un niño. Todo lo que te pedían los dioses era que evitases que esos hombres volvieran a hacerlo, que contaminaran el Imperio con sus oscuras artes. Y lo has conseguido. Eres el hombre más valiente que conozco.

Marco está llorando.

Tengo sus hombros cogidos en mis manos. Lo acerco a mí.

—Estoy muy orgulloso de ti —le digo, estrechándolo con fuerza—. Muy orgulloso.

Sí, Marco y yo somos distintos. Él es mejor hombre que yo.

XXIX

Epílogo

79 d. C.

Domitila

4 de mayo, anochecer. Palacio imperial, Roma

La noche de la victoria de Tito, mientras la emoción todavía llenaba el palacio, bebíamos vino y planeábamos futuras festividades, mi padre se puso enfermo. Aunque la enfermedad no era especialmente grave, aquello estropeó un poco nuestro buen humor. Sus médicos aconsejaban que se fuese al norte, donde un clima más fresco sería mejor para los meses de verano que se avecinaban. Tito pensó que era buena idea. Habíamos derrotado a Marcelo y la gente de su calaña, pero no somos invencibles. Si mi padre se ve confinado al lecho, recuperándose de la enfermedad que sea, debería estar apartado de los ojos más cínicos de la ciudad.

Visito a mi padre la noche antes de que se vaya. Me cruzo al llegar con un hombre que sale. Es alto, lleva una túnica negra una barba negra; los ojos son muy profundos y oscuros. Se detiene y me hace una reverencia al pasar.

Mi padre está en la cama, sentado, con unas mantas de seda púrpura encima de las piernas; la cara iluminada por una constelación de braseros situados en torno a su cama. La habitación huele a aceite quemado, sudor e incienso, muy pesado, con canela y clavo.

—Padre —digo—, ¿cómo estás?

Me siento en un taburete a su lado. Cuatro gotas de sudor le adornan la frente. Una estalla y se desliza hasta la punta de su nariz.

—Bien, bien —dice.

—¿Quién era ese hombre?

—¿El que acaba de salir? Es mi físico.

—Ah, pues recuerdo que tenías a un hombre distinto, un griego bajito.

—Sí, bueno, ese hombre no tenía ni idea con mi gota. Así que lo he sustituido por un hombre que viene muy recomendado por Nerva. Ya ha hecho maravillas. Confío en que podrá manejar un simple resfriado.

Le arreglo la almohada a mi padre, ahuecándola mientras él se inclina hacia delante.

—Ah, ¿ahora resulta que solo es un resfriado?

Él sonríe antes de dejar escapar una risita como de cachorro.

—Sí, es un resfriado. Nada más. —Hace una mueca de incomodidad, cambia el peso, vuelve a hacer otra mueca. Dice—: ¿Qué tal está tu hermana?

—Pues está… preocupada. No se ha apartado del lado de Cecina.

Las cejas de mi padre se elevan, sorprendidas.

538

—¿Todavía sigue vivo? Yo había imaginado que hoy sería su último día. Vi la estocada que le dio Tito. Le partió en dos la clavícula. La mayoría de los hombres habrían muerto en el acto. Parece que ese seductor está hecho de un material más duro de lo que pensaba. ¿Tenemos que agradecérselo a tu hermana?

—Ha contratado a doctores excelentes.

—¿Vivirá?

—Tito cree que no.

El césar asiente.

—Así es más fácil. El juicio de Marcelo tendrá pocas… distracciones, una vez que haya desaparecido Cecina. —Al emperador se le ocurre algo—: ¿Sabe la ciudad que mi hija está sentada a la cabecera de un conspirador?

—No creo que sea un conspirador, padre. Creo que Tito está equivocado.

—¿Y qué importa eso? Una vez que se ha formulado la acusación, es como si fuera cierta. Ah, no me mires así, querida. Yo no hice a la gente como es, no les hice desprovistos de inteligencia y encantados de aceptar lo peor. Tito proclamó traidor a Cecina cuando le clavó su espada. Lo sea o no, ya no se puede volver atrás, al menos a ojos del pueblo.

¿Qué responder a eso?

Dice:

—Habla con ella. No debería estar con él.

—Ya sabes cómo es Vespasia. Es muy tozuda.

—Bueno, pues haz que lo entienda. No tengo dudas de que serás capaz. —Toquetea las sábanas—. ¿Podrías traer otra manta a tu padre?

Solo doy un paso o dos antes de que una esclava me tienda una manta. La abro por encima del lecho y la dejo caer, despacio, como un copo de nieve, encima de la persona del césar. Reanudo mi vigilancia en el taburete.

Él dice:

—Las últimas semanas has sido una gran ayuda, querida mía. He tomado nota de todo, he aprendido la lección. Me propongo implicarte más en materias de Estado, entre bambalinas, por supuesto, ya que eres una mujer: esto es Roma, después de todo. Pero eres un valor muy positivo que el principado se propone usar. —Mi padre mira el bulto que forma su vientre bajo las sábanas púrpura. Al final vuelve sus ojos a los míos y me sonríe—. Me había olvidado de que llevas la sangre de tu abuela, una fortaleza que supera a tu sexo. La tozudez de las Sabinas, la llamaba ella. ¿Sabes que esa mujer me daba mucho miedo? Y también a mi padre. Demonios, lo mismo pasaba con toda Reate. Era una menudencia, del tamaño de un niño, pero tenía una voz como un martillo; podía aplastarte con ella. Mi padre era del doble de tamaño que ella. Y un veterano, pero eso no importaba. Ella decía: salta, y él respondía: a qué altura. —Mi padre se queda con la mirada perdida en la pared, soñador, recordando sus fantasmas—. Voz y pedigrí… en cualquier matrimonio: esas son las mejores armas, buena cuna y una voz que sepa mandar.

Mi padre tose, cambia el peso de sitio tres veces antes de rendirse.

—Durante los próximos meses, tendrás que usar tu voz.

—¿Qué quieres decir?

—Tu hermano te quiere mucho. Ayuda a humanizar al general, cuando él te lo permita. Cuando yo me haya ido, debes asegurarte de que se apoya en ti.

—¿Cuándo te hayas ido? ¿Quieres decir cuando te estés recuperando en Reate?

Mi padre no contesta.

Me coge la mano entre las suyas y me mira a los ojos. En la superficie, para cualquiera que nos mire, ese acto no tiene nada de particular: solo un padre que le coge la mano a su hija. Pero ese repentino acto de intimidad me recuerda la poca que ha habido entre nosotros. Él sonríe. En la esquina del ojo izquierdo, veo quizás el brillo de una lágrima. Pero es lo único que se permite.

Antes de despedirme, prometo hacer lo que me pide el césar. Cuando me alejo, le oigo gritar pidiendo vino.

La litera cabecea y se bambolea. Los cortinajes de seda, normalmente verdes, filtran los últimos rayos del sol poniente. Están tan anaranjados como una clementina. Yocasta está a mi lado, leyendo nombres en una lista. (He olvidado por qué.) Gradualmente, he dejado de prestar atención: ahora los nombres se mezclan entre sí, en un poema largo y monótono de la élite romana, de Lucios, Guises y Antonios, de Marcos, Faustos y Numerios. Mi mente está ocupada; da vueltas, una y otra vez, y vuelve a mi padre y el brillo que tenía en los ojos. Cuando tu padre, el consumado general, el hombre que estuvo de duelo una hora quizá por la mujer a la que amaba, antes de volver al saco de correspondencia que tenía en su escritorio, cuando semejante hombre se pone sentimental, la vida parece infinitamente corta, dolorosamente precaria.

Por encima de los pasos de los esclavos oigo el chip-chip-chip de los trabajadores que construyen el anfiteatro de mi padre. Aparto la cortina y Yocasta deja de leer su lista.

—Señora —dice Yocasta—, no querrás incitar a la lascivia...

—Alto —digo, y la litera se detiene de inmediato—. Abajo —digo, y la litera se posa con suavidad en el suelo.

Saco la mano y otra (una callosa, con los nudillos peludos) me la coge y me ayuda a bajar de la litera. Yocasta me sigue. Nos quedamos de pie, una junto a la otra, mirando el anfiteatro. Junto a él se encuentra el Coloso, una enorme estatua de bronce construida en honor al dios Sol. A la luz menguante del ocaso parece oscura y amenazadora.

Señalo la estatua.

—¿Sabes que Nerón hizo que la cara del Sol la hicieran reproduciendo la suya propia?

—¿Ah, sí?

—Pero cuando mi padre fue nombrado emperador, hizo que los albañiles la fueran cambiando hasta que pareciese cualquiera menos Nerón.

—¿Por qué? —pregunta Yocasta.

—Mi padre dijo que no consentiría que la cara de Nerón, su linaje real, mirase a la gente desde arriba día tras día. Dijo: «El legado de uno es solo tan bueno como permiten los que le siguen».

Yocasta sonríe.

—¿Y será bueno tu legado?

—Yo soy una mujer. Temo que me olvidarán por completo. Seré una línea o dos en los registros. Una hermana leal. Le gustaba el color verde.

—Mejor que una esclava.

—Sí, supongo que eso es verdad. Pero, al final, todo son escombros. —Señalo hacia el anfiteatro—. Ese es el legado de mi padre. O eso piensa, pero también desaparecerá un día. Ruinas polvorientas.

—Bueno, me alegro de que hayan cambiado la estatua —dice Yocasta—. Nerón era bastante feo, ¿verdad?

—No, creo que eso no es cierto. Yo solo le vi unas pocas veces, pero recuerdo que era bastante guapo. ¿Sabes?, oí a mi padre que se quejaba cuando los picapedreros lo estaban alterando; decía que habían dejado la barbilla de Nerón.

Alejo la mano todo lo que puedo, tanto como da el brazo, para tapar de mi vista la mitad superior de la cabeza de la estatua, dejando ver solo la boca y la barbilla. Cierro un ojo y me concentro en el otro. Yocasta hace lo mismo.

—La barbilla está bien —dice Yocasta—. No es bella, pero tampoco fea.

—Mmm...

—¿Qué ocurre, señora?

—Si guiñas los ojos, esa barbilla se parece a la de Ulpio.

—¿Ah, sí?

—Creo que sí. Me pregunto si Ulpio compartirá alguna

541

sangre con el tirano… Algún pariente lejano que huyó a Hispania, quizá. Sería una gran historia, ¿verdad?

—No lo veo, señora. Más bien creo que la barbilla se parece a la de Tito —dice Yocasta—. Es muy guapo tu hermano…

Dejo caer la mano. Oír a otra mujer hablar de la belleza de mi hermano me ha arruinado la diversión.

—Vamos, Yocasta —digo, dirigiéndome hacia la litera—. Vamos a casa.

Subimos de nuevo a la litera; las cortinas caen de nuevo, tapando la vista; la litera se levanta del suelo y nos dirigimos hacia el hogar de mi familia, en la cima del Palatino.

Marco

5 de mayo, tarde. Granja de Cayo Prisco, Sicilia

Cabalgamos por la serpenteante carretera de tierra. La casa que está en la cima de la colina es del color de una espiga de trigo. Noto que el corazón me late furiosamente, se hace oír por encima del sonido de los cascos de mi caballo, que golpean la tierra. Espículo me va siguiendo veinte metros por detrás. Me llama y me dice que baje el ritmo.

—Si sigues corriendo así, destrozarás al caballo y tendremos que volver a Roma a pie.

Como me doy cuenta de que es cierto, tiro de las riendas y hago que el caballo se detenga. Cuando Espículo se acerca, veo que está sonriendo.

—Ya sé que estás ansioso, Marco, pero ella podrá esperar una hora más. —Da un sorbo de su odre de vino, luego levanta la vista hacia la casa soleada con los ojos medio cerrados—. Y además no tiene ni idea de que vienes. Será una agradable sorpresa.

Al mismo tiempo volvemos a recuperar un trote ligero.

—¿No crees que estará enfadada conmigo? —pregunto—. Ha vivido como una esclava todos estos años. Mientras tanto, yo he vivido como el hijo de un senador.

—No «como» el hijo de un senador —dice Espículo—. Eres el hijo de un senador. Y ningún esclavo recrimina nunca a un hombre por ser libre. Yo fui esclavo casi veinte años. Y ni una sola vez le eché en cara a nadie que aprovechara su libertad en cuanto se le concedía.

Espículo me mira un momento, escrutando mi rostro. Me conoce desde hace mucho tiempo. Sabe cuáles son mis estados de ánimo mejor que yo mismo. A menudo incluso adivina lo que estoy pensando. Hoy es un buen ejemplo.

—Ella no cree que la abandonaras, Marco. Eras un niño. Y ella era como tu madre. Se sintió muy feliz de que pudieras escapar. Será feliz de ver en qué hombre te has convertido.

Noto una garra que me oprime el corazón. No estoy seguro de lo que sería más difícil, si Elsie se enfadara conmigo o si se sintiera orgullosa de mí. De cualquier modo, siempre sentiré que la abandoné.

Espoleo mi caballo hacia delante para que Espículo no me vea la cara y no adivine mis pensamientos.

En la cima de la colina nos espera un hombre. Es tan menudo que, al principio, pienso que es un niño. Pero cuando nos acercamos veo su barba, así como su piel seca y cuarteada.

—¿Quién eres? —pregunta, con un ojo en su tablilla de cera.

—Marco Ulpio —digo.

—Ah —responde—, el benefactor misterioso. Nunca he visto a un hombre comprar una esclava por carta, sin haberle echado siquiera los ojos encima, y luego pedir que no se le encomiende tarea alguna hasta que llegue. Maese Prisco no lo podía creer.

—Pues me alegro de que le interese —digo, intentando parecer tranquilo.

—Sí, bueno, espero que no estés decepcionado. Por tus instrucciones, parecía que pensabas que ella era una gran belleza y que no querías que se estropeara haciendo trabajos duros.

—¿Y acaso no es bella? —pregunto.

—¡Pero si es más vieja que yo! —exclama el anciano esclavo.

Espículo exclama:

—Si no te importa, señor, ha sido un largo trayecto. Nos gustaría verla y seguir nuestro camino.

El viejo esclavo asiente y nos lleva al jardín, que está bordeado por sus cuatro lados por una columnata. En medio del jardín hay una mujer. Está sentada ante una mesa, con una cesta de granadas a su lado. Ha cortado una granada en dos y está golpeando el dorso de una de las mitades, el lado redondeado: soltando las semillas rojas en un cuenco. No nos da la cara, pero noto que es vieja, por su espalda encorvada y su pelo gris y lacio, que lleva recogido en un moño. Hago señal al viejo esclavo y a Espículo de que esperen bajo la columnata. Me dirijo hacia la mujer, me planto justo a su lado y digo:

—Les dije que te dejaran descansar hasta que llegáramos.

Ella se vuelve despacio hacia mí. Es más vieja de lo que recuerdo, más frágil. Levanta la mirada y guiña los ojos al sol. Me arrodillo, de modo que nuestros ojos están al mismo nivel, como pasaba antes.

Ella examina mi rostro un largo rato. Luego se queda conmocionada…, pero solo un momento. Sonríe.

—Fíjate —dice, mientras me mira de arriba abajo—. Pero fíjate… Las estrellas nunca se equivocan, ¿verdad? Tendrás que ir a buscar a mi sacerdote caldeo y decirle que tenía razón.

Finalmente sonríe. Su sonrisa se convierte en sollozo. Levanta los brazos, me coge por los hombros y me atrae hacia sí. Ahora llora muy fuerte, como yo.

—Mi Marco —dice—. Mi pequeño Marco, el niño del Tíber.

545

Nota histórica

*E*n junio del año 68 d. C., tras trece años como emperador de Roma, Nerón fue derrocado. Según los relatos de los supervivientes, al enfrentarse a las legiones amotinadas en las provincias y los pretorianos desleales en Roma, creyendo que todo estaba perdido, huyó a la villa de su liberto, donde se suicidó. Nerón era un tirano, eso decían los historiadores antiguos, y su suicidio fue bienvenido por el Imperio. Este sigue siendo el punto de vista predominante, hasta hoy.

Y, sin embargo, cuando la examinamos, esa historia no cuadra. En los años que siguieron a la caída de Nerón, al menos tres hombres aseguraron ser el emperador depuesto, que seguía vivo. Esos impostores fueron lo bastante notables y frecuentes para que se les concediera su propia etiqueta: los falsos Nerones. Más que simple desdén (como esperaría uno de la afirmación de ser un tirano depuesto), atraían apoyo. Nerón era un nombre por el que valía la pena luchar... Al menos en opinión de unos cuantos.

La idea de un falso Nerón en sí misma ya nos indica algo. Nerón fue el quinto emperador de Roma. No hubo falsos Augustos ni Tiberios. No se vio a Calígula después de su muerte, ni tampoco a Claudio. ¿Qué hacía diferente a Nerón? ¿Acaso el pueblo le amaba más que a los emperadores que vinieron antes y después? ¿Fue más misteriosa su muerte? No lo sabemos. Pero desde luego, en el caso de Nerón, su reputación y suicidio no están tan claros como los historiadores antiguos nos quisieron hacer creer.

Nerón es un ejemplo de algo de mucho más calado. Bucear en el pasado, particularmente en el siglo primero después de Cristo, es traicionero. Para los acontecimientos del Imperio, los hechos de los césares y sus súbditos, solo podemos confiar en tres hombres: Tácito, Suetonio y Casio Dion. Ninguno de ellos era contemporáneo, sino que escribieron décadas o incluso, en el caso de Dion, más de un siglo después; los tres escribían desde una sola perspectiva: masculina y aristocrática, y los tres eran historiadores pero también políticos: hombres que querían medrar bajo un régimen totalmente distinto. Y la dinastía Flavia, que empezó con Vespasiano en 69 d. C., tenía todos los motivos del mundo para proyectar sombras o poner en entredicho a la dinastía que los precedió, la de los Julio-Claudios. Sin duda, esto resultaba especialmente importante para el último de ellos: Nerón. De los tres historiadores, Tácito es considerado el más fiable. Desgraciadamente, su relato sobre la caída de Nerón, todos los falsos nerones menos uno y la mayoría del reinado de Vespasiano se ha perdido.

Por supuesto, la visión predominante no es la única. Los clásicos han empezado a replantearse la reputación de Nerón. Algunos han examinado el registro existente (*Nero*, de Edward Champlin, por ejemplo). O la refrescantemente sincera Mary Beard, que en *SPQR* (entre otras obras) admite que nunca sabremos lo que ocurrió o dejó de ocurrir con Nerón, Vespasiano o cualquier otro emperador. Comparto esa opinión. Mi formación está en las leyes y las pruebas. El abogado que hay en mi interior encontraba siempre muy extraño, incluso injusto, con qué pocas pruebas se condenaba a Nerón y a los demás «monstruos» del primer Imperio. Los historiadores antiguos simplemente relatan lo que otros aseguran haber observado. Sería inadmisible ante un tribunal, porque son pruebas de segunda mano (testimonios de oídas), que, por su propia naturaleza, son poco fiables.

En el contexto de ese registro contradictorio y poco fiable reside esta historia, desde la caída de Nerón a la subida de Trajano al poder. Es una obra de ficción y me he tomado ciertas libertades que los autores se permiten a sí mismos. Pero también me he esforzado por ofrecer una historia que sea precisa, a su manera, que pueda completar los huecos que no llene quizá la erudición. Y aprovechar las contradicciones no explicadas, las preguntas sin respuesta o los relatos sesgados de un periodo histórico del cual poco ha sobrevivido.

549

Elenco de personajes

68 d. C.

Nerón y sus cortesanos
Nerón, emperador de Roma
Epafrodito, secretario imperial
Faón, ayudante imperial
Haloto, eunuco y sirviente imperial
Espículo, antiguo gladiador tuerto, guardaespaldas personal de
  Nerón.

La Guardia Pretoriana
Nimfidio Sabino, coprefecto de la Guardia Pretoriana
Tigelino, coprefecto de la Guardia Pretoriana
«Venus», soldado en la Guardia Pretoriana
«Juno», soldado en la Guardia Pretoriana

La casa de Próculo Creón
Próculo Creón, liberto y empresario
Señora Creón, esposa de Creón
Gitón, hijo de Creón
Elsie, esclava y cocinera de Creón
Sócrates, esclavo de Creón
Marco, esclavo de Creón

Senadores
Galba (más conocido como el Jorobado), senador y sucesor de
  Nerón como emperador de Roma.
Otón, senador, antiguo amigo de Nerón y presunto heredero
  de Galba.

Libertos
Icelo, liberto de Galba, prisionero en Roma en la época de la caída de Nerón.
Doríforo, liberto convertido en actor

79 d. C.

Los Flavios
Vespasiano, antiguo general y emperador de Roma
Tito, prefecto de la Guardia Pretoriana, general victorioso en la guerra judeo-romana e hijo mayor del emperador.
Domiciano, segundo hijo (a veces olvidado) de Vespasiano
Domitila, hija mayor de Vespasiano, viuda
Vespasia, segunda hija de Vespasiano, viuda reciente
Julia, hija de Tito

Sabino (Flavio Sabino el Joven), sobrino de Vespasiano, nombrado *rex sacrorum*.

Personal imperial y cortesanos
Febo, secretario imperial
Epafrodito, tesorero y liberto imperial

Los Plautios
Grecina, esposa del difunto general y excónsul Aulo Plautio, amigo íntimo de Vespasiano.
Plautio, senador desventurado, amigo de los Flavios
Antonia, esposa de Plautio

Senadores
Secundo (más conocido como Plinio el Viejo), soldado, senador, científico y consejero muy allegado al emperador.
Coceyo Nerva, senador y antiguo miembro del *consilium* de Nerón.
Eprio Marcelo, senador influyente bajo Nerón y Vespasiano
Cecina Alieno (más conocido como *el Chaquetero*), antiguo comandante durante las guerras civiles.

Cerialis, general encargado de derrotar al falso Nerón
Cluvio Rufo, antiguo cortesano de Nerón convertido en historiador bajo los Flavios.
Julio Valeriano, abogado muy caro

La casa de Ulpio
Lucio Ulpio Trajano, senador ciego y rico de Hispania
Marco, sobrino de Lucio Ulpio
Teseo, liberto tuerto
Ciro, liberto parto

La Guardia Pretoriana
Régulo, tribuno militar y patricio
Virgilio, mano derecha de Tito

Exsoldados en Roma
Julio Caleno, exsoldado caído en desgracia que acecha entre las sombras para Nerva.
Montano, matón contratado y jefe de una banda criminal
Fabio, antiguo colega de Caleno que trabaja para Montano

Esclavos
Ptolomeo, esclavo de Tito
Yocasta, esclava de Domitila
Apio, esclavo de Nerva

Bárbaros
El bátavo, un esclavo comprado por Nerva; probablemente, antiguo soldado bátavo una de las tribus germánicas más temidas.
Carataco, rey bárbaro de Britania depuesto, perdonado por Claudio César.

Agradecimientos

Como no soy latinista ni historiador, he tenido que confiar en aquellos que lo son. Las obras que me han parecido más valiosas, sin las que no podría haber escrito este libro y que recomiendo muchísimo, incluyen:

Life and Leisure in Ancient Rome, de J. P. V. D. Balsdon (obra en la que se basa en gran medida mi nota del autor); *The Roman Way*, de Edith Hamilton; *Vida cotidiana en Roma*, de Jerome Carcopino (Temas de Hoy, 1998); *Religions of Rome*, volúmenes I y II, de Mary Beard, John North y Simon Price; *The Forum Reconstruction, a Reconstruction and Architectural Guide*, de Gilbert J. Gorski y James E. Packer; *Los doce césares*, de Suetonio (Espasa, 2010); *Anales*, de Tácito (Alianza, 2008); *The Oxford Classical Dictionary*, editado por Simon Hornblower, Antony Spawforth y Esther Eidinow; *Vespasian*, de Barbara Levick; *Dinastía: la historia de los primeros emperadores de Roma*, de Tom Holland (Ático de los Libros, 2017); el *Roman Forum* de David Watkin; *Nerón*, Edward Champlin (Turner, 2006); *69 a.D., the Year of the Four Emperors* de Gwyn Morgan; *Food in the Ancient World, from A to Z*, de Andrew Dalby; las obras de Mary Beard *El triunfo romano*; *Pompeya: historia y leyenda de una ciudad romana*; *SPQR, una historia de la antigua Roma* y *La herencia viva de los clásicos* (todos publicados por Editorial Crítica).

Me gustaría dar las gracias a mi agente, Sam Copeland, por su entusiasmo, convicción y trabajo incansable, y a todo el mundo en Bonnier/Twenty7, sobre todo a mi editor, Joel Richardson, por su paciencia, visión y firmeza editorial.

Gracias a mi profesor de escritura creativa, Chis Wakling, y a todos mis compañeros (Beth Alliband, Nicholas Hodges, Nick Ledlie, Stuart Blake, Marjorie Orr, Marialena Carr, Downith Monaghan, Penny Glidewell, Tawnee Hill, Lacey Fisher, Luke Hupton, y Jordan Followwill) por sus opiniones y sus comentarios sobre los primeros borradores de la novela.

Estoy muy agradecido a Robert Rueter y al permiso que me dio para poder acabar el libro. Estoy seguro de que es una rara excepción en la práctica de la ley que un socio reciba ese tipo de apoyo por parte de la dirección de su propia firma.

A mis padres, Howard Barbaree y Lynn Lightfoot, por su inquebrantable amor y apoyo, así como por el ejemplo de trabajo duro y dedicación que me han dado toda mi vida.

Y, finalmente, a mi esposa, Anna: si no fuera por su amor, su apoyo y su inteligencia y comprensión, estaría perdido.

Este libro utiliza el tipo Aldus, que toma su nombre
del vanguardista impresor del Renacimiento
italiano Aldus Manutius. Hermann Zapf
diseñó el tipo Aldus para la imprenta
Stempel en 1954, como una réplica
más ligera y elegante del
popular tipo
Palatino

***
**
*

El emperador destronado
se acabó de imprimir
un día de verano de 2017,
en los talleres de Rodesa
Villatuerta (Navarra)

***
**
*